Min Kamp

①

**Karl
Ove
Knausgård**

i
imaginist

想象另一种可能

理
想
国
imaginist

我的奋斗
VOL.1
父亲的葬礼

[挪威] 卡尔·奥韦·克瑙斯高 著

林后 译

广西师范大学出版社
·桂林·

第一部分
Del 1

对心脏而言，生命的含义再简单不过了：它将尽可能长地持续跳动下去，然后停下。早晚会有那么一天，这个扑通扑通的、有节律的心脏搏动会自动终结。这时候血液便会开始流向身体最低、最薄弱的部位，在那里形成一个小小的包块。从外观上看，它像是在逐渐变得苍白的肌肤上的一片暗黑色的充血斑块。与此同时体温下降，四肢变得僵硬，腹内的肠肠肚肚一泻而空。在最初的几个小时里，这些变化的进展极为缓慢，它是以一种确信的、几乎像是按着一种仪式的程序来走过的。仿佛生命的章节是遵循着某种固有的法则行事，是在履行一项"君子协定"。也就是在此之后，死亡随即登场。死亡总是在等待生命退却之后，才开始对这片新领地的侵入与占领。这是一种毫无余地、无可挽回地进行着的讨还。伴随着产生的极度高热，细菌病毒开始在躯体内部扩散，其势不可阻挡。若它们试图提早几个小时进犯，那将会立刻遭遇抵抗，但现在环绕其周的一切只有沉寂，它们只需持续不断地向湿润、幽暗的地区纵深发展。这支入侵大军进入哈弗斯骨管，穿过肠腺，进驻胰岛，再插入鲍氏囊，途经克拉克柱，进入中脑黑质，最后抵达心脏。它以一种尚未触及但被劫掠后的状态继续存在着。整个结构已完全被从内部蚀空掏尽，其间含有一种诡谲的荒凉与颓败。人们可以想象，这仿佛是一个在眨眼间工人们全都撤离得干干净净的建筑工地。所有的车辆一动不动，车灯黄色的光线投向树林的幽暗中，简易工房里空无一人。依山的斜坡路上，挂在缆车道上的车厢一个接一个，都装载满满。

在生命离开身体的同一瞬间，身躯归属死亡。废弃的灯盏，箱包，地毯，门把，窗框。泥地，沼泽，溪流，山脉，云彩，天空。这一切对我们来说并不陌生，我们继续为这死亡世界的万物及自然现象包围环绕。纵然如此，一旦真的看到有人陷入了那个世界，还是有什么东西会唤起我们很大程度上的不愉快。至少在情况确定之后，尽最大可能不让死者的尸体进入我们的视野。在大型医院里，不仅把尸体藏在单独的、远距离隔绝的房间，去往那里的通道也是隐蔽的。有专用的电梯，专用的地下室通道。即或碰巧有人迷路误入该区，身旁经过的推车上的尸体也遮盖严实。当尸体要抬出医院时，有专用出口与深色玻璃的车辆。在教堂墓地那儿，为他们备有单独的没有窗户的房间。在举行葬礼仪式时，他们被盖在紧闭的棺柩里，直到最后被深深埋入地下，或在高炉里化为灰烬。从实用目的出发，很难看出这类先进的处理方式有什么好处。比如，推着这些死者的尸体经过医院所有的过道时，大可不必加以遮盖，从医院抬走时也用一般的出租车就是了。这不会给任何人带来任何风险。一个老人在电影的放映当中断了气，尽可以让他待在自己的座位上直到电影放完，待到第二部电影结束也未尝不可。一个老师中风猝死在校园，没有必要马上、立刻开车抬走。让他躺在那儿等校工有时间再来料理好了，一直到下午甚至晚上都行的，这不会伤害到任何人。或许会有一只鸟儿飞来停在他的身上，这里啄啄，那里啄啄，这又有何妨？是否等他入了土情况就会好得多，就只因我们看不到那一切？其实只要死者躺在那里不碍事，就毫无理由这么匆忙行事，他们也不可能再死一次。尤其是在冬季严寒的日子里，这种处理方式应当是更为有利。在长椅上和月台上冻死的露宿者，从高楼和大桥纵身跳下的自杀者，从自动扶梯上跌下的老太太，坐在自己车上死于车祸的人，在城里待了整晚后因酒醉恍惚掉进湖里的年轻男子，被公共汽车拖拽到车轮下的小女孩，对这一系列的死者，为什么都是那么急匆匆地把他们赶快掩藏起来？为了合乎礼仪？等女孩的父母亲在一两个小时以后赶来看上一眼，可能更合乎礼仪。她躺在出事地点旁边的雪地上，破裂开来的头颅和完整的身躯，浸满鲜血的头发和洁净的羽绒服。向世界敞开一切吧，像她那样躺在那儿，这本无什么秘密可言。而在雪地上的这么一小时，却又是那么令人难以理解。一座城市不将其死者排除在公众的视线之外，看着他们横尸大街小巷，在公园和在停车场，这就不是城市，是地狱。这地狱以一种更现实主义和更深入真实的方式，反映出了我们生存的条件。但这又怎么样呢，我们原本是知道这个现状的，只是不愿去看它罢了。由此，将死者驱除在外的集体做法就是一个明证。

然而，究竟要摒除什么、驱走什么，却又说不清道不明。这不可能是死亡本身的问题，是死亡的现象在社会上的存在太突出，或者太多。报纸或者新闻每天提及多少死者，根据不同情况多少有些变化，但一年半载下来，其数目可能很稳定，也就渐渐习以为常了。因为消息总有多种渠道传播开来，无论如何没法避开。同时死亡这一现象看上去也不是那么有威胁性。相反，有一些死亡我们还感兴趣，甚至愿意为看它掏腰包。例如那些电影制片公司推出的数量惊人的展现死亡的故事片。如此一来，要将死者摒除在公众视野之外的这个做法，就愈发让人难以理解。若是死亡作为一种现象没有让我们惊骇，那面对死去的躯体为何又有不愉快的感觉呢？这一定意味着，要不就是有两种死亡，要不就是我们对死亡的想象和死亡真实面貌之间存在着冲突和差距。无论是哪种缘由，结论只归于一个：这两者相比较的实质是，我们对死亡想象的画面如此强烈地刻印了在我们的意识里，以至当我们看到真实的死亡展现时不仅感到震惊，同时也会试图用所有的手段去掩盖它。这个结果不是缘于人们有意识的深思熟虑，就像教堂的种种仪式譬如葬礼那样，在我们的时代可以通过协商讨论求得解决，因而从非理性转向理性的领域，从集体的转向个体——不，我们将死者移至视线之外的方式从来就没有过任何争议，我们向来就是这么做的，天经地义。但却又没人能给这种做法的必要性一个理由。但所有的人都明白：若是你的父亲在秋天一个刮风的星期日猝死在外面的草地上，你会尽快将他抬回屋里，要是办不到，至少你会给他盖上一条毯子。但这种冲动不是我们对死者唯一的做法，跟掩藏尸体一样显而易见的还有一个事实，它们总是被尽快地往朝向地面的方向搬走。一家医院把死者的尸体往上搬，停尸房和火化房都建筑在房屋最高的一层，这几乎是件难以想象的事情。死者被安放在越接近地面的地方越好。将这同样的原则换到处理这种事务的单位，则会是：一家保险公司完全可以把他们的办公室设置在八楼，但殡仪馆就不行。所有殡仪馆的办公地点都在尽可能接近街边草坪的地方。很难说清这到底出自什么原因。很可能是受一切从实用目的出发的传统习俗影响而产生的观念。譬如，地窖阴冷，自然最适合保存尸体。但以此原则推及已有冰箱和冷藏室的现今时代，也绝不会有人想到要把尸体向建筑物的高处搬，这看上去很不合情理，好像高度与死亡两者互为排斥。似乎我们有某种潜在的直觉，一种藏于心底深处的情结，我们的死者必得下行于土地，落叶终须归根。

看来死亡经不同的渠道被分为了两类。一类与隐秘、沉重、土地、污秽和黑暗有关，而另一类与开放、轻盈、天空、洁净和明亮相联系。在中东地区某城市，一位父亲和他的孩子被枪杀，在那一瞬间父亲试图将孩子拖出子弹的瞄准线之外。照片中他们两人身体紧紧缠裹在一起，照相机刚好捕捉到子弹穿射进肌肉时身体战栗的一刻。照片传送至环绕着地球的数以千计的卫星中的一个，接着传遍了全世界的电视台。从这里又一张有关死亡和濒临死亡的图像不自觉地进入我们的意识。这些画面没有重量，没有夸张，没有时间和地点，也与这些身体曾经来自哪里毫无关联。它们不属于哪里，却又无处不在。绝大多数图像只是在我们的意识中停留片刻，但其中一些出于某种原因将留驻在我们脑海里的黑暗之中。一个滑雪者从高处俯冲时出了事故，划破了大腿上的动脉，顿时血流如注，她身后洁白的雪坡上一道鲜红的血痕拖曳而下，在她身体停止滑行前人已气绝身亡。一架正起飞的飞机，在爬升时两个机翼着了火。郊外的屋顶上是湛蓝的天空，就在这一片湛蓝的天空下面，飞机爆炸成了一个火球。一个晚上，在挪威北部的海湾外有一艘渔船沉没，船上七个水手无一幸免。对发生的一切第二天早上所有报纸都做了报道，因为这是个所谓的不可思议的神秘事件。天气平静无风无浪，也没有船上发出的任何求救信号，它就这么消失了。当天晚上有电视台派出直升机到出事地点做进一步勘察，拍出的画面上只是一片空荡荡的海。多云的天空下，灰绿色的波浪隆起又徐徐退下，缓慢而沉重，较之那些此起彼伏地疾速翻腾着白色泡沫的浪花，保持着自己的另一种节奏。我独自一人坐在那里，看到了这一切。那会儿很可能我的父亲正在外面的花园里干活。我注视着屏幕上的海面，没有听到播音员在说什么，突然一张脸的轮廓从那里冒了出来。我不知道持续了多久，或许几秒钟，但时间长到足以对我产生强烈的印象。在脸孔消失的同一瞬间，我站起身来，我要走出去找一个人告诉他这事儿。我母亲上夜班，哥哥在踢球比赛，其他的孩子不会听我说的，所以那就只有爸爸了。想到这里，我急匆匆地跑下楼梯，把脚塞进鞋里，手臂插进夹克衣袖，打开房门出去，绕着房子就开跑。我们是不允许在院子里跑的，所以在快进入爸爸的视线之前，我放慢速度，开始走起来。他站在房子背后，在下面将开辟成蔬菜园子的地方，用手里握着的大铁锤敲打着一块突起的山石。虽然钻孔只打了几米深，踩在他脚下的翻挖出的黑泥土，还有他身后院篱外的一片枝叶浓密的楸树，给山坡罩上了一层昏暗，往下一直延伸到低处。当父亲直起腰向我转过身来时，他是一张几乎完全黑沉着的脸。

但我仍然有足够多的信息来揣摩他。不只是看脸上的表情，还有整个的形体姿态，不用去解读他的思想，而是凭直觉。

他放下铁锤，摘下手套。

"怎么啦？"

"刚才在电视里我在海里看见了一张脸。"我说，在他跟前的草地上停住脚。那天下午早些时候邻居砍下了一棵松树，空气里充盈着石墙外的树桩散发出的浓烈的松树清香气味。

"一张潜水员的脸？"爸爸说。他知道我对潜水员有兴趣，他就不能想想，我跑到这里来可能是另外有感兴趣的事告诉他呀。

我摇了摇头。

"这不是什么人的脸，是海里的一张画。"

"一张画，我说你呀。"说着，他从衬衣胸前的口袋里掏出一包香烟。

我点点头，然后转身就想往回走。

"等等。"他说。

他擦燃了一根火柴,然后低下头去直到香烟够得着火。火苗给这片灰暗勾勒出了一个明亮的小圆圈。

"这么说,"他开口了。

在深深吸了一口后,他把一只脚踏在山岩上,朝着路的另一边远处的森林凝视。当然,或许他注视的是那树木上方的天空。

"你看见的是一张耶稣的画像吧?"他说,他抬起头来望着我。要不是这友好的语气,这长时间静默后的提问,我会以为他是在嘲笑我。我是个基督教徒,他感到有点难堪。他对我所有的希望就是,我不要另类,要跟其他的孩子们一个样。在这片住宅区里,没有一个孩子跟他的小儿子一样,称自己为基督徒的。这是件真正让他弄不明白的事。

我感到惊喜,因为他其实是在意我的。同时又有点小小的失落,他是这么低估我。

我摇摇头。

"不是耶稣。"我说。

"这个回答还差不多。"爸爸说,他笑了。在山坡上面的最高处听到一阵轻微的自行车轮碾压在马路上的声音,声音越来越强。住宅区的一片寂静中,这低低的、摩擦着地面的嘶嘶声响,化为了一阵阵嗖嗖声。当自行车轮在我们远处的路上滚过去时,声音清晰可闻。

爸爸又再吸了一口烟,然后把还没完全熄掉、还冒着烟的烟头,扔到了院篱笆的外面。咳嗽了几声,戴上手套,又把铁锤握在手里。

"别再想这事了。"他说，他抬起头来望着我。

那个晚上我八岁，父亲三十二岁。虽然我仍然不能说我已经了解或知道他是什么样的一个人，但现在的我比他当年大七岁，一些简单的事情是比较容易领会的。譬如，我们各自的岁月之间有多么大的差异。我的生活里充满着丰富无穷的意义，向前跨出每一步就敞开一道门，而每一道门都可能将我引领到最远处。现在我不能理解的是，他生活的意义实际上从某方面来讲不是把那些单个的、许许多多的日常事件集中一处，而是完全把它们分散。因此除了一些抽象的概念外,不可能抓住要点。"家庭"是一回事，"仕途"是另一回事。在他的那些日子里就没有一次意料之外的可能性发生。他多半知道未来有多大的可能性，以及他如何才能使这个可能性付诸实现。他已结婚十二年，在中学当老师，教书八年。他有房有车，有两个孩子。他被选入市政委，是左党在市政府委员会的代表。在冬天的半年里他玩集邮，很有成绩，在很短的时间里已在这一方地区首屈一指。在夏季的半年里他的业余时间都花在了拾掇花园上。那个春天的夜晚他在想些什么，对此我一无所知。我也不知道他手里握着铁锤在那半明半暗的朦胧中直起腰来，看见的又是怎样一幅图画。但在他心里会有这样一种感觉，他对围绕自己的这个世界相当地了解。对这一点，我深信不疑。整个住宅区所有的邻居他全都知道姓甚名谁，以及与他自己相比较，他们又各属于哪个社会阶层。可能他还知道别人最不愿意暴露于世的某些隐私，不仅是因为他教他们的孩子，也因为他对其他人的弱点目光尖锐。作为受过良好教育的中产阶级的新成员，每天的报纸、广播及电视节目供给他大量的信息，使他对这个大千世界信息灵通。他也懂一些植物学和动物学，因为他在青年时期就对它们有兴趣。即或在自然学科的其他方面没有进行过深入的学习研究，至少他在高中时学过有关的基本知识。他历史学得不错，这是他在大学里与挪威语和英语一起主修的科目。换句话说，或许他对哪一门都并不精通，又都略知一二，只有教育学除外。他就是这样，一个典型的普通大学生。那时候在中学里教书还是个有社会地位的行业。住在石墙另一边的邻居普雷斯巴克莫，是和他同一所学校的老师。同样，住在房后面那树木遮掩的山坡上的另一个邻居奥尔森，也是教师。其中还有一个邻居克努森，住在拐弯的那一条路的尽头，他是另一所中学的教导主任。当我父亲把铁锤高高举过头顶，让它重重地落在山岩上的这个春天的夜晚，是70年代中期。他捶击着岩石，在这个他所熟悉的世界里，他充满信心。当我自己进入了与他相同的年龄，我首先明白的是，走到这一步是需要为此付出代价的。当视野中的世界变得愈来愈纷乱繁杂，不仅触及心中的痛处在逐渐减少，也会觉得许多事情其实毫无意义。要了解世界，必须将自己摆放在与其保持固定距离的地方。当我们用肉眼看微小的东西，比如分子、原子，会觉得看不清，那就必须把它们放大了来看。若是天体系统、河流三角洲，天穹的星象这种浩大不可及的物象，我们就把它缩小了来看。把这一切都归入我们意识的范畴中，一切便释然了。这个释然，就是知识学问。整个儿童、少年时期我们历经艰辛，为的就是达到能与一切事物和现象保持正确距离的这一点，这一个位置。我们读书，我们学习，我们经历，我们不断地修正。于是这一天来到了，我们达到了与所有物象保持必要的距离的这个点，也有了所需的认知系统的概念。到了这时候，时间便开始飞快地溜走。它不再遭遇障碍，一切就绪。时间洪水般汹涌地贯穿我们的生活，日子便如白驹过隙转瞬即逝。在我们理解到这一点以前，我们已是四十岁，五十岁，六十岁……意义需要充实，充实需要时间，时间需要敌人。知识是距离，知识是稳固恒定，知识是意义的敌人。换句话说，父亲在1976年那个春天的晚上的画面有了双重的含义：其一，那时我是以一个八岁孩子的眼睛在看他，毫无预见性，怯生生的惶恐；其二，现时我是作为一个同龄人来看他，时光流过了他整个的一生，不断地、大块大块地剥去了他生命中的意义。

铁锤敲击岩石的声音响彻整个住宅区。一辆汽车从主干道朝这倾斜的山坡开上来，驶过一个接一个路灯。邻居家的房门打开了，普雷斯巴克莫在门口的阶梯下停住，戴上工作手套的同时，深深地吸进一口这晴朗夜晚的空气，然后握住小推车的手把，走进了他跟前的草地。从山那边飘过来父亲捶打山岩发出的火药般的气味，还有石墙外松树桩的气味、新翻出的土地和森林的气味，从北方吹来的微风里夹裹着一丝盐的气味。我想着我在海里看到的那张脸。虽然距离上一次才过去了几分钟，它却完全变了。现在我看到的是父亲的脸。

他在下面忙着打钻孔敲山岩。

"你还站在那儿吗，孩子？"

我点点头。

"马上回屋里去。"

我开始迈步走。

"你听着，"他说。

我站住，带着疑问转过头去。

"这一次不要跑。"

我盯着他不动。他怎么知道我刚才跑来着？

"别这样大张着嘴，"他说，"你看上去完全像个傻瓜。"

我照着他的话做了，闭上嘴，然后慢慢地绕着房子走回去。当我来到屋的正面，看见外面路上全是半大的孩子。年长一些的推着自行车站在一处，他们的身体几乎与昏暗的暮色融在了一起。年龄小些的孩子在玩踢罐子游戏，输家就罚站在马路上用粉笔划出的圆圈内。另外的人都在马路下面的树林一带把自己藏起来，躲在罐子持有者的视线之外，不过我能瞧见他们。

从桥柱间透射出的落日余晖，给黑黝黝的树顶点染上一抹红色。山坡上驶来了一辆崭新的车。车灯首先照亮了骑自行车的人。在短暂一瞥中，反光镜、金属、羽绒服、黑眼睛、白脸一晃而去。接着是那些在路上玩游戏的孩子，他们得向路的两旁勉强迈出一步，好让汽车通过。现在他们站在那里，都扮着鬼脸，盯着这辆车看。

这是特罗尔内塞斯夫妇，我们班上的一个男孩斯韦勒的父母。看上去，他好像没有跟着一起来。

我转过身去，目光追随着汽车尾灯直到它们消失在山坡的最高处，然后回到了屋里。我试着躺在床上看了一会儿书，但没法让自己完全安静下来。于是我来到了英韦的房间，从那里可以望见爸爸。当我看到他的时候，我就知道自己对他的了解。顶重要的一点是，要心里有数。后来我熟悉了他的心思和情绪，而为了预知这一切，我经过了长时间的学习琢磨。在某种下意识的分类梳理系统的帮助下，我把握住了做事要以什么样的尺度才能达到预期的那个结果。这样我就可以事先都做好准备，一种心智心神的气象预报。汽车加大马力从通向房屋的斜坡开了上来。当他关掉发动机，拿上自己的东西走下车的时刻，他锁上车门的同时向四下里张望的那个样子，当他从门口走进来脱下外套的过程中发出的一系列有着细微差别的不同声响——这一切都是预兆，一切都能加以诠释。他去过了哪些地方，在那儿待了多长时间，以及他是与谁在一起，所有这一些都成为了信息。但我唯一知道的一点是，在得出推论前我就退出了。最让我害怕的是，他是怎么发现的……由于某种原因我竟然没看见一点征兆……

天知道，他究竟是怎么知道我跑过来着？

他能以一种令人无法理解的原因看透我的心底，这不是第一次了。比如，在秋天的一个晚上，我把一小袋糖果藏在了床上的被盖下，正是因为我猜到了他会进入我的房间。有关我把他给我的钱到底花在了什么地方的解释，他是从来不相信的。他刚一走进房间，站定后，看了我几秒钟。

"你在床上藏什么东西啦？"他说。

他就怎么可能知道？

屋外普雷斯巴克莫打开了他安装在石板地上的那盏强光灯，他通常站在那里干活。在黑暗中凸显的这块新的光明岛上，堆满了各式各样的废品杂物。他一动不动地站在那里，望着这一切。一堆油漆罐，玻璃瓶和画笔，劈好的柴，残缺的木板，卷在一起的汽车套子，轮胎，一副旧自行车架，几个工具箱，装有不同尺寸和不同形状的钉子和螺丝钉的箱盒，折叠好的那些废牛奶纸盒里铺满了春花的新芽，几袋石灰，浇花用的胶皮水管盘在一起倚靠着屋墙，一块画满了你所能想得到的各类工具的广告牌。或许这在表明，在里面的地窖里，有一个干业余爱好的房间。

我又朝着父亲的方向望出去，他一手拿着铁锤，另一只手拿着一把铁锹，正朝着草坪走过来。我赶紧向后退了几步。就在这时大门开了，是英韦。我一看表，差两分九点半。紧接着，他以他独特的步子走上楼梯，身子往前一冲一冲的，差不多有点像只鸭子在走路。为了能在屋里走路又快又不发出声响，我们逐渐练就了这种走路方式。当他上来以后，已经气喘吁吁，满脸通红。

"爸爸在哪儿？"他进屋就问。

"在外面花园里，"我说，"你没晚回家。瞧，现在九点半。"我把戴手表的胳膊伸了出来。

他从我身边走过，把书桌前的椅子往后一拉。从他身上还能嗅到户外的气味，寒气、树林、碎石和马路。

"你动我的唱片了吗？"

"没有。"

"那，你到我的房间来干什么？"

"没干什么。"我说。

"要做什么你就不能到自己的房间里去吗？"

我们下面的大门又开了。这次是爸爸沉重的步子在楼下的地板上走过。跟往常一样他在门外脱下了靴子，然后走进洗手间换衣服。

"在电视新闻里我在海上看到了一张脸，"我说，"你听说这件事了吗？你知道还有别的人也看见了吗？"

英韦用一种半带疑问、很不情愿的眼神瞅着我。

"你在唠叨些什么？"

"你知道那艘渔船沉没的事吗？"

他微点了下头。

"在电视里显示沉船的地点，我在海里看见了一张脸。"

"一具尸体？"

"不，这不是一张真正的脸。是海面本身形成了脸的模样。"

一时间他只是着我，不再说一句话。然后，他弯曲起食指，按在自己的太阳穴上转了几圈。

"你不相信我?"我说。"那是千真万确的。"

"是千真万确,你就是个废物。"

就在这时爸爸在下面关上了水龙头。我想现在最好还是回到自己的屋里去,那就不会有在过道上和他碰面的危险。同时我不愿意英韦说完最后的话。

"你才是个废物。"我说。

他根本懒得搭理我。他只是把头转向我,像兔子那样把两排牙齿露在外面,还在齿缝间吹出一口气来。他的这个模仿动作暗示我突出的牙齿。在他没能看出我开始掉眼泪之前,我扭头走出了房间。我独自一人待了很长时间,这算不了什么,我扛得住。这一次算我赢了吗?就因为他没看见我哭鼻子?

一进我的房门我就停下脚步,瞬间的念头是我应该去浴室。在那里我可以用冷水洗去脸上的痕迹。可父亲正走上楼梯,我只好用毛衣袖擦拭我的眼睛。盖在眼睛上那层薄薄的泪水被干衣袖这么横着一抹,使得屋内一切陈设的外观变形,色彩有异,仿佛突然间沉到了水下,现在感觉是在水里观物。将这个想象的画面进一步延伸,于是我举起双臂在空中做出划水的姿势,与此同时慢慢地走回书桌。在我的脑海里,我戴着最早期潜水员用的那种铁头盔。那时候在海底行走的他们,脚上是铅铸成的鞋,沉重无比,厚重肥大的潜水衣套在身上臃肿得像一头大象,固定在头部的氧气管子晃动着就像根象鼻子。我嘴里喘息着,小口地往外吐气,把脚一下接一下重重地落在地上,就像他们当时在海底的那种沉重缓慢的移动。就这样我在地板上绕着圈子走了一会儿,直到惊骇的想象进入又一个阶段,开始极为缓慢地向那个刺骨的寒水区域渗进。

几个月前我看过儒勒·凡尔纳的小说改编的电视剧《神秘岛》,说的是有几个乘坐热气球的人降落在了大西洋上的一个荒岛上的故事。看到第一个画面时我就被完全震撼了。这里面无奇不有,包罗万象。热气球、狂风暴雨、穿着19世纪服装的人,他们登上的这块光秃秃的荒无人烟的岛屿,可能还不是他们想象中的那么糟糕,围绕着他们一系列诡异神秘莫测的事件一桩接一桩地发生……在那里的那些人到底是谁呢?在那集电视剧快结束时一下子有了答案。在地下水的坑道里有动静,一群人模人样的生物……从他们手里握着的灯发出的光亮里,一个光滑的、面具罩住的脑袋在眼前一晃而过……看清楚了……像蜥蜴,但是在用两肢直立行走……背上还背了几个……其中的一个回过头来,他没有眼睛……

当我瞧见他的时候没有发出尖叫声,但这些恐怖的画面立时贯穿全身,满脑子都是,让我什么事也干不了。即或是在大白天的光亮中,当我一想到水洞里那些蛙人,恐惧就会让我完全崩溃。现在脑子里那无数的念头已经把我变成了他们当中的一员,我与他们互为参照。他们的步子是我的步子,他们的手臂是我的手臂。我一闭上眼,就看见那些没有眼睛的面孔。地下的水洞……黑污的水……手里举着灯的蛙人排成一长串……我陷得太深了,睁开眼睛也无济于事。即使我看见自己坐在自己的屋里,环绕四周的是自己熟悉的东西,我仍被恐惧攥在手里。我害怕得几乎不敢眨一下眼睛,担心会发生什么事情。我在床上坐下,身体僵直,看也不看就一把抓起了书包,瞅一眼课表,找到星期三,读下面的栏目:算术、自然地理常识、音乐。我把书包举起,放到膝盖上,机械地翻拨着里面的书本。然后把书桌上翻开的那本书拿在手里,往床里面挪挪直到背倚靠着墙,开始埋头读书。最初我每几秒钟就会抬起头,慢慢地这种抬头的间隔变成了几分钟。后来是晚上爸爸叫我的声音,准确无误的正九点。此刻主宰我的已经不再是挥之不去的恐惧,而是书本了。要放下手里的书也是很需要毅力的。

　　我们是不被允许自己切面包片的,也不许使用电炉。所以总是妈妈或者爸爸给我们做晚饭。要是妈妈上夜班,就是爸爸来做这一切:当我们走进厨房,摆在桌上的两杯牛奶、两个盘子里的四片面包在等着我们。他通常都是早就把面包片做好,再把它们放在冰箱里。所以面包片又冷又硬,咬起来有点费劲,即或抹在上面的东西是我喜欢吃的。要是妈妈在家,会由她或者我们把搭配面包的各类食品都放在桌上。这小小的点子让我们可以决定把什么吃的放在桌上,也可以决定我们吃什么口味的面包片。另外面包保持室温,不是那种冷冰冰的。当然也有获得某种自由的感觉:我们可以打开柜橱,取出杯杯盘盘,让它们发出叮叮当当的碰撞声,再把它们摆放在桌上;可以拉开装有刀叉的抽屉,总是在里面稀里哗啦拨弄一阵后,把刀子放在盘子旁边；可以把玻璃杯放在桌上，打开冰箱，拿出牛奶，倒在杯子里，自然也可以张嘴讲话。和妈妈一起用餐的晚上，我们的话题一个接一个。我们随便说，想到什么就说什么，她很感兴趣地听我们说话。要是撒了点牛奶，或是忘乎所以了，把用过的茶袋顺手放在了桌布上（妈妈有时候也给我们泡点茶），这都不要紧。但我们在吃饭时享受到的这种自由的尺度，是随着爸爸接近我们的距离而发生规律变化的。知道他在屋外或是在下面他的办公室里，我们便自由地高声谈话，还可以加上我们随心所欲的动作手势；他若走上楼梯，我们自然而然降低声音，感觉说的内容不适合他，就立刻转换话题；他一走进厨房，我们立刻静默，一本正经地坐在那里，好像我们在专心专意地用餐；相反，要是他走进客厅，我们就继续聊天，但是静静地，小心翼翼地。

　　这个晚上当我们走进厨房时，等着我们的就是盘子里的四片做好的面包片，上面摆放着不同的配食。一片是棕色的山羊奶酪，一片黄色奶酪，一片是拌着番茄的沙丁鱼，一片丁香奶酪。我不喜欢沙丁鱼，就先拿起这一片。我最讨厌吃的就是鱼，水煮鳕鱼让我有想呕吐的感觉，我们一周至少要吃一次；另一种是蒸鱼，吃在嘴里无盐无味，看上去也是松垮垮的。其他种类的鱼自然也是一样炮制，水煮绿鳕鱼、水煮军曹鱼、水煮鲱鱼、水煮黑线鳕鱼、水煮比目鱼、水煮鲐鱼、水煮挪威黑线鳕等等。其中沙丁鱼的味道最糟糕，番茄我可以把它当作某种番茄酱来吃，但那鱼稠腻腻的，特别是那小小的、滑溜溜的尾巴让人恶心。

为了尽量不碰到它们，我通常是先把它们咬下，放在盘子旁边，用面包片一端的硬皮沾些番茄酱，再把那些小尾巴塞在当中，同时把它们卷在一起。用这个方法我可以在嘴里嚼几下而不碰到它们，然后喝几口牛奶把它们全都咽下去。假若爸爸不在场，像今天晚上这样，那自然是干脆把它们全都塞进裤袋。

当我这样做的时候，英韦扬起眉毛，摇了摇头。然后他笑了。我也冲他笑了笑。

在外面的客厅里爸爸在椅子上动了动。一阵摸索火柴盒的声音。紧接着火柴头上的硫黄擦在火柴盒划面上发出的短暂爆裂声后，是烟被点燃了的声响，随即而来的一切便都归于火苗的静默中。几秒钟后，香烟的气味飘散进了厨房，英韦躬身向前，打开窗户，他尽量不让自己发出一点动静。声音从黑暗的户外涌进窗口，一下子厨房里的气氛全变了。突然间这里成为了外面原野山川的一部分。我觉得，我们就像坐在一块暗礁上。这个奇想让我手臂上的汗毛竖立。起风了，一阵悉索的风声从林间穿过，下方草坪上的树木和灌木丛被吹得哗哗一阵响。街路口传来的声音是扶着自行车把的几个年轻人，是他们在谈话。通往桥的那个上坡路上一辆摩托正在踩油门加速。在远处，从峡湾里驶进的一艘船嘟嘟的马达声盖过了所有其他的声响。

他一定是听见我了！我奔跑在碎石路上的脚步声！

"我们交换一下？"英韦低声说，指了指那片盖着丁香奶酪的面包。

"好的。"我说。真是太令人高兴了，困扰我的这个谜团总算解开了。我喝了一小口牛奶把最后一块沙丁鱼面包冲了下去。开始吃英韦放在我盘里的那一片。关于牛奶的合理分配很重要,当你吃到最后一片面包时,牛奶却已经没有了,这几乎不可能咽下去,最好的办法是吃每片面包时都省下一点。喝牛奶不用掺杂着其他东西,不带其他功能,就是纯粹将牛奶灌进喉咙,这种牛奶最有味道。不过很遗憾,我几乎从没有体会过这种快感。其原因在于:纯牛奶给人愉悦,但它作为冲剂的这个功能比获得好口感要重要得多。

但英韦就做到了。在计划节省方面他是个专家。

住在上方的普雷斯巴克莫用靴子后跟在房门前跺了几下。三声短促尖锐的吼声穿过夜晚。

"盖尔!盖尔!盖尔!"

从约翰·贝克房前的院里传来了回应,大家都听得出他回答时的迟疑,一定明白他脑子里有什么考虑的事。

"来啦!"他喊了一句。

紧接着就听到他在外面跑动的脚步声。当快跑到古斯塔夫森家的院墙时,爸爸在客厅里站起身来。他的脚走在地板上的方式让我的脖子往下缩了一节。英韦也缩着脖子了。爸爸走进厨房,走到餐桌跟前,一句话也没说,只是弯下腰把窗户重重地关上。

"我们晚上不开窗户。"他说。

英韦点点头。

爸爸看着我们。

"现在赶紧把饭吃完了。"

他一回到客厅坐下,我和英韦的目光相遇。

"哈,哈。"我低语道。

"哈哈?"他低声回应。"他主要在说你。"

他比我先吃完差不多有两片面包,所以他可以接着就站起身,走回自己的房间把房门砰一声关上,但我还在那里坐了几分钟,咀嚼面包。原计划是晚饭后到爸爸那里去,告诉他晚间新闻里会重播海里的那张脸。思前想后又改变了主意,觉得最好还是别提这事了。

要不?

我打算还是看情况再说。走出厨房的时候,我通常要折回客厅去,给他道声晚安的。要是他的声音安详,当然最好是有说话的意愿,那我就提这件事。反之,那就甭提了。

很不巧,他没有像往常一样坐在电视机前的两张皮椅中的一张,而是坐在沙发上。那是客厅最靠里面的地方。要和他接触我就不能假装路过的样子,只朝他转过身说声晚安就完事。我得向客厅里面走进去好几步,显而易见,那他就会明白我是有额外的话要对他说。不能先试探,那就失去了全部的意义。不管他对我的语调如何,我都得讲出来。

我走出厨房之前没有发现这个意外情况,因为犹豫不决停下了步子,突然间我已经没有选择,他听到我停住了,一定很快意识到我是有什么想跟他说。所以我向前走了四步,让他能看见我。

他坐在那里跷着二郎腿,手肘抵靠在沙发扶手上,头部微微后仰,托在一只手上。他把原本向上斜望着天花板的目光投向我。

"晚安,爸爸。"我说。

"晚安。"他回答。

"晚间新闻里一定播出了同样的画面,"我说,"我就想说这个,你和妈妈可以看看。"

"什么画面?"他说。

"关于一张脸的画面。"我说。

"一张脸?"

我站在那里,一定是嘴张得很大。因为突然他的下颚往下拉,张大嘴,我明白了他又是在模仿我。

"我给你说过这事的。"我说。

他把嘴又闭上,挺直身子,两眼一直盯着我。

"关于这脸的事你唠叨个没完,就到此为止了。"他说。

"是。"我回答。

当我转身走向过道时,我可以感觉到他的注意力已经不在我身上。我刷牙,脱下衣服换上睡衣,在关掉屋里的灯之前,打开了床头灯。我躺下后开始读书。

实际上我们睡前只被允许读半小时书,到十点钟。但我通常读到妈妈回家,大约十点半。这个晚上就是这样。听到车从主干道向坡路上开来,我把书放到地板上,关掉灯,为的是在黑暗中躺着聆听她所有的动静:锁上车门,碎石路上的脚步,房门打开，脱下外套，走上楼梯的脚步……一旦她在屋里，屋里的气氛就完全变了，最不可思议的是我能感觉到这一点，比如，要是在她回家前我已入睡，半夜里醒过来时我就知道她在那里。屋内的气氛有什么变了，可我又完全不知道究竟是什么，除了感到安宁之外还有另一种东西。同样，要是她比原定时间提前回家而我还在外面：迈进过道的那一瞬间，我就知道她在这所房子里。

我自然非常愿意跟她聊聊，但又感到没必要非要告诉她那张脸的事。最最重要的是她在这里。我听到她踏上楼梯前把钥匙链放在了电话桌上，打开滑动门，跟在里面的爸爸说了点什么，门又在她身后关上。有时候，特别在周末的夜班之后，当妈妈回到家，爸爸总是会做点夜宵。他们也一起听听唱片。偶尔，在他们离开后厨房的案桌上会放着一瓶在酒类专售店买的红葡萄酒，总是同一个牌子。难得喝一次啤酒，但也是固定的牌子，两三瓶产自亚伦达啤酒厂的比尔森啤酒，棕色的0.7升的瓶子，上面贴有一个金色帆船商标。

但今天晚上他们没喝酒。为此我很高兴。他们吃东西的时候是不看电视的，这样一来我便可以实施我那简单同时也有点冒险的计划：快到十一点时溜下床，踮着脚尖走进过道，把滑动门拉开一道缝，瞅着里面的电视新闻。像这样的事我以前从来没干过，甚至压根儿没想过。不让我干的事就不干，绝对不干。我从没做过一件父亲不允许我做的事。至少，没有故意违反过。但这次不同，因为这不是关于我，是跟他们有关。我已经看到了海里的那张脸呀，没有必要再看一次。我只想知道他们是否会跟我看到的一个样。

就这样,我躺在黑暗中胡思乱想,目光追随着闹钟上闪烁的绿色荧光。现在四周一片沉寂,我能够听到下面主干道上行驶的汽车。汽车的声响从新开的超市 B—Max 的上坡路开始,在胡尔特那儿继续往下行,开过一段路到老蒂巴肯,再往上走直到大桥。在那里,汽车如同半分钟前突然出现那样又突然消失了,没有留下丝毫的痕迹。

差九分十一点时,路对面房子的门打开了。我跪在床上,往窗外望去。是古斯塔夫森太太,她手里拎着垃圾袋走上通道。

这可是很难看到的一景,当我瞧见这一切时,首先进入脑子里的就是这个感觉。古斯塔夫森太太给人的印象是她从不露面。人们或许能看见她在屋内,或许看见她坐在她家那辆蓝色的福特陶努斯车内的客座上,我是知道这个的,只是以前从未去想过。可现在,她在垃圾桶跟前停下来,打开盖子,把手里的垃圾袋扔下去,再把盖子关上。我突然想到了,所有这一系列的动作,都带着许多胖女人具有的那种有点懒散的优雅。她从来都是足不出户。

我家篱墙外路灯的强光投射在她的身上,而环绕在她四周的一切——垃圾桶、房车的白色车身、铺地的石板、柏油路——发出的反光锐利而清冷,将她的剪影衬托得格外引人注目。她的衣袖黑色闪亮,白毛衣的质材泛着微光,她丰厚的棕灰色头发几乎就像镀上了一层金色。

她这么站立一会儿,四下张望着。先是看着普雷斯巴克莫家,再转向汉森家,然后朝路对面下方的树林望去。

有只猫在下面大摇大摆地走过来,停下来打量了她一眼。她用一只手在手臂上摸了几下,然后转过身回屋去了。

我又看了一下表。差四分十一点。一阵寒意袭来,我随即估摸着是否应当穿上一件毛衣,但进一步考虑,如果那样的话,一旦被发现,这一切看上去就会像是早有预谋。况且这也用不了几分钟时间。

我小心挪步到门那里,把耳朵贴在门上。唯一有风险的是,洗手间在滑动门的这一侧。在那里我便可以掌控一切,假若他们站起身,我有机会抽身退回。可眼下滑动门是关着的,假若他们正走向这里,等我察觉出时将为时已晚。

但至少我可以假装要上厕所呀!

问题轻松解决之后我小心地打开房门,走到过道上。静寂无声。我蹑手蹑脚穿过过道,感觉到干燥的地毯摩擦着我出汗的脚底。我在滑动门前停下,没有听见任何动静,把它拉开一点儿从缝里往里张望。

电视在屋角。那两张皮椅子空着。

他们也都坐在沙发上,两个人都坐在那里。

一切完美无缺。

电视屏幕上那个标着 N 字形的地球正在不停地旋转。我祈祷上帝一定要让那段新闻重播,这样爸爸妈妈就可以看到我看过的画面了。

播报员的头条新闻是有关那艘沉船,我的心开始一阵狂跳。

可出现的画面不是那静静的海面,是当地的一个警察,还有个手里抱着小孩的女人在接受采访。他们站在那里谈话,背景是波涛翻滚的大海。

这条新闻结束时,我听到了屋里父亲在说话,然后是笑声。羞惭的感觉立刻传遍全身,它是那样的强烈,让我无法思考。仿佛我整个内心变为一片苍白。儿童时期里突如其来的这种羞愧感,其力量的强大,唯有内心深处极度的恐惧能与之比较,还有突如其来的一种愤怒。那时候,所有这三种感觉的共同点是,我整个的自己像是被抹掉,成为了零。当然这一切只是情绪使然。于是我转身走回自己的房间,一路漠然无视。我知道楼梯那儿的窗户一定黯黑无比,上面映照出过道的画面,我知道英韦的卧室门一定关上了,就像爸爸妈妈的卧室以及浴室的门都关上了一样。我知道妈妈的钥匙串一定还放在电话桌上,就像寓言里一个卧着的小野兽,皮革的脑袋,紧紧挤在一处的铁腿。我知道高及膝部、插着干花的陶瓷花瓶,枯叶一定洒落在了近旁的地板上,好像与这墙到墙的化纤质地的地毯毫无关联。但我什么也没看见,什么也没听见,也什么都没想。我走进房间,躺在床上关掉了灯。当黑暗攫住我时,我往里深深地吸着气,开始微微颤抖,同时肚腹的肌肉一阵紧缩,口中挤压出一阵呜咽,声音很大,我不得不用柔软的枕头将它们止住。枕头很快就浸湿了。这办法真管用,就像人感到恶心,最后一下呕吐出来后的那种感觉。泪水止住后的好长时间,我还躺在那里,低声哽咽。哭泣真不是件坏事。同时它也好在把这一切做了个了断。我平躺在床上，把头枕在一只胳膊上，闭上眼睡去。

* * *

当我坐在这里写下这些文字的时候，已经过去了三十年。在面前的玻璃窗上我看到了映照出的我的面容。除了眼睛还闪着光亮，其余部分因微弱的反光显得暗无光彩，左面整个脸部处在阴影中。两道深皱纹爬过前额，两边脸颊上各刻下一道深纹，纹路暗黑。当这双眼睛严肃地凝视，嘴角微微向下，让人不得不联想，这张脸阴郁时又该会是怎样。

在这张脸上刻印下了些什么呢？

今天是 2008 年 2 月 27 日。时钟正指 23 点 43 分。作者我，卡尔·奥韦·克瑙斯高出生于 1968 年 12 月，在写作的此时此刻三十九岁。我有三个孩子，万妮娅、海蒂和约翰，第二次婚姻的妻子琳达·博斯特伦。他们四个人都各自在我身边的屋里睡觉，这是在马尔默的一所公寓里，我们已经在这里住了一年半。除了与万妮娅和海蒂在幼儿园的小朋友的家长有联系外，我们不认识任何人。不惦记谁，也没有什么社会交往，至少对我来说是这样。我绝不会说出真实想法，绝不会表示个人意见，总是紧紧跟随和贴近大家热议的话题，假装表示对他们的话感兴趣，只有喝酒的时候是例外。酒一旦进肚，我就会反其道而行之，而且通常走得很远。酒醒之后的那种极度恐惧，只是随年头而加剧，现在可持续有几周之久。当我饮酒时，我也发生短期失忆，对自我的行为举止完全失控，最经常的是情绪低落、愚蠢犯傻，也有在失态中的危险举动。因此我戒酒了。我不愿意其他人接触我，不想其他人见我，结果便是：没人接触我，没人见我。这就是一定会在这张脸上读到的东西，这就是为什么它变得如此僵硬，好像戴着一副面具，每当我碰巧在临街的窗户里看到这张脸，几乎不可能把它跟自己联系在一起。

* * *

脸上唯一没有变化的是眼睛。在你出生的那一天和你死去的那一天，它们同样清澈。里面很可能布满血丝，很可能膜质晦涩，但眼内的光泽依旧。在伦敦时我看到过这样一幅画，每次看到它我都同样地被深深打动。那是伦勃朗晚年的一幅自画像。伦勃朗晚期作品通常带有极为粗砺的笔触，撇除所有枝节，强化瞬间印象，光彩夺目，神圣庄严，艺术成就无人可及——或许荷尔德林[1]晚年的诗作尚可比拟，他们二者之间无从比较难分高下。因为荷尔德林的光芒是在文字上体现，那份飘逸、神秘。伦勃朗的光芒流露在色彩里，质朴，带有金属感和实体感。但挂在伦敦国家博物馆里的这幅画的技法，恰恰更偏向古典现实主义，与现实生活接近，更贴近伦勃朗年轻时代的表现手法。但这幅画让人看到的是衰老。这就是老年。面部所有的细节一览无余，让人读

---

[1] Friedrich Hölderlin（1770—1843），伟大的德国抒情诗人、作家，古典浪漫派诗歌的先驱。——译者注，下同。

到岁月在上面留下的印痕。这一张脸上皱纹密布,皮肉松弛,有时光走过的残迹。但他的双目清澈,这不是年轻人的眼睛,它们属于另一个时间。仿佛是另一个人,从脸上的另一个完全不同的地方在注视着我们。要接近这另一个人的心灵实属不易。因为所有这一切都是关于伦勃朗个人的,他的嗜好与恶习,他身体的气味和响动,他的声音和语言,他的思想和看法,他行走的方式,他身体上的瑕疵和缺陷,所有的这一切,将他和其他人区别开来,然而这一切都已消失殆尽。这是四百多年前的一幅画,伦勃朗在作画的同一年去世,看着伦勃朗亲手画下的这幅肖像,栩栩如生如一个能呼吸的生灵,每天早上他醒来之后,立刻陷进思索,但不是他自己的思索,立刻进入情感,但不是他自己的情感,每晚入睡之后便一切皆忘,一切抛诸脑后,岂不乐乎。一个跨越时间的人,眼里的光泽是不会消失的。这幅画同伦勃朗其他晚期作品的区别,是在看人和被人看之间。这就是说,在这幅画里他自己看人,同时也被人所看。这种奇特只有在巴洛克的艺术风格里才具备——画里有画,剧中有剧,场景精心布置,所有东西相互依存。手工的精湛技艺又将其水准推向最高峰,到达了前无古人后无来者的境地,如此完美的绘画是可能有的。它存在于我们这个时代,它将供我们观赏。

* * *

这天晚上万妮娅出生了,她躺在那儿瞅着我们看了好几个小时。她的眼睛像两盏黑色的灯笼，身体血糊糊的，长长的头发粘贴在头皮上，当活动的时候，是一种爬行动物般缓慢的蠕动。她伏在琳达的肚腹上看着我们，好像是从树林里望着我们。我们无法将视线从她身上挪开。从她身上看到的究竟是什么呢？安静，严肃，深不可测。我伸出舌头来，有一分钟那么久，于是她也伸出舌头。在我一生中从来没有对未来如此地充满信心，就像我从来没有过这么多的快乐一样。现在她四岁了，一切也都发生了变化。她的眼睛机灵警觉，瞬间会从满心高兴变成满心妒忌，从极度愤怒转而极为伤心，她已经知道自己想要什么，过于狡黠，可以蛮横到肆无忌惮的地步，甚至让我终于失去耐心。我可能站起来向她一阵怒吼，或者抓住她使劲摇晃直到她哼哼唧唧地哭泣。但她常常只是笑。上一次这样的时候，我气得不行，使劲摇晃她，而她只是笑，大笑。我忽然慌了神，立刻想到要去摸摸她的胸膛。

她的心脏跳动着。啊，我的天，它跳动着。

这是 2008 年 3 月 4 日。早上还差几分八点。我坐在书房里，周围满满的书籍从地板堆到了天花板。听着瑞典林子乐队（Dungen）的音乐，一边思考着我写下的东西以及如何再往下走。琳达和约翰躺在旁边的屋里睡觉，万妮娅和海蒂在幼儿园，是我在半小时前送去的。户外高大的希尔顿饭店还驻留在阴影里，饭店正面的三面玻璃竖井电梯一直上上下下。饭店旁边是一幢红色的砖结构房子，可从所有的柱子构架与拱形门洞判断，这一定是19世纪末期或20世纪初期的建筑物。从那儿再往前去，晨曦的朦胧之中显露出了治安官公园的一角，树枝光秃，草地青青，尽头处一幢70年代的灰砖房挡住了视线，不情愿地将视线从那儿调开朝上望去，这是好几个星期以来第一次出现的蔚蓝晴空。

在这里居住一年半以后，我熟悉窗外的景色，这是日复一日积攒的印象，但我与它们并不相干。这里我看见的东西没有一样对我有意义。或许我寻觅的正是这个，因为在这种与我无关的环境确实是有意义的。我喜欢这点，或许甚至我需要这样，不过并没有有意识地选择去这么做。六年前我在卑尔根写作，虽然没想过要在那个城市过一辈子，但我既没有计划要离开那个国家，也没计划要离开那时与我成婚的妻子。相反，我们想到未来将会有孩子，或许搬到奥斯陆去，在那里我要写更多的小说，她可以继续在电视和电台工作。但我们说及的未来，实际上只不过是我们当时生活往后的一种延续，每天固定的生活计划，同朋友与认识的人共进晚餐，外出旅游，去看望自家父母和对方的父母，还加上我们想到要小孩，但没有什么特别的。而事情却发生了。突然有一天我到斯德哥尔摩去了，原只打算待几个星期的，出乎预料地，这便成了我的一生。不仅是改换了城市和国家，也改变了所有的人。很奇怪我这么做了，而更加令人难以理解的是我几乎没想过要这么做。我怎么来到的这里？为什么会是这样？

我刚到斯德哥尔摩时，只认识那里的两个人，而且都不熟：盖尔，1990年春天和他在卑尔根有过几个星期的交往，这是十二年前的事了。琳达，1999年春在毕斯科普斯—阿尔内举行的文学新人讲座上结识的，只有几天时间的接触。我给盖尔去了封信，问是否可以在他那儿待几天直到我给自己找到住处。我办成了，在那儿我给两家瑞典报纸投了一份租房广告。从四十多份复信里我选了两份。一处在巴斯图街，另一处在布兰许尔卡街。两家看过以后决定住第二家，直到我的视线落在大门进口处楼梯旁的住户名单上，在那里我看到了琳达的名字。世界真的很小，竟然有这个可能？在斯德哥尔摩有一千五百多万人口啊。要是公寓是由朋友或熟人关系介绍，几率就不会这么小，因为不管城市大小，相对来讲文化圈子是很窄的。但这可是完全经过一个上百上千的人都看过的无名无姓的租房广告，回我信的人自然既不认识琳达，也不认识我。就在这一刻我再次改变主意，最好还是住另外一处。因为要是我选择住这里，琳达或许会认为我是对她有意思。但这就是一个预兆，其中含义无穷。因为琳达就是现在我娶的女人，我三个孩子的母亲。现在是她与我分享生命。我以前生活留下的唯一痕迹，是我随身带来的书籍与唱片。其他的一切我都让它尘封。那时候我用了许多时间来回想我的过去，现在想来，那么多时间几乎是一种病态，因此我不仅阅读马塞尔·普鲁斯特的小说《追忆似水年华》，最大限量地从中吸取经验，现在过往的一切几乎不能在脑海里接近我。更多的原因我想是我们有了孩子，和他们一起的生活现在占据了所有的时间空间。甚至所有新近发生的事都完全被他们排挤掉了：若问我三天以前做了些什么，我记不得。问我两年前万妮娅的情况怎样、海蒂两个月前的事、约翰两周以前的事，我都记不得。在我们每天琐碎的日常生活里，发生的事情太多太多，而且这些事始终重复发生着，我现在改变最多的是对于时间的概念。从前时间在我的眼里像可以向前走的一段距离，这道路通向遥远的未来，但愿它的前景充满光明，至少绝不会是乏味无聊的，而现在这里的生活完全是另一种模式。要是我用一幅画来描述它，应当是在水闸前的一只船：时光如同来自四面的、节奏均匀的微波将生活恒定不变地托升起来。除了其中所含的细节以外，一切总是同样的千篇一律。随着每天的日子过去，当生活触及边沿的一刻便更加怀念以往，那一刻前方之路敞开，生活终于又向前移动。与此同时我在其中恰恰看到了这种重复、禁闭和毫无变化很有必要，它们给予我保护，一旦我离开了它们，所有从前的烦恼便会回来。突然地，我会被那些所说过的、所见过的、所想过的漫无边际的无数念头完全占据，仿佛又被扔进了从前生活了多年的那种毫无节制、一事无成，常常深陷于自轻自贱和失败的境地之中。往日的憧憬与希望现在依旧同样强烈，不同之处在于，事实上希望的目标在那时可以实现，而不是此时此地。我在这里要寻得另一种目标，并在其中获得自身的安宁。这里我说的是艺术的生存。纸上说说不难，在纸上我能轻而易举地给海蒂描绘出一个形象，比如，清晨五点钟她从童床上爬下来，黑暗中她在地板上蹒跚学步，几秒钟后打开电灯开关，站在跟前，对睡眼惺忪半张开眼的我说："Köket"（瑞典语：厨房）。她的瑞典语很有个人特色，词汇不是我们惯常所说的含义，而是她的自创，这个"厨房"的意思就是什锦麦片加蓝莓酸奶。用同样的方式，比如看见蜡烛就叫"Ja, må hon leva!"（瑞典的生日祝福歌）。海蒂大眼睛，大嘴巴，还有一副大胃口。在她自己生命的头一年半里，整个看来就是个急切贪吃、健康强壮、快活的小家伙。这个秋天约翰出世，其他人都退居次要，海蒂显示出了自己最早期朦胧未知的情感的宣泄方式。在最初的几个月里，她几乎利用每一个机会想方设法地去伤害弟弟，他脸上的抓痕经常规律性地出现。秋天我去了一趟法兰克福，四天后回来，约翰看上去就像去过了战场。事情很难办，我们也不可能完全不让她接近他，于是只好想法洞察她的情绪，避免她靠近弟弟，断了她想碰到弟弟的路。但即使在她心情愉快高涨的时候，她的手也可能闪电般伸出去揍他一拳或是挠他一把。在这一系列行为的同时她也会开始生气，其暴怒的程度是我两个月前未曾想到的。与此同时，她身上也体现出了早期的那种同样莫名的脆弱：在我的声音或是举止中有了几乎难以察觉出的那么一丁点儿的严厉，她便垂下头，转过身开始哭起来，仿佛她只愿意向我们展示她的愤怒，而一些敏感的东西她会掩饰。当我写下这些文字的时候，心里充满了对她的温柔之情。但这只是在纸上。在现实里，真实的场景是：一大清早，当外面的街上还是一片漆黑，整个屋子里还没有一丝动静的时候，她站在我跟前，情绪很好地等待着这新一天的到来。带着一种心甘情愿、紧张又带点激动的心情，我立刻开始行动，把昨天的衣服往身上一套，跟她走进厨房，那儿是许诺过的蓝莓口味酸奶和不含糖的什锦麦片等着她。她的作为要是超出了我的底线，我便温情全无，一连串的例子，比如一再闹着缠着要看一场电影，或者想法进到约翰正在睡觉的房间去，简单地说，每次我对她说不字她反而对着干，接着是我们没完没了的较量，这种情况多次发生，于是我由厌烦变为激怒，当我厉声对她讲话时，她的眼泪就滚了出来。她低下头，耷拉着肩头扭过身去，我想，自找的，让她这么去好了。直到晚上我才领悟到，她不过两岁呀，哪能不管她。当他们睡觉的时候，我坐在那里心想，我在这里究竟都干了些什么啊。但一旦这念头过去，心里会对自己说我别无选择，心里会是每天清晨三小时里要走过的一切程序：尿布要换，衣服要穿，早餐要摆上桌，牙要刷，脸要洗，头发要梳光洁后再归拢系好，吵嘴要避免，打架要制止，连衣裤和靴子要穿上，然后我一手推着双座的童车，一手把两个小女孩推着往前走进了电梯，伴着一路上少不了的推打吵闹下楼，走出大门，把她们抱进童车坐下，戴好帽子和手套把车推到街上，这时路上已经有许多来来往往赶着去上班的人，十分钟以后把她们送到幼儿园，这时我还有近五小时的自由时间可工作，在他们又给孩子们穿戴上衣帽等候回家之前。

我始终有很强烈的希望独处的需求，我需要巨大的孤独的空间，当我得不到这些，像我过去的五年里一样，就会失望沮丧，有时候几乎是恐慌，或者发怒。我整个成年人的生活里让我向前的动力——奢望有朝一日能写出些精彩的东西，当这唯一的念头受到威胁时，就会感到像有一只耗子在啃噬着我的心，就想从这里逃开。时光从我身边飞走，像沙粒一样从我的指间滑落，与此同时我做的是……是啊，我做的是什么呀，我？擦地板，洗衣服，做晚餐，饭后的洗刷，购物，跟孩子一起在外面的儿童乐园玩，把他们领回家，脱衣服洗澡，照料他们直到晚上睡觉，把她们在床上安顿好，晾衣服，收干衣服回来，衣服叠好放回衣柜，收拾屋子，擦拭桌子、椅子、柜子。这是一场战争，不是那种史诗般的英雄战争，却是那种你无法与之对抗的战争，因为无论我在家里付出了多少劳动，所有的房间里还是杂乱不堪、邋遢肮脏，我用我醒着的每分钟照管着的孩子，却比我见过的其他孩子更加执拗，有一度这里简直就是个疯人院，或许因为我们从来没有在亲密和疏离之间获得必要的平衡，越是难以控制情绪的时候这种平衡就显得越重要。这就是其中的一个例子：在万妮娅八个月左右时，她开始有了很强的感情宣泄需求，有时候几乎是一种突然袭击，那会儿根本不可能亲近她，她只是一味地尖叫，大声尖叫。我们唯一能做的是拽住她，直到这一切结束。也难说清这是为什么，但当她从外界获得了许多新的印象时，便常常出现这种情况。比如，当我们到斯德哥尔摩郊外去看望她外婆时，当她与其他孩子待在一块儿的时间太长，或是在周末的一天我们进城去了一趟。当她站在那里声嘶力竭地尖声大叫，不顾听不受劝时，完全变成了另一个人。敏感与自控力的统一结合并非易事。在海蒂出生后，对她就更难了。我真希望能说自己的行为举止是明智的、有分寸的，但很遗憾我不是这样的人，因为处于这样的情势下我的愤怒和我的情绪也随之加剧。发生过这样的情况：万妮娅躺在斯德哥尔摩的一家超市地上就是不起来，在我的怒火上来时会失去理智，恨不得把她立时撕成碎片，当时也顾不得是在大庭广众之下，我把她像一袋马铃薯那样往肩头上一甩，就这样扛着她穿过城市，她当时又踢又打像野兽那样嚎叫。另一种情况是，她喊叫时我就站在那里跟她对吼，把她扔在床上用手按紧直到她最后降伏，这是她害怕的一招。在她那小小年纪的时候便找到了一个可以准确地让我完全发疯的绝招，即一种固定方式的嘶喊，不是哭或者抽噎或者歇斯底里，是毫无由来的、带有目的的、含着寻衅的那种干嚎。这时我会完全失去控制，跨步走到这可怜的小女孩跟前，对着她大声咆哮，或是捉住她使劲地摇晃，直到她的嚎叫转变为哭声，她的身体绵软下来，最后终于可以接受对她的抚慰。

当我回过头去看这段经历，看这个不到两岁的她用这样的方式给我们整个的生活刻下怎样明显的印记。事实真是这样，有一段时间我们天天说的话题就只有这一件事。说上去这自然不关她的事，这一切都是关于我们。琳达和我的生活几近混乱，或者说总是处于一种混乱的状态，一切随时可能崩溃，而我们必须强迫自己适应有小孩的家庭生活。我们不懂得计划。得把晚餐的食物买回来这件事，每天都让我们措手不及。每个月底也得付清账单。要是没有某个发放工资的机构不定时地将钱打入我的账户，比如那些各类的收入，版税、读书会的售书酬金、一点学校教科书酬金，或者，正如这个秋天，有来自国外的后续版税，那一定会全乱套的。这不断有的即兴作品增加了瞬间的意义，当然天上不会掉下馅饼，劳动的成果自然让人感到生命格外充满意义，感受到光明，当然也可以实际干点什么了，强烈的感受，无与伦比的欢乐。啊，那时候的我们真是喜气洋洋。孩子们都充满了活力，自然他们要寻求快乐，要是我们有额外的精力带他们去高兴一回，他们就会把几分钟以前的执拗或是愤怒忘得干干净净。当然会意识到这样做是很消磨人的，所以虽知道要和孩子们一起同乐，但这对身处其间的我意义不大，仍像陷入了眼泪和失望的泥潭里。我一旦陷入了泥潭，就将被新发生的每一件事拽住旋转而下，直至泥潭深处。而与此一样消磨人的是意识到自己是在跟孩子打交道，是孩子在把我往下拉。这毫无价值。像这种处境，我是要尽最大可能不做这样的人。在有孩子以前我从未想到过这样的事。那时候我想一切都会顺利的，只要我好好待他们。事实上也是如此，但到当时为止我没有见过这样的事，没有人警告我有了孩子会是对生活的另一种侵入。将会获得一种从未有过的对他们的亲近程度。一个人自己的秉性和幽默如何与他们的脾气和幽默交织在一起，如此一来，个人最糟糕的一面不再是为己所有，藏于内心，而是把它们都显示出来，但又像接受外面的东西一样，被扔了回来。自然，关于人善与美的一面的显示也同样如此。在那些最有压力的非常时期里是个例外。在海蒂和约翰先后出生那会儿，他们所经历的情感生活受到冲击，找不到比生事、闹别扭更好的宣泄方式来矫正和改变这一切。这里的生活基本上是稳定和井井有条的，虽然有时我对他们光火，但他们对我仍然有安全感，每当他们需要庇护时，就会想法来靠近我。再没有比全家人一块儿出去玩更让他们快乐的事了。他们要的都是一些极简单的需求，对他们来说一切都充满了奇幻色彩：一个有太阳的星期天去西约特兰港郊游，先经过一个公园，摆在那里的一堆木头就足以占据他们半小时，然后经过海边，他们对海上的帆船表示出极大的兴趣。接着就是午餐，我们坐在通往海里的阶梯上吃意式三明治，那是在当地一家意大利咖啡馆买的，至于带的便当嘛，我们自然不去想它了。于是有一个小时他们只是四处跑着、玩耍、欢笑。万妮娅跑起来有点甩手甩脚的样子，这种极具个人特点的跑动姿势，从她一岁半那会儿就这样了，海蒂以她那跌跌撞撞的步姿走着，迈步急切而匆忙，始终掉在她姐姐身后两米的地方，她时刻准备好要接受属于万妮娅的那些小玩意，虽然这种情况不多。然后我们顺着来路回家。海蒂在童车里睡着了的时候，我们和万妮娅一起坐在一家咖啡馆里，她热爱单独同我们在一起的每一刻时光，坐在那里手里拿着柠檬水，一边打开话匣子，问了所有能想到的问题，比如天空是不是挂得很牢，或者有什么能让秋天停下，或者猴子是否有骨架子。面对这一切我的愉悦之情油然而生，不是那种巨大的欢喜，更加接近于一种平和或者宁静，同时也很高兴。或许甚至是，在游离出的一瞬间里的快乐。还不够吗？难道这还不够？是的，若快乐是一个目标，那么这就够了。但快乐不是我的目标，从来就不是我的目标，我要它来干什么？家庭也不是我的目标。如果是的话，我可以把我拥有的一切时间和我的每一分钱财都花费在它上面，事实上我们是可以这么做的，对这一点我深信不疑。那我们就可以住在挪威的某个地方，冬天去滑雪溜冰，背包里装有干粮和暖水壶，夏天出外划船，水里游泳、钓鱼、野外露营，和其他有小孩的家庭一起去国外旅游；一个井井有条的家，用时间精心做一道晚餐，同朋友们聚在一起，幸福而快乐。是啊，这像是一幅漫画，但每天我看到有孩子的那些人家就是这样生活的。孩子们干干净净，衣服精致美丽，父母们都乐呵呵的，有时候会提高嗓门，但他们绝没有像蠢货那样站在那里冲着孩子们一通大吼。他们在周末出外郊游，夏天在诺曼底那里租一栋房子避暑，他们的冰箱里绝不会空着，总是有食物。他们在银行或是医院上班，在IT公司或是政府机关部门就职，在剧院或是大学工作。为什么我要写作，将自己关闭在这个世界之外？为什么我要写作，使得孩子们用的童车看起来就像是我们从垃圾堆里捡回来的？为什么我要写作，使得我去幼儿园时，眼神疯狂、面部僵硬，脸上像罩着一个怪异颓丧的外壳？为什么我要写作，让孩子们的所作所为都要合着我个人的意愿，对后果不管不顾？我们生活中这所有的混乱到底来自哪里？我知道我可以让这一切消失，我知道我们也可以成为那样的家庭，那得我愿意才行，那这必得是我们生活最终的意义。我不愿这样。为了家庭我必须付出一切，这是我的责任。

从生活里我唯一学到的是忍耐，绝不向它提出任何问题，将所有的渴求和幻想积攒沉淀，让它燃烧，最后顺着笔尖流出。我不知道这些思考来自哪里，当我看着眼前这白纸黑字时，觉得这几乎就是滥用，是曲解：为什么责任就要高于快乐？关于快乐的话题是陈词滥调了，但接下去有关意义的问题就值得探讨。当我看到一幅美丽的油画我会流下眼泪，但看到孩子的时候不会这样。这不意味着我不爱他们，我爱，我用了我的整个心去爱，这只能说明他们给予的意义不能充满整个的生命。至少对我来说不是这样的。很快我就四十岁了，我到了四十，很快就是五十。我到了五十，很快就是六十。我到了六十，很快就是七十。如果是这样的话，我的墓志铭会这么写着：此地安眠着一个人，他万事能忍。最后他被挤压得粉碎。或许，这样更好：

　　　　这里安眠着一个发现自己从不抱怨一切的人，
　　　　因此他只活了一半的生命
　　　　在坠落而下进入死亡之前
　　　　这是他最后的话语：
　　　　啊，上帝，这里是多么的阴冷乏味，
　　　　谁能寄给我一点生活的盐味？

　　或是这样：

这里安眠着一位作家，
一个好人谦谦君子，
笑声于他陌生，
不识快乐滋味
曾一度满嘴词汇，
现如今一口泥土。

来吧蛴螬，来吧蛆蛹，
啃一嘴咬一口啄一点肉体进胃口
吃掉一只眼睛无妨
它早黯淡无光
这人的高谈阔论已过去很久

但我现在还有三十年的日子要过，很难说我还会跟从前一个样。因此，或许会是如下？

我们所有的人都归属于你，神明的上帝
带他走吧连同他的毛发和肌肤，
卡尔·奥韦·克瑙斯高终于寿终正寝
他吃下我们的面包已经够多
他对朋友挥举拳头
为的是静心写书拼命工作，
他写作他手淫，但结果不佳无建树，

行文全无风格，坐在那里只是一通瞎拼凑
于是他拿了一块蛋糕，又再拿一块蛋糕
于是他拿了一个土豆，又拿了一块鲱鱼
拿来一头猪把它全烤脆，
吃个精光响亮打饱嗝，呃！
我不是法西斯，但就爱棕色奶酪
我换掉字母，只用维京字符写作！

出版社拒绝，这人发了疯
他边吃边打嗝，却始终没个够
他的肚腹增大，脂肪增厚，
双眼冒毒光，舌头在燃烧：
"我想说的哟只是大实话！"

脂肪在血管里聚集，脂肪将心脏包围
一天他因疼痛发出嚎叫：
救命，救命，我的心停止跳动，
从车祸丧生的尸体中给我一个新心脏！
但医生说不，我记得你的书，
你将像一条鱼那样死去，铁钩直刺喉。
你知道疼痛，可感受到了痛楚？
针刺心脏，这就是死亡，我的朋友！

或许还有一个可能，要是我走运的话，鉴于个人有的一丁点儿特殊偏好？

> 这里安眠的一个人他在床上抽烟
> 和他太太一起，燃烧而尽飞冲云天
> 换句话说，
> 他们已身不在此
> 寻得的一点灰烬于户外的草地间。

当我父亲在我现在这个年龄的时候，他打破了自己旧日的生活，让生活开始新篇章。那时候我十六岁，在克里斯蒂安桑的一所教会学校读一年级。在这个学年开始的最初阶段，我的父母还没有离婚，关于他们之间的问题，我一点儿也猜不出他们将来的关系究竟会如何发展。那时候我们住在离克里斯蒂安桑二十公里外的特韦特，一座建在山谷最外沿的老房子里。地势很高，背面是树林，屋前的景色是一条河流。整个房产还包括一个巨大的粮仓和一间户外堆杂物的房子。刚搬到那里的那个夏季我十三岁，爸爸妈妈买了好几只鸡，我记得没到半年它们就跑得一只也不剩了。父亲在草地边的一块狭长地带种上了土豆，再往下还有一个肥料堆。在我父亲脑子里的许多梦想工作中，园艺工就是其中之一。在这方面他也确乎有才能——环绕我们房子的花园里植物繁盛，也有异国引进的植物，向阳的那堵墙下我父亲种上一株桃树，看到树上最后结满果实，父亲确实很引以为豪。刚把家搬到乡下来那会儿我们对前景乐观，对未来的生活充满了希望，后来慢慢地，同时也是很确定地，掺杂了一种自嘲，因为对我父亲一生中的那些年月，我能够记住的那些具体事情之一是他说出的一句话（那是一个夏天的晚上，我们坐在外面花园的一张桌子旁边，他、妈妈和我在烧烤）：

"我们这一家子呀，真是完美无瑕！"

说嘲讽话不难，我自己就擅长这个，但也并非易事，因为我不能领会其间隐含的寓意。因为对我来说这样的晚上就是挺开心的。这句嘲讽话的字面内容，像一股潜流通过了这个夏季余下的所有时间：一大清早我们在河里游泳，在周边有篱笆浓荫遮蔽的地方踢足球；我们骑车去哈姆雷桑登的野营地，在那里游泳、晒太阳、瞧女孩子；七月里我们去看挪威少年足球杯，在那里我第一次喝醉酒。有人认识在那里有一套公寓的人，有人认识可以给我们买啤酒的某人，于是我坐在那里，在一个陌生人的客厅里，在一个星期天的下午，让自己开怀地喝酒，那真是一种炸裂开来的快乐，所有危险的或是值得担忧的事全都烟消云散，我只是笑啊笑，在包围着我的所有这些东西当中，陌生的家具、陌生的女孩子、陌生的花园，我想这就是我想要的。一丝不变的就像这样。只是笑啊笑，所有那些稀奇古怪的念头随即而至。这个晚上我被拍了两张照片，在第一张照片里我躺在地板中央横七竖八的一堆身体中，一只手里拿着个骷髅头，脑袋像甩在了一边和这摊伸出去的手脚不搭界，脸上挤出了一个扭曲的怪异的笑。另一张照片里只有我一个人，我躺在床上，一手抓着一个啤酒瓶，另一只握住骷髅的手放在大腿根的阴茎那里，我带着墨镜，咧着嘴放声大笑。那是1984年夏天，我十五岁，有了这样一种经历：喝酒真是太爽了。

接下去的几个星期，我的童年时代就这么继续着：我们躺在瀑布下的岩石上打盹，有时又站到高处跳水，一个猛子扎进水里；星期六下午坐公交车进城，在那里我们买些好吃的东西，逛唱片店，与此同时，对即将开始的高中生活的那种期盼，一直在心里念念不忘。这不是家里发生的唯一变化：我母亲从她工作的护士学校请了带薪假，这一年她要去卑尔根学习，英韦那时已经住在那个城市。这也就是说，我和父亲要单独住在那里，头几个月也确实如此，很可能觉得我碍事吧，后来父亲建议我去祖父母那里住，在埃尔韦街他们有一幢房子，多年来祖父的会计办公室都设在那里。我所有的朋友都住在特韦特，在这儿的高中里有新结识的朋友，但我觉得还没有熟悉到可以放学后大家在一起的程度，一周我有五天参加足球训练，不去训练时就一人坐在下面的客厅里看电视，在阁楼的书桌旁做功课，或者躺在床上边看书边听音乐。有时候我也去桑内斯，我家那地方叫这个名字，去拿衣服、唱片或是书籍，有时也在那里过夜，不过我更愿意待在祖父母家中我的房间里。我们家那房子里冷飕飕的，可能是因为没什么人气，父亲大多数时间是在外面吃饭，在家里只干点最有限的、必要的一些活儿。房子里笼罩着一种沉寂的气氛，在这圣诞将至的时节有种伊人已去的冷清。二楼电视机前的沙发上有小小的干得卷缩了的猫屎，老式的洗碗机立在厨房的案桌上,所有的暖气全都关上了,除了他搬到自己住的那间屋里的一个电暖器外。他自己的心里经受着痛苦。一天晚上我回到那里,那应当是十二月初的时候,在冰冷的卧室里我放下手提袋,在门道里和他撞了个满怀,他刚从粮仓回来,那里的地下室改装成了一套房间,他的头发蓬乱,眼睛黑沉沉的。

"我们不能生个火吗?"我说。"这里太冷了。"

"生个火?"他学着我的发音说。"在这儿我们不他妈的生火。"

我不会发 r 这个音,我从来不会说 r[1],这是童年时代最让我发怵的事。我父亲一贯这样模仿我,原因之一是他要让我注意我不会发这个音,徒劳地试图矫正我,让我自己发出那个地道的南方人都会的 r 音;第二个原因是他不喜欢我,想跟我对着干,就像现在一样。

我只是转身就走,再走上楼梯。很高兴没让他看见我眼里闪烁的泪光。我为自己的眼泪羞愧,十五岁,很快就要满十六岁了,这种羞耻的感觉比他模仿我说话带给我的刺痛要强烈许多。我一般不怎么爱哭了,但父亲给我头上罩着一个让我没法摆脱的盖子。不过我可以示威。上楼后回到自己的房间,我抓起几张新唱片塞进手提袋,提着它下楼到大门旁边的那间房里,我的衣柜在那里,我从柜子里拿了几件毛衣,走进门道穿好衣服,

---

[1] 挪威语里 r 的发音特殊,是个卷舌的颤音。生火(fyre)这个词里含 r 发音。

把旅行袋往肩上一甩，走出了院子。车库上灯的反射让结上了一层薄冰的雪地闪闪发光，灯下面是一片纯净的黄色。往下通向公路的草地也有光亮，因为晴朗的夜空繁星密布月亮高挂，河对岸的丘陵几乎都在月色的笼罩之中。我开始往下走去。脚步踏在汽车留下的车辙里发出碎裂声。在下面的邮箱那里我停了下来。或许走的时候我应该说一声。再一想，那样就完全失去意义了。我的本意就是要他反省从头到尾他都做了些什么啊。

对了，现在该是几点钟了？

我抓住左手的手套褪下半截，把衣袖往上一捋看表。七点四十分。再过半小时有一趟公交车。要能赶上这趟车回去就太好了。

但要是赶不上呢。可他妈千万别这样。

我把旅行袋又往肩上一搭继续往下走。在朝上方的房子投向最后一瞥时，我看见一缕白烟正从屋顶的烟囱袅袅升起。他一定以为我还躺在楼上的房间里。于是他后悔了，抱来柴火升起了炉子。

河里的冰炸裂了。这炸裂的声响一直飞跑向前，沿着平缓的河谷的四周往上方蹿。

然后发出轰隆的一声巨响。

一个寒噤在我脊背上掠过。这种声响总是让我充满极大的快乐。我抬头看着那些闪烁的群星。挂在山峦上方的月亮。河对岸汽车的灯光像是在黑暗里劈出一道光的巨大裂缝。沿着河岸是黑影幢幢的树木，静默而毫无敌意。在这白色冰面上有两个木质的水位计，秋天的时候会被河水淹没，但现在河水低浅，它们裸露在那里发出湿漉漉的微光。

他点上了壁炉。这可以理解为他已经后悔了。因此我的不辞而别也就失去了意义。

我回转身又往上走去。我进了门，开始解开靴子上的鞋带。我听见他在客厅里的脚步声，就在我头上。他打开门，手扶着门的手把站在那里看着我。

"你这是要出去？"他说。

我已经出去过了，现在是回来，不可能多解释。所以我只点点头。

"是这么想的，"我说，"明天开始得早。"

"好，好，"他说，"我想明天下午出去一趟。这里给你说一声。"

"好吧。"我说。

他注视了我几秒钟。然后关上门走进客厅。

我又把门打开。

"爸爸？"我说。

他转过身来看着我没说一句话。

"明天下午有家长会，你知道。六点钟。"

"是吗？"他说。"好，这我得去的。"

他把身子转过去继续往客厅里走，我关好门，把鞋带系好，把旅行袋往背上一扔开始朝汽车站走去，十分钟以后我在那里停下。脚下方是瀑布，现在已经冻成了一弯巨大的冰穹，从实木复合地板厂那边来的微弱光线照射着它。瀑布后面和我身后连绵的丘陵蜿蜒而上。它们环绕着分散在河谷地带发出亮光的房屋，阴森荒漠。头上的繁星看上去像是铺撒在完全冻住了的海底。

汽车来了，车灯射出一道光柱。我给驾驶看了我的乘车卡，在车厢左边的倒数第二个位置坐下，我总是坐这个位置，只要它空着。路上车不多，我们呼啸着开过索尔斯勒塔、赖恩斯勒塔，沿着哈姆雷桑登河岸驶过，进入朝向蒂梅内斯的树林，拐进 E18 号公路，经过瓦罗大桥，再经过高级中学，进入市区。

公寓位于河这一面的最下方。进门后的左侧是祖父的办公室。右边是公寓住所。两个客厅、一个厨房和一个小浴室。二楼也分为两部分，右边是一个未装修的极宽大的阁楼，另一边是一间房，那就是我住的地方。在那里我有一张床，一个书桌，一个小沙发和一个茶几，一台唱机，一个搁架上放有唱片，一摞学校的教科书，一些杂志和音乐报刊，还有一个衣柜，里面有一叠衣物。

房子很老了，它曾经属于我爸爸的祖母，也就是我的曾祖母，她是在这里去世的。我有点理解爸爸了，在他成长的过程中和他的祖母最亲近，那时候他的许多时光都是在这里度过的。对我来说，她类似于神话中的一个幽灵，强壮、有权威、有主见，三个儿子的母亲，我的祖父就是其中之一。在我见过的那些照片里，她总是一袭黑衣裙，扣子严严实实地扣到脖颈处。在她生命的最后阶段她患了老年失忆症，从 1870 年开始几乎持续了十年之久，在家里人中间开始管她叫"老糊涂"。

我脱下靴子，往梯子一样陡的楼梯上走去，进到房间。有点冷，我打开了热风扇。打开了留声机。回声与兔人（Echo and the Bunnymen）乐队的《天堂在此》（*Heaven Up Here*）。我躺在床上开始读书。我读的这本书是布拉姆·斯托克的《德古拉》。我前一年已经读过一遍，但这一次感到同样的精彩激烈。窗外的城市伴着从汽车发出的均匀、低微的呼啸声，从意识里消失，又不时毫无知觉地回来，仿佛我自己正处于运动之中。但我没有，我静静地躺在这里读书，直到十一点半，然后刷牙，脱衣上床睡觉。

清晨在那里醒过来是一种完全不一样的感觉，独自一人在公寓里，似乎不仅周围一片空荡荡，在心里也是。直到上高中以前，我总是在这样一所房子里醒过来，爸爸妈妈已经起床要赶着去上班，屋里充盈着烟草的气味，喝咖啡，听收音机的广播，吃早饭，屋外的黑暗中汽车的发动机正在加热。那完全是另一种光景，我爱这个气氛。穿过老式房屋住宅区走不到一公里的路程去上高中，这我也喜欢，那时心里总会充满好些让自个儿欢喜的念头，好像我是一个人物。绝大多数上高中的都来自城里或周边地区，只有我和少数几个同学是乡村地区来的，这是个很大的不利因素。这就是说其他的人以前都互相认识，他们在课外时间碰头，成群结伙的。校内的情况也一样，这一群一伙的老凑在一处，每次课间休息的时间就成问题了：我该待在哪儿呢？我该站在什么地方？我可以坐在图书室里看书，或者坐在教室里假装翻看作业，然而这都相当于在传递一种信号，说明我是一个被排除在外的人。局外人，长时间这么下去可不行，于是这一年的十月我开始抽烟。不是因为我喜欢，也不是因为我想显得强悍，只是因为我有一个地方可待：每一次课间休息我就可以和其他那些抽烟的人一起待在门外站在一处，没有人会对此有异议。放学后我走回住地，不存在任何问题。首先因为那时我绝大多数时间要去特韦特训练，或者和扬·维达尔碰面，他是我初中时最要好的伙伴，其次因为没人看见我，就不可能有人知道所有这些夜晚我是独自一人待在公寓里的。

在课堂上那就不一样了。我们班有四个男生和二十六个女生，在课堂上我有自己的角色，有我的地方，在那里我可以讲话、回答问题、参加讨论、完成作业，我是存在的。在那里我跟随着其他人，大家都在一块儿，我没有刻意显示自己，这样就没有人对我的在场有意见。我坐在最后面的角落，旁边是巴森，前面坐着莫勒，这一行的最前面是波尔，余下的教室里便全是女生了。二十六个十六岁的女孩子。我喜欢她们当中的一些，但还没到我可以说爱上她们的程度。莫妮卡，她父母是匈牙利犹太人，她思想敏锐，博学多才，当我们讨论巴勒斯坦地区的冲突时，她总是控制住自己，有节制但同时立场坚定地为以色列辩护，有些我是不能明白的，显而易见，以色列是个军事国家，巴勒斯坦是个牺牲品。汉娜，一个来自沃格区的漂亮女孩，在合唱队里唱歌，基督徒，相当幼稚，但在同一间屋里瞧着她会很高兴。西芙，浅黄头发，褐色的长腿，在刚开学不久的一天,她说教会学校和商校之间的地区近似于美国的校园,我就首先注意到了她,因为她那时就知道了一些我不知道的东西,而对于这个世界我愿意成为它的一分子。过去几年她住在加纳,很爱夸口,笑起来声音特别高。贝妮迪克特,她的脸轮廓鲜明,五官几乎有点像50年代时候的女人,卷曲的头发,服饰属于上流社会的阶层。托内,姿态优雅,深色头发有点严肃,她绘画。看起来比其他人更独立。安妮,带着牙箍,在那个秋天的一次班级聚会上,我和她在巴森母亲的那张理发椅子上爱抚亲昵。希尔德,淡黄色的头发,脸色红润,敢说敢为的样子,但仍然有含糊其辞的时候,她常常向我转过身来。伊雷妮,女孩子当中的核心人物,很漂亮但会让人转瞬即忘。尼娜,她是那么强健,有如男性般的粗壮体魄,但同时又以很女性的裙衫着装。梅特,个子不高人精瘦,聪敏过人。她喜欢布鲁斯·斯普林斯汀(Bruce Springsteen),总是一身牛仔服,她个子小巧,但笑声一直不断,她衣着暴露又毫无章法,身上总能闻到烟味,每次开口笑时就露出牙龈,除了这点外还是个漂亮女孩,但她的笑声特殊,在她话音刚落、或是正要说一句蠢话时,就会发出辅音的那种嗤的笑声,事实上她有点大舌头,口齿不清,这对美的评判来说自然要减分,换言之,就没法称其美丽。我的四周有一大群女孩蜂拥着,肉体的激流,乳房和大腿的海洋。我只要瞧着她们在桌子后面的身形,就会觉得与她们的关系更加亲近。换句话说我的日子因此便有了意义,我很高兴走进教室,同所有这些女生在一起,坐在我有权利坐的那个地方。

这天早上我第一个下楼去餐厅，买了学校做的面包和一瓶可乐，回到自己的位置上一边吞嚼着一边翻一本书。学生们慢慢地走了进来，个个步履迟缓，脸上带着前夜未消的睡意，很快地教室就坐满了。我和莫勒小声交谈了几句，他住在哈姆雷桑登，是我初中的同班同学。然后老师到了，他叫贝格，穿一身简单的罩衫。这是我们的挪威语课，与历史课并列我学习最好的学科，我的分数是在五分和五加[1]之间，没有达到更高过，我决定考试的时候要上去。自然学科是我的薄弱环节，数学那时候低到二分，我从不看书，课堂上的讲学当然远远高于我的理解。教我们数学和自然课的老师是老派人物，数学老师是韦斯特比，他全身的肌肉都在抽搐，有一只手臂老是不停地扭曲翻转着。上他的课时，我把双腿放在桌子上和巴森聊天，这个韦斯特比，他那结实多肉的脸立时涨得通红，用尖锐刺耳的声音吼叫我的名字。于是我把腿放下，等他转过身去，又继续和人讲话。自然课老师尼高，矮小瘦削，几乎像个干缩了的小老头，有一副魔鬼般的笑脸，打哈欠的样子却很孩子气，他差不多到了退休的年纪。他也有肌肉抽搐的毛病，一只眼不停地眨巴，肩头上下抽动，脖颈还会猛地往后一甩，他的这些动作活像在模仿一个让人受不了的老师，很搞笑的。夏季学期他穿一套浅色西装，冬季学期穿深色西装，有一次我看见他把教室里教学用的大圆规当成一把步枪使：我们那时正埋首做试卷，他从上

---

[1] 在挪威的中学阶段里，分数标准是六分制，六分为最高分数。

方俯视着我们，把圆规的两条腿合并在一起往肩头上一扛，然后在教室里走走停停地兜圈子，脸上挂着一副不怀好意的笑容。我几乎不能相信自己的眼睛，他不是神经不正常吧？在他的课堂上我也讲话，讲的次数多了以至于后来但凡他听到教室里某个地方有人叽咕，也不管是谁在讲，"克瑙斯高"，他断然出声，同时把手掌举到空中：也就是说我必须从座位上站起来，罚站一直到下课铃响。这倒让我很高兴，因为我心里开始渐渐生出一种渴望对着干的反叛情绪，去你妈的，就这样了，怎么的。我忙着计划去给耳朵扎个眼，把脑袋剃成光头。自然学科，跟我有什么关系？数学，跟我有什么关系？我要去乐队里演奏，去享受自由，过我自己想过的生活，不是我必须这样过的生活。

在这方面没有人与我达成共识，在这方面我是孤独一人，所以眼下看上去这不现实，它属于未来，而所有关于未来的东西都是无形的。

不完成作业，上课不听讲，这都一样无所谓的。过去，在所有学科里我总是属于最优的那一部分人，总是乐意把成绩显示出来，但现在不再这样做了，我把这些优秀成绩视为几近是一种羞耻，它意味着你成天坐在家里埋头书本，耷拉着脑袋，这是失败者。挪威语就不一样了，是与作家和那些艺术家的群体联系在一起的，另外这也不是能够光靠书本读出来的，这还有一些另外的东西，情感、灵气、个人风格。

上课的整个时间里我坐在那里潦草涂抹一气，课间休息时在校门口抽烟，在这个循环里，天空和户外景色慢慢地展开来，一天就这样过去了,直到下午两点半最后一道铃声响起,我开始走回家,到我的小屋宿舍。这是12月5日,我生日的前一天,我满十六岁,妈妈将从卑尔根赶回家。我心里充满欢乐。和爸爸单独一起过的日子从某方面来讲倒也蛮不错的,他尽可能地与我保持距离,他住桑内斯我住城里,两地背道而驰。妈妈回来时这一切会结束,直到新年来临我们一家都将住在一起,有妈妈的存在,每天要和爸爸面对面的这一损失就几乎完全可以得到补偿了。我可以同她说话。和她讲什么都可以。对爸爸我不能说什么。不可能,我和他没什么可说的,除了那些具体的事,比如我到哪里去,我什么时候回来。

当我走回公寓,他的车停在外面。我进门去,整个走道里充满了烧烤的烟味,从厨房里听到一阵刀叉的碰撞声,还有收音机的声响。

我把头探进去。

"嗨。"我说。

"嗨,"他说,"你饿了吗?"

"是的,很饿了。你做了什么?"

"烤肉排。你坐下吧,马上就好。"

我走进屋里,在那张圆形餐桌前坐下。这桌子很旧了,我猜想那曾经是属于他祖母的。

爸爸把两块肉排、三个土豆和一小堆烤洋葱放进我的盘子里。自己坐下来,开始用餐。

"对了,"他说,"学校里有什么新消息?"

我摇摇头。

"今天你没学到点什么?"

"没有。"

"没有啊。"他说。

我们继续在静默中用餐。

我不想伤害他,我不愿意让他认为这是不愉快,他和儿子的关系不融洽,所以我坐在那里想我能说点什么。但一句话也没想出来。

他情绪不坏。没有动怒。但是他人心不在焉的。

"最近你去看过祖父祖母吗?"我说。

他注视着我。

"去过,"他说,"昨天下午去待了一小会儿。为什么你问这个?"

"没什么特别的,"我说,感到脸上掠过一道红晕,"我只是想知道。"

我已经用餐刀尽可能地把所有的肉都切下了。现在我举起一块骨头把它送到嘴里开始啃咬。爸爸的动作和我一样,也开始啃骨头。我放下骨头,把玻璃杯里的水一饮而尽。

"谢谢晚饭。"我说,然后站起身来。

"是六点钟开家长会吧?"他说。

"是。"我说。

"你在这儿不走吗?"

"是这么想的。"

"那等我完事后路过这里带你一块走,然后我们一起开车去桑内斯。可以吗?"

"好的。"

当他回来的时候我正坐在那里写一篇关于运动饮料的广告体裁的作文。门被推开了,来自城市的喧嚣骤然增高,门道里地板上传来沉重的脚步声。他的声音。

"卡尔·奥韦?准备好了吗?我们马上就走。"

我把所有需要的东西都放在旅行袋和书包里,两个包都装得鼓胀,因为下个月我要在家里住,很难确切知道我会用到哪些东西。

当我下楼梯时他瞪着我看。他摇了摇头。但他没有生气。是另外一种含义。

"家长会怎么样?"说话的时候我避开他的目光,就好像一些最糟糕的事他已经知道了。

"怎么样?好,那我就来告诉你。我被你的数学老师一场责难。发生的就是这事。韦斯特比,是叫这名字吧?"

"是。"

"为什么你不给我说这事?我可是弄得一头的雾水。真的是大为惊诧呀。"

"那,他都说什么了?"我说,同时开始穿外衣,因为爸爸保持着镇静,我心里有说不出的高兴。

"他说在上课时你把腿跷在桌上,不服从管教纪律,放肆无理，你上课讲话，既不读书也不做作业。再这么继续下去，他就完蛋了。这就是他说的。是真的吗？"

"是，有一部分是那么回事。"我说着直起身来，已经穿好了衣服。

"他说这是我的过错，知道吧。他数落我有这样一个儿子。"

我在我站着的地方扭过身子。

"那你怎么说？"

"我给他顶回去，也给他一顿数落。你在学校的表现是他的责任。不是我的。但这自然很令人不快。这你明白的。"

"我明白，"我说，"对不起。"

"这没用。这是我最后一次去开家长会，就这么定了。现在，我们可以走了吗？"

我们走出大门，朝汽车走去。爸爸坐进车里，在座位上侧弯下身，把我这边的车门打开。

"可以把后备箱也打开吗？"我说。

他没回答，但他照我的话做了。我把旅行袋和书包放进后备厢，小心关上车盖因为不想打扰他，他正在扭转车钥匙，我坐到前面的座位，把安全带从胸前拉过去，将插销在下端固定好。

"总而言之，这是让人难堪的。"爸爸说。他启动了马达。仪表盘亮了。我们前面的那辆车也朝着河下面的方向开出了一段。"但他究竟是怎样的一位老师，这个韦斯特比？"

"相当差劲。他不能维持纪律。班上没有人在乎他说的话，就没人听他的。他自己也不好好反省吸取教训。"

"在大学时他的考试成绩可是名列前茅,知道这个吗?"爸爸说。

"不知道。"我说。

车倒退了几米,绕上马路,然后掉转方向开始驶出城。发热的马达轰鸣着,轮胎上的小钉匀速地碾压着路面发出嗖嗖的声响。像往常一样他车开得很快。一手放在方向盘上,另一只手轻松地放在旁边的换挡杆上。我的肚腹内一阵翻腾,一股小小的喜悦之情在身体内散开,因为以前从来没有发生过这样的事。他从来没为我辩护过。他对那些有关我表现的批评从来没有选择过宽容。在每年暑假和圣诞假期前要交出学校的成绩册时,我总是一周前就开始提心吊胆。哪怕是对一丁点儿的缺点评语他也会怪罪我,对我暴跳如雷。开家长会也一个样。对最小的一点批评意见,如上课爱讲话或丢三落四等,会后他也会发泄一通怒气。更别说我拿着学校的条子回家的那些时候了。那是判决的日子。是下地狱。

是因为我快长大了,他现在才这样对待我吗?

我们之间的关系要平等了吗?

当他坐在那里凝视着前方,我们的车沿着道路嗖嗖往前奔的时候,我真想看着他。但我不能够,因为这样的话我就得说些什么,而我无话可说。

半小时后我们开上了最后一道坡路进入了房子前面的院落。

爸爸没有熄掉引擎，下了车去打开车库门。我朝前门走去开了门锁。想到行李，我又折回来，那时爸爸正关掉引擎，红色的后车灯闪烁着。

"开下后备厢？"我说。

他点点头，把钥匙又插进去一扭转。车盖像鲸鱼尾巴那样往上掀起，它踫了我一下。当我走进屋里，马上就觉察出他做过清洁了。闻到一股绿肥皂的气味，房间也整理过了，地板锃亮。楼上沙发上的那些干猫屎蛋子不见了。

他自然要做清洁了，因为妈妈即将回家，即使是有很具体的理由，他也不会为自己这么大扫除，因为他那里一向就是个杂乱邋遢令人觉得不舒畅的地方。现在我感到轻松多了。家里又恢复到以前的井井有条。不是因我个人心里的纷乱还是其他的什么，还有更多的因素，我受到了干扰，特别是这种干扰还不止一种。这个秋天他身上发生了些变化。这可能是因为我们生活的方式，就只有他和我在一处，显而易见，也不仅仅是这个。他从来就没有什么朋友，也从来没有人拜访我们，除了自家人。他唯一认识的是同事和邻居，这就是说，在特罗姆岛那儿是这样，这里他连邻居也不认识。妈妈搬到卑尔根学习后几个星期，他把几个同事叫到桑内斯的家里来，他们要搞一个小聚会，他问我那个晚上是否可以到城里去住？要是我觉得孤单，我总是可以到祖父祖母那里去的，只要我愿意。独自一人待着是这世界上我最害怕的事，那天上午他路过那里给我带了一袋子吃的，烤好了的比萨饼、可乐和炸土豆卷，我可以在电视跟前吃。

第二天上午我乘公交车去扬·维达尔那里，在那里待了几个钟头，然后继续乘车回到家里。门锁上了。我打开车库看他是出去散步了，还是开车走的。车库是空的。我又回到屋子跟前开了门锁。在客厅的桌上立着几个酒瓶，烟缸里栽满烟头，虽然没清理打扫但看上去还不至于太糟糕，我想他们一定搞了一个小派对。立体音响通常是放在上面的仓库里，但现在放在壁炉旁边的一个小桌上，我在那一小堆唱片跟前蹲下来，部分唱片靠着一根椅子腿，另一部分散放在旁边的地板上。我记得这些唱片他听了有许多年。平克·弗洛伊德，乔·达辛（Joe Dassin），艾嘉（Arja Saijonmaa），约翰尼·卡什，猫王，巴赫，维瓦尔第。最后那两盘他一定是在派对前或者是在这天早上听的。其他音乐也不是特别适合这种聚会。我站起身走进厨房，洗碗槽里有些没有洗刷的杯盘，打开冰箱，前排有几瓶白酒和一些啤酒，几乎都空了。我走上二楼的楼梯。爸爸的卧室是开着的，我朝那里走去，进到屋里。妈妈卧室里的床也搬进来了，和爸爸的床并靠在一起。因为喝酒，他们的聚会一定是很晚才结束，房子的位置较偏远，坐出租车进城或是去爸爸工作的地方文内斯拉都不便宜，有人在这里留宿。我的房间没动，我把我要带走的东西装好，又折身回了城里，虽然我是计划来这里过夜的。这里所有的东西都有了某种陌生的痕迹。

还有一次我回到那里去，没有事先打招呼，那是个晚上，在训练完以后我懒得再回城里，队里的汤姆开车把我送到家。在厨房的灯光下我看见爸爸坐在桌前，一只手托着头，面前放了一瓶酒。这也是个新情况，他以前从未喝醉过，至少我在这儿的时候，至少不是独自一人。我现在看见了，我不想他知道我看见他了，但又不可能返回，于是在门前故意使劲地跺着踢着靴子上的雪，把门猛地一下打开，又将它重重地关上，让他毫不怀疑我是刚刚走进来，我把浴室里的两个水龙头一起打开，坐在里面等了几分钟。当我走进厨房时，那里已空无一人。空玻璃杯放在案桌上，空酒瓶放在水槽下面的柜子里，爸爸回到了他住的粮仓下面的那套房间里。好像这还不够神秘不解，在一天下午的早些时候我看见他开车经过索尔斯勒塔的那家商店，那天最后三节课我逃课了，在晚上去谢维克训练前我到扬·维达尔那里去了一趟，当我坐在商店外的长凳上抽烟时，爸爸那辆鼻涕绿的阿斯科纳开了过来，这不可能看走眼的，车继续向前开走了。我扔掉手里的烟，倒没有理由躲起来，当车开过去时我直直地盯着它，甚至举起一只手打了个招呼。但他没看见我，他在同旁边坐着的那人讲话。第二天他到我的住处来时，我跟他提起这事，他说这是他的一个同事，他们一起有个项目，放学后在我们家工作了几个小时。

总之在这段时间他跟同事有许多接触。一个周末他们一起在霍夫登有个讲座，他参加的聚会次数比我能记起从前的任何时候都多得多。肯定的，那是因为他感到无聊乏味，或者不喜欢一个人长时间待着，我为此感到高兴，那时候我开始用另一种眼光看他，不再是一个孩子，而是用一个即将长大成人者的眼光，在那一瞬间我真愿意他周围有许多朋友和同事，就像其他人那样。同时我又不喜欢这种改变，这使得他不可预见。

事实上他在家长会上破例替我辩护的事，就属于这个未预见的范畴。对，这或许是其他所有事情当中最显著的一件。

我把衣服从行李中拿出来放进衣柜，把唱片一张张放进书桌上的唱片架子上，学校的教科书收好摆成一叠。房子是19世纪中叶的建筑，所有的地板都发出吱嘎声，这些声音在所有的墙壁间飞跑，所以我不仅仅知道爸爸就在我下面的客厅里，还知道他也坐在沙发上。我本打算读完《德古拉》，但感到在没有把我和爸爸之间的状况落实以前我是没法静下心来读书的。结果自然是他知道我正在做什么，我也知道他正在做什么。同时为什么就不能直接下去对他说，"嗨，爸爸，我坐在上面看书呢"。"为什么你要对我说这个"，他会问，或者至少心里会这么想。但眼下的这种别扭的状况应该改变，于是我走下楼梯，去厨房里转了一圈，或许有什么吃的东西？当我要走进客厅的最后几步时，看见他坐在那里，手里拿着我的那些旧连环画册里的一本。

"你晚上不吃点什么吗？"我说。

他抬起头很快地望了我一下。

"你自己吃吧。"他说。

"好的，"我说，"那，完了以后我就坐在上面的房间里了。"

他没有回答，在沙发旁一盏灯的光线下继续看他的《秘密特工X9》。我切下一大块香肠，在书桌旁坐下吃了起来。我想起了，他一向是很难得给我买什么生日礼物的，妈妈一定在卑尔根给我买礼物了。可是生日蛋糕他得准备吧？他想过这事了吗？

第二天我从学校回来的时候妈妈已经在家里了。爸爸去机场接的她,当我走进屋里时他们正坐在厨房的餐桌旁,肉在电炉的烤箱里烤着,吃晚餐的时候桌上点着蜡烛,我得到了一张五百克朗的钞票和一件妈妈在卑尔根买的衬衣。她逛遍了卑尔根的商场就想替我买点什么,找到了这件衬衣,虽然她觉得不错同时认为我会喜欢它,但我是不会穿这件衣服的,只是不忍心说出口。

我穿上衣服,我们在客厅里吃蛋糕喝咖啡。妈妈心情很好,她不止一次地说回到家的感觉真好。英韦打电话来祝我生日快乐,恐怕圣诞前夕才能回来,他说,到那时我会得到礼物的。我去训练了,当我晚上九点回来的时候,他们已经去仓库的房间了。

我很希望同妈妈单独谈谈,但看上去没有机会,于是我等候了一会儿就去睡了。第二天学校里有考试,这最后的两周里考试很多,我都早早交卷,进到城里去逛唱片店,或是去咖啡馆,有时同巴森一起,有时同班上的一些女孩子一道,这一切的发生都是巧合,不可能理解成我是在竭力地想与他们傍在一块儿。与巴森在一起是不错的,我们开始有点彼此接近了。有天晚上我和他待在一块儿,我们只是在房间里听唱片,但我仍然满心欢喜,我有新朋友了。不是乡下佬,不是重金属粉丝,而是一个喜爱 Talk Talk、U2、水男孩(Waterboys)和头部特写(Talking Heads)的乐迷。巴森,或者赖德,他实际上应该叫这个名字,栗色头发,容貌英俊,对女孩子们有很强的吸引力,从来没有做出一副卖弄和自以为是的样子,因为在他的天性里没有炫耀的光辉,没有自我陶醉,他从未获得过他可以获得的位置,但这也不是出自他的羞怯,更多的是一种郁郁沉思及他的一种自我内省,他总是退后半步。他从没有完全释放过,显示他的真面目。是因为他不愿意,还是他不能够,我不明就里,不过通常应该是二者皆有吧。但最打动我的是他对事物总是有自己的见解和看法。在这方面我想到的领域,比如说政治,可以从谈一种政治立场自然而然地转向另一个话题,说到鉴赏的口味,从一个喜欢的乐队可以让人进一步转换到自己也喜欢的风格相近的其他乐队;谈及人,我就从来没法从其他人论及的话题内容中摆脱开,他却有独立的思想,说出自己的观点,做出一种或多或少带有个人特质的判断。但他从不以此炫耀自夸,相反地,你必须要跟他相处一段时间后,才能进一步地接触。这不是他使用的手段,不过这就是他。能把巴森称为自己的朋友,我为此感到骄傲,这不光是他知识的丰富,也不只在于友谊本身,当然也是,但最重要的是,想象到他的好声誉也会给我带来好处。也说不上什么真正的好处,但现在回过头看,这一点是明显无疑的:要是一个人被排拒在外,他就必须找到一个人能带他进去,至少当一个人是十六岁的年纪时。在这种情况下,被排绝在外不是一个抽象比喻,而是一种具体的、实实在在的行为。我周围有好几百个与我同龄的男孩子和女孩子,我就不能进到他们可以进入的圈子。每个星期一我很害怕所有人会提的这个问题,即:"你周末都做了些什么?"可以说一次"在家看电视",也可以说一次"和一个伙伴在房间里放唱片",但人们当然愿意说出些更好的消磨周末的方式,要是他不愿意失去与其他人的联系。有的人与人接触,从第一眼就被人划出了圈外,然后一直延续整个高中阶段,我绝不愿意像他们那样,有那么多事天天围绕我们发生,我要成为他们当中的一员,我要被他们邀请去参加聚会狂欢,要和他们一起去城里,要过他们那样的生活。

这最大的测试,一年里最大的狂欢,就是新年聚会。最后这几个星期到处都在谈论这个话题。巴森要到他在尤斯特维克认识的朋友那儿去,完全没有任何可能让我粘着一块儿去,于是直到圣诞前学期结束时,我没有得到邀请去任何地方。圣诞节到新年前夕,我同扬·维达尔坐在一起,讨论我们还有什么其他可能性。他住在我们下面四公里远的索尔斯勒塔,这个秋天他要开始职业高中的糕点制作专业。我们想要去参加聚会,想喝他个酩酊大醉。关于最后这个喝酒的事,倒不是什么大问题。我在少年足球队踢球,那里的守门员,汤姆,他可以办成这件事,对替我们买酒的事他不会反对。至于这个聚会,相反地有点……九年级那个年龄段的年轻人在附近一栋房子里搞聚会,都知道是属于那些有点不正经的、多少带点违法性质的狂欢,这是绝对不能接受的,与其那样我宁愿待在家里。也找到了我们很熟的一群人,这些人当中一些和我们是同班同学,一些是在一起踢足球的,但这也不在考虑之内,聚会地点在哈姆雷桑登,而我们也不在邀请之列,即便我们可以用某种方式混进去,在我们眼里这也不是上策。那些住在特韦特,读职业学校或是工作了的人，他们当中有些人有车，车的座位铺上了毛皮，在前车窗的镜子那儿挂着德国产的飘着香味晃来荡去的装饰物。可我们没其他的选择了。我们必须得被邀请参加新年派对。还有，到了大约午夜十二点的时候人们都出来，聚集在空地或是十字路口，点燃烟火让它飞升天空，欢庆新年的到来。这不需要任何邀请都可以加入的。我知道许多学校里的人要在瑟姆地区搞一个聚会，我们怎么样才能去那里呢？于是扬·维达尔想到了在我们乐队里的鼓手，住在霍内斯的一个八年级生，他说过他要去瑟姆参加新年聚会。显然这是我们最后的选择。

后来两个电话就把一切搞定了。汤姆替我们买啤酒，我们将和八、九年级的学生一起，坐在他们的一个地窖里的客厅到午夜，然后出外到路口那里人们聚会的地方去，找到自己学校认识的人，和他们混在一块儿度过整个晚上。这是个好计划。那天下午我回到家里，在走过爸爸妈妈旁边时我说我被邀请去参加新年聚会了，是班上的一些人在瑟姆搞的一个聚会，我到那里去可以吗？我们家也是有晚宴的，祖母祖父都要来，还有我爸爸的兄弟居纳尔和他的一家人，但无论妈妈还是爸爸都没有反对我去。

"那，真不错啊！"妈妈说。

"可以的，"爸爸说，"但你得一点以前回家。"

"这可是新年前夕啊，"我说，"不能是两点吗？"

"好吧，那就两点，但不能两点半。明白吗？"

新年前一天的下午我们骑车去赖恩斯勒塔的商店，汤姆在那里等候我们，我们把钱给了他，然后各自拎了一个装有十瓶啤酒的袋子回来。扬·维达尔把它们藏在他家外头的花园里，我骑车回了家。爸爸妈妈为着晚上的家宴能像个样子，正在家里全力以赴地打扫整理屋子。外面起风了。我在房间窗前站了一会儿，看见旋转飞舞着的雪花在眼前飘过，灰色的天幕仿佛在树林里幽森的树木间沉落下了去。我放上一张唱片，打开我正在读的一本书，在床上躺下。过了一会儿我听见妈妈的敲门声。

"扬·维达尔的电话。"她说。

电话在在下面放置衣帽柜的屋里。我下楼走进那屋，关上门，一把抓起听筒。

"怎么啦？"我说。

"出大事了，"扬·维达尔说，"那个该死的莱夫·雷达尔……"

莱夫·雷达尔是他哥哥。他二十好几了，开一辆加大马力的欧宝阿斯科纳，在博恩的一家实木复合地板厂工作。他的生活不是朝向西南方向、朝着城里，像我们家和其他绝大多数人家一样，而是朝向东北方向，朝着比克兰和利勒桑，和他这个年纪的人我完全没有过交往，知道他，但不知道他究竟是怎么样的一个人。他留着小胡子，经常戴着一副飞行员的那种墨镜，但并非从上到下看上去都真的很霸气彪悍的人，他的穿衣打扮很有绅士风度，但为人行事却是反其道而行。

"他干什么了？"我说。

"他在花园里找到了装啤酒的袋子。于是该死的他就对我不依不饶。这个烂鸡巴。他妈的当面一套背后一套。他居然给我一顿臭骂,他说我只有十六岁,接下去没完没了地说了一大堆。然后他要我告诉他是谁买的啤酒。我拒绝了,那是肯定的。这跟他有他妈屁关系。于是他说要是我不说出这个名字他就要告诉我爸。十足的伪君子,这王八蛋。那,我就只好说了呀。你知道他要做什么?你知道这混蛋要做什么?"

"做什么?"我说。

在劲风里雪像一层轻纱从仓库的屋顶上倾斜而下。从一楼的窗户里透出柔和的灯光,几乎是充满神秘地向这一点一点加深的暮色里弥漫。我模糊地看见里面有一个晃动的身影,这一定是爸爸,我想,我相当地肯定,在下一秒钟他的脸部轮廓在窗户前出现,他直直地看向我。我垂下目光,把头稍稍侧在一旁。

"他强迫我坐进车里,带着那两个啤酒袋子直接开车去了汤姆那里。"

"真这样?"

"操他丫的,他就是这么个王八蛋。他可乐了。我他妈的就像完全被他卖了。真是绝妙,他大获全胜,妈拉巴子,就一眨眼的工夫。他这人就该进地狱,我他妈真想破口大骂一场。"

"那,后来又怎么样了?"我说。

那时候我又朝窗外瞅了一眼,那张脸不见了。

"怎么样?你说呢。他把人家汤姆也骂了。然后对我说把啤酒给汤姆。我照做了。汤姆把钱也还我了。我就他妈的活像是个小屁孩。好像他十六岁的时候就没这样干过。嘿,他可幸灾乐祸了，是不是？他开口骂了人他高兴，他把我开到那儿去他高兴，把汤姆好一顿骂他也高兴。"

"那，现在怎么办？没有啤酒我们空着手去？这可不行。"

"当然不行，在我们离开时我对汤姆眨了眨眼。他就明白了。于是我回家后给他打电话表示道歉。他就什么也没干成。所以他现在要做的是，带着啤酒开车到你那里。他顺路带上我，我就付他钱。

"你们到这里来？"

"对，他十分钟后出发。我们大概一刻钟后到。"

"我得想想。"我说。

当时我首先注意到了猫躺在电话桌旁的椅子上。它瞪着我看，开始舔自己的一个爪子。外面的客厅里响起了除尘器的声音。猫把头很快地转向发出声音的方向，在下一秒钟它又松懈下来。我往前弯着身子抚摸它的胸腹。

"你们不能直接开上来。这不行。但我们可以把袋子放在路旁的一个地方。反正在这里没有人会发现。"

"或许在小山坡底下？"

"房子下面那里？"

"对。"

"好。那你得对汤姆说不要到我们这里来倒车，也不要到下面的邮箱那里。再往上面一点有个倒车的地方。他可以去那儿吧？"

"好的。那待会儿见。"

我放下话筒走进客厅到妈妈跟前去。她一看见我就关掉了除尘器开关。

"我要到佩尔那里去一趟，"我说，"就想跟他说声新年快乐。"

"去吧，"妈妈说，"祝愿他新年快乐。"

佩尔比我小一岁，住在下面几百米远的一栋房子里。我们住在这里的这些年里是他和我一起度过了许多时光。只要可能，我们就一块儿踢足球，放学后的时间，星期六和星期天，还有假日，很多时候是努力把人数凑够，这才好正正经经地踢一场比赛，要是办不到，我们就二对二地踢好几个小时，要是这个都不行，那就只有我和佩尔。我向他射球，他向我射球，我传球给他，他传球给我。或者我们两人玩对抗，我们就管这叫做二人足球。日子一天一天地过去，我们都这么玩，直到我进入高中读书。另外我们也一起游泳，或者在瀑布下面，在水潭那儿水很深，我们可以从悬崖纵身而下跳水，要不就到下面水流湍急的地方去，然后顺水漂流。在天气不好不适合户外活动的时候，我们就在他们家地窖的客厅里看录像，或者就待在车库里聊天吹牛。我很喜欢去那儿，他们一家都很热情，慷慨大方，虽然他爸有点不能忍受我，我在他家仍然很受欢迎。在所有人当中虽然佩尔和我在一起度过的时间最多，但我没有把他当作一位朋友，我从不向其他圈子里的朋友们提起他，不仅是因为他比我小一岁，这没有什么可自豪的，还因为他很土气。他对音乐没兴趣，对音乐完全一无所知，他对女孩子或是喝酒也没兴趣，在周末他就喜欢和家人一起待在家里。穿着一双胶筒靴去学校，他认为挺好的，就喜欢穿一件家织毛衣和比牛仔裤短一截的灯芯绒裤子，一件上面印有克里斯蒂安桑动物园图案的T恤衫。我搬到那里以前，他从来没有单独一个人进过城。好些书他几乎就没有读过，只看些连环画系列，我也都差不多看过的那些，但对我来说更多的是那一长串我囫囵吞枣看过的麦克林（MacLean）、巴格利（Bagley）、史密斯（Smith）、勒卡雷（Le Carré）和福莱特（Follet）的书籍，我也慢慢地让他读一些书。有时候星期六我们也一起去图书馆，有的星期天看斯塔特足球队主场的球赛，每星期在我们自己的球队里训练两次，在夏季的学期里我们每周也有一次比赛，除此之外我们也相约着每天乘校车去学校。但我们并不坐在一起，我们不这样的，越是靠近学校，越是跟那里的生活有关的地方，我与佩尔就越疏远，一走进校园我们就完全不接触了。很奇怪他一点也不在意这个。他总是那么高兴，那么开朗，富于幽默感，像他的家人一样，也是一个热心肠的人。在圣诞节到新年的这段假期我有几次去到他家里，我们看录像，在我们家房子背后的山坡上滑雪。我从来没想过邀请他新年前夕到我家来，完全没有这种可能性。扬·维达尔同佩尔没联系，但他们互相也都认识啊，当然，这里的人彼此都相识，但和他从没有只是两人间的友情，也没有任何理由去这么做。当我搬到这儿时，扬·维达尔和谢蒂尔，一个年龄相仿住在谢维克的男孩子交往密切，那时候他们是最要好的朋友，互相都在对方的家里进进出出。谢蒂尔的父亲在军队,他有过许多的搬迁流动,对这情况我知道一点。当扬·维达尔同我交往时,最主要的原因是对音乐的兴趣,谢蒂尔试图把他争夺回去,不停地给他打电话邀请他去家里,当我们三人一起在学校时,他竭力表现出只有他们俩才是真正的朋友。当这计谋未能得逞时,他降格以求邀请我们俩都去他家了。我们一起骑车去机场那一带游逛,泡机场咖啡馆,给哈姆雷桑登的一个女孩子丽塔打电话,扬·维达尔和谢蒂尔对她都感兴趣。在爬上缓坡的路上谢蒂尔把自己的一块巧克力分了一半给扬·维达尔,没给我,但这示好没有被领情,扬·维达尔假装着没事儿一样把他自己的半块巧克力又分一半递给我。于是谢蒂尔死心了,便去接近其他的人,但在我们上初中的全部时期里,他所有的朋友中没有一个能像扬·维达尔那样同他如此接近过。所有的人都喜欢谢蒂尔,尤其是女孩子们,但却没有一个愿意同他在一起。丽塔说话尖刻咄咄逼人,对谁都是这样,却特别喜欢他,他们俩很爱在一起笑,是那种很特殊的腔调,但从没有比朋友有更进一步的关系。丽塔对我更是毫不留情的尖刻,我在与她靠近时总是心怀戒备,绝不知道她什么时候或者会以哪一种方式向你发动攻击。她个子瘦小,窄窄的脸,小嘴巴,但嘴唇线条很完美,常满含嘲弄的眼睛里闪耀着光芒,那几乎是亮晶晶的一双眼睛。丽塔是漂亮的,但这种美并未显示出来,她对待他人的感觉总让人不舒服,因此她的美可能不会被人发现。

　　一个晚上她给我家里来了电话。

"嗨，卡尔·奥韦，我是丽塔。"她说。

"丽塔？"我说。

"是我呀，丽塔·洛利塔。你这榆木疙瘩。"

"是吗。"我说。

"我给你提个问题。"她说。

"哦？"

"你愿意同我在一起吗？"

"你说什么？"

"再说一遍。你愿意同我在一起吗？这个问题很简单。你就说愿意还是不愿意吧。"

"我不知道……"我说。

"咳，就说吧。要是不愿意，就说出来。"

"我不认为……"我说。

"好，不愿意，"她说，"明天学校见。再见。"

她放下了话筒。第二天我在学校的时候同往常一样，她看上去也同往常一样，或许只是加倍寻找攻击我的机会，只要有这种可能性出现。她从不再提起这件事，我从不提起这件事，对维达尔或是谢蒂尔也不会说到这事，我不愿意向他们显示自己比他们高明。

我给妈妈说了再见后，她就打开了除尘器的开关，我在走道里穿上衣服走了出去，弯身迎向扑面的寒风。爸爸已经打开了车库的一道门，正忙着把除雪机拉出来。车库地上的砾石上没有一点雪，而同样的砾石在户外则被冰雪覆盖着，这种内外之间的不平衡感唤起了心里一种老是有的轻微的不舒适感。当院篱门在身后关上后，我就不再去想这些事，让它永远不再触及我的思绪，但当我看见它时……

"我到下面的佩尔那里去一小会儿。"我喊道。

爸爸坐在除雪机上，转过头来向我点了一下。我有点后悔建议在山坡下碰头，这可能太靠近了，我父亲对一些不合乎常规的事通常有第六感。再者他现在已经观察我好一阵子了。当我来到邮箱那里时，听到了上面除雪机开动的声响。我转过身去查看他是否可以看见我。看来没有这种可能性，我向山坡下走去，走的对面那条一直通向斜坡的路，为的就是万无一失。在山坡的最下面我停下来，在我等待的时候朝那条河望去。河对岸驶过的三辆车一辆跟着一辆。车灯里射出的光线就像在深灰的色彩中戳出的黄色斑点。旷野上的雪映着天空的颜色，天穹的光像是与沉落下来的暮色之网缝合在了一起。冰窟窿里的水漆黑幽深闪着光亮。我听到一辆车在几百米外的地方转弯。发动机的声响干涩刺耳，一定是辆老车。汤姆的，毫无疑问。我朝路上张望着，当车在转弯处出现时，我举手向他们致意。车在我身旁停下。汤姆摇下车窗。

"嗨，卡尔·奥韦。"他说。

"嗨。"我说。

他笑了一下。

"你挨了一顿骂？"我说。

"这个臭鸡巴嘴。"坐在他旁边的扬·维达尔开口了。

"这没什么要紧的。"汤姆说。

"这么说你们今晚要出去?"

"是的。那你呢?"

"兜一个小圈子就够了。"

"还有其他问题吗?"

"没有,没事的。"

他和善的眼睛望着我,笑了。

"你们的东西放在后面。"

"后备厢打开了吗?"

"那是当然。"

我走到车后面打开了车盖,从混杂摆放着的工具、工具箱和修理天花板要用的一堆打了孔的带子和钩子之类的家什之间取出了两个红白相间的塑料袋。

"东西我拿到了,"我说,"谢谢你了,汤姆。我们不会忘记这事的。"

他嘴里吹出一口气,表示这不值一提。

"那么,我们待会儿见。"我对扬·维达尔说。

他点点头,汤姆把车窗摇上去,像他通常做的那样轻松愉快地把手举到额前作为道别,然后发动了车,沿着坡道上方开走了。我迈腿跨过了路边的雪堆走进了树丛中间,沿着那条被雪覆盖着的小溪流往上大约走了二十米,在一颗比较容易辨认的白桦树下放下装着酒的袋子,此时我听到那辆车已经经过大路，往下开过去了。

我在树林边上站了几分钟，为的是不让出来的这一趟时间短得让人起疑心。然后我走上坡去，爸爸正大刀阔斧地除掉通往房子的道路上的雪，让路变得宽阔些。他没戴帽子也没戴手套，走在机器后面，身穿一件旧羊羔皮夹克，脖子上松松地缠了一条厚围巾。铲除的雪没有随风飘去，而是刷刷地落在几米远的地上。我走过去的时候朝他点点头，他的眼睛观察了我一下，面部毫无表情。我把外套挂在走道里后走进厨房，妈妈正坐在那里抽烟。窗台上点亮了的蜡烛火光摇曳。放在电炉上的时钟正指三点半。

"一切都没问题吧？"我说。

"是啊，"她说，"肯定是个愉快的晚餐。你不吃点东西再出门？"

"我吃几片面包。"我说。

案桌上放着一个很大的白色袋子，里面是鲁特鱼[1]。旁边的洗碗槽里装满了黑乎乎的未洗的土豆。角落里的咖啡机闪着光亮。咖啡壶里还有一半的咖啡。

"我想，我再等等，"我说，"七点前我不会走的。他们到底什么时候到呀？"

"爸爸要去接祖母祖父，我想他很快就要去了。居纳尔七点左右到。"

---

[1] Lutefisk，把鳕鱼置于碱液里制成的一种碱渍鱼，多在圣诞期间食用，是挪威以及多数北欧国家的传统食品。

"那么我就赶得上和他们碰头了。"我说，走进了客厅，站在窗前朝外面的整个山谷望去。我走到沙发桌前，拿起一个橙子，在沙发上坐下，削着皮。圣诞树上的小灯泡闪闪发光，壁炉里的火苗闪烁摇曳，在已经铺好桌布的餐桌的另一端，灯光在水晶杯上的折射光耀夺目。我想到了英韦，不知道他在念高中时对圣诞期间的这一切有何样的体会。至少现在他是什么问题都没有了。他和他的许多朋友一起在东阿格德尔郡的维地小屋。他是尽可能晚地回到这儿来，哪怕是圣诞前夜，同时尽可能早离开，在圣诞节的第三天就动身。他从来没有在这里住过。我们搬来的那个夏天，他将开始高中的第三年，他表示想在同一所学校念完高中，和他在那里的朋友在一起。于是爸爸光火了。但英韦没有屈服，他没跟着一起搬家，爸爸一克朗也不愿意给他，他就申请了学生贷款，在离我们老家不远的地方租了一间房。他到我们这里来的那些周末爸爸几乎不跟他说话。他们之间的关系到了冰点。一年以后英韦去服兵役，我记得一个周末他把女朋友阿尔夫希尔带到家里。他是生平第一次做这样的事。爸爸自然是躲得远远的，只有妈妈和我跟他们在一起。那个周末结束后他们走下山坡去赶公交车的路上，爸爸迎面开车过来。他停下车，摇下车窗，微笑着同阿尔夫希尔打招呼。他的目光里有一种异样，以前我从没看见他这样的目光。他专注的眼神，里面含着一种喜悦和兴奋，他从来没有像这样望着我们，事情就是这样。然后他收回目光，发动汽车消失在了上坡的路上，我们继续朝着车站方向往下走去。

这是我们的父亲吗？

这个周末妈妈对待阿尔夫希尔和英韦所有的友善和关怀被爸爸这长达四秒钟的凝视变得减少了分量。这或许也是这些周末的日子英韦几乎都是独自一人来这里的原因，爸爸尽可能待在他仓库的住处里，只有吃饭的时候才露面，在餐桌上他也不问他一句话，对他几乎不屑一顾，周末里就是这样的状况，为使英韦感到有归家的感觉妈妈做出的所有努力也付之东流。是爸爸主宰这栋房子的气氛，大家沉默着，没有人表示反对。

外面除雪机的声音戛然而止。我站起身，握着橙子皮走进厨房，妈妈正站在那里削土豆皮，我打开她身旁的橱柜门把果皮扔进垃圾桶，看见爸爸走过去，同时他把手插进头发里往后梳理了一下，这是他很个性化的一个动作，我踏上楼梯走进自己的房间，把门在身后关上，放上一张唱片，在床上躺下。

我们估算了一阵子怎么样才能到瑟姆那儿去。扬·维达尔的父亲和我的母亲都愿意开车载我们过去，只要尽快把我们的计划告诉他们就成。但这有满满两袋啤酒的事啊，所以根本不行。最后我们想出的解决办法是，扬·维达尔回家说是我母亲开车送我们去，而我回家说是扬·维达尔父亲送我们。这有一点冒险，因为我们的家长以后会碰面，但司机问题可能被捅出来这个事我们不顾了，我们就冒这个险。这个方针确定后就是如何出行了。新年前夕这里的公交车停运，但是我们找到了解决办法，我们可以从离这里十公里远的蒂梅内斯十字路口那儿走。我们搭便车去那儿——要是我们走运的话，搭一辆车直接坐到底，要是不走运，从那里再换乘公交车。为避免他们问问题或是疑心，一切最好等客人们到这里以后再行动。这就是说七点钟。公交车是八点十分，必须是这样，看来一切还不错，如果运气好的话。

　　想喝他个大醉需要周密的计划。首先喝的东西必须万无一失地到手里，喝酒的地点也必须要保证不出差错，来去的交通要事先安排好，回家的时候要避开父母。所以在奥斯陆那第一次愉快的大醉之后，我只有过两次真正醉倒过。这最后的一次出了岔子。扬·维达尔的姐姐丽芙刚好跟她在谢维克相识的一个军人斯蒂格订了婚，扬·维达尔和丽芙的父亲也在那里工作。她想早早结婚，生孩子当个家庭主妇，她对自己未来生活的梦想在她相同年纪的女孩子中算是个另类，其实她也就比我们大一岁，却完全生活在另一个世界里。一个星期六的晚上她邀请我们俩和其他朋友们一起参加一个小型聚会。我们正好无事可干，也就欣然同意，几天以后我们去了某地的一栋房子，坐在沙发上喝着家酿的酒看电视。本来的意思是要度过一个令人愉快的夜晚，桌上点着蜡烛，我们吃了意大利千层面，这也可能会是个愉快的夜晚，要是没有酒的话。但有酒，随你喝个够的大量的酒。我喝酒了，敞开了喝，像第一次那样感到高兴痛快，但这次我喝高了，在喝第五杯的时候就醉得人事不省，当我在黑暗的地窖的地板上惊醒过来的一瞬间，身上穿着的跑步的运动裤和运动套衫是我从未见过的，被子上盖着毛巾，身边是我自己的一堆衣物，湿漉漉的，被呕吐物弄得污秽不堪。醉眼蒙眬中我看见靠墙最里面的洗衣机,旁边一个筐里装着脏衣服,靠近另一堵墙最里面是冰柜,好些雨衣和雨裤搭在盖子上。那里也有一堆捕蟹筐笼,一个抄网,一根鱼竿,一个搁架,上面放着工具和一些废物。我用目光在屋里扫视了一遍,这些围绕着我的东西,全是我没有见过的新东西,现在我已酒醒,头脑完全清楚了。躺在地板上,我的头正对着门缝,门外响起了一阵脚步声,我站起身打开门走进了厨房,斯蒂格和丽芙坐在那里,两人的手十指相交扣在一处,洋溢着爱和喜悦。

"嗨。"我说。

"这不是加菲吗?"斯蒂格说。"现在怎么样了?"

"好了,"我说,"究竟出什么事了?"

"记不得啦?"

我摇了摇头。

"一点也记不得?"

他笑了。这时扬·维达尔从客厅里走了进来。

"嗨。"他说。

"嗨。"我说。

他微微一笑。

"你好,加菲。"他说。

"我到底跟这加菲有什么关系?"我说。

"记不得了?"

"记不得。我什么也记不得了。但我知道我是吐了。"

"我们在看电视。一部加菲猫卡通。你站了起来双拳捶打着胸膛一阵狂呼'我是加菲！我是加菲！'然后你就呕吐了。吐在客厅里，吐在地毯上，弄得一塌糊涂，然后你就他妈的昏睡过去了。哇……哇！稀里哗啦地吐一气，完全没有可能跟你对话。"

"哦，真该死，"我说，"对不起。"

"这没什么关系，"斯蒂格说，"地毯拿去洗洗就行。现在要说的是看你们怎么回家。"

这话让我立时感到恐惧袭上心来。

"现在几点了？"我说。

"快一点了。"

"才一点？哦，那就好。我应该是一点钟回家。那回去就只晚了几分钟。"

斯蒂格没喝酒，我们跟着他走到下面的车那里，钻进车里坐下，扬·维达尔坐前面，我坐后面。

"真的一点都记不得了？"在车往前开动时扬·维达尔问我。

"记不得，妈的，一点印象也没有。"

这件事让我自豪。这整个的故事，我说了些什么、做了些什么，甚至呕吐，全都让我很自豪。这很接近我想做的那样一个人。但当斯蒂格把车在邮箱那儿停下，我朝那条黑蒙蒙的上坡路走去，身上穿着别人的衣服，手里拎着的晃来荡去的包里装着自己的衣服，这时我心里是害怕的。

只要他们睡下就好。只要他们睡下就好了。

实际上看上去他们像是睡了。厨房里的灯全灭了，这是每晚他们上床前最后要做的事。但当我打开门溜进走道里时，听到了他们的声音。他们坐在二楼,在电视前的沙发上,谈着话。这是从来没有过的事。

他们在等我吗?他们要将我盘问一番?我父亲很可能要我对他呼口气。这是他的父母要求他做过的,爸爸妈妈还笑话过这事,但肯定这次笑不出来。

想轻手轻脚地从他们身边溜过完全不可能,楼梯就在他们旁边。不如干脆闯一下。

"喂?"我说。"你们在上面吗?"

"哎,卡尔·奥韦。"妈妈说。

我慢慢地走上楼梯,当进入他们视线时我停住了。

他们并排坐在沙发上,爸爸的一只手臂放在沙发扶手上。

"过得愉快吧?"妈妈说。

她就没看见?

我简直不敢相信。

"还不错,"我说,走出了几步,"我们看电视吃意大利千层面。"

"好啊。"妈妈说。

"我相当疲倦了,"我说,"我想我马上就上床睡了。"

"去吧,"她说,"我们也很快要睡了。"

我站在离他们四米远的地板上,穿着陌生人的跑步运动裤,陌生人的套头衫,被我自己的呕吐物弄得一塌糊涂的衣服在袋子里,冒着熏天臭气。但他们事实上就没看出来。

"那就,晚安了。"我说。

"晚安。"他们说。

就这么过了一劫。但怎么就这么过来了，我不明白，我只是心怀感激接受这个结果。装脏衣服的包我藏在柜子里，下次单独在家时，我把它们拿到浴缸里涮涮，挂在房间的柜子里等它们干，再像往常那样把它们扔到装脏衣服的筐里。

没有从他们嘴里听到一个字。

喝酒对我是大好事，它让我产生动力。当我准备要干什么，就有了一种感觉……不是有局限的，它恰恰是超越所有疆界，对，是一种无穷无尽的精力。对将要干的事我会只管往深里走，更深地做下去。感觉头脑清楚思维清晰。

势不可当。但凡我决定了的事，那就有三匹马也拉不回的气势。

我为此很高兴。虽然最后这次的醉酒蒙混过来了，这一次我做了好些预备工作。我会带上牙刷牙膏，买了桉树含片、薄荷和口香糖。还要多带一件衬衣。

从下面的客厅里传来了爸爸的声音。我坐起身来，把手臂高高地伸展过头部，再弯曲回来，先是一只手臂，然后是另一只。我的骨节在生长，整个秋天都在长。我在长大。那年春末九年级的班上照了一张合影，那时我跟大伙差不多一般高。现在我猛地就快一米九了。身体就这么往上蹿，我又没法止住它不长，这使我很惊怕。在高中班上只有一个比我高，他快两米一了，瘦得像根钉子。一天当中我总多次涌起惊吓自己的念头，害怕变成他那样。有时候我也祈祷上帝，虽然我并不信上帝，想想或许他也有显灵的时候。我不信上帝，但在小时候我求过上帝，我现在求上帝，仿佛是一些孩童时的希望正在复苏。亲爱的上帝，让我停止生长吧，我求求你。让我就一米九，让我一米九一或是一米九二，别再往上长高了！我发誓我要努力做个好人，要是你答应我的请求。亲爱的上帝，我亲爱的上帝，你现在听到我了吗？

唉，我知道这太蠢太傻了，但我还是这么做了，因为恐惧并不愚蠢，只有痛。那时候我还有一桩事，另外一桩更让人惊骇的事，那就是我注意到当站立的时候我的阴茎一下往上挺了起来。我的身体出问题了吧，惶恐加上无知，完全不知道该对它做些什么，做手术或是现在能找到的某种办法。那天半夜我爬起来到了浴室，我让它勃起为的是看它会发生怎样的变化。啊，不，别这样。该死的它几乎快贴着我的肚腹了！是不是还有点弯曲啊？歪歪斜斜的就像他妈的树林里的一只耗子。这意味着我决不能跟别人睡觉。之后便陷入绝望，因为实际上我唯一想做的，或者说梦想做的，就是这件事。自然我想到了我可以把它往下拉。我试着做了，我用了最大的劲把它往下摁压，起作用了。它变得直了些。但弄得很疼。这样用一只手按着阴茎的方式还能同女孩子睡觉吗？我他妈的该怎么办？还有别的什么办法吗？我的心被啃啮着。我每让阴茎勃起一次，心里的绝望便增长一分。我躺在一个地方的沙发上和一个女孩子互相粘腻着，或许我也把手指头伸进了她的毛衣下面，阴茎像根棍子一样抵着竖了起来，于是我知道我已经非常接近了，我总是处于即将要成功的状态。这比阳痿更糟糕，因为这使我觉得不仅是动作笨拙更是一种怪异荒唐。我可以祈求上帝让这种情况消失吗？对，最后我也是可以向上帝祈祷的。亲爱的上帝，我祈祷着。亲爱的上帝，在我的阴茎血脉偾张时让它直直地竖起吧。就为这个我求一次。所以请一定让我心想事成。

我刚上高中的时候，一天早上所有一年级学生都被集中到吉姆勒厅的阶梯教室，具体的事由我记不清了，但对其中的一个老师印象深刻，一个在克里斯蒂安桑声名狼藉的裸体主义者。据传闻他在一个夏天油漆自己的房子时赤身裸体，只在脖子上套了一根领带，另外他从来不修边幅，身上挂一件类似画家穿的松垮袍子，一头卷曲着的乱蓬蓬的白发，那天他给我们念了一首诗，沿着厅里的阶梯边走边朗读，他的吟诵突然冒出一句对垂直勃起的阴茎的赞叹，把全场的人都惹笑了。

我没笑。听他的话时我觉得我的下巴在往下缩。我坐在那里嘴巴大开两眼发直，同时慢慢领悟着那句话。所有勃起都是弯着的。若不是所有的，起码有足够多，所以才在诗句中让人传诵。

这怪异荒唐来自何处？在两年前的早些时候，我们刚搬到那里时，我还是个皮肤光洁不会发 r 音的十三岁的小不点，更多的是喜欢在这个新地方游泳、骑自行车和踢足球，至少没有人跟我过不去。相反地，到学校后的第一天所有的人都想和我交谈,那里来一个新学生是很少见的现象,自然所有的人都想知道我是谁,我会什么。在下午和周末的时候会出现这样的情况,女孩子们会从下面的哈姆雷桑登骑车来和我碰面。当我同佩尔、特吕格弗、汤姆和威廉一起踢足球时,有人沿着道路骑车过来了,两个女孩子,她们要来干什么?我们家的房子是最后一栋,之后就只有树林,两个农场,然后又是树林,一片接着一片的树林。她们从自行车上跳下来,站在那边的树后面,朝我们这边张望。然后又跨上车往下面蹬车而去,停下来,再次朝我们这里张望。

"她们要干吗?"特吕格弗说。

"她们到这儿来是为看卡尔·奥韦。"佩尔说。

"胡说吧你,"特吕格弗说,"她们不会就为这个骑车从哈姆雷桑登到这里。有十公里的路程呀!"

"你说她们到这里来还会为什么?至少不是到这儿来看你,"佩尔说,"你是一直在这里的哦。"

我们站在那里看着她们匆忙地在树丛中穿过。一个穿的粉红夹克,另一个是浅蓝色的。长而浓密的头发。

"好了,来吧,"特吕格弗说,"我们踢足球吧。"

我们继续一块儿在河滩的狭长地带踢球,佩尔和汤姆的父亲之前简单标出了两边球门。当女孩子们来到一片芦苇地带时她们停下了,离我们有一百多米的距离。我知道她们是谁,她们不是特别漂亮,所以我没搭理她们,在那边的芦苇地里站了大约十分钟的时间,像一群奇怪的鸟儿那样,她们冲着回家的方向蹬车而去。几周以后的另一次来了三个女孩,那时我们正在实木复合地板工厂一个巨大的库房里干活。我们把小木板子搬放到工作台上,每一层用板条隔开,是计件工,我学会了如何一次把固定数量的木板抱着扔出去,使它们容易互相对齐整,这样也可多得一点工资。只要我们愿意就可以来干活,我们常在放学回家的路上去搬放一堆,然后回家吃晚饭,再回来继续干一晚上。我们对钱的贪婪可以让我们每天晚上和所有的周末都来干活,但常常没活干,或是我们堆得高高的木板还没用完,或是因为工厂的工人们自己在工作时间内已经把活儿干完了。佩尔的父亲在厂里的管理部门工作,通过他或是在工厂开货车的威廉的父亲给我们传话:今天有活儿。就在这样一个有活干的晚上,三个女孩出现在了大库房里。她们也住在哈姆雷桑登。这一次我预先得到警告,传言说七年级班上的一个女孩子对我有兴趣,现在她也站在这里,比芦苇地里的那两个磨磨叽叽像小母鸡的女孩勇敢多了,她叫利内,她径直向我走来,把手臂搭在围着木板的框架上,站在那里很自信地嚼着口香糖,同时盯着干活的我,她的其他两个女伴都让自己掉在后面。当我听到她对我有意思,就想着得顺水推舟,虽然她只是七年级生,但她的姐姐是个摄影模特儿,她自己现在还不是,但以后会不错的。大家都这么评论她:将来她会很出色的,就看她各方面的条件,看她的潜力。她身材苗条,腿很长,皮肤白皙,长长的深色头发,高颧骨,嘴相对看来稍微大了些。她长手长脚,有点像小牛犊似的一身晃荡着,让我对她有点质疑。但她的臀部丰满。嘴和眼睛也长得不错。还有一件事我也要给她减分，她不会发 r 音，她看上去有点蠢，或者说懵懵懂懂的。大家都知道她这一点，但同时在班上又很受欢迎，女孩子们都愿意跟她在一起。

"嗨，"她说，"我来这里看你。你对这事高兴吗？"

"是吗？"我说。转过身去，把一叠木板抱在了手臂里，然后把它们向框架上扔出去，木板就堆在了一起，把伸在外面的部分都推进去，接着再抱起新的一堆木板。

"你们一小时挣多少钱？"她说。

"这是计件工，"我说，"搬运两堆我们挣二十克朗，四堆挣四十克朗。"

"哦。"她说。

佩尔和特吕格弗和她是平行班，一说到她和她的那一伙人，他们就会一而再再而三地表达他们的不满，现在他们正站在离我们几米远的地方干活。在那瞬间他们看上去就像两个侏儒。这两个小矮人站在这巨大的库房地板中央，正向前勾着腰干活，他们的四周堆积着高至天花板的木搁架板。

"你喜欢我吗？"她说。

"唉，你说这喜欢嘛，布洛姆小姐。"我说。在我看到她走进大门口的同一时间，我就决定这次要向前一步，但现在，当她站在那里，道路为我敞开，我却仍然没法前进，没法做那些必定要做的事。换句话说我还没有完全明白，但又清楚地知道，她远比我熟谙此道。对，就算她有点蠢，但她深悟此事。就是这类的成熟老练我没法应对。

"我喜欢你,"她说,"你一定听说过吧?"

我正向前弯下腰去把一根板条摆正,完全出乎意料地脸一下红了。

"没有。"我说。

一时间里她哑口了,只是倚着那木框架嚼口香糖。在那边木板堆那儿她的那些女伴看上去有点不耐烦了。最后她直立起腰身。

"那好吧。"她说,转身就走。

失去了机会不要紧,糟糕的是事情发生的过程,我没有勇气走完最后的这一段,走过最后的那道桥。当对我有兴趣的传闻消失以后,我也再没有遇到这种自动找上门来的女孩。相反地从前对我的那些旧成见又再度慢慢地传开来。我猜想是来自附近的地区,听到一些反响,尽管在我住过的两个地方之间并没有联系。在我上学的第一天我的眼睛就已经锁定了一个女孩,她叫英厄,有一双细长美丽的眼睛,皮肤黝黑,孩子气的短鼻子,这与她长而圆润的脸部线条相比有点反差,她有一种拒人于外的能量,只有当她脸露微笑时才是个例外。她那极开朗温柔的笑容令我十分倾慕,觉得她魅力无穷,不仅因为在她的这个世界里不包括我以及像我这样的人——这个世界只属于她最接近的那个圈子,只有她自己和她的朋友才可以分享,还因为她的上唇略略有点向外翻起。她比我低一年级,我在这学校当学生的两年里,从来没有和她说过一句话。和我在一起的是她的堂姐,苏珊娜。她和我是平行班,住在河对面的一栋屋子里。她有个尖鼻子,小嘴巴,门牙稍稍向外突出,有点兔牙的感觉,但她的胸部很棒,鼓鼓的就像要爆裂开来一样,臀部的宽度也恰到好处,一双风风火火的眼睛,好像总是时刻准备好立即行动。她常常把自己和别人比较。而英厄,充满着无穷的秘密和种种神秘,她所有的一切总是那么不可企及,她的那种几乎不可抗拒的魅力究竟还有多少我不知晓,只有去猜测或是去梦想。而苏珊娜更多的是平淡无奇,没有特别突出的地方。对于她我会少些失败,少些恐惧,但也少些成就感。我十四岁,她十五岁,几天的工夫我们就互相喜欢上了,就像人们在那个年纪常做的那样。在这之后扬·维达尔和她的女朋友玛格丽特在一起了。我和她之间的关系处在儿童世界和少年世界之间的一个地方,而两地之间的界限时有互换。早上去上学的校车里我们坐在一起,当全校学生星期五早上集会时我们并排坐在一起,一周一次到教堂去听牧师为成人坚信礼[1]的预备教义时我们骑车一起去,之后也待在一起,在十字路口或是商店外的停车场,在所有这些交往的情况中我们之间的特殊关系并没有显示出来,反倒是苏珊娜和玛格丽特成了好伙伴。但周末的时候就不一样了,我们可以一起进城看电影,或者坐在某家的地窖客厅里吃比萨饼喝可乐,同时紧搂在一起看电视或是听音乐。那就感觉彼此很靠近了,大伙也都这么想的。只在最初的几个星期里就有一个

---

[1] 基督教的一种宗教礼仪,针对年满十五周岁的青少年群体,这是他们是从童年过渡到成年人象征性的一步,一种个人身份的确认。受洗典礼在教堂举行,有一整套的仪式,这一天对当事人及家庭都是一个庄严的日子。

大迈步，接吻，就这一问题扬·维达尔和我有过讨论，未来的行动方式，那些具体做法的细节，落实到比如坐在她的哪一边最合适，接吻当中我们应当说些什么，或者最好是紧着做完全不说一句话。现在这一切都已按部就班，几乎成了机械式动作：吃完比萨饼或是意大利千层饼以后，女孩们坐在了我们大腿上，我们就开始互相腻在对方身体上摸索。要是我们觉得安全无人会闯进的时候，也会躺在沙发上，一对各占一头。一个星期五晚上苏珊娜独自一人在家。下午的时候扬·维达尔骑车到我家，我们从家出发沿着河流上行，过了那道狭窄的人行桥，再一直往上到她家住的那栋房子，她们正坐在那里等候我俩。她的父母已经做好了比萨饼，我们吃着比萨饼，苏珊娜坐在我腿上，玛格丽特坐在扬·维达尔腿上，音响里放着险峻海峡乐队（Dire Straits）的《电报路》（*Telegraph Road*），我开始在苏珊娜身上摸索，扬·维达尔同玛格丽特腻在一处，在那客厅里仿佛有种时间停滞的感觉。我爱你，卡尔·奥韦，过了一会儿她在我耳边低语。到我房间里去吧？我点了点头，我们站起身，互相握着对方的手。

"我们到我房里去了，"她对其他两个人说，"让你们在这里不受干扰。"

他们抬起头望着我们点点头。然后又继续他们的事。玛格丽特长长的黑头发几乎完全遮住了扬·维达尔的脸孔。两人的舌头环绕着对方的嘴唇不断地运动。他在她的背上不断地上下抚摸，或者一动不动地放在上面。苏珊娜对我微微一笑，紧紧地握着我的手，领着我通过走道进入她的房内。屋里面一片昏暗，感到冷多了。我以前去过那里，喜欢和她一起待着，即使每一次她的父母都在家里，我们原则上不做其他的事情，就像我和扬·维达尔通常在一起那样，这就是说，坐在那里聊天，挪到客厅里去和她父母一道看电视，从厨房里拿几片面包，沿着那条河长距离散步，这不像扬·维达尔那间黑咕隆咚的、能闻到汗味的房间，那里有加强了的立体声音响设备，他的吉他和唱片，我们常看的吉他音乐杂志和连环画册。这是苏珊娜明亮的、飘散着香水味的房间，墙上挂着白色花朵的壁毯，床上铺着绣花床毯，白色的搁架上放着梳妆盒和书籍，白色衣柜里的衣服折叠整齐，挂着的衣物也清清爽爽。当我在那里看见她的一条蓝色牛仔裤，也或许是挂在衣柜旁边的一张椅背上，我咽下了一口口水，因为这些裤子她将要穿上身，拉上大腿、臀部，她将把前面的拉链拉上再系上扣子。她的卧室里充满了诸如此类的诱惑，我几乎难以向自己诉说得清楚，这更多的是一种诱惑透过全身在心里席卷起的情感风暴。还有另外一个我喜欢待在这里的理由。她的父母总是那么友善，在这个家里有一种气氛让我明白他们是把我看成自己人的。我是苏珊娜世界里的一个人，一个她告诉了她父母和她妹妹的人。

现在她走过去关上了窗户。外面起雾了，就连邻居家的灯光也几乎消失在这灰色当中。下面的路上有几辆车开过去了，带来一阵车里的轰响着的立体声响。然后一切归于寂静。

"嗨。"我说。

她笑了。

"嗨。"她说，在床沿坐下来。我没有别的期待，只希望我们互相不是坐着干这种事，而是可以在这里躺下来。有一次我把手伸进了她的滑雪服里，放到了她的一个乳房上，那时她说不，我把手拿开了。这个不字不是斩钉截铁或是含有指责，而更多的是在核实事情的进展，就仿佛在我俩之间竖立起了一道法律。我们贴在一起互相在对方的身上摸索，这就是我们要干的事儿，虽然当我们碰到一起时我对此早有准备，但我很快就觉得足够了。在这么干了一会儿后产生了一种近乎于想呕吐的感觉，因为这种摸摸搞搞的动作已变得毫无目的毫无意义，对我来说，我是在这里寻觅着一种突破，我知道是有这条路的，只是不知我是否能走过去。我想继续向前，可是始终在这里原地踏步，在舌头互相搅拌的混乱以及脸孔始终在她头发的遮盖和环绕当中。

我在她的身旁坐下来。她对我微笑。我亲吻她，她闭上眼睛身体往后倒在床上。我爬到了她的身上，感觉到在我身下她柔软的肉体，她微微呻吟了一声，我或许太重压着她了？我移到了她身边，把我的腿压在她的腿上。用手抚摸她的肩头，沿着手臂一直到最下面。当碰到她的手时，她把我的手紧紧地捏住。我把头仰起来睁开眼睛。她望着我。她的脸，在半黑的屋子里显得格外的白，神情严肃。我俯下身去吻她的脖颈。以前我从来没有这样做过。把头放在她的胸上休憩，她用手插进我的头发里抚摸我。我听到她心脏的跳动。我的手开始在她的臀部上抚摸。她稍稍扭动了一下。我把她的毛衣掀开，把手放在她的小腹上。我弯下身去亲吻她的小腹。她抓住毛衣的下摆边沿慢慢地把它往上拉起来。我简直不相信自己的眼睛。那里，就在我眼前，她的一对赤裸的乳房。外面的客厅里又在放《电报路》那张唱片。我毫不犹豫，将嘴对准紧贴着它们。先是一个，然后是另一个。我的脸颊在乳房上来回揉搓，我用舌头舔，用嘴吮吸，最后把手按压在乳房上开始亲吻她，在这几秒钟里我完全把她给忘了。能走出这么远完全超出了我以往的梦想或是想象中显现的画面，现在我就在那里，但只过了十分钟的时间我又感到了同样的饱和，突然觉得渴求更多，不管前面有多大风险，我要继续往前，去努力尝试，超越现在的地方，我开始笨拙地去解她裤子的纽扣。扣子开了，她一声不吭，像以前那样闭着眼躺在那里，毛衣完全往上掀开直到下巴。我拉下了她裤子的拉链。白色的内裤显现出来。我咽下了口里涌出的口水。我抓住兜着臀部的裤子往下面拉。她一声不吭。只稍稍扭动了一下这样使裤子更容易脱掉。当裤子褪到了膝盖处，我把手放在她的内裤上。感觉出了手下面柔软的毛发。卡尔·奥韦，她说。
．．．．
我又压到了她身上，我们接吻，当我们唇舌交错的时候我拉下了她的内裤，没有拉很开，但足够伸进一根手指头，手指顺着那些长长的毛发滑动下去，在我觉出手指尖上湿漉漉的滑腻东西的同时，仿佛在我体内猛地有了一种撕裂感。一种刺痛在腹部闪过，紧接着在整个小腹下端有种类似痉挛的蠕动。接下去的一秒钟里我发现一切全都改变，变得那么陌生。就从这一瞬间到下一瞬间，对这些赤裸的乳房和赤裸的大腿失去了所有的意义。但我看着她,她好像没有这种经历和体会,她还跟以前一样闭着眼躺在那里,嘴半张开着,呼吸沉重,还是处于我以前喜欢的、同时自身也参与其中的那种状态当中,但我已不是刚才的我了。

"怎么啦?"她说。

"没什么,"我说,"或许我们应该去跟他们一起待着。"

"不,"她说,"再等会儿。"

"好。"我说。

然后我们继续。我们继续在对方身上摸索抚弄,但激不起任何反应,我吻她的乳房,也没有一点感觉,乳头就是乳头,肌肤就是肌肤,腹部就是腹部,我倒真想去切它一片面包片,一切变得那么奇怪,就跟阉割了似的我性欲全无,然后又一阵子,奇怪的那种愉悦又回来了,对于她所有的感觉转瞬里都有了新意,除了跟她躺在那里搂抱着互相接吻外,我什么都不想了。

就在这时有人敲门。

我们在床上坐起来,她匆忙穿上裤子拉下毛衣。

是扬·维达尔。

"你们要走了吗?"

"好,"苏珊娜说,"稍等一下,我们马上就来。"

"十点半了,"他说,"我最好在你父母回家前出门。"

在扬·维达尔把唱片一一放回套子再把它们都装进塑料袋那会儿,我的目光同苏珊娜相遇,我冲她笑了。我们穿好了衣服站在大门口,正要同她们接吻告别时,她朝我挤了一下眼睛。

"明天见!"她说。

外面下着蒙蒙细雨。我们行走在路灯下,在巨大的光晕里灯光仿佛与每一个细小的水珠凝成了一片光雾。

"怎么样?"我说。"进展如何?"

"跟平常一样,"扬·维达尔说,"我们坐在那里腻在一起摸摸搞搞。我不知道我还会和她在一起多久。"

"不知道多久,"我说,"你这是还没有真正爱上吧。"

"那么,你呢?"

我耸耸肩。

"或许没有。"

我们走到了下面的主干道上,开始顺着山谷的方向往上走。路的一边是个农场,靠近路边的被水渗透了的泥里闪着光亮,再往里的更远处的土地渐渐消失在了黑暗当中,再度映入眼帘的是那边机械房旁边的土地,裸露在强烈的光线下。路的另一边是朝向下面河流的几栋老房子。

"你的进展又怎么样?"扬·维达尔说。

"相当不错,"我说,"她把毛衣脱了。"

"你说什么?是真的?"

我点了点头。

"撒谎,你这混蛋!她没脱。"

"脱了。"

"苏珊娜真这么做了?"

"是的。"

"那你做什么了?"

"亲她的乳房呗。还能是什么别的?"

"你他妈的小子。你没亲。"

"就亲了。"

我真不忍心告诉他,连她的内裤也脱了。要是他和玛格丽特已经干了些什么,那我就会告诉他这个。但现在什么也没发生,我不愿意表现出自己一副获胜者的样子。再说他也绝不会相信我的。绝不会。

连我自己都不太相信。

"那是怎么一个情况?"他说。

"什么怎么个情况?"

"乳房呀,真是!"

"乳房的形状很好。尺寸刚刚合适,很结实。非常的结实。她躺下以后它们自己还往上坚挺着呢。"

"你他妈的在撒谎。这不是真的。"

"妈的,我他妈没撒谎。"

"我操。"

然后我们有好一会儿没说话。走过了横在河上的吊桥,黑色的河水闪闪发光,无声地上涨下落着,我们走过了一片草莓园,进入柏油马路,道路在一个骤然的转弯后攀缘而上,从高且陡峭的山谷的豁口间穿过,黑森森的云杉树从山崖上探出腰身,然后在山顶上的几个迂回弯曲后,经过我家的屋前延伸而去。所有的一切都是漆黑沉重和潮湿的，除了对刚才发生过的一切的清醒意识，它就这么直端端地一刀切下去，我的思想和意念在泡沫中升腾到了光明之中。扬·维达尔对于我的解释已经完全平复，我有一种强烈的冲动想告诉他她的乳房并不是全部，还发生了更多的事情，但我一看到他那副兴高采烈的模样，便放弃了这个念头。这也很好,在我和苏珊娜之间有了一个秘密。同时在我身上发生了的那种痉挛也让我困扰不安。我的下腹几乎没有毛发，只有几根长长的、黑色的，或许准确地说是些绒毛，我最害怕的事情之一就是，让女孩子们特别是苏珊娜知道这一点。我不知道在毛发没有长出来之前是否可以跟女孩子们睡觉，那个痉挛是否可以解释为是个虚假的性满足，我已经干下了比我的那根东西实际上所允许干的更多的事，走得也太远。这就是为什么疼痛的缘故。我获得的是一种'掺了水分'的性满足。我所知道的一切是，这将可能很危险。但另一方面我的内裤里又是湿乎乎的。这可能是尿滴,也可能是精液。甚至或许是血？最后这两点不足可信，因为我还没有性成熟，在那一瞬间之前我从未感到过肚腹里的刺痛。但无论如何这引起了疼痛，我对这一点感到不安。

扬·维达尔把自行车停在车库外，我们站在那里聊了一会儿，然后他骑车回家，我走进家里。那个周末英韦在家，他和妈妈一起坐在厨房里，我从窗外望见了他们。爸爸一定是呆在粮仓那里他的住处。我脱下外套后，我走进浴室，关上门，把自己的裤子褪下直到膝盖，提起内裤的一角把食指伸进去触摸那潮湿的地方。粘腻的。我把手指在眼前举起来,让食指与拇指互相捏搓。亮晶晶的腻滑的东西。一种海洋的气味。

海洋?

那一定是精子啰?

肯定是精子。

我性成熟了。

带着满腹的喜悦与欢欣我走进厨房。

"你想来点比萨饼吗?我们给你留了几块。"妈妈说。

"不用,谢谢。我们在外面吃过了。"

"你玩得痛快吧?"

"痛快。"我说,没法子忍住不露出笑容。

"他完全脸红了哟,"英韦说,"我想,是由于开心吧?"

"哪一天你把她请到家里来。"妈妈说。

"我会的。"我说,只是继续微笑着。

两周以后我和苏珊娜的关系中止了。我和在特罗姆岛最好的朋友拉尔斯很久以前有过一个约定,就是互相交换他那里和我这里最漂亮的女孩子的照片。不要问我为什么。我把这一切忘得一干二净,直到一天下午我收到他信里的那些照片。莱娜、贝亚特、埃伦、西芙、本特、玛丽安娜、安妮·莉丝贝特,还有一些什么名字的女孩子一起,是她们护照上的照片。这是特罗姆岛最漂亮的女孩子。现在我得去弄到特韦特这里最漂亮的女孩子的照片了。接下来几天我和扬·维达尔几次讨论了这个问题,我们列出了一个名单，内容就是搜罗到这些照片。有几个人我可以直接去问，比如苏珊，扬·维达尔姐姐的朋友，她比我们年长许多，因此我不担心她会觉得我有什么非分之想，其他的我让扬·维达尔去问他的那些女友要。我自己也应当去问的，但因为是要表示对她们有极大的兴趣才能索要照片，而我已经同苏珊娜在一起，对女孩子们表达如此的兴趣就不大合适，同时可以想象得到，这消息也会张扬出去。还有另一种办法。比如佩尔，或许他能搞到一张与他同班的克里斯廷的照片？他办到了，用同样的方法我最后总算凑齐了六张照片。到手的照片有很多，但她们当中最美的、这群芳之冠，我最愿意向拉尔斯展示的英厄，她的照片我没有。而英厄，她是苏珊娜的堂妹……

一天下午我把自行车从车库里推出来，骑着它去了苏珊娜那里。事先我们没有约会，当她来开门让我进去时，看得出她很欢喜我的到来。我向她的父母问好，然后我们走进了她的房间里坐下，讨论了一会儿我们要做的一些事，又说了一些学校和老师的事情，没有说什么实质性的东西，直到最后，我以一种偶然想到的语气道明了我的来意。问她是否有英厄的一张照片可以给我？

坐在床上的她一下子身体僵直，很不理解地盯着我。

"英厄的照片？"最后她说。"你要它来干什么？"

我没想到过这会带来什么问题。我是和苏珊娜在一起的呀，所以才这么直截了当地问她要了，除了我注重的坦诚外不可能有另外的解释。

"这我不能说。"我说。

这是真话。假如我告诉她我要给在特罗姆岛的一个朋友寄去在特韦特最漂亮的女孩子的照片,她会期待她是她们当中的一个。但她不是,这我可不能说。

"我不会给你什么英厄的照片,要是你不说出你要用它来干什么。"她说。

"但我不能说,"我说,"你就把它给我,行不?这不是给我的,要是你是这么想的话。"

"那么给谁?"

"我不能讲。"

她站起身来。我明白她是光火了。她所有的动作那么短促、不连贯,仿佛她不愿意再给我看到那些自由连续的动作的快乐,因此带走了它们展示出来的那些连绵不尽的情感。

"你爱上英厄了,是不是?"她说。

我没有回答。

"卡尔·奥韦!是不是?我听好多人说起过。"

"我们别提这张照片了,"我说,"别提了。"

"这就是说你爱上了?

"没有,"我说,"或许我刚来时是,在最开始的时候,但现在不再是了。"

"那你要照片来干什么?"

"这我不能讲。"

她开始哭泣了。

"你是的，"她说，"你爱上英厄了。我知道。我就知道。"

如果苏珊娜知道这点，我突然想到，这么说英厄也一定知道啰？

一道光明在我心里点燃。要是她知道了，这种接近就不会再那么复杂了。比如在学校的晚会上，我就可以走过去邀请她跳一支舞，她一定会知道其间的含义，会知道她不仅仅是许多人当中的一个。甚至或许她会对我产生一点兴趣？

苏珊娜抽泣着走到在房间另一端的写字台那儿，拉开了抽屉。

"这是你的照片，"她说，"拿去。我再也不想见到你。"

她用一只手遮住自己的脸，另一只手把英厄的照片塞给了我。两个肩头上下抽动着。

"这不是给我的，"我说，"我发誓。不是我要它。"

"你混蛋，"她说，"你走！"

我接过照片。

"那，我们不在一起了吗？"我说。

在这个刮着北风、寒彻透骨的新年前夜，我躺在床上看书，同时等待着晚上要开始的狂欢时刻，这已经过去了两年。苏珊娜仅仅在几个月以后就和另一个人在一起了。他叫泰耶，矮个儿，有点胖胖的，卷发，留着愚蠢的小胡子。找了这么一个人来代替我的位置，我很不理解。即便他已满十八岁，即便他有一辆车，他们可以在晚上和周末开着车到处兜圈子，但问题仍然是：他比我强吗？一个留胡子的矮胖子？或许至少对苏珊娜来讲无所谓。当初我就是这么想的，现在躺在这里的我还是同样的想法。如今的我已不再是个孩子，我十六岁了，不再是初级中学的学生，而是在克里斯蒂安桑的高中生。

外面从打开的车库门那里传来刺耳、滞涩的声响。在发动机轰隆一声打着火后，汽车发动了，接着车轮空转了一小会儿。我站在窗户前直到我看见那两个红色的车后灯消失在了拐弯处。然后我下楼去到厨房，把水壶灌了水放在电炉上，拿出一些为圣诞期间预备的食品，火腿、果酱、羊肉卷、牛肝酱，切下几片面包，从客厅里找来报纸，把它摊放在桌上，然后坐下来一边看报一边吃东西。现在户外已经完全黑了下来。桌上铺着的红色台布，还有窗户上点燃的那些小蜡烛，这儿的一切都令人感到相当的温馨和舒适。水开了，我把茶壶用滚水涮了涮后倒掉，捏了几撮茶叶放进茶壶，把冒着蒸汽的水冲下去，同时对着空中喊了一句：

"妈妈，要喝茶吗？"

没人应答。

我坐下来继续吃东西。过了一会儿我端起茶壶倒进杯里。深褐色的茶水，像通常那样，沿着白色的杯壁往上泛起。几片漂浮着的茶叶在里面打着旋儿，其余的像一块黑色的草垫子沉入杯底。我倒进些牛奶，加了三勺糖，再搅拌几下，直到茶叶片儿全都静静地躺在了杯底，我举杯啜饮。

唔……好香。

下面的路上闪烁着红灯的一辆除雪车轰隆隆地疾驰而过。外面的大门开了。我听到有人在门前使劲跺着脚的声音，我回转头去的那一刻刚好看到妈妈走进屋里，她穿着爸爸那件显得很肥大的羊羔皮外套，双臂里搂着一堆柴火。

为什么她穿他的衣服？这可不像她。

她没有朝我的方向看，直接进入客厅。她的头发和衣襟上都落满了雪花。轰的一声把柴扔进了木柴筐里。

"你想喝点茶吗？"当她走回来时我问道。

"谢谢，喝点吧，"她说，"我先去把衣服挂上。"

我站起来给她拿来个茶杯，放在桌子的另一头，然后把茶水倒上。

"你去哪儿了？"待她在桌边坐下后我说。

"就到外面去抱了些柴。"她说。

"抱柴之前呢？我在这儿可坐了好一阵了呀。抱点柴要不了二十分钟，是吧？"

"哦。我给外面的圣诞树装饰换了一个灯泡。你看现在它又亮了。"

我转过身从另一间房的窗户望出去。花园深处的那株云杉树在黑暗中光艳夺目。

"我还可以帮你干点什么吗？"我说。

"不用，现在一切就绪。我就差去熨烫一件衬衣了。然后在做晚饭前我什么事也没有了。但你爸爸可有事要干。"

"顺带帮我熨件衬衣可以吗？"我说。

她点点头。

"把它放到熨衣板上就行了。"

吃好之后我上楼回到自己的房间,扭开了吉他的音频放大器,把电源的插头插进,弹了一会儿。我喜欢吉他通电后放大器的气味,差不多单凭这条理由我就喜欢弹吉他。我也喜欢吉他所有那些必要的小部件,失真器、和声效果器、线路和插头、拨子和琴弦、瓶颈指套、卡波夹,吉他琴身及里内的材料和许多小的孔洞。我热爱的品牌有吉布森(Gibson)、芬德(Fender)、哈格斯特伦(Hagström)、里肯巴克(Rickenbacker)、马歇尔(Marshall)、音乐人(Music Man)、沃克斯(Vox)、罗兰(Roland)。我常常会和扬·维达尔一起去逛乐器店,去看看那些熟悉的牌子。我自己有的是个便宜的芬达斯特拉特(Stratocaster)仿制品,在成人礼那会儿买下的,再从扬·维达尔的一本邮购商品册子上订了据说是最新技术的一款拾音器,还有一个护板。万事俱备一切顺利。但自己弹得却很糟糕。虽然我经常练习,并且精力饱满地练了一年半的时间,但琴艺进展甚微。所有的和弦我都会,我也无休止地练习了各种音阶,但我从没有从中获得释放,我就根本没真正弹奏过,我的头脑和手指之间毫无关联,手指头根本不像是我自己的,它们只会弹音阶,可以沿着琴弦上上下下,那只是通过放大器发出的声音,跟音乐完全不沾边,可以说没一点关系。我可以用一两天一个个音符地去模仿一小段独奏,然后就只能弹这个,不能再多了,它总是止步不前。扬·维达尔也跟我一样。不过他比我更有抱负，他非常勤奋地练琴，几乎有这么一段时间他除了弹吉他外什么也不干，但也是通过放大器的效应，做音阶练习和效仿弹奏些别人的独奏曲。为了能更好地弹吉他，他修了自己的指甲，把右手的大拇指指甲留长，然后就用它当拨片，他买了一种专门锻炼手指的器械，总是坐在那里不断地捏握，加强手指的力量，他还跟他的父亲一起把自己的吉他全改装了。他爸爸是谢维克的一个电器工程师，他在吉他上试验了一种自制的合成器。我常带着我的吉他到他那儿去，一只手拎着晃来荡去的吉他盒，另一只手扶着自行车把蹬车往前，虽然在他那屋里我们的吉他弹得不怎么样，但这仍然很享受，因为当我眼下这么提着吉他盒的时候至少有了那么一点音乐人的感觉，这一切看上去真的很不错，即使我们还不够好，但有很大可能未来会是另一番光景。我们对未来一无所知，要通过多少练习才能开始自由地弹奏，谁也没有答案。一个月？半年？一年？我们坐在那里弹吉他的同时心里思绪万千。一个乐队样的班子成立了。七年级班上的扬·亨里克会一点吉他，虽然他穿白色水手鞋，衣着考究，头上还抹发蜡，我们还是问他是否愿意加入我们的乐队。他同意了。我作为最糟糕的吉他手，开始练习打击乐。在这个夏天我们上九年级了，扬·维达尔的父亲把我们开车送到埃维耶去取回一套我们集资购买的便宜的架子鼓，乐队就此成立。我们同学校的校长谈过，可以借用教室，我们一周一次去装配设备和放大器等整套装置，然后站在那里开始弹奏练习。

我搬到那里的前一年，听了好些乐队，比如：碰撞（The Clash）、警察（The Police）、The Specials、Teardrop Explodes、The Cure、Joy Division、新秩序（New Order）、回声与兔人、变色龙（Chameleons）、头脑简单（Simple Minds）、Utravox、The Aller Værste、头部特写、The B52s、PiL、大卫·鲍伊[1]、魔幻皮草（The Psychedelic Furs）、伊基·波普（Iggy Pop）、地下丝绒（Velvet Underground），这一切都是通过英韦了解到的，他不仅把自己的钱全花在了音乐上，而且也弹吉他，他弹奏的乐音风格清晰明亮，自己还会作曲。在特韦特这块地方还没有一个人听说过这些乐队，比如扬·达维他听的乐队就是深紫（Deep Purple）、彩虹（Rainbow）、吉兰（Gillan）、白蛇（Whitesnake）、黑色安息日（Black Sabbath）、奥兹·奥斯朋（Ozzy Osbourne）、威豹（Def Leppard），以及犹太圣徒（Judas Priest）。要让这不同类别的世界交汇一处是不可能的，因为我们俩对音乐的共同热爱，我们当中的一个必须得妥协。这个人就是我。我是绝对不会去买这些乐队的唱片的，我要听就去扬·维达尔那里，和他坐在一起听，而我自己心仪的乐队——当时对我来讲是极为重要神圣的——我是独自听他们的。也有我们两人都能接受的，他和我都喜爱的一些乐队，首先就是齐柏林飞船（Led Zeppelin），险峻海峡也行，部分原因是这些乐队弹奏

---

[1] David Bowie（1947— ），著名的英国歌手，作曲家，先锋艺术家。广泛地被认为是流行音乐最重要的人物之一。在歌舞表演和音乐剧上善于捕捉和体现新的风格。在个人外观的变换和音乐的追求上始终是位先行者。

吉他的精湛技法。我们经常讨论的问题是情感及与之相对的技艺。扬·维达尔会买岩浆乐队（Lava）的唱片，因为他们都是些技巧水平很高的音乐人，TOTO也不陌生，当时已出了两张热门唱片，但我内心很鄙视这些技巧很高的人，这是由于我读了我哥的音乐报刊，那里面讲，技艺高超就是你的敌人，要的是自我实践，要有无穷的旺盛精力和源源不绝的神奇构思。但不管我们对这些探讨了多久多深，不管我们花了多少时间在乐器店里和邮购杂志上，我们乐队的水平没有任何提高，我们还是把手里的乐器弹得不堪入耳，没有期待能写出自己的曲子什么的，这是没有的事，我们大多是毫无风格地重复翻弹别人的曲目：深紫的《水上烟》（*Smoke on the Water*），黑色安息日的《偏执狂》（*Paranoid*），桑塔纳的《神秘黑女人》（*Black Magic Women*），还加上警察的《寂寞难耐》（*So Lonely*），因为英韦教会了我这只曲子的和弦，所以我可以跟着奏完全曲。

我们是彻底地没希望了，完全找不着北，找不到一丁点儿的机会可以展示自己，就连参加班级晚会这种场合的水平也达不到，我们一直是相当努力的，但就从来没有过这种上台表演的经历。与此相反的，事实上我们又把这视为生命的意义。这不是我的音乐，是扬·维达尔的，它完全与我的追求背道而驰，但我仍然加入其中，只是没有全心投入。我们演绎的《水上烟》真的是傻透了，较之原作品的酷我们的版本则是蠢，而且的确是蠢到了家。1983年我就这样坐在学校里练习：首先练重复段，然后练击钹，喊嚓嚓—喊嚓嚓，喊嚓嚓—喊嚓嚓，喊嚓嚓—喊

嚓嚓，喊嚓嚓—喊嚓嚓；接着是大鼓，咚，咚，咚；再练小鼓，提克塔，提克塔，提克塔，再就是那蠢贝斯的练习，演奏时我们常常互相对视微笑同时摇头晃脑，腿也摇动着打节拍，在开始的时候，我们完全是各自为政互不搭调。歌手我们是没有的。

那时候扬·维达尔开始读职业学校，他听说在霍内斯那里的一个鼓手刚上八年级，但这也就够了，足够了，他可以进出音乐练习室，那里有鼓有播音室，万事俱备。这就是说现在的情况是：我，高中一年级学生，未来的理想是做一个独立音乐人但又不具备音乐素质，节奏吉他手；扬·维达尔，一个糕点专业学生，足够多的练习后可能成为一个殷维·马姆斯汀（Yngwie Malmsteen），一个艾迪·范·海伦（Eddi van Halen）或者一个里奇·布莱克默（Ritchie Blackmore），但还不能从指法训练中获得自由，他是主吉他手；扬·亨里克，除了乐队之外无所事事的人，贝斯手；还有厄于温，一个强壮快活没有任何抱负的霍内斯男孩，鼓手。《水上烟》、《偏执狂》、《神秘黑女人》、《寂寞难耐》，然后是鲍伊的《基吉星团》（Ziggy Stardust）与《掌握自己》（Hang on to Yourself），慢慢地，英韦用这些曲子教会了我和弦。没有主唱，只有乐队。每个周末。公交车上的吉他盒，在沙滩上，在商店外的长椅上，在扬·维达尔的房间里，在机场的咖啡店，在城里长时间谈论音乐和乐器，最后，慢慢地我们把练习的演奏过程录了音然后仔细分析，徒劳无用地试着将乐队水平提高到与我们头脑中的模式相匹配的水准。

一次我带着我们演奏练习的录音去了学校。在课间休息时间我戴着耳机站在那里边听录音边琢磨着可以把我们的音乐放给谁听。巴森和我自己的音乐趣味相同，让他听不合适，因为这完全是另一码事儿，他不会明白的。或许，汉娜？她唱歌呢，我非常喜欢她。但这可能会冒很大的风险。她知道了我在乐队里演奏，这不是件坏事，几乎可以提升一点我的地位，但若她真要听了我们实际的演奏水平，或许会一下退降到零点。波尔？对，他是可以听这个的。他自己就在乐队里弹吉他，他们的乐队叫"吸血鬼"，是那种快节奏的重金属乐队。波尔平日里看上去害羞、敏感、纤细柔弱，处于近女性化的边缘，通常穿一身黑色的皮夹克，在台上演奏贝斯时他却像个魔鬼那样声嘶力竭地狂吼乱叫，他一定会理解我们干的这一切。所以在第二次课间休息时，我走到他跟前说，上个周末我们录了弹奏的一些曲子，问他是否愿意听听并说说他的看法。当然可以。他接过耳机，摁下播放钮，与此同时我心情紧张地观察着他的面部表情。他微笑着用疑问的眼神注视着我。几分钟以后他开始发笑，然后摘下耳机。

"你们这什么都不是呀，卡尔·奥韦，"他说，"这什么都不是。你们鼓捣了些什么，为什么我要听这个？拿我开心是不是？"

"什么都不是？什么都不是是什么意思？"

"你们就根本不会弹嘛。你们也没人唱。这就是什么都不是！"

他把两手摊开。

"肯定以后能好起来的。"我说。

"打住。"他说。

你觉得你们乐队还他妈的不错,是吧?我想这么跟他说,但是我没有。

"好啦,好啦,你说出了另一番话。不管怎样我要谢你一声。"

他又笑了,同时还诡异地望着我。没人能看得懂波尔,他那些速度金属音乐,他的那副哈利做派[1],被班上的人嘲笑,他有时可以表现出极度坦率、毫无顾忌样子,这和他的腼腆性格极不吻合。比如有一次,他拿来了几年前他在少女杂志《新颖》上刊出的一首诗,他在那里也接受过采访。不卖弄,不知耻,敏感,腼腆,易怒,粗野。这就是波尔。恰恰是他听了我们乐队的录音,这还不算太糟,因为波尔没有分量,被他嘲笑没有任何含义。我相当平静地把随身听放进了口袋,在铃声响时走进教室。他完全说得对,我们确实弹得不怎么样。但技艺高超就有那么重要?他难道没有听说过朋克、新浪潮?这些乐队里就没一个有那么精湛的演奏技巧的。但他们有实质有内涵。力量。灵魂。存在。

在这之后不久,1984年初秋,我们得到了第一次演出机会。是厄于温去谈来的。霍内斯购物中心五周年大庆,他们要庆祝一下,有气球、蛋糕和音乐。博克斯勒兄弟,二十多年来以其擅长南方民谣闻名于整个南部地区,将到此献艺。商场经理也希望有当地、特别是青少年的演出团体参加,我们学校离购物中心只有几百米的距离,所以这个要求很适合我们。我们

---

[1] 若人在装束或举止上表现出了一种没有品味的标新立异和出格,会被挪威人称作哈利(harry),这是一种负面评价。

有二十分钟的演出时间，工作的报酬是五百克朗。当厄于温告诉我们这个消息时大伙都给了他一个拥抱。妈的，总算轮到我们了。

演出定于一个星期六上午十一点。前两周的日子过得飞快。我们多次练习，乐队全体成员一起练，还有扬·维达尔和我单独练，我们一再反复地讨论曲目的顺序，我们事先买好了新琴弦，所以我们到时可以使用它们，我们决定将穿什么样的服装，当那天到来时，我们早早地在当地的练习场地会合，为的就是能在音乐会开始前将全部的曲子过几遍，虽然我们很清楚这可能会有在演出前就耗去精力和激情的危险，但我们认为让自己觉得对乐曲心里有谱这更为重要。

啊，当我手提吉他盒走过那柏油路的广场时心里那个爽快哟。在通道另一边往里朝向商场中心的地方，演出场地那里的其他设备全部安放到位。厄于温在忙着弄好打击乐器的那套装置，扬·维达尔站在那里正在用他新买的调谐器给吉他试音。有几个小孩子站在那里盯着他们看。很快地他们也会瞧见我了。我头发剪得短短的，上身穿一件绿色军用夹克，下面是黑色牛仔裤，铆钉腰带，脚上是双蓝白相间的棒球鞋。当然最重要的是手里提着吉他盒。

通道的另一边是博克斯勒兄弟在那里唱。一小堆人，大概十来个吧，站着看着他们。在另外的通道上人们蜂拥着从商场里进进出出。起风了，这风让我想到了披头士乐队1970年在苹果大厦屋顶的那场音乐会。

"一切都顺利吧？"我对扬·维达尔说，把手里的吉他盒放下，拿出吉他，找出配带，把它挂在了肩头上。

"顺利，"他说，"我们是不是插上放大器？几点了，厄于温？"

"过十分钟了。"

"还有十分钟。我们等等。再等五分钟。好吧？"

他朝放大器走过去，抓起旁边的可乐瓶喝了一口。他把围巾卷成条儿捆扎在额头上。此外他穿了一件白衬衣，拖在后面的衣襟盖在黑裤子外面。

博克斯勒兄弟在演唱。

我朝贴在放大器后面的那张节目单瞟了一眼。

水上烟

偏执狂

神秘黑女人

寂寞难耐

"我可以借一下你的调谐器吗？"我对扬·维达尔说。他把调谐器递给我，我插进插头。吉他音调准了，但我还是将旋钮拧了几下。许多汽车开进了那边的停车场，它们慢慢地兜着圈子寻找空下的车位。很快，车门打开了，坐在后座的孩子们从车里爬出来，在柏油路上奔跑雀跃，然后他们拉住自己父母的手领着他们朝我们这边走来。在他们走过去的时候大家都盯着我们看,但没有一个人停下。

扬·亨里克把他的贝斯插进放大器,重重地在弦上一拨。声音立时响彻了整个场地上空。

砰。

砰。砰。砰。

博克斯勒两兄弟都朝我们这边张望,一边唱着他们的歌。扬·亨里克朝放大器跨前一步,把音量再开大些。又是一串乐音响起。

砰。砰。

厄于温锤击了几下鼓。扬·维达尔在吉他上弹出一个和弦。声音真他妈的震耳欲聋。在场所有的人齐刷刷地把目光投向我们的方向。

"嗨!那边的悠着点儿!"博克斯勒兄弟中的一个吼了一声。

扬·维达尔转身又喝一口可乐之前,朝他们投去挑战性的一瞥。这是贝斯放大器的声音,是扬·维达尔的吉他放大器的声音。可我的声音在哪儿?我关小吉他声音,弹了一个和弦,再慢慢放大音量,直到它与放大器的声音吻合,然后再把音量调大一些,同时我盯着通道那边的那两个吉他手,他们正满面笑容地唱着他们有关海鸥、渔船和日落的各种诙谐幽默的民谣歌曲。就在此时他们也从那边朝我看了一眼,这一瞥里很难描述除了凶狠之外还有别的什么含义。我再次关小音量。有声音,一切正常。

"现在几点了?"我问扬·维达尔。他的手指在吉他琴颈上下滑动着。

"十点二十。"他说。

"妈的蠢货，"我说，"他们现在应该结束了呀。"

博克斯勒兄弟表现出的一切我统统表示反感，尊重、友善、传统，我乐意把放大器开到最大音量，我才不在乎场上的那些人。直到现在我的反叛意识存在于诸多方面，课堂上发一通标新立异的见解，有时干脆头伏在课桌上呼呼大睡，一次在城里把一个空面包纸袋扔在人行道上，一个老人请我把它拾起来，我让他自己拾起来要是这事对他有他妈那么重要。当我转身离开他的时候，心里却是一阵狂跳几乎不能呼吸。再就是我的反叛来自于音乐，我只听那些非商业的、先锋派的、决不妥协派的乐队，是他们造就我成为一个反叛者，不接受这存在的现状，要为改变它而奋斗。我弹奏的声音越高越响，就越接近自我。我买了一根超长的吉他线路，有了它我可以站在楼下过道的穿衣镜前弹吉他，在二楼我房间里的放大器开到了最大限量，然后就出了点状况，声音完全颠覆了，那种尖锐刺耳，几乎不管我弹什么都一样，声音棒极了，我的吉他声响彻整栋房子，在我的情感和这些声音之间存在着一种奇妙的和谐，仿佛它们就是我，这样的我才是真实的我。关于这点我写了一段文字，意思是想写首歌词的，但因为没有想出音乐，我就把它叫做一首诗，当时把它写进了我的日记。

　　我颠覆了我灵魂的回应

> 我弹奏我空洞的心
> 看到了你我就想：
> 在我的孤寂里只有我俩
> 在我的孤寂里只有我俩
> 你和我
> 你和我，亲爱的

我想出去，到外面广阔、浩瀚的世界。我唯一知道能与之接触的，就是通过音乐。这就是为什么在1984年初秋的一天我站在霍内斯购物中心外面，肩上挎着我在成人典礼时买的那把仿制的白色木质的斯特拉特吉他，食指放在音量键上，时刻准备着在博克斯勒兄弟吉他琴弦上流泻出最后的那个和弦的瞬间放开音量。

场地上空倏地卷起一阵风，一些梧桐树叶旋转着飞舞而过，一张冰激凌的广告纸被风刮得拍打着兜圈子。我感到有一滴水珠飘到了脸颊上，抬头望望那乳白色的天空。

"开始下雨啦，是不是？"我说。

扬·维达尔把手摊开伸出去。耸了耸肩头。

"我一点也没觉出，"他说，"不管怎样我们继续弹。就是开始下瓢泼大雨，也他妈的干。"

"同意，"我说，"你紧张吗？"

他微微点了点头。

然后博克斯勒兄弟的演出结束了。有好些人站在那里聚在他们周围,掌声响起,兄弟俩朝着观众微微躬身致谢。

扬·维达尔对厄于温转过身。

"准备好了?"他说。

厄于温点了一下头。

"准备好了,扬·亨里克?"

扬·亨里克点头。

"卡尔·奥韦?"

我点头。

"二,三,四,"扬·维达尔说,主要是在对他自己说,因为这第一轮即兴重复段只有他一个人弹奏。

接下去的一秒钟扬·维达尔吉他上奏出的猛烈的撕裂般的声音在场地上骤然响起。人们被吓了一跳。所有的人都冲我们一下转过身来。我在心里数着。手指放到了吉他的握把上。我的手有点颤抖。

一二三,一二三四,一二三,一二。

于是该我进去了。

但没发出一点音!

扬·维达尔瞪着我,两眼发直。我等到第二轮,扭开按键,进去了。两把吉他的声音震耳欲聋。

一二三,一二三四,一二三,一二。

然后踩镲架进来。

喊嚓嚓—喊嚓嚓,喊嚓嚓—喊嚓嚓,喊嚓嚓—喊嚓嚓,喊嚓嚓—喊嚓嚓。

大鼓。沉重的鼓声。

然后贝斯进来。

邦—邦—邦—邦邦邦邦邦—邦

邦—邦—邦—邦邦邦邦邦—邦

我先看了扬·维达尔一眼。他试着发出无声的话语，由于说话动作的夸大，他的脸扭曲得像张鬼脸。

太快了！太快了！

厄于温放慢速度。我也跟着减慢，但有点不知所措，因为贝斯和扬·维达尔的吉他仍旧保持着原速，我改变主意，决定跟着他们的速度，他们又突然慢下来，于是只有我独自一人是脖子快甩断的节奏。在游移不定中我瞅见风从扬·维达尔的头发里穿过，几个小孩站在我们跟前用手捂着耳朵。紧接着我们到了下一段曲子，大家总算合拍了。这时候一个身穿浅色裤子、蓝色带白条纹衬衣、黄色夏季夹克的人迈着疾速的步子走过场地。这是商场经理。他目标明确直端端地向我们走来。在离我们二十米左右的地方他举起了双臂挥舞，好像是要一艘船停下来。他的手臂挥舞着，不断地挥舞。我们又继续弹奏了几秒钟，那时他已经在我们跟前停住，他高高举起的手势动作很大，很快我们就不再怀疑这是跟我们有关系，于是停下演奏。

"你们这都是在干什么呀，你们！"他说。

"我们在这里演奏啊。"扬·维达尔说。

"我看你们完全疯了！这里是购物中心。是星期六。人们上这儿买东西图的是个高兴！你们不能在这里把声音飙得这么高，真该死!"

"那我们声音减弱一点?"扬·维达尔说。"这完全可以的。"

"不仅仅是一点。"他说。

事实上现在已有一小群人围住我们。或许有十五六个,看上去是年轻人、小孩子。这不错呀。

扬·维达尔转身过去把放大器上的音量关小。弹出一个和弦,望着商场经理。

"可以了吗?"他说。

"还要关小!"商场经理说。

扬·维达尔再把音量开小了些,又弹出一个和弦。

"行了吧?"他说,"我们也不是那种舞蹈伴奏乐队。""好吧,"商店经理说,"先这么试着。要不,再小点。"

扬·维达尔再次转身。他在转动旋钮时我看见他做了一个假动作。

"好了。"他说。

扬·亨里克和我也把音量调低。

"那现在我们重新开始。"扬·维达尔说。

我们又开始继续演奏。我在心里默数着。

一二三,一二三四,一二三,一二。

商场经理开始朝购物中心的正门走去。我弹奏着吉他的时候一直望着他。当我们到了乐曲的一个中断,他停下来转过身,瞅着我们看,又转过身去,往前走了几步,再次转过身来。蓦地他冲我们走过来，又开始用他那挥舞手臂的大动作。扬·维达尔没看见，他是闭着眼睛弹吉他的。扬·亨里克马上就看见了，他询问的目光朝向我。

"够了，够了，够了。"商场经理说着又在我们跟前停下。

"这样不行的，"他说，"很抱歉。你们收拾家伙一起走吧。"

"什么？"扬·维达尔说，"为什么呀？二十五分钟的时间，这是你说的哟。"

"这样不行，"他说，低下头，用手在跟前摆了摆，"抱歉，孩子们。"

"为什么呀？"扬·维达尔又说了一句。

"你们这个东西没法听，"他说，"甚至连一个歌都没有唱！好啦，就这样了。你们的报酬照付。在这里。"

他从里面的口袋里掏出一个信封，拿着它递到扬·维达尔跟前。

"在这儿，"他说，"谢谢你们到场演出。但这不是我想象的那样。别介意，好吗？"

扬·维达尔抓住信封。从商场经理身边转身走开，把放大器的插头拔下来，关掉开关，把吉他从脖子上举起取下来，走到琴盒那里，打开它把琴放进去。围在我们旁边的人们站在那里微笑着。

"走吧，"扬·维达尔说，"我们回家。"

在此之后乐队的地位就有点不明朗了。我们还是有过几次排练，但无精打采的，然后厄于温说下一次的练习他来不了，那次之后架子鼓没了，再下一次是我要参加足球比赛……同时我和扬·维达尔见面的机会也少了，因为我们上各自的学校，几周以前他含含糊糊地说起他在学校里碰到了另一个班的同学，他们一起玩音乐，所以当我现在坐下来弹琴的时候，主要是为了打发时间。

"地面指挥呼叫汤姆船长。"[1] 我唱着，手里弹拨出这两个我非常喜欢的小和弦，心里惦记着放在下面树林里装有啤酒的那两个塑料袋。

英韦在圣诞节期间回家时，带回了一本鲍伊乐谱的书。我把它完整的和弦、歌词和乐谱统统在草稿本上写了下来，现在我把它翻找了出来。我把《一切都好》(*Hunky Dory*)的唱片放到唱机上，第四个曲子《火星生活？》(*Life on Mars?*)，我开始跟着它弹，很小声地，这样我就可以听到歌手的声音和其他的乐器。背上掠过一股凉气。这个曲子实在太绝妙了，当我跟着和弦的顺序在吉他上弹奏时，好像它对着我的心完全敞开了一扇门，好像我已经在音乐里找到了我自己，而不是徘徊于外，仅仅听到这段音乐时我就有了如此的感觉。不过要是用自己的手弹一个曲子让人身在其中，至少需要好几天的工夫，因为我自己听不出这是哪一个和弦，我得费力地寻觅前行的路，即或

---

[1] 原文为 Ground Control to Major Tom，大卫·鲍伊的同名歌曲的歌词。

找到了些似乎相近的音，却不能完全确定两者是否一样。放下唱针，仔细听，拿起针头，弹拨出一个和弦。嗯……放下唱针，再听一次，再弹同样的和弦，是这个吗？或许就是这个？就别提在弹奏曲子的过程中拨弄吉他时发生的别的麻烦了。无可救药。但英韦，比如说，只需要听一遍然后试弹几次后就找准了这个音。我也见过其他像他那样的人，他们仿佛有与生俱来的资质，音乐与思想不能切割开来，也或许它跟思想毫无关联，但在他们身上音乐有着自己的生命。当他们演奏时，他们真的是演奏，而不是站在那里机械重复从别人那儿学来的形式，流泻出的音符里充满着自由的宣泄，实际上这才是音乐的含义，对这些我是望尘莫及所以趁早收手。关于绘画也是同样的道理。绘画不能带来地位，但我仍然喜欢，当我一人待在房间里时，画画是我活动的内容之一。要是我有具体的样本，比如一本连环画册，我照着弄，可以画得很像回事，但当我不是仿效，而是自己写生，那就从来也没画出个什么东西。我也看到过在这方面有天赋的人，或许特别是班上的那个托内，轻轻松松地见什么就画什么，窗户外长着的一棵树，远处停车场里的一辆车，站在黑板旁边的老师。当我们将决定选修科目时，我很愿意选择"造型和色彩"的课程，但我知道选课的条件，这里面有其他会画画的学生，所以最后我没去争取。挑选了电影艺术课。这样的想法有时候会让我不开心，因为我很希望做一个像样的人，很希望与众不同。

我站起身，把吉他放回架子上，关掉了放大器，走下楼来，妈妈正站在那里熨烫衣服。外面粮仓那里环绕着门上方和墙上的灯泡的灯罩，几乎被雪遮盖得严严实实。

"看这是什么天气啊！"

"你说得不错，雪真大。"她说。

当我走进厨房时，突然脑子里冒出个念头，那地方说不定会有一辆除雪车驶过去。或许最好是我在他们来之前去把路上的雪堤铲平。

我朝妈妈转过身。

"我想在他们来之前我出去铲铲雪。"我说。

"好，"她说，"你出去的时候把火炬点上好吗？它们在车库墙上的一个袋子里。"

"好的我去点上。有打火机吗？"

"在手提袋里。"

我穿好衣服走了出去，打开车库门拿上一把铁铲，把裹住脸的围巾打了一个结，朝下面的十字路口走去。虽然我扭转身子背对飞雪，但当我开始把新下的雪和那些结成了团块的积雪从院子里铲开时，大地上飞扬着的雪花，还是钻进了我的眼睛拍打着我的脸颊。几分钟以后我听到了一声爆响，远远的地方，闷声闷气的，仿佛是从一间屋里传出的声音，我抬起头的那一瞥里恰好看到了继小爆裂后的一束光焰高高冲入风雪漫卷的夜空深处。这一定是汤姆和佩尔，该死的他们在测试他们买到的爆竹。烟花充实了他们的生活，却让我感到心里空荡荡的没着落，因为这微小的光亮产生的唯一效应，是给接下去要解决的问题增加了难度。没有一辆车,没有一个人,只有黑黝黝的树林,飞舞的雪花,沿着道路的凝固不动的光带。下方幽深的山谷。铁铲轻薄的金属板边缘对抗着挤压后的雪形成的几乎坚如石头的冰块片,我自己的呼吸声,在这紧紧捆扎住的遮盖着帽子和耳朵的围巾下,听上去变得更粗更真切。

  铲完雪,我又回到了上面的车库,放下手里的铁铲,在袋里找出了四个火炬,在车库的黑暗中把它们一个个点燃,心中充满欢悦,火苗那么的温柔,飘忽着一直往上,平缓下来后又随着风向变换飘移。随即我想到了安放它们的最佳地点,两个摆放在房子的门前,两个放在粮仓跟前的墙头上。在安放火炬之前,先在墙头上用雪为它们堆砌出了一个小屏障,然后关上车库门,这时我听到在下面的房子那儿一辆汽车转弯驶近。我把车库门又打开来,赶紧溜回屋,我想在他们回来之前把一切都完全彻底地弄妥,不让最后一刻的行动留下蛛丝马迹。于是这个变得愈发强烈的小小念头驱使着我以最快的速度从浴室抓起一条毛巾把我的靴子擦拭干净,这样放在过道上的它们不带着残留的新雪,接着脱下其余的衣物,夹克、帽子、围巾和连指手套,上到二楼的房间。当我再度下楼时,汽车已经停在屋外面,还没熄火,红色的车后灯闪烁着,祖父站在那里,手放在车门上,与此同时祖母正从车里迈出了一条腿。

  当我独自在家时,所有的房间都有着自身的特性,并非恰恰对我怀有敌意,它们也没有打开自己。更多的是不愿意从属于我，它们以自身的形式存在着，有其完全固定的墙壁、地板、天花板、木条边饰、窗户，完全敞露着。我觉察到这些房间是死的，没有生气的，这是它们在与我进行对抗，这个死不是生命的停止，而是没有生命，就像在一块石头、一杯水、一本书里不存在生命一样。最接近的是我们的猫，梅菲斯托，但我看见只有猫在这敞开的房间里时，它并没有足够强大到能驱赶走屋里死寂的气氛，但如有了另一个人的进入，哪怕只是个婴儿，整个屋里便有了人气，景观大改。我父亲让所有的房间充满不安宁，我母亲让它们充满温柔、宽容，有时候也会是忧郁，当她下班回到家感到疲劳时，也有些微仍旧察觉得出的压抑着的恼怒。佩尔，从来没有进到过屋内只在我家大门处的他，带来的是他的快乐、期待和服从。扬·维达尔，他是到目前除家里人外唯一进过我房间的人，他带来的是固执、抱负和伙伴的情谊。有趣的现象是当好几个人在一起时——因为在同一个空间里只容得下一个，顶多是两个能影响环境的个人气场，结果并不总是最强的那人在这方面更为显著。比如，佩尔的顺从，他对成年人表现出的那种尊敬，当我父亲进门经过佩尔时对他稍点了一下头，在一时间里他比我父亲的霸道实际上要强大得多。除此以外很少有人到我们这里来。只有祖父祖母，还有父亲的兄弟居纳尔和他的家人是例外。在半年的时间里，他们或许有三四次到这里来，我总是渴望他们到来的日子。部分原因是因为祖母这人，我的成长是和她在一起的，直到现在我也没有调整改变和她的关系，站在那里的她环绕着光彩，这跟她总给我带许多礼物没有多大的关系，而是她真心爱孩子，在我心中，她的画面总是充满光明；另一方面是因为我的父亲，在与他们同在的情况下他总是处置得当，很好地面对这种场景。他友好地对待我，没有把我排除在外，让我觉得我是他们当中的一员，这还不是最重要的，因为显示出他与自己儿子间的友好关系，只是从他身上流露出来的极度慷慨的一部分：他变得有魅力，幽默风趣，表现出自己的学识和兴趣爱好，说句公道话，对他和他用了那么多的时间来表达的这一切，我怀有许多情感，心中百味杂陈。

当他们走进大门时，妈妈开门迎接他们。

"嗨，欢迎你们来！"她说。

"嗨，西塞尔。"祖父说。

"这糟糕的天气！"祖母说。"你们看看！火炬摆放得真好，这我得说。"

"把你们的大衣给我吧。"妈妈说。

祖母戴着一顶圆形的黑色裘皮帽，她摘下帽子，用手在上面拍打了几下，抖落掉上面的雪花，一件黑裘皮大衣，同帽子一起递给了妈妈。

"你开车来接我们真太好了，"她说，转过身对着祖父，"这种天气我们可开不了车！"

"我还真不好说，"祖父说，"但到这里路远，还曲里拐弯的不好走。"

祖母走进了客厅,用手把衣裙抹抹平,整理了一下头发。

"你也在这里呀!"她说,对我很快地笑了。

"嗨。"我说。

她身后是手里搭着一件灰大衣的祖父。妈妈经过祖母赶上去一步,把大衣接过来,把它挂在楼梯下镜子旁边的衣帽架上。外面的爸爸进入我的视线,他正在屋外阶梯的石板边上跺靴子上沾着的雪泥。

"嗨,卡尔·奥韦,"祖父说,"你父亲说你要去参加新年聚会是吗?"

"是的。"我说。

"啊,你们都长这么大了,"祖母说,"想想,去参加新年聚会。"

"是啊,我们也是刚知道不久。"爸爸说,他走进了过道。他用手插进头发往后梳理一把,把头摇了几下。

"我们大家进客厅吧?"

我跟在他们后面走进去,他们在沙发上就座,我坐在门边朝向花园的那把藤条椅子上。

"我早把咖啡给你们煮好了。"妈妈说着站起身来。在她走出去后寂静紧跟着进入了房间,该我尽责了。

"那个,埃尔林在特隆赫姆了吧?"我说。

"肯定在那里了,"祖母说,"今晚他们要回家去好好儿乐的。"

祖母穿了一件蓝色的看上去像是丝绸的连衣裙,胸前镶有黑色的花纹。白珍珠耳环,脖子上的金项链。深色头发,这一定是染过的，但我不完全确定，因为她为什么不把额头上的那绺灰白头发也一起染了呢？她不臃肿，也不肥胖，但仍然可以说得上是偏胖的那种丰盈。她的动作总是快手快脚的，较之她这笃实的身板有点不相称。当人们注意到祖母时，最引人注目的，是她的那双眼睛。那清澈的淡蓝色的眼睛，不知是因为它自身颜色的不同寻常，还是因为它和她身上其余暗色部位的强烈反差，它们看上去几乎不像是真实的，像是两颗石头。我父亲的眼睛跟祖母的一模一样，也给人以同样的印象。祖母的个人特性，除了她很爱孩子外，她那侍弄花草的灵巧双手给人的印象格外突出。在夏季的那半年里我们去看望她，她通常总是待在花园里，每当我想到她，常常涌现出的画面都是源于那里的印象。她戴着手套，风吹乱了她的头发，那时她的手里正满满地抱着一捆要去烧掉的干树枝在草地上走过，要不就是跪在刚刚挖掘出的一个小洞跟前，小心地剥去裹着树根的塑料袋，把小树苗放进坑里，或是站在阳台下面拧开水龙头开关的同时，目光从肩头上望过去看自动喷水器是否开始旋转，接着她把两手叉腰站在那里欣赏着水流从管子里喷到空中，在阳光照射下的一片水雾景象。有时候她也会蹲在屋后的小山坡上侍弄那些在洞穴裂缝间长出的花花草草，像那些积攒在缝隙中的花草一样，水流在礁石岛边裸露的山石间积存成了一个个水洼，就像是从原有的自然中被切割下的一方。我记得我很为这些树木感到遗憾，它们孤独地站在那里选择着各自的山崖，它们得屈身于这些山石下寻求生命。树木的下端在盘根错节里成长，在昼夜转换四季轮回的时间里发展，不断地形成新的缠绕与交接，就像她曾经从她自己的祖父母老家带回来的这老梨树和老李子树一样。在懒洋洋的夏日里的一天，当夕阳在峡湾口外的地平线沉落之时，它们给草地投下一道绿荫，空气中能听到从远处的城里传来的时高时低的喧嚣，其中夹杂着在靠墙的玫瑰花丛间忙碌着的大黄蜂和蜜蜂的嗡嗡声，淡色的花瓣在这一片绿当中显得静谧，闪发出白光。但花园给人的一切含有陈旧与古老的印记，只有时间才能给予它所蕴含的价值和丰厚，这肯定也是她将暖房安置在最下面，半掩在一壁山崖后的原因，在那里她可以任意施展她的园艺才能，也可种植些稀罕的树木花草，而不会像上面的花园那样被工业发展中的临时性建筑物毁损了形象。到了秋冬季节我们会在那下面暖房发光的玻璃墙后面看见她模糊的身影轮廓，当她把那些个黄瓜西红柿扔放在桌上并随口说出这不是在商店买的而是来自她花园里的暖房时，不无自豪之情。

祖父则同花园无半点关联，当祖母和爸爸或者居纳尔或者祖父的兄弟阿尔夫讨论起不同的树木花草时——因为这个家里对各类植物的兴趣已大大增加——祖父这时情愿拿出一份报纸和杂志快速翻阅，看上面是否有他感兴趣的博彩票或是一周的联赛积分表。我始终认为这有点不可思议，一个做与数字相关的工作的人，业余时间还是跟数字打交道，而不是比如说去花园里干活或是做点木工或者是干点可以活动全身的一些事情。可是不这样，他上班跟数字打交道，下班后也是跟数字打交道。我知道另一个他唯一喜欢的是政治。话题中一旦关乎政治，他总是兴高采烈地加入，立场观点鲜明，辩论时言辞更加强硬，若有人与他观点对立，他只会更钦佩看重。至少当妈妈一次又一次地摆出她的左党的那些观点时，祖父的眼里除了友好之外没有任何其他情绪，即或他说话的嗓音越来越高、越来越尖锐。祖母以她自己的方式，总是在适当的机会下请他谈点什么别的，或是冷静下来。她常常揶揄他，也可能奚落几句，但他还是接受了，要是我们都在场，她总是向我们挤下眼睛，这样我们将明白这其实没这么严重。她是个很容易笑的人，喜欢给我们讲她本人经历过的或是别人告诉她的好些趣事。英韦在小时候说过的那些好玩的话，她全都记得，他们俩特别亲近，他小时在祖母那里住过一年半，后来在那里也住过更长的日子。她也告诉我们埃尔林在特隆赫姆读书时那些经典的稀奇古怪的事件，但最有意思的是30年代期间的故事，那时她给一个年老的，或许脑子也糊涂了的有钱人的妻子当司机。

现在他们都是七十多岁的人了，祖母比祖父大几岁，但两人身体都很健康，他们仍然像他们通常做的那样，冬季去国外度假。

屋里沉寂了片刻。迫使着我要说点什么。为减少点静默的压力我向窗外望去。

"呃，学校那儿怎么样了？"祖父终于开口了。"斯特雷给你们说过些什么明智的话没有？"

斯特雷是我们的法语老师。他个子矮小，身板结实，秃头，一个精力旺盛的七十岁左右的老头子，他的房子跟我祖父的办公室非常近。现在我有点明白了，他们之间有什么芥蒂，或许是地界划分之争的问题，是否到了对簿公堂的地步，我不确切知道，也不知事情是否了结，但至少他们之间从不互相打招呼已经有许多年了。

"这个嘛，"我支吾了一声，"他只叫我'墙犄角里的小家伙。'"

"那一点也不奇怪，是的，"祖父说，"那个老尼高呢？"

我耸了耸肩头。

"他不错吧，我想。做着跟以前一样的事。他是个守旧的人哟。你从哪里认识他的，顺便问一句？"

"通过阿尔夫，知道吧。"祖父说。

"啊，那是当然。"我说。

祖父站起身朝窗户走去，把手背在身后往外张望。除了经窗户透出的一缕微光，房子的这一面完全漆黑一片。

"瞧见什么了吗，老爷子？"祖母说，她朝我挤了一下眼睛。

"你们这房子位置不错。"他说。

就在这时妈妈手里拿着四个杯子走进客厅。他朝她转过身子。

"我对卡尔·奥韦说你们家这里的视野真好！"

妈妈停下来，好像在走着路没法说出什么。

"是啊，我们对这个地方非常满意。"她说。站在那里手里拿着四个杯子看着祖父，唇边有一丝笑意。出什么状况了，是的，那时候几乎有阵潮红在她脸上掠过。那不是红晕，也不是腼腆，不是这种含意。是一种更多的她没有掩饰住的东西。这她从来没有这样过。当她说话时,她总是直截了当地说出自己的意见,绝不会只是为讲话而讲话。

"房子太老了,"她说,"这些岁月都刻在了墙上。一帆风顺或是磕磕碰碰的日子都可能有的。不过在这里真好。"

祖父点了点头,继续注视着窗外的漆黑。

"我们的主人到哪去了?"祖母说。

"我在这里。"爸爸说。

大家一齐向他转过身。他站在饭厅里铺好了桌布的餐桌旁,在天花板的橡木下佝偻着身子,不难看出他在研究着他手里握的一瓶酒。

他是怎么到那里去的?

我竟没有听到一丁点儿他的声响。在这栋房子里我最为关注的事情,就是他的动向。

"你走之前去多搬点柴来吧,卡尔·奥韦?"他说。

"好的。"我说,站起身走到了过道,把脚往靴子里一蹬打开了大门。风迎面向我扑来。但至少雪停了。我走过院落进到粮仓屋下的地窖。天花板上那没有灯罩的灯泡刺人的光线投照在粗砺的石墙上。地板几乎全被树皮和木条遮盖了。一把斧子竖在柴墩子上。屋角放着父亲在我们搬到这里那会儿买的一把橙色和黑色的电锯。房产区内有一棵树他想砍掉。当他去伐树时,没法将锯子下手。他在那儿琢磨了半天,也发出一串咒骂,然后去给他买锯子的商店电话抱怨。"是哪儿不对?"当他又走出去时我问。"没什么，"他说，"只是有点事他们忘了告诉我。"这一定是锯子的保险开关系统，我明白，就是为了防止孩子们去动它。现在他让电锯工作了，在树锯倒后，他用了整个下午的时间把电锯拆卸开。他喜欢工作，这我看得出来。但最糟糕的是，他再也没有别的事可以让电锯派上用场，所以它就躺在了这里的地板上。

我尽最大限度把更多的劈柴放在我的手臂弯里，把门一脚踹开，左右摇晃着往回走时心里唯一想的是这究竟会引起他们多大的注意，这一点在意识里极为明确，我脱掉鞋，双手抱举着柴块，在劈柴的重压下膝盖几乎弯曲，上半身后仰着，步履艰难地走进客厅。

"瞧瞧他！"当我走近时祖母说。"你搬来的柴可不轻啊！"

我在木柴筐前停下。

"好了，我来帮帮你。"爸爸说他向我走来，把最上面的劈柴拿起来放在柴筐里。他的嘴绷得紧紧的，眼睛冰冷。我跪下去让剩下的劈柴滑落进柴筐。

"现在我们有一直能烧到夏天的柴火。"他说。

我直起腰，拨拉掉一些粘在衬衣上的木屑在椅子上坐下，与此同时爸爸蹲下去，打开壁炉门放进几块干柴。他穿的一身深色西服，暗红色的领带，黑皮鞋白衬衣，反衬着他那冰冷的蓝眼睛，黑胡子和太阳晒出的浅棕色脸颊格外显眼。在整个夏季的半年里他尽可能待在日光下，一般在八月里他就完全是棕色的肤色了，但这个冬天他得去室内日光浴，现在我明白过来，最近这些年里若不是像他这样照了那么多的日光，他的肤色最后就不会是这个样子了。

他眼圈周围的皮肤开始起皱纹了，像干裂皮革上的皱褶，细密，纹路很好看。

他看了下表。

"现在居纳尔应该快来了，要是我们想在半夜前吃到东西的话。"他说。

爸爸朝我转过身。

"你不也该快走了吧？"

"是的，"我说，"但我想先向居纳尔和托薇问候一声。"

爸爸的嘴里吹出一口气。

"现在自己出去快活吧。你不必和我们一起坐在这里，你明白的。"

我站起来。

"你的衬衣挂在外面的柜子上。"妈妈说。

我拿了衬衣上楼去到自己的房间换衣服。黑色的棉布裤子，大腿的地方宽松，小腿处收紧，有侧身的裤袋，白衬衣，黑西服。我想着要用那条铆钉皮带，把它卷好了放进背包里，他们不会真的禁止我穿戴这个，但可能会注意到，现在我不想冒这个险。放在包里的还有一双马丁大夫靴子、额外多带的一件衬衣、两盒波迈（Pall Mall）淡烟、口香糖和胶布。当我收拾完毕，来到窗户跟前。七点过五分。这时候我应当已经在路上了，但得长时间地等待居纳尔，因为要是他没到家里，我就有在半道上与他相遇的危险。手里提着装满啤酒的塑料袋，那我就死定了。

除了风吹过时，户外树林边的那些树木纹丝不动，屋内投射出的光线在最远的边界处能隐约见到。

他们在五分钟之内还不来的话，不管怎样我也得动身了。

我穿上了外套，站在窗前的那一瞬间，当我凝视着的下面的地方有了汽车灯光出现时，就努力想使自己听到那个或许会出现的引擎轰响，然后我转回身去，关掉屋内的电灯走下楼梯。

爸爸站在厨房里正在给一只大锅放水。当我下来时他望着我。

"要走了吧？"他说。

我点点头。

"那，今晚上玩得痛快。"他说。

在山坡下的最低处，风雪将上午在地面上留下的所有痕迹全遮盖了，我静静地站立聆听几秒钟，完全确认路上没有汽车后朝斜坡上走去，一直来到那棵树下。我埋下的塑料袋就在那里，当我把袋子举起来时上面盖着的一层薄雪顺着光滑的塑料袋滑落下来。我一手拎着一个袋子又走了下来，在一棵树后停住仔细听，仍然没有听见任何动静，跨越雪堤往下小跑着直奔那个拐弯的地方。这外面住的人家不多，河对岸的车辆都是匀速地沿着道路往前行驶，要是开来一辆车，最大的可能就是居纳尔他们。我站在坡上，过了路上的这个拐弯就是威廉家住的地方。他们家离路边还有一小段距离，靠近树林，在后面是突兀地耸立起的一道丘陵。客厅里电视荧幕反射出了蓝幽幽的光。房子是70年代的，建筑地块没有修整过，那里乱石堆积，岩石裸露，一个损坏了的秋千，用防水帆布遮盖着的一垛劈柴，一辆废车，几个车轮胎。我不明白为什么他们会是这样。他们不愿意环境美观吗，或是他们不能让环境美观？他们对这一切真并不在乎，或是他们事实上认为这样很不错？父亲是个温和的好人，母亲老是怒气冲冲的，三个孩子穿的衣服不是显得太短小就是过于肥大。

　　一个早上我去学校的路上看见父亲和女儿正在路对面的石头山坡上往上攀缘，两人的额头上都有血迹，小女孩头上捆扎的一条白手绢浸透了鲜血。他们遭到野兽袭击了，记得我当时是这么想的，因为他们一声不吭，也没呼叫，只是相当平静地往石头山上攀行。在石山的最下面，他们的车停在那里，车头对着一棵树。树下面流动的幽黑河水闪着亮光。我问他们是否需要帮助，父亲回答说不需要，一切都好，就在这里，在下面的斜坡下他这么说的，即使眼前看到的这一切很意外让人几乎难以立刻走开，但站在原地又觉得有点不道德，于是我继续向公交车站走去。当我转身那会儿给自己发了个誓就只转身一次，回身后，看见他们已经越过了公路。他像往常一样穿一身连裤工装服，手臂搂着女儿瘦骨嶙峋的十一岁孩子的身体。

　　我们总嘲笑她和威廉，他们俩都很容易被激怒，容易变得语无伦次，词汇和抓住要点不是他们的强项，但他们有他们说话的逻辑，我不理解这些，直到我同佩尔在很普通、很乏味的夏季里的一天给威廉电话约他来踢足球，他的母亲来到阳台上，给我们一顿臭骂让我们出去，特别对我，因为我比其他所有的人都有优越感，尤其觉得自己比她的儿子和女儿强。我回了嘴，看得出她也不怎么会说话，她的怒气让她的嘴更是词不达意，我唯一赢得的是佩尔对我口才赞叹的笑声，几个小时后也就把一切忘得一干二净。但这里不一样，他们可不会忘记。他父亲为人很和善不会采取行动，但他母亲每次看见我时都眼冒怒光。这些对我唯一的效应则是让我感到增添了个人价值。威廉上学校穿的裤子只到腿肚子那儿，他不明白书中的一些章节，用错词汇，他有什么理由不听我们的？我说的都是实话，难道不是吗？我们爆发出笑声，直到他住口或是完全被降伏。我自己也并非没有弱点，是真的，它就摆在那里，任何人都可以利用它，他们不这样做，是因为他们没有足够丰富的想象力来设身其中进行揣摩，这难道是我的问题么？条件面前人人平等，人人都有权指责他人。在学校里威廉和一帮人混在一起在雨棚里抽烟，他们从十三岁就骑摩托车，十四岁开始逃学，他们酗酒斗殴，这些人也嘲笑威廉，但以某种方式他忍受了下来，因为总是有什么地方他可以与他们较量权衡，总是找到什么方式予以反击。我们也同样，住在上面房子里的人，与他们是有区别的，这里说的是讽刺嘲笑加挖苦，以及充满杀伤力的评论，这会使他完全疯掉的，因为这一切完全超出了他能对付的范围。可他需要我们比我们需要他多得多，所以他总是会回来。对这一点我的看法是来去自由。当我刚搬到这里时，我虽然还是以前的我，但我有可能做以前从没有做过的事。比如说发生在车站旁边的一家老式的小商店里的事，那里的货物好些都搁在柜台背后的货架上，店主是七十岁出头的两个老姐妹。她们极和善，特别是到了夏季里那些漫长的日子里。要是请她们到高货架上去取下什么东西，她们转过身去会有两三分钟的工夫，那时候便只管拿巧克力把自己的上衣口袋塞得满满。这就不要说请她们去地窖里取货的时候了。在特罗姆岛我从来没想到会干这样的事，但在这里我毫不犹豫，在这里我不仅会从两个老太太那里偷巧克力和糖果，还会诱惑那些小孩子干同样的事情。他们比我小一岁，以前几乎从来没走出过山区，在他们面前我觉得自己是见过世面的人物。比如在采集草莓的时节，我只要略施小计便会让他们都带着盘子、勺子、牛奶和糖到草莓地里来。

在下面的工厂干活时是我们自己把完成的工作量填进表格，根据这表格数据发工资，看上去从来没有人想到过可以利用这个规定钻空子，搞弄虚作假的可能。但我们带头这样干。然而我行为里最重要的变化是与语言表达密切相关，我察觉到让其他人跟着我的指挥棒转的种种可能性存在于语言当中。我干扰纠缠，巧妙应对加幽默，从来没有，可说就一次也没有过，让他们发现我这种能言巧舌是很靠不住的，只要有一个反击，整个的情势便会倒一个个儿。我说的话里有漏洞啊！我也不能发 r 音！在这些弱点被显示出来后，他们可以揪住这点不放尽管模仿我，那我就完全崩溃了。但他们竟从来没这样做过。

这就是说，佩尔的兄弟，曾做过这样一次尝试，他比我小三岁。

我和佩尔站在他们紧靠着车库的马厩里讲话,这是他父亲刚刚修建起来的,为的是他给女儿,佩尔和汤姆的妹妹玛丽特,买的那匹峡湾马[1]有块地方。整个晚上我们都在外面逛,最后到的这里,在这闻到马和干草气味的有遮蔽的温暖屋内,那时候,汤姆,一个不喜欢我的人,向我发难,他突然开始仿效我的口音。

"法特塞亚[2]?"他说。"这是个什么东西?"

"汤姆!"佩尔呵斥道。

"法特塞亚是一辆车,"我说,"这你没听说过的。"

"我是没听说过有叫法特的车,"他说。"至少不是叫什么塞亚的。"

"汤姆!"佩尔说。

"啊,你是说福特塞拉汽车呀!"汤姆说。

"是的,当然。"我说。

"你干吗不这么说呀?"他说。"福—特!塞—拉!"

"给我滚出去,汤姆。"佩尔说。看着汤姆没有一点动弹的意思,他便立刻举起拳头在他的肩上揍了一拳。

"哎哟!"汤姆叫道。"别打了!"

"快滚,你这小混账王八蛋!"佩尔说着又给了他一拳。

汤姆消失了,我们继续聊着像什么事儿也没发生过一样。

这是在上面的孩子群当中唯一一次有人试着挑我的毛病,

---

[1] fjording,起源于挪威西部,是世界古老的小马品种之一。腿短,马的高度(从肩头起)约为140厘米左右,耐寒持久,适宜山区地形使用。

[2] 原文为 Ford Sierra,福特塞拉汽车。汤姆在模仿作者不会发 r 音。

这太怪了，那时候全是我在指挥他们。可他们不找我的碴。在上面这块地方我就是王者，孩子王。但我的权力还是有局限。当有跟我一般大年纪的人出现，或是有在这山谷下面住了很长时间的人，我的话便也不是圣旨了。于是我细致地观察判定着我周围的这些人，那时和现在都始终如此。

我把手里的袋子放到路上，敞开夹克把围巾抽出来，用它把脸遮盖上系好，又抓住袋子继续往前走。风在耳边呼啸，卷起漫天飞雪，吹乱了的雪花在空中兜着圈子。到扬·维达尔那里还有四公里的路程，所以这脚下得赶紧。我开始往下方小跑起来。两手拎着的袋子仿佛像两个铅块。沿着公路的另一侧拐弯处那里有几辆车的车灯出现。灯光穿越树林。耸立在那里的树木闪现出来，一棵接着一棵。我停下来，把一只脚踏在路边沟渠的边沿上，小心地把袋子放在我身下的沟坎上，然后继续往前走。当汽车在我身边驶过时我转头看，一个不认识的老头坐在驾驶位上。我往回走了二十来米从沟坎上拿起袋子，继续往下走，拐了个弯，经过一栋住着一个独居老人的房子，走出一片旷野，在那里我可以看到工厂里发出的灯光，在雪花紧密的黑暗当中显得模糊不清，经过那个被废弃了的、躺在这个夜晚浓黑中的小农场，在几乎就要到达主干道的十字路口前的最后一栋房屋时，一辆车又出现在路上。我采取了跟刚才一样的措施，把袋子很快地放在沟坎上自己空着手继续往前走。这一次也不是居纳尔。当车一开过，我跑回原地，提起装酒瓶的袋子进一步加快脚下的步伐；时间已经七点半。我急急往下走去几乎就要到达主干道，那时又有三辆车开了过来。我再次把手中的袋子放下。就让他是居纳尔好了，我想，因为他很快就会开过去，这样我就不需要为每一辆车停下来掩藏啤酒瓶了。两辆车相跟着继续驶过了大桥，这第三辆转弯后从我身边开过，但这也不是居纳尔，不是他。我提起袋子走上了主干道，顺着公路走过了公交车站，一家老商店，汽车修配站，那些老式的住宅群，一切都沐浴在光线下，在强劲的疾风中，这个世界里空无一人。几乎就快爬上了这漫长的、要命的山坡顶部时，我看见一辆车的灯光出现在路的边界。这里没有沟坎，我只得把袋子放在雪堤上，因为它们很容易被看见，至少与我之间要有几米的距离。

车开过去的时候我从车窗望进去。这次是居纳尔坐在那里。与此同时他扭过头看我，当他认出是我时，他踩下刹车。紧接着车尾一股雪泥四溅，刹车灯的红光闪烁，车在下坡路上减速，在下面二十多米的地方终于停下来，接着车立刻倒退过来。发动机一阵低吟。

车在我身旁停下，他打开车门。

"在这鬼天气里是你在外面走哇！"他说。

"哦，是啊。"我说。

"那，你要去哪儿呀？"

"去参加一个聚会。"

"上来，我把你开到那儿去。"他说。

"不，不用，"我说，"已经没多远了，没事儿的。"

"不，那怎么行，"居纳尔说，"上来。"

我摇摇头。

"你们也出来晚了，"我说，"已经七点半过了。"

"不要紧，没问题的，"居纳尔说，"上来，马上。这是新年前夕呢，你没必要在这儿挨冻，知道吗。我们带你过去。End of discussion[1]。"

我没法再坚持了，否则会引起他的疑心。

"那，好吧，"我说，"你真太好了。"

他扑哧了一声。

"你坐后座上，"他说，"给我指点路就行。"

我打开车门坐进了后座。车里又暖和又舒服。哈拉尔，他们快三岁的儿子坐在儿童椅上无声地用眼睛追随着我。

"嗨，哈拉尔。"我说着，对他笑笑。

坐在副驾驶座的托薇向我转过身来。

"嗨，卡尔·奥韦，"她说，"看见你真高兴。"

"嗨，"我说，"圣诞快乐。"

"那我们现在出发，"居纳尔说，"我猜想我们得走另一条路了？"

我点点头。

我们开到了下面的公交车站，掉过头来又朝上坡路开去。

---

[1] 原文为英文，意思是"别再说了"。

当我们经过放啤酒袋子的地方时,我没法忍住自己,向前勾着身子寻找它们。袋子躺在那里。

"你要去哪儿?"居纳尔说。

"先到下面在索尔斯勒塔的一个伙伴那里。然后我们去瑟姆,那里有一个聚会。"

"我可以把你们一直开到那里去,只要你愿意。"他说。

托薇望着他。

"不用,没有这个必要,"我说,"另外,我们还要在公交车上和其他人碰头。"

居纳尔比我父亲小十岁,在城里的一家公司当会计。他是唯一子承父业的一个儿子。其余两个都是教师。爸爸在文内斯拉的一所高级中学,埃尔林在特隆赫姆的一所初级中学。埃尔林是我们唯一管他叫着"叔父"的人,他为人低调不像其他两个兄弟那样倾向于名誉声望。在我们成长的过程中和父亲的这两个兄弟见面不多,但我们很喜欢他们,他们很少说那些不着调的事儿,特别是埃尔林,居纳尔也一样,我和英韦最喜欢的就是他,或许因为他是亲戚当中年龄最接近我们的。他留长发,弹吉他,尤其是他有一艘二十马力的水星马达的船停泊在曼达尔外的度假屋那里,在我们长大的那些岁月里,每到夏季他都会在那里长住一段时间。他说到他在那里的伙伴们时,关于他们的一切在我的意识里几乎就是一种神秘的光芒,一方面是因为我父亲完全没有这种伙伴,另一方面是因为我们实际上对他们并不真正了解,从来没有见过他们,他们只是一些他驾船出去时在船上见面的朋友,我想象着他们生活的那些场景,白日里穿梭在礁石与岛屿之间的永不停止的船的航行,他们长长的金发在海风中飘拂,棕色的胡髭,微笑的面容,在傍晚和夜里他们玩牌弹吉他,那里也有女孩子的时时眷顾。

当他结婚后有了孩子,虽然还是继续拥有那条船,但那份飞扬神采不见了。还有他那飘飘的长发。他的妻子叫托薇,来自特伦德拉格的一个警官家庭,在一所小学当老师。

"你们圣诞节过得好吗?"她说,转过头向着我。

"过得好。"我说。

"我听说英韦在家?"居纳尔说。

我点点头。他最爱的就是英韦,这一定是因为英韦是长子,而且同祖母祖父待的时间最久,那时候居纳尔还住在那里。但也很可能因为在我们长大的那些日子里英韦不是那种柔弱型,不像我动不动就哭哭咧咧的。和英韦在一起他很快活。这就是为什么当我碰到他们那会儿,我也试图拧着干违背自己,试着开玩笑,说许多好笑的事,因为我想用这种方式向他们证实我跟他们有一样的天性,像他们一样有幽默感,跟他们有一样多的南方人情怀。

"几天前他又回去了,"我说,"要和几个朋友去度假小屋。"

"是啊,他成了一个阿伦达尔人了,知道吧。"居纳尔说。

我们经过了乡村小教堂,在峡谷边绕了一个大圈子,那是个太阳永远照不到的地方,再驶过了那座小桥。车窗上的雨刮器在玻璃上轻打着节奏。风扇呼呼地响着。坐在我旁边的哈拉尔的眼皮耷拉了下来。

"谁发起的聚会呀?"居纳尔说。"我猜是你们班上的?"

"其实是同年级的一个女孩。"我说。

"是啊,当一个人开始上高中,一切都改变了。"他说。

"你在教会学校读书时,你就没变?"我说。

"是啊,我也一样。"他说,他扭过头来恰恰与我的目光相遇,然后他重新把注意力转回到眼前的路上。他有一张狭长的脸,跟我父亲一样,但眼睛是深蓝色的,与祖母的相比更像祖父的眼睛。后脑勺比较大,像我父亲和我的一样,而嘴唇,他极富于情感的嘴唇,几乎比那双眼睛更能传递出发自他内心的更多信息,跟爸爸和英韦的一个样。

我们开进了那片空地,车灯射出的光线,将光亮投向树木和小山岗,房屋的侧壁和山坡,终于到了有房屋环绕的尽头。

"这片空地的尽头就是这儿了,"我说,"你把车停在那边的商店旁就行了。"

"好。"居纳尔说。车减速,停下了。

"再见,"我说,"新年快乐!"

"你也一样,新年快乐。"居纳尔说。

我把车门关上,开始朝着上方走向扬·维达尔住的房子,这时候汽车掉过头沿着我们刚才开来的路上开走了。当车从视线里消失,我便开始奔跑起来。现在我们的时间不多了。我从陡坡上纵身而下进入了他们家的地界,看见了他屋里透出的灯光，我向那里走过去敲了敲他的窗户玻璃。几秒钟后他的脸出现了，眯缝着眼睛凝视着外面的黑暗。我指了指门。当他最终看见了我，他点点头，我朝房子的另一面走去，门在那里。

"对不起，"我说，"那些啤酒在上面的克拉格桥旁。现在我们得赶快上去取它们。"

"酒在那里干吗呀？"他说，"为什么你不把它们随身带来？"

"我在往这儿的路上碰到我叔叔了，"我说，"在他车停下之前我刚好来得及把啤酒袋子扔在雪堤上。然后他就坚持着他妈的非要我坐上车开车送我。我不能拒绝，要不他会起疑心的。"

"啊，天哪，"扬·维达尔说，"我们真是他妈的倒了邪霉呀。"

"可不，妈的，"我说，"但现在必须开始行动。我们得赶紧的。"

几分钟以后我们爬上了那道山坡走上了公路。扬·维达尔的帽子拉下来遮住了额头，围巾把嘴裹了个严实，外套的领子竖起来盖住脸颊。在他脸上唯一能看到的是他的眼睛，但也只是一点点，因为在他戴的那副圆形的列侬式眼镜上起了雾，在他和我目光相遇时我看到的就是一个点。

"我们只有赶快行动。"我说。

"那就行动吧。"他说。

疲惫的双腿没法一下子聚集起全部力量，迈着缓慢的步伐，我们开始在路上跑起来。在走过那片旷野时朔风迎面。盘旋飞舞的雪花缠绕围袭着我们。泪水从几乎是闭着的眼睛里渗流下来。脚开始麻木，已经不再听我的使唤，它们僵硬地插在靴子里，仿佛就是一段木头。

一辆车开过去了，我们人走路的速度真是望尘莫及，不过瞬间的工夫车就消失在了空地边缘的拐弯处。

"我们走一会儿吧？"扬·维达尔喊道。

我点点头。

"只希望袋子还在那里！"我说。

"你说什么？"扬·维达尔说。

"啤酒袋子！"我说。"希望还没人把它们拿走！"

"现在哪还有他妈的人在外面呀！"扬·维达尔说。

我们笑了。走出了空地的边界，我们又开始飞奔起来。爬上坡，那儿有一条砾石路往下直到在河边那一片丰腴的土地，走过那座小桥，经过峡谷，废弃了的汽车修配站，乡村小教堂和路两旁那些50年代的白油漆小房子，最后我们终于来到了我放下那两个袋子的地方。我们一人拎着一袋又开始往回走。当我们走到小教堂那里时，听到了身后传来的汽车声。

"我们拦辆车吧？"扬·维达尔说。

"为什么不呢？"我说。

左手拎着袋子，右手的大拇指竖起朝路道上伸出去，我们站在那里对开过来的车满脸堆笑。前车灯光没有减弱毫无停车之意。我们继续缓慢地前行。

"要是我们没有拦下车怎么办?"过了一会儿扬·维达尔说。

"我们拦得到车。"我说。

"一个钟头里两辆车开过去了。"他说。

"既然你这么问,你有更好的建议吗?"我说。

"不知道,"他说,"但在里卡德那里聚集有一小群人。"

"你他妈的给我赶紧打住。"我说。

"还有斯蒂格和丽芙他们和一些朋友到谢维克那里去了,"他说,"这也是一个办法。"

"我们说过了去瑟姆,是不是?"我说。"你可不能现在建议我们去别的地方跨年!这可是新年前夕啊!"

"是啊,我们站在这路边上。有多快活啊?"

身后又来了一辆车。

"看见了吗,"我说,"又来一辆!"

车没停下。

当我们又站在扬·维达尔家房子的外面时,已是八点半了。我的脚冻僵了,在短暂的一瞬间里我几乎就要建议我们忘了那些啤酒吧,就跟着他进屋去和他的父母一起欢度这个除夕之夜算了。鲁特鱼和饮料,冰激凌,蛋糕和烟火。我们总是这么度过除夕之夜的。当我和他的目光相遇时,明白了他也有同样的一闪念的想法。但我们继续向前。走出了住宅区,经过通向下面教堂的道路,转了一个弯往上走,路过了一小排房子,班上的一个同学科勒住在那里。

"你觉得科勒今晚出去了吗？"我说。

"这我知道，"扬·维达尔说，"他去里卡德那里了。"

"又多了一个不去那里的理由。"我说。

科勒没什么不对的地方，但也没有什么对的地方。科勒有一对硕大的招风耳，厚嘴唇，稀疏的浅茶色头发和生气的眼睛。他几乎总是这么怒气冲冲的，当然有他自己的理由。在我开始在那里上学的那个夏天，他带着断裂的肋骨和一只折了的手腕躺在医院里。他和父亲一起进城去取购买的材料，其中有好些木板子，他们把木板放在车后面挂着的拖车上，可又没有把它们都固定牢实，于是当他们到了瓦罗大桥那里时，父亲让科勒出去坐在拖车上照管好那些木料不要松散，结果他本人连同那些木板子一起被风刮翻出去，在地上撞了个半死。我们为这事笑了一个秋天，后来只要科勒露面时首先让人想到的就是这桩事儿。

当他有了轻便摩托车后，就开始跟着其他那些有车的人厮混在一起了。

在拐弯的另一边住着丽芙，一个扬·维达尔始终喜欢的女孩。这对我倒无所谓。她身材很好，但同时她那种男孩子般的幽默感和为人方式让乳房臀部这些部位好像淡化了。另外有一次在公交车上我坐在她的前面，她向着其他一些女孩子挥动起双臂，拼命地发疯一样地挥动，还说"哦，瞧这奇丑无比的！瞧他这双长杆子手！你们看见没？"但没有得到她期待的那种反应,她对着吆喝的那些女孩,只是齐刷刷地直瞪着我,这时她朝我也转过身来脸红了,我可从来没看见她这么脸红过,因为用这样的方式毫无疑问地表明了她发现的那令人作呕的手是长在了谁的身上。

位于下面的是社区会堂,接下去是条短小而陡峭的山坡往下直到商店那里,从那里开始长长的莱恩平原延伸开去,在它的尽头处就是机场。

"我想抽根烟,"我说,朝路对面社区会堂旁边的车站点了下头,"我们在这里站一会儿?"

"你抽吧,"扬·维达尔说,"这可是新年前夕哟。"

"那,我们也来点啤酒吧?"我说。

"在这里?有什么好乐的?"

"你是不是有点情绪不佳?"

"情绪好与不好又怎样。"

"别呀,就干一口,现在!"我说着取下袋子,从里面拿出打火机和一包香烟,打开它,用手做成一个挡风的小屏障点燃了一根烟。

"你要吗?"我把烟盒递给他。

他摇了摇头。

我咳嗽起来,烟就像在我喉头上部那儿卡住了一样,送下一股燃烧的火穿透了我的胃腹。

"哎哟,妈的。"我说。

"舒服吗?"扬·维达尔说。

"我一般不咳嗽的，"我说，"我是烟呛在嗓子眼那儿了。咳嗽不是因为我不习惯抽烟。"

"是吗，"扬·维达尔说，"所有抽烟的人烟都堵在喉头那儿都咳嗽。这不是新鲜事儿。我妈抽烟三十年。每次烟都呛在嗓子眼儿都咳嗽。"

"哈，哈。"我说。

从转弯处的黑暗中开出一辆车。扬·维达尔上前一步竖起大拇指。车停下了！他向车那里走去，拉开车门。然后他对我转过身来挥手。我扔掉香烟，把背包往肩头上一甩，抓起啤酒袋子就开走。苏珊娜从车里下来。她向前弯下身拉了一下操纵杆把车座往前挪。然后她看见我了。

"嗨，卡尔·奥韦，"她说。

"嗨，苏珊娜。"我说。

扬·维达尔正在爬进黑乎乎的车里，酒瓶在袋子里互相敲击出声。

"你想把袋子放在后面吗？"她说。

"不用，"我说，"这样挺好的。"

我坐进车里，把袋子塞在两腿之间。苏珊娜坐进车里。坐在方向盘后面的泰耶扭过头来看我。

"你们在新年前夜路上拦车？"他说。

"这个……"扬·维达尔说，好像他意思是这实际上不算是路上拦车。"我们今晚只是他妈的太背运了。"

泰耶换挡，车轮飞转，发动机开启后车一下冲出去了好几米,我们摇下车窗,汽车驶进一片旷野。

"你们要到哪里去,孩子们?"

孩子们。

是他妈的一个蠢货。

他怎么能顶着那一头烫过了的头发到处晃来晃去就认为自己美得不行?他以为有了胡髭和烫的卷发看上去就显得彪悍?

长大成人吧。减肥二十公斤。刮胡子。剪头发。然后才可以回来亮相。

苏珊娜怎么能同这样的人在一起?

"我们要去瑟姆,那里有个聚会,"我说,"你们要开多远?"

"我们只到哈姆勒那里,"他说,"黑尔格家有个聚会。但我们可以把你们捎到蒂梅内斯路口,要是你们愿意的话。"

"太好了,"扬·维达尔说,"非常感谢。"

我望了他一眼。可他凝视着窗外,没有和我的目光相遇。

"那么,有哪些人要到黑尔格那里去呀?"他说。

"就平常的那帮人,"泰耶说,"里卡德,埃克塞,莫勒,约格,赫贝,谢迪。还有福罗德和约翰,约莫斯和比约恩。"

"没一个女孩?"

"有,有,当然有哦。你以为我们全都是呆子?"

"有哪些啊?"

"克里斯廷,兰迪,卡特琳,希尔德……英厄,埃伦,安妮·卡特琳,丽塔,维贝克……怎么啦,你愿意参加吗?"

"我们是要去另一个聚会的。"在扬·维达尔来得及说点什么之前我抢先说了。

"我们开始出门时晚了点。"

"至少你们拦着车了。"他说。

从机场那里发出的灯光出现在我们前方的视野里。在河对岸，紧接着我们马上要到的路口，在下面的学校那里的一个小型速滑雪坡沐浴在灯光下。雪看上去是一片橙色。

"你读的商科学校怎么样啊，苏珊娜？"

"还行，"她说，坐在我前面的座位上一动不动，"那，你在教会学校如何呢？"

"不错。"我说。

"你和那个莫勒同班吧，是不是？"泰耶飞快地瞅了我一眼。

"对。"

"就是有二十六个女生的那班？"

"是。"

他笑了。

"那，时不时有班级聚会吧？"

窗外公路一边的露营草地出现了，雪覆盖在地面上，没有一个露营者，另一边是乡村小教堂，超市，和埃索加油站。山坡上鳞次栉比的屋顶上空布满了烟花绽开的光亮。在停车场有一群小孩站在那里围着一个树墩，小光球在火光闪耀中冲天而起。几辆车缓慢地相跟着在路上驶过，我们跟着其中一辆并行开了有一段。路的另一边是沙滩。海湾的水面覆盖着一层洁白的冰，冰面裂缝向外延伸有百米长。

"现在到底几点啦？"扬·维达尔说。

"九点半。"泰耶说。

"真该死。我们来不及参加十二点前的全过程了。"扬·维达尔说。

"你们必须得在十二点以前回家？"

"哈，哈。"扬·维达尔说。

几分钟以后泰耶的车停在了蒂梅内斯路口旁的公交车站，我们爬下车来，手拎口袋站在车站的车棚下面。

"不是八点十分车就开过了吗？"扬·维达尔说。

"肯定的，"我说，"但或许车晚点了？"

我们笑起来。

"去他妈的，"我说，"现在至少我们可以来口啤酒！"

我不会用打火机开瓶盖，我把它递给了扬·维达尔。他一声不吭撬开了两瓶啤酒的瓶盖，递给了我一瓶。

"啊哈，太棒了，"我说，用手背在嘴巴上一抹，"要是我们现在灌他两三瓶下肚，就算给待会儿喝酒先垫了个底。"

"我的腿快他妈的冻僵了，"扬·维达尔说，"你冻吗？"

"冻，一样地觉得冻。"我说。

我把酒瓶凑到嘴边尽最大可能地往肚子里灌酒。当瓶子放下时只剩下了几滴。肚腹里充满了气泡。我试着打嗝，但没有气冒出来，只有返回到嘴里的一连串小气泡。

"你再开一瓶？"我说。

"好，你行啊你，"扬·维达尔说，"不过，我们可不能整个晚上都站在这里。"

他又撬开了一个瓶盖，把瓶子递给我。我把它放到嘴边专心致志地闭上了眼睛。大半瓶啤酒又下了肚。紧跟着涌出新一轮的打嗝加气泡。

"哦，我操，"我说，"喝急了可不是好滋味，在这个地方。"

我们所在的这条路是南部地区城镇之间交通的主要干道。通常这里车辆来往频繁。但我们站在这里的这十分钟内，只过了两辆车，还都是通往利勒桑的。

在强烈的灯光下空中漫天的雪花飞扬。纷纷的雪粒显现出了风的存在，它们犹如波浪般的升降着，时而缓慢却依旧伸展连绵，骤然间则又是疾速的漩涡。扬·维达尔用他的一只脚敲打着另一只脚，用另一只脚又敲打着这一只脚，动作一再反复……

"那，现在就喝吧。"我说。把剩下的小半瓶灌了下去，把空啤酒瓶扔到了车棚后面的树林里。

"再来它一瓶。"我说。

"你马上就要吐了，"扬·维达尔说，"悠着点儿吧。"

"干，"我说，"整一瓶。他妈的快到十点了哟。"

他重新又撬下一个啤酒瓶的盖儿把瓶子递给我。

"那，我们现在怎么办？"他说。"还有好长的路要走。公交车没有了。又没有可拦的车。附近连一个公共电话也找不到，要不我们还可以给人挂个电话。"

"我们会死在这儿。"我说。

"喂!"扬·维达尔说。"车来了。一辆去阿伦达尔的公交车!"

"你又胡扯了?"我说着往山坡上望去。他没胡扯,因为在山坡顶上的转弯处驶出一辆高大美丽的公交车。

"赶快,扔掉你的酒瓶子,"扬·维达尔说,"笑得和气点。"

他把手伸出去。汽车的前灯闪烁着车停下了,车门开启。

"两张去瑟姆的。"扬·维达尔说着递给司机一张一百克朗的纸钞。我向车中间一望。黑洞洞的,空无一人。

"你们要等下车后才能喝了,"司机在从夹袋里掏零钞时说了这么一句,"明白啦?"

"那当然了。"扬·维达尔说。

我们坐在车中间的一个座位上。扬·维达尔把身子往后一倒,用脚紧抵住挡住门的那块隔板。

"啊哈,太棒了,"我说,"又暖和又舒服。"

"嗯。"扬·维达尔说。

我俯身向前开始解鞋带。

"你有我们要去那儿的地址吗?"我说。

"埃尔格斯蒂恩什么的,"他说,"我大概知道它的位置。"

我脱下鞋把脚在手掌之间揉搓。我们来到了那个小小的无人加油站,这个加油站在我的记忆里始终立在那里,我们住在阿伦达尔要去看望祖母祖父时它一直是我们快到克里斯蒂安桑的一个标记。这时我把脚又蹬进了鞋里,系好鞋带,做完这一切时汽车刚好拐进瓦罗大桥跟前的车站。

"新年快乐！"扬·维达尔跟在我身后跳进黑暗中之前向司机喊了一声。

虽然我从这里开过去了无数次，但我的脚从未踏上过这块土地，除了在梦中。瓦罗大桥是最经常出现在我梦里的地方之一。有时候我只是站在桥头下，看着那上面远处隐约显现的桥柱，或者我朝桥上走去。往往是两边的桥栏杆消失了，所以我不得不在路上坐下试图寻到一个让我可以牢牢抓住的地方，或者整座大桥突然坍塌，我毫无抗拒地滑向路道的边缘。在我年幼的那些日子里，是特罗姆岛桥填充着我那些梦中的场景。现在就是这瓦罗大桥了。

"我父亲出席了大桥的通车典礼。"当我们上路时我冲那桥点了点头。

"他很幸运。"扬·维达尔说。

我们的脚踩踏在雪地上沉默地向住宅区走去。通常从这里望出去视野极佳，人们可以看到谢维克和往深处朝向另一端的峡湾，更远的地方就是大海了。但这个夜里一切都黑洞洞的像是在一个口袋里。

"你看，这风雪是不是小些了？"过了一会儿我说。

"看上去像是这么回事儿，"扬·维达尔向我转过身来，"呃，喝了这么多啤酒你有没有什么感觉？"

我摇摇头。

"没感觉。这钱算白花了。"

我们走了一段后,周围出现了房屋,四面八方都是。有些房子黑魆魆的空无一人,有些屋里满是穿戴着节日盛装的人们。在一个阳台上站着一群人在放烟火。我在一个地方看见一帮小孩们站在那里在风中挥舞着手里火光四溅的烟花棒。我的脚又冻僵了。没有拎袋子的那只手,我在手套里攥紧手指头,不过这对暖和我的手似乎用处不大。但我们很快就要到目的地了,据扬·维达尔说,我们在十字路口中间停下。

"现在上去就是埃尔格斯蒂恩,"他指了一下,"上那里。下到那里,还有下那里也是。你可以选择。我们要走哪一条路?"

"有四条路叫埃尔格斯蒂恩?"

"看来是这样。但我们要走哪条?现在动用下你那女性的直觉。"

女性的?为什么他这么说?他意思是说我有些女人味?

"你这什么意思?"我说,"为什么你认为我有女性直觉?"

"来吧,卡尔·奥韦,"他说,"哪一条路?"

我指着右边的那条路。我们开始沿着这条路走下去。我们要去的是十三号。第一栋房是二十三号,接下去的一栋是二十一号,我们选的路没错。

几分钟以后我们站在了这家人的屋外。是70年代的老式房子,给人有一点颓败的印象。通向大门的路上没有铲雪,很久都没铲雪了,从小径深至膝盖的雪上留下的那些走进里面的曲曲弯弯的脚印就可以得出这样的判断。

"他叫什么,那个组织聚会的人?"当我们在门前站下时我问。

"扬·龙尼。"扬·维达尔说,揿下门铃。

"扬·龙尼?"我说。

"他就叫这个名儿。"

门开了,站在我们跟前的应该就是主人了。剪得很短的浅色头发,两颊和鼻梁上都有粉刺,脖子上套着一根金项链,黑色的牛仔裤,伐木工的那种厚质棉布衬衣,白色的运动鞋。他笑了,指着扬·维达尔的肚子。

"扬·维达尔!"他说。

"一点不差。"扬·维达尔说。

"你是……"他说,用食指点着我,"卡伊·奥拉夫!"

"卡尔·奥韦。"我说。

"棒呆了。进来!我们都在这里面!"

我们在走道脱下外套,跟他下楼梯到了地窖里的客厅。有五个人坐在那里。他们在看电视。他们面前的桌上放满了啤酒瓶、薯片、香烟和烟丝盒。厄于温坐在沙发上用手搂着他的女朋友莱娜。莱娜只个是七年级生,但看上去一样成熟美好,又那么的毫无顾忌,让人不会考虑到年龄的差异。当我们进去时,她朝我们笑了笑。

"嗨,二位!"他说。"你们能来真好!"

他介绍了其他几个人。鲁内、延斯和埃伦。鲁内上九年级,延斯和埃伦八年级,而扬·龙尼,厄于温的表哥,上的是职业学校机械专业。他们中没有一个人打扮过。就简单地穿着一件白衬衣。

"你们看的什么呀?"扬·维达尔说,在沙发上坐下来,拿起一瓶啤酒。我靠墙站在地窖低矮的窗棂下,户外白雪覆盖着一切。

"李小龙的电影,"厄于温说,"马上就完了。但我们还有一部《光棍俱乐部》,一部《肮脏的哈里》。另外扬·龙尼自己还有一些。你们想看什么?我们看什么都行。"

扬·维达尔耸耸肩头。

"我也无所谓。你说呢,卡尔·奥韦?"

我耸耸肩。

"这儿有开瓶器吗?"我说。

厄于温俯身向前从桌上拿起一个打火机,把它扔给了我。我不会用打火机开酒瓶。又不能问扬·维达尔是否可以帮我打开它,这太娘炮了。

我从袋子里拿出一瓶啤酒把瓶口搁在两排牙齿中间,再向外撬一点让瓶盖刚好挂在白齿上,牙一咬。瓶盖从瓶口上扭下了。

"别这样!"莱娜说。

"没事儿。"我说。

我急匆匆一口气喝完了它。除了所有的气泡让我的肚腹内充满空气,得把涌回到嘴里的许多小气泡吞咽下去外,我没感受到一点酒的滋味。我可没法再照样这么灌下一瓶。

但脚有了反应,温暖开始回到了脚部。

"这儿谁有烈酒呀？"我说。

众人都摇着头。

"只有啤酒，抱歉，"厄于温说，"但你可以要一瓶，要是你愿意。"

"我有，谢谢。"我说。

厄于温把酒瓶举到空中。

"一醉方休！"他说。

"一醉方休！"其他的人一起说，相互把酒瓶子一阵乱碰。他们笑了。

我从袋子里掏出了一盒香烟，点燃一支。波迈淡烟，不是那种最有劲的，偏偏是这种，当我站在那里手指间夹着这种纯白色的香烟，连过滤嘴也是白色的，我就后悔没买王子烟。但我脑子里的念头始终纠缠在十二点以后我们要去参加的聚会，那是伊雷妮班上举办的，在那里波迈淡烟比较不显眼。再说这是英韦抽的牌子。至少曾经有一次我看见他抽过的，某个周末晚上在花园里，当妈妈跟着爸爸去他叔父阿尔夫那里的时候。

我想再开一瓶，但不想再用牙齿磕了，有人告诉我说早晚会出事的，牙齿早晚会碎裂。现在，我已经让他们看见了我是可以用牙齿来开酒瓶的，让扬·维达尔帮我开瓶酒或许就不会被认为我太娘了。

我向他走过去，在桌上抓起一小撮薯片。

"帮我开一瓶？"

他点点头，眼睛没离开电视屏幕。

最近一年他在学跆拳道。我完全把这茬儿给忘了，每次他邀我去这种聚会或类似的场合我都同样惊讶无比。当然我总是婉谢了。但这是李小龙，看他的武打动作很重要，他可是入门者的先师。

拿着啤酒瓶我又回到了我窗前的位置。没有人说话。厄于温看见我了。

"你坐啊，卡尔·奥韦。"他说。

"我站在这儿挺好。"我说。

"那么，干一个，至少！"他说，朝我举起了酒瓶。我向前两步，用手里的酒瓶跟他的对碰了一下。

"一喝见底啊，约翰！"他说。当他在喝这瓶酒时，他的喉结一上一下地滑动，就像在数点着他喝下的酒。

在厄于温的同年里他的个头最大，不同寻常的强壮。他有着成年人那样的体格。他也很友善，不太在意自己周围发生的事情，或者说与他人的关系总是淡定放松。他是我们乐队的架子鼓手，是啊，他可以干这个。他同莱娜在一起，是啊，就可以和她在一起。他与她谈话不多，大多数时间是把她扔在自己的那帮人的圈子当中，这也行的，她就是愿意和他待在一起，超过同其他的任何人。我曾一度小试过，就在几个月前，只想试试能走多远，但虽然我比她年长两岁，她却对我毫无兴趣。唉，说起来，这也就奇了怪了。在高中被女孩子们环绕的我想去接近她？一个七年级生？不过她T恤衫下面的乳房看上去如此美妙。我仍然想去触摸。我仍然想知道她的乳房与我的手接触时的感觉，休管她是不是初中生了。无论是她的身体或是她的做派没有哪一点表现出她只有十四岁。

我把酒瓶放到嘴边一饮而尽。现在我真的再这么干不了几次了，我把瓶子放回到桌上又用牙齿打开一瓶时这么想着。肚子里充满的碳酸气顶得我胃疼。若再来一点，我的耳朵里就会冒出小泡沫了。所幸很快就十一点了。十一点半我们就离开这里，然后加入另一个聚会度过整个夜晚。要是不去那儿的话，我早就走人了。

那个叫延斯的突然从沙发上欠起半个身子，从桌上一把抓起打火机放到屁股后面。

"现在开始！"他说。

在他放出一个屁的同时点燃手中的打火机，噗地一股小火苗在他身后冒出来。他笑了。大伙也一块儿笑了。

"哎，别闹了！"莱娜说。

扬·维达尔笑着，没有和我目光相视，一副很享受的样子。我手里拿着酒瓶穿过屋里来到另一端的门那里。门里是个小厨房。我从案桌上探出身子。房子建在一个斜坡上，这里的窗户比地面高出许多，面对着下面的花园。两棵松树在风中摆动晃荡。下面有几处房屋。通过其中的一扇窗户我看见三个男人和一个女人站在那里手里都握着杯子在谈话。男人穿的都是黑色礼服，女人穿着一件无袖的黑色长裙。我走到屋里的另一道门那里打开了它。一个淋浴间。墙上挂着一件湿漉漉的衣服。还有些什么吧，我想，关上门走回了客厅。他们还跟刚才一样坐在那里。

"你有感觉到了什么吗?"扬·维达尔说。

我摇摇头。

"没有。什么感觉都没有。你呢?"

他微笑着。

"一点点。"

"我想,我们很快就得走了。"我说。

"你们要去哪儿?"厄于温说。

"到上面的那个十字路口。十二点时大家都去那儿。"

"是啊,妈的,可现在才十一点!我们也上那儿去。他妈的,我们也一起走。"

他看着我。

"你那么早过去干吗?"

我耸耸肩头。

"我和人约好了在那儿踫头。"

"我们会一起的,别担心。"扬·维达尔说。

时钟到十一点半时我们开始住房群里走去。寂静的住宅区,半小时前这儿除了一两家的阳台或是车道上有几个人影外,看不到有人在户外的迹象,现在充满了生气和人的动静。穿着节日盛装的人群不断从房屋里涌出。女人们肩头披着大衣,手里握着玻璃杯,脚上是晚宴时穿的高跟鞋,男人们的西装外面罩着大衣,穿着漆皮皮鞋,手里的袋子装着烟花,孩子们在大人们中间穿越着跑来跑去,好些手里还拿着发出火光噼噼啪啪响着的烟花棒，空气里充盈着他们的笑声和欢呼声。扬·维达尔和我各自拎着装着啤酒的白色塑料袋走着，旁边是和我们一起度过这个晚上的一群穿日常衣服脸上有粉刺的中学生。我得说，"旁边"这个说法不确切。为避免遇到学校里认识的人，我一直保持着走在他们前面几步远的地方，装着到处东看西看，这样看到我们的人就不会认为我们和他们是一块儿的。实际上我们也与他们有所不同。我看上去穿戴整齐，白衬衣，衣袖卷起，这种穿法是英韦这个秋天告诉我的；在西装和黑色西装裤外套了一件灰色大衣，脚上是我的马丁大夫靴子，手腕处系上几圈细细的皮革带。头发长及脖颈但头顶上的头发短得竖立起来。这唯一坏事的是手里拎的啤酒袋。这事想着就让人头疼。这也是我和那帮晃荡着走在我身后的小流氓样的小子们捆绑在一处的缘由，因为他们手里也拎着装啤酒的塑料袋，都一个样儿。

十字路口那里的地势较高，也就成为了人们聚集的中心，因为从那儿可以俯瞰整个海湾，这里现在是活脱脱的一片混乱。大家人挨人地挤站在一起，绝大多数都是喝得醉醺醺的，所有的人都要把烟火点上天。四处都是噼噼啪啪的烟火爆竹的爆裂声，火药的气味撕裂着鼻腔，空中烟雾弥漫，在低云垂挂的天穹之下绚丽多彩的烟花一个接着一个地爆裂开来。颤抖着的光束，仿佛任何时候它都将绽放出五彩缤纷的烟花光彩。

我们站在这喧闹纷乱的圈子的外面。厄于温自己带着烟火，拿出一个巨大的、有炸药粉的木头座底放在自己的脚跟前。他安排这一切的时候身体一前一后地摇晃着。扬·维达尔打开了话匣子，当他喝醉了的时候总是这样话多，唇边始终浮着笑容。现在他在同鲁内聊着。他们是透过跆拳道认识的。他的眼镜上仍然带着雾气，但他也不在意。我站在离他们几步远的地方，目光在人群里扫视。当火箭发射器爆炸的这第一瞬间，一股红色的火光喷射出来，就像是紧挨在我身旁，把我吓了一跳。厄于温乐得哈哈大笑。

"真不赖呀！"他吼道。"我们再来一个？"他说着在身旁又放下新的一枚，没等到人回答他，自个儿又把它点燃。紧接着一串光球从发射器里喷射出来，射出的光球的间歇均等而有节奏，他变得愈加振奋，差不多是心急火燎地，在第一个光球没有熄灭之前，就开始手忙脚乱地开始点这第三枚火箭。

"哈哈哈！"他大笑着。

我们身旁一个穿浅蓝色夹克、白衬衣，系着一根皮质领带的男人跌倒在地上。一个穿着高跟鞋的女人向他跑过去抓住他的胳膊拉了一把，这力量没有强大到能把他拖起来，但足以使他能自己站起身来。他拍打着身体的同时眼睛盯着前面看，仿佛之前那瞬间他不是躺在雪地上，只是停下脚为了好好打量一下自己周围的环境。两个男孩站在车站的车棚顶上，斜伸出的手里各自拿着一枚火箭，点着了它们却仍然握在手里，火箭发出嗤嗤的声响火光飞溅，男孩们侧低着头把脑袋扭开，直到最后把它们扔出去，火箭飞升了几米之远，然后以一种巨大的力量爆裂开来，附近所有的人都向它们转过身来。

"喂，扬·维达尔，"我说，"把这也打开吧？"

他微笑着把我递给他的酒瓶的盖子撬开了。我终于感觉到了什么,但这不是那种喜悦或是一种黑暗,更多的是在意识里快速增长的睡意。我喝了酒,点了一支香烟,看看表。差十分十二点。

"还有十分钟!"我说。

扬·维达尔点点头,继续同鲁内谈话。为了找到伊雷妮我决定要等到十二点以后。十二点以前他们会聚在一起,这我知道,互相拥抱互祝对方新年快乐,他们以前都互相认识的,他们是朋友,是一伙的,所有上高中的同学都有自己的一群一伙,我是远离这种群体的,只是在这一刻里与他们汇聚一处。但十二点以后这种团体便解体了,他们会站在那里喝酒,不急于等着离开回去,但很快地——在这种情况下,这稍稍松散的、没有计划的状况里,我可以继续跟他们待着,不经意地谈点什么。或者至少不流露出对此有着强烈的意愿,把自己融入其中成为他们当中的一员。

问题是扬·维达尔。他真的愿意和我在一起吗?那都是些他不认识的人,和这些人我比他有更多的共同点。他站在那里跟人聊天看上去不是很好吗?

呃,我要问问他。要是他不愿意,行,那就不愿意好了。但我至少绝不会将我的脚再迈进他妈的那个地下客厅里去,这是毫无疑问的了。

她在那里。

她站在有点高的地方,或许离我们有三十米,被一群穿着节日盛装的人环绕着。我试着数数他们，但处于那个核心圈子的外面实在难以猜测究竟哪些是属于她聚会的那一拨，哪些又是属于另外的一拨。但有一处是十到十二人，这个我很确定。几乎所有这些人的脸我以前都见过，这是课间休息时与她在一起的那一伙。漂亮她说不上，稍稍有点双下巴，脸颊略显有点丰满，但不能算是胖，蓝眼珠、金发。她个子不高，从某方面来讲有点像只鸭子。但这一切毫不影响我对她的评价，因为她总有些什么别的东西，最重要的是，她是一个中心人物。每次她来到一个地方开口讲话，她就成为了她，她要讲的东西总是有意义的。要是她没去滑雪中心边上的度假屋或是其他大城市的话，每个周末她都会出去，进城或是一些私人聚会。随时都有跟随她的一帮人。我恨这些一帮一伙的，我真的恨，当我站在这里听着她把她最近干的所有的事都讲出来时，我也恨她了。

这天晚上她穿着一件深蓝色的、长到膝盖的大衣。大衣下面是微微发亮的淡蓝色衣裙，肤色丝袜。她的头上是……是的，那自然应当是，王冠？又像他妈的某个公主？

包围着我的兴奋激动的气氛逐渐浓烈。现在除了爆炸声就是轰响声还有人的大呼小叫，四面八方全面开花。然后，开始响起了警报器的声音，就像来自天上一样，仿佛上帝要把自己对新年的欢乐赐予他熟悉的人们。我们周围响起了欢呼声。我一看表。十二点。

扬·维达尔和我的目光相遇。

"十二点了！"他喊道。"新年快乐！"

他开始步履艰难地向我走过来。

不，该死，他该不会是想来给我一个拥抱吧？

别，别，别这样！

但他来了，用双臂抱住我把他的脸贴在我的脸上。

"新年快乐，卡尔·奥韦，"他说，"谢谢过去的这一年！"

"新年快乐。"我说。他的胡子茬在我光滑的脸颊上揉搓着。在我的背上捶了两下，然后退开一步走了回去。

"厄于温！"他朝他走去。

妈的为什么他要拥抱我？这有什么好的呀？我们可从来没有互相拥抱过的。我们是不拥抱的，我们不这样的。

在这儿真他娘的太不是个滋味了。

"新年快乐，卡尔·奥韦！"莱娜说。她对我笑着，我向前弯下身拥抱了她一下。

"新年快乐，"我说，"你看上去很漂亮。"

她的脸，在几秒钟前是四周环绕着的欢乐中的一部分，现在发生了变化，表情突然凝住。

"你说什么？"她说。

"没什么，"我说，"谢谢过去的一年。"

她笑了。

"我听到了你说的话，"她说，"你也一样，新年快乐。"

当她转过身时，我下面的那个东西挺了起来。

啊哈，这来得也不是时候。

我喝完了剩下的啤酒。塑料袋里只剩下三瓶了。我必须节省着它们，但我得有什么东西拿在手里呀，所以我打开了其中的一瓶，用牙齿撬开的，然后开始往喉咙里灌下去。我也点燃了一支烟。这是我的装备，有了它们我整装待发。一只手里夹着烟，另一只手握着啤酒瓶。然后我站在那里把它们一起举到嘴边，先抽一口，然后喝一口。烟，啤酒，烟，啤酒。

过了十分钟我在扬·维达尔背上敲了一下，说我要到我认识的人那儿去了，很快就回来，站在这儿，他点点头，我开始穿过通向高处的道路朝伊雷妮走去。最初她没有看见我，她背对着我站在那里同其他人讲话。

"嗨，伊雷妮！"我说。

她没有转过身来，或许是因为我的声音被淹没在来自周围的嘈杂声中，所以我只得在她的肩头上拍一下。这坏事了，这简直就是他妈的糟糕透了，触到某人的肩头并非一个不经意的动作而是特意而为，那就等着看什么反应吧。

不管怎样她转过身来了。

"卡尔·奥韦，"她说，"你在这儿干什么？"

"我们在附近有个聚会。所以我看见了你在这上面，我想要祝福你新年快乐。新年快乐！"

"新年快乐！"她说。"过得好吗？"

"那是肯定的！"我说。"你呢？"

"很好。"

一个短暂的沉默。

"你们有个聚会，是吧？"我说。

"对。"

"在附近？"

"是，我就住在那上面。"

她用手斜指了一下上方。

"就是那边那栋房子吗？"我说向着同一方向点了点头。

"不，在背后那栋。从这路上你是看不见的。"

"嗯,我可不可以参加？"我说。"那我们可以再多聊会儿？这一定很令人愉快。"

她摇着头同时很幽默地皱起了鼻子。

"我不这么认为，"她说，"这不是什么班级聚会，你知道的。"

"这我知道，"我说，"就聊一小会儿？不会更久的。我有一个聚会离这里不远。"

"那么，你就上那里去好了！"她说。"新年后我们在学校见面！"

她总是这样对我不留余地，之后便让人不知道该怎么接茬了。

"看见你真高兴，"我说，"我一直喜欢你。"

然后我转过身走了回去。我始终喜欢她，这句话有点难于启齿，因为不是真的，不过至少将她的注意力从我求着要去参加她们的聚会这事转移开。现在她会相信我求着去那里只是试图接近她。试图想接近她是因为我喝大了。在新年之夜谁不会这样？

婊子养的。他妈的婊子养的。

当我回来时扬·维达尔抬头望着我。

"没有聚会，"我说，"不让我们参加。"

"为什么不让？你说过你认识他们的。"

"只有邀请了的才能去。我们不包括在内呀。我操。"

扬·维达尔吹了口气一副不屑的样子。

"我们回去就是了。那儿也不错的。"

我两眼空洞地望着他打了个哈欠，让他明白那儿到底有多不错。但我们没有其他的选择。两点以前我们是不会给他父亲打电话的。这就是为什么在1984到1985年的这个刮风的新年之夜，我们在瑟姆和这帮穿着日常衣服、长着粉刺的中学生再度混在了一起。

午夜两点二十分扬·维达尔父亲的车停在了这栋房子的外面。我们已站在那里等候。我醉得不厉害，坐在前面的座位，而扬·维达尔，一小时以前他头上戴着个灯罩兜着圈儿地蹦跳，他坐在后座，我们是这么安排的。幸好他已经吐过了，灌下几杯水后又在水龙头下面把脸冲洗干净，这样才能支撑住给他父亲打电话说明我们身在何处。完全清醒过来还说不上，我是站在他旁边听他怎样把每个词的前半截喷射出去的，因为剩下的半截最后都咽了下去，但总之把地址说出来了，在这样的日子，父母们恐怕也不指望我们滴酒不沾。

"新年快乐，孩子们！"当我们坐进车里时他的父亲说。"你们玩得开心吧?"

"那是,"我说,"十二点时外面有好多人。有点吵闹。特韦特那儿怎么样?"

"安宁平静,"他说,把手臂搭在我座椅后背上半个身子扭过去开始倒车,"你们到底是和谁在一起呀?"

"厄于温认识的一个人。你知道的,他在乐队里打架子鼓。"

"知道,知道。"父亲说,换挡驶上了他刚才来的同样的路。一些花园外的雪地上铺盖着残余的烟花碎屑。三五对情侣沿着马路走在路上。几辆出租车开了过去。除此之外到处是一片静谧和安宁。坐在一辆车里从黑暗中缓缓驶出,各种仪器发出光亮,坐在身旁的那个人的动作坚定沉稳,我始终喜欢这样的场景。扬·维达尔的父亲是个好人。他友好又很有趣,一旦扬·维达尔脸上出现了得适可而止的表情时他就不再打扰我们了。他带我们去钓鱼,帮我们解决许多事情——比如一次我骑车到下面他们那儿去时车胎破了,他替我修补好了车胎,没说一个字,当我要回家时车早已准备就绪等我骑上去了;当他们外出家庭旅行时也邀请我加入。他会问我的父母,扬·维达尔的妈妈也同样如此,那些日子里他没少开车送我回家,假如妈妈或是爸爸在,他总是会同他们聊一会儿,邀请他们去他家做客。他们从来没去过,这倒不是他的问题。但他也是个有脾气的人,这我知道,虽然我从来没有见他发作过,这所有的喜怒哀乐的感情扬·维达尔都承袭于他的父亲,其中也包括了恨。

"这就是说现在是 1985 年了。"我说这句话时，汽车正拐进瓦罗大桥旁的 E18 公路。

"是啊，没错，"扬·维达尔的父亲说，"后面的那位你说呢？"

扬·维达尔一声不吭。当他爸刚才从车里钻出来的那会儿他也没吱声。他只是两眼僵直地瞪着前方，随即坐进车里。我在座位上转过身去看他。他坐在那里脑袋一动不动，视线固定在前方座位头枕上的一点。

"你失去说话功能了吗？"他父亲说，向我笑了一下。

后面仍然没有丝毫动静。

"你的父母，"他父亲说，"他们今晚在家吗？"

我点了点头。

"我的祖父母和我叔叔都来做客。鲁特鱼和阿克维特烈酒。"

"很高兴你不在场吧？"

"是的。"

开上了去往谢维克的路，经过哈姆雷桑登，到达赖恩斯勒塔顶部。黑暗，寂静，暖和，舒服。我想，我可以像现在这样坐他一辈子。开过他们家的房子，拐进一个弯往上到达克拉格桥，过了桥到达另一端再上一个斜坡。那里没有铲雪，地面上铺有一层大约五厘米厚松软的雪。最后这段路他父亲缓缓地开着。过了苏珊和埃莉泽住的房子，这两姊妹是从加拿大搬到这里来的，谁也不明白其中原委，经过拐弯处威廉的房子，下坡，往上开完最后的这一段路。

"我把你放在这儿了,"他说,"这样避免吵醒他们,要是他们已经休息了的话。OK?"

"OK,"我说,"谢谢你这一路开我回家。回头见,耶维!"

扬·维达尔努力眨巴着眼睛,猛地一下睁了开来。

"好,再见。"他说。

"坐到前面来吧。"他父亲说。

"没这个必要吧。"他说。我把车门再甩上,举手向他们致意,当我转身走上通向家里房子的上坡路时,听到汽车在我身后倒了回去。"耶维"!为什么我这么叫他?叫人的昵称,这标志着互相已成为了伙伴,我没有必要证明这种关系,因为我们事实上已是伙伴,以前我可从来没有用过这昵称的。

房子的窗户漆黑无光。表示他们已经睡了。我真高兴这样,不是因为我有什么要隐藏的,而是因为我不想有人打扰我。把外衣挂在过道里后,我走进客厅。新年晚宴之后的所有迹象被清理得干干净净。厨房里的洗碗机发出低低的单调的嗡嗡声。我坐在沙发上,开始削一个橙子。虽然壁炉里的火已经灭了,但仍感觉到它散发出的温暖。妈妈说得对,在这里的感觉真好。那边藤椅上的猫懒洋洋地抬起头。与我的眼神对视时,它立起身子轻巧地走过地板,跳到了我的膝盖上。我把橙子皮,它最讨厌的东西,扔到了一旁。

"你可以在这儿躺一会儿,"我拍着它说,"这你可以的。但不是整个晚上,知道吧。我很快就要去睡了。"

它开始满意地咪呜咪呜地叫起来,在我身上把身体卷成一团。头慢慢地沉下,歇息在一只爪子上,带着一种心满意足的神态闭上了眼睛,在几秒钟的时间里睡去。

"你真幸运哪。"我说。

第二天早上我在厨房收音机的声音里醒过来,但就想躺在那儿养养神,再说今天起这么早有什么劲,一会儿我又睡过去了。第二次醒过来时,已经十一点半。我穿好衣服来到楼下。妈妈坐在厨房的桌子旁边读着什么,当我进去时她抬头望着我。

"嗨,"她说,"昨晚玩得开心吗?"

"那是,"我说,"玩得很开心。"

"你什么时候回家的?"

"两点半的样子。扬·维达尔的父亲开车送我们回来的。"

我坐下来开始给一片面包片抹牛肝酱,几度尝试最后成功地用叉子挑起一片酸黄瓜片,把它放在了牛肝酱上面,拿起茶壶摇摇,看里面是不是空了。

"里面还有吗?"妈妈说。"我可以再烧点。"

"一小杯还是够的,"我说,"但或许有点凉了。"

妈妈站起身来。

"坐下,"我说,"我自己能干。"

"不用,"她说,"我刚好坐在炉灶边上。"

她给壶里灌了水,把它放在电炉盘上,立时响起一阵嗞嗞的水炸声。

"那，你们都吃了些什么呀？"她说。

"是冷餐，"我说，"我想她妈妈要去参加聚会，所以做的是这种食品。就是那种……嗯，你知道的，虾和蔬菜的肉冻，透明的……？"

"卡巴莱？"妈妈说。

"对，海虾卡巴莱。还有普通的虾。螃蟹。两个龙虾，这不够分给所有的人，但大家都尝了一点。还有，对，有点火腿之类的。"

"听上去不错呀。"妈妈说。

"是啊，是不错，"我说，"然后我们十二点出去到下面的十字路口,所有的人都聚集在那儿放了些烟火。对了,不是我们放,是其他别的人。"

"认识一些朋友了吗？"

我迟疑了一下。又重新拿一片面包片，在桌上寻找可以就在一起吃的东西。香肠加蛋黄酱，这个搭配不错。

"目前还没有，"我说，"我绝大多数时间是和我以前认识的人待在一块儿的。"

我看着她。

"爸爸在哪儿？"

"上面的粮仓房里。他今天要去祖母那里。你愿意一起去吗？"

"别，最好别这样，"我说，"昨天的人太多了。现在我想一个人待着。或许到下面的佩尔那里去一趟。这就够了。你干什么呢?"

"还不太确定。读点什么吧,或许。然后开始收拾小件东西,是明天一早的飞机。"

"是吗,"我说,"英韦什么时候过去?"

"我想,几天以后吧。所以就只有你和爸爸在这里了。"

"是。"我说。把眼睛落在了祖母做的果酱上。或许下一片面包就着果酱吃,这个主意不蠢吧?然后再来一片羊肉卷的。

半小时以后我站在佩尔家住的房子外面揿响了门铃。是他父亲开的门。他看上去是正要出门的样子,在亮蓝色的运动衫外套了一件绿色双层军用夹克,穿浅色靴子,手上拿着一根狗链子。他们家的狗,一条黄色的老猎犬,在他的两腿间慌忙地窜来窜去。

"原来是这小伙子呀?"他说。"新年快乐!"

"新年快乐。"我说。

"他们都坐在客厅里,"他说,"你只管进去。"

他吹着口哨从我身旁经过走到院里,朝打开的车库走去。我在门外跺了跺脚后走进屋里。这房子高大敞亮,修建的年头不长,是他父亲自己造的,我了解的就这些,几乎从所有的房间都可以望见那条河。里面的厅头一间是厨房,他妈妈正站在那里干活儿,当我经过时她扭过头来,对我笑笑说嗨,然后就是客厅,佩尔和他的兄弟汤姆、妹妹玛丽特,还有他最要好的朋友特吕格弗正坐着。

"你们在看什么?"我说。

"《纳瓦隆大炮》。"佩尔说。

"看多久了?"

"不久。半小时。我们可以倒回去重放,只要你愿意。"

"倒回去?"特吕格弗说。"我们才懒得再看一次,对吧?"

"可卡尔·奥韦还没看过,"佩尔说,"很快就完了的。"

"很快?这得花半小时哟。"特吕格弗说。

佩尔向录放机走过去,在它前面屈着一条腿。

"你不能一个人自作主张。"汤姆说。

"是吗?"佩尔说。

他摁下停止键,然后是返回键。

玛丽特站起来往里走到上二楼的楼梯那里。

"你们看到刚才那个地方时叫我一声。"她说。佩尔点了点头。录放机里咔哒咔哒一阵响动,同时发出一些小的敲打摩擦声,就像那种液压下发出的尖锐声,然后一切就绪,录像带开始以越来越快的速度往回倒,快到头的地方突然暂停,最后的一小段转速减慢,这有点近似于一架飞机,人可以这样想象,在穿越空中的高速之后,制动器减速接近地面和跑道,极其平静和谨慎小心地向着机场航站楼滑行。

"昨晚上你是和爸爸妈妈一起在家里过的吧?"我望着特吕格弗说。

"是啊,"他说,"你是在外面灌酒吧?"

"没有,"我说,"我是在外面喝了点酒。但我真情愿是待在家里的。我们没地方可以去参加聚会,所以我们只好各自手里拎着个啤酒袋子,脚下重得像灌了铅,在暴风雪里跌跌撞撞到处晃荡。直到最后我们去了瑟姆。就等着吧。很快就轮到你们了,手里提着袋子不安宁地在夜里到处流浪。"

"好了。"佩尔说。

"这太有趣了。"特吕格弗说,那时我们跟前的电视屏幕已经显示出了电影最初的一组画面。外面静寂无声,这只可能是在冬季的那些日子里。虽然是多云的天气,天空灰暗,景色中的光线却完全是闪着微光的白色。我记得我当时想,在那一刻里我不愿意在任何其他的地方,就只愿意坐在那里,在这新建的房屋里,这片树林里的亮点,让脑子一片空白,尽兴地犯傻。

第二天早上爸爸送妈妈去机场。当他回来后,我们之间的缓冲地带消失了,我们在整个秋季过的同样的生活又回来了。他消失在了粮仓他的那个住所里,我乘车到下面的扬·维达尔那儿去了,我们接入他的放大器坐着弹一会儿吉他,直到觉得烦了,再拖着沉重的双脚到商店去,在那儿也没什么事儿,又拖拉着笨重的双脚回来,在各个电视频道间跳过来跳过去地看,听几张唱片,谈论有关女孩子的事儿。在五点的时候我又乘车回家,在门口遇到爸爸,他问要不要开车送我进城。这没问题,我说。在半道上他建议我们可以到祖母祖父那里去一趟,我肚子饿了,我们可以在那里吃一顿。

当爸爸把车停在车库外面时,祖母从窗户那儿探出头来。

"是你们啊!"她说。

一分钟后她打开了大门。

"谢谢上次的晚餐!"她说。"真高兴你们上这儿来了。"

她看着我。

"听说,你那天玩得很开心?"

"是的。"我说。

"那,抱一个!你现在长大了,你还是可以拥抱一下你的祖母啊!"

我向前弯下身子,感觉到她干枯的皱巴巴的脸贴在了我的脸颊上。她的身上很好闻,是她总使用的那种香水的气味。

"你们吃过了吗?"爸爸问。

"刚吃过,但没关系,我这就马上去给你们热一点。你们饿了吧?"

"我们饿了吗?"爸爸说,唇边带着一丝微笑看着我。

"至少我是。"我说。

在我心里的那个声音,我听到的应当是那个没有发出 r 的"我是"。

我们在走道里脱下外套,我在打开了的衣帽间的地上把靴子规规矩矩地放好,把夹克挂在那些镀金已有了裂纹的旧衣架当中的一个,祖母站住楼梯上看着我们,身体处于她总是有的那种缺乏耐心的状态。一手托着腮帮。脑袋微侧向一边。身体的重心变换着从一只脚转到另一只脚上。但在保持着这许多细小动作变换的同时她一直在和爸爸交谈着。问及今年那上面的雪是否很大。妈妈什么时候离开的,下一次又什么时候回来。是的,是这样,每一次他说什么她就如此回应。正是这样。

"还有你,卡尔·奥韦,"她说转向我,"你什么时候开学?"

"还有两天。"

"那里都好吧,是不是?"

"是的,是这样。"

爸爸对在镜子里的自己投去了短暂的一瞥。面容平静,但在眼里能看到一丝不满的阴影。它们看上去冰冷且毫无兴致。他向祖母跨前一步,那时她已经转身开始走上楼梯,步子快而轻巧。爸爸跟在她的后面,脚步沉重,然后是我跟随其后,目光直盯着他脖颈上浓密的黑色头发。

"来啦!"我们一走进厨房祖父就说。他坐在厨房桌子旁边的椅子上,两腿张开,身子往后仰着,黑色的裤子背带在白衬衣外面,衬衣的扣子一直系到脖子下。一缕头发垂落在脸颊上,与此同时他用手把它捋了上去。嘴上叼着一截熄灭了的雪茄烟。

"一路开车怎么样?"他说。"路滑?"

"还不算很差,"爸爸说,"新年前夕那次最糟糕。更别提那路上的交通了。"

"你们坐吧。"祖母说。

"不,那就没你的座位了。"爸爸说。

"我站着,"她说,"我这就去给你们热点吃的。我坐了一整天了，这你们知道的。现在坐下！"

祖父拿着一个打火机点燃那截雪茄烟。啪嗒了几口，屋里飘升起一阵烟雾。

祖母扭开电炉开关，像她通常习惯的那样，手指在厨房案桌上叩击着，口里吹出低低的、轻松愉快的口哨。

爸爸坐在厨房的桌子旁，从某一点上显得过于庞大，我想。不是实体上的那种大，这个座椅对他绰绰有余。问题出在他自己身上，或者是由于他气场的强大，让他更有资格坐在客厅的餐桌旁。

他掏出一支烟点燃了它。

他更适合坐在外面的客厅里吗？假如我们坐在那里吃东西的话？

是的，这样好。那里会更适合。

"1985年了。"在已经有几秒钟的沉寂后我开了口。

"是啊，是的，又一年了。"祖母说。

"那个，你哥到哪儿去了呀？"祖父说。"他回卑尔根了吗？"

"没有，他还在阿伦达尔。"我说。

"是的，"祖父说，"他已经是个阿伦达尔人了，你知道吧。"

"唉，他现在不常到我们这里来了，"祖母说，"他小时候那会儿我们有多开心啊。"

她望着我。

"但你要来哟!"

"他现在在学什么呀?"祖父说。

"不是政治学吗,我想?"爸爸说看了我一眼。

"不,他现在学的是传媒。"我说。

"你不知道你自己的儿子学什么?"祖父说着笑了。

"知道。这我很清楚。"爸爸说。他把半截烟在烟缸里揿灭了,转身向着祖母。

"妈,我想我们现在可以吃东西了。不必弄得那么滚烫,你知道。现在肯定够热了,你不觉得吗?"

"肯定热了。"祖母说,从橱柜里拿出两个盘子,把它们放在我们跟前,从抽屉里拿出餐具放在盘子旁边。

"今天我做的就是这些。"她说,拿起爸爸的餐盘,把土豆、豌豆泥、肉饼和调味酱放进盘子。

"这就挺好的,这个。"当她把盘子放到爸爸面前时他说,她又拿起了我的盘子。

我知道能和我吃得一样快的人只有两个,英韦和爸爸。祖母把餐盘放在我们面前没几分钟,就风卷残云,一扫而空。爸爸身子后仰,又点燃了一支烟,祖母端来一杯咖啡递给了他,我站起来走进了客厅,看着城外万家灯火闪烁着的光芒,地上灰色的积雪,在沿着码头的一溜仓库的墙跟前堆积的雪几乎变成了黑颜色。那里的路灯投射出的光束在漆黑发亮的水面上颤抖着。

在刹那间里我的心装满了白雪映衬黑水的念头。这白色是如何湮没了环绕着山中小湖或是林间溪流的众多细节的，这样一来存在于景物和水之间的差异便一目了然，躺在那里的陌生的深不可测的水，是世界的一个黑洞。

我转过身来。另一个客厅离我站着的地方只有两级阶梯的距离，是用一道滑门隔开的，现在那道门半开着，我走上两步楼梯到了那里，没有什么特殊的原因，我只是心绪不宁。这是间漂亮的客厅，他们只是在特殊的场合才使用它，从来不允许我们单独待在里面。

靠着一面墙放置着一台钢琴，上方挂着两幅早期宗教题材的油画。钢琴上放着他们三个儿子中学时代的照片。爸爸，埃尔林，居纳尔。每一次看到没有胡须的爸爸，感觉总是怪怪的。他笑着，黑色的学生帽扣到后脑勺上。眼睛里闪烁着快乐的光芒。

地板中央是两个沙发，中间隔有一张桌子。在客厅最里面角落的一方有个砖砌的白色壁炉，在屋内最显眼的是两张黑色的皮沙发和一个古老的、彩色花卉的角柜。

"卡尔·奥韦？"爸爸在厨房里喊了一声。

我赶紧退了四步，回到了日常起居的那间客厅里应声。

"我们要走了吗？"

"对。"

我走进厨房时，他已经站起身来。

"那，再见了，"我说，"下次再见。"

"好的，再见。"祖父说。祖母像往常那样随我们一起下楼来。

"对了，"当我们站在下面走道穿衣服时爸爸说，"我有样东西要给你。"

他走了出去,打开车门又再关上车门,回来的时候手里拿着一个包裹,他把它递给了她。

"生日快乐,母亲。"他说。

"不,你真不应当这么做!"祖母说。"亲爱的孩子。我需要什么礼物呀!"

"不,你需要,"爸爸说,"打开它吧,就现在!"

我不知道我的眼睛该往哪儿看才好。流露出的某种亲密,这是我以前从未见过,也不知道是否存在过的私密。

祖母站在那里,手里拿着一块桌布。

"啊,你太好了!"她说。

"我想这与上方的壁纸很相配,"爸爸说,"你觉得呢?"

"太漂亮了。"祖母说。

"那就好,"爸爸说,他的语调回到了以前那样,不再继续往深里走。"那,我们就走了。"

我们坐进车里,爸爸启动了发动机,射出的灯光照到了车库的门上。当我们在那小斜坡上倒车时祖母站在台阶上向我们挥手。同以往那样,当我们车倒回来时大门在她身后关上,当我们再继续往主干道驶去时她已经不在那里了。

接下去的几天里,有时候我会想起走道里发生的那个小插曲,每一次的感觉都一样:我看到了一些我以前没看到的东西。但这个念头转瞬即逝,我的脑子里不光考虑爸爸和祖母,这几周里还发生了许多别的事。在新学年开始的第一节课西芙就给所有的人发出了请帖,下周星期六她要举行一个班级聚会,这是好消息,一个班级聚会就是一个我有权参加的聚会,在那里没人可以指责我、寻机和我吵闹,在那里有对其他人的信任,这样使得我的行为举止相当靠近课堂上那个真实的我,将会被这个更大的世界所接纳。一句话,我可以喝酒、跳舞、欢笑,或许和谁在某个地方靠着墙亲昵抚摸。从另一方面来讲班级聚会的档次不高也恰恰是因为这个,被邀参加这种聚会不是因为你是某某人,而在于你属于其中的一员,1B班级聚会就是这种情况。但我不会以此而让自己扫兴。不仅仅是聚会,还是1B的班级聚会。问题是到哪儿去搞到酒,就跟新年前夜那次一样,我琢磨着又有点想给汤姆打电话,但想想最好还是自己设法去弄。我十六岁是事实,但我的长相看起来年岁要大些,若我只装作没人事儿一样,一般说来是没人会想到拒绝我的。要是被发现了,那就是一个难堪,不会比这更多,那时我再同汤姆联系让他去办这件事。于是在星期三那天我走进了超市,取了十二瓶比尔森啤酒放进购物筐里,还有作为掩护买的面包和西红柿,我站在排着的队里,把买的东西放在自动输送带上,把钱递给收银员,在她接过钱的同时几乎没有怎么看我,一手拎一个里面哐当响着的食品袋,我满怀兴奋急匆匆地走在回家的路上。

星期五下午从学校回家的时候,爸爸已经去过我的住处。桌上留有一张条子。

卡尔·奥韦,

　　这个周末我要去参加一个研讨会。星期天晚上回来。冰箱里有新鲜的海虾,面包筐里有白面包。好好享受!吃好喝好!

　　　　　　　　　　　　　　　　　　　　　　爸爸

条子上压着一张五百克朗的钞票。

啊,这简直太棒了!

虾是我所知道的最美味的食物。当天晚上我坐在电视跟前吃海虾,然后到城里去逛了一圈,在随身听里先放的是伊基·波普的《渴望生活》*Lust for Life*),后来就是洛克西音乐乐队(Roxy Music)专辑中的一曲,这时候里面的世界与外面存在的现实间便有了距离,我很喜欢这样;当我看到聚在外面的地方所有那些喝得醉醺醺的人们的面孔,他们好像待在跟我不同的时空维度里,那些行驶过去的车辆也一样,在加油站外面从车上走下来又坐进去的司机,站在柜台后面的售货员疲倦的微笑和机械的动作,还有在外面遛狗的人们。

第二天上午我到祖母祖父家去了一趟,和他们一起吃刚出炉的面包,然后进了城,买了三张唱片和一大包糖果糕点之类好吃的东西,几份音乐报刊和一本平装版的让·热内的《窃贼日记》。看足球直播时我喝了两瓶啤酒,冲淋浴和换衣服时又喝了一瓶,在我抽完最后一支烟要走之前又喝了一瓶。

我和巴森约好七点钟在伦丁根碰头。当我手里拎着晃荡着的袋子步履笨重地朝巴森走过去时他站在那里面带笑容。他背上有个装着啤酒的背包,一看见这个,我就真想拍一下我的脑门。必须的!就该是这个样子。

我们走进库霍尔姆斯路,经过祖母祖父的房子,往上走进入环绕着体育场那一带的住宅区,西芙居住的地方。

几分钟的乱窜之后,我们找到了门牌号码揿响门铃。是西芙来开的门,开门时她发出一声尖叫。

在我清醒之前,我知道发生了一些美好的事情。当我躺在失去意识的深渊,仿佛有一只手向我伸了过来,然后就是一个接一个的画面在我眼前飘过。我抓住的那只手,把我慢慢地抬升起来,我越来越接近我自己,直到我睁开眼睛。

我在哪里?

哦,是的,公寓下面的一间客厅。我躺在沙发上,身上穿戴整齐。

我坐起来,用手扶着血管突突跳的脑袋。

我的衬衣上闻到了香水。

一种浓郁的外国香水气味。

我和莫妮卡抚摸亲昵过。我们一起跳舞,我们走到一旁,在楼梯下站住,我吻了她。她也吻了我。

但不是这个!

我站起来走进厨房,接了一杯水,一口气把它喝了下去。

不,不是这个!

发生了一些非常美妙的事情，一道光明被点燃了，但这不是莫妮卡。是另外的什么东西。

但是什么？

所有的酒精都会造成身体上的透支亏空。但你会知道什么可以使它重新恢复活力。汉堡包、炸薯条、香肠。大量的可乐。我需要这些。我需要这些，就是现在。

我走进走道里，看着镜子里的自己同时把手插进头发里把它往后捋了一把。看上去还不算太糟，只有眼里的血丝；我可以这样见人的。

我系好靴子上的鞋带，抓起外套穿在身上。

但这是什么？

一个钮扣？

钮扣上有个"笑脸"？

啊，就是它！

真太妙了！

最后的那一个小时我是在同汉娜聊天。

就是这个！

我们聊了很久。她主导着话题，兴致勃勃。她什么也没喝。但我喝了，是喝晕乎了，所以我能跟上她的情绪，处于一种轻松愉快的氛围之中。然后我们一同翩翩起舞。

啊，我们跟着弗兰基到好莱坞乐队（Frankie Goes to Hollywood）的《爱的力量》（*The Power of Love*）跳舞。

爱——的力量！

但和汉娜,是和汉娜!

我觉出她和我是如此靠近。站着的时候也是同样的靠近,我们谈着话。她的笑声。她那双绿色的眼睛。她那个精致的小鼻子。

在我们就要离开之前,在朝外面走去的路上,她把那个笑脸符号贴在了我的钮扣上。

这就是发生的一切。没有比这更多,但这曾经发生的小片段美妙无比。

我系好外套的扣子走了出去。城市上空悬挂着低低的云层,冷冽的风横扫在街道间向海边呼啸而去。万物都是灰色和白色的,阴冷的、怀有敌意的天气。但在我的心中,那里面是一片光明灿烂。当我沿着河边向路边的餐馆走去时,我一遍又一遍地听着"爱——的力量"!

到底出了什么事儿啊?

汉娜就是汉娜,她并没有改变,还是跟原来在整个秋天和冬天在教室里的那个她一样。我喜欢过她,但对她没有觉得与其他人有什么不同。但现在!看看这个!

就像有一道闪电一下击中了我。快乐平稳一股一股传入神经的通路。心在颤抖,灵魂充满着光明。突然地我不可能等到星期一了,我不能等到上学的那一天。

我要打个电话吗?

我要邀请她出去吗?

我不假思索地买了奶酪夹咸肉的汉堡包和炸薯条,大号的可乐。她和一个人在一起了，这是她告诉我的，一个沃格区高中的三年级生。他们在一起有很长时间了。但她看着我的那种方式，突然就缩短了距离，这不可能没有含义吧？这一定意味着什么。她对我有兴趣，她想接近我。这一定是这样。

星期一，在星期一，我就又能再见到她了。

但到那一天之前的这些时间我又他妈的该如何打发？

这差不多还有整整的一昼夜啊！

∵

她看见我的时候笑了。我也笑了。

"你还没有去掉这个标记！"她说。

"没有，"我说，"每次看到它我就想到你。"

她埋下了眼睛。拨弄着外套上的一颗纽扣。

"你完全喝醉了。"她说又抬起眼睛望着我。

"我是喝多了，"我说，"坦率地讲，我差不多都全忘了。"

"你记不得了？"

"记得，记得，我记得！比如，我记得弗兰基到好莱坞……"

滕内森，年轻的留着胡髭带着曼达尔口音的地理老师从走廊那端过来了，他是我们的班主任。

"嘿，孩子们，这个周末过得不错吧？"他说，把我们正站在外面的那道门打开了。

"我们有个班级聚会。"汉娜说，对他笑了笑。

这是怎样的一个笑容啊。

"哦，这么说没有邀请我呀？"他说，他并没有期待着解释之类的话，因为他并没有看着她，只是径自穿过教室到了另一头的讲桌，放下手里的一小叠书本。

对课堂上发生的一切事我完全没法集中精力。我只想着汉娜，虽然她和我一样也坐在同一间教室里。要不就是这么，想啊想……就这样我的心里充盈着无边无际的情感，容不得有半点其他的想法侵入。就这样度过了整个的冬天和春天。我恋爱了，这不是那种平日里的小情爱中的一种，这是巨大的，人的一生当中只会有三次或者四次的那种爱。这是第一次，因为所有的一切都是全新的，所以或许也是最刻骨铭心的。汉娜成了我整个人的重心。每天早上醒来我很快乐地去学校，那是有她的地方。要是她不在那里，或许生病或许外出了，所有的一切便立刻变得了无生趣，余下一天的时间就只让它混过去。为的什么？我在等什么，要等到什么时候？至少，这里说的不是紧紧搂抱和深吻的这种事儿，因为人之间关系的程度不是那么如此简单。不，我期待和准备接受的，只是手在我肩头上的一个轻轻触摸，当她望见我或者我说了什么趣事时她的一个让容颜生辉的微笑，以及校外时间我们相遇时如朋友般的一个拥抱。就在那数秒钟的时间，当我把手臂围搂住她，感觉到她的脸贴近我的脸颊的时候，闻到了她的气味，从她使用的洗发水里透出的那种淡淡的苹果清香。我知道，她朝我靠近了，但她自身还有极其严格的界限，知道什么是她可以做的，绝不谈到我们之间会有什么可能。要不，就是我朝她靠近了，这一点我不太确定，这个解释可能很简单，她被自己得到的所有的关注、那些赞美与奉承宠坏了，愿意玩一玩。但无论如何，当我回到自己的住所后，我抱着希望，我分析着她在学校的一天当中所说和所做的一切，这些将决定我是坠入最沮丧痛苦的深渊或是被送上快乐欢悦的顶峰，找不到第三条道路。

在学校里我开始给她扔纸条了。几句简单的评论，简单的问候语，简单的留言，这通常是我前一天晚上在家里先想好了的。然后她写回条，我读了再答复，把纸条又扔回去，当她读条子的时候仔细地观察着她的一举一动。要是她关闭了我向她敞开的那道门，我的眼前一片漆黑；要是她继续往前走下去，我的心中便颤动不安七上八下仿佛我是一座钟。慢慢地笔记本代替了纸条，往返于我们之间，不是很频繁地传递，我不想她被弄烦了，一天有两三次也就足够。我常常问她是否愿意和我一起去看电影或是喝杯咖啡，每一次的答复都是，这你知道的我不能。

我们会在课间休息时讨论，一点关于政治的，大多数是有关宗教的问题，她是基督徒，我是狂热的反基督教分子，我的论点她进一步转达给她那个教区的一个年轻的负责人，下一次她再把他的答复带来。和她在一起的那个人跟她属于同一个教区，即使我没有直接威胁到他们之间的关系，但我对她在那里的生活起了对照作用。不管怎样，有这课间休息时短暂相遇的空间，虽不是每天都发生这样的事，谨慎而不留痕迹地将这快乐也进一步带到了校外。我们是朋友、同班同学，我们就不能偶尔一起去喝杯咖啡？就不能偶尔一起走着去搭公交车？

我为这些而活着。那些短暂不经意的一瞥，浅浅的一笑，那些极细微的动作。还有，啊，她的笑声！当我把她逗乐了的时候！

我活着就是为这个。但我还需要更多，比这要多很多很多。我想所有的时间都看见她，所有的时间都同她在一起，被邀请去她家，看望她的父母亲，和她的朋友一起出去，和她一起旅游，把她带回家……

这你知道的我不能。

电影院容易让人联想到男女关系和恋爱，但总有其他活动可以替代，例如二月初的某天我对汉娜的一次邀请。这是在市中心一个地方举行的青少年的政治聚会，我是在学校布告上看到的这个消息，一个上午我写信给她问她是否愿意一起去？她看了信，然后远远望着我，没有笑容。写下些什么。把本子又递过来，我翻开来读她的回话。那上面写着"好"！

好！我心想。

好！好！好！

当她六点钟来敲响我家的门时，我正坐在沙发上等着她。

"嗨！"我说。"你愿意进来吗，我就换件衣服？"

"可以的。"她说。

她的脸颊冻得红红的。戴着的一项白帽子拉得很低，一直盖到了眼睛，脖子上围着一条宽大的白围巾。

"你住在这儿啊！"她说。

"是啊。"我打开了通向客厅的门。

"客厅在那儿。里面就是厨房。卧室在二楼。实际上这是我祖父的办公室。就在里面。"我说,用下颚往那里点了点。

"一个人住在这儿不孤单吗?"

"不,"我说,"一点都不孤单。我喜欢一个人待着。再说我经常上特韦特那儿去。"

我穿上外套,笑脸符号还在上面,戴上围巾,穿上靴子。

"我去上趟厕所,然后我们马上就走。"我说。厕所的门在我身后关上。听到她开始在外面那儿低声地唱着歌。这里不隔音,或许她想掩盖住这里面传出的声音,或许她只是想唱唱歌。

我打开抽水马桶的盖子,掏出象鼻子。

就在同一瞬间我意识到她在那外面我是没法撒尿的。过道很小,完全不隔音。即使我没尿出来,她也会听出来。

真该死。我操。

我全力以赴地努力着。

一滴尿也没挤出来。

她走来走去地唱着歌。

她究竟会怎么想呀?

半分钟以后我放弃了,打开水龙头让水冲了几秒钟,这样至少里面是发生了一些事儿的,然后关上水龙头,开门走了出去,去与她那羞怯的、低垂着的目光相遇。

"现在我们走吧。"我说。

街道昏暗,刮着风,这个城市在冬天里通常会是这样。路上我们没有谈得太多。说到一些学校的事情,在那里上学的一些人,巴森,莫勒,西芙,托内,安妮。出于某种原因她开始讲述她的父亲,他是个很优秀的人。他不是基督徒,她说。这让我很惊讶。信仰基督是遵从她个人主动的意愿?她说我会喜欢她父亲的。会吗?我想。会的,我说。听上去他是个不错的人。简练。简练是什么意思啊?她说,用那双绿色的眼睛看着我。每一次她这么做的时候,让我全身神威大振。我可以打破所有围绕禁锢我们的框框架架,叮以揪住所有的过路人把他们掀翻在地,高高蹦起再重重地踩下直到他们奄奄一息,那双绿眼睛能让我充满如此巨大的能量。我也可以搂着她的腰顺着大街跳一曲华尔兹,把鲜花洒向我们遇到的所有的人,引颈高歌。简练?我说。这很难描述。有点简洁精练,直奔主题的意思,或许更注重于事实,我说,是一种轻描淡写。是这里,对吧?

应该是在女王街的一个地区。对,是这里,门上挂着海报。

我们走了进去。

开会地点在二楼,摆满了椅子,最上方有个主席台,旁边有个投影仪。有一堆年轻人在那里,或许十个,或许十二个。

窗户下面有个大的保温瓶,旁边有一小盘小蛋糕和一摞白色的塑料杯。

"你要咖啡吗?"我说。

她摇摇头微微一笑。

"要不,来块蛋糕?"

我给自己倒了一杯咖啡,拿了几块蛋糕回到她身边。我们坐在最后面一排的座位上。

又来了五六个人,然后会议开始。这是由 AUF[1] 组织的活动,是某种为扩大影响的一种宣传招募性质的会议。至少宣扬了 AUF 的政治观点,然后又谈及有关青少年政治的普遍性问题,为什么组织起来很重要,有多少事实上能够做的事情,还有,作为自己个人来讲,从中也会有小小的受益。

要不是因为汉娜坐在我的身边,一条腿搁在另一条腿上,如此地靠近使我燃烧,我会站起身来走掉。预先的想象里,这会是个人群密集的聚会,烟雾缭绕,诙谐机智措辞巧妙的演讲,爆笑声震动全场,也就是那种米克勒[2]式的活动,米克勒的含义就是年轻的男女渴求一些东西,为着一些梦想,为社会主义心里在燃烧,这个 50 年代神奇的词汇,可不是现在这个穿着单调乏味的毛衣和丑陋裤子的单调乏味的男孩子,把跟他们自己同种类型的一小群男孩子和女孩子聚在一处,谈论那些单调乏味毫无情趣的事务。

当一个人的内心深处已熊熊燃烧,谁还会在乎政治?

当一个人渴求生命的燃烧,渴求充满活力的生命,谁还会在乎政治?

至少,我不会。

---

[1] 挪威社会民主工党成立于 1887 年,自 1927 年以来的选举中一直是挪威最大的政党。AUF 是工党的青年组织。

[2] 阿格纳·米克勒(Agnar Mykle,1915—1994),20 世纪挪威最受争议的作家,热衷劳工运动。他最著名的作品《红宝石之歌》(*Sangen om den røde rubin*)被认为是挪威文学的里程碑式作品,却被官方认为"不道德、淫秽"而成为禁书。

通知说在三个发言后有个短暂的休息时间,然后就是专题研讨和小组讨论。在休息的时候,我问汉娜我们是否可以撤了,行啊,她说,于是我们离开了这冷冰冰的晚间聚会。在会场里她把她的外套脱下来挂在椅子背上,看到的是里面的毛衣,很厚的羊毛衣,曲线微露让我不知怎么的不断地咽口水,她是如此的靠近我,我们之间的距离微乎其微。

在归途中我谈论自己对政治的观点。她说我对一切都有自己的看法,问我都什么时间研究这个。她自己对所有的这一切几乎一无所知,她说。我说我也宁愿几乎什么都不知道。但你是无政府主义者!她说。这是哪里来的想法?我几乎不知道这无政府主义者究竟是什么。但你是个基督徒,我说,这是哪里来的想法?你的父母并不是基督徒哟,你的姐妹也不是。只有你自己。是你信仰这个。是,她说,你说得对。但看上去你过于耽溺于沉思冥想了。应该多活在生活里。我尽量试着这么做,我说。

在我的住所外面我们站住了。

"你在哪里坐公交车?"我说。

"在那上面。"她说用头朝那边点了点。

"要我送你去吗?"我说。

她摇摇头。

"我自己单独走。我有随身听。"

"好吧。"我说。

"谢谢这个晚上。"她说。

"没有什么可谢的,真的。"我说。

她笑了，踮起脚尖来吻了一下我的嘴。我把她搂住紧紧贴在怀里，她也紧紧回抱了我然后松开自己。我们互相短暂地对视了一下，然后她离去。

这个晚上我不能再保持平静，在公寓里面兜圈子，在屋里走过来走过去，上楼又下楼，在下面的房间里进进出出。我感到我仿佛比世界还大，仿佛我心里已拥有了所有的一切，现在再毫无伸展的余地。人类是渺小的，历史是渺小的，地球是渺小的，对，甚至宇宙，都说是漫无边际的，也是渺小的。我大于一切，无与伦比。这感觉真是太棒了，但它把坐卧不安留给了我，其中最为重要的是渴求，这将要到来的，这我需要做的，我不要做的和已经做了的。

现在我内心装着的这一切是怎样地在燃烧啊？

我强迫自己上床，强迫自己躺着不要动弹，一块肌肉也不动，无论睡眠需要多长时间才能到来。最奇怪的是只过了几分钟，睡意悄悄向我袭来，就好像一个猎手正对着一个毫不知情的猎物，我没留意到什么子弹，这是因为不知为什么突然有只脚向前打了个趔趄，让我在内心里引起警觉，完全处于一种生命的虚无状态；就好像我站在一艘船的甲板上，同时紧靠船旁边一头巨大的鲸鱼迅猛地往下钻入水中，我看见了些什么的，尽管它的位置不可能明确。开始的时候是一个梦，我明白的，虽然是梦的手臂将我一下拽了进去，在那里面我周围的环境全然变了，这一切就发生在我打了个踉跄的时候，我是一个梦，那梦就是我。

我闭上眼睛重新再来一轮。

别动弹，别动弹，别动弹……

第二天是星期六，青年队的晨间训练。

我和他们一起踢球，很多人不能理解。我球踢得不好呀。少年队里起码有六个，甚至七个或者八个都比我强。但只有我和另外一个，比约恩，在这个冬季被选进了青年队。

但我理解。

青年队来了个新教练，他要看看所有的男孩子，于是我们每人有一周的时间参加他们的训练。有三次表现自己的机会。整个秋天里我跑得很多，身体的状态很不错，被选进了校队的一千五百米长跑，虽然我以前从来没有从事过田径运动。轮到我和青年队一起训练的那天，在舍于塔旁的砾石跑道上已经铺满积雪，我知道我要做的就是撒开腿跑。这是我唯一的机会。我就这么跑啊跑。每一次到达跑道终点时，我都是第一名。每一次我都是竭尽全力。当开始打比赛时，我在那里也如法炮制，我跑啊跑，拼命地跑，不停地跑，像发了疯一样地奔跑，像这样三次的训练以后，我知道效果极佳，然后通知到了我被选进队里，对此我并不感到意外。然而对于队里其他人那就是另一说了。我听到的是，我每一次的接球都很糟糕，每一次的传球都失误，你他妈的来这队里是干什么吃的？为什么他们把你选进队里？

啊,我知道为什么,那是因为我能跑。

那就只管跑吧。

训练之后,同往常一样,在我们更衣时其他的人都会笑话我那铆钉皮带,我让汤姆开车送我去了桑内斯。他把我在邮局那里放了下来,我往上朝房子走去。太阳低低地悬挂在天边,天空清澈碧蓝,围绕四周的都是令人目眩的白雪。

我没说过我要回家来,也不知爸爸是否在家。

我小心翼翼地推门。门是开着的。

音乐从客厅声倾泻而出。他把音量开得很大,整个房子里充满了音乐声。我听出来了,这是艾嘉的歌声,瑞典语版的《感谢生活》(*Gracias a la vida*)。

"喂?"我说。

音乐的声音太高太响,我想,他不会听到我的叫声,脱下了靴子和外套。

我不愿意突如其来地出现在他跟前,在客厅外的走道里又高喊"喂"!没人应声。

我走进客厅。

他闭着双眼坐在沙发上。脑袋随着音乐的节奏前后晃动着。他的脸颊上泪珠滚滚。

我悄声无息地退回几步,在走道上,在音乐休止的间歇之前,我尽可能快地披上衣服夺门而出。

我背着背包和所有的东西,一路上是跑着去的公交车站。很幸运几分钟以后车就到了。只用了四五分钟到了索尔斯勒塔，我自己琢磨着是应当下车到扬·维达尔那里去还是直接进城。回答完全出自我的真心，我不想一个人待着，我想和别人在一起，和人交谈，想让我的脑子完全被别的事情占据，同扬·维达尔在一起，他的父母与我见面总是那么和善，我想去的就是他那里。

他不在家，和他父亲去谢维克了，但他们很快就会回来，他母亲说，问我是否愿意到楼上的客厅里去等他？

好，我愿意。在客厅里，面前是一份摊开的报纸，桌上的一杯咖啡和一片面包，我坐在那里直到一小时后扬·维达尔和他的父亲回来。

傍晚时分我又往上回到了那所房子，他不在那里了，我也不想待在那里。不仅是因为肮脏邋遢和不舒适，阳光把一切都给美化了，所以那天早些时候我没有注意到这些，还因为我发觉水管已经冻上了。用水的结冻应该有一阵子了，至少已经进入了用桶和雪的这个系统了。在厕所里摆放了几只桶，里面装的雪已经化成了雪泥水，这一定是用作冲洗厕所的。在电炉旁边也放了一只盛有雪泥的桶，想来是要把它们在锅里化开之后用来做饭之用。

不，我可不愿待在这里。待在这城外树林里的一座空荡荡的屋子的空荡荡的房间里，被杂乱肮脏围绕，还加上没有水？

他是可以这么过的。

对了，他上哪儿去了呢？

我耸了耸肩头，即使我完全是独自一人。我穿好衣服向着车站走去，沐浴在月亮清辉下的整个大地仿佛已沉睡过去。

在寓所门外的那个吻别之后，汉娜向后面退缩了一点，不再像以前那样对我的纸条每一次必有答复，我们也不像从前那样在课间休息的时候站在一起聊天。但出现了这种没有逻辑、不合常规的情况：突然有一天她冷不丁地接受了我的一个邀请，她愿意在晚上跟我一起去看电影，差十分七点在电影院门厅那里碰面。

她一进门就四处寻找我，让我尝到了和她在一起会是怎么样的一种滋味。我愿意所有的日子都像现在这样。

"嗨，"她说，"你等了很久了吗？"

我摇摇头。我知道已经快要超越界限了，所以我得处之淡定以给她提示我们现在做的一切实际上与其他一对对的观众没有任何区别。总之她不必后悔与我一起来到这里。不必左盼右顾看是否有认识的人在近旁。没有用手臂揽着她的肩膀，没有用手去握着她的手。

是一部法国电影，坐在电影厅里时对其所知甚少。是我建议看这部电影的。它的名字是《37度2》(*Betty Blue*)。英韦看过这场电影，对它极为赞赏，现在到这里的城里放映了，我当然得看，这里不是常能看到有质量的影片，通常大多数是些美国片。

我们在位置上坐下来，脱下外套，背朝后仰着。她显得有点拘谨,是这样吗?好像她其实并不愿意上这里来。

我的手心汗津津的。我所有的力量都在身体里松散了,在我的身体里化解消失,全身绵软,我变得毫无抵抗力。

电影开始了。

一对男女做爱的画面。

啊,不。不要,不要,不要。

我不敢再瞅汉娜一眼,猜想她也是和我一样的体验,不敢看我一眼,用两手紧紧抓住座椅的扶手,身子后仰盼着这个场景的完结。

但它没完结。他们在银幕上的动作继续再继续。

他妈的就没个完。

该死,该死,该死。

在电影结束前我心里一直这么想着,事实上想来汉娜也是跟我一样的状况。当电影结束时,我只想马上回家。

这也合情合理,汉娜要坐的车从公交车站往城里开,我要坐的是反方向路线。

"喜欢这电影吗?"我说,在电影院门口站着。

"喜——喜欢,"她说,"不错吧?"

"是啊,相当不错,"我说,"起码,是部法语片!"

自由选修的语言课,我们两人都选的是法语。

"你能听懂一些他们的对话吗,我的意思是,不看下面字幕的话?"我说。

"一点儿。"她说。

沉默。

"好，好啦。我想，我差不多得往家赶了。那，谢谢这个晚上！"我说。

"明天见，"她说，"再见啦！"

我回过头去看她，因为想看她是否会回头，但她没有。

我爱她。我们之间什么也没有，她不愿意同我在一起，但我爱她。除了这个我什么都不想，即使在我踢球的时候。球场是我可以有幸避免去思想的唯一地带，在球场上所有一切关乎的是身体，但即或在那里她也闯入我的心中。现在要是汉娜坐在这里看我就好了，我想，我会给她一个惊喜的。每次只要我有了好事，每次讲出一段话后我听到了笑声，我就想，汉娜应当看见这一切。我们的猫，梅菲斯托，她应当看见。我们家的房子，里面的气氛。妈妈，她可以坐下来跟她在一起聊天。外面的河流，她应当看见。还有我的唱片！她应当听它们，一张一张地听。但我们之间的关系没走在这条路上，不是她想进入我的世界，而是我想进入她的世界。有时候我想这一切绝不会发生的，有时候我想这好事可能在瞬间里来个大颠覆。我始终都看见她的，既不是那种搜寻的，也不是探究的目光，跟这些都毫不相干，不是的，这里一瞥，那里一瞥，于我足矣。然后巴望着我可以看见她的下一次机会。

在这心灵的风暴当中春天来临了。

在大地被厚厚积雪覆盖着的寒冷日子很难想象出这样的图

景，仅仅在几个月之后，在一个寂静的毫无生机的清晨，户外便会是一片绿色的、生机盎然的、温暖的、颤抖着的各色各样的生命，从飞翔在树木间歌唱的鸟儿，到四处成群结伙仿佛是挂在空气当中的群集的昆虫。冬天的大地没有给予任何警报，太阳温暖着的石楠和苔藓的气味透出来了，树木迸发出浆液，冰雪解冻的湖泊水洼春夏时节会将其充盈，让水流奔涌，这时候再没有比自由奔放的情感更能概述这一切了。现在唯一能够看到的白色，是在蔚蓝天空中飘移的云朵，是蓝色的河水上方掠过的云彩，在那里河流带着它完美的冷浸光亮的水面缓慢地朝着下方流入大海，不时有岩石凸显出来，如在熨帖的平滑中，一个个跃出水面的身体。但那里不是这样的，这一切并不存在，一切都是白色和静谧，打破这静谧的，是一股寒风或是一只孤独的乌鸦的聒噪。但它来了……它来了……三月的一个夜晚雪变成了雨，积雪堆缓缓移位互相挤靠。四月的一个下午树上冒出了芽苞，地上青草出土，在一片黄色上硬生生切割出一方绿来。水仙花探出头来，白海葵、蓝海葵也先后亮相。于是突然温暖的空气像柱子一样把山坡上的树木间隙填得满满。向阳的山坡上树叶繁茂，绿叶间到处夹杂着樱桃树怒放的花朵。你在十六岁的年龄，这一切都会留下印记，都会沿着这一切去寻思探索，因为这是你所感知到的第一个春天，用人体所有的器官感受到春的来临，但这也是最后的春天，因为较之人生这第一个春天，以后来临的所有春天便都淡化褪色。若是再加上你恋爱了，是啊，那……这就涉及你是否能承受得住的问题了。承受这所有的喜悦，所有的美，所有未来前景的无限的可能性。从学校走回家的路上，我看见一个在柏油马路外融化了的雪堆，图案看上去好像是一支箭正穿插入一颗心。我看见商店外面的遮阳篷下几箱新鲜的水果，在离那里不远的地上一只跛行的乌鸦走了过去，我仰起头来朝着天空，它湛蓝明净是那么的美丽。我穿过一片住宅区，那时天上落下雨来，我的眼里涌出了泪水。同时我仍然做着我一向做的事情，上学，踢足球，和扬·维达尔傍在一起，读书，听唱片，有时和爸爸碰头——有几次是出于偶然，比如有一次我在超市碰见他，在那里偶遇他看上去有点难为情，或者说是他对这种这极不自然的情势的反应，在那里我们推着各自的购物车若无其事的样子，然后各自走上自己的归路；还有一次是在一个上午，我正走上通向房子的那道坡，他开车下坡来，旁边座位上是他的同事，我现在看到他已是满头的灰白头发，但仍然显得年轻。但我们通常的安排应当是这样：要不他路过我的住所，我们一起去祖父母家吃晚餐，要不就待在他的房子里面，在那里他仍然最大可能地与我保持距离。看上去，他已经对我放手不管了，但也不是完全撒手不管，也可能继续发生那种突如其来的劈头盖脸的训斥，就像那一天我给两个耳朵都扎了眼儿，当我们在过道里撞了个满怀时，他说我看上去像个蠢货，他不能理解我为什么愿意自己看起来像一个蠢货，作为我的父亲他感到羞愧。

三月里一个下午的早些时候，我听到一辆车在住所外停下。

我下楼朝窗外望去，那是爸爸，他手里拎着一个包。他的样子看起来很高兴。我赶紧回到楼上的房间里，不愿意像那种好奇的家伙把鼻子挤贴在玻璃窗上。听到他在下面的厨房里一阵翻箱倒柜，我放上大门乐队（The doors）的唱片，那是扬·维达尔借给我的，在我读了拉尔斯·索比耶·克里斯滕森[1]写的《披头士》之后就想听听它。然后把一叠我收集的有关特雷霍尔特[2]间谍案在报纸上剪下的材料拿出来，因为我确信这次考试会用上的，我坐下来开始读它们，这时候听到了他上楼梯的脚步声。

我朝门那里望去的时候他刚好走进来。他手里拿着的一定是张购物单。

"愿意替我去商店跑一趟吗？"他说。

"没问题。"我说。

"你读的是什么？"他说。

"没什么特别的，"我说，"只是一些与挪威语课程有关的东西。"

我站起身来。强烈的阳光倾泻在地板上。窗户是敞开的，听到外面的鸟儿在歌唱，它们停驻在只有几米之遥的那棵老苹果树上喊喊喳喳地叫着。爸爸递给我购物单。

---

[1] Lars Saabye Christensen（1953— ），挪威著名当代作家，也写有大量的诗歌和戏剧。他的作品获多个挪威和国际的文学奖项。1984问世的小说《披头士》（*Beatles*）是他的代表作。

[2] Arne Treholt（1942— ）前记者，公务员，政客。特雷霍尔特涉嫌为克格勃情报机关提供服务，1984年在奥斯陆机场被捕，以间谍罪、叛国罪判监禁20年。该事件是挪威历史上最大的间谍案。

"妈妈和我已经决定要离婚了。"他说。

"啊?"我说。

"是。但这不会影响到你。你不会感到有什么不一样的。再说,你很快就是个大人了,还有两年你就搬出去自己过了呀。"

"是的,的确如此,"我说。

"好吗?"爸爸说。

"好的。"我说。

"我忘了写土豆。或许我们可以来点甜点?不,还是算了吧。这是钱。"

他递给我一张五百克朗的纸票,我把它塞进口袋走下了楼梯,来到街上,沿着河流走,进入超市。我在货架间来回走着,把要买的东西放进篮子里。爸爸没有说过的,我也尽量添加进去。他们要离婚了,好吧,那就让他们离。我想,要是我再年少一些,八岁,九岁,或许这一切有所不同,那确实会意味着什么,可现在其实真的没多大关系了,我有我自己的生活。

我把买回的东西交给他,他做的晚餐,我们在一起吃饭的时候没有说什么特别的话题。

然后他走了。

我为这点感到高兴。那天晚上汉娜要去教堂唱歌,她已经问过我是否想去看看,我当然愿意。她的男朋友也在那里,我假装自己不知道,当我看见她站在那里的时候,那么圣洁,那么美丽,这是我的那个她,没有任何人对她的情感能像我这样对她的如此靠近。外面的柏油路被尘土遮盖着，余下的积雪填满了那些路面的坑洼处和沿着路两旁阴凉的山坡，她歌唱着，我快乐着。

　　回家的路上我在公交车站跳了下来，走穿过这个城市的最后一段路，内心的躁动一点没有减少，我的心充满了那么多那么强烈的情感以至于完全无法承受。当我回到家里，我让自己躺在床上，眼里涌出了泪水。这眼泪里没有困惑，没有悲伤，没有愤怒，只是快乐与喜悦。

　　第二天我们两人单独在教室里，其他人都走了，我们俩的动作都有点拖沓，她或许因为是想听听我对他们昨天举办的音乐会的看法。我对她说她唱得好极了，她完美无缺。她站在那里收拾书包,脸上容光焕发。然后尼尔斯进来了。我不喜欢这样，他就像一个影子一样老是紧紧跟随着我们。我们一起上法语课，他与其他一年级生有所不同，他和那些在城里酒吧里比他年龄大得多的那些人混在一起，他们对事物的看法及自己的生活都很独立。他笑得太多了，对一切都奚落嘲笑，也包括对我。当他这么做的时候，我总是感到自己很微不足道，不知道自己的眼睛该往哪里看，不知道自己该说什么才得体。现在他开始同汉娜说话。就像有一个圈子围住了她，注视着她的眼睛，笑着，向她靠近,在离她很近的地方站着。对他的这种举动我并不意外，引发我激怒的不是因为这个，而是汉娜的反应。她没有拒绝他，没有排斥他的笑。即使我在场,她也向他敞开自己。和他一起笑，与他的目光对视,当他靠近时,她坐在课桌那儿甚至露出了膝盖。仿佛他已经施展迷魂术蛊惑了她。在他站在那里的瞬间他凝视着她的眼睛深处,目光里含着激动紧张与不安宁,随即爆发出邪恶的笑声,他向后退了几步,来了一番投降缴械甘拜下风的话语,举起手对我做了个致意手势后消失了。我怀着满腔的妒忌之火望着汉娜,像重新审视一个老雇员一样,但没有看出有丁点儿的变化,她在内里以另一种截然不同的方式又恢复到平日的样子。

到底发生了什么事?汉娜,阳光、美丽、俏皮、欢喜,唇边总是带着让人困惑的、常常是很幼稚的问题,她发生了什么变化?我看到的是什么?黑暗、深沉,或许也有暴烈,在她身上含有这样的品质?她已经回答了这个问题,尽管只是一点微光,但它毕竟还是显现了。是啊,就在那一瞬间,我一文不值。我被羞辱了。我写给她的所有的纸条,和她讨论的所有的话题,我所有的那些极为简单的愿望和孩子气的渴求,我一文不值,是校园里的一声喊叫,山麓中的一块碎石,汽车发出的一阵喇叭声。

我能对她怎么办呢?我能施加影响,下功夫让她成为我的女友吗?

我能对别人下功夫让其成为我的女友吗?

不。

对她来说我是一文不值。

对我来讲她就是一切。

我试着忽略我所看到的有关她的事情，包括我对她的态度，维持着与从前一样的方式，假装一切都没事。但事实并非如此，这我知道，这一点确信无疑。我唯一的希望是，她不要察觉到这一切。实际上我相信的又是什么样的梦想？

两天以后，复活节假期开始了，妈妈回到家里。

爸爸说离婚手续已办，一切完全结束。当妈妈来了之后，我明白对她来说不是这样的。她直接开车到了家里，爸爸在那里等候着她，他们在那里待了两天，那时我正在城里四处晃荡着，试着把时间打发过去。

星期五那天她把车停在外面。我从一个窗户里看见了她。她有一只眼睛的周围有一块巨大的淤青。我开了门。

"这是怎么回事？"我说。

"我知道你在想什么，"她说，"但不是这样的。我摔倒了。我晕过去了，有时候我会这样的，知道吧，于是我就正正地对着桌子上方的边沿栽了下去。你知道的，那张玻璃桌。"

"我不相信。"我说。

"这是真的，"她说，"我晕倒了。除了这个没别的。"

我往后退了一步。她走进过道里。

"你们现在离婚了吗？"我说。

她把箱子放在地板上，把那浅色大衣挂在衣钩上。

"是，我们离了。"她说。

"你难过吗？"

"我难过？"

她那么直率地望着我，好像她没有想到还有这种可能性。

"我不知道，"她说，"或许有点悲伤。你呢？这对于你怎么样？"

"很好，"我说，"只要别让我和爸爸住在一起就行。"

"我们也谈到了这件事。但现在我得先喝杯咖啡。"

我跟在她后面走进厨房，看着她给咖啡壶里灌了水，在椅子上坐下，手提包放在膝盖上，翻出一包香烟，显然，在卑尔根那会儿她已经开始抽巴克莱牌香烟了，她抽出一根烟点上。

她看着我。

"我搬进来。我们俩住那栋正屋。爸爸在这儿住。大概我得先把他的那一半买下来，我还不完全知道怎么样才能把这事办妥，但肯定会有办法的。"

"好。"我说。

"你呢？"她说。"你的情况怎么样？知道吗，现在真是高兴看到你。"

"我也一样，"我说，"自从新年以后我还没有见过你。发生的事太多了。"

"是吗？"

她站起来从柜子里拿出一只烟灰缸，同时也把一袋咖啡一起拿出来放在了案桌上，水开始发出低低的嘶嘶声，在边上听有点像靠近大海的感觉。

"是的。"我说。

"看得出来，是一些好事吧？"她笑着说。

"对,"我说,"我恋爱了。就这么简单。"

"太好了。是我认识的人吗?"

"你认识的,那会是谁呀?不是,是班上的一个人。这或许恰恰有点傻,但现在就是这个状况。它也恰恰不是按预想的那样发展。"

"啊,不,"她说,"那个,她叫什么?"

"汉娜。"

"汉娜,"她说着微微一笑,"什么时候我能见到她?"

"问题就在这里。我们不在一起。她和另外一个人在一起。"

"看来这事还不那么容易。"

"对。"

她叹了口气。

"是啊,事情不总是那么随人心愿。但看上去你精神焕发,也显得很快乐。"

"我从来没有这么快乐过。从来没有。"

因为某种冲动的原因,说这话的时候我眼里涌出了泪花。不是湿润的泪光,像平日看到让我感动的东西时那样,不是这样的,泪珠径自沿着我的脸颊淌了下来。

我笑了。

"这实际上是高兴的眼泪。"我说。我抽泣了一下。最后我得用手把脸上的泪水抹去。幸亏这时水开了,我可以走过去把壶从电炉上拿开倒进咖啡,再把盖子摁下去,把壶在电炉盘上按压住跺了几下，拿出两个杯子。

当我把它们摆放在桌上时，一切又都恢复到了常态。

* * *

半年以后，在七月末的一个夜晚，我搭最后一趟公交车在瀑布前的车站跳下了车。肩头上背着一个水手背包。我去丹麦参加了足球训练营，之后，我没有先回家，而是去参加了在群岛举办的一个班级聚会。我很快活。时间是十点半过了几分钟，夜幕已经降临，像一片灰色的面纱笼罩着整个大地。在我身下的瀑布轰隆隆作响。我爬上坡，走向路边砖石堆砌的公路。在倾斜的草甸下是一排沿着河岸生长起来的落叶树。上面有个老农场，朝向路旁有个敞开着的业已衰败了的粮仓。农场的正房里面没有灯光。我拐了一个弯，那里的下面是一幢房子，一个老人住在那里，坐在开着电视的客厅里。河的对面开来一辆拖车。它的声音先飘进我的耳中，在拖车换挡继续缓缓地往上开的时候我先听到了它，然后拖车上来了。树冠的上方，对着阴霾的天空，两只蝙蝠在空中飞舞，我想到了坐末班车回家时常常撞见的獾。当我迈步往上爬坡时它多半顺着溪流朝着公路往下窜。为保险起见我总是一手握着一块石头。有时候也在路上与它相遇，那时它就停下瞪着我，然后开始跑回它那极具特色的隐蔽处。

我站在那里，把背包从肩头上甩了下来，一只脚放在路沿的石头上，点燃了一支烟。我不愿意就在那一刻回家，想再延迟几分钟。我和妈妈一起在这儿住了一整个冬天和半个夏天，她现在在南伯沃格。她还没有买下爸爸的那一半房产，依照他的权利，他和他的新女友温妮一起住在那里，直到学校开始上课。

　　树林上空飞来一架巨大的飞机，它缓缓地倾斜，从我头上飞过的几秒钟后机身又再度恢复平衡。两个机翼的尾端发出刺眼的闪光，机身下的轮子正在放下。我的眼睛追随着它直到它在视野里消失，只剩下了轰隆隆的声响，声音越来越弱，直到飞机在谢维兑机场降落前，声音也消失了。我一直喜欢飞机，即使在航线下方住了三年，我每回还是带着愉悦的心情看它们起降。

　　在夏日的黑暗中河水闪烁着。我手里的香烟烟雾没有往上升，它流散开去，像空气中悬浮着的一层薄雾。没有一丝风。现在当飞机的轰鸣消失后，也没有一点声响。不，有声音的：是蝙蝠发出的声音，它们上下盘旋飞舞伴随着翅膀扇动的呼啦声。

　　我伸出舌头把香烟在上面戳了一下，然后把烟头扔在斜坡上，背包往肩上一摆，继续往上走。有灯光的那栋房子是威廉住的地方。接下去的拐弯处的上方，乔木浓密庞大的树冠把整个天空遮挡得严严实实。在下面道路和河流间的沼泽地带听得见青蛙或者是蟾蜍的叫鸣声。然后我看见下方的地上有一个活动的身影。是獾。它还没有注意到我，小跑着跨上了柏油路。我朝着路的另一边走了几步，试着不想惊动这位过路者，但它看见了我立刻停下。啊，这獾实在太漂亮了，有着黑色带白色条纹的极为时尚的鼻与嘴！毛皮是灰色的，金色的眼睛透着狡黠。我继续大步走着，跨越过砖石路基，静静地站在下面的陡坡上。那獾发出嘶嘶的声音，继续注视着我。很显然它在判断当下的情势，因为以前的几次当我一撞上它，它会立刻掉头马上跑得无踪影。现在它又这么干了，蓦地转身慢腾腾地跑开，在我的巨大喜悦中消失在上方的地面上。当我重新走回路上，我听到了低微的音乐声，这音乐声一直存在着的，只是我现在刚刚听到。

是我们家那儿传出的音乐声吧？

我紧赶着往下走完了最后的一段路，然后再往上爬上斜坡，房子在电灯齐放光明的辉映中。是了，音乐声就是从那儿传出来的。大概是从那道敞开的门，我想，那上面有个聚会，草坪上有几个晃动着的黑影，在灰白色的夏季之夜的暗淡光线里显得朦胧而暧昧。通常我是沿着溪流的方向向上到达房子的西面，但那上面有聚会，屋前屋后到处都是陌生人，我不愿意从树林里就这么直接闯入，因此顺着路绕了一大圈。

整个车道上都停满了车，半个车身在草坪上，粮仓房的旁边和院里也停着车。爬到顶部后我停下来让自己镇定一会儿。一个穿白衬衣的男人从院落那里走过来，他没有瞧见我。屋后的花园里人声嘈杂。我透过窗户望进去，在厨房的桌子旁站着两个女人和一个男人，他们跟前各人都有自己的酒杯，他们互相笑着一边喝着酒。

我深吸了一口气朝着房子的正门走去。通向树林的花园里放着一张长桌子。上面铺着的雪白桌布在树冠下的幽暗里发着隐约的白光。有六七个人坐在桌前，其中包括爸爸。他一下看到了我。当我与他的目光相遇,他站起来向我招手。我放下背包,把它放在门旁边朝他走过去。我以前从来没有看见他像这样过。他穿了一件宽松的白衬衣,沿着 V 字形的领口绣着花边,蓝色的牛仔裤,浅棕色的皮鞋。他那让太阳几乎晒成了深棕色的脸膛,泛着黝黑的光。眼睛闪闪发亮。

"你来了,卡尔·奥韦。"他说把手放在我的肩上。

"我们想你会来得早些。我们这里有个聚会,你看见的。但你可以跟大家一起坐一小会儿吧?坐这儿!"

我照他说的做了在桌子旁边坐了下来,脊背对着房子。这些人当中我唯一见过的是温妮。她也穿着一件白色的衬衣或者类似于毛线衫的衣服。

"嗨,温妮。"我说。

她对我报以一个热情的笑容。

"这里是卡尔·奥韦,我的小儿子。"爸爸说,在桌子的对面坐了下来,他的旁边是温妮。我向其他的五个人点了点头。

"这位是博迪尔,卡尔·奥韦,"他说,"我的表妹。"

我从来没有听说过他有个叫博迪尔的表亲,瞅着她的时候或许眼里带着一点疑问,她笑着对我说:

"我们是小孩的时候经常在一起,你父亲和我。"

"是在少年时期。"爸爸说。他点燃了一支烟,吸进一口,又喷吐出来,脸上带着一种心满意足的表情。

"这里还有雷达尔,埃伦,玛尔塔,埃尔林和奥耶。这些,都是我的同事。"

"嗨。"我说。

桌上摆满玻璃杯和酒瓶,托盘和盘子。两个大碗里满满的虾壳,毫无疑问这是他们吃过虾后扔下的。我父亲提到的最后一位,奥耶,四十开外的年纪,一副硕大的眼镜,镜架倒是薄而细,坐在那里望着我的时候他喝了一小口啤酒。他把酒杯放下,说:

"是你去过训练营哪?"

我点点头。

"在丹麦。"我说。

"丹麦哪里呀?"他说。

"尼克宾。"我说。

"在莫斯岛的?"他说。

"是,"我说,"我想是那里。是在利姆湾的一个岛。"

他笑了,四处张望着。

"那就是阿克塞尔·桑德莫塞[1]的家乡哟!"他说。然后他又直直地看着我。"你知道他受这个你刚去过的城市启发,创建了一种法则?"

这到底是什么呀,这个?难不成,我们又坐在了学校的课

---

[1] Aksel Sandemose(1899—1965)著名的丹麦裔挪威作家,出生于丹麦,1929年移居挪威。以擅长写心理小说著称,代表作为《水手上岸去》(*En sjømann går i land*)和《一个逃犯穿越旧日的踪迹》(*En flykting krysser sitt spor*)。也有大量的诗歌和散文作品。下文提到的詹代法则(Jante Law)是斯堪的纳维亚社群中对个人的一种看法,其特点是否定个人的成就,詹代法则首次出现是在桑德摩斯的《一个逃犯穿越旧日的踪迹》中。

堂里?

"知道。"我说。我不想再多说话,也不想给他机会多说话。

"那是?"他说。

当我抬起目光时与他的眼睛相遇了,他的固执和羞涩并重。

"詹代法则。"我说。

"这就对了!"他说。

"你们在那里过得好吗?"爸爸说。

"很好,"我说,"场地都很棒。城市也漂亮。"

尼克宾:我和一个初遇见的女孩在外头度过了整晚整夜之后,朝住宿的学校走回去,她疯狂地喜欢我。队里其他四个人离开得早些,就只剩下了她和我,当我走在回家的路上时,比平日醉得更厉害,我在城里的一栋房子跟前站住。所有的细节烟消云散,我不记得我如何离开的她,不记得怎么走到那里的,但在那里,就在我站在这栋房子门外的时候,好像又恢复了神志。我把冒着红光的烟卷从嘴边拿开,打开门上的收信口,把烟扔进去让它掉在里面走道的地板上。然后又是一阵晕晕乎乎,不管怎么的我得让自己回到住地的学校,走进去,一头睡下,第二天早饭时被唤醒,之后训练了三小时。我扔进去的那香烟,当我们坐在训练场地边一棵硕大的落叶树下聊天时我猛地一下想到了这茬事。一阵凉气直透心底,我站起身来,把球踢了出去,开始跑着去追它。要是着火怎么办?在这火里有人丧生吗?我又该这么办?

在训练的那些日子里我一直都很快乐，但现在，当我回家后的第一个晚上坐在花园里的长餐桌旁时，恐惧又袭上心头。

"你在哪个球队踢，卡尔·奥韦？"其中的一个人问话了。

"特韦特。"我说。

"你们是属于哪个区的？"

"我在少年队，"我说，"但青年队是第五区的。"

"不是斯塔特俱乐部（IK Start）的，恰恰不是那儿的。"他说。从他的口音里我明白他来自文内斯拉，所以很喜欢较真。

"不是，更属于温比亚特足球俱乐部。"我说。

大家笑了。我埋下眼睛。觉得我得到了过多关注。但这之后当我掠过的目光与爸爸相遇时，他对我笑着。

真的，他的眼睛闪闪发亮。

"你就不想来杯啤酒，卡尔·奥韦？"他说。

我点点头。

"想。"我说。

他朝桌面上扫视了一遍。

"看上去这儿的酒喝完了，"他说，"但厨房里还有一箱。你可以到那儿去拿一瓶。"

我站起来。当我朝门那儿走过去时，又进来了两个人。一男一女，两人的身体扭缠在一块儿。她穿着白色的夏季连衣裙。赤裸的双臂和双腿是棕色的皮肤。乳房沉甸甸的，腹部和臀部臃肿。但在同样丰满的脸上的眼睛是温柔的。他，那个穿着浅蓝色衬衣和白色下装的男子，有点小肚腩，但算得上是个身材不错的人。他虽然笑着，那醉意蒙眬的眼睛四处扫视，但我看得出那张脸的表情是僵硬的。在这凝固住的面容上，只有皮肤上的纹路可见，就像干枯的河床那样。

"嗨！"她说。"你是那儿子吧？"

"是，"我说，"嗨。"

"我和你的父亲在一起工作。"她说。

"很高兴见到你。"我说，很幸运不必再说更多的话，因为他们已经挪步往前走了。当我来到过道那儿时，浴室的门打开了。一个矮小、粗壮、戴着眼镜的黑头发女人走了出来。她用眼睛扫了我一眼，然后垂下眼睛走过去，进了屋里。我谨慎地用鼻子嗅了嗅她身上飘出的香水味，随即跟在她身后走进屋里。新鲜的花的香气。我走进厨房，当我来时透过窗户看见的那三个人坐在那里。男人，四十岁左右光景，正凑着他右边的那个女人耳边低语。她笑了，但是那种出于礼节的笑容。另外一个女人坐在那里，在膝盖上放着的一只手提包里翻腾。她抬起头来看了我一眼，同时把未开封的一盒香烟放到桌上。

"嗨，"我说，"我只是来拿一瓶啤酒。"

靠着门边的那面墙那里有满满两箱啤酒。我从上面的那个箱里取出一瓶。

"你们谁有开瓶器？"我说。

那男人站起来，在大腿上一拍。

"我有打火机。"他说。

他的手臂下端往前一个抛送，慢慢地，这样我可以来得及做准备，但还是向前一个趔趄，打火机在空中飞过，撞在了门框上哐当一声坠落在了地板上。要是没有发生这一景，我还真不知道如何让自己走出困境，因为他就会以父辈那样的方式替我开瓶，我不愿意这样，但现在是他先主动向我提出建议，但又途中遭遇失败，这样一来情况就来了个一百八十度的大转弯。

"我不会用打火机开瓶，"我说，"或许你可以帮我打开？"

我从地上拾起打火机，把它和啤酒瓶一起递给了他。他戴着一副圆形的眼镜，半个脑袋上没有头发，在有头发的那一边头发在头顶边沿向上高高耸起，就像在漫无边际的海滩上最外延的一道波浪，它们永远无法往上攀缘，在这一点上让他有些气馁，少了底气。至少他给我留下了这个印象。他握着打火机，绷紧了的手指头毛茸茸的。一只带银表链的手表套在他的手腕上。

随着轻微的"噗"的一声，瓶盖打开了。

"好了。"他说把瓶子递给了我。我谢过，走进了客厅，那里有四五个人在跳舞，我走出门来到花园。在旗杆前聚了一小堆人，手里都拿着自己的酒杯，他们谈话的时候眺望着外面的河谷。

啤酒的味道是太美妙无比了。在丹麦的时候我每晚都喝，前一天的整个晚上和夜里也都喝，所以现在我得灌上许多才可能让自己醉倒。但我也不愿意弄成这样。要是我喝得酩酊大醉，我就会滑进他们的世界里，让他们把我完全吸收同化，变得和他们不再有区别，或许我甚至会对他们的女人想入非非。这是我最不希望发生的事。

我向外面望去。河流缓慢曲折地环绕着那块绿草覆盖的、立放有一个球门网的狭长草坪，进入夹在两排高大的乔木树间的河道，黑魆魆的树木对着铅灰色的泛着白光的水面。河那边是渐渐高上去的小丘陵，那儿地势起伏连绵，最后通向海边，那里也是一片漆黑。位于河流和丘陵间的一溜房屋流泻出的灯光闪耀着，强烈清晰，而天边的群星，靠近大地是灰蒙蒙的色调，夜空的深处，是依稀可见的蓝色星星。

在旗杆旁的那群人在笑着说什么。他们站的地方与我只几米之遥，但他们的脸仍然模糊不清。有小肚腩的那个男人绕着屋子的一角走了过来，好像他是蹭着地面往前走的。我的成人坚信典礼的照片是在那里拍下的，在旗杆前面，站在爸爸和妈妈中间。我喝下一口酒朝花园另一端的深处走去，看来还没有其他人发现这条路。在那里，我靠近一棵白桦树坐了下来，两腿交叉在一起。音乐的声音变得遥远了，说话声和笑声也远了，他们在那边的活动更加模糊不清。他们朦胧的身影像幽灵似的绕着灯光明亮的房子飘来飘去。我想到了汉娜。仿佛她在我心中的一角确实占据有一个具体的地方，我始终都和她在一起。其实我可以到那儿去的，在我愿意的时候，感到非去不可的时候。我们坐在斯瓦贝格露营地外谈着头一天晚上的班级聚会。什么事也没发生，只是在一起。斯瓦贝格，汉娜，有着低浅的小岛屿的海湾，大海。我们跳舞，游戏，从房子的阶梯走下来，黑暗中在海水里游泳。那真是心旷神怡。这种心旷神怡永不疲倦，一整天里它都活跃在我心中，它现在也活跃在我心上。我永存不朽。我站了起来，意识到这是凭借我自己身体里每一个细胞的力量。我穿着一件灰色的T恤衫，齐膝的军绿色裤子和白色的阿迪达斯篮球鞋，就这些，但这已足够。我说不上强壮有力，但我细长瘦削、柔韧灵敏、英俊如神。

我可以给她打电话吗？

今天晚上她应该在家。

但时间应该接近午夜十二点了。即使她本人不在意被叫醒，对于家里的其他成员这种干扰就说不过去了。

如果那房子被烧毁怎么办？有人在火里丧生吗？

啊，该死，真他妈的该死。

我开始从草坪上走过，同时心里试着将这一切思绪抛在脑后，让目光沿着树篱围墙滑过，经过房子、屋顶，直到远处在草地另一端的一大簇紫丁香树丛，它那沉重的、紫色的花朵让往下走的整条路上都能闻到浓郁的芳香，我走动着同时喝干瓶里剩下的最后一点啤酒，看见几张红扑扑的女人的脸，她们屈腿坐在阶梯上手指间夹着一截香烟，从桌边经过时我认出了她们，微笑了一下，穿过大门先进入客厅，然后是厨房，现在那里一个人也没有了。我又拿了一瓶啤酒，走上楼梯进入我自己的房间，在窗前的椅子上坐下来，把头后仰闭上了眼睛。

就像这样。

客厅里的扩音器就在我下面，整栋房子完全不隔音，每一个音符都清晰可闻。

他们播放的是什么曲子？

昂内塔·费尔特斯科格 [1]。去年夏天的热门歌曲。现在流行的又该叫什么了？

这天晚上爸爸穿的衣服有点不般配，不伦不类的。白衬衣或是上衣或不管该他妈的叫什么的上装。在我的记忆中他总是穿着简单、准确得当，偏向保守。他的衣柜里是衬衫、西服、西装外套，多数是带斜纹的，下装是涤纶的、灯芯绒的、纯棉的，毛衣是羊毛或羔羊毛的。他属于那种比较老派的教师，而不是不太注重衣饰的新派老师，但又不是旧时代的老派，其间的差异倒不在于此。差异体现在柔弱和强硬之间，体现在试图消除这个距离和试图保持这个距离之间。这是一个价值观的问题。当他突然换上一套很文艺范儿的绣花上衣，或是带褶裥的衬衣，像我在这个初夏里看见他的那个样子，要不就是来一双形式很随意的皮鞋，看上去跟许多人一样的很是享受的样子，这展现出的他与实际上的他之间的距离相去甚远，这一点我十分了解他。我自己是站在弱势群体的一边，我反对战争和当权者，反对各种层次的权力机构和所有形式的强权，我不想在学校被填塞得满满的，但我希望我的聪明才智更有组织性；政治观点上我倾向于左翼，世界资源的分配不公让我想要爆粗口，我希望在分配社会财富上人人有份，那么资本主义和财阀统治集团就是死敌。我的意思是说所

---

[1] Agnetha Fältskog，曾是著名瑞典乐队阿巴合唱团（ABBA）成员，但加入阿巴前她已经是畅销歌手。

有人的价值都是均等的,而一个人内在的品质更比他的外在要重要得多。换句话说,我赞成深度反对表象,褒扬美反对恶,支持弱势反对强势。这么说我应当高兴才是啊,因为我的父亲已经走到柔弱的这一边?不,这只是柔弱的外观表象,就是说这圆框眼镜、灯芯绒裤子、合脚的鞋子、针织毛衣,这些让我感到几近鄙视了,因为同我的这些政治观念并存的还有其他的观念。与音乐紧紧联系的意念,在那个世界里完全是以另一种尺度来衡量什么是优质,什么是酷,总是准确地同我们生活的时间紧紧绑在一起,要表述的将是这个所处的时代,而不是与当时的劲歌排行榜飙在一起的那部分,不是柔和的色彩和发胶的魅力,因为这些都是与销售有关的东西,与外观展示和娱乐相关的东西,不,应当表现出的是具有创新精神又不失传统意识;有深切感受又不乏灵巧活泼;聪颖睿智但又简单直率、不装腔作势。真正的音乐不是为所有人的,不是最畅销的,但它仍然表达着一个时代,我的时代,我的经历与历程。啊,全新的时代。我站在新时代的一边。回声与兔人乐队的主唱伊恩·麦库洛奇(Ian McCulloch)在这种思想体系里是位先驱。大衣,军夹克,篮球鞋,黑色的太阳镜。这与我爸爸的绣花衬衣和萨米靴[1]相去甚远。从另一方面来看也无可厚非,因为爸爸是属于另一个年代的人,想象着那个年代的人将开始像伊恩·麦库洛奇那样着装,开始听英国的非主流音乐,

---

[1] samesko。萨米人是居住在斯堪的纳维亚北部长达数千年之久的游牧民族后裔,分布在挪威、芬兰、瑞典和俄罗斯地区。饲养驯鹿是他们的主要谋生手段,萨米靴由驯鹿皮制作,皮毛方向各异,靴型美观。

很在意发生在美国屏幕上的事情，追随 R.E.M. 或 Green on Red 的首张专辑，再不就出现把牛仔饰带混杂于衣柜间诸如此类的事，这几乎是个梦魇。重要的是这有绣花边的衬衣和萨米靴本就不是他。可他依旧要以这种面目悄悄流入这个圈子里，仿佛进入某种无章法和茫然无知之中，几乎就是一个娇弱女子，如同他完全失去了自我。甚至他嗓音里的那种强硬也消失了。

我睁开眼睛回过头去，这样我就可以通过窗户看到树林边的那张桌子。现在那儿只有四个人了。爸爸、温妮、自称为博迪尔的那个她，和另外一个人。在丁香花树丛后面，在他们视线之外的地方，但我能看见那儿，有个人站在那里撒尿，他望着外面的那条河。

爸爸抬起头来目光直直地投向窗户。我的心跳加快，但我没有移动，因为他要是真的看见了我——对这点我不能确定——这就承认了我在偷窥。相反地我等候片刻，直到我确定他看见我看见了他，假如那时他看见了的话，然后我才退开，在书桌前坐下来。

观察爸爸是行不通的事，他总是时时戒备且滴水不漏，什么都逃不过他的法眼，他总是事无巨细尽收眼底。

我喝下了几口啤酒。现在再抽口烟就再爽不过。他从来没见过我抽烟，要是我这么做的话或许这将会成为一个话题。从另一方面讲，他不会恰恰要鼓励我再去拿一瓶啤酒吧？

书桌，是我拥有的东西里记忆最长久的一个，它是橘红色的，跟我的床和老房间里的那个柜子门一个颜色，现在除了放唱片的架子外，书桌里完全空了。在学校结束的时候我已经把所有东西都清理干净，这里除了睡觉外几乎没有其他功能。我放下酒瓶把唱片架兜转几圈，读着上面的那些名字，那是我自己孩童时稚气的笔迹在唱片盒脊上写下的大写字母：BOWIE—HUNKY DORY。LED ZEPPELIN —I。TALKING HEADS—77。THE CHAMELEONS —SKRIPT OF THE BRIDGE。THE THE—SOUL MINING。THE STRANGLERS—RATTUS NORVEGICUS。THE POLICE—OUTLANDOS D`AMOUR。TALKING HEADS—REMAIN IN LIGHT。BOWIE—SCARY MONSTERS (And super creeps)。ENO BYRNE— MY LIFE IN THE BUSH OF GHOSTS。U2—OCTOBER。THE BEATLES—RUBBER SOUL。SIMPLE MINDS—NEW GOLD DREAM[1]。

我站起身，拿起靠近那个小罗兰 Cube 放大器旁的吉他，弹拨出几个和弦，然后把琴放回原处，再向户外的花园望去。他们还坐在那里，在树冠下的幽暗中，那两盏煤气灯已经黯淡下来，但仍留有余光，从远处看去他们的面孔有点被灯光掩去了色彩。是暗黑的，差不多都是铜色的脸膛。

博迪尔一定是祖父的另一个兄弟的女儿，我从未见过。出于某种理由祖父的这个兄弟很久以前就被家庭排除在外。我

---

[1] 依次提到的唱片是：鲍伊《一切都好》，齐柏林飞艇《一》，头部特写《77》，变色龙《桥的剧本》，THE THE《开采灵魂》，杀人狂《沟鼠》，警察合唱团《异乡之爱》，头部特写《留在光里》，鲍伊《恐怖野兽（以及特别诡异）》，伊诺与伯恩《我在幽灵丛林的生活》，U2《十月》，披头士《橡胶灵魂》，头脑简单乐队《新的黄金梦》。

自己是几年以前一次偶然情况下第一次知道此人,那是在家族的一个婚礼上,他发表了一通热情洋溢的讲话。他是城里五旬节[1]教会里的一名世俗传教士。机械师。他同其他的两个兄弟在所有方面都截然不同,甚至包括姓名。这三个儿子,在他们庄严高贵的母亲的劝说诱导下,在未来规划上他们仨都将进入高等学府的殿堂世界,起步就在大学里,还决定更换了姓氏,让稍许有点与众不同的克瑙斯高取代了很一般的彼得森,他拒绝了。可能这就是他与家庭决裂的理由?

我走出房间走下楼梯。当我来到大厅里时,爸爸站在放置衣柜的那间屋里,那里没开灯,他看着我。

"你在这里?"他说。"你不想和我们坐在一起?"

"想的,"我说,"当然想。只是到处逛逛看一看。"

"一个很棒的聚会。"他说。

他微微扭了一下头,用手把头发理理顺。这个手势他始终是有的,但至于那上衣和裤子,与他完全不搭调,仿佛突然间女性化了。衣着传统保守、着装一丝不苟是他一贯的方式,就像这个已归属于他的手势和严谨的作风。

"你一切都好吧,卡尔·奥韦?"他说。

"好啊,"我说,"一点事儿也没有。我出去坐下就是。"

当我走到外面,一阵风卷过来。树林边树上的叶子微微摆

---

[1] Pentecost,20世纪初兴起的基督新教运动。五旬节即基督教的圣灵降临日,源自犹太人三大节期之一的七七节。大多数的五旬节教派承认圣经的首要地位和耶稣基督在信仰中的作用,及耶稣的死亡价值。

动,有点不情愿的样子,像是从酣睡的梦中被唤醒过来。

没其他的原因,他就是喝醉了,我想。因为这不是我习惯的那样。我父亲从来不喝酒的。第一次我看见他酩酊大醉,是两个月前的一个晚上,我到他和温妮住在埃尔韦街的公寓去拜访他们,他们招待我吃芝士火锅,一个星期五的晚上在自己家里能想出搞这么一台晚餐,这在以前是从没有过的事。我到那里之前他们已经喝过了,虽然他本人还是很友好的样子,但感到仍然有一种威逼;当然,不是直接的,因为我没坐在那里就感到惧怕,是间接的,因为我再不能读懂他。这就像我通过整个儿童时期获得了的所有关于他的知识,我以前已经做到了的能预先判知将会发生的事的能力,就此一击完全失去了效应。这是怎么啦?读不懂了,这是什么事儿呀,这是?

当我转过身继续朝桌子那儿走去时,我遇到了温妮的目光,她对我笑着,我回报她一个笑容。又一阵风吹过,这次风力强劲了些。长在粮仓房阶梯前与人一般高的树丛的树叶儿沙沙一阵响。树上那些最轻俏的枝条在餐桌上方上下摇晃着。

"你挺好的吧?"当我走到了他们那里温妮说。

"挺好,"我说,"但我有点累,我想很快就要去睡了。"

"在这大家吵吵闹闹的时候,你能睡得着?"

"这并没有什么吵闹!"

"你父亲今天晚上说了不少褒奖你的话,你能相信吗。"博迪尔说,在桌子上方她朝前躬下身。我不知道我该说些什么,于是谨慎地笑笑。

"是这样吗，温妮？"

温妮点点头。她的长发完全灰白了，可她才刚刚三十出头的年纪。当她在师范学院实习的时候爸爸是她的辅导员。她穿着一件宽松的绿色上衣，跟他身上的款式相似。绕着她的脖子套着一条木珠子的项链。

"春天的时候我们在这里朗读了你的一篇作文，"她说，"你或许不知道？我读了你的东西希望你不会有什么不高兴吧？他真为你感到骄傲啊，明白吗？"

啊，我简直无话可说了。我的作文跟她有他妈的什么关系？

但很显然，这话是在奉承我。

"你像你的祖父，卡尔·奥韦。"博迪尔说。

"像祖父？"

"对。一样的脑袋形状。一样的嘴。"

"你是爸爸的表妹吗？"我说。

"是，"她说，"你得哪天来看看我们。你知道，我们也住在克里斯蒂安桑！"

我不知道。在我来到这里之前，我甚至不知道她的存在。我应当这么说的。但我没这么做。相反地我说很高兴有机会去拜访，问她从事什么职业，慢慢地也说到她有无孩子之类的话。正在她说话的当儿爸爸回来了。他坐下来听她的讲述，像是为了要加入这个话题，但接着他身子往后仰，把一只脚放在另一条腿的膝盖上，点燃了一支烟。

我站起来。

"我一来你现在就要走吗?"他说。

"不是,我只是去拿样东西。"我说。走到门旁边我打开背包,掏出香烟,嘴里叼着一根烟往回走,半道停住一瞬间把烟点燃,这样当我坐下的时候我的烟已经抽上了。爸爸一声不吭。我看见他是想说点什么的,因为他的嘴边已流露出了一丝不满,但在这短暂的、邪恶的一瞥之后一切全都彻底地烟消云散,仿佛他已经对自己说他不再是这样的人了。

至少这是我脑子里是这么想的。

"那,干杯吧,大家一起。"爸爸说,向我们举起了红酒杯。然后他看着博迪尔,又加一句:"为海伦妮干杯。"

"为海伦妮干杯。"博迪尔说。

他们喝下酒的时候彼此看着对方的眼睛。

这个海伦妮又是他妈的什么人?

"你还没有来干杯,卡尔·奥韦。"爸爸说。

我摇了一下头。

"在那儿拿个杯子,"他说,"是干净的。是不是,温妮?"

她点点头。他在桌子上方举起一瓶白葡萄酒把杯子斟满。我们又干了杯。

"海伦妮是谁?"我说,望着他们。

"海伦妮是我姐姐,"博迪尔说,"她已经过世了。"

"海伦妮是……对,在我的成长时期我们很亲近。所有的时间我们都在一起,"爸爸说,"直到十来岁的时候。后来她病了。"

我又喝了一口。从房子后面走出刚才看见过的两个人。穿着白衣裙的身材结实的女人和那个有小肚腩的男人。他们后面还有另外两个人，我认出其中的一个，那个在厨房里的男人。

"你们在这里坐着呀，"有小肚腩的人说，"我们一直琢磨着。你没有很好地照顾你的客人，我可得这么说。"他把一只手放在爸爸的肩上。"我们先到这上边儿来想看的就是你哟。"

"这是我妹妹，伊丽莎白，"博迪尔低声对我说，"和她丈夫，弗兰克。他们住在下面的莱恩，知道吗，就在河边上。他是个房地产经纪人。"

爸爸认识的所有这些人，他们一直就生活在我们周围么？

他们在桌旁坐了下来，立刻有了生气。当我来到这里时这些面孔空洞洞的毫无意义和内容，因此我看到的只是其中的年龄和类型，大约跟看动物差不多，一个四十岁年龄的兽群，其中包含死沉沉的眼睛、僵硬的嘴唇、下垂的乳房、颤抖的肚腹、皱纹和赘肉，现在我看到的是简单的个体，我也是他们当中的一个亲属，他们血管里流动的血液和我的一样，他们是谁，突然变得有了意义。

"我们坐在这儿谈到了海伦妮。"爸爸说。

"海伦妮，是啊，"叫弗兰克的人说，"我从来没有见过她。但我听说了许多有关她的事。很遗憾，事情会是这样。"

"她临终时我坐在她的床边。"爸爸说。

我凝视着他。现在发生什么事了？

"我很看重她。非常看重。"

"她是你能想象得出的最美丽的人。"博迪尔说,对着我仍是那种低低的嗓音。

"她就这么死了,"爸爸说,"啊,呜呜。"

他哭了?

是的,他哭了。他坐在那里手肘支撑着桌面,两手交叠放在胸前,同时泪珠顺着他的脸颊上流了下来。

"那是在春季里。我们都在外面她却死了。所有的花朵都在外面。啊,呜呜。啊,呜呜。"

弗兰克的眼睛朝下,把玩着手里的那个酒杯。温妮把手放在爸爸的胳膊上。博迪尔望着他们。

"你是跟她最亲近的,"她说,"你就是她最亲爱的人。"

"啊,啊。"我的父亲说,闭上了眼睛用手遮住了脸。

又一阵风在院落上空刮过。桌布垂下去的边角被吹得往上翻飞起来。一张餐巾纸被风刮走飘落到了草坪上。我们头上的落叶树喧闹起来。我举起杯子喝酒,那酸酸的味道充盈口腔令人战栗,立刻又品咂出了人快要接近醉酒的那种清澈和纯粹,但又还没完全进入那个境界,于是渴求追逐那总是会接踵而来的欲醉欲仙。

第二部分
Del 2

我在奥克斯霍夫，斯德哥尔摩众多郊区卫星城中的一个地区，在一个地下室的房间待了几个月，那时正写着我期待中的第二部小说，地铁就在窗户外的几米之远，这样当每天下午夜幕降临时，车厢像一排亮着灯火的房间穿过树林而来，直到2003年末我终于在斯德哥尔摩市中心得到一间办公室。这是琳达朋友的房子，相当不错，事实上这是一个单间公寓，有个小厨房、小淋浴间和睡觉的沙发，加上一个写字台和一个书架。我是在圣诞节到新年之间把我的东西搬过来的，这就是说，一大摞书籍和一台电脑，在新年的第一天开始在那里工作。小说事实上已经完成，一百三十页的一个奇怪的事件，一个关于父亲和他的两个儿子在一个夏天的夜晚捕捞螃蟹的小故事，慢慢转成关于天使的一个随笔，又渐次进入其中一个儿子的故事，他现在已长大成人，某些时候他会在一个岛上生活，在那里他一人独居，写作，自残。

出版社说他们想出版这本书，我为此心动，但又有一个很大的不确定因素，尤其是在我让图勒·埃里克读了这部书稿后，一个夜深的晚上他给我电话,在声音和用词的选择上都很不同于往常,好像多喝了一点,为的是可以说出他必须得说的话:太简单了,这样不行,这不是小说。你得说个故事,卡尔·奥韦!他说了好几遍。你得说个故事啊!我知道他是对的,所以在 2004 年的第一个工作日,我坐在新的书桌前望着这空白的屏幕。半小时后我把身子往后靠,目光扫视过书桌后的那张海报,这是来自多年以前我和托妮耶一起在巴塞罗那看过的皮特·格林阿维[1]画展,我从前生活里的一次经历。海报上有四张画:一张我很久以来一直以为是撒尿的小天使,一张鸟的翅膀,一张是个 1920 年代的飞行员,一张是尸体的一只手。我朝窗外望去。路对面医院上方的天空清朗湛蓝。低低的阳光闪耀在窗户、路标、栏杆和驶过的汽车上。走在人行道上的人呼出的白雾让他们看起来像着了火。所有的人都严严实实地包裹在衣服当中。帽子,围巾,手套,厚实的外套。脚步匆匆,神情木然。我让目光在地板上飘移。实木复合地板,相对还算新,这棕红色的色调同上一个世纪变换了的式样毫无关联。就在离我座椅或许两米远的地方,我蓦地看见了地板上的树节疤和木纹,它们形成的画面是戴着荆棘头冠的基督。

对此我毫无反应,我只是记住它了而已,因为这种画面在所有的建筑物上都能找到,不规则地形成在地板和墙壁、门和

---

[1] Peter Greenaway(1942—)英国电影导演,作家,画家。他的电影的共同特征是景区组成,光照和服装与裸体,自然和建筑,人和家具等之间的反差,他的电影作品带有影响文艺复兴时期和巴洛克风格绘画的特点。

木条上——这里天花板上的一块潮湿的水迹看上去就像一只奔跑的狗,那儿门前阶梯上斑驳的油漆看上去像积雪覆盖的山谷与天边的群峰,其中的一朵云彩仿佛像被倒了一个个儿——但一定还是我看见了有什么在移动,因为十分钟以后我站起身去给茶壶灌满水时,突然想到了很久以前的一个傍晚发生的事,远远回溯到我的童年时代,在新闻里有关一艘失踪渔船的报道中,我在水里看到了类似这样的画面。在灌满水的几秒钟的工夫里,我家客厅里的画面出现在了眼前,柚木框子的电视机,窗外那昏暗的山坡上到处都是雪花片片,电视屏幕上的大海,那张脸突然在水面显现。接踵而至的画面也是当年的气氛,春天里,住宅区中,70年代里,当时的家庭生活。那种气氛与场景,几乎令人怀念了。

就在这时电话铃声响了。我惊得一跳。没有人知道我在这里的号码。

电话铃声响了五次以后才终于停了。水快开了,发出了嗤嗤声,以前我经常觉得这声音听起来像是有人在慢慢靠近。

我拧开咖啡盒,舀了两勺倒进杯子把水灌进去,在杯壁之间黑色的水翻滚冒出热腾腾的水汽,然后我穿上衣服。出门之前我止住脚步,为的是再望一眼木板上的那张面孔。看上去真的是基督。他的脸半侧着,像是在痛苦中,目光望着田野,脑袋上套着荆棘头冠。

值得注意的不是这里看到的一张面孔,也不是70年代中期那次看见的在海里的一张脸,值得注意的是我忘却了的事,现在突然再现。除了一些单独事件的发生经过，如我和英韦时时聊起的事情，对它们的熟悉程度几乎跟圣经里的那些故事一样，但对童年的事情我却模糊不清。换句话说，我记不得事情发生的经过始末。但房间里的那些陈设，我记得。所有我去过的那些地方，我到过的那些场所，我记得。只是不知晓其间的那些来龙去脉。

我手里拿着咖啡杯来到了街上。在这里看到它心里有些微的不适感，咖啡杯属于室内而不是户外；外面让这杯子有一种赤身露体和公之于众的感觉，在横过马路时，我决定以后早上的咖啡在7-11买，用他们的杯子，厚纸杯，在外面的时候使用，就从那时开始。医院外有几张长凳，我朝那里走过去，在结了冰的板条凳上坐下，点燃一支烟看着下面的道路。咖啡已经开始变得温凉。今天早上家里厨房外的温度计上标出的气温是零下二十度，太阳虽然照耀着，但现在可能并没有暖和多少。或许，零下十五度。

我从袋里掏出手机看是否有谁来过电话。要不就是没有：我们在等待着一周后要出生的小孩，所以现在我已做好准备琳达任何时候来电话说孩子马上要生了。

缓坡上的十字路口，交通灯开始滴答滴答响。紧接着下面的街上便没有来往的车辆了。我下方的那个进口处走出两个中年女人，各自手里都夹着一根香烟。她们穿着医院的白大褂，两只手臂贴近身体夹紧腋窝，为了不至于冻着一直小步地走着。我想她们俩看上去像一种古怪的鸭子。然后上面交通灯的滴答声停住了,在接下去的一秒钟汽车像一群气喘吁吁的狗一样,从坡上的阴影里飞驰而出,冲进下方阳光铺洒的道路。镶钉的冬季车胎滚压在柏油马路上。我把手机放回口袋,两手握住咖啡杯。水雾缓缓地上升,与嘴边散开的烟雾混杂。夹在两栋公寓楼之间的学校从我的办公室往上走只有二十米之远,突然孩子们的呼喊喧闹声静了下来,我首先就注意到了他们。上课铃声响了。这里的声音对于我来说是新的也是不熟悉的,而声音来源的周边环境也是一样的新和不熟悉,但我很快就适应了它们,在很大程度上这一切又会消失得无影无踪。人所知不多,它不会存在。人知道太多,它也不会存在。写作就是从我们所知道的阴影当中把它们抽离和展现出来。这就是写作的真谛。不是那里发生了什么,不是事件过程的展开,这个那里,在其自身。那里,这就是作者的地点和方向目标。但如何让自己到达那里?

这就是当我坐在斯德哥尔摩的一个城区喝着咖啡,同时因寒冷而肌肉紧缩,香烟的烟雾升起又飘散在我头上的空气中那会儿我在思考的问题。

校园里的呼喊声以固定的间歇时间来到,这是处于交通要道地区每天体会到的众多节奏中的一种,从清晨时分街道上拥塞的车辆开始,要驶往城市的另一端一直是这么个势头,到下午晚些的时候车辆开始稀疏。劳动者清晨六点半聚集在不同的咖啡店和面包房用早餐,穿着安全靴,强壮和积满了污垢的灰褐色的手,卷尺插在裤袋里,他们的手机没完没了地响着。在接下去的一个小时填满了街道的那些男男女女们就难以为其归类了，从他们柔软且质地优良的衣着外观来看，只能知道他们的一天是在办公室里度过的，他们可能是律师也可能是电视台记者，或许是建筑师，可能是广告公司的文案策划或者是保险公司的专案经理。

护士和助理护士在医院前面的公交车里涌了出来，大多数是中年人，大多数是妇女，但间或也有一个年轻人在内，接近八点的时候一股股的人流越来越多，之后越来越稀疏，最后就只有一两个退休老人拖着拉杆箱出现在人行道上，在这安静的上午时光里母亲或是父亲分别推着他们的童车露面了，这时候街上的交通便以货车、大卡车、小吨位货车、公交车和出租车为主流了。

这时候，太阳的光辉在办公室街对面的窗户上闪耀，这时候听不到，或者说至少很难听到外面走道的楼梯上有脚步声，能有点动静的是走过去的一群幼儿园的孩子，几乎不比一群羊高出多少，都套穿着一模一样的反光背心，常常有点一本正经，就像被山妖施了魔法就要走进童话里的人物，而幼儿园老师的严肃，像是那种高过孩子们一头的牧羊人，更多地看上去倒像是快接近了无聊的边缘。这段时间也有来自周边地区所有进行着的劳作发出的声响，声音大到足够让附近一带都能感觉到他们活动的存在，现在园林区有人在草坪上打扫落叶或修剪树枝，让草地干净美观，道路那里有人在把柏油路上不平的地方修整好，或者房产主人在把附近地区的一处租房粉刷一新。突然一群白领员工和商务人士涌上街道，把路边所有的餐馆挤得满满：这是用午饭的时候了。这一人潮又突然很快地退下，给街面留下一个与上午时分差不多的空寂，但依然有其特性，因为这一模式将再度重复，只是以逆向的顺序展开：放学后的小学生现在从我窗前经过，他们在回家的路上，大家都轻松自在情绪高扬，但他们清晨在去上学的路上，身上都带有前一天夜里睡意未消后的缄默，人与生俱来的那种小心谨慎对他们来讲还没有开始。太阳光现在刚好照射进窗户内的墙上，外面走道开始有了上楼梯缓慢沉重的脚步声，我每一次向窗外望去时，在医院正门口的公交车站等候的人不断增加。街上大多数是私家车了，沿着人行道直通往高楼群，路上的行人也越来越多。活动的高潮在五点时，之后整个住宅区便是一片安宁，这种静谧一直持续到晚间十点开始的外出夜生活，一帮一伙的大呼小叫着的年轻男人和嘻嘻哈哈的年轻女人，甚至有一次是在半夜三点以后的喧闹。六点钟的时候公交车又开始在路上行驶了，交通开始堵塞，人们从所有的院门口和阶梯处那儿走出来，新的一天开始了。

从这里严格的模式和分离开的截然不同的生活同样可以理解到规整的几何图形和生物的多样性。在同宗同源的沸腾着的、率性的混乱无章当中，我们可以看到有其他的种类，比如大量积累的来自蝌蚪或是鱼卵及昆虫卵，在那里生命看上去是从永无止境的井里爬上来的，这一切几乎令人难以置信。但事实就是如此。这混乱无章和不可预见合二为一，生命的条件和生命的消亡在同一时间里，二者互为依存难以分割，即使我们几乎竭尽全力为了避免消亡的结果，它也只是瞬间的放弃，使我们得以生活在光明里，而不是在阴影当中，像现在这样。这混杂无章是某种万有引力，人们可以在历史长河里猜测思量它的韵律，文明的兴起和文明的消亡，或许这就是其中的缘由。很显然它们在终极上彼此相似，至少在意识里，因为在大量的混乱无章中和严格的模式里，分离是死路一条，生命是一切。正如心脏不在乎为哪样的生命跳动一样，城市也不在乎是谁占据着各个区域让这一切运转。当所有行走在这个城市的人在这一天里死去，就说是一百五十年后吧，人们所做出的反应仍是继续以其模式经过十字路口。唯一的不同之处在于填充这个城市的是新面孔，但也不算全新，因为他们会和我们很近似。

我把烟屁股扔地上，喝下最后一点已经完全凉了的咖啡。

我看见的是生命；我思索的是死亡。

我站起身用手在大腿上搓了几下，朝着下面十字路口的交通灯那儿走去。从跟前驶过的车的尾部都翻卷起一股雪泥。下面一台巨大的拖车开了过来，铁链子稀里哐当的一阵响，一踩刹车车身就一个颠簸，在交通灯转变成红色时，它刚好来得及在人行道跟前停下。但凡汽车因我的原因而停下我总是会有一种愧疚感，有了某种不平衡感，觉得仿佛亏欠了他们。车越大，亏欠越多。因此当我从车前走过时试着和司机的目光相对，这样我就可以向他点点头以纠正这个不平衡。但他的眼睛望着自己的手，正在把一个举起来的东西再放回驾驶室里——或许是张地图，因为拖车是波兰的——我，他是没看见的，但这也没关系，无论怎样他都得踩下刹车的。

我站在门口按下密码，门开了，在走上通向第一层楼的阶梯时我掏出了钥匙，我的办公室在那里。电梯的机器发出嗡嗡声，所以我赶紧尽可能快地开了门，灵巧地窜了进去，将门在身后关闭。

脸上的皮肤觉出了突然的温暖，手上有针刺的感觉。无数救护车当中的一辆鸣着刺耳的警笛在屋外驶过。我为新的一杯咖啡开始烧水，等待水开的时候我写下了最阴郁沉闷的东西。尘埃在斜射下的一片宽阔的光线里飞舞，不安分地追随着空气中每一次微小的流动。里面那间公寓的邻居开始弹奏钢琴了。壶里的水嗤嗤地叫起来。我写下的东西，不好。不是拙劣，但也说不上好。我走到柜子那里，扭开装咖啡的盒子，舀了两勺到杯子里把水灌进，深颜色的水在杯壁间冒起一股热气。

电话铃响起了。

我把杯子放在书桌上，让电话铃再响了两次才举起话筒。

"哈罗？"

"嗨，是我。"

"嗨。"

"我只是想知道情况怎么样？你喜欢那儿吗？"

她的声音听起来满心欢喜。

"我不知道。我在这里才只有几个小时，你是知道的。"我说。

静默。

"你很快就要回家了吗?"

"你不必这么唠唠叨叨的,"我说,"该回来的时候就回来。"

她没有回答。

"要我买点什么吗?"过了片刻之后我说。

"不用。我已经买了。"

"OK。待会儿见。"

"好。再见。要不,买点可可?"

"可可,"我说,"还要别的吗?"

"没有了。就这个。"

"OK。再见。"

"嗨多[1]。"

放下话筒之后,我在椅子上坐了很长时间,不是为了沉淀思绪,也不是为沉淀情感,更多的是为着一种气氛,一个空荡的屋里的气氛。当我不知什么时候下意识地把杯子举到唇边喝了一口时,咖啡已经温凉。我动了一下鼠标关闭屏幕保护程序,为的是看看现在几点了。差六分三点。然后我把写在屏幕上的文字又读了一遍,按切换键,让它存入草稿页面。我为一部小说已经花费了五年工夫,若出来的结果不如曾经的设想,那它就太经不起推敲了。呈现出的内容太单薄。同时解决的办法就在现有的文字里,这我明白,蕴藏在这些字里行间的精髓我需要去捕捉。我觉

---

[1] Hej då,瑞典语的"再见"。

得我所需要的一切，都已经存在那里了，只是被整个压缩了。用一个想法让文字运转起来是最重要的，也就是说事件发生的过程在19世纪80年代，但其间所有的人物和具体事物源于20世纪80年代。多年以来我试图写写我的父亲，但没能做到，一定是由于这太贴近我的生活，这就很难迫使自己进入另一种形式，假设这是文学作品的话。文学的唯一法则是：一切必须隶属于形式。要是文学其他的元素强过形式，诸如风格、情节、主题，其结果将甚微。这就是为什么有着强烈风格的作家常常会写出反响不大的书。这也是为什么有鲜明主题的作家常常写出没有影响力的书。主题和风格上的强烈与鲜明必须打破才能让文学有一席之地。这一破除我们叫做"写作"。关于写作说到更多的是破坏甚于创建。再没有比兰波更清楚这一点的了。他的卓越非凡不是因为他在骚动烦乱的年少时期就有此顿悟，而是他将这一原则也付诸自己的生命。因为兰波崇尚的一切是自由，在他的写作里是这样，在生活中亦如是，这是因为自由被奉为至尊，他可以把写作置于身后，甚至或许是必须把写作置于身后，因为写作也成为他的一种羁绊，必须要被打破。自由就是破坏加上行动。另一个熟谙此道的作家，是桑德莫塞。不幸的是他只是将其贯穿在文学这最后的一部分里，而不是融汇在生活中。他打破了，但驻留在这破坏之中。兰波去到了非洲。

在这些潜意识里的一种冲动让我蓦地一下抬起眼睛，我和一位女人的目光相遇了。她刚好就坐在在窗外的一辆公交车里。已经是夜幕降临的时候，房间里唯一的光亮是书桌上的那盏灯，它一定吸引了来自外面的注意力，就像吸引蛾子一样。当她看见我看见了她时，把目光转向一旁。我站起来走到窗前，解开了百叶窗把它垂放下来，与此同时外面的汽车也缓缓启动。无论如何这是该回家的时候了。我说过的"很快"，已经是一小时以前的事。

当她给我来电话时她是那么快活。

不愉悦的感觉在心上猛地一击。我怎么能想得出来，用这种恼怒，来对待充满着不安和思念的她？

我一动不动地站在地板中央，仿佛想把这种痛楚辐射出体外，让它自行消失。但它绝不会自行消失。这必须用行动来化解。我必须要把一切再做好。这个想法会有帮助，但不只是通过个人希望弥补的这一愿望，也需要付诸行动，我怎么样才能把这一切重新做好呢？我关掉电脑，把它放在书包里，用水涮了涮杯子然后把它放在洗碗槽里，拔下松动的电源线，关了电灯，在百叶窗的缝隙间慢慢移动着如月光般的街灯的光线下，我穿上了外套，在我心底深处的眼睛里始终是她在那宽大的寓所里的画面。

当我走上街道时寒冷啃噬着我的脸。我把大衣的连衣帽拉上去罩住了头上的帽子，低下头去以避免空中旋舞着的小雪粒袭面而来，然后开始迈步向前。在心情好的日子我通常走滕纳尔街往下直到女王街，再沿着街道到达草场地，再从那里走上一段很陡的坡路到圣约翰教堂，然后再往下到达内阁街，那就是我们公寓所在的地方。这个地区有许多商店、购物中心、咖啡馆、饭店和电影院，总是被人塞得满满的。那里街道上蜂拥着如流水般的风姿各异的人们。在耀眼的商店橱窗内陈列着五花八门的商品，商城里滚动着的扶梯像是转动着的一个庞大的、神秘的机器，电梯上上下下，电视屏幕上那些漂亮的人物像幽灵般出没，数以百计的收银台前排着队，人们聚拢又散去，这种聚散的形式无法预计，就像飘浮在城市上空那些变幻的云彩一样。在心境很好的时候我喜欢这样，那时可以是人流如潮的，我在人流中穿过去的当儿，可以看到他们美丽的或是不太美丽的面孔，他们眼中流露出的所有神情都是固定的一个模式。在心境差一些的时刻，相反地，对这同样的场景我会反感，所以要是可能的话，那我愿意选择走另一条路，一条更僻静的路。最经常的是沿着罗德曼街，然后往下走荷兰街到达滕纳尔街，在那儿穿过瑞典路十字路口，顺着德贝尔恩街往上走到圣约翰教堂。这条路线住宅区居多，绝大多数碰到的人，都是独自一人急匆匆地穿过街道，那里也有商店和餐厅，但不大好。驾驶学校的橱窗被汽车排气弄得灰蒙蒙，旧货店门外摆放着装有连环画册和唱片的货箱，还有洗衣店、一家理发店、一家中国饭馆和几家破败的酒吧。

这一天就是这样的一个日子。为了避免飞扬的干雪粒，我低垂着头穿过街道，公寓楼凸出的墙垛和积雪覆盖的屋顶间看上去像是小小的山谷，在经过那些窗户时我不时地往里瞅瞅：小旅店里空无一人的问询台，金鱼在衬以绿色背景的水族缸里游来游去；一家做招牌、宣传册子、不干胶、展示架的公司的大型广告；一家非洲人开的理发店里站着三个黑人理发师正在给三个黑人顾客理发，其中一个客人稍稍扭过头去看最里面坐在楼梯上笑的两个孩子，理发师不耐烦地把他的脑袋瓜又扳了回来。

在街道的另一边矗立着斯德哥尔摩天文博物馆。那里的树木生长繁茂，从山顶上延伸出去，房屋建筑物里透出的黯淡光线在树冠下扩散开来，因此看上去上方像罩着一个幽暗的王冠。树叶是如此的浓密，即使天文台上的穹顶，这个在18世纪这座城市鼎盛时期完成的建筑物，它自身发射出的光芒，也不为人所见。现在那上面是个咖啡馆了，在我第一次去到那里的时候，这里的18世纪和挪威的18世纪时代是那么接近，这是给我最强烈的一种感受，或许特别体现在乡村地区，从建立一个农场的地方，我们就说18世纪20年代吧，听起来已够古老了，但在斯德哥尔摩所有那些华丽壮观的建筑物都出现在同时期，几乎是同一个年代。我记得外婆的一个姊妹博格希尔，她就住在自家农场里的一幢小房子里，一次我们坐在她家外面的阳台上时听说那里的房子从16世纪就在那儿，一直维持到20世纪60年代，后来为给更现代化的建筑物腾出地方才把它们拆掉。这一轰动消息与那时候这里人们日日所见的这栋建筑物一样的引人注意。因此对我来讲，或许涉及的是对于家庭的亲近这一问题？约尔斯特市的过去较之斯德哥尔摩的过去在我看来是完全没法比拟的。或许就是这样一种关系吧，我现在这么想着，把眼睛闭上了几秒钟，为的是驱赶走自己像个傻瓜的那种感觉，因为显然这些思想都是建立在错觉的基础上。我没有历史，于是我就编造一个，有点近似纳粹党想在一个郊区卫星城区干的那样。

我继续沿着街道往下走，拐过街头后进入荷兰街。空无人迹，两排毫无生气的车顶堆满着积雪的汽车，被夹挤在这城里最重要的街道，瑞典路和女王街之间，这应当是后街中的后街了。我将手提袋换到左手，同时用右手抓住连帽大衣抖落上面的积雪，同时我向前微微勾下身以避免我的头撞到竖立在人行道上的脚手架上。那上面高处的篷布在风中使劲地拍打着。当我走出那个隧道样的小街后，在我跟前迎面走来一人。他做了个让我止步的手势。

"你得走街对面的人行道，"他说，"这边起火了。据我所知，可能房屋里头有东西爆炸。"

他掏出手机放到耳边，然后又把手机放下来。

"情况很严重，"他说，"过马路去对面街上。"

"哪里起火了？"我说。

"那里。"他说，指着前面十米远地方的一个窗户。窗户上部敞开了，烟雾渗了出来。我斜着横跨过街道，这样我可以看得清楚些，同时我也部分考虑到他要我保持距离的强烈愿望。房间里面被两个聚光灯照着，满塞着各种仪器设备和线路。油漆罐，工具箱，钻子，一卷绝缘材料，两把用来挂窗帘的短梯。烟雾从这些东西当中弥漫出来，慢慢的像是在做一种试探。

"你给消防站打电话了吗？"我问。

他点点头。

"他们已经在路上。"

他再次把手机放到耳边,接下去的一瞬间又把它拿下来。

我看见烟雾是如何在那里面形成了新的模式,一点点地向屋外蔓延,同时那个男人在街的对面发疯般地走来走去。

"我看不见里面有火苗,"我说,"你看得见吗?"

"它在闷烧着。"他说。

我又在那里站立了几分钟,感到一阵寒意,看上去就这样了,不会再发生什么,我继续往家走去。在瑞典路的十字路口前我听到了第一辆救火车发出的尖锐刺耳的警笛声,紧接着出现在了坡顶上。周围的人们都转过身去。警笛唤起了急迫感,在坡路上的大汽车却奇怪的与之相反,以不紧不慢的速度爬下坡来。这时绿灯亮了,我穿过马路进了街对面的超市。

这个晚上我睡不着了。通常我是在几分钟之内就能入睡,不管这一天经过了多么烦心的事,或者将会有多么烦乱不安的第二天,除开我梦游症的那段时间外,我总是整个夜里都在熟睡。但这个晚上,在我的脑袋挨着枕头闭上眼睛的时候我就知道,这个晚上没法睡着。我躺在那儿,脑子里十分清醒,我听到了来自城市的声音,追逐着在户外活动的人们的那些声响,时高时低,从那些住在我们公寓上方的和住在我们下方的,渐渐的声音变得响亮,最后便只是来自通风设备的一种呼啸声,与此同时我的思绪漫天一会儿东,一会儿又是西。琳达睡在我身旁。

我知道她肚里有了小孩，这也会影响到她的梦境，令人不安的因素常常是关于水的：巨大的海浪涌上岸边淹没了她正在散步的海滩；公寓被洪水淹没了，水可能灌进所有的地方，或者顺着墙滴流下去，或者从地下水管道出口和厕所里水往上漫升；城里的湖泊挪了地方，比如说就在火车站外面，而孩子可能放在一个她够不着的储物盒子里，或者孩子就这么从她身边消失，她站在原地双手都拎着行李。她也可能在梦里看见她生的孩子，长着一张成年人的脸，或者这孩子根本就未曾有过，在生产孩子的过程中从她身上流出来的除了水还是水。

我的梦呢，它们又会是怎样？

我从来没有梦见过孩子。当你觉察出了从涌出的众多意识里非自愿的成分比那些自愿的要真实得多，有时觉得有愧疚感，我就是如此，很显然等待一个孩子的出生，对我来讲不是有特别重大的意义。从另一方面来讲，就没什么对我有意义的事。有关我二十岁以后的生活，我几乎没有梦到过。好像在我的梦里我没长大，还是个孩子，环绕我四周的人和地方都是在童年时代里。虽然事情的发生与展开每天夜里都是新内容，但充满我心中的感觉始终是相同的。始终是被贬低的感觉。常常可能是在我醒过来好几个小时以后，这种感觉才慢慢从身体里消退。同时在醒过来之后我几乎记不得有关童年的事情，那些微小的记忆，再不能在我身上唤起什么，于是在以往和现时之间形成了一种对称，形成了一种黑夜和梦境与记忆联系在一起，白日和遗忘的意识联系在一起的奇妙的系统。

仅仅在几年以前它们之间的关系是完全不一样的。直到我搬到了斯德哥尔摩，感到了仿佛我的生命里有了一种连续性，仿佛它延伸着从我的童年时代里决裂出来，进入到了现在的时期，并不断地与新的事物关联在一起，把我每天看到的现象以复杂而巧妙的模式挂在一处，这样可以唤醒我的记忆，让它在我的情感里泛起出小小的漩涡，有的会觉察出源头所在，有的则不知来自何处。和我接触的人，来自我曾经住过的城市，认识我遇到过的朋友，这就是一个社会网，非常紧密地捆绑在一起。但当我搬到了斯德哥尔摩以后，这种回忆中的燃烧便越来越淡薄，有那么一天完全消失殆尽。这就是说，我能回忆，能够继续下去；但出现这种情况的时候，不再会在我身上唤醒起什么。没有怀念，也不再希望时光流转，什么感觉也没有。只是回忆本身而已，对触及到的所有的一切还有着一丝几乎难以察觉的厌恶。

思绪让我睁开了眼睛。我一动不动地躺在那里，盯着挂在床头上方黑暗里的那盏犹如微型月亮般的纸皮灯。这看上去没什么可抱怨的。因为怀旧不只是愧疚羞愧，这也是一种古怪疯狂。一个二十多岁的年轻人从自己儿童时代的怀念里挣脱出来，实际上得到的是什么呢？从自己的青年时代的怀念中挣脱出来又是怎么一回事？这有点近似一种病态。

我转过身看着琳达。她侧身躺着，脸朝向我。腹部已经很大了，同她身躯的其他部位在一处有点格格不入，虽然身体也已经膨胀起来。就在不久前的昨天她站在镜子面前对自己大腿上叠起的赘肉哈哈大笑。

婴儿在腹部里的位置是头朝下对着盆腔的,他将一直保持这种位置直到生产。在较长的一段时期里不动弹,是很正常的事,医院的产科是这么说的。很快地,心脏会跳动,同时身体跟着长大,当该来到的时间到了,自然会瓜熟蒂落。

我小心地起身,走到厨房里去倒一杯水。在外面纳伦音乐厅的进口处站着几群老人在讲话。一月一次在那里为他们安排了舞蹈之夜,他们成群结队陆续前来,那些六十到八十之间的男人和女人们,大家都穿着自己最漂亮的衣服,当我看到他们在那里排着队,那么的跃跃欲试,会有一种刺入心底深处的痛楚。特别是他们当中的一个给我留下了深刻的印象。他穿着浅黄色的西装,白色的跑鞋,头上一顶软草帽,在一个秋天的夜晚他第一次出现在面包师大卫街的十字路口,步履有些不稳,不是因为他的衣着与其他人有多么不同,而是他散发出的存在感,因为与此同时我注意到了其他人都是作为一个结合体的一部分出现,老人们出来高兴都带着自己的妻子,都成双成对的,没有例外,所以看一眼之后脑子里不存留任何印象,但在这里他是独自一人,虽然他站在外面和什么人说着话。最明显的一点是他引人注意的那种意向,是这个聚集的群体当中很不一样的地方。当他快步走进门厅里的人群当中时,我心里刷地一亮,他是在寻觅着什么,而在那里他是不能找到的,或许没有任何一个地方可以找到。时光已离他而去,与之相伴的,还有世界。

外面的一辆出租车拐进了人行道。离得最近的一组人合上雨伞，高高兴兴地把伞上的雪花抖掉，然后坐进车里。在街道的下面更远的地方开过来一辆警车。闪着蓝色的灯光，但没有警笛声，沉寂更带来了一种不祥的预感。过了一会儿又开来一辆。当车驶过时都减慢速度，当我听到他们在一街区远的地方停下来时，我把手里的杯子放在了案桌上，走进了卧室的窗户那里。

两辆警车一前一后紧挨着 US 音像店前停下。第一辆是普通的警车，第二辆是面包车。在我瞅见了一切的同时后门关上了。六位警员朝大门跑过去，消失在了建筑物中，还有两个站在巡逻警车跟前守候着。一个五十多岁的男人从那里经过，没有朝那些警察多看一眼。我猜想实际上他是想着进去，但看见门外的那些警察后他畏惧不前。从早到晚在这家音像店的门里进进出出的男人一直不断，我在这里已经住了近一年，我十之八九可以判断出谁是想着要走进去，谁只是路经此处。几乎所有的人都有他们的肢体语言。要进那儿去的像通常那样，当他们开门时，做出的动作意思是要看上去如前面的那位一样自然。让人注意到的是，他们很仔细小心不东张西望的。要保持住面部呈现出的自然与正常是很辛苦的。不只是他们溜进去的那会儿，从门里出来的时候也一样。门打开之后，不作任何的停留，他们溜出来到了人行道上，其步态给人的印象是他们是继续走在这段街区的路人。所有年龄段的人都有，从十六岁到有些过了七十岁的人，来自社会的各个阶层。有的看上去是替人跑腿到那儿的，另外的人有的是从下班回家的路上或者是在夜生活后的次日清晨去那儿的。我自己虽然没去过那里，但我清楚地知道那里面是怎样的图景：长长的一段往下的阶梯，进入很深的、昏暗的地下房间，那里有一个付款的柜台，一排黑漆的带电视的座位，有许多的影片可供挑选，人的一切性偏好应有尽有，仿真皮的黑色座椅，旁边的凳子上有成卷的手纸。

阿古斯特·斯特林堡（August Strindberg）一次在他思路极度紊乱时严肃地宣称，天上的星星是墙上的一个窟窿。当我瞧着这源源不绝的灵魂的河流沿着阶梯而下，各自坐在地下室长椅上的黑暗里一边看着发亮的电视屏幕一边手淫时，有时候我就会想到他说过的这句话。他们周围的世界关闭了，他们可以看到外面世界的方式，就是通过这些窗口。对他们看见了的，他们绝不会向别人说起，这属于不提及的事，这与普通人的行为很不协调，绝大多数到那里去的人，都是这种普通的男人。这种不协调并不只限于与上面那个世界的关系，不是这样的，它对下面的人也有着影响，至少我们可以从他们自身的行为举止上判断出来，在他们所有的人都走着的这唯我的轨道上，在阶梯之间，在放置影片的搁架，在收款台，在U型隔间，然后又是阶梯上，他们不互相对话，不互相对视。对于发生的这一切也会很有理由地让人难免不发笑，坐在那里的一溜男人裤子都褪到膝盖处，在自己的U型隔间里受着煎熬，呻吟着，拉扯着自己的生殖器，同时看着银幕里的女人同马或者是狗进行交媾，或者是一群男人同另一群男人的交媾，他们不能视而不见，但也不能真的认同，因为这与真实的笑声和真实的情欲无法相比，但又是情欲是色欲驱使他们去那里的。不过为什么要去那里呢？他们在那下面看到的所有影片也可以从网上看到，既可以在绝对私密的环境观影，又没有被其他人看见的危险。这一定是他们寻求的这个难以启齿的处境自身意味着什么。或其中带有低下、粗俗、肮脏，或是它的封闭。我对此毫不知晓，对我来说这是块陌生的地域，但我又没法不去想着它，因为每一次我的目光投向下面的路上，总是有人朝那里走去。

警察的出现不是不寻常，但最常见的是他们的到来总是和那家商店门外定期发生的示威游行者有关联。警方不去动这个处所让这里保持着原状，示威者对此极为不满。他们除了站在那里咒骂或是喊几句口号外什么也干不了，只是每次看见有人从那里进去或出来时，他们会在警察的严密注视下发出呸呸的轻蔑声，警员们拿着盾牌肩并肩地站在那里，头戴钢盔手持棍棒，监视着他们。

"出什么事啦？"琳达在我身后说。

我回过身去看着她。

"你睡醒了？"

"刚醒。"她说。

"我只是睡不着，"我说，"外面有几辆警车，你再去睡会儿吧。"

她又合上了眼睛。下面的街上那道门开了。两个警员出现了。他们身后还有两个。他们两人之间架着一个人，由于贴得很近那个人的脚在地上不能动弹。看起来有点残酷，但或许是有必要的，因为那人的裤子滑倒了膝盖上。他们出门以后，就松开了他，那人跪在了地上。最外面的那两个警员走出门来。那人站起身把裤子提了起来。其中一个警员用手铐把他的手铐在背后，另一个引着他坐进车里。当外面的两个警察坐进车里时，在那里工作的两个人走到了街上。他们双手插在裤兜里站在那里看着警车启动，看着车往街道下方开走消失了，这时候落下的雪花让他们的头发一点点地变成了白颜色。

我走进客厅。在窗户下面横过街道的电线上挂着街灯，微弱的灯光淡淡地照射在墙壁和地板上。我看了一会儿电视。我一直在想要是琳达醒过来走进这里或许会不安宁的。一切不规则的和所有象征着的模糊不清，都可能会让她回想起成长过程中的那段该死的躁狂时期。我把电视又关上，于是决定用读书来代替。我从沙发上方书架上的一叠艺术书籍中取下一本，坐下来开始翻阅。这是我刚刚买的一本关于康斯特布尔[1]的书。多数是油画速写，对云彩、风景和大海的一些习作。

我只是快速浏览这些画作，眼里已经满含泪水。其中一些画页把我深深地吸引住。其余留给我的是漠不关心。说到绘画艺术，我唯一的参照标准是这美好的情感。永不衰竭的情感，美丽的情感，贴近的情感。所有这一切瞬间里汇聚一处是如此的强烈，有时候可能难以承受。完全无法解释。因为我曾研究

---

[1] John Constable（1776—1837），英国浪漫主义画家，他的作品描绘山水的语言使他成为英国最受喜爱的画家之一。作品《干草车》和《戴德姆谷》是其最著名的画作。

过给我留下极为强烈印象的一幅画，一张作于1822年9月6日的天空的油画速写，没有任何东西能解释它带给我的强烈情感。最上方是一块蓝色的天空。天空下是一层白色的雾霭。然后就是那些往前翻卷着的云彩。白光刺射在云朵上的地方，在最浅的阴影处显现出了淡淡的绿颜色，深绿色和几近黑色的地方阴影最深，离太阳最远。蓝色，白色，绿松石色，绿色，墨青色。就这些。这幅画的文字说明写着：康斯特布尔是在汉普斯特德的一个"下午"画的，一位威尔科克斯先生对时间的正确性表示怀疑，理由是在同一天里在十二点到下午一点之间画的另一张速写，那里显示出的一切迥然不同，是一个大雨滂沱的天空，但据伦敦地区当日天气预报的一份资料显示，这个质疑站不住脚，因为两张画的天空里都有云层。

我曾经一度学习过艺术史，习惯于描述和分析艺术品。但从来没有动笔写过它们，唯一重要的是，对艺术感受经历的过程。不是因为我不能写，而是由于画面的情感在心中产生的激荡，与我所学到的所有那些关于何为艺术，以及艺术的目的方向诸如此类的东西背道而驰。于是我保持着自己。独自一人在斯德哥尔摩的国家博物馆或是奥斯陆的国家博物馆或是伦敦的国家博物馆里且行且观赏。在那里找到了自由。我不必给自己的情感找出理由，没有人要我站在那里去加一番纠正，没有什么事我须得搬出一大套理论材料解释出与它们之间的关系。自由，但不是安宁，因为即使是那些田园牧歌式的绘画，比如克洛德[1]的古典风景画,当我离开它们时心里始终难以平复,因为它们有一种绵绵不绝的无穷尽的东西,包含在人物、风格,以及画面呈现的核心中,这种无穷尽带给我的可以说是某种贪婪。我只是没法把它说清楚。贪婪自身就是追寻一种无穷尽无休止的摄取。然后又是这个夜晚。我坐在那里差不多有一个小时,翻阅着康斯特布尔这部书。我始终翻回到有绿色云彩的那张画,每一次在心中的感受都一样。仿佛是不同的思考方式在意识里起落升降,一方面是思索和推理,另一方面则是情感和领悟,即或二者处在对立面,但双方的见解并不因此相互排斥。这是一幅无与伦比的画,它跟所有那些卓越的画一样让我充满情感,但当我要来解释其缘由,要来说明它的无与伦比基于何处,我会词穷的。这幅画让我内心战栗,但为的是什么?这幅画让我充满思念,但思念的什么?这里云朵就足够了。色彩就足够了。表达出瞬间里的那个意境就足够了。这三者的统一结合也足够了。我们时代的艺术——就原则上讲它也与我相关,作为价值而言情感并不被看重。情感的价值微不足道,或者甚至可说是一种不被指望的副产品,一种废品,或者说,说得好听些,一种可操纵控制的材料。那种重现自然的现实主义绘画也价值不大,被视为幼稚,是一个早已逝去了的阶段。走回头路是没有什么意义的。但就在我的目光投向这幅画的同一瞬间,所有的那些逻辑论点在我心中涌升起的力量和美丽的波涛中消失殆尽。

---

[1] 指克洛德·洛兰(Claude Lorrain,1600—1682),法国风景画家。

是的，是的，是的，我听到了这个声音。它们就在那里。就是那个地方我非去不可。但这个"是的"含义是什么？这个我非去不可的地方又在何方？

四点钟了。这依旧是半夜里。我不能深更半夜到我的办公室去。但到了四点半，难道不是清晨了么？

我站起身走进厨房，把装有肉丸子和面条的餐盘放进微波炉里，因为前一天的中饭后我还没有吃过东西。我走进浴室冲了个澡，主要是为打发食物热好前的这几分钟，把衣服穿好，找出刀叉，倒了一杯水，把餐盘端过来，坐下立刻吃起来。

外面的街道还是一片沉寂。五点以前的时间是一昼夜当中这个城市唯一休憩的时刻。在我早年的日子里，在卑尔根的十二年当中，我通常这样，确实是尽可能地在半夜起床。我从没有去想过控制处理，只要是我喜欢的事，我就去做了。开始的时候怀着一个高中生的理念，这一概念的基础在于夜晚从某种意义上讲是和自由相关。这不在于自由本身，而是在于和白日里这种朝九晚四制的对立，像我，还有几个和我一样的伙伴，认为这是有闲阶级者，是一种循规蹈矩。我们想要的是不受束缚，所以我们在半夜起床。我还依旧保持有这种习惯，但这样做跟想要自由的目的关系不大了，更多的是增强了独处的需要。在这一点上，现在我明白了，我和父亲有共同之处。在我们居住的那栋房子里，他设置了一个完全属于他自己的小公寓，在那里他的每一个晚上都过得那么舒心。那是他的夜晚。

我把餐盘在水龙头下冲了冲，然后放进洗碗机里，走进卧室。当我在床前停下时琳达睁开了眼睛。

"你可真能睡呀。"我说。

"几点了?"她说。

"四点半。"

"你一直都在上面吗?"

我点点头。

"我想到办公室去一趟。行吗?"

"现在?"

"我反正睡不着,"我说,"利用这时间干点事也不错啊。"

"不要嘛……"她说,"来,躺下。"

"你没听见我的话吗?"我说。

"可我不愿意一个人躺在这儿,"她说,"你不能明天早上早点去办公室吗?"

"现在就是明天早上的早点。"我说。

"不是,现在是半夜三更,"她说,"实际上现在我随时都可能生孩子。一个钟头以后就可能发生,你知道的。"

"再见。"我说,门在我身后关上。在过道里我穿上外套,一把抓起装电脑的背包走了出去。白雪覆盖着的人行道上寒冷的空气袭面而来。在街道的下方驶来一辆除雪车。沉重的铁犁轰隆隆地撞击着柏油路的地面。她总是要把我往回拉。为什么就非得让我待在那儿,她睡着了,我在那里其实还不是注意不到?

房顶上的天空昏暗沉重。但雪停了。我开始往前走去。除雪车驶过去了,轰响的发动机,吱吱嘎嘎的铰链声,蹭刮着地面的铁犁板。来自地狱的一小股声音。我往上拐进空无一人的静寂的面包师大卫街,朝上面的分水岭街走去,那里引人注意的是那个标有 KGB 字样的餐厅。在老人院的门口外我停住了。她说得不错。那个孩子任何时候都可能到来。她不喜欢一个人待着。那么我为什么会到这里来?在凌晨四点半我在办公室能干些什么?写作?这过去的五年里我都没准备好,在今天就会成吗?

我是怎样的一个蠢货啊。她等待的是我们的孩子,我的孩子,她不需要独自一人担着这一切。

我走了回去。当我在过道里放下背包开始脱下外套的时候,我听见她在卧室里的声音。

"是你吗,卡尔·奥韦?"

"是我。"我说,走进去来到她的身边。她看着我眼里带着疑问。

"你是对的,"我说,"我不动脑子。很抱歉,我就这么走了。"

"道歉的应该是我,"她说,"你当然应该去工作!"

"我晚些时候再工作。"我说。

"但我不想拉你的后腿,"她说,"这儿一切都挺好的。我发誓。你只管去。要是有什么情况我给你打电话。"

"不。"我说,在她的身边躺下了。

"可是卡尔·奥韦……"她说,然后笑了。

我喜欢她用我的名字这么叫我,我始终喜欢这样。

"现在你是我刚才的意思,而我也是刚才的意思。但我知道的,你实际上说的是反话。"

"这对我来说太复杂纠结了,"我说,"我们不能就一块儿睡觉好了?然后在我走之前我们一起吃早餐,愿意吗?"

"很愿意。"她说,向我靠近过来。她的身体像火炉那样温暖。我把手在她的头发里掠过,在她的唇上轻轻一吻。她闭上眼睛,头往后仰着。

"你说什么?"我问。

她没有回答,抓住我的手把它放在她的肚腹上。

"在那里!"她说。"感觉到了吗?"

在我手掌下的皮肤突然冒出了一块。

"啊呀。"我说,把手举起来一看。有什么在里头往上挤压肚腹,使得皮肤向外凸起,是一个膝盖还是一只脚,一个胳膊肘还是一个拳头,现在在朝外鼓捣。看上去就像是在平静水面下的波动。然后又消失了。

"她失去耐性了,"琳达说,"我知道的。"

"那是脚吧?"

"嗯。"

"她好像是想试着从这条路走出来。"我说。

琳达笑了。

"让你疼了吗?"

她摇摇头。

"我能感觉出来,但不疼。只是觉得很奇妙不可思议。"

"完全理解。"

我让自己紧紧靠近她，把手又放在她的肚腹上。门厅里的邮箱盖子啪嗒一声响。一辆货车在外面驶过，这一定是那种重型大货车，玻璃窗都震动了。我闭上了眼睛。在意识里所有的思想和画面立刻开始朝着一个我没法掌控的方向运动，我就这么躺在那里想着它们，像一条思想的懒洋洋的牧羊犬一样，我知道睡眠已在近处。只管沉陷下去进入它的黑暗。

琳达在外面厨房里翻腾着东西，我醒了过来。壁炉架上的座钟差五分十一点。该死。这样的一个工作日。

我穿好衣服走进厨房。电炉上的小咖啡壶嘶嘶地冒着热气。桌上摆放着果汁和就着面包片吃的各种食物。盘子里有两片烤脆了的面包片。旁边的多士炉里这时又弹出烤好了的两片。

"你睡好了吗？"

"睡好了。"我说，在桌边坐了下来。我给面包片抹黄油，油立刻溶化了，填满了面包片表层上的许多小孔。琳达把咖啡壶移到一旁，关掉了电炉开关。那硕大的肚子让她看上去一直都是身体向后仰着的，当她用双手干活的时候，她的手看上去活像是从一堵看不见的墙里伸出来的。

外面的天空是灰色的。但屋顶上一定又覆盖着积雪了，因为屋内的光线要比平日亮一些。

她端来咖啡倒进她已经放在面前的两个杯子里，把一杯放在我面前。她的脸有些浮肿。

"你觉得不舒服吗?"我说。

她点点头。

"我浑身不舒服。还有点发烧。"

她身子笨重地坐下来,给咖啡里倒进了一点儿牛奶。

"越怕的事越要来,"她说,"现在我要生病了。恰恰就在眼下我最需要体力的时候。"

"产期可能会延迟的,"我说,"身体恢复健康之前孩子不会来的。"

她把眼睛落在我身上。我吞下最后一口面包,把杯里的果汁全喝了。要是说最后这几个月我学会了一样东西的话,那就是所有的人能听到的有关怀孕的女人的摇摆不定和不可预测的情绪,这话千真万确。

"难道你就不明白这是个灾难吗?"她说。

我和她的目光相遇。喝下一口果汁。

"明白,明白,那肯定的,"我说,"但会过去的。一切都会过去的。"

"当然会过去的,"她说,"但跟这个没关系。我要说的是在我生孩子的时候我不想生病不想虚弱。"

"我明白,"我说,"但你不会生病的。这还有几天的时间。"

我们在沉默中继续吃饭。

然后她又望着我。她有一双极美的眼睛。灰绿色的,有时候,常常是那种很疲倦的时候,它们微微有点斜视。在她出版的诗集里的照片,她的眼睛斜视着,里面含有一种脆弱的东西,她神情里流露出的自信与之对抗着,但它依然没有消除,这是一度让我完全着迷的地方。

"对不起,"她说,"我只是太神经质了。"

"你不必这样,"我说,"你是个对什么都先做好充分准备的人。"

她确实是这样的一种人。对将要发生的事完全做到心中有数;阅读了大摞的书籍,每天晚上她都听那种冥想教程录音带,催眠曲一般的声音一遍又一遍地重复:疼痛是不危险的,疼痛是件好事,疼痛是不危险的,疼痛是件好事。我和她一起参加了训练班,到产科的实地现场去,在那里按照计划对将发生的事演示一遍。每次同助产士一起的时候她都把预先准备好的问题写下,从那里获得的所有的曲线图表和测试方法,她都实心实意地把它们一一地记在日记本上。她进一步依照要求,预先给医院产科寄出一封信,上面写着她在那里会不安宁,需要更多的鼓励支持,但同时又足够强壮,希望生产时不用麻醉药。

这让我心痛又感动。我是去过产科的,虽然他们试图把那里营造出一个家的环境,在将要分娩的屋里设置有沙发、地毯、CD机,墙上挂着画,另外还有可以看电视的客厅和自己做食物的厨房,在婴儿出生后有一间自己单独的带浴室的卧室,但这同时又是另一位妇女在她生产前住过的同一房间,虽然以最快的速度清洗打扫过,换下床单送上新毛巾,但这是无数次的一再重复,所以那里面依然能闻出些微的悬挂在空气里的血和内脏的金属气味。待婴儿出生后我们将要在这温度不高的房间里住一昼夜，另一对产下了新生儿的夫妻刚刚在这张床上睡过，对于我们来讲这是全新的和生命的改变，而对在那里工作的人来说就是一种永无休止的周而复始。助产士总是对那里一排排等候生产的孕妇负责，她们一直在不同的房间里进进出出，那儿的妇女各式各样的嚎哭叫喊、低声呻吟，各自等待着自己生产时刻的来临，就是这样继续发生着，日落日出，年复一年，她们对这一切无能为力，这就像琳达在她的信里描述的那样，在期盼中只有保持着内心的那份激情。

她望着窗外，我追随着她的目光。在对面的那栋建筑物的房顶上，或许与我们相隔十米远的距离，一个腰间系有一根绳子的人站在那里铲除积雪。

"这个国家的人都疯了。"我说。

"在挪威不是这样吗？"

"不是，你没疯吧？"

在我来到这里的前一年，有个男孩被屋顶上掉下的一块冰坨砸死了。打那以后所有房顶上的雪都要弄干净，因为积雪是随时随地都会从屋顶上滑下来的，从一个不愉快的推断来看的话。于是当温暖的季节来临时，有一周的时间所有的人行道上都被红色和白色的封条拦住去路，这倒不错。到处都是一片混乱。

"但所有的这些防范措施至少让就业人数上升。"我说，几口就把面包囫囵吞下，站起来喝下最后剩下的一点咖啡。"我现在要走了。"

"好吧,"琳达说,"回家路上去租几部影片回来可以吗?"

"当然。随便什么都行?"

"对。你只管挑。"

我到浴室去刷了牙。当我到过道上穿衣服的时候,琳达跟在我后面。

"你今天要干什么?"我说,一手从衣柜里取下大衣,同时用另一只手把围巾缠在脖子上。

"不知道,"她说,"或许去公园一趟。再冲个澡。"

"你行吗?"我说。

"行,没问题。"

我弯下腰去系鞋带,此时的她,一只手支着腰部,在我上方显得格外庞大。

"OK,"我把帽子往头上一摁拿起装电脑的背包,"我走了。"

"OK。"她说。

"有事就给我打电话。"

"我会的。"

我们亲吻道别,门在我的身后关上。走道旁的电梯正在上升,当住在楼上那位邻居朝前面的镜子垂下脸从我的目光经过时,我短暂地瞅了她一眼。她是个律师,最常见她穿的是一条黑裤子或者是长及膝盖的黑衬衣,打招呼很短暂,总是双唇紧闭,一副敌意的样子,至少是对我而言。有一段时间是她的兄弟住在那里，一个瘦削的人，阴沉沉的眼睛，烦躁不安和有点凶悍的外观，但不失为一个美男子，琳达的一个女友就已经注意到他并且爱上他了，他们之间有了某种关系，看上去他鄙视她的程度与她崇拜他的程度一样深。他同她的女友住在同一所房子里，看上去这让他很烦，在过道里我们停住交谈几句的时候，我看得出他的眼睛里游移不定在追逐着什么，虽然我想这跟我了解他比他了解我多有关，可能还有其他的原因——比如，他是个典型的吸毒者。我对这种事所知不多，对这些事及类似这些范畴的知识我一无所知，在这方面我确实有点像盖尔——在斯德哥尔摩我真正唯一的朋友——认为的那样，他常常把我同卡拉瓦乔的《老千》那幅画里的那个被欺骗的人比较。

当我来到下面通向外面的过道时，决定继续走之前先要抽口烟，沿着经过地下室洗衣房的长长的过道来到了外面的院子，我把背包放在地上，背倚靠着墙朝上望着天空。房子的通气管道口在我的正上方，靠近房子的空气里充满了热乎乎的、刚洗干净了的衣物的气味。从里面的洗衣房还能听到一点来自洗衣机的脱水转动发出的尖锐叫声，与头上那方远远的天空里缓慢移动着的、灰色的云彩两相映衬，它是如此的匆忙与急迫，令人不可思议。随处都可见到云彩背后蓝色的天空，白日如同一方光盘云彩在上面轻轻拂过。

我走到院子最里端和后面幼儿园临界的围墙边上，园里空荡荡的，这是小孩们在室内用餐的时间，我把肘部靠在围墙上站在那里抽烟，同时望着从国王街指向天空的那两座塔楼。塔楼是以一种新巴洛克建筑风格建造的，它们是1920年代的见证物，让我心里常常充满怀念。在夜里塔楼光芒四射——白日的光线将塔楼相互间许多不同的细节遮掩住了——这样人们可以清楚地看到墙壁上和窗户上的建筑材料是何等的不同，那些镀金的雕像与有绿色锈斑的铜板何等的不同，与人工的灯光交相辉映。可能是它们自身的光泽，可能是与周围环境的光线的辅助有关；不管出于何种缘由好像那些雕像在夜里会开口说话。不是他们活了，他们像以前一样没有生命，更多的是好像他们死亡的表情有了改变，以一种强化了的方式。在白日里他们面无表情，在夜里他们的这种漠然变为了生动。

另外在白天充满许多其他的难以保持专注的干扰因素。街道上所有的汽车，在人行道上、阶梯上和窗户里的人们，在天空中盘旋着像蜻蜓一样的直升机，小孩子们任何时候都可以跑出来在泥地或是雪地上爬，骑着三轮小车飞跑，在操场中央的大滑梯上快速滑下，攀登上装满了各种工具的"大船"上的桥梁，在沙坑里玩，在小"房子"里玩，互相扔球或是满院子东奔西跑，呼喊着尖叫着，于是整个院子里就这样从一大清早到下午的早些时候都充满了几乎如山林中的群鸟发出的那种刺耳声音，但是，就在眼下，吃饭时间将这一切喧嚣归于平静。其他时候是没有可能待在外面了，倒不是由于噪音，我是很少注意到这点的，而是由于小孩子们有可能朝我一窝蜂拥过来。这个秋天我就遭遇到几次，他们开始攀爬到了把这院子隔为两半的篱墙上，有四五个孩子，他们悬挂在那里，要是他们对越过这道警戒线觉得无趣的话就会跟路过的我搭话同时放声大笑。爬在最前面的那个男孩,也常常是吊挂在篱墙上的最后一个。好几次我从这条路上回家,多次看见过这样的情况,要是他没用手攀在门口的篱墙上,就坐在那里一个人在沙坑里捅来捅去的折腾着,也或许是和另一个无精打采的家伙待在一块儿。那时候我通常会给他打个招呼。若周围没有任何其他人,这个地球上就我们俩的话,或许甚至我会举帽致意。多半不是为他的缘故,是为我自己,因为他每次看见我都是一样凶狠的表情。

有时候我想,所有这些脆弱的情感都可能像膝盖受伤的田径运动员后来切掉受伤部位周围的软骨组织一样被清除,那是一种何等的解脱。和所有那些多愁善感、所有的怜悯、所有的同情一起,统统抛掉……

在空气中爆发出了一声尖叫。

啊啊啊啊啊啊啊啊啊啊啊啊啊啊啊。

我吓了一跳。虽然常常听到尖叫声,还是很不适应这种声音。这叫声来自幼儿园对面的那栋公寓里,这是属于老人院的房子。我可以想见有那么一个人一动不动躺在床上,完全与周围的世界失去联系,这种尖叫声在夜里与早上或是上午一样都能听到。一个男人通常坐在外面的阳台上抽烟,不歇气地咳嗽,咳得惊天动地的,一咳就是好几分钟,除开这些外,老人院将自己本身封闭了起来。当我去办公室的时候,也有这样的一些状况出现,我看见对面房子里玻璃窗后面的几个护士,她们在那儿有一间休息室,有时在街道上也能看见几个住户,有几次是警察领着他们回家来，有时是他们独自在街边不知所向踟蹰彷徨。但我一般不去想老人院这地方的事的。

如同他的尖叫。

所有的窗帘都是拉上了的，朝着阳台的门也放下窗帘，门敞开着一条缝，声音就是从这里透出来的。我朝上方瞅了一会儿。然后转身朝着院子的大门走去。从地窖洗衣房的玻璃窗后面我看见邻居站在下面把一条白色的床单收叠好。我抓住背包穿过了那条放置垃圾桶的狭窄的像洞穴般的通道，打开金属大门来到了街上，急匆匆地朝着KGB的方向走去，从阶梯向下直到隧道街。

二十分钟以后我办公室的门在身后关上。我把大衣和围巾挂在壁钩上，鞋放在门垫上，煮了杯咖啡，把电脑连接上电源，坐下来喝咖啡同时盯着写着书名的那一页，直到屏幕保护程序跳出来，用无数的光点填满整个屏幕。

"美国灵魂"。这是我的题目。接下来屋内所有东西的焦点都指向了这个题目，或者说指向了它在我心底涌起的情感。威廉·布莱克那幅著名的、看上去有点模糊不清、仿佛在水下面的牛顿画像的复制品挂在我身后的墙上。旁边两张镶嵌在框子里的是丘吉尔所作的十八世纪探险时代的画，那是一次在伦敦买下的，两张画里一张是一条死鲸鱼，另一张是解剖了的甲虫，两者都用多张图将整个变化过程呈现出来。佩德尔·巴克[1]画的夜色挂在那堵短墙上,绿黑色相间。格林阿维的海报。火星上的地图是我在一份旧《国家地理杂志》里找到的。旁边是托马斯·沃格斯特伦(Thomas Wågström)的两张黑白摄影,一张是有光泽的童装裙,另一张是黑色水面下一只水獭闪闪发亮的眼睛。那个绿色的小金属海豚和那个绿色的小金属头盔,是我有一次在克里特岛上买的,现在摆在我的书桌上。还有书籍:帕拉塞尔苏斯(Paracelsus),巴西莱奥伊奥斯(Basileios),卢克莱修(Lukretius),托马斯·布朗(Thomas Brownes),奥洛夫·鲁德贝克(Olof Rudbeck),奥古斯丁(Augustin),托马斯·阿奎那(Thomas Aquinas),阿尔伯特·西巴(Albertus Seba),沃纳·海森堡(Werner Heisenberg),雷蒙德·罗素(Raymond Russell),自然还有《圣经》,及关于民族浪漫主义和珍宝柜的,关于亚特兰蒂斯的,关于阿尔布雷希特·杜勒(Albrecht Durer)和马克斯·恩斯特(Max Ernst)的,关于巴洛克和哥特式风格的,关于原子物理学和大规模杀伤武器的,关于16世纪和17世纪的森林与科学的书籍。这里要说的不是知识的本身,而是罩在它们上方的那种光晕令人为之惊叹不已,这些知识的源头,几乎所有的都是在我们现在生活的这个世界之外发现的,但它仍然是来自内里,来自这纷杂的、充满了多重性的空间里所有带着历史光泽的每一个物件和艺术品。

---

[1] Peder Balke(1804—1887),挪威风景画家。

最近这些年的感觉里,世界变小了,一切尽在掌握的感觉越来越强烈,尽管在理性上明白实际上这之间的关系刚好相反;世界是毫无边际扑朔迷离的,无数的变化永无休止地进行着,同时它又敞开一扇门来让历史的风吹进。但感觉上是另一回事。觉得世界仿佛是已知的,不再去探索和印证,也不再朝这不可预测的方向迈步,再没有全新的和令人惊讶的事情可能会发生。我理解我自己,理解我周围的环境,理解环绕着我的社会,要是有一种看上去不明朗不清楚的现象出现,我知道该怎样做才能弄明白它。

理解不应当同知识混淆一处,因为我几乎什么也不知道——比如说在亚洲某地方的一个前苏维埃共和国内发生边界冲突,要是我以前从未听说过这些城市,对这些居民所有的一切都是陌生的,从他们的服装到日常使用的语言和宗教,事实也证明他们的争端有着很深的历史渊源,双方开始发生争斗要追溯到千年之久,但我个人的愚昧无知和学识短浅不会妨碍我理解所发生的事情,因为脑里的思想对最陌生的东西会自己归类处理。同样,它和其他所有事物的关系亦如此。假如我看见一个以前从未见过的昆虫,我知道从某种意义上说我见过它并在脑海里编录在册。假如在天空中看见一个发光体,我知道这要不是一种罕见的天体现象就是一架飞机的轨迹,也或许是个气象气球,第二天的报纸上就会刊载出究竟哪一样推估算是正确的。要是我忘了童年时期发生的一件事情,这肯定是抑制反应[1];要是我对什么真的动怒了,说到的一定是投射反应[2];如果我总是试着对我所遇到的人友好,那是因为和我父亲以及我与他之间的关系有关。没有人不理解自己的世界。能理解到一点的,比如孩子,比那些能理解更多的,只是在这个小范围的大千世界里有些微的进展。但对那些能理解更多的人,总是对理解的范围有很高的洞察力;认识到他们之外的世界,人不能理解的一切,不仅存在,并且也总是比里面的世界要广阔浩瀚得多。有时我想着这发生了的一切,至少对我来讲,是一个孩童的世界,在那里面知晓一切,对不知道的一切的关系是,仰仗于其他那些人,那些明白其内里同时又有解决办法的人,这样的孩童世界实际上是绝不存在的,这仅仅是经过了所有这些岁月里自身的成长壮大。当我十九岁时遇到了世界就是语言的结构这一断言,我拒绝这个说法,同时觉得这个否定是健康而明智的,因为这完全是无稽之谈呀,我手里握住的笔,它会是一种语言?那太阳光照射下的玻璃窗?在我下面的庭院岔路口上穿着秋装的学生?讲师的耳朵,还有他的手?那刚刚走进门里现在正坐在我旁边的那个她衣服上淡淡的泥土和树叶的气味?在圣约翰教堂外面给自己搭建帐篷的修路工人,他们挖掘地面发出的声响,

---

[1] 即心理防卫机制,这是弗洛伊德提出的心理学名词。是指自我对"本我"的压力,形成的一种潜意识的自我防御功能,以防止受心理打击后引起的心理障碍。

[2] 心理学中的一种实验法,人在特定的情景下,绕过内里的心理防御机制,不自觉地把真实情感与态度反应出来。

那变压器电流平稳的嗡嗡声？来自城市下面轰隆隆的声响——也是一种语言的轰隆隆声响吗？我的咳嗽，难道是语言的咳嗽？不是。这是一种荒唐想法。世界就是世界，我触摸它遭遇它，吸进和呼出，吃和喝，流血和呕吐。许多年以后我开始第一次看到了它的不同。在我读到的一本关于艺术和解剖学里，是尼采写的引文，那里这样写着："物理学也只是对世界的一种诠释和分类整理，而不是对世界的诠释。"也写道："我们在分门别类的帮助下计量世界的价值，说的是一个纯粹的虚构世界。"

一个虚构的世界？

是的，这个建构起的世界，这个精神世界，没有重量而且抽象，就像编织起我们思想的同样材料，所以它可以在其间畅通无阻任意穿越。回溯过去三百年自然科学的历史，毫无神秘可言。一切都有所解释，一切都有其概念，一切都在人们理解的范围之内，从那巨大恢宏的宇宙，它那最古老的可以观察到的光，那最遥远的边缘，追溯到远古的一百五十亿年前，到所有那些微小的质子、中子和介子。甚至对于那些致命的现象我们也知悉并且理解，比如侵入我们身体内的细菌和病毒，攻击我们的细胞让它们长大或者死亡。自然及自然的法则历来就是如此的抽象与透明，但现在，在这个推翻一切旧事物的时代，就不再只有自然的法则了，也有自然世界下的地方和人。这整个的物质的世界被举升到了这样一个领域，一切都被纳入虚构的王国，从南美热带雨林和地中海的岛屿到北非的沙漠和东欧的灰色颓败的城市。我们的思想充溢着从未去过的地方的图像，但我们仍然能辨认,充满着我们从未谋面的人,但依旧与之熟悉,而他们是今后我们漫长人生中的旅伴。情感给予我们的是让世界变小,更加自我封闭贴近自我,不向他人敞开,几乎是一种乱伦,虽然我知道这是极度的不真实,因我们其实对什么都一无所知,所以也将难以摆脱情感的困惑。渴求始终是我最熟悉的,几天以前一个强烈的冲撞几乎让我难以把持,完全迸发而出势不可挡。部分原因是为缓解情绪我开始写作,通过写作我将打开世界,为我自己,与此同时这也是让自己失败。在未来是找不到情感的,它只和现实相伴,这就是说任何一个乌托邦都是毫无意义的。文学却始终同幻想的王国源于同族,当幻想的乌托邦失去意义,则文学亦然。我试图用小说来为小说而抗争,我知道,或许所有的作家都在做这样的尝试。我应当要做的是断言它们的存在,断言它们现存的状态,若是自己在这世界里狂欢作乐而不是去寻求一条离开这里的出路,以这种方式无疑地我会获得一种更好的生活,但我没法这样,也不能这样——在我身上有某种固有的、坚定的信念,虽然这是本质的东西,也就是说是一种标志,还添加上浪漫——我迈不出这一步,理由很简单,这不仅是头脑里的思想,也是阅历经验,通过这些状态蓦然间清晰明了豁然开朗,仿佛一切是如此的熟悉,在几秒钟里看到了另一个世界,与瞬间前自己发现的那个世界迥然不同,这个世界的跻身而入,是一种短暂的闪现,之后它又回缩恢复以往,留下的一切与从前一样……

我最后一次体验到的这种感觉，是前几个月坐在前往斯德哥尔摩的通勤列车上时。窗外的风景是纯白色，灰色的湿润的天空，我们正在穿越一个工业区，空荡荡的火车厢，天然气罐，当地的工厂地段，一切都是白色和灰色，西边的太阳坠落，那绚丽辉煌的云彩在云雾中浮动着，我乘坐的火车，不是这条路线上通常的那种老式的、晃晃荡荡的破旧座椅，它是完全崭新的座椅，能闻到一股新的气味；我跟前那道滑门开关时毫无摩擦声响，我什么也没想，只是注视着天空中那鲜红的燃烧着的火球，心里充盈着欢乐，那种欢愉之情在心头的冲击是如此强烈，以至于很难把它与疼痛的感觉区分开来。我感受体验到的这一切对我来说意义非凡。不可估量的意义。当这一瞬间过去，这感情上的重大意义并非被减少，只是它陡然间变得不合时宜：准确地讲，这重大意义是什么？又为什么？就这一辆火车，一个工厂区，太阳，云雾？

我又体会到了情感，它仿佛是一件独特的艺术品，能够让我的内心苏醒。伦敦国家博物馆里伦勃朗老年的自画像就是这样的一件艺术品。陈列在同一博物馆内特纳的那张老码头外的海上落日也是这样的一幅画，还有卡拉瓦乔画的耶稣在客西马尼。维米尔的作品也同样唤起情感，还有一些克劳德·莫奈的画，雷斯达尔（Ruisdael）和其他荷兰风景画家的画，J. C. 达尔的一些画，汉提维格（Hertervig）几乎所有的画……没有鲁本斯的，没有马奈的，没有法国还是英国18世纪的画家，但夏尔丹是其中的一个例外，没有惠斯勒，也没有米开朗基罗，只有一个莱昂纳多·达·芬奇。这种情感体验的钟爱与赞同没有固定的时代,也没有固定的画家,因为这可能是关于某位画家的某些作品,让这位画家其他的所有作品安稳自守吧。这种体验也与人们通常称之为质量的东西无关;我可能站在莫奈的十五幅画面前无动于衷,而可能在扬名于芬兰国外的一位芬兰印象派画家的作品前会感觉到自己体内血脉偾张。

这些画带给我如此强烈印象的是什么,我不知道。但很明显,所有这些在19世纪以前完成的画,都是在这个艺术的模式之内,它们绝不会完全脱离对这视觉世界的参照。也因此总是这其中存在的某个物体,这就是说,在真的现实和画面的现实之间有一个距离,而一定是在这个距离、这个空间里"发生了什么",它出现在视野里,我看到了这个它,这时候这个世界就好像从真实的那个世界向前迈出了一步。人不仅在其中看到了难以理解的部分,也完全接近了它。这点无法表述,此时语言无能为力,总是感觉在我们的能力企及之外,但我们仍在其中,因为它不仅包围着我们,我们自身就是其中的一部分,这就是我们自己。

触及到了我们的这些陌生和神秘,引领着我的思绪朝向天使,这些神秘的造物者不仅仅分属于神性的一部分,也分属于人性的一部分,因此在这陌生的自然界里最好以另一种形式来表述这种双重性。同时画和天使也有某些令人极度不满意之处,因为基本上二者都属于过去,一些过往之事我们也已经把它们抛在脑后,它不再适合进入,在我们创造的这个世界里,那里是浩大的、神性的、圣明的、神圣的、美丽真实的，不再拘泥于任何尺度，相反的更趋于质疑甚或是荒诞可笑。这意味着外面的世界是浩瀚而漫无边际的，直到启蒙时代神明的来临，它给我们带来启示，大自然的浪漫主义，而这启示的思想是庄严崇高的，不再有什么能为此描述。在艺术里的那个外在世界就是社会的一个同义词，也是人类体验的积累，其中充满了概念和相应的正确的实践。在挪威的艺术史里是蒙克[1]打破了这一规戒，在他的画里是人首次占据了所有的篇幅。在那个启蒙时期里人从属于神明，在浪漫主义的范畴里人从属于描绘出的风景——山脉雄伟壮丽，气势磅礴，海洋汹涌澎湃，气势磅礴，树木高大粗壮森林宽广无边，也是气势磅礴，但人却是毫无例外的渺小而微不足道——人与自然维持的这种关系到蒙克这里颠倒了过来。好像人饥肠辘辘地把所有的东西一口吞噬，一切以己为中心。山脉、海洋、树木和森林，这一切为人而生辉。不是人正在从事的活动及他们外在的生活，而是人的情感和他们内在的生活。当人们首先占据了这个舞台，看上去已经没了回头路，也没有在我们时代最初的一百年里开始如森林之火般扩展蔓延遍及整个欧洲的基督教的回头路。蒙克画笔下的人物是创造者，他们的内心世界用外在形式表达出来，让世界震荡，当这扇门被打开之后剩下的世界就是造物者：蒙克之后的画家他们让自身有了色彩，有了形式，不是出于他们的想象，而是

---

[1] Edvard Munch（1863—1944），挪威画家，版画家，被称作是现代表现主义绘画的先驱。著名作品有《尖叫》《圣母玛利亚》《病孩》《桥上的女孩》等。

饱含激情。那时候我们在绘画世界里自己内心的表达就是一切,当然这就意味着在艺术的内与外之间不存在动态,只有一种分离。在高度现代化的时代,艺术和世界之间的区别极为接近,或者换一种说法,艺术就是一个自我的世界。占据着这个世界的,自然是有关裁量评判的问题,很快地这个裁定自身就成了艺术的核心,为了不自我消亡,因此会以可能的方式,并在某种程度上,它必须得为这个真实世界及我们现在所处的状态里的物件敞开自己,在这里艺术品的物质材料已经不重要了,所有的重心取决于如何表达,也不是看它是什么,而是看它如何思考,其作品承载着什么思想,于是这样一来最后剩下的就是客观现实,这些人主观外的东西也参与了进来。艺术品成了一张凌乱的床,一间屋里的几个复印机,天花板上挂着的一辆摩托车。艺术家反映的方式,让他们自身已成为了观众的一部分,报刊评论员如是说。艺术家是位扮演者。事实就是如此。艺术没有来自外面的东西,科学没有来自外面的东西,宗教没有来自外面的东西。我们的世界把自己关闭了,把我们关闭了,再也找不到出去的路。在这种情势下那些呼唤更多的精神,更多的灵性神灵的人,心里只是一片空白,这就是问题,精神的东西已经占领了一切。一切都成为了精神,即使我们自己的肉体,也不再是肉体,而是有关肉体的观念,一些出现在绘画里的天空中、在我们的内心以及悬置在我们头顶上方的那些想象里可以找到的东西,它们越来越成为我们赖以生存的生活中的一大部分。为我们所不知的、令人费解的极限已被打破。我们明了一切，这是因为我们做的一切是为我们自己。极为典型的是所有这一切以其无性、无色彩、消极否定，为艺术中的非人性所占领，在我们的时代面临的是语言，在语言里我们对不理解和陌生的东西已经进行了探询，仿佛它已经到了人类所能找到的表达方式的边缘，也是在我们自身能够理解的边界，实际上这也很符合逻辑：否则在外面那个不再熟悉的世界上将在何处去寻觅答案？

在这束光亮里我们一定看见奇怪暧昧的死亡角色已经步入。在另一端却来自四面八方，我们铺天盖地的有关死亡的报道、有关死亡的画面；对死亡的尊重是没有极限的，它是巨量的，取之不尽，无处不在。但这是一种想象中的死亡，没有肉体的死亡，死亡作为思想和图画，一种精神死亡。这类死亡如同名字的消亡一样，人们使用死者名字时就指的是肉体消亡了的这人。因为当人活着的时候，名字表明的就是名字与肉体为一体，身体的处所，身体的行为，当死亡时姓氏就与其肉体剥离开来，姓名是与活人在一起的，提起名字时总是意味着他那时候是如何，绝非指现在，一具躺在某个地方腐烂着的肉体。属于肉体死亡的部分是具体的、有形的、物质的，这种死亡被以一种极为精心差不多是疯狂的一丝不苟隐瞒，这很有效果，只需听听当人们意外成为一则死亡事故或是谋杀事件的目击者时，他们通常是怎样用语言表达的。他们总是说同样的话，"简直不相信这是真的"，虽然他们的意思与此恰好相反。它是那样的真实。但我们不再生活在这个真实里。对我们来说一切都被颠倒了，对我们来说真实的就是不真实的，而不真实的就是真实的。死亡，死亡就是最后的大跨越。这就是为什么必须得把它掩藏起来。因为这死亡在这个词汇之外，在生命之外，但它不在世界之外。

我自己是在近三十岁的时候第一次看到一具死亡的肉体。这是1998年夏天，七月的一个下午，在克里斯蒂安桑的一个小教堂里。我的父亲死了。他躺在房间中央的一张桌子上，天空阴间多云，房间里是灰色的光线，窗户外的草地上一台锄草机在草坪上缓慢地兜着圈子。我和我哥哥一起待在那里。殡葬职员先出去，为的是让我们和死者单独待一会儿，我们站在离尸体几米远的地方，盯着那里。眼睛和嘴闭上了，上身穿着一件洁白的衬衣，下身套着条黑裤子。想着这是第一次我可以毫无困难地审视这张脸，几乎令人无法忍受。感觉像是我在猥亵他。同时又感觉到我是如此的饥饿，有某种贪得无厌的需求，我得一再地不断地看着他，这死去的躯体几天前还是我的父亲。我熟悉这个容颜，我是伴同着这张脸长大成人的，虽然最后这些年我没有像从前那么经常看见这张脸，但几乎没有哪一个晚上不梦见它。我熟悉这个容颜，但不是现在这副样子。黝黑的、泛黄的肤色和这张僵硬的面孔使它看上去像是从树上切割下的一块木雕。活像树一样的脸让人没有任何想与他接近的情感。我看见的不再是一个人，而是与人相似的物体。同时他来自我们当中，他曾经就是我们中间的一员，现在他依然在我的心里，像是覆盖在死亡上的一缕生命的面纱。

英韦缓缓地向走桌子的另一端。我没有看他,当我抬起头望出去的时候,只是注意到了他的动作。开着锄草机的园艺工不断地在座位上扭过头来控制车轮走在上一轮割过了的草地的边界。没有被卷起装进袋子的那些草碎末,在他身体上方的空中飞扬旋转。其中的一些草屑一定粘贴在了机器的下方,因为这些湿润的草碎末被挤压成块状,以规律的时间间隔从机器上掉落出来,这些湿漉漉的草团子看上去总是比同一片草坪里的草要深绿得多。在他身后的砾石路径更远一点的地方相跟着过来三个人,都低着头,其中一个穿着红大衣,映衬着绿茵茵的草地和灰色的天空更加鲜艳夺目。再往后的公路上有接二连三的汽车在路上滑动,它们正向着市中心的方向驶去。

小教堂的墙外骤然响起了锄草机马达的轰鸣声。想象着这猛地响起的巨大噪音,是否会让爸爸睁开眼睛,这一画面是如此强烈逼真,以至于让我立刻往后倒退了一步。

英韦朝我看了一眼,唇边浮起一丝微笑。我觉得死者会复生?觉得这树会再变成人?

这真是令人惊骇的一刻。但当情绪平复下来后,我才明白过来事实上他已经不存在了,即使这所有的声响,即使脑子里翻腾着奇思怪想的画面,他仍然静止不动。那时胸中腾然升起的自由之情,如不久前经历过的悲痛波涛一样难以遏制,并且以同样的方式,完全违反我的本意的,在接下去的一瞬间里又一声抽泣,把它释放了出来。

我与英韦的目光相遇,笑了。他走过来静静地站在我的身旁。与他的贴近和靠拢的感觉一下子充满我的全身。我是多么高兴他站在那里,我得努力奋争不要再度失去控制而破坏了这眼下的一切。这就是说要去想别的事,这就是说要集中精力去搜寻那些与此毫不相干的事。

隔壁房间里有人在翻找东西。声音不大,但打破了我们站在那儿的气氛,朦朦胧胧的,就像人睡着的时候,在其周围从现实世界里闯入梦中的那种似幻似真的声音。

我低头看着爸爸。手指头互相交叉在一起放在腹部,食指的边沿是尼古丁暗黄的颜色,就跟泛黄的旧墙纸一样。指关节上的皮肤是不成比例的极深的皱褶,现在看上去就跟人造的一般,而非天然而成。再看这张脸。它还是看不透,尽管躺在那里的他平和安静,但不是空白一片,仍然在上面存留有一些我只能用意愿这个词来解释的痕迹。我想到,我以前总是试图去确定他脸上有着什么样的表情。我总是在看着它的同时试着去解读它。

但现在它关闭了。

我向英韦转过身去。

"我们现在走了吧?"

我点点头。

主持葬礼的殡仪馆职员站在外面的房间里等候着我们。我出来之后仍然让门开着。虽然我知道这不合礼仪,但我不愿意让爸爸一个人单独待在里面。

我们和经办葬礼的殡仪馆职员握手,讨论了关于几天后将举行的葬礼可能出现的一些情况后,我们走出门外,向停车场走去时各自点燃了一支烟,英韦紧靠着汽车站在那里,我坐在一块砖石边上。天上飘着雨。小教堂背后的树木迫于愈来愈强的风势都弯下了腰身。在数秒钟里震耳欲聋的树叶的喧哗声盖过了从草地另一端车辆行驶的声音。接着两边都安静了下来。

"啊,有点不可思议。"英韦说。

"是啊,"我说,"但我很高兴我们办到了。"

"跟你一样。我得看见了才能相信。"

"现在你相信了吗?"我说。

他笑了。

"难道你不相信?"

我没有像我想的那样,回他一个笑容,而是又开始抽泣。用手拼命压住脸,把头低下了。一声接一声的抽泣使我的身体颤抖起来。当它们止住后,我抬起头朝他瞟一眼,轻轻一笑。

"在这里就像我们俩回到了小时候一样,"我说,"我哭泣,你看着。"

"你确定……"他说,搜寻着我的目光,"你确定接下来你可以独自一人待着?"

"当然,"我说,"没问题的。"

"我可以给家里打个电话说我不回去了。"

"你开车回家吧。事情反正都安排好了。"

"OK。那我现在就走了。"

他把手里的烟扔掉,从口袋里掏出了车钥匙。我站起来向前走了几步,但没有近到可以握个手或者可以互相拥抱的程度。他打开车门,坐进去,当他在插进锁里的钥匙时向上方望了一眼,车的马达启动了。

"那么,再见了。"他说。

"再见。开车小心。问候家里人!"

他关上车门,车往后退进,停留了一下,把安全带系上,换挡,然后缓缓地向主干道驶去。这之后我开始向前走。突然他的后车灯亮了,他把车又倒退开了过来。

"最好你拿着这个。"他说,手从摇下的车门里伸了出来。这是葬礼殡仪馆职员交给我们的那个棕色信封。

"我把它一直带到斯塔万格去没有意义,"他说,"最好还是留在这里。OK?"

"OK。"我说。

"那么下次再见。"他说。车窗关上了,最后的几秒钟里,停车场上空响起了高扬激荡的音乐,猛地听上去仿佛是水底下传来的声音。我一动不动站着直到他的车转弯拐上主干道不见了,这是从孩提时期有的一种冲动;要是我不这么做的话就会有不幸降临到我的头上。然后我把信封装进夹克内层的口袋里开始往城里走去。

三天前,在下午两点钟光景,英韦给我来了电话。从他的声音里我立刻听出了有些异常,我首先想到的是,爸爸死了。

"嗨,"他说,"是我。我给你打电话是想说出事了。对……有事发生了……"

"是吗?"我说。站在过道里一手撑着墙壁,另一只手握着话筒。

"爸爸死了。"

"哦……"我说。

"居纳尔刚刚给我电话。是祖母今天一早在椅子上发现他的。"

"他是怎么死的?"

"我不知道。应当是心脏的问题吧。"

过道里没有窗户,天花板上的灯关掉了,那里面唯一的光亮是一端的厨房和另一端打开的卧室里透出的微弱灯光。我凝视着在镜子里的那张脸,朦胧不清,像是从一个遥远的地方注视着我。

"那么,我们现在怎么办?我是说,具体的该做什么?"

"居纳尔等着我们完全接手这件事。所以我们直接到那儿去。事实上应该是越快越好。"

"好,"我说,"我要去参加博格希尔的葬礼,实际上,现在就该走了。所以行李是早打点完毕。我现在就可以动身。我们在那地方碰头吧?"

"行,就这样,"英韦说,"那么,明天我就开车过去。"

"明天?"我说。"现在我得想想。"

"为什么你不坐飞机到我这儿来,然后我们可以一起开车下去？"

"好主意。我就这么办。等我知道了我坐的是那一趟班机再给你电话。OK？"

"OK。那我们明天见。"

我放下话筒，走进厨房，给茶壶灌好水，在橱柜里取出一袋茶，把它放进一个新杯子里，身体紧靠着厨房案桌，冲上方望着从屋旁经过的那条死胡同路，在小花园尽头生长起来的茂密翠绿的树丛间，隐约看得见它像灰色的斑块那样时隐时现，再往上直到公路的边沿。在另一边矗立着一些硕壮高大的落叶树，树荫下的幽暗中一条小道往上蜿蜒直到主要公路，海于克兰医院的塔楼高高耸现。我唯一能想到的是，我没法去想那些我应当想的事情。我不觉得我有什么应当。我想，爸爸死了，这是一件很大的重要的事，它应当完全占据我的全部身心，但它没有。因为我站在这里瞅着烧茶的水壶，心里恼怒着为什么水还不开。我站在这里望着外面，就像每次我看见花园的时候一样，想着我们是多么幸运有了这样的一套公寓，因为房东老太太会拾掇花园，没想着爸爸死了，即使这是唯一的实际上有着一定含义的事情。这应当是一种震惊吧，我想，把水冲进杯里虽然水还没有烧开。这个贵重的有着时尚款式的锃亮茶壶，是英韦送给我们的结婚礼物。杯子，这金色的赫格娜斯（Höganas）陶瓷杯，记不得是谁送的了，只是列在了托妮耶的礼品心愿单上。我抓住茶袋上的线在水中提了几下，然后把它扔进水槽里，袋子触到槽底时发出噗嗒一声响，我手里握着杯子走进了饭厅。还好,至少是我独自一人在家,谢天谢地!

我在客厅里走了几分钟,试图给爸爸的死寻找某种意义,但我没能做到。他的死没有意义。我理解他的死亡,我接受他的死亡,从一方面来说这也不是没有意义,已经颠覆了的一艘生命之舟跟它颠覆之前没什么区别,另一方面来说,这是众多事实当中的一个事实,不应当让它占据着我的意识里。

我手里握着杯子在客厅里兜圈子,户外的天色是灰的、轻柔的,景色渐次往下展延开去,眼里满是屋顶和葱绿繁茂的花园。我们前几周才从沃尔达搬来这里,托妮耶在那里读广播新闻专业,我写了一部小说将于两个月后出版。这是我们第一个真正意义上的家;沃尔达的那个寓所不算,只是暂时的,但这里是永久的,或者说看起来像是永久的,这是我们的家。还能闻到墙上油漆的气味。餐厅里是牛血的红色,是根据托妮耶母亲的建议刷的,她是个艺术家,但她绝大多数的时间是花在室内装饰和做饭上,这两方面都是高水准——她自己的家看上去就像在装潢杂志里的房子,她招待客人的餐点,总是制作精致色味俱佳;她家的起居室跟其他房间一样是蛋壳白的颜色。但我们这里完全没有装潢杂志里的那种范儿,过多的家具、海报和书架,显示我们才刚摆脱学生生活。我是靠学生贷款完成这部小说的,因为我还挂着一个文学研究专业的名号,到七月这笔钱就不再提供,因此眼下我是弹尽粮绝囊空如洗了,我得向出版社预支稿费。爸爸死了,这一切的到来就像是个征兆,因为他有钱,应当是有钱吧?他们三兄弟卖了在埃尔韦街的房子,把卖掉的钱平分了，这是不到两年前的事。他不可能在这么短的时间把这钱都挥霍了吧？

我父亲死了，我在想着我会从他那儿得到的钱。

又怎么样呢？

我想着我想的事，抱歉，就是这样的，可以么？

我把杯子放在饭厅的桌上，打开那扇单薄的门，来到阳台上，僵直的手支撑在栏杆上，向外望去同时呼吸着夏天温暖的空气，将满满一股充满着植物、汽车和城市的形形色色各种气味的空气吸至肺底。接着我又回到客厅四下张望。我要吃点什么、喝点什么、出去买点什么？

我来到过道里，朝卧室望进去，宽大的、还未整理的床，一道通向浴室的门。这我可以做的，我想，冲个澡，这不错，我马上就要动身外出了。

脱下衣服，站在水流下面，蒸腾的热气萦绕在我的头上，热气沿着身体直通全身。

我要打一发吗？

不，真该死，爸爸死了呀。

死了，死了，爸爸死了。

死了，死了，爸爸死了。

站在热水下面也索然无味了，我关上水龙头用大毛巾擦干身上的水，在腋下抹了点除臭剂，穿上衣服来到厨房里看现在几点钟了，同时用一条小毛巾揉搓头发。

两点半。

还有一个小时托妮耶就回家了。

当她从门里进来时,把这一切从头至尾原原本本地再来一遍,我甚至连想想这个都受不了,于是我走进过道,把毛巾从敞开着的浴室里扔进去,拿起电话拨她的号码。她立刻就接了。

"我是托妮耶。"

"嗨,托妮耶,是我,"我说,"你怎么样,好吧?"

"好。实际上我现在正在剪辑,只是到办公室来取点东西。把手里的事弄完了,我就回家。"

"好。"我说。

"你在干什么呀?"她说。

"没有,没干什么,"我说,"英韦来电话。爸爸死了。"

"你说什么?他死了?"

"是。"

"哦,真可怜!哦,卡尔·奥韦……"

"没事的,"我说,"事实上,这是意料中的事。但不管怎样今晚我得过去。先到英韦那里,然后第二天一早我们开车过去。"

"要我一起去吗?我是可以的。"

"不,不用。你得工作!待在这儿,然后来参加葬礼。"

"哦,真可怜,"她又说了一句,"我可以让其他人接手剪辑的事。然后我立刻回家。你什么时候走?"

"不用急,"我说,"我几个小时后就要动身。一个人独自待一会儿没事。"

"肯定？"

"是，是。非常肯定。其实我心里没感觉。我们已经谈论这事很久了，要是他继续这样的话要不了多久就会一命呜呼。所以我是早有准备的。"

"好吧，"托妮耶说，"那我就把活儿干完，然后尽快回家。你自己要好好的。我爱你。"

"我也爱你。"我说。

当我放下话筒时，想到了妈妈。她也应当知道这件事。我又拿起话筒拨响了英韦的电话。他已经把一切告诉她了。

穿好衣服坐在客厅里等着时，我听到了托妮耶已在门口。她像一阵夏日的风那样进到了公寓里，那么新鲜而又充满活力。我站起身来。她的动作有点慌乱，眼神里满含关切，她拥抱了我，说她愿意跟我一起去，但我是对的，最好她还是应该在这里，于是我打电话叫出租车，和她一起站在门外的阶梯上，等了五分钟后车到了。我们是夫妻，我想，我们是丈夫和妻子，我的妻子站在屋外向要离去的我挥手，想着想着就笑了。这想象的画面是从哪里冒出来的呀？难道我们是在扮演丈夫和妻子，难道我们不是真的夫妻吗？

"你在笑什么？"

"没什么，"我说，"只是想到了一些事。"

我捏了捏她的手。

"车来了。"她说。

我朝远处那一溜房子望去。黑色的、像是一辆车开动的样子，出租车在那边的坡路上往上匍匐而行，在十字路口那里车停住，犹豫着，然后谨慎地朝右边的方向继续向上爬行，那条街与我们现在站着的这地方同名。

"我叫他一声？"托妮耶说。

"不，为什么？我自己也一样可以叫啊。"

我拎起箱子走上通向公路的阶梯。托妮耶跟在后面。

"我到十字路口那儿去，"我说，"我从那里上车。今天晚上给你电话。好吗？"

我们互相接吻道别，当我转身朝十字路口走去时，出租车正从那条坡路上倒车下来，她挥动着手。

"克瑙斯高？"当我打开门把头探进车里时司机说话了。

"对，是我，"我说，"去弗勒斯兰机场。"

"坐进来吧，我去拿你的箱子。"

我佝偻着身子坐进后座，然后身体坐直。出租车，我爱出租车。不是醉酒之后坐车回家，而是旅游时坐着它去机场或是火车站。还能找到比坐在出租车后座上让它带着你穿梭在城里城外去往某个地方更有劲的事吗？

"这儿的路，不好找啊，"当司机坐进来时他说，"我听说过这里，这路有岔道，但我自己从来没来过。二十年了。这还真有点怪。"

"是啊。"我说。

"我想现在我是什么地方都去过了。我想这一定是我没走过的最后一条路。"

他在镜子里冲我笑了一下。

"去旅游吧?"

"不,"我说,"恰恰不是这样。我父亲今天去世了。我要过去安葬他。在克里斯蒂安桑。"

简短的交谈就这样结束了。我一动不动地坐在那里望着窗外一路上出现的房屋,没有特别想什么,只是这么注视着。明德,凡托夫特教堂,霍普。加油站,车行,超市,独立小区,树林,水流,建筑工地。当我们进入最后一段路时,我可以看到机场的调度塔楼,我从上衣内的口袋里找出银行卡,弯下身去读前面计程表上的数字。三百二十克朗。所以最聪明不过的还是不要去坐出租车,乘公交车到这里只花十分之一的价钱,现在我手里缺少的,就是这钱了。

"可以给我三百五十克朗的发票吗?"我说,把卡递给了他。

"可以,当然。"他说,从我手中把卡一把抓了过去。刷了表上的数字,紧接着发票噼啪冒了出来。他将它连同一支笔和一张厚卡纸递给了我,我在上面签字,他又撕下一张新发票给我。

"谢谢你。"他说。

"谢谢,"我说,"我自己取行李。"

虽然行李箱很重,但我自己提着它走进了候机室。我讨厌这些带小轱辘的推车,因为首先它们很女性化,这不适合一个地地道道的男子汉,一个男人就应该自己搬运,而不是去推车,这第二个理由是因为它们勾画出了一个便利、快捷、省力和明智的画面,这些我都厌恶,我愿意任何事都尽可能地自己干,虽然在这里是一桩不足道的小事。为什么活在这个世界上的人不去感受一下地球的引力？我们是生活在图画里吗？人们在节省力气但我们省这个力气究竟又为的是什么？

我把箱子放在这间小小的候机室地板的中央，抬头看班机起飞的时刻表。五点钟有一班开往斯塔万格的班机，我完全来得及赶上。但还有一班是六点钟的。因为我喜欢坐在机场，或许比我更喜欢坐在出租车里，所以我决定坐后面那一班。

我转过头朝检票口那儿望去。除了最里面的三个外，那儿看上去混乱不堪，排着长长的队伍，我不像是这些旅行者中的一员，他们几乎都是无一例外的轻松愉快，行李箱都是大型的，个个都是一副欢天喜地的样子，那种兴致勃勃的劲头，只差找一个可以端起酒杯的地方了，让人立刻明白他们乘坐的是去南方的旅游包机。在我站着的值机柜台前只有稀稀拉拉的几个人。我买了机票，检票进去，缓步走向墙那一边的公用电话给英韦挂个电话。他立刻回答了。

"嗨，是我卡尔·奥韦，"我说，"六点一刻的班机。那我就是差一刻七点到苏拉。你来机场接我，还是……？"

"我来接你。"

"又有什么新消息吗？"

"没有……我给居纳尔去了电话说我们来。他也不知道更多的情况。我想我们可以明天一大早就出发，那我们就来得及在殡仪馆关门以前去那里一趟。明天可是星期六。"

"好，"我说，"这听上去不错。那，我们待会儿见。"

"好的，再见。"

我放下话筒走上了去咖啡店的楼梯，买了杯咖啡和一张报纸，找到一张可以从那儿俯视下面大厅的桌子，把夹克挂在椅背上同时对周围扫视一遍看那里有无我认识的人，然后坐了下来。

有关爸爸的思绪循环着冒了出来，自打英韦给我打了那个电话之后就开始这样，但内心不含有任何的情感，始终像是在做一种清醒的确认。这已经足够了，因为我对此早有思想准备。自从他和妈妈分手的那个春天起，他的生活便只朝着一条道了。那时候我们还不理解这个，但在某一时间的十字路口他越界了，从那时起我们就知道任何时候他都可能出事，并且是那种最糟糕的事。或许这也是件好事，就看你怎么去诠释了。我长期以来就巴望他死，自从我明白他的生命很快就可能完结那一刻起，我就开始这么期望。当电视里报道有关他居住的那一地区的死亡事故，这可能是火灾或是车祸，在树林或是海洋里发现尸体，我立刻觉得有了希望：或许那是爸爸。然而从来都不是他，他且活着呢，他继续这么活下去。

直到现在，我想，看着下面大厅里四处走动着的人们。二十五年以后他们当中的三分之一会死掉，五十年以后会是三分之二，而一百年以后他们会统统死去。死后的他们又怎样回归呢，那时候生命还有什么样的价值？就这样嘴巴张开，眼眶里空洞的两个黑窟窿，待在泥土下最深处？

或许判决的日子事实上是要到来的。所有的这些骨头架子和头盖骨在数千年的岁月里会被那时活在地球上的人们挖出地面，稀里哗啦地把它们都拼在一处，这些骷髅架子立了起来，朝着太阳龇牙咧嘴，而上帝，墙上的天使都簇拥在他的上方和下面，这天庭的主宰，将会判决他们。大地上一片郁郁葱葱，宽广富饶，神圣的号角吹响了，所有的平原和山谷，所有的沙滩和平地，所有的海洋和河流，这些死亡了的人们立起身来，走向那权力无边的神明，他们将被上升到上帝跟前，审判后沉重的、魔鬼的心被遣放下降至燃烧着烈火的地狱，审判后轻灵的、善良的心被引领上升到充满光明的天堂。现在在那里走动着的人群，拉着带轱辘的箱子提着免税商店的塑料袋，带着他们的钱包和银行卡，散发着香水味的腋下和他们的眼镜，他们染过的头发和他们的助步车，所有这些人也都要在沉睡里被唤醒过来，他们和那些死于中世纪时期或是石器时代的人没有什么不同，不可能看出有什么区别，他们都是死去的人，死了就是死了，死了的人将在末日被审判。

在大厅后头的行李传送带那里，一群日本人走过来，或许有二十个。我把冒着烟的香烟放在烟灰缸里，喝了一口咖啡，同时我的眼睛追随着他们。他们看上去是陌生人，不是因为他们的装束或是外貌，是因为他们的举止，非常令人着迷，住在日本，被一群陌生人包围住，人看见一切，但不能理解，或许能猜出它的含义，但又绝不能完全肯定，这是我长久以来的梦想。坐在一栋日式房子里，斯巴达的简单生活方式，滑动门和纸墙，这些应该算作是与我个人和我的北欧式的浮躁相比极其遥远的陌生，所以这自然是梦幻般的事情。坐在那里写一部小说，如何观望着周围，缓慢地构思我手下写的东西，因为思考的方式自然同我们身在其中的具体环境有着紧密联系，就如我们同人的谈话和我们阅读的书籍一样。日本，还有阿根廷，在欧洲人的眼里来说完全是另一种类型，是完全移身到了另一地方，还有美国，比如缅因州那儿许多小城镇中的一个，有着挪威南方海岸的自然风貌，在那里又该会是如何的一个景况？

我放下杯子，又拿起了香烟，往椅背上靠了靠，朝那边的街上看去，那里已经坐着好些旅客了，虽然现在还差几分钟才到五点。

现在说的是卑尔根。

一股冰冷的风从我身上穿过。

爸爸死了。

自英韦给我打电话后，这是我第一次在心里唤起他的面容。不是他最后几年的模样，而是我同他住在一起直到成年的那些日子，那时候我们和他一起在冬季里到特罗姆岛外面去钓鱼，那时风在耳边怒号着，巨大的、灰色的波浪膨胀鼓拥着在我们身下的山崖上被撞击得粉碎，空中含着浪花的飞沫，他手里拿着钓鱼竿，摇动竿上的曲柄同时朝我们笑着。浓密的、黑色的头发，黑色的胡须，有点不匀称的脸颊上挂着一层小水珠。蓝色的油布衣衫，绿色的胶筒靴。

就是这样的形象。

我想看见的他是处于较好状态之中的那个样子，这就是典型的我。在潜意识里我愿意选择那些我对他怀有温暖之情的时刻。这是尝试着想自我掌控,明确地说,就是想为排除那种非理性的多愁善感扫清道路,要是那个出口很快被打开,便会放荡不羁不可收拾,将我毁于一旦。这种潜意识里的活动,作为某种对思想和意愿的训诫,它一定是审视自我的,脑子里可以想到的一切被加热了,与那些内心明智的考虑处于对立面。爸爸活该死,他死了是好事,我心里发出的另一种声音,那是谎言。这说的不仅仅是我成长时期他同我相处的日子,这也包含他在生活的半道上切断了所有那些旧的关系,一切重新开始。因为他改变了自己的生活,所以也有与我的接近,但这无助于事,他要成为怎样的他,我也并不想知道。那个春天他与妈妈断了之后,他开始饮酒,整个的夏天他坐在那里一直喝,他们就是这么做的,爸爸和温妮,他们坐在太阳下面喝酒,那些漫长的、愉快的、令人陶醉的日子,然后开学了,情况仍然继续,但只是下午、晚上和周末的日子。他们搬到了挪威北方,一起在那里的同一所学校工作,那时候我们开始猜想他会怎么样了,因为我们有一次坐飞机去看他,英韦,他的女朋友和我,在爸爸开车来接我们的车里,他脸色苍白,手在哆嗦,他几乎一句话也没说,当我们回到他的寓所,在厨房里他有节制地喝了三杯啤酒,他立刻像又活了过来,手不再发抖,把我们招待进去,开始谈话,继续喝着酒。这些日子,是放寒假的时候,他一直喝着酒,而且自己强调说这是在假日里,所以人们是可以喝点儿的,尤其是在这里北部,整个冬天是那么的黑暗。那时候温妮在带着孩子,所以现在他是独自一个人喝酒。同年春天,他到克里斯蒂安桑地区的一所学校视察检查工作,他邀请了英韦,他的女朋友和我去酒店共进晚餐,那是卡勒都尼恩酒店,但我们站在酒店前台将和他碰头的地点时,他不在那里,我们等了半小时,问询前台服务,回答说他在自己房间,我们上楼去到了那里,敲门,没人回答,他一定睡着了,我们更重地敲门喊着他的名字,没有任何反应,就这样我们空跑了一趟然后离开了酒店。两天以后,卡勒都尼恩酒店失火,有十二人丧生,我那时在上高中二年级,在课间吃东西的休息时间同巴森一起开车下来到了酒店,看着那里正在进行灭火。要是我父亲在那里,依他的那种状况,他一定会是死者当中的一名,这是毫无疑问的事,我对巴森说,但我或是英韦谁都不明白他到底出什么事了,我们对酗酒者的情况毫无经验,家里也没有人是这样,虽然我们知道他喝酒的,因为慢慢地我们见识了他许多个醉酒的夜晚,最后是哭天抹泪的,大吵大闹,抱怨嫉妒,失去了人所有的价值和尊严,但这时间维持不长,到第二天早上又一切恢复正常,他一直可以胜任工作,这是他的骄傲,我们不明白为什么他不能做到不喝酒,或许他压根儿就不愿戒酒。现在这是他的生活,现在是他在过自己的日子,虽然那时孩子已经出世了。在一些早上可以喝几口让自己脑子清醒过来,使自己可以去学校上班,但绝不会喝醉,一天之内喝几瓶啤酒影响不大的不会有事的,只瞧瞧那些丹麦人吧,他们吃中饭时也喝酒,丹麦那儿不是也挺好的吧,不是吗?

　　冬天里他们去南方,旅行社负责人收到了他们的投诉信,一次我住在他们家时偷看到了这封信，事情的起因是因为他一下子瘫倒在地，被救护车送到了医院，他感到胸口剧烈疼痛，之后他投诉了这家旅行社，因为他认为医院是把他作为心肌梗死来处理的，于是旅行社明确答复，这不是什么心肌梗死，引发父亲倒地的原因是与酒精和药片有关。

最终他们离开了北方，搬回到南部，在那里他终日喝酒，现在的他身体皮肉松弛肥胖，挺着一个硕大的肚腹。为接我们要他脑子清醒待在车里几个小时，现在几乎是难以想象的事。他们离婚了，爸爸再次搬迁到了一个南方小城，在那里他找到了新工作，几个月后工作也丢了，那时候他一无所有了——没有婚姻，没有工作，也几乎没有了孩子，因为温妮希望他同孩子住在一起，事实上也让他这么做了，但结果弄得很糟糕，他最后被取消了对孩子的探视权，其实这对他来讲是件无所谓的事，但他仍然怒火万丈，或许因为这是他的权利，而这一点，他的权利，是现在他在任何事上都抱着不放的东西。更可怕的事发生了，他所拥有的一切，就是南方的这套公寓，他坐在那里面喝酒，要是他不去城里的酒吧的话，他就一直坐在家里喝。他庞大的身躯像只桶，虽然皮肤还依旧是棕色的，但它黯淡、委顿，就像上面罩上了一层失去了光泽的膜，加上胡须和头发还有懒散邋遢的衣衫，他看上去就像是一个野人在那里四处搜寻酒喝。一次他突然失踪了，仿佛他沉入了地下几个星期。居纳尔给英韦打电话直接通知他说他已经给警方报了失踪。当他再度见到他时，那是在南方某地的一家医院里，他躺在那里不能走路了。那是暂时性而不是永久的瘫痪，他又重新站立起来，在一家戒酒精中毒的诊所里待了几周后，他又跟从前一样了。

这段时间我没有跟他联系。而他越来越经常地去看祖母，每次去待的时间也越来越长。最后他搬过去把自己封闭起来。他把他还剩下的所有东西搜罗在一起，放进车库里，那时居纳尔为单独生活已经很困难的祖母安排了家庭护理，但他赶走了看护，把门锁上。直到他死他都一直在那里和她住在一起。居纳尔一次给英韦的电话里偶然提到了那里发生的情况。其中一件事是，有一次他过去那里看他们，发现爸爸躺在客厅的地板上。他的腿摔折了，但他不叫祖母打电话叫救护车来，这样可以送他进医院，相反地他威胁她不许把这件事告诉任何人，也不许告诉居纳尔，就这样，他躺在那儿，周围满是留有吃剩食物的餐盘，啤酒瓶和酒杯，还有她端给他的来自他大量存酒当中的酒。他在那里躺了多长时间，居纳尔不知道，或许是一天，或许是两天。他给英韦电话告诉了他，他明白再不能这样下去了，他认为唯一的办法是我们应当介入此事，把父亲从那里接出去，因为他这样会死的，我们商量了这事，但决定就让他这样，他在自己的海里航行，过着自己的生活，死也是自己的死。

现在他已经这么做了。

我站起身走向柜台想去再倒点咖啡。一个穿着深色的、高档精致很有品位的西服的男人站在那里，他脖子上有一条丝质围巾，肩头上落有头屑，当我走到那里时他正要倒咖啡。他把白色的杯子，放在红色的托盘上，满当当的一壶黑咖啡，当他把手里的壶举起了一点时用问询的目光望着我。

"谢谢，我自己来。"我说。

"请便。"他说，然后把壶放回到两个炉盘中其中的一个上面。我猜想他是属于那种学院派类型的人物。服务员，一个五六十岁之间的身材宽大的女人，肯定是个卑尔根人，因为在那个城市居住了八年之久的我在城里到处都看到这样的面孔，在公交车里在街上，在柜台后商店，都是剪得短短的、染过了的头发，戴着只有那种年龄段才显得合适的正方形的眼镜，我伸出手让她看见我手里杯子中的咖啡。

"再一杯咖啡。"我说。

"五克朗。"她说，字正腔圆的卑尔根口音。我把五克朗放在她手里，又回到我的桌子跟前。我口里发干，胸膛下面的心跳得很快，好像我十分兴奋，但我并不兴奋，相反的，我坐在那里心情平静而沉重，注视着悬挂在巨大的玻璃天花板上的那个小飞机，白日的光线正凝聚在上面，然后朝航班时刻表望去，那里的钟显示现在正是五点一刻，再将目光下移看着那些聚在一起排队的、在地板上来来往往的、坐着看报的、站着在谈话的人。这是在夏天，下方的人们衣着轻盈明快，棕色的身体，声音轻松愉快，旅行时聚集在一起的人们总是这样的。有时候我也像他们一样坐在那里，可以感受到明亮的色彩、清晰的线条、棱角格外分明的脸庞。这是意义的储存。没有这些意义，就如同现在我与他们的关系一样，那是遥远的和某种方式的模糊不清，不可能抓住要领有所感受，就像没有黑暗的阴影，只是灰蒙蒙的一片。

我转过身去看着出口。一群一定是刚刚抵达的旅客，正从飞机沿着地道般的空桥走上来。登机口的那道门开了，叠好的外套搭在手臂上，手提袋和塑料袋在大腿上碰来撞去的旅客们进来了，抬起头寻找显示行李传送带号码的指示牌，继续向右往前走，然后消失。

两个男孩走过来经过我身旁，每人都提着一个装可乐的纸袋，手里拿着冰棍。一个在唇上和下巴处看得出有胡须，应当是十五岁左右。另一个个子小些，嘴上无毛干干净净的一张脸，不必因为这一点就认定是年少。这大一点的有个不能合上嘴的厚嘴唇，加上他一副空洞洞的眼神，看上去很蠢。小个子眼神灵动，有十二岁孩子的那种机灵劲儿。他说了点什么，二人哈哈大笑，当他们朝桌子那走去时，他一定又重复了这句话，因为坐在那里的人也笑了起来。

我想知道他们究竟是多大的年纪，无法想象我也有过十四五岁那么小的时候。但一定是有过的。

我把咖啡杯推开，站了起来，把夹克搭在手臂上，拎起箱子朝登机口走去，紧挨着检票柜台坐下，那儿穿着制服的一男一女在自己的电脑面前工作。我身子后仰，把眼睛闭上了几秒钟。爸爸的脸又出现在我眼前。仿佛它躺在那里等待着。雾霭中的花园，被踩过的带一点泥土的草，一架梯子竖着靠在树旁，爸爸朝我扭过来的一张脸。他用双手扶着梯子，穿着长筒靴和一件厚针织毛衣。在他身旁两侧地上放着两个白色的木盆，在梯子的最高一层的钩子上挂着一只桶。

我睁开眼睛。我不记得有过这样的经历，这不是什么回忆，但如果它不是回忆，那又是什么呢？

啊，不，他死了。

我吸了一口气，站立起来。在检票柜台跟前已经站着一小队人，在这里旅客们揣测着工作人员的一举一动，从他们的动作看来，显然登机的时间很快就要到了。

死了。

我站到队伍最后一位的后面，这是个肩头很宽矮我半个脑袋的男人。后颈上的头发乱蓬蓬的，耳朵里也长着毛发。他身上有股剃须水的味道。我后面又站上来一个女人。我将头微微扭转，为的是瞟她一眼，看看她的面容，精心涂抹的大红色唇膏，画了眼线扑了粉，看上去不像人脸更像是张脸谱。不过她身上的气味很好闻。

从飞机上下来的清洁工一溜小跑着上了空桥。穿制服的女人对着电话讲话。她放下话筒，拿起一个小麦克风说现在一切就绪开始登机。我打开手提袋外层，取出机票。我的心跳又开始加快，好像是它要独自出外旅行。几乎有点承受不了。但我必须忍受。我把身体的重心从一条腿挪到了另一条腿上，向前稍稍低下头，这样我可以看到窗外的跑道。那些小拖车中的一辆装载着行李开过去了。一个穿连身工作装，戴着耳罩的人向那里走去，他手里拿着用来指挥飞机降落地点时用的像乒乓球拍的东西。排着的队开始往前移动了。我的心脏怦怦跳。手心出汗。我盼望坐下，我盼望着坐在高空中往下看。我前面的那个矮胖的小个子拿回机票票根。我把我的机票递给那个穿制服的女人。不知出于什么理由,当她接过我的票时直视着我的眼睛。她很漂亮,是那种绷住了的严肃的美,五官端正,或许鼻子稍有点尖,一张小嘴。眼睛清澈碧蓝,虹膜外的深色圈显得格外分明。我直视着她短暂的一会儿,然后垂下眼睛。她笑了。

"一路顺风。"她说。

"谢谢。"我说,跟着前面的人走下那地道般的空桥进入飞机,舱门处有位中年女人站在那里向每位进去的旅客点头,我接着通过中间的过道,直到最后一排座位。把手提袋和夹克放到上方的行李架里,在狭窄的座椅上坐下,系上安全带,双脚向前,上半身往后一仰。

就像这样。

我坐在飞机上前往安葬我父亲的路上,同时我想着我坐在飞机上前往安葬我父亲的路上,我的元认知突然增强了。我所看见的一切,所有的这些脸孔和身体,在这里经过机舱缓慢走过去把行李放上去的、在座位上坐下的,在那里把行李放上去、在座位上坐下的,都被一个反射的阴影跟随着,它必须得告诉我,我看见这个了,同时我意识到自己看见了,然后进一步陷入荒谬,同时这个无所不在的思想的阴影,也或者说思想的镜子,也隐含着批判意味,指责我没有感受到的比感受到的更多。我想着,爸爸死了——然后他的样貌突然闪现在我面前,仿佛我需要"爸爸"这个词的图解——我,坐在飞机里是为去安葬他,却对这一切表现淡漠,我想着,当我看着那两个或许只有十岁的女孩子在一排位置上坐下，过道另一侧的那两位一定是她们的母亲和父亲，我想着我想着我想着。这一桩桩事情以飞快的速度争抢着肆掠侵袭全身，却都毫无道理可言。我开始感到恶心想呕吐。一位妇女把她的手提箱放在我座位上方的行李架上，脱下外衣把它放在箱子上，与我的目光相视，礼节性地笑了一下，然后在我的身旁坐下。她四十岁左右，有一张柔和的脸、温暖的眼睛、黑头发，个子不高，身材略微丰满，但不是胖。她穿的衣服是一套的，就是说，裤子和衣服是同样的颜色同样的款式，女人们穿这种衣服叫什么来着？套装？里头是一件白衬衣。当我看着她的时候，我想着，虽然我像是看着前方，但我的注意力并没有放在目光投向的位置，而是眼角余光之处，在那里的才是这个"我"。她刚才手里一定拿着一副眼镜但我没有注意到，因为现在她把它架在了鼻尖上，翻开了一本书。

她身上有一种与银行工作相关的气息。不是出自于她的柔和，然而也不是因为她皮肤白皙。当她在椅子上坐下时，包裹在裤子下的大腿仿佛要被挤压出来，她的肌肤究竟有多么白皙，只有在深夜某地某旅馆房间的朦胧中才能知晓吧？

我试着咽口水，但口里那么干我的那点唾沫还不足以咽下喉咙。又一位旅客停在了这排座位，一个精瘦的中年男子，肤色蜡黄，面容可怖，穿一身灰色西装，他在最外面的位置上坐下，既没对她也没对我看一眼。"登机完毕"，扩音器里的一个声音说。我朝前弓下身，这样我可以看见机场上方的天空。西边天上的云层裂开了缝，下面那一片在成长中的小森林在太阳的万道光芒下，呈现出一片带有光泽的、几乎是闪动着的绿色。发动机启动的声音响起来了。窗户微微震动。身旁的那位女人把手放在书页上，凝视着前方。

爸爸一直有飞行恐惧症。在我长大过程中的记忆里，这是他唯一喝酒的场合。通常他避免坐飞机，当我们要到什么地方去就开车代替乘飞机，几乎不管有多远，但有时他也得乘机，那时候他就强迫自己灌下在机场咖啡店找到的任何一种含酒精的饮料。还有许多其他的事他也避免去做，但我从没看见过，那时我也从来没有特别细想，因为一个人做的事总是比那不做的事明显，那些爸爸不做的事情，就很难察觉到，这完全不是因为他有什么神经质的问题。他从不去理发店，他总是自己剪头发。他从不坐公交车。他几乎从不在就近的商店买东西，总是到郊外的大超市购物。所有这些能够与人接触，或是可能被人看到的场合，虽然他是教师，每天也站在课堂上讲话，周期性地召集学生家长开会，也每天在教师休息室与他的同事聊天，他仍旧一贯地避免这些社交场合。这些事情之间有什么共同点？或许他不想偶然地掺入某个集体？在那种场合他会被看见一些他不能自控的东西？在公交车上，在理发店，在超市的收银台跟前，他脆弱易受伤害？像这样的情况都完全是可能的。当我在那里的时候，我却没能留意到。很多很多年以后，首先我突然想到了，我从来没有看见爸爸坐过什么公共汽车。他也从来没有参加过英韦和我所参与的那些社会活动，也注意到他从来不那么引人注意。一次他参加了我们学校期末的聚会，他坐在靠墙的地方准备观看我们表演的剧目，我在里面扮演主角，但非常遗憾，上一年的成功让我还沉浸在小孩子的自高自大之中，我没有下足够的功夫去排练，没必要把所有的台词都记得那么准确，一切都会顺利的，我想，当我站在那里，或许也是因为受了我的父亲就在近处的影响，我几乎一行字都记不起来了，这是个有关一座城市的长剧，我演的是市长，我们老师只能从头到尾给我提词。在回家路上坐在车里时他说他从来没有这么被羞辱过，他也绝不会再参加我们学校期末的聚会了。他守住了他的诺言。他从来没有看过我成长过程中踢过的无数次的球赛，他从不属于那些把我们开车送到外面的比赛场地的家长中的一员，在当地比赛时也从来不和其他人的父母一起站在球场边观看，对这些我也从没有什么反应，或者认为这不正常，他就是这样，我的父亲，和他一样的许多父母都这样的，因为在70年代末至80年代初的时期，那时候作为父亲较之今日的父亲有着不同且比较狭义的意义，至少在许多实际的层面上。

对了，他看过一次我踢球。

这是在我上九年级的冬季里。他要开车前往克里斯蒂安桑，顺道带我去谢维克的土地球场，我们有一场和北方来的球队的训练赛。如往常一样我们坐在车里缄默无语，他用一只手扶着方向盘，另一只支撑着窗户，我的双手放在膝盖上。我突然有一股冲动，就问他能不能去看这场球赛。不，他当然不能够的，他还得继续往下开往克里斯蒂安桑。我也没有指望着你会去看，我说。我的话里没带有失望情绪，实际上也没有非常希望他去看这场比赛的意思,这并不重要,只是说说,我也没有认为他会去的。在后半场快结束的时候,突然我看见他的车停在球场的边线外,在几米高的雪堆后面。挡风玻璃后面那个黑影子,我猜想就是他。就在比赛还剩下最后几分钟的时候,球门前的哈拉尔从边上给了我一个极漂亮的传球,只需我往前一伸腿就成,我也这么做了,但用的左腿,这是我不太能控制的没什么感觉的一侧,球踢偏了,没射进球门。在回家的路上坐在车里他开始评论了。你没利用进球机会,他说。在门前你有那么好的一个机会。我真不相信你会踢飞。是的,我说。但不管怎么说我们赢了。那比分是多少?二比一,我说,很快地瞅了他一眼,因为我希望他问是谁进的这两个球。他问了,谢天谢地。那,你进球了吗?他问。进了,我说,两个球都是我踢进的。

我的额头靠着窗户,那时飞机在跑道尽头停下来,在发动机开始加足马力发出剧烈轰隆声的时候,我开始哭了。泪水莫名其妙地涌了出来,直到滴落我才察觉,这真是蠢到家了,我想,这是多愁善感,是愚蠢。但毫无帮助,我已经陷入柔软、模糊、没有边际的情绪里,没法走出来,直到几分钟后飞机轻轻地离开地面,嗡嗡地开始爬升至高空。这时候,我终于又思绪清晰了,我朝胸前的T恤衫低下头来,在我拇指和食指间握着的票根上揉搓我的眼睛,就这样久久地坐在那里看着外面,直到我不再感到邻座乘客的目光。我把身体后仰靠着椅背,闭上了眼睛。但这没有完结。我注意到了,这仅仅是开始。

飞机上升到高空之后机身恢复水平位置，然后又调整机鼻开始飞行。空乘员开始急急忙忙地推着她们的手推车在过道里穿梭，给所有的旅客送上咖啡和茶。下面的大地，最初只是透过云层难得的缝隙展现出的单个的画面，起伏有致的美丽的绿色岛屿和蓝色的大海，陡峭的山峰和峰顶上的斑斑白雪，但渐渐的地势变得舒缓平整了，与此同时云层消失了，突然可将那平坦的罗加兰郡的地貌尽收眼底。此时的我心内动荡混乱。没有意识到的那些记忆，潮水般向我袭来，翻卷纷乱，同时我又试着要将自己从中摆脱出来，因为我不愿意坐在那里淌眼泪，一直分析这发生了的一切，但又没有实际的结论。他又出现在我的眼前，那次是我们一起去霍夫滑雪，我们穿越在树林里的树木之间，在每一处有光亮的地方都可以望见大海、灰色、厚重，浩瀚无际，要不就是总能闻到点什么，闻到雪和松树气味的同时也闻到了盐和海藻的味道，爸爸在我前面十米，或许是二十米远的地方，虽然他是全新的滑雪装备，从罗特菲拉（Rottefella）固定器到斯普利特肯恩（Splitkein）滑雪板和蓝色的滑雪衫，可他不会滑雪，他蹒跚向前，老年人的步态，没有平衡，没有快进，没有向前的冲刺速滑，我不愿意与这个影子捆绑在一起，所以我总是让自己掉在后面一段距离，脑子里装的全是有关我自己和个人风格的想法，仿佛我知道，有朝一日或许我会在这条路上走得更远。简言之，我为他感到羞愧。他购买了所有的滑雪装备，开车带我到特罗姆岛外为的就是想接近我，那时我自然猜不出这内中的含义，但现在，坐在那里闭上眼睛假装睡觉时，听到在广播里通知要系好安全带、座椅背调回原位的同时，心里又涌上一股新的悲恸袭遍全身，为掩饰夺眶而出的泪水，我再一次弯下身，将头抵在前座椅背上，但又不敢完全发作出来，因为在飞机起飞那会儿其他旅客就知道在他们身旁坐着一位年轻人在抽泣。喉头一阵压迫感，我什么也控制不住了，所有的情绪都迸发出来，我把自己完全敞开了，不是朝向那外面的世界，那里我几乎没法做到去瞅一眼，而是朝着内里，我内心的情感完全掌控一切占了绝对上风。为保持住剩下的一点点价值和尊严，我唯一能做到的是，自己不要发出一点声音。不要有一声哭泣，一声叹息，一句怨言，一声呻吟。每一次对爸爸死亡的醒悟又达到一个高潮时，便只有流淌下的泪水，和脸上各部位都不停扭曲着的扮鬼脸。

哦呜呜。

哦呜呜。

然后突然地，低落哀伤的情绪烟消云散，仿佛刚才完全充盈着我的十五分钟内所有的那些软弱和模糊不清，就跟涨落的潮水一样，退了回去，那时候我抵达了它最疯狂的边界，这一切让我爆发出轻轻的笑声。

"嘿嘿嘿。"我笑出了声。

我把手臂抬起来，用它在眼睛上左右搓了几下。想到坐在旁边的那个女人看见我在那里淌着眼泪把一张脸歪来扭去地不断扮鬼脸，现在又听到我在笑，于是我不禁又发出了一阵新的笑声。

"嘿嘿嘿。嘿嘿嘿。"

我看着她。她目光专注,凝固在她跟前的书页上。我们身后的两个空姐在两张小小的折叠椅上坐下,系上了腰间的安全带。窗户外面是太阳和一片绿色。地面上的阴影跟随着我们,越来越近,像一条被网拖住的鱼,直到机身的轮子触到地面的那一刻,阴影就完全进入了机身之下,像是被制动器和滑行的飞机牢牢地拽在了那里。

周围的人开始站起来。我深深地吸进一口气。感觉情绪好多了,强壮了。说不上高兴,但轻松了,像摆脱了突如其来的重负后总会有的那种轻松。我第一次有机会看到身旁的这位女人读的是什么书,因为她把书合上,拿着它站了起来,在中间的过道上踮起了脚尖为的是能够到上面的行李架。她在读的这本书是彼得·霍格(Peter Høeg)写的《女人和猿猴》(*Kvinnen og apen*)。我曾经读过一次。构思不错,但整本书有些单薄。在一般正常的情况下我会就这本书同她交换看法吗?如像现在这种情况下?不,我不会的,我愿意这么坐着思考我应该做的事情。我曾经有过这种同陌生人谈话的情况吗?

没有,从来没有过。

没有任何征兆显示出我今后会这么去做。

我弯下身朝窗外看去,望向下方尘土覆盖的停机坪,就像二十年前那样,我总是奇怪的但又十分清晰的回忆起当时我看到的一切,没有一次例外。当时也如现在在一架飞机上,如现在在苏拉机场,但那时是去卑尔根的路上,再从那里继续飞去南伯沃格的祖母祖父那里。每一次我坐飞机出行，都要强迫自己回想起这段记忆。以至于它成为我刚完成的小说的开头，这部书稿现在就放在我身下的飞机货舱内我的箱子里，是一部六百四十页的书稿，我得在一个星期内做完校订。

至少这是件好事。

我也将马上同英韦见面。自他从卑尔根搬走后，先去的是巴勒斯特兰，在那里他遇上了卡丽·安妮，和她一起有了孩子，后来去了斯塔万格，在那里他们又有了一个孩子，现在我们之间的关系有了变化，他不再是一个我在没事干的时候就可以随时去串门，可以一起去咖啡馆或是演唱会的那个他了，而是我可以偶尔去拜访几天的人，一切内容都是有关家庭生活的事。但我喜欢这样，我总是喜欢在别人的家里过夜，有自己的房间和新铺好的床，到处都是陌生的东西，浴巾和擦脸巾很温馨地备好，从这里就直接深入地进到了这个家庭内部的生活，尽管也总是有些不舒服的地方——几乎不管我拜访的是谁，因为有客人在家时，主人试图要避免那些不安定的因素，但又总会感觉到，你绝不会知道是因为自己的来临造成这种不安宁，还是本身这所房子里正发生着一些事，却因你的到来反而减轻了这种不安宁。第三种可能的情况是，显然的，这些不安宁仅是在我自己脑袋里生出的"不安宁"而已。

过道上的人稀疏了，我站起来，取下我的手提袋和外套，往前走去，出了机舱走进过道，然后进入到达大厅，这儿不算大，但有纷杂的通道、商店和咖啡馆，主要进口哪儿进进出出的旅客，他们有站着的、坐着的、吃东西的、看书报的。不管英韦身处哪一群人里我都能立刻认出他来，我不必看面孔来识别他，一个后脑勺一个肩头就够了，或许什么都不需要，因为对和自己一起长大的人会有一种感应，在那个个性形成和个性展现的时期彼此很接近，所以可直接判断，不需要思想从中做媒介。对自己的兄弟几乎无所不知，就凭直觉了。我从来不知道英韦在想什么，很难猜得出为什么他做着他正在做的事情，大概也难得参与他的判断，但我只能猜测而已，就这些方面来讲他和别人一样陌生。但我了解他的肢体语言，我了解他的手势，我知道他的气味，我自信知道他所有声音里的细微差别，还有，特别是这一点，我知道他会从哪里冒出来。关于这一点我无法用语言来描述，也很难得在脑子里去琢磨，但知道他就在那里。所以我不必用眼光在比萨饼店里搜寻，不必从坐在通道前面椅子上的或者是在大厅下面还是上面走动着的人们的脸孔上——掠过，因为只要我的脚踏进那里，我就知道他在哪里。我朝那里望了一眼，朝着看上去很老的像是一家爱尔兰酒吧的门面望去，他真的就站在那里，两只手臂交叉在一起放在胸前，穿着一条绿色的，但不是部队里的那种裤子，白色的T恤衫上面印着音速青春乐队（Sonic Youths）的《Goo》专辑封面图案，浅蓝色的牛仔夹克，和一双深棕色的彪马。他还没有注意到我。我看着他的脸，对这张脸比对任何事物都熟悉。他的高颧骨是从爸爸那儿遗传来的，但稍稍有点歪着的嘴唇，和脸型有所不同，他的眼睛那部分，更像妈妈的和我的。

他扭过头来和我的目光相遇。我是想笑一下的,但与此同时我的嘴唇扭曲了,以一种不可抵御的压力,最初盘踞在我心上的那种情感倏地一下又往上涌起。在一声哭泣声里它们迸发了出来,我开始哭了。手臂朝脸那儿举到了一半,又垂了下来,又泛起一道情感波澜,面孔又是一次新的扭曲。此时英韦望着我的目光我将永远也不会忘记。他看着我是一幅难以置信的样子。但这里面不含有任何的判定,更多的是像看到了一些他不理解的又没有料到的事,所以完全是一种猝不及防的表情。

"嗨。"我含着眼泪说。

"嗨,"他说,"我的车在这下面。我们马上就走?"

我点点头,跟着他下了楼梯,经过机场大厅,来到外面的停车场。西部地区的空气中有一种特殊的冷冽尖锐,不管是多么暖和的天气都一样,当我们踏入巨大屋顶形成的阴影里时,体会就更明显,这让我心情好了许多,很难形容,或许是我情感的那一方禁区已向外面完全敞开,但当我们在他的车跟前停下时至少我是从情绪里走了出来了,这时英韦戴上了墨镜,躬身向前,把钥匙插进了驾驶座那道门的锁眼里。

"你就只带了这么一点行李?"他说,朝我的手提袋点了点头。

"该死,"我说,"等在这儿。我马上去取。"

英韦和卡丽·安妮住在斯托尔海于格,一个离斯塔万格市中心有一小段距离的社区,是一个连栋房末端的一套公寓,房屋的另一端有一条路，路后面是片树林，再往下的树林边紧傍着一道延续几百米远的海湾。在附近还有一个公共花园，在那后面，是另一个住宅区，英韦的一个老朋友阿斯比约恩就住在那里，他们俩刚刚合伙开了一家平面设计公司。办公室就在阁楼上，他们刚购置的所有设备都放在那里，那时正学着使用。他们俩没有一个人是学平面设计的，而且他们都是卑尔根大学媒体专业的，和这个行当中有门道的人也没有联系。他们就这么坐在那里，在各自的大容量苹果机后面，干着他们接到的那些活儿。一份洪沃格节日海报，一些折页和宣传单，到目前为止就这些。他们可是把所有的东西都押在了一张牌上，就英韦这边来讲我可以理解：大学毕业后他在巴勒斯特兰市里做了几年的文化咨询顾问，这恰恰不是有许多路都向你敞开的那种地方。这样做是有风险的，他们唯一拥有的是自身的品位，对这一点很有自信，渐渐地这持续了二十多年的对不同种类大众文化的解读就变得很有经验了，从电影和唱片封面到服装和音乐，杂志和摄影书籍，从不引人注目的到最具商业价值的，始终是在致力于把好与次区别开来，包括一切过去和现在所有那些相关的东西。我记得，一次我们到下面的阿斯比约恩那里去，在那里喝了三天酒，那时候英韦给我们弹奏小精灵乐队（Pixies）的曲子，一个当时很新的但不知名的美国乐队，阿斯比约恩躺在沙发上身子翻滚着打哈哈，因为我们那时听着觉得它相当不错。太棒了！他在很大声的音乐声里喊着。哈哈哈！哈哈哈！太棒了！在我十九岁到卑尔根时，在最初的那些日子里的一天，他和英韦到我的学生公寓里来，无论是我挂在写字台上方的约翰·列侬照片，还是我那张与前景一小片生长葱郁的青草形成巨大反差的麦田海报，或者是杰里米·艾恩斯[1]主演的电影《教会》(*The Mission*)的海报，都没有荣幸留住他们的一瞥。一点机会也没有。列侬的照片是我对高中最后一段时间的回忆，那时候我同其他三个朋友一起讨论文学和政治，听音乐、看电影和喝酒，歌颂内在生活，并让自己和外在的东西保持距离，列侬是作为内在生活的使徒挂在我墙上的，虽然我始终是如此——远从童年时代就开始了，最喜欢的是麦卡特尼的那种略带甜味的风格。但在这里披头士完全不算是个符号，什么情况下都不算，没有过多久的时间列侬的照片就从墙上被取了下来。他们的好品位不是在大众文化上；是阿斯比约恩最先给我推荐了托马斯·伯恩哈德[2]，他已读过了在金谷出版社（Gyldendal）的维塔系列中的《水泥地》(*Beton*)，早于所有挪威文学爱好者对他关注十年之前，而我，我记得，我不能完全理解阿斯比约恩对这个奥地利人为何如此迷恋，十年以后，最初是同挪威其余的那些文学工作者一起，我才发现了此人的不同凡响。观察力是阿斯比约恩最大的天赋，我还从来没有碰到过有人像他那样对自己的嗅觉确信无疑，除了名字在学生圈子里被提起外，但它

---

[1] Jeremy Irons（1948—），英国著名影视演员。国际影坛上一位杰出的男演员，无论饰演正反角色，他的表演都能抓住人物的精髓，具有极强的感染力。曾斩获多项国际电影大奖，包括奥斯卡奖。

[2] Thomas Bernhard（1931—1989），奥地利小说家，剧作家，诗人。被称为战后最重要的德语作家之一。

能派上什么用场？观察力的意义在于判断，为了判断，人必须置身于外，而不是在那里创造什么。在很大程度上英韦是身在其中，他在乐队弹吉他，写自己的曲子，在那里听音乐，除此之外他也有分析能力，学院派方面的东西阿斯比约恩在很大程度上不具备或是不能派上用场。从很多方面来讲平面设计非常适合他们。

大约在我的小说被出版社接受的同时，他们成立了自己的公司，这样就有了让他们设计书的封面的可能性，然后以这种方式将一只脚伸进出版业的地域，但事情不这么简单。出版社自然是不会这样来看的。编辑盖尔·古利克森提到他将联系一家设计公司，询问我对书的封面设计有没有什么想法。我说我非常愿意我的哥哥来做这个事。

"你哥哥？他是封面设计师？"

"嗯，他是，他刚刚开始。他和他的一个合伙人在斯塔万格成立了一家公司。他们很有才干，我可以保证。"

"我们的程序是这样，"盖尔·古利克森说，"他们拿出一个方案来，然后我们再来看。要是不错，那好，这完全没问题的。"

情况就是这样。六月我到他们那里，带去了一本关于50年代以来的太空旅行的书，这书是爸爸的，里面全都是50年代那种乐观主义、未来主义风格的插图。我有个想法，就是采用奶油黄色，我看过茨威格[1]的《昨日的世界》那本书的封面。后来经过英韦的权衡之后选出了几张飞艇的照片，我觉得适合这本书。于是他们坐在阁楼里他们办公室的新椅子上，伴着户外强烈的阳光，做他们的样稿，我坐在他们身后的扶手椅上瞅着。晚上我们喝啤酒看世界杯足球赛。我高兴乐观，因为一个时期结束新的时期开始，这一感觉在我心里极为强烈。托妮耶刚好完成她的学业，在NRK电视台霍达兰郡分台找到了一份工作，我的处女作即将问世，我们刚刚搬进了我们第一间真正意义上的公寓，在卑尔根，这个城市是我们初次相遇的地方。在我整个学习期间始终和他们傍在一处的英韦和阿斯比约恩，开始了自己的事业，他们的第一个最重要的工作就是给我的书做封面设计。一切都建筑在有可能性的基础上，一切都指向了未来，像这样的经历这应当是我生命中的第一次。

　　几天下来的结果很好，我们有了六七个很不错的方案，我非常满意，但他们还想试试其他完全不同的方式，阿斯比约恩拿来了一袋美国摄影杂志，我们从头至尾翻看一遍。他给我看了几张乔克·斯特奇斯（Jock Sturges）的照片，它们真是相当出色，我从来没有看过类似这样的东西，我们选出了一张，一名长腿女孩，或许十二岁，或许十三岁，赤身站在那里，背对着我们面向一汪水。很美，但也极有震撼力，纯洁清爽，但也

---

[1] Stefan Zweig（1881——1942），奥地利小说家，剧作家，记者和传记作家，生于一个富裕的犹太商家庭。著名的中篇小说《一个陌生女人的来信》让他闻名于世。在他的自传《昨日的世界》完成的前一天自杀。

含着某种危险性，拥有一种几乎是标志性的水准。在另一份杂志里找到了一张广告,白色字样背景是蓝色的条形,或是正方形,他们决定抓住这个构想，但采用红色，半小时后英韦就完成了封面样图。出版社得到了五个不同的封面方案，毫无疑问，斯特奇斯的这个变异是最佳选择，这本书将在几个月后出版，封面上将是这个年轻的女孩。也有可能是自找麻烦，斯特奇斯是个有争议的摄影师，我读到过，他家的房子被联邦调查局的警员翻了个个儿，在网上搜他的名字时，总是关联到一些儿童色情网站。同时我还没有见过有摄影师用如此令人印象深刻的方式重现这个丰富多彩的儿童世界，莎莉·曼（Sally Mann）算其中的一个。所以我很为此高兴。也因为是英韦和阿斯比约恩来完成这个工作而高兴。

在这个不平常的星期五晚上离开苏拉机场开车上了路，我们没怎么说话。说了些跟等着我们的事情有关的那些具体的细节，像葬礼这类事，无论我还是英韦以前都没有这种经历。低低的太阳光让我们开车经过的这些房子的屋顶发出耀眼的白光。这里的天空高远，地势平坦葱绿，这一切空间给我一种荒凉的感觉，即使有众多的人聚集在一起也没法将它填满。我们看见的都是小小的人儿，他们站在车棚外面等候着进城的汽车，他们沿着公路向前骑行，身子躬在车把上方，他们坐在拖拉机上行驶在田野里，他们从加油站商店的门里出来，一手拿着一根腊肠另一只手握着一瓶可乐。城里也是一片荒凉,街道空荡荡的,一天结束了,夜晚还没有开始。

英韦车里的音响放着比约克[1]的音乐。窗外出现的商店和办公楼越来越稀少,住房越来越多。小花园,篱墙,果树,坐在三轮车上的小孩,跳绳的小孩。

"我不知道那时为什么我开始哭了,"我说,"但当我看见你时某种情绪触动了我。我一下子意识到他死了。"

"是啊……"英韦说,"我不知道到现在我是否明白了这一点。"

当我们在转弯处时他换挡减速,开上最后一段上坡路。右边有一个儿童游戏场地,两个女孩坐在那里的长凳上,手里拿着像是纸牌一样的东西,再往上一点,在路的另一边,我看见了英韦家房子前面的花园。花园里没有人,但客厅的滑动门是开着的。

"到了。"英韦说,缓缓地开进了打开的车库。

"我的行李就放在车里好了,"我说,"我们明天一早还要继续上路。"

屋子的门打开了,卡丽·安妮手臂里抱着托耶走了出来。站在她旁边的于尔娃抓住她的裤腿,朝我这边看,就在同时我关上车门,朝他们走去。卡丽·安妮侧着脸颊用一只手臂围住了我,我拥抱了她,在于尔娃头上揉了一把。

"听到你们父亲的事我很难过,"她说,"节哀。"

---

[1] Bjok(1965—),冰岛歌手、作曲家和艺术家。

"谢谢,"我说,"其实这倒也不是很意外。"

英韦把车库门砰一声关上,手里拎一个袋子走了过来。他一定是在去机场的路上就把东西买好了。

"我们进去吧?"卡丽·安妮说。

我点点头,跟在她后面进了客厅。

"啊,好香啊。"我说。

"这是我常做的菜,"她说,"火腿意大利面和绿花菜。"

托耶还抱在手里,她用另一只手把一只锅从电炉上拿下来放到旁边,关了开关,弯下身去从柜子里取出一个漏勺,这时英韦进来了,把食品袋放到地板上开始把它们分类放到该放的地方。于尔娃除了一个尿不湿外身上一丝不挂,她站在外面的地板中央一动不动,眼睛在我和他们身上打转儿。然后她向放在书架旁边的那个玩具床跑过去,拿起一个玩具娃娃,手臂直直地向前捧着它同时向我走过来。

"瞧这个娃娃多漂亮啊,"我说,在她跟前蹲下来,"给我看看好吗?"

她把它紧紧贴在胸前,脸上是一种很决断的神情,把身子向旁边一扭。

"你得把娃娃给卡尔·奥韦看,知道吗?"卡丽·安妮说。

我站起身来。

"要是不碍事的话,我出去抽口烟?"我说。

"我也去,"英韦说,"我把这里收拾完就来。"

我从向阳台敞开着的门走出去,关上门,在外面平台上放着的三把白色塑料椅子中的一张坐了下来。下面整个的草坪上都是些玩具。最外面，靠近篱墙的地方，有一个圆形的充气的塑料游泳池，里面灌满了水，水面上漂浮着杂草和小虫子。一副高尔夫球杆抵靠着一堵背风的墙，它的旁边还有一副羽毛球拍子和一个足球。我从衣袋里掏出香烟，点燃了一支，把头往后靠了靠。太阳已经躲在了一朵云彩的后面，就在几分钟前还被阳光照射得闪着光亮的绿草和树叶，陡然间变得灰蒙蒙一片，光泽尽失，没有了生命的活力。邻居花园里传来手推人工锄草机的声音，匀速的、向前推向后拉的声响。在公寓的房间里传来了叮叮当当的杯盘餐具的碰撞声。

啊，我喜欢待在这里。

公寓里的一切都是我们自己的，没有距离；要是我烦躁，寓所里的一切也都让人烦躁。但这里是有距离感的，这里环绕着的一切与我和我做的事情不相干，所以就免去了这种烦扰。

我身后的门开了。是英韦。他手里端着一杯咖啡。

"托妮耶让我向你问好。"我说。

"谢谢，"他说，"她怎么样了？"

"不错，"我说，"星期一她刚开始上班工作。星期三她在晚间新闻有一条节目。一桩死亡事故。"

"你说过了。"他说，他坐了下来。

这什么意思，他生气啦？

我们坐了一会儿，二人无话。住房上方的天空中从我们的西侧飞过一架直升机。发动机的声音遥远，几乎是沉重的轰隆声。

在儿童游乐场的那两个女孩朝上坡路走过来。在下面远些的一个花园里有人在喊着一个名字。听上去好像是,比约那。

英韦拿出一支香烟,点燃了它。

"你开始打高尔夫球了,是吧?"我说。

他点了点头。

"你也应当试试。你肯定会打得很好。你个子高,又踢过足球,一定有竞争意识。你想不想来打几杆?我这儿有些较轻的训练用的球。"

"现在?不行吧。"

"只是玩笑,卡尔·奥韦。"他说。

"什么玩笑,那我就挥一杆。不是让我现在立刻就打?"

"你现在立刻就打。"

邻居站在把两个花园隔开的篱墙内,停下手中的活儿,直起身子,手在脖子背后和冒着汗水的脑袋上抹了一把。阳台上的一把椅子上坐着一个穿白色T恤衫和白色裙子的女人,她在看一本杂志。

"你知道祖母怎么样了吗?"

"不,其实不知道,"他说,"但是她发现他的。所以可以想象情况一定不太好。"

"在客厅里,是吗?"

"是。"他说,把烟头在烟缸里揿灭,站了起来。

"不说了,我们进去吃点东西吧?"

第二天早上我被站在外面过道楼梯旁大声尖叫的于尔娃唤醒了。我在床上支撑起半个身子，打开了百叶窗，这样才能看我的表是几点了。五点半。我叹了口气，又躺下来。我睡觉的这间房里，堆满了搬家的纸箱、衣服和在这所房子里找不到地方放的各种杂七杂八的东西。一个支起来的熨衣板靠着一面墙放着，上面是一大堆叠好的衣服，旁边是一个亚洲式样的屏风，被合起来靠墙立着。我听见外面传来英韦和卡丽·安妮的声音，接着听到了他们在旧木楼梯上的脚步声。楼下的收音机打开了。我们已经决定七点钟出发，这样可以在十一点左右到达克里斯蒂安桑，但我想，早点动身对我完全不是问题，我一脚踩到地板上，穿上裤子和T恤衫，站到穿衣镜前照照自己的样子，用手指穿过头发往后一捋。看不出昨天情感迸发后留下的任何痕迹；只显得疲惫不堪。我已回复到了最初的状态。因为没有看到昨天自己内心起伏的蛛丝马迹。情感如水，它总是跟着周边环境改变形式。甚至是巨大的悲痛也没有留下痕迹；当情感泛滥且持续时间过长，这不是因为情感已僵死，它不会的，它只是保持静止，就如湖泊中的静水。

操，我心想。这是我脑子痉挛的表现之一。我操，还有他妈的别的什么东西。它们以不定的间隔时间交替闪现在我意识里，停不下来，为什么我要阻止它们，反正没什么坏处。想这些的时候又不会被人发现。他妈的，我想着，一把拉开了门。直望进他们的卧室里，我垂下眼睛，有一些我不应当知道的东西，我把那个小木栅门推到一边，走下楼梯进了厨房。于尔娃手里拿着一片面包坐在自己的节节高儿童椅上,面前放着一杯牛奶,英韦站在电炉面前煎鸡蛋,卡丽·安妮这时候在餐桌和碗柜间走来走去,把桌上的东西放好。咖啡机上的开关灯亮着。从咖啡滤纸渗下的最后几滴正落入那几乎已经满了的咖啡壶里。通气扇呼呼地吹着,鸡蛋在煎锅里哔哔剥剥地响,收音机里正在播出当日的交通信息。

"早上好。"我说。

"早上好。"卡丽·安妮说。

"哈啰。"英韦说。

"卡尔·奥韦。"于尔娃说,指着她自己跟前的那张椅子。

"我坐那里吗?"我说。

她点点头,使劲摆动着脑袋,我把椅子拉开坐了下去。她最像英韦,有他的鼻子和眼睛,相当奇怪的是,她脸上有许多和他一样的表情。她的身体还没有完全从婴儿时期的那种肉乎乎的体型脱离,所有的关节和身体其他部位都是柔软、圆润的,因此当她皱起眉头,眼睛里闪现了英韦的那种狡黠的神情时,你没法不笑出来。这没有让她看起来年长些,但让他年轻了些:突然间我明白他那些表情特征之一不是来自阅历、成熟或生活的体验,而是来自他自己一成不变的简单生活,并不依靠那张早已从60年代初期就成形的脸。

英韦用锅铲把鸡蛋铲起,一个个地放进一个宽大的盘子,把它端到桌上,放在装面包的篮子旁边,再把咖啡壶拿来,给三个杯子倒好咖啡。早餐我通常是喝茶的,自打我十四岁那会儿就这样了,但真不忍心说出口来,于是拿起一片面包,用英韦放在托盘旁边的铲子把鸡蛋放在了面包上。

我的目光在餐桌上扫视了一遍搜寻着盐。但没找着。

"哪儿有盐呀?"我说。

"这里。"卡丽·安妮说,从桌上方递给了我。

"谢谢。"我说,打开塑料瓶上的小翻盖,看着那些小小盐粒慢慢渗入金黄色的蛋黄里,一点点地在它的表层形成小孔状,同时下面的黄油开始熔化渗进了面包里。

"呃,托耶在哪儿?"我说。

"他在上面睡觉。"安妮说。

我在面包片上咬了一口。煎炸过的蛋白下面变得有点高低不平,当我咀嚼的时候,那很大一块煎得焦黄的蛋白在上颚和舌头之间被压碎了。

"他睡的时间还是很长,是吗?"

"嗯……大概一天十六个小时?我不知道。你说呢?"

她向英韦转过身。

"不知道。"他说。

我在蛋黄上咬了一口,黄色的汁液热乎乎地进入了我的嘴里。喝下一口咖啡。

"挪威进球那会儿他吓坏了。"我说。

卡丽·安妮笑了。当时我们在这里看世界杯挪威队的第二场比赛,托耶在房间另一端的摇篮里睡觉。进球之后我们的狂呼大叫声正缓下来,从那角落里响起一阵歇斯底里的尖叫。

"同意大利的那场比赛太遗憾了,"英韦加了一句,"我们到底聊过这事没有?"

"没有,"我说,"但人家知道该怎么干。只消把球传给挪威,然后就等着我们全军覆没。"

"在对抗巴西那场比赛后,可能是体力耗尽了吧。"英韦说。

"我也一样精力耗尽,"我说,"对我来说,最糟糕的就是罚点球决胜负那会儿。差点没胆子看了。"

这场球赛我是在莫尔德看的,同托妮耶的父亲在一起。当比赛一结束,我立刻给英韦打电话。我们两人都哭了。在我们哽咽的嗓音后面是从童年时代起就追随着的一个毫无机会、从未有建树的足球队。之后我同托妮耶一起去了市中心,整个城市充满了汽车喇叭声和挥舞的旗帜。不相识的人们互相拥抱,所有的地方都是欢呼声和歌声,到处都是跑来跑去激动的满脸通红的人们,挪威在一场关键性的世界杯比赛赢了巴西,而谁也不知道这个球队还可能走多远。或许能乘胜追击到底?

于尔娃从她的椅子上蹭着滑了下来,拉起我的手。

"来。"她说。

"卡尔·奥韦得先吃饭,"英韦说,"吃完饭再说,于尔娃!"

"不,不用。"我说,跟她走了。她把我领到沙发那儿,自己从桌上拿来一本书坐了下来。她那短短的小腿儿还够不到沙发座位的边沿。

"要我念吗?"我说。

她点点头。我在她身边坐下来翻开了书。这讲的是一个可以把所有东西都吃掉的毛虫[1]。当我读完了这本书,她从沙发上把自己挪动下来,又从桌上拿来一本新书。这讲的是一个叫阿佛的老鼠[2],它和其他老鼠不同,它在夏天里不去搜罗寻找食物,而是坐在那里做美梦。别的老鼠都说它是个懒虫,但当冬天来临,天寒地冻四处一片白茫茫时,是这只老鼠给它们的生命带来了色彩和光明。这就是它所搜集的,也就是它们现在正需要的,色彩和光明。

于尔娃紧挨我坐着,非常的安静,对每一页书都全神贯注,时不时地指着一样东西问,这叫什么。和她一起坐在那里很温馨,同时也有点乏味。我想着去窗户外的阳台那里待着,单独一人,一支烟一杯咖啡。

故事到最后一页,阿佛成了脸红扑扑的英雄和救星。

"这个故事立意不错哟,很好!"当这书读完以后我对英韦和安妮说。

"在我们小时候那会儿,我们也有这样一本书,"英韦说,"你不记得啦?"

"好像记得,"我撒了个谎,"这是同一本吗?"

"不是,那一本在妈妈那里。"

于尔娃又朝着那一大摞童书走过去。我站起身来到厨房的

---

[1] 指美国绘本大师艾瑞·卡尔(Eric Carle,1929—)创作的著名图画书《好饿好饿的毛毛虫》(*The Very Hunger Caterpillar*)。
[2] 指美国儿童文学作家、画家李欧·李奥尼(Leo Lionni,1910—1999)创作的著名图画书《田鼠阿佛》(*Fredrik*)。

桌上拿起自己那杯咖啡。

"你吃好了吗?"卡丽·安妮说,她手里端着一叠盘子正走向洗碗机。

"吃好了,"我说,"谢谢早餐。"

我看着英韦。

"我们什么时候走?"

"我得先冲个澡,"他说,"再收拾点东西。或许,半小时以后?"

"OK。"我说。于尔娃安安静静听读书的那个时间段已经到此结束,她现在到了过道里,正在那里穿我的鞋子。我打开通向阳台的滑动门走了出去。天空多云,气候很温和。椅子上盖满了一层精致美丽的露珠,在坐下之前我用手掌把它们抹去。我从来没有这么早起过,通常我的早晨开始于十一点、十二点和一点左右,现在我所有的感官全部打开往里呼吸,这让我回想到了童年时期那些夏日的清晨,我六点半骑自行车出门到一个花工那儿去干活。天空多数时间是雾蒙蒙的,我经过的那条路上空无一人,灰色的空气像一股洪流一样扑面而来,冷浸浸的,几乎难以相信这一天的晚些时候我们弯着腰干活的土地上方,可能会是那样的炎热,在中午休息时间我们飞车到耶尔斯塔湖,浸泡在水里直到再开始干活时。

我喝了口咖啡点燃了一支烟。不是我非要喝咖啡,也不是我想感觉烟味直灌入胸腔的滋味,不是这样的,我很难将它们分开,这样做的重点在于就得这么做,这是一个例行程序,跟所有那些程序一样，它是整个系统中的一环。

当我是个孩子的时候我是真恨烟味！在我们开车出游时，坐在前排的父母在烟雾缭绕之中，后座的我们在炎热的烟雾中受着煎熬。清晨厨房里飘散着的烟味从我房间的锁眼里钻进来，在我还没有预防的情况下，它们充满了我睡眠中的鼻孔里，我惊得一怔，感到很不舒服，直到我自己开始抽烟以前每一天都是这样的状况，于是我对烟味有了免疫力。

不同的是那个时期爸爸抽的是烟斗。

现在那烟斗会上哪儿去呢？

叩击烟斗把上那些黑黄色的烟垢，一切难弄干净的东西都倒腾出来，再用那白色弯曲的烟斗清洁器把烟斗收拾干净，装进新的烟丝，坐在那里咂巴嘴开始点烟斗，火柴伸进去，吧嗒吧嗒，又一根火柴伸进去，再吧嗒吧嗒，然后身子往后一仰，把一条腿搁在另一条腿上，烟斗上飘出了烟雾。奇怪的是，我觉得这跟他的户外活动时期有关。针织毛衣，连帽厚夹克，靴子，胡须，烟斗。在国内的长途纵深旅行就为的是在冬天里去采集浆果，有时候上山去寻找黄莓，浆果之最莓中之冠，但最经常的是从大路旁边进入树林深处，车停在路边上，大家都一手拿着采莓篓，另一只手拿着铲叉，一路搜寻蓝莓或者是小红莓。在河边或是更高些能俯瞰四周的地方，稀里哗啦的弄出一片动静。有时候从山上下到最低处沿着河滩走，有时候是在里面堆放着砍伐后的木材的一个松树林里。当沿着路边看见有木莓浆果出现时，就把汽车停下。拿着铲子下车，因为这是在1970年代的挪威，那时候的周末路边都是一家一家人在采集木莓，在车子行李箱里放有巨大的、四四方方的塑料冰箱和干粮。1974到1975年那个时期他也钓鱼，在放学以后一个人到岛外去钓鱼，或是周末的时候带着我们一起去，在冬天的时候站在这里的水域里，等着钓到大鳕鱼。虽然我的父母没有一个人和60年代的那些运动有关，他们二十岁的年龄就有了孩子，又由于工作，那些思想意识方面的东西我父亲知之甚少，但他也并不是没有受到那个时代精神的影响，他身上也存在着这种意识，当人们看见他坐在那里手里拿着烟斗，留着胡子，虽不是长发，但头发浓密，一件针织毛衣，一条喇叭裤腿的牛仔裤，一双闪光的眼睛笑眯眯地望着人，人们就有可能把他视为新产生的温和型父母中的一员，尽职尽责的，推着童车走、换尿布、坐在地板上和孩子们一起玩，对于这类事一点不陌生。然而这些与事实相去甚远。他和那些人唯一的共同之处，是这支烟斗。

哦，爸爸，现在你在我心上死去了吗？

楼上敞开的窗户突然传来哭声。我扭过头。安妮坐在厨房里面，一样样地取出洗碗机里的杯盘，正把两个杯子放到了案桌上，她急步在地板上走过到楼梯那里。于尔娃推着一个装着玩具娃娃的小推车，跟着妈妈的路线在后面慢慢跑。接着我听到窗户里传出她哄孩子的声音，上面的哭声渐渐静下来。我站起来，打开门，走了进去。于尔娃站在楼梯前的小木栅门旁，朝上面望去。墙内的水管里一阵呼呼的响动。

"你愿意坐在我的肩头上吗？"我说。

"愿意。"她说。

我弯下身把她举起来,放到肩上,用手握住她的两条小腿,在客厅和厨房之间来回跑了几趟,同时我自己像马那样发出嘶叫声。她笑了,每一次我停下向前弯下身子假装要把她扔下去时她就尖叫。几分钟以后我觉得差不多够了,但还是又跑了几趟算特别服务,然后我蹲下来,把她从我肩上抱下来。

"还要坐!"她说。

"下一次吧。"我说,朝窗外望去,下面的路上一辆公共汽车这时正拐弯驶进站,停下来让从住宅区出来的数量不多的几个乘客上车。

"现在就坐。"她说。

我看着她,笑了。

"OK,那,就再来一次。"我说。又把她举到了肩上,又跑过去跑过来,停下假装要把她扔下,发出马的嘶鸣声。谢天谢地,紧接着英韦走下楼来,这样很自然地结束了。

"准备好了吗?"他说。

他的头发湿漉漉的,脸上是刮胡子后的光洁。他手里拿着那个旧的蓝红两色阿迪达斯手提包,这是他从高中时就开始用的。

"好了。"我说。

"卡丽·安妮在上面,是吧?"

"是,托耶醒了。"

"我去抽支烟,然后我们就走,"英韦说,"你照看下于尔娃,行吗?"

我点点头。看上去好像她自己已经找到事儿干了,所以我可以一屁股坐进沙发里,翻开那儿的一本杂志。那些对音乐专辑的评论和乐队采访我没什么兴趣看进去,于是放下了杂志,拿起了他的吉他,它在沙发旁边的一个架子上,在放大器和光盘盒子的前面。这是把黑色的芬德"播音员"(Telecaster),相对说来还很新,但晶体管放大器是旧的音乐人。除此之外他还有一把哈格斯特伦吉他,放在上面的办公室里。我不假思索随意地弹出一个和弦,这是鲍伊的《太空怪人》(Space Oddity),我自己开始低低地哼唱起来。我没有吉他很长时间了,这么些年来我弹奏吉他从来没有过比初级阶段更高的水平,在十四岁时我曾想去中级班学一个月。但五年前花了高价钱买的架子鼓至少还在阁楼上,这次当我回卑尔根以后,或许会再把这爱好捡起来。

我想,在这里只应当弹弹《长袜子皮皮》(*Pippi Longstocking*)这类东西。

我放下吉他,又拿起一本流行音乐杂志,正在这时卡丽·安妮手里抱着托耶走下楼梯来。他咧开嘴笑着,身子前后摇晃。我站起来,向他们迎上去,然后弯下身子,对着他"波"了一声,这对我是不熟悉和不自然的事情,我觉得自己突然变得很蠢,但这对笑得喘不过气的托耶,那是一点关系也没有,当他笑声停下来后用充满期待的目光盯着我,他是想再来一次。

"波!"我说。

"咯嘎嘎，咯嘎嘎，咯嘎嘎！"他说。

不是所有的仪式都有正式的过程，不是所有的仪式都有严格的定义，在日常生活当中也能有这样的过程，只是让自己感觉出它的吸引力并全身地投入进去，或者是很平常地突然间就获得了。当这天清晨我迈步走到这栋房子的前面，跟在英韦后面向汽车走去时，就在一瞬间里我仿佛步入了一个比我自己的故事更大的故事里面。儿子们动身回家去安葬他们的父亲，当我站在汽车那扇我要打开进去坐下的门边那会儿，我发现了自己是在故事当中，与此同时英韦正打开后面的行李箱把手提包放进去，卡丽·安妮、于尔娃和托耶站在门口看着我们。灰白色的天空，天气温和，整个住宅区静悄悄的。关上汽车后备箱的短促的砰响声，撞在房屋另一端的墙壁上发出了回音，声音几乎是急促、尖锐和清晰的。英韦打开车门坐进去，弯身帮我打开我这边的门。我向卡丽·安妮和孩子们挥了挥手，然后钻进车里在座位上坐下，关上车门。他们也向我们挥手。英韦发动引擎，手臂搭在我的座椅背上开始倒车，再朝右边往上开。然后他也向他们挥一下手，我们开上了公路。我身子往后靠着椅背。

"你疲倦吗？"英韦说，"要是你愿意的话只管睡。"

"确定吗？"

"当然。如果我能放点音乐的话。"

我点点头闭上了眼睛。听到他摁下CD播放器，在仪表板下的那个小搁架上摸索一张光盘。发动机发出低低的轰鸣声。然后光盘滑了进去,紧接着,传出一段民谣式的曼陀林前奏。

"这是什么?"我说。

"十六马力乐队,"他说,"喜欢吗?"

"听上去不错。"我说,又闭上了眼睛。那种伟大故事的感觉烟消云散。我们不是两个儿子,我们是英韦和卡尔·奥韦,我们不是回家,是去克里斯蒂安桑,我们要去安葬的不是一个父亲,是爸爸。

我不疲倦,我不会睡着,但像这样坐着真舒服,最主要的是没有任何压力。当我们一起长大的时候,英韦是一个我可以跟他随便聊天,没有任何秘密的人,但到了某个时期,或许是在我进入了高中以后,这一切就变了,从那时候起当我们在一起谈话的时候就很清楚地意识到他是谁和我是谁,所有自然的状态消失了,我要讲的每一个观点,要不是预先有所准备就是事后要加以分析,最经常的是两者都有,除了在我酒醉之后,那时候我又赢回了从前的自由。除了托妮耶和我的哥哥以外,对其他所有的人我都是这样的,我不能就这么坐在那里同他们聊天,要是意识到那个场合太大,那我就坐在圈外。至于英韦是不是这样,我不知道,但我觉得不是,当我看见他同其他人在一起的时候看起来不像是这样的。他是否知道我是这样的,我也不知道,但有人告诉我他是知道的。我常常感到我是不是虚假,或者是不真实,因为我从不玩一张公开的牌,总是坐在那里预估和推测。我也不在乎这些事了,这已是我的生活了,但眼下,当爸爸死去,在这长途的汽车旅程开始的时候,我所明白了的一切是,我渴望从自己逃逸,要不然它会在我身上死死地守着我不放。

他妈的烦透了。

我坐直身子,在他放在那里的一摞光盘里扫了一眼。强烈冲击(Massive Attack),波提斯黑(Portishead),Blur,左外野(Leftfield),鲍伊,劲草(Supergrass),水逆(Mercury Rev),皇后合唱团(Queen)。

皇后?

从他小时候起就喜欢他们了,并且始终坚定不移,随时随地都准备好为他们辩护。我记得他是怎样坐在自己的房间里,用他的新吉他——那把黑色的莱斯·保罗(LesPaul)仿制品,一个音符一个音符地仿效布莱恩·梅(Brian May)的一段独奏,这吉他是他用成人坚信礼得到的钱买的,那段时期他还会收到皇后合唱团粉丝俱乐部寄来的会员期刊。他继续等待着世界成为一个更理性的世界,给皇后一个应有的合理与公正。

我笑了。

当弗雷迪·默丘里(Freddie Mercury)辞世后,令人震惊的并不是他被披露出是一个同性恋者,而是他是个印度人。

谁能想到呢?

车窗外的房屋开始变得有点稀疏零散。在快接近早晨的高峰期时,另一条车道上的交通流量有一段时间加大了,现在又开始减缓下来,慢慢地我们驶进了城市间无人居住的地带。经过了一些很宽阔的金黄的麦田，大片大片的草莓地，一方方绿色的牧场，一些刚刚犁过的农田里裸露着深棕色的，几乎是黑色的泥土。之间也穿插着小树林，村庄，几条小河和几个水洼这样的地方。然后地貌景物的特征变化了，几乎进入了高山区域，覆盖着绿色的植被，但没有树木，没有耕种土地的地表。英韦把车开进了一个加油站，把油箱灌满，把脑袋伸进车内问我想买点什么，我摇了摇头，但当他回来时，递给了我一瓶可乐和一块邦蒂巧克力。

"我们抽根烟吧？"他说。

我点点头，从车里钻出来。那块地方的最远端有一张长凳，我们朝那里走去。凳子后面有一条流动着的小溪，在不远的溪流上游横过一座桥。一辆摩托车呼啸而过，接着是一辆拖拉机，然后又是一辆。

"妈妈到底说了些什么？"我说。

"说得不多，"英韦说，"她需要时间把这些事好好理一理。但她很难过。我认为，想得最多的还是我们。"

"今天应当是博格希尔安葬的日子。"我说。

"是。"他说。

一辆从西边过来的重型卡车开进了加油站，伴着一声呻吟，车在另一端停下，一个中年男子从车上跳下来，他把被风高高扬起的头发按下去，同时朝加油站的大门口走去。

"最后一次见着爸爸，他说他考虑当一个卡车司机。"我说，然后笑了。

"哦,是吗?"英韦说。"什么时候的事?"

"在冬天,是的,一年半以前。那时候我在克里斯蒂安桑写东西。"

我扭开瓶盖,喝了一口可乐。

"你最后一次见到他是什么时候?"我说,用手背在嘴上一抹。

英韦凝视着道路另一边的草坪,抽了几口那根很快就要燃尽的烟。

"那应当是埃伊尔成人坚信礼的时候。去年五月。可你不也在那里?"

"妈的,真是这样,"我说,"这是最后一次。到底是不是那次吧?"

现在我突然对这点不确定了。

英韦把脚从长凳上放下,把饮料瓶盖扭上,朝汽车走去,就在这时那个卡车司机从门里出来了,胳膊下夹着一张报纸,手里拿着热狗。我把冒着烟的烟头扔在人行道上跟着走过去。当我到车那里时,车已经发动了。

"好了,"英韦说,"我们现在大概还有两个钟头到。我们开到了以后再吃东西,这样可以吗?"

"行。"我说。

"想听点儿什么呢?"

他启动了车,前后张望了几次,然后我们又驶上了主干道,车加速向前。

"没什么特别的,"我说,"你定吧。"

他放了劲草的歌。这张音乐是我在巴塞罗那买的,那是我跟着托妮耶去的,她要到那里去参加一个欧洲广播电台的讲座,后来在那里我们看到了乐队的真人,从那时候起在我写作的时候就继续放这一盘和其他几个光盘的音乐。从那一年我猛地一下子感觉到心里非常的充实。于是这一切已成为了记忆,我惊讶地想到。于是这一切又到了那个时刻:我在沃尔达昼夜不停地写作,同时把托妮耶扔在一旁不管不顾。

再不能这样了,后来她这么说了,在我们住进卑尔根新居的第一个晚上,第二天我们要去土耳其度假。要是这样的话我就离开你。

"事实上后来我又见了他一面,"英韦说,"在去年夏天,当时我和本迪克、阿特勒一起在克里斯蒂安桑。知道吗,当我们的车开过的时候,他坐在伦丁根车站的候车亭。他样子看上去有点精明狡猾的样子哟,本迪克看见他时这么说。这他没说错。"

"可怜的爸爸。"我说。

英韦看着我。

"要是有一个人不该怜悯的话,那就是他。"他说。

"我知道。但你明白我的意思的。"

他没有回答。在最初的几秒钟已进入默然,继续下去的便只会是沉默。我望着窗外的风景,这段贫瘠的未被开垦的土地,风变得强劲,接近海边了。有漆成红色的粮仓、白色的农舍,还有在田野里带着饲料收割机的牵引机。庭院里有一辆没有车轮的旧车，一个黄色塑料球被风刮进院里的篱墙下，放牧在斜坡上的羊群，离公路数百米远的一辆火车在架高路基的铁轨上慢慢驶过。

我一直猜想，我们俩和爸爸之间的关系有所不同。区别不是很大，但或许意义非同小可。我知道些什么呢？有段时期爸爸与我很接近，我记得很清楚，那是妈妈去奥斯陆进修和在莫杜姆实习的那一年里，我们和他一起住在家里。对十四岁的英韦他好像已经完全放弃了，对我还继续抱着希望。至少不管怎么样每天下午我得坐在家里的厨房，在他做晚饭的时候给他做伴。我坐在椅子上，他站在电炉跟前煎着什么东西，同时问着我各种的事情。受到老师表扬了吗，今天我们英语课上学到什么了，下午打算干什么事，我是否知道这个礼拜六足球超级联赛是哪两个队对抗。我简单地回答并在椅子上扭动着。也是在那个冬季他带我去滑雪。英韦他爱干吗干吗，只要走的时候打个招呼，晚上九点半以前回家就行，我记得，那时真羡慕他。另外妈妈不在的这一年，这个时间往后延长了，因为入秋后爸爸会在早上上学以前带我去捕鱼，我们在六点钟起床，户外还像是在幽深的井里那样昏暗，很冷，特别是在外面的湖面上。我冻坏了想回家，但这是爸爸带我出来的，抱怨没用，说什么都没有用，那就只有忍着坚持住。两小时以后我们才又回到家里，那时我刚好赶上坐学校的公交车。我痛恨捕鱼，我始终冻得要死，海水是刺骨的寒冷，是我去抓起飘在水面的浮标，再把头一段渔网从海里提起来，同时他手操纵着船，那时要是我没抓住浮标，他就冲我劈头盖脸地一顿辱骂，对，这样的情况多次发生难得有个例外，我含着眼泪努力地试着去抓住那该死的浮标，与此同时他驾着船忽前忽后地这么开着，在特罗姆岛外秋天的阴郁里用他那双恶狠狠的眼睛盯住我。我知道他这么做是为了我的缘故，他绝不会为英韦做这样的事的。

另一方面我也知道英韦四岁之前的生活，那时候他们住在奥斯陆的特蕾泽街，爸爸在上大学，晚上干活儿值夜班，妈妈在上护士学校，那时候英韦在上幼儿园，那是美好的，或许甚至是快乐的日子。爸爸快活，英韦快活，当我出生时，我们搬到了特罗姆岛，先是在霍夫一栋原来是军队住的旧房子，在靠着海边的树林里，之后又到了蒂巴肯住宅区的房子，从那个时期我唯一听到的一件事是，有一次我在外面的阶梯上摔倒了，呼吸上气不接下气，昏厥过去，妈妈把我抱在怀里跑到邻居家去借电话，联系医院，因为我的脸色变得越来越紫，那一次我哭喊得厉害没完没了的，最后我的父亲把我举起来掼到澡盆里，打开水龙头用冰冷的水在我头上冲下直到我停止哭声。妈妈告诉了我那一段时间的事，这事过去以后，她给他下了最后通牒：再有这样的一次，她就离开他。这样的事再没有发生过，她留下了。

爸爸试图接近我，但这并不意味他不揍我或是不冲着我狂怒地大喊大叫，或者不找那些最难以想象的方式来惩罚我，但这一切意味着对爸爸的印象是含混不清的，或许在很大程度上对英韦是来讲是很明确的。他对他的仇恨更深些，更简单些。

除此之外英韦和他的关系,我就不知晓了。想象着有了孩子的那一天对我来讲这件事情会很复杂,当英韦告诉我卡丽·安妮怀孕了,我几乎难以想象英韦将会是怎样的一位父亲,如果爸爸的精神传承给了我们,深入了骨髓,或者说它们有可能——或许是以一种简单的方式从内里释放出来。对我而言,英韦就是块试金石:要是他没问题,那我将没问题。一切顺利,在与孩子之间的关系问题上英韦身上找不到丁点儿爸爸的影子,一切都不一样,而且似乎能一直保持下去。他从不拒绝他们,当他们需要陪伴或是需要帮助时,他总是给予他们足够的时间,但也从不试图接近他们,我的意思是他自身和他的生活没有什么需要他们填补的。他可以处理于尔娃的各种突发状况,比如当她双腿乱踢,身子扭动翻滚,大声尖叫不想穿上衣服时,他很简单地就把问题解决了。他同她一起在家里待了半年时间,那时的这种接近让他们互相认可对方,现在看来仍继续保持着这种关系。不过英韦和爸爸也是我手上唯一的分析范例。

我们四周的景物又发生了变化。现在我们的车正在森林里穿越。南部地区森林的树木间散布着光秃秃的岩石,山丘上长着云杉树和橡树,白杨树和白桦树,不时有一块暗黑的沼泽地,突然又是一片草甸,平坦的荒原上有排列紧密枝干茂盛的松树。我小的时候,常想象着海水升起来将树林填满,这样一来那些斜坡和丘陵就成了小岛,人们可以在这些岛屿之间行船和游泳。在孩提期间所有的那些幻想当中最令我神往的是这个:想着一切都在我施了魔法的水下面,想着在现在人走路的地方可以游泳，在候车亭和屋顶上游泳；或者潜入水下从一道门滑进去，漂游上楼梯，进入一个客厅；或者就在树林里穿越，游在斜坡、岩石与老树之间。在童年的某段时期里，我最热衷的一个游戏是在溪流中筑起一道堤坝，看着水面上涌漫流开去，淹过了苔藓、树根、青草、石头，以及溪边小径上踩踏得发硬了的泥土。催眠下的臆想。更不要说我们发现的那个还未完全盖好的房屋下的地窖了，那里头充满了发着亮光的黑水，我们坐在两个泡沫塑料箱里航行，大概是五岁的时候。催眠下的臆想。还有那冬季里的冰，当我们在冻结的溪流上滑冰前行时，在晶莹剔透的冰面下已结冻的那些草叶和枝干，细枝条和一些小植物，尽在脚下。

当初如此巨大的吸引力哪里去了？发生了什么事呢？

那时候我的另一个幻想是从车子两边伸出两根大锯子，将开车所经之处的所有东西都锯成两截。树木和街灯，房子和外屋，还有人和动物。如果有一个人正在等公交车，就会将他从中斩断，上半截像锯断的树干般倒落，而两腿和腰留在原地，断面不停冒出血。

至今我对这个幻想还有亲历其境的真实感。

"下面就是森纳了，"英韦说，"老是听说这地方，但从来没去过。你去过吗？"

我摇了摇头。

"上高中时有几个女孩子是从那里来的。但我从没去过那里。"

只有十公里的路程了。

紧接着，景色开始从乡野风光变成我依稀记得的风貌，然后越来越熟悉，直至我看见窗外的景色完全与我心里的那些图像吻合，感到仿佛是我们驶进了一种记忆。我们驱车在其间移动的过程，就是一幅幅来自青年时代的场景。车道通向沃格区，那是汉娜住过的地方，亨尼格·奥尔森冰淇淋工厂，鹰桥镍矿公司，暗黑而肮脏，被四周死沉沉的山峰环绕，然后右边是克里斯蒂安桑港，公交车站，轮渡总站，喀里多尼亚旅馆，奥德岛上的大型筒仓。爸爸的叔父之前一直住在小镇左边那个区，后来因患老年痴呆住进了某个地方的老人院。

"我们先吃点东西吗？"英韦说。"或者直接去殡仪馆？"

"先把吃饭的事放放，没问题，"我说，"你知道殡仪馆在哪里吗？"

"埃尔韦街还是什么别的街。"

"那我们得先在外面找到进去的路线。知道是哪一条车道吗？"

"不知道。我们就这么往前开，路上会有道路指示牌出现的。"

我们在十字路口的红灯前停下了，英韦弯身向前，朝各个方向瞅。绿灯亮了，他换挡跟在一辆车斗上盖着灰色肮脏篷布的小卡车后慢慢向前开动，同时不断地往两边张望，卡车加快了车速，他注意到两车的间距增大了，他坐直身子，也加快了车速。

"往下到那里，"他说，朝右边点了点头，"现在我们得穿过隧道。"

"这无所谓的，"我说，"我们只要从另外一边进去就行。"

这还真有所谓。当我们从隧道开出来进入桥上时，我曾住过的学生宿舍就在右侧，我从路上就能看见它，而几百米外的河的另一边就是祖母的房子，我们这里看不见的，爸爸就在前日死于此地。

他仍然在这座城市里，他的尸体躺在某一个地方的某一个地下室里，在陌生人的手下照应着，但是我们坐在这里，在驶往殡仪馆的一辆车上。他就是在我们看见的这些街道上长大的，直到几天前他还从它们中间走过。我的记忆也同时从这里渐渐鲜明，因为就在那不远的地方是我就读的高中，那里有每个清晨和下午我都要穿过的独立房住宅区，有爱便会让人感到痛，在那所房子里我有过那么多的孤独。

我哭了，但哭得不很厉害，只是几滴泪沿着我的脸颊流下。英韦在看我之前没有留意到。我挥了一下手像是把什么赶走了一样，很高兴自己能发出声来，我说："在那儿向左拐。"

我们往下开进托里达尔路，路过两个硬地球场，我十六岁的那个冬季在那儿的少年足球队受过艰苦的训练，经过舍于塔再往上到了东路的十字路口，我们顺着过了桥，到了桥的另一端又再往右开，进了埃尔韦街。

"是几号？"

英韦看着房子的门牌号码，同时慢慢地往前开。

"在那里，"他说，"现在就是找到停车场的问题了。"

在左边的一所木头房子门前，挂着一块写着金色字的黑色牌子。这就是居纳尔提供给英韦的那个殡仪馆的名字。在祖父过世时他们用的就是这一家，我所知道的一切就是，一家人总是会用同一家殡仪馆。那一次我身在非洲，在托妮耶的母亲和她的丈夫那里待了两个月，祖父的葬礼之后我才知道这个消息。爸爸是负责通知我的。但他没有这样做。不过在葬礼上他说他已经通知我，但我说我不能来参加。这个葬礼我是愿意参加的，虽然实际上有些困难，但不是完全不可能，我愿意知道在他过世当时发生的事情，而不是三周以后，那时候他已长眠地下。我对这件事很恼怒。但我又能做什么呢？

英韦拐进了一条小岔道，把车停在了那里的人行道上。我们很准确地同时松开安全带的卡扣，很准确地同时打开车门，相视一笑下了车。车外的空气是温暖的，但比起斯塔万格这儿有些闷热，天空有将要变得更黑沉的迹象。英韦朝停车场自动投币机走去，我点燃了一支烟。外婆的葬礼我也没有参加。那时我和英韦一起在佛罗伦萨。我们乘火车去的，住在一个便宜的家庭旅馆，因为这一切发生在手机还没有普及的时候，根本没法联系上我们。我们归家的那个晚上，阿斯比约恩坐在那里喝着我们带回来的酒，告诉了我们发生的事。所以我唯一参加的葬礼是外公的葬礼。我是扶棺人的其中一个，这是很完美的一个葬礼，教堂墓地在海湾上方的高地上，太阳照耀着，当妈妈在教堂里讲话时，当一切程序结束他已安葬入土后，当她在那敞开的墓穴跟前停下来的那一刻，我哭了。她独自一人站在那里，低垂着头，绿草茵茵，下面远处碧蓝的海湾，水面如镜，另外一面的山峰沉重幽暗赫然耸现，墓穴中油黑的泥土闪出亮光。

之后我们喝了肉汤。在一起咕嘟咕嘟喝汤的五十个人的嘈杂和喧闹中，再没有比盐肉更能对付感伤的东西了，暖呼呼的汤水抵挡着情感的波涛。约恩·奥拉夫的父亲马格纳讲话时哭了，所以几乎不明白他都讲了些什么。约恩·奥拉夫在教堂里也试着要上台讲话的，他与外公平日是最亲近的，但最终不得不放弃，因为他一个字也说不出来。

我带着有点僵直的双腿往前走了几步，朝街的上方望去，那里几乎没有一个人，除了街道另一端的尽头，城里的一条商业街在那里穿过，隔着距离远远看过去，那儿几乎是黑压压的一片人群。烟雾在肺部里弥漫开来有刺痛感，当我几小时没抽烟又抽上时它总会那样。大约五百米远的地方一辆车停下了，一个人走下车来。他向前微曲着身子，向车内让他在那里下车的人挥手道别。他有一头黑色的卷发，有块秃顶，可能是五十左右的年龄，穿一条浅棕色的灯芯绒裤和一件黑色的西服，一副细细的、四方形的眼镜。当他走过来时我把身子扭到了一边，这样他就不能看到我的脸了，因为我已经认出了他，是我们高中一年级的挪威语老师，他叫什么来着？菲耶尔？贝格？反正都一样，我想，当他走过去以后，我又转回身来。他是个热情的好心人，但也有严厉锐利的一面，不常常显示出来，但一旦显露，我想会是很恶毒的一手。为要看手腕上的表，现在他把握在手里的手提包完全举起来，加快脚步，消失在了路的转弯处。

"我也得抽一根。"英韦说,他在我的身旁停下。

"我以前的一个老师刚刚走过去。"我说。

"是吗?"英韦说,点燃了一支烟。"他没有认出你,是不是?"

"我不知道。我转过身去了。"

我扔掉了手里的烟屁股,在裤袋里去摸索口香糖。记得那里还有零散的一块。果然在那里。

"就这一块了,"我说,"要不也给你一块。"

"信你的话。"他说。

泪水已在近处,我注意到了这一点,做了几次深呼吸,同时把眼睛鼓得大大的,为的是能看清楚些。刚才没注意到斜横在我们对面的阶梯上坐着一位醉汉。他将头抵靠在自己身旁的墙上,昏昏欲睡的样子。他脸色黝黑,皮革般的皮肤,布满裂纹。油腻腻的头发,样子就像头上盖着一堆抹布条,穿着很厚的冬季的夹克,虽然这时的气温至少有二十度,身旁还有一个装破烂的口袋。他头上方房子的檩条上停着三只海鸥。当我的目光凝视着它们时,其中一只扬起头发出一声尖叫。

"好了,"英韦说,"我们马上行动吧?"

我点点头。

他手指头一捻把香烟扔掉,我们开始往下走去。

"我们到底需不需要什么预约?"我说。

"没有,我们不需要这个,"他说,"但用不着这样急迫吧?"

"肯定一切顺利。"我说。

在树木间的一瞥里我可以看到一点下面的河流，当我们拐过路口，所有的招牌，商店的橱窗，还有在女王街上跑着的汽车，尽在眼前。灰色的人行道，灰色的建筑物，灰色的天空。

英韦推开殡仪馆的门，走了进去。我跟在他后面，把门在身后关上，当我再回过头来，已是面对这个接待室一样的房间了，一个沙发，几把椅子，沿着一面墙放着一张桌子，另一面墙那里是一张办公柜台。那里没有人，英韦向那里走过去，朝里面的房间里张望，用指关节在玻璃的隔板上敲了几下，那会儿我正站在地板中央。短一点的那堵墙上的那道门开了一条缝，我看见房间里有个穿黑西服的身影。他看上去年纪不大，比我还年轻。

一个浅色头发的女人出来了，近五十岁的样子，肥硕的臀部，她在柜台后坐了下来。英韦同她说了几句话，我没听见他说的什么，只是听到他的声音。

他转过身。

"很快就会有人来，"他说，"我们得坐下等五分钟。"

"听上去我们像是去看牙医。"当我们各自在椅子上坐下，往那屋里瞅的时候，我这么说了一句。

"如果是这种情况的话，他就该在我们的心口钻窟窿了。"英韦说。

我笑了。想起了口香糖，我把它从嘴里拿出来，藏在手里同时寻找着扔掉它的地方。没地方可扔。我从桌上的一张报纸上揪下一小片,把口香糖放在里面卷了几下,然后把这小纸团放进自己口袋里。

英韦的手指在椅子的扶手上敲打着。

想起来了,我还参加过一次葬礼。我怎么能把这给忘了呢?这是一个青年人的葬礼,教堂里的气氛喧闹混乱,有啼哭、嚎叫,有呼喊、呻吟,有抽噎和啜泣,但也有哈哈笑声和嘻嘻的窃笑,像波浪一样时起时伏,一声呼唤就可能触发一轮新的情感风暴大崩溃,那里面就是一场暴风雨,所有的一切都来自于放置在神坛上的那个白色灵柩,那里面躺着谢蒂尔。他是车祸身亡的,在一个凌晨,他伏在驾驶盘上睡着了,车冲到了马路外撞进一道栅门,一根铁棍从他的脑袋里穿过。那年他十八岁。他是个大伙儿都喜爱的人,一个总是乐呵呵的人,对所有的人都没有威胁。我们中学毕业后,他同扬·维达尔一样开始上职业学校,这就是他为什么这么早开车外出,他在一家面包房工作,每天清晨四点钟开始。当我在收音机里听到车祸消息时,首先想到的是扬·维达尔,当我明白不是他时松了口气,但也难过,但没有我们以前那个班上的那些女同学那样难过,她们表现出了完全难以抑制的悲伤,我是知道这一点的,因为在出事以后为了以班上的名义送花圈,那几天是我和扬·维达尔一起挨个儿登记名字和收钱的。要说我完全适合这个角色还说不上,好像我这样做需要有一种与谢蒂尔的交情,而我并不具备这种权利,于是我保持低调,当我和扬·维达尔一起开车在岛上转悠时,我尽最大可能把自己放在最不起眼的位置,他悲伤、愤怒,心怀内疚。

我对谢蒂尔记得很清楚,任何时候他都可以出现在我眼前,在我的心底听到他的声音,但在我认识他的四年里只有一件具体发生过的事情还留存于心,这完全是件不值一提的小事:在学校的公共汽车上有人用立体音响播放疯狂乐队(Madness)的《我们的房子》(*Our House*),站在我旁边的谢蒂尔笑那个主唱唱得太快了。其余所有的事我全忘了。但在地窖里我还有一本他借给我的书,《驾照考试ABC》。扉页上还有他,同时也是我们这一代人几乎都有的那种幼稚的笔迹。我应当把这本书还回去,但还给谁?这书肯定是他父母最不想看到的东西。

他和扬·维达尔读过的学校离我和英韦现在坐在这儿等候的地方只有一个街区的距离,除开两年前的几个星期外,从那次以后我几乎没有到过此地。一年在挪威北部,半年在冰岛,在英国也是差一点半年,一年在沃尔达,九年在卑尔根。除了巴森我还保持偶尔的联系外,再没有与我住在这里时的其他人有过接触。我最老的一位朋友是埃斯彭·斯蒂兰,是我十年前在卑尔根学习文学研究基础课时认识的。这并不是一种有意识的选择,但结果就是这样。对我来说克里斯蒂安桑是个沉落了的城市。那时候我认识的几乎所有的人,都还继续在这里居住和生活,在我的脑海里留存一些记忆,但并不含有情感因素,因为对我来讲克里斯蒂安桑的时间已经停在了我高中结束的那个夏天,从那里离开便算是一个了断。

自从我们进房间门的那一刻起,那只苍蝇就在玻璃窗户上嗡嗡地撞来撞去，突然屋内的沉闷气氛改变了。我用眼睛追随着它在天花板下面那儿兜了几个圈子，然后停在黄色的墙壁上，轻轻再起身，绕着我们划出了一个小小的弧形，最后落在了英韦没有用手敲打着的那个椅子的扶手上。前腿往前伸出又收回接着双腿交错，重复好几次，好像它是在把什么掸落下来，然后向前走几步，做了一个小小的腾跃入空，翅膀簌簌有声，落在了英韦的手背上，自然是随着手的一个短促抖动再是一挥举，于是苍蝇倏地逃逸而去，然后就以一种几乎是令人心烦的方式在我们的身前身后转悠。最后它又歇在了那头的窗户上，以令人困惑的轨迹在那上面爬上去又爬下来。

"实际上我们还没说起过怎样安葬他，"英韦说，"我说，你考虑过这事吗？"

"你是说是按照教堂传统仪式还是一般的公民葬礼？"

"是的，比如说这个。"

"没有，我还没想过这事。那，我们有必要现在做决定吗？"

"我们不必这么做。但我想，快了。"

当那个穿西服的年轻人在半敞开的门那儿经过时，我又扫到了他一眼。我立刻想到或许尸体就在这里。他们是把死者遗体运到这里来安排换衣修容。要不他们会上哪儿去做呢？

好像那里面有人已经注意到了我，门关上了。又好像门的移动是经由某个秘密系统调节的，所以在同一瞬间，对着我们的那道门又打开了。一个可能年龄在六十五六岁的胖男人从门里跨出一步，黑西服白衬衣，衣着完美无瑕，他看着我们。

"克瑙斯高?"他说。

我们点点头,站起身。他说了他的名字,与我们一一握手。

"跟我来。"他说。

我们跟着他进到一个办公室,面积大小适中,窗户对着外面的街道。椅子是深色的木头,黑色的皮坐垫。他坐在后面的那张写字台很宽大,也是黑颜色。他的左侧放着一个多层的放纸张的搁架,它的旁边是电话,除此之外桌面上空空如也。

不对,不完全是这样,靠近我们的这一侧,桌边上放着一个舒洁纸巾盒子。是啊,这是很实用,但从效果上来讲是否有点嘲讽意味?看着它,人也就看到了一天当中所有到这里来的那些哭哭啼啼的人们,于是明白了每一个人各自的悲伤并非不一样,不是那么独一无二无可匹敌的,因此也就不是特别的有价值了。舒洁纸巾盒在这里是对哭泣、对死亡的一种夸张了的标记。

他看着我们。

"我能帮你们做些什么?"

他下颚下一叠厚厚的晒黑了的皮肤褶子吊挂在洁白的衬衣领外面。灰白的头发梳理得一丝不乱。一道阴影落在他的脸颊和下巴上。他的那条黑领带不是挂着的,而是躺着的,沿着他肚子隆起的曲线平躺着。他是个胖子,但也是结结实实的那种,没有什么东西能让他挪动,一副一言九鼎的架势,所以也是安全和可信赖的。我喜欢他。

"我们的父亲昨天去世了,"英韦说,"我们想知道,是的,你们是否能接手来具体操作这件事。葬礼以及接下去的一系列事务。"

"可以的,"殡仪馆的这位职员说,"那我们先开始填写一张表格。"

他打开写字台的一个抽屉,拿出一张纸来。

"在我们祖父去世时用的就是你们这家。觉得你们很专业。"英韦说。

"我记得这事,"他说,"他是个会计,对吧?我跟他很熟。"

他把放在电话旁边的一支笔拿起来,抬头看着我们。

"我现在需要一些有关你们的资料,"他说,"你们的父亲叫什么名字?"

我说出了他的名字。一种奇怪的感觉。不是因为他死了,而是因为有许多年我没有说过这个名字了。

英韦望着我。

"不是……"他说得很谨慎,"他几年前改名字了哟。"

"哦,我把这事忘了,"我说,"的确如此。"

他换了一个很蠢的名字。

因为他自己就是一个蠢人。

我垂下眼睛,眨了几下。

"你们有他的身份号码吗?"殡仪馆的这位职员说。

"没有,不全有,"英韦说,"抱歉。但他是 1944 年 4 月 17 号出生的。然后我们会去找出后面的几个号码,要是有这必要的话。"

"没问题的。地址?"

英韦把祖母的地址告诉了他。然后他瞅瞅我。

"不过,不敢肯定这是他对外正式的地址。他死在他母亲的家里。之前他住在那里。"

"我们会弄清楚的。现在我也需要你们的姓名。一个我可以联系到你们的电话号码。"

"卡尔·奥韦·克瑙斯高。"我说。

"英韦·克瑙斯高。"英韦说,把自己的电话号码给了他。当他把这些都记下来之后,放下笔,又看着我们。

"你们考虑过如何来安排这个葬礼吗?想没有想过什么时候举行葬礼合适,以及什么形式的葬礼?"

"没有,"英韦说,"我们没考虑过。但一般不是在逝世后的一周之后安葬吗?"

"对,通常是这样。那么可能下周五或许就合适?"

"行,行,"英韦说,他望着我,"你说呢?"

"星期五不错。"我说。

"那我们先就这么定了。要说到那些具体细节时,我们可以再碰面,对吧?要是这样的话,假如葬礼是在星期五,那下周的前几天就有事要安排。或许我们就在星期一把一切都决定下来。这时间合适吗?"

"好,"英韦说,"或许我们可以早点开始?"

"可以。那我们九点钟见面?"

"九点好。"

殡仪馆职员把这些都记在了一个本子上。当他写完以后,站起身来。

"现在我们就接手这件事了。要是你们有什么不清楚的地方,尽管给我来电话。任何时候都行。下午我就外出去我的度假屋,整个周末都在那里,但我带着手机,你们只管来电话。别有什么顾虑。那我们星期一见了。"

他伸出手来,我们先后同他握手,然后我们走出房间,他简短地笑了一下点点头,门在我们身后关上。

当我们来到外面的街道上,开始朝车那儿走去时,有什么东西发生了变化。我看见的是,我们被四周包围着,眼里的视线变得模糊,我就像是被推进了背景里,我的周围仿佛有一个隔绝的地带,所有的意义被抽去只有一片空白。世界沉陷下去了,这是我的情感,但我已对它完全不在意了,因为爸爸死了。办公室里所有的那些细节完整无缺、生动而清晰地出现在我的意识里,与此同时外面城市的景物却灰蒙蒙一片依稀模糊,我经历了这些事,因为我别无选择。我的想法没有改变,但我的内心变了,唯一的区别是现在需要有更大的空间,因此要把外面的现实世界从自己身边推开。除此之外我不能有别样的解释。

英韦弯下身去开车门。我注意到有一条白色的带子绕着车的门边直到车顶,带子闪着亮光,就像人们用来包扎礼物的那种缎带,但这是可能的么?

他给我打开车门,我坐了进去。

"过程还算顺利。"我说。

"是啊,"他说,"现在,我们开车去祖母那里吗?"

"我们去吧。"我说。

他打了方向灯后将车开上路,先向右拐了个弯,又向左再拐弯,进入女王街,很快地,从桥那里我们看到了祖父母的房子,黄颜色,就在海边停泊船只的小码头上面那道斜坡的最高点。往上到库霍尔姆斯路,进入一条小街,街面很窄,得先把车往下开出一小段然后再往后倒到可进入这条街的街口,然后才可以再往上开,把车停在房子的阶梯跟前。这一整套行动在我的成长时期我看见父亲或许做过有上百次,看到英韦现在的停车过程也是完全的一模一样,眼泪马上又涌上了意识的边缘,脑子里只是这么猛地一个拉扯阻止了它的发生,一切又恢复正常。

当我们开上那个小坡时两只大海鸥从阶梯上飞起。车库门前的那块地方满是垃圾纸箱和垃圾袋,这就是海鸥正忙活着的对象,把各种各样塑料类的东西都撕扯了出来,它们四处搜寻着可吃的东西。

英韦关掉了发动机,但仍然坐在那里。我也坐在原处不动。外面的花园枝叶蔓延杂草丛生。草坪上及膝的野草,灰黄的颜色,有些地方已经被雨水淋得倒伏塌下。荒草蔓延渗透到各个地方,遮掩住了所有的花圃,假如我不知道花朵是长在什么地方的我就没法看到它们,现在我只好从这儿或那儿颜色的斑块随便猜测一下。一辆生锈的小推车躺在最靠近篱墙的这一边,看上去已经被生长的荒草蔓藤缠绕在一处。那些树下面的泥土被腐烂了的梨和李子弄成了棕红色。蒲公英四处疯长,我看见,在个别的地方一些小树也长起来了。我们好像是停在了林间的空地上，而不是在克里斯蒂安桑市中心的一栋独立房跟前。

我微微向前躬身，朝上看那房子。防水板都湿透了，一些地方的油漆脱落下来，但房子没有明显要倒塌的迹象。

几滴雨水打在车窗上。车顶和引擎盖上有轻微的噼啪声响。

"看样子，居纳尔不在这里，"英韦说，松开了安全带，"但他不时地要上这里来的。"

"他应该在上班。"我说。

"休假期尽管降雨量的数字会增加，但会计们手里的数字不会增加。"英韦说话的语调干巴巴的。他抽出车钥匙，把钥匙串放进了夹克兜里，打开车门下去了。

我宁愿就这么坐在这里，但自然这是不可能的事，所以我也像他一样下了车，又甩上了车门，朝上望了望二楼厨房的窗户，我们来这里时祖母的目光总是在那里与我们相遇。

但今天没有。

"希望我们来的这会儿，门是开着的。"英韦说。走上了曾经油漆成深红色的，但现在已经是灰颜色的六个阶梯。两只海鸥站在邻居的房顶上，眼睛密切地追随着我们的一举一动。

英韦按下门把，把门往里一推开了。

"妈的，我的天。"他说。

我爬上阶梯，跟在他身后进了门，来到了前门厅里，我得立刻把头掉开。那里面的气味令人无法忍受。腐烂和尿的臊臭味儿。

英韦站在厅里四下张望。铺在两墙间的蓝色地毯上满是污秽的斑块和渍印。那与墙壁相连的敞开的衣柜里满是酒瓶和装着酒瓶的袋子。衣服到处散乱地扔着。更多的酒瓶、衣架、鞋、没有开封的信、广告杂志和塑料袋散落在地板上。

最糟糕是那恶臭味。

该死怎么能有这种气味?

"他把一切都毁了。"英韦说,缓缓地摇着头。

"是什么气味呀,他妈的这么难闻?"我说。"有什么东西在哪里躺着腐烂发臭吧?"

"快走,"他说,朝楼梯走去,"祖母在等着我们。"

楼梯走到一半,阶梯上又是空酒瓶了,或许每一级梯上有五六个,但越是靠近二楼平台那里瓶子就越多。屋门外的二楼平台已经几乎被酒瓶和装着酒瓶的袋子盖满了,楼梯继续往上通向三楼,那是祖母和祖父以前的卧室,这每一级梯上也满是酒瓶,除了中间几厘米宽的地方空着,那是为下脚留出来的地方。大多数是1.5升的塑料瓶和伏特加酒瓶,也有些其他牌子的酒瓶。

英韦打开了门,我们走进客厅。钢琴上放着酒瓶,钢琴下放着的一个袋子里也满是酒瓶。通向厨房的门开着。她总是坐在那里的,这一天也同样,在厨房的桌子跟前,眼光落在桌上的盆花上,手上一支冒着烟的香烟。

"嗨。"英韦说。

她抬起眼睛。最初她的眼里没有认出人的反应,但接着眼里有了闪光。

"是你们来了呀,孩子们!我想我是听到了有人进门来了。"

我咽下一口口水。她的眼珠完全陷入了眼眶里，突出的鼻子就像枯瘦的脸上突起的一个鸟嘴。皮肤苍白皱纹密布。

"我们听到发生的事情后就尽快赶来了。"英韦说。

"是的，啊，简直太可怕了，"祖母说，"但你们现在这里。这样，就真太好了！"

她身上穿的衣裙污渍斑斑，空荡荡地挂在看上去令人不舒服的瘦骨嶙峋的身躯上。衣衫的意义在于盖住身体，在胸部最上方的一片，显现出了皮肤下冒出的肋骨。肩胛和臀部的骨头凸出在外。手臂就只是皮包骨了。手背上流动着的血脉像细细的、深蓝色的网络。

她身上有股尿的臊臭味。

"你们要喝点咖啡吗？"她说。

"喝点吧，谢谢，"英韦说，"或许这不是个坏主意。但我们自己来弄吧。小壶在哪里？"

"我其实是知道它在哪儿的。"祖母说，她朝自己身子周围张望着。

"在那儿。"我说，指着桌子。壶的旁边有一张纸条，我把脑袋稍稍偏了一点这样我好看清楚上面写的什么。

  孩子们十二点钟来。我一点左右下来。居纳尔

英韦取来烧水的小壶，走到水槽那儿去倒掉咖啡渣子。那里面堆满了没洗的脏餐盘和玻璃杯。沿着整个厨房的案桌都是

包装食品的纸或袋子，大多是用微波炉加热就可以吃的那种食品，其中有很多剩菜饭。在这些乱七八糟的食物当中还立着酒瓶，一些喝得瓶底只剩下几滴，一些还剩下半瓶，还有几瓶没开的，也有烈酒瓶，在酒类专卖店卖的最便宜的伏特加，一些半升装的 Upper Ten 混合威士忌。到处都有干了的咖啡渣子、奶油、没吃完的干缩了的食物。英韦把那其中一堆食物包装纸或包装盒推到一边，举起几个餐盘，把它们放在案桌上，然后把壶里的咖啡渣冲掉，重新灌了水。

祖母还是像我们刚才进屋时那样坐着，目光落在她面前的桌上，但现在手里的烟灭了。

"你有咖啡在哪里吗？"英韦说。"柜子里？"

她抬起头。

"什么？"她说。

"哪儿有咖啡？"英韦又说了一次。

"我不知道他把它放在哪里了。"她说。

他？是爸爸吗？

我转身走进了客厅。我一直记得，这里只有在宗教日或其他有特殊意义的日子才使用。现在爸爸的大电视放在地板中央，大皮椅中的两张被拉出来放在电视跟前。一张小桌上摆满了酒瓶、玻璃杯、烟丝盒，在这些东西之间是被塞得满满的烟缸。我走过小桌，进到了客厅的最深处。

靠着墙的组合沙发跟前堆着些衣服。我看见有两条裤子和一件夹克，一些卫生裤和袜子。它们发出恶臭的气味。那儿也有几个打翻了倒在地上的酒瓶,烟草盒,几块干了的圆面包,和其他一些杂物垃圾。我慢慢地走过它们。沙发上有粪便,屎像浆糊般抹得到处都是,也有些块状的。我向那些衣物弯下身。上面也糊满了屎尿。地板上有一张床垫,上面好些地方侵蚀开大片的形状不规则的痕迹。

是尿渍吧?

我感到了有种想摔东西的冲动。把桌子举起来,扔到窗外去。拉扯下搁架。但我是那么软弱周身无力,我能做到的只是把自己一点点地挪到窗户边。把额头抵在玻璃窗上望着下面的花园。翻倒在地的花园家具上的油漆几乎完全剥落了。它们看上去倒像是从地面上长出来的什么东西。

"卡尔·奥韦?"英韦站在门口那儿说。

我扭过身走了回去。

"那里面完全是一塌糊涂。"我说,声音很低,这样她听不见的。

他点点头。

"我们和她在一起坐一会儿。"他说。

"OK。"

我走进去,把桌旁边她对面的一把椅子拉出来坐下。厨房里充满了扑哧扑哧的声音,是从一个近似于恒温器的装置发出来的声响,或许它将会自动关闭电炉。英韦在桌面短的那一侧坐下,从不知什么原因还没有脱下来的夹克里掏出了一包烟。我注意到了,其实我也还穿着外套。

我不想抽烟,感觉它很脏,同时我又很需要它,我把香烟找了出来。我们俩在那里坐下来,对祖母起了一种推动的作用。她的眼睛里再一次闪现了光芒。

"那么,你们今天是一直从卑尔根开车过来的吗?"她说。

"从斯塔万格来的,"英韦说,"我现在住在那里。"

"但我住在卑尔根。"我说。

我们身后电炉上的小壶噗噗地响着。

"原来是这样,懂了。"她说。

屋内沉寂下来。

"孩子们,你们想喝点咖啡吗?"她突然说。

我和英韦目光对视。

"我已经烧了一点水,"英韦说,"马上就好了。"

"哦,是啊,你烧水了呀,"祖母说。她的眼睛落在自己了手上,一个很大的动作,好像她现在第一次注意到手里拿着的烟,她抓起打火机,把香烟点燃。

"你们今天是一直从卑尔根开车到这里来的吗?"她说,在看着我们之前,她啪嗒吸了好几口烟。

"从斯塔万格来的,"英韦说,"只要四个小时。"

"是啊,现在的路好多了。"她说。

于是她叹了口气。

"啊呀呀。生活就是混斗(奋斗),这老太太这么说,她不会发 F 的这个音。"

她笑了一下。英韦微笑了。

"喝咖啡最好有点东西就着吃,"他说,"我们下面车里有点巧克力。我去拿来。"

我真想对他说他别去了,但当然这不可能的。当他在门那里消失时,我站起身来,把刚刚开始有点燃着的烟放在了烟缸的边沿上,朝电炉那里走去,把小壶往电炉盘上摁了摁想让水快点开。

祖母又陷回到了原先的她自己,朝下凝视着桌面。她躬着背坐在那里,耷拉着两个肩头,身子一前一后微微地晃动着。

她可能在想什么呢?

什么都没有。脑子里面空空如也。不可能有什么。只有寒冷和黑暗。

我松开放在小壶上的手,四下寻找着咖啡罐。在案桌上靠冰箱的这边没有,在案桌另一端的水槽旁边也没有。或许在碗柜里?要不是在……啊,不,英韦早就把它找出来了,但他把它放在哪儿了呢?

在那儿,真见鬼。他把它放在排气扇上面,那里放着好些旧的玻璃调味瓶。我把它拿下来,把烧水壶从电炉上拿开,虽然水还没有完全开,打开盖子,放进几勺咖啡。咖啡很干,看上去已经不新鲜了。

我抬起头来时,祖母坐在那里正盯着我看。

"英韦去哪儿了?"她说。"他该不是走了吧,是不是?"

"没有,"我说,"他只是到下面他车那里去一趟。"

"哦。"她说。

我从抽屉里拿出一把叉子,在锅里去搅了搅,把叉子在炉盘上敲了几下。

"现在就让它这么煮一会儿让味道出来,咖啡马上就好了。"我说。

"那个早晨我上去的时候他坐在椅子上,"祖母说,"他一直这么静静地坐着。我试着叫醒他。但他不醒。一张惨白的脸。"

我有了一种想呕吐的感觉。

听到了楼梯上英韦的脚步声。我打开碗柜想找个玻璃杯,但那里没有。它们都躺在洗碗槽里,要用它喝水我甚至连这么想想都受不了,于是我向前弯下腰,直接就着水龙头喝,这时英韦走了进来。

他已经脱下了夹克。他手里拿着两块邦蒂巧克力和一包骆驼牌香烟。坐下来撕下了一块巧克力的包装纸。

"你要一小块吗?"他对祖母说。

她看着巧克力。

"不用,谢谢,"她说,"你们自己吃。"

"我不想吃,受不了,"我说,"但至少咖啡好了。"

我把壶放到桌上,再打开碗柜,找出三个杯子。我知道祖母咖啡是要放糖的,又把另一面墙上的那个长碗柜打开,那是放食物的地方。有两块半截的长面包,上面几乎全长了绿霉,一袋发了霉的圆面包,几袋速食汤、花生,三包应该放置在冰箱里的加有面条的即食食品,烈酒,同样的廉价牌子。

还是别动它们的好,我想,我又重新坐下来,举起装咖啡的壶,把它灌进了杯里。咖啡没有冲出味道来,只是浅棕色的水,里面含有许多小颗粒。我打开壶盖,把它倒了回去。

"你们在这里太好了。"祖母说。

我开始哽咽了。我深深吸进一口气,动作做得非常小心,手捧着脑袋,来回地揉搓着,像是一副很疲倦的样子,而不像在哭泣。但不管是什么祖母也不会留意到的,她已经又消失在了自我当中。这一次或许持续了五分钟之久。英韦和我都没吭声,喝着咖啡,凝视着各自的前方。

"啊呀呀,"她说,"生活就是混斗(奋斗),这老太太这么说,她不会发 F 的这个音。"

她一把抓起那个红色的卷烟器,打开烟丝盒,彼得洛(Petterøe)牌薄荷烟丝,她把烟丝飞快地压进卷烟器里,把空纸卷放在一端的小卷筒里,封好口,再用力把它推出来。

"或许我们去把行李拿进来,"英韦说,看着祖母,"我们可以住哪里?"

"下面那间大的卧室是空的,"她说,"你们可以在那里睡觉。"

我们站起身来。

"那我们现在到车那里去一趟。"英韦说。

"是吗?"她说。

在门前我站住了,向他转过身。

"你在里面看过了吗?"我说。

他点了点头。

当我们走下楼梯时我忍不住大放悲声,这一次就别提要去掩盖自己的哭泣了。整个胸腔剧烈起伏,浑身颤抖,我呼吸急促,透过全身发出了深深的抽泣声,脸部变形松垮下来,我完全失控了。

"呜呜呜……"我哭着,"呜呜呜……"

我注意到英韦已经站在了我身后,我强迫自己继续向下走完楼梯,经过过道,出门去汽车那里,当走在房子和与邻居相隔的篱墙间那狭长的草坪上时,我的心里继续翻腾着。抬起头望着天空,我试着深深地匀速地呼吸,做了好几次以后身体不再颤抖了。

当我平复过来之后,英韦正弯腰站在打开的后备箱后面。我的行李放在他身旁的地上。我拿起行李,拎着它走上阶梯,在过道的地板上把它放下,朝英韦转过过头去,他肩上背一个包,手里提一个袋子跟在我身后进了门。在户外几分钟的新鲜空气后,这屋里面的恶臭味儿变得更重。我开始用嘴呼吸了。

"我们,是不是要住在那里面?"我说,头朝着祖母祖父最后十几年住的那间卧室点了点头。

"我们先看看那里面是怎样的一个情况。"英韦说。

我打开门,往里瞅瞅。房间里一片狼藉不堪,这就是说眼前的画面是,衣服、鞋、皮带、手提包、梳子和化妆包扔得到处都是,在地板上,在床上,在五斗柜上,尘埃和灰尘结成的球到处都是,但倒不像上面客厅里那样的不堪入目。

"你觉得怎么样?"我说。

"我不知道,"他说,"你认为他睡在哪里?"

他打开了旁边的一道门,那曾经是埃尔林的房间,走了进去。我跟随其后。

地板上满是垃圾和衣物。一张桌子看样子是被击碎成了几块,堆在窗户下面。纸张和未开封的信一大堆。一定有人呕吐过了,一块干皱了的黄红色的陷痕,就在床面前那里的地板上。衣服上肮脏不堪,那暗红色的污渍一定是旧的血迹。一件衣裤的内里是黑色的粪便。所有的东西都有一股尿骚味。

英韦大步走到窗前,打开了窗户。

"这看上去就像是吸毒者在这里住过,"我说,"看上去就是他妈该死的吸毒者在这里。"

"是这样。"英韦说。

在床和门之间靠墙的那个五斗柜很奇怪地没有被动过。上面放着爸爸和埃尔林戴着黑色的学生帽的照片,那一定是在大学录取后照的这张像。引人注目的是没有胡须的爸爸跟英韦样子很像。同样的嘴唇,眼睛上面那部分也一样。

"他妈的我们该怎么办?"我说。

英韦没有回答,他打量着屋内的四周。

"我们来收拾。"他说。

我点点头,走出了房间。打开通向洗衣房的门,沿着楼梯有一个隔间,一直连到车库那里。当我吸进了那里面的空气时,我开始咳嗽。地板中央有一大堆衣物,与我的身高一般高,几乎抵着天花板了。腐烂恶臭味儿应当就是从那里发出来的。我扭开电灯。毛巾,床单,桌布,裤子,毛衣,裙子,内裤,他们把这一切都抛扔在了那里。最下面一层的不仅发了霉,它们全腐烂了。我蹲下去,把手指戳进去搅了搅。里面是黏糊的,湿漉漉的。

"英韦!"我说。

他来了,在门边站下。

"瞧这里,"我说,"臭味就是从这里发出来的。"

在上面的楼梯上听到了脚步声。我站起身。

"我们得出去,"我说,"这样她就不会觉得我们在四处窥探。"

她下来的时候我们正站在地板中央的行李前面。

"你们可以住在那里面吗?"她说,打开了门,朝里面张望。

"我们把里面都收拾一下,那还是可以的。"

"我们想了想还是阁楼上的那房间,"英韦说,"你认为可以吗?"

"那也是可以的,"她说,"但那上面我很久没上去过了。"

"我们上去看看。"英韦说。

阁楼上的那个房间,很久以前曾是祖母和祖父的卧室,但在我的记忆里,这里一直是作为客房使用的,这是整栋房子里他唯一没碰过的房间。那里面所有的一切都保持着原样。地板上盖着一层灰,被褥或许有一点被封闭久了的味道,但一点不比人们自从上一个夏天就离开了没在里面待的那种度假屋的情况更糟糕,在经历了楼下的那一系列噩梦后来到这里,觉得一阵轻松。我们把行李放在地板上,我把我的西服挂在一个柜子的门上,英韦走到窗户那里,把手臂撑在窗台上望着窗外城市的风光。

"我们可以先把所有的瓶子都清除掉,"他说,"赶快去商店把瓶子换了,这样我们也可以出去透透气。"

"就这样。"我说。

当我们下到厨房那里时,听到了外面有一辆车开进来了的声音。是居纳尔。我们就站在那里,等着他上来。

"你们来了!"他说,笑了。"上次见面后,好久不见了。"

他的脸孔被太阳晒得黑黑的,头发发亮,身上的肌肉发达。他的身体保养得很好。

"孩子们到这里来了,我想我真高兴。"他对祖母说。然后他又转身向着我们。

"太可怕了,一塌糊涂,这就是发生在这里的一切。"他说。

"是的。"我说。

"你们已经把到处都看了一圈吧?那你们就看见了他是怎样照管这个家的?"

"是。"英韦说。

居纳尔摇着头,怨恨交加地。

"我不知我该说什么,"他说,"但他是你们的父亲。对于他发生在他身上的这一切我很难过。你们一定知道了下一步该怎么做吧。"

"我们要把整个房子上上下下地洗刷干净,"我说,"从现在起我们接手这一切。"

"很好。今天早上我把厨房里最糟糕的一部分都解决了,扔了些垃圾,但当然,还剩下一些。"

他简短地笑了一下。

"我有一个拖车在外面,"他继续说,"你能把拖车开出去吗,英韦?那我们就可以把它弄到车库旁边的草坪上来。家具我们不能放在这里了。还有所有的衣物和其他所有的东西。我们把它们都拖到垃圾处理场去。这样做行吗?"

"行。"我说。

"孩子们和托薇都上度假屋去了,实际上我是中间抽了个空子来看看你们。为了把这拖车也弄来。但我明天上午会再来。那时候我们再从那里开始干起。太糟糕了,这里的一切。但它就是这样的。你们能干好的。"

"我们会的,"英韦说,"可你的车停在了我的车后面?所以你得先把车开出去?"

在居纳尔进来后最初的几秒钟里祖母看着我们,然后对他笑了,接着她又回到了她原来的自己,坐在那里凝视着前方,就像她独自一人的时候那样。

英韦往楼梯下走。我站在那里,想着我要同她待在一块儿。

"你也要一起去,卡尔·奥韦,"居纳尔说,"我们得把拖车推上来,这相当的重。"

我跟着他下去了。

"她说什么了吗？"他说。

"祖母？"我说。

"是呀？发生了什么事吗？"

"几乎什么也没发生，"我说，"只是她在椅子上发现了他。"

"你父亲总是和她在一起的，"他说，"现在她是受到惊吓了。"

"我们可以做些什么？"我说。

"不用，你们可以做什么？只有时间能帮助这一切好起来。葬礼一结束，她就进老人院去。你亲眼看见了她自己是什么样子。她得需要人照料。葬礼一结束，尽快把她送进老人院。"

他转过身走下了楼梯，朝着明亮的天空眯缝起眼睛。英韦把所有的东西都放到车上了。

居纳尔又对我转过身来。

"我们想办法给她安排了家庭护理，你知道吧，他们每天来这里照料她。然后你父亲来了，把他们都赶走了。把门关上，把他自己和她一起锁在里面。就是我到这里也不让进去。但有一次母亲给我打电话来，那时候他摔折了腿，躺在外面的客厅的地板上。他把屎尿拉在了裤子里。你可以想象一下。他就躺在那儿的地板上喝酒。她端菜端饭地伺候着他。在救护车来之前，我对他说，再不能这样了。你在这里是祸害麻烦。你现在要改弦易辙。你知道你父亲他怎么说？'你现在是想再把我往屎里按呀，居纳尔！你到这里来，就是为了想把我往粪坑里推呀？'"

居纳尔的头摇晃着。

"这是我的母亲,你得明白,现在就坐在那上面。这些年来我们一直设法帮助她。他把这一切全毁掉了。这里的房子,她,他自己。一切。这所有的一切。"

他把手很快地放到我肩上。

"但我知道你们都是好孩子。"

我哭了,他看着远处。

"好了,我们现在得把拖车安放就位。"他说,往下走到汽车那里去,坐进车里,发动了车,把车缓慢地朝着下方左侧倒了出去,道路让出来后摁响汽车喇叭,英韦跟着把车倒出来。然后居纳尔再开车向前,走下车把拖车卸下。我向他们那里走下去,抓住拖车上的挂钩开始往坡上拉,同时英韦和居纳尔他们在后面推。

"放在这里就好。"当我们在花园里走进一段距离后居纳尔说,我把拖车的尾部放在了地上。

祖母站在上面二楼的窗户那里,望着我们。

在我们收集起瓶子,把它们都装进塑料袋里,再搬进汽车里的时候,祖母一直坐在厨房里。当我把所有那些还剩下有半瓶的啤酒和烈酒都统统在水槽里倒掉时,她注视着我。或许这些东西都消失了她会感到轻松,或许她根本不在意发生的事情。车装满了,英韦走进屋里,为的是跟她说我们要到商店去一趟。她站起身,跟着一起到了过道那里,我们猜想她是要看看我们把车开走,但她走出门来,立刻走下楼梯到了汽车这里,抓住车的门把，打开了门，马上要坐进去的样子。

"祖母？"英韦说。

她停住了。

"我们想自己单独去。这里得有人看房子。我想，你最好还是不去，你就待在这里。"

"是吗？"她说，往后退了一步。

"是。"英韦说。

"好，好，"她说，"那我就待在这里，我在这里。"

英韦把车向下面的车道那里倒出去，祖母又走进了屋里。

"看这闹的，活见他妈的鬼。"我说。

英韦的目光扫过我，盯着左侧方向，车慢慢开出去了。

"显而易见她是受到惊吓了，"我说，"我想或许我应该给托妮耶的父亲打个电话听听他的意见？他肯定可以开一点安神片之类的处方。"

"她已经在服药了，"英韦说，"在厨房的搁架上满满一托盘的药片。"

他的目光又扫过我一次，这一次是看着朝上的库霍尔姆斯路，有三辆车正往下开了过来。然后他望着我。

"但你还是可以和托妮耶父亲说说这事。这样他可以帮拿个主意。"

"等我们一回来我就打电话。"我说。

这最后一辆车，也是其中最新的一辆，大声地很不客气地开了过去。几滴雨点打在了车窗上，我估摸着这开始了的雨，就像是一个过客,迟早会后悔的,想下就让它洒几滴吧。

这一次可是继续下着,没停。当英韦亮着灯把车往下开去后,车窗上的雨刷开始摆动。

夏日的雨。

啊,落下的雨滴打在干燥、炎热的柏油路上,先是掀起一股热气,或是被尘埃吸进了,但雨滴还是完成了它的第一道工序,因为接着落下的雨滴让地面降温了,灰尘湿润了,然后在地面流散开一片深色,一片一片再互相连接,那儿的柏油路就成了湿漉漉的黑颜色。啊,这夏季灼热的空气顿时凉爽了,要是雨滴掉到了脸颊上,它就变得温乎乎的,人们会把头往后仰起,享受它给予的这种特别的愉悦。在雨滴轻轻触摸下的树上的叶子颤抖了,雨滴落在地面上高高低低的地方那轻微得几乎听不见的击鼓般的嗒嗒声响,它们落在路两旁有裂缝的山崖和下面沟渠里的草叶上,落在另一边房子的屋顶上和紧靠院篱墙锁着的自行车的坐垫上,落在花园里的吊床上和交通指示牌上,落在人行道边上的排水沟里和停放在街上的车的引擎盖和车顶上。

我们在号志灯前停下,雨下得更大了,现在落下的雨滴更粗重,更多也更急促猛烈。在几秒钟之内环绕着伦丁根十字路口的整个地区完全变了。黑沉沉的天空让所有的路灯显得分外明亮,现在落下的雨甚至在地面上溅起了水花,形成一片雨雾。行驶的车的雨刷都在左右摆动,行人们把报纸举在头上遮挡,或者把连衣的帽子拉起来盖着脑袋飞跑在路上,只有那些有伞的人,他们像没事儿一样继续走在路上。

号志灯变成了绿色，我们开下了坡路朝桥那儿驶去，经过了那家老唱片店，很久以前它就关门了，那时候我和扬·维达尔曾忙着每个星期六上午固定地要去那里走一趟，我们会把城里所有的唱片店走个遍，然后走过隆桥。我最早的童年时代的记忆都是从这里开始的。我曾和祖母一起走过这座桥，在那里我看见了一个很老很老的人，他长着白胡子白头发，拄着拐杖走路，佝偻着背。为看他我停住脚步，祖母继续拉着我向前走。我父亲的办公室里挂着一张海报，一次我和父亲在那办公室里，还有邻居奥拉·扬，他和爸爸在同一所学校教书，罗利赫登初级中学，他也教挪威语，我指着那张海报说，我见过照片上的这个人。因为是同样的白胡子白头发，也佝偻着背。挂在我父亲办公室海报上的那个老头儿，在我看来一丁点儿也不奇怪，我四岁，世界上没有什么我不理解的，所有的一切都是一回事。但爸爸和奥拉·扬笑了。他们笑着说，这是不可能的事。这是易卜生呀，他们说。但我非常肯定，这是同一个人，我说就是他。可他们还是摇着头，当我再指着易卜生说我见过他时，爸爸不再笑了，把我推出了办公室。

桥下的河水是灰色的，雨滴在水面上溅起无数的水纹。同时水里中也含着些绿色调，这儿始终是这样，来自奥特拉河的河水在这里与海水交汇。我曾经有多少次站在这里凝视着下面的水流？有时候它们就像一条河那样奔泻向前，水兜着圈儿形成了许多小漩涡。有时候它们绕着桥柱溅起了白色的水花。

然而现在的它是静静的。上面盖有篷布的两只小艇，在朝外面靠近海湾口的水面上互相碰撞。两艘生锈的废船靠在码头的另一端,它们的背后,一艘洁白的帆船闪亮夺目。

英韦在路口的号志灯那里停住了,与此同时又换成了绿灯,我们继续向左开,那里有一个小超市,屋顶是停车场。我们开上坡道,根据交通指示灯开过水泥车道,上到了屋顶,这是国家节日期间的星期六,运气真不错,在最远的那边有一个空车位。

我们下了车,我把头向后扬起,让温热的雨滴落在我的脸上。英韦打开车的后行李箱,我们尽可能多地拿起那些塑料袋,提着它们进了电梯一直下到商场的第一层。我们觉得把烈酒瓶子拿去回收没有意义,决定一会儿拉到垃圾场去,所以现在我们手里提着的这一堆东西大多数是塑料瓶,不重,只是体积有点碍事。

"你先把瓶子放进去吧,我再去取其他那些塑料袋?"当我们站在空瓶回收器跟前时英韦这样说。

我点点头。把瓶子一个一个地放到传送带上,在塑料袋空了之后把它们卷成一团扔进特意放在旁边的一个垃圾桶里。可能会有人会看着我,对这么大数量的啤酒瓶心生狐疑,对这点我无所谓。我对一切都无所谓。当我们从殡仪馆出来后在那儿发生的情况,使得环绕着我的一切都是死亡,或毫无意义,这种感觉增长了,在尺度上更宽,程度上更强烈。商场沐浴在耀眼强烈的光线之中,所有的商品都是那么的五彩缤纷光艳夺目,我几乎没留意到,我情愿站在外面某个地方的沼泽里,对我来说都是一回事。通常我总是对自己外观的形象,对其他人看见我之后他们会如何看我很敏感,有时候情绪高涨很自豪,另外的时候很自卑,变得痛恨自己,但绝不会无所谓,那些看着我的眼睛,不含有任何什么意义,或者我处的环境,似乎被擦拭去了一般。就像现在这样,麻木了,这种麻木的感觉把所有的一切都驱之于外。世界如同一道阴影包围着我。

英韦拿着更多的塑料袋从屋顶下来了。

"换我来做一会儿吧?"他说。

"不用,"我说,"你可以赶快去买点东西。我们至少需要清洁剂、橡皮手套和黑色垃圾袋。还有食物,该死。"

"车里还放着一堆。我先把它们拿下来。"他说。

"OK。"我说。

当最后一个瓶子送进回收器后,我得到了一张收据,我走到英韦那里去,他正站在放有各种清洁剂的货架前。我们从架子上拿了日夫(Jif)浴室清洁剂、日夫厨房清洁剂、阿雅克斯(Ajax)全效清洁剂、阿雅克斯清洁玻璃水、克洛林(Klorin)抗菌消毒水、绿香皂、专门对付顽固污渍的威猛先生(Mr. Muscle)、电炉清洁剂、沙发专用清洁剂、含清洁剂的钢丝卷、海绵、厨房抹布、地板墩布,还有两只桶和一把扫帚;到食品柜拿了些新鲜的肉饼,蔬菜柜那里拿了些土豆和一个菜花。另外还有涂抹面包的各种奶酪,牛奶,咖啡,水果,一板盒装酸奶,几包饼干。当我们去商场时我所渴望的一切,就是用所有这一切崭新的、新鲜的、发出光泽又没人碰过的东西,把厨房填得满满。

当我们回到屋顶上,雨已经停了。在车的后轮周围,水泥地面有一个小凹坑,已经形成了一片水洼。上面的空气清新,闻起来有海洋和天空的气味,而不是城市的气味。

"你觉得实际上到底发生了什么事?"我说,那时我们正从光线黯淡的停车场穿过把车往下开出去。"她说她发现他坐在椅子上。他就只是坐在那里睡觉?"

"大概是这样。"英韦说。

"心脏就这么停止跳动了?"

"对。"

"对。或许这也不奇怪,就像他活着时那样。"

"不奇怪。"

在回家的路上再没有说话了。我们把买来的东西扔在了上面的厨房里,祖母一直透过窗户往下看着我们进门,她问我们去哪儿了。

"去了商店一趟,"英韦说,"现在我们得吃点东西了!"

他开始把买的东西从口袋里拿出来。我拿了一副黄手套和一卷垃圾袋下了楼。这首先要清扫出去的,是地窖洗衣房里的那堆腐烂了的衣物。我朝手套里吹气,然后把它们戴在手上,开始把那些霉烂的衣服往垃圾袋里塞。我一直在用嘴呼吸。垃圾袋慢慢地都填满了,我把它们拽出去,堆放在车库门口边那两个绿色的大垃圾桶前。我几乎把所有的烂衣物都扔光了,只剩下最下面,粘接在一起的滑腻的那一层还没弄,这时候英韦喊着该吃东西了。

他已经把厨房案桌上的垃圾秽物收拾干净了,餐桌也收拾了,上面摆着一个装有烤肉饼的大餐盘、一碗土豆、一碗菜花、一小罐棕色调味酱汁。桌上他摆放的是祖母最老的那套餐具,最近这些年它们一定一直放在碗橱里没有动过。

祖母什么都不想吃,但英韦还是把半块肉饼、一个土豆和一朵菜花放在了她的餐盘里,试着说服她尝尝。我自己饿得像只狼,吞下了四个肉饼。

"你在调味汁里加了奶油,是不是?"我说。

"嗯。加了点棕色奶酪。"

"太好吃了,"我说,"现在我需要的就是这个。"

吃完饭后我和英韦走到了外面的阳台上,抽支烟,喝杯咖啡。他提醒我给托妮耶父亲打电话的事,我已经把它忘得一干二净。要不或许是排除了这念头,这不是我喜欢做的那种事。但我必须做,于是我上到房间里去,在行李袋里找出我的地址簿,在饭厅的电话那里拨响了他家的电话号码,同时间里英韦在厨房里收拾桌子。

"嗨,是我,卡尔·奥韦,"当他接了电话后我说,"我想知道你是否可以帮我办一件事?我不知道托妮耶是不是已经给你说过了,我父亲昨天去世了……"

"说了,她打电话来告诉我的这件事,"他说,"听到这事我很难过,卡尔·奥韦。"

"是啊,"我说,"但至少现在我已经在克里斯蒂安桑这里了。是我祖母发现的他。她已经八十多岁了,看上去受到了惊吓。她几乎不讲话,只是坐在那里。我想或许能找到些安神剂或者其他能让她情况减轻的药物。她倒是已经在服用药片了,大概其中也包含有这类安神的药物,但我想……好的,你明白。她在受着煎熬。"

"你知道她服用的是什么药吗?"

"不知道,"我说,"但我可以马上去看看。等一下。"

我把话筒放在桌上,走进厨房,来到她放药片的搁架那里。在那下面,我依稀记得见过几张黄色和白色的纸片,想必就是处方单吧。

在那里,可只有一张。

"你见到这些药的药盒子了吗?"我对英韦说。"那些药品包装盒?我正给托妮耶的父亲打电话。"

"在你身旁的柜子里有几个。"英韦说。

"你在找什么?"祖母从她坐着的地方出声了。

我不想凌驾于她,在我站在那里翻找东西的时候,敏感地感觉出她的目光就在我的背上扫射着,这时我也就不能顾及不到那么多了。

"我在和一位大夫打电话。"我对她说,这就可以解释一切了。很出人意料的是她又恢复了安静,我把处方和药盒半遮掩着拿在手里走出了厨房。

"哈啰?"我说。

"我还在。"他说。

"现在我找到了一些药的名字。"我说,把这些药名一一念给他听。

"是这样,"他说,"她已经有了所有那些抗焦虑的药物,我可以再写一样给你,会好的。我们这里一放下电话我就打电话给药房。你住的那地方附近有药店吗?"

"有,在隆那里就有一家。那是一个城区。"

"我这就把一切安排好。现在你自己要多保重。"

我挂了电话,又回到了阳台上,朝海湾通往大海的那边望去,天空中仍是多云,但有了变化没那么厚重,云层里透出了些光亮。托妮耶的父亲是个热心肠的人,是个好人。他绝不会做出那些粗鄙的事,或者无论在哪一方面走得太远做过了头,他是个可敬的行为端正的人,但也不死板教条或中规中矩,相反地他常常热情奔放,像个男孩子那样,当他不往前走得太远时,不是因为他不愿意或是不能够这样做,而是因为在他的字典里找不到,我曾这么想过,总而言之这对他就是不可能。我喜欢他这点,这里面包含着什么东西,做到那么完美又是那么的恰到好处,这是我始终在追寻的,当我找到了它时我总喜欢靠近它,虽然同时我也认识到,我这么喜欢他和他的这一点是因为我父亲以前就像他,曾经一度就是他那样的人。我二十五岁时结婚,因为我愿意过那种布尔乔亚式的生活,建立起稳定有保障的生活,但同时我们实际上过着的生活恰恰与此大相径庭,不是这种布尔乔亚式,没有建立起稳定有保障的生活,事实上人们不再这么早地结婚了,因此这不是当时的初衷,但至少算是一种原创和与众不同。

这就是我当时的想法，当然也因为我爱她，在莫桑比克马普托城外的一个阳台上我和她单独在一起的一个夜晚，在煤黑色的天空下，空气里充满着蝗虫的嗞嗞声，几公里外的一个乡村里传出了遥远的击鼓声，我向她单膝跪下，问她是否愿意嫁给我。她说了一些我没听懂的话。至少我没听到"我愿意"这句话。你说什么？我问。你是不是问我是否愿意嫁给你？她说。你真的这样问我了吗？是你在问我这句话吗？是的，我说。愿意，她说。我愿意嫁给你。我们互相拥抱，两人的眼里都涌出了泪花，就在此时天空里发出轰隆隆的声响，深沉奇妙，隆隆声飞跑而过，托妮耶颤抖了一下，然后就开始了一场倾盆大雨。我们俩笑了，托妮耶跑进去拿相机，当她出来以后，她一只胳膊搂着我，拿相机的那只手伸出去拍照。

我们是两个孩子。

透过窗户我看见英韦走进客厅。他朝那两把椅子走去，盯着它们一会儿，然后继续往里走不见了。

就是在这外面也到处都躺着酒瓶子，一些瓶子被风刮到了挡风栅栏那里，一些被至少是在春天就放在这里的两把生了锈的躺椅给卡住了。

英韦又出现在了视线里，我看不见他的脸，只有他穿过客厅时的身影，他又消失在了厨房里。

我走下阶梯来到花园。下方没有其他的房子，山峰太陡峭了，但在最下面的底部有一个停泊小船的地方，那里朝外对着一个狭长的海湾。然而在东边的地界是靠着邻家的一个花园。那里还像从前那样完好,篱墙修剪美观精致,草坪上的草剪得又短又整齐,五颜六色的鲜艳花朵开得灿烂精神,显示出一切都在人的精心照料下,我们这里的花园看上去是一片凋落颓败,像是病了。我含着泪在那里站了几分钟,然后又绕到了房子的前面,到地窖里去继续干活。当最后一包衣物搬出去后,我在地板上泼洒上克洛林抗菌消毒水,用去了半瓶,然后用长柄刷子刷地板,再用水管把它们都冲进排水管道里。接着往地板上四处泼洒绿色皂液,重新清洗地板,这一次用的是抹布。在我洗完后再用水管把地板冲得干干净净之后,我想这该差不多了,又上楼回到厨房那里。英韦正在擦洗碗橱内侧。洗碗机开始运转了。厨房的案桌已经收拾擦洗完毕。

"我要休息会儿了,"我说,"你也歇歇吧?"

"我先把这儿干完再说,"英韦说,"或许你可以烧点咖啡?"

我照他的话做了。然后突然想起了给祖母的药。这可不能等。

"我去趟药店,"我说,"你想要点什么吗,那里有个报亭。"

"不用,"他说,"呃,还是要点吧,一瓶可乐。"

当我来到外面的阶梯上系上了夹克的扣子。那个极漂亮的50年代的木质车库大门前堆着一大堆塑料垃圾袋,在夏日灰色的光线下微微泛着光亮。深棕色拖车的连接杆倾斜着靠在地上,像是有点屈辱的样子,我想,当我从它旁边经过时它就仿佛是个鞠躬的仆从。我把手插在裤袋里向下面的车道走去，走过人行道上了主干道，现在路面的雨水已完全干了。但在往那边被炸开了的斜坡上有许多平坦地方还是湿漉漉的，那里长着青草，在暗黑的背景映衬下这些叶片格外葱翠，比起干焦焦的、被尘土掩盖着的那会儿要鲜绿得多，那时候色彩间的反差要小得多，在天空下的一切看上去显得那么无动于衷，毫无特征，就这么裸露着，广阔而空洞。有多少像这样裸露的空洞洞的日子里我在这里徜徉徘徊？看着房子里黑洞洞的窗户，望着穿越在田野里的风，太阳光芒耀眼，在阳光下的一切变得刺眼和了无生气？啊，就在那时候人们在这城里开垦种植，就在那时候人们看见的是城市最好的时节，它显得那么的富于生机。蓝色的天空，令人目眩的太阳，盖满尘土的街道。一辆敞篷汽车把立体声音响开到了最大音量开过来了，两个戴着墨镜，只穿着游泳裤的年轻人坐在前排，他们是要去海滩……一个牵着狗的老太太，全身被衣服遮盖得严严实实，戴着一副很大的太阳镜，脖子被套着的狗一蹦一窜的，想往一户人家的篱笆那儿扑。一架飞机身后拖着长长的一面幡旗，体育场明天有一场比赛。一切都裸露无遗，一切都空洞洞的，世界死了，到晚间的时候户外便到处都是这些让太阳晒黑了的，穿着浅色衣服的欢天喜地的女人和男人们。

我憎恨这座城市。

沿着库霍尔姆斯路走一百多米，我来到了十字路口，药店往前再走一百多米就到，正在这个小城区的中心。背后是一片长着青草的斜坡，坡顶上是几栋50年代或是60年代建筑的房屋。在路的另一边，再往坡道上走一段，那里是艾勒维涅（Elevine）餐饮公司分店。在葬礼结束以后或许我们可以用这个地方聚会？

想一想不仅仅是对我来说他死了，对他的母亲，他的兄弟，他的叔叔和婶婶们来说也是一样，这让我不禁又开始掉下眼泪。这正是在人行道上的那会儿发生的，人们一直来来往往的，我顾不了这么许多，我几乎没看他们，但还是用手将泪水抹去，最主要的原因是出于实际，因为我得看清楚脚下的路，同时一个念头涌上心来：葬礼之后的聚会我们将不在艾勒维涅餐饮公司那里搞，而是要安排在属于祖父祖母的这栋房，这栋被他毁坏了的房子里。

这个想法让我激动起来。

我们要清洗这该死的每一个房间里该死的每一英寸的地板，扔掉他毁坏了的所有的一切，从那些还剩下的里面找出可以使用的东西，让整栋房子要像个样，然后再把大家集中在那里。他可以毁坏一切，但我们将使它重新恢复原貌。我们是受人尊重有担当的正派人。英韦会说这样做不行，这么做有什么意义，但我还是会坚持主张这么做。我和他有同样的权利决定葬礼将如何办。知道这他妈肯定行的。需要做的只是清洗房子。清洗，清洗，清洗。

药店里没人等着排队，在我身份确认后，穿白衣的店员立刻走进药架中之间把药找出来了，写好药的标签贴在药盒上，把它放在一个袋里,通知我去对面的收银台付款。

这里感觉出了一种愉悦美好,或许只是被一阵触摸到肌肤的凉爽空气给唤醒的一种预感,让我在阶梯上停下脚步。

灰色,灰色的天空,灰色,灰色的城市。

闪着光泽的车身。明亮的窗户。电线从一根灯柱跑到另一个灯柱。

不,这里什么也没有。

慢慢地我开始朝那边的报亭走去。

爸爸多次说起过自杀,但总是作为一个泛泛的话题来讲。他认为对自杀的数字统计在撒谎,很多或许几乎是所有一人独自驾车的车祸就是一个伪装了的自杀。他多次提到的是,通常开车撞到山崖上,或是与对面开过来的车相撞,就是为了避免暴露自杀的这一羞辱。那时候他和温妮在挪威北方居住多年后又搬回了南方,两人继续相处在一起。爸爸的皮肤几乎全黑了,他吸收进了所有的日光,身体圆得像一只桶。他躺在屋后面花园里的躺椅上喝酒,他坐在屋前的阳台上喝酒,晚上的时候他已喝得醉醺醺的了,像在水里游泳的动作一样。只穿着短裤站在厨房里烤肉饼,这是我看见他吃的唯一的食物,没有土豆,没有蔬菜,只有烤得焦黑的肉饼。一个这样的晚上他说,延斯·比约布[1]是脚朝上自尽的,人头朝下脚挂在屋梁上,他就这样结束了自己的生命。这个步骤和过程是不可能的,因为在韦厄兰的那个房子里,他怎么能够一个人完成这一切?无论是他还是我都不明白这一点。最不给人添麻烦的办法,他说,那就是找一家旅馆,写一封信给医院,说在哪里可以找到这人,然后喝酒吞下药片,躺在床上睡过去。现在我想,把他表达的这个话题只当作普通谈话而完全不带有其他含义,实在是难以置信了,但事实上就是如此,这时我已接近汽车站后面的报亭了。有关他的那些画面是那么的强烈深刻以至于眼前我除了他什么也看不见,现今的他与他的行为,与曾经的他是那么的倒行逆施不相吻合,无论在外貌还是性格上,几乎看不到有一丝近似的地方,而曾经的那个他始终与我联系在一起。

我走上阶梯打开门进到报亭,除了售货员那里没有一个人,在柜台前的报架上取了一份报纸,把冰柜的玻璃门拉到一边拿了一瓶可乐,把两样东西放在柜台上。

"日报和一瓶可乐,"售货员说,同时他把它们举起来对着扫码机,"还需要什么别的吗?"

说这话的时候他没有和我的目光对视,当我进门那会儿他大概看到了我在哭。

---

[1] Jens Bjørneboe(1920—1976),挪威50到60年代期间著名的作家之一,他同时也是一位诗人、散文家和剧作家。他自称为无政府主义者,他作品里的叛逆行为和藐视权威,让他在年轻一代中拥有很大的读者群。他生活动荡,后来酗酒和患上了忧郁症,最后以自杀结束生命。

"不需要，"我说，"这就很好。"

我从口袋里掏出一张皱巴巴的纸币看着它。是五十克朗。在我把钱递给他以前把票子抹了抹平整。

"谢谢。"他说。他的手臂上长着浓密的浅色汗毛，一件阿迪达斯T恤衫，蓝色训练裤，肯定也是阿迪达斯的牌子，他看上去不像在报亭这里工作的人，更像是替伙伴在这里顶替几分钟的那种角色。我抓起我的东西转身就走，这时两个十岁左右的男孩进来了，已经把钱都捏在手里。他们的自行车扔在外面倚靠着阶梯。马路上两边都堵上了的车在慢慢向前移动。在今天晚上之内我得给妈妈打电话。还有托妮耶。我沿着人行道往前走，过了报亭前面一点的很窄的人行横道，又进入库霍尔姆斯路。葬礼当然将要在那里举行。在……六天之后。那时候就得万事俱备。在此之前我们要在报上登个讣告，计划安排葬礼，邀请客人，把整个房子弄得像个样儿，花园里要粗略地收拾一遍，搞定餐饮的事。要是我们早起晚睡，其他什么事都不做只干这个，这事会顺利成功的。需要的只是让英韦参与进来。还有，居纳尔也算一个。虽然关于这葬礼的事他没有怎么表态，但这是关于房子的事。不管他妈的这么多了，这事能行的。他会明白这个理由的。

当我走进厨房时，英韦站在那里用铁丝卷擦洗电炉。祖母坐在椅子上。在椅子下的地板上有些一定是尿溅出的痕迹。

"你的可乐，"我说，"我把它放桌上了。"

"放那儿吧。"他说。

"那，你那袋里装的什么？"祖母说，她看着药店的袋子。

"这是给你的，"我说，"我岳父是大夫，当我把这里发生的情况告诉他以后，他给你开了一些安神药片。我想这不是个坏主意。你在经历了这么多这一切之后。"

我把那个四方形的纸盒从袋里拿出来，打开盒子，拿出装在里面的塑料盒。

"那上面写着什么？"祖母说。

"早晚各服一次药片，"我说，"你现在要一片吗？"

"好，要是大夫这么说的话，那就吃一片。"祖母说。我把盒子递给她，她打开它拿出一粒药。目光在桌上搜寻着。

"我去倒点水来。"我说。

"用不着。"她说，把药片放在了舌头上，举起装着凉咖啡的杯子送到嘴边，脑袋这么一缩一歪把药吞下去了。

"哦呀。"她说。

我把报纸放在桌上，朝英韦那边看了一眼，他已经把所有的东西都擦洗完毕一遍。

"你们在这里真好，孩子们，"祖母说，"但你就不歇会儿啊，英韦？你也不应当把自己累垮了呀。"

"或许这不是个坏主意。"英韦说，他摘下手套，把它们挂在电炉前的手把上，把手掌在自己的T恤衫上搓了几下，然后坐了下来。

"我琢磨着到下面去冲个澡。"我说。

"或许我们俩都待在同一层楼,"英韦说,"这样我们可以随时联系?"

我明白他不愿意一个人单独与祖母待在一起,我点点头。

"那,我就去收拾客厅。"我说。

"你们两人都这么干活,"祖母说,"这没有必要啊,这个。"

为什么她这么说?是因为她对这房子目前如此的状况及她自己没法改善它而感到羞愧?还是仅仅不愿意我们离开她?

"清洗一下不会坏事的。"我说。

"是,知道它不坏事的。"她说。然后她看了一眼英韦。

"你们和殡仪馆联系过了吗?"

我的脊梁骨一阵发凉。

她心里一直都是明白的吗?

英韦点了点头。

"我们上午路过时去了那里。一切都办妥了。"

"那就好。"她说。她静静地坐着,沉陷了一刻。然后她继续讲下去。

"我看见他的时候我不知道他是死了还是活着。我是要下去睡觉了,给他说一声晚安,他没有回答。像往常那样,他就坐在那里面的椅子上。然后他死了。苍白的一张脸。"

我与英韦的目光相遇。

"你是要去睡觉?"他说。

"对,我们已经看了一整晚的电视,"她说,"在我要下去的时候他一动不动。"

"外面的天是黑的吗？你记不记得？"英韦说。

"是，我想是吧？"她说。

我差不多快呕吐了。

"但当你给居纳尔打电话的时候，"英韦说，"那是在早上啊。你记得吗？"

"那或许是早上，"她说，"当你这么一说。对，那就是早上。我上楼来，看见他坐在那里的椅子上。就在那里面。"

她站起身来，走出了厨房。我们跟在她后面。她走进了客厅的一半时停住脚，指着电视前面的那把椅子。

"他坐在那里，"她说，"他死在那里。"

她把脸捧在了手里一小会儿。然后她快步走回了厨房。

这完全不搭边啊，我想。这没法解决了。我可以放一桶水去做清洁卫生，可以清洗这该死的整栋房子，但毫无用处，我们将要征服这房子让葬礼后的聚会在这里举行的这个主意，也是毫无用处，我找不到任何有帮助的办法，我无处逃遁，谁也救不了我。

"我们需要在一起谈谈了，"英韦说，"到外面的阳台上去好吗？"

我点点头，跟着他下去到了另一个客厅，出外到了阳台。一丝风也没有。天空还是跟以前一样的灰色，但城市上空有了光亮的预示。在房子下面那狭窄的巷子里有一辆车正往上开，低低的马达声。英韦两手握在阳台的栏杆上站在那里，朝外面的海湾望去。我在那个被晒得褪色的躺椅上坐下，紧接着又站起来，把在那里的瓶子捡在一块儿，把它们一起汇集到墙边，四处张望想找一个袋子，但没看见哪儿有。

"你跟我想的是一样的吧？"英韦说，他终于直起了身子。

"我想是的。"我说。

"只有祖母见过他，"他说，"她是唯一能找到的证人。居纳尔没看见他。她早上给他打的电话，他电话叫救护车。但他没有看见他。"

"对。"我说。

"我们所知道的一切是，他可能还活着。祖母怎么能理解这一点呢？她在沙发上发现了他，她给他说话时他没回答，她给居纳尔打电话，然后救护车来了，满屋子里都是医生和救护人员，他们把他用担架抬走，消失了，这就是发生的一切。但想到过他没有死吗？想到过他只是烂醉如泥？或者处于一种休克状态吗？"

"是啊，"我说，"我们来时，她说她是早上发现他的。现在她又说是晚上发现他的。就看这点吧。"

"她开始老年失忆了。同样一件事她一直问了又问。当屋子里满是那些救护人员时，她到底明白了多少？"

"这就是那些该死的药物给她弄的。"我说。

"对。"

"我们必须要弄清楚这一点，"我说，"我的意思是，为保险起见。"

"嘀，妈的，想到他还活着。"英韦说。

我打小起就不知道的一种恐惧，充满了我。我沿着阳台的栏杆走过来走过去，停下来通过窗户看看祖母是否在那里，转身走向英韦，他现在已经两手交叠放在栏杆上望着地平线。唉，我操，我操。这个推理一清二楚明白无误。这唯一见过爸爸的，是祖母，我们仅有的只是她的证明，而她又是那么困惑迷茫，完全糊涂了，没有任何理由相信她说的都是正确的。当居纳尔下来的时候，这里的一切都已经完结，救护车已经载走了他，之后没有人同医院或是来过这里的工作人员联系过。殡仪馆还不知道这一切。从她发现他到现在只有一昼夜多一点的时间。在这段时间他本来可以躺在一家医院里。

"我们是不是给居纳尔打个电话？"我说。

英韦转过身来对着我。

"他知道的不比我们多。"

"我们再和祖母谈谈，"我说，"或许给殡仪馆打电话。他应当会把这事搞清楚。"

"我也是这么想的。"英韦说。

"你打吗？"

"我可以打。"

我们走进去。猛地刮来一阵风把挂在门前的窗帘高高掀起，飘进了屋里。我关上门，跟着英韦走到二楼的饭厅，进了厨房。下面的大门砰的一声响。我和英韦对视。出什么事了？

"能是谁啊？"祖母说。

是爸爸？

他回来了吗?

我感到了从未有过的惊恐。

楼梯上的脚步声。

是爸爸,我知道这个的。

妈的,该死,现在他来了。

我转过身走进了客厅,走到通向阳台的门,准备穿过门出去,从草坪上跑过,跑到城里去,永远不要再回来。

我强忍住,静静地站着。听着那脚步声在走到楼梯的转弯处那儿时扭动了一下。走上楼梯的最后几步,进入了客厅。

他一定是气得发狂了。我们在他妈的干什么啊,用这种方法把他的东西翻个底朝天,跑这儿来,大踏步地走进他的生活?

我往后退了一步,看见居纳尔走过去,进了厨房。

当然毫无疑问是居纳尔。

"我看见,你们已经干了一部分了。"他说着走进去。

我上楼到他们那里去。我不再感到自己傻而且更轻松些了,因为假如是爸爸来了而居纳尔在场的话,对我们来说容易多了。

他们围坐在厨房的桌子旁边。

"我想今天下午我可以拉一趟去垃圾场,"居纳尔说,"这是去度假屋的路。然后明天上午我再把拖车拉回来,再帮你们干一点儿。我觉得车库前的那堆垃圾差不多就够装满一车了。"

"我也觉得是这样。"英韦说。

"我们可以再装满几袋,"居纳尔说,"他房间里的衣物和其他诸如此类的东西。"

他站起来。

"那么,我们现在立刻动手干。这要不了多少时间。"

他在客厅里停下了,往那里面看。

"可以马上把那里面的衣服拿走,你们说呢?这样你们在这儿的时候就可以不用再瞅着它们了……让人起鸡皮疙瘩……"

"我可以拿走它们,"我说,"我觉得,最好戴上手套。"

我戴上那双黄手套同时朝里面走去,把所有堆在沙发上的东西都装进了一个黑色的垃圾袋里。在手里抓起那些干了的粪便时闭上了眼睛。

"那些枕头也拿上,"居纳尔说,"还有那里的毯子。看上去也不干不净的。"

我照他说的话做了,把它们都搬下楼梯,走出门来到到屋子前面,把它们扔进了拖车里。英韦也拿来一袋,我们开始把堆在那里的垃圾袋,一个个地扔进车里。居纳尔的车停在另一边,这就是为什么我们没有听到发动机的轰鸣声。拖车很快就装满了,他和英韦又重复一次车往前开再倒车的程序,直到居纳尔的车尾部对着拖车停下,只需要和拖车的挂钩套上就完事。当他把车开走后,英韦又把车停在车库跟前,我在阶梯上坐下。英韦倚靠着门框。他额头上是亮晶晶的汗珠。

"我肯定走上楼梯的是爸爸。"过了一会儿他说。

"我也是。"我说。

一只喜鹊从花园另一头的屋顶上飞下来,在我们头上方的空中平滑着飞来。扇动了几下翅膀,发出叫声,像是在学着叫出声,声音很不真实。

"他肯定是死了,"英韦说,"他死了。但我们需要确定。我要去打这个电话。"

"我就知道他妈的,"我说,"对这事我们只有祖母的话。在这房子一直里有太多的酒醉和糟心事,他完全可能只是烂醉如泥了。事实上可能发生的就是这样的事。越怕的事越要来,你说是不是?他回来的同时我们却正在这里干着,窥视抄翻着他的东西?可她说……怎么可能她先是在早上发现他,然后又是在晚上?这两件事怎么能联系在一块儿?"

英韦看着我。

"或许他是在晚上死的。但她认为他只是在睡觉。然后她在早上发现了他。这是一种可能性。她为此受到折磨困扰所以她不能承认。于是编造出他是早上死的这事。"

"对,"我说,"这是可能的。"

"但这关键的问题还是没有改变的,"英韦说,"我上去打电话。"

"我也去。"我说,跟着他上到了二楼。当他在钱包里翻找殡仪馆那人的名片时,我关上了通向厨房的门,祖母坐在那里面,所以越小心越好,往下走进第二间客厅。英韦在拨号。我几乎受不了听他们的这场对话,但又忍不住想听听。

"嗨,是我,英韦·克瑙斯高。今天一早我们到你那儿去过,要是你还记得的话……？对,是这样。现在我们想知道……对,想知道你们是否知道他在哪里？知道吗,这里的情况有点不清楚……在他出事的地点唯一在场的,是我们的祖母。她相当老了神志不是一直都清楚,一句话,我们不是完全知道发生了的事情。你是否能为我们调查一下这事？……对……对……对。很好。谢谢你……太感谢了。好……再见。"

英韦放下话筒时朝下望着我。

"他在度假屋。但他说,他会打几个电话,把事情弄清楚。然后晚些时候他会给我们打电话。"

"好。"我说。

我走进厨房放了一桶水,里面倒了些绿肥皂水,找到一块抹布,走到客厅里去,我在那里站了一会儿,完全不知道应当从哪里开始着手。在我们把这些家具扔出去之前做地板的清洁毫无意义,因为在接下去的几天里我们将会在上面走过来踩过去的。擦洗窗框和门框,门和踢脚线,书架,桌子和椅子。这类东西都太小,都是些零碎事,我想干些能有帮助有效果的事。下面的浴室和厕所是最好的选择,那里每一厘米都得冲刷。这也很符合逻辑,因为我是从地窖的洗衣房那儿的一切开始的,浴室就在它的正上方。同时在那里我也可以独自一人。

觉察出我的左侧有个什么东西"嗖"地一下过去,我转过头。一只巨大的海鸥站在窗外往里面瞧。它用尖嘴壳子敲打着玻璃,敲了两下。站住不动了。

"你看见了吗？"我高声对在厨房里的英韦说。"这儿有只很大的海鸥站在窗户外,在用嘴壳啄玻璃。"

我听到里面的祖母站起来了。

"我们得给它找点吃的东西。"她说。

我朝开着的门那儿走过去。英韦正在腾空碗柜里的东西,在柜子下面的案桌上一大堆玻璃杯和餐盘。祖母站在他的旁边。

"你们看见海鸥了吗?"我说。

"没有,"英韦说,"我从来都不看海鸥。"

他笑了。

"它总到这里来,"祖母说,"那是它想要点吃的。就是这样。在这里它可以得到点食物的。"

她把一块肉饼放在一个小盘里,腰佝偻着,瘦骨嶙峋的她站在那里,一缕黑头发垂挂下来遮在眼睛上,已经凝固了的调味汁把肉块淹没了一半,她把肉饼切割成块,动作疾速。

我的眼睛追随着在客厅里的她。

"它总来这里吗?"我说。

"是,"她说,"差不多每天都来。已经一年多了。你知道,它总是会得到点吃的。这个它懂。所以它来这里。"

"你敢肯定这是同一只海鸥?"

"是,肯定是。我认得它。它也能认出我。"

当她打开了阳台的门,那海鸥跳到了地板上,朝她放下的那餐盘走过去,毫无半点惧怕。我站在门框那里,看着它怎样用嘴壳在小肉块里啄食,在它咬住了一大口时怎样把头往后一扬。祖母站在它的身旁,注视着远处城市的上空。

"对，就是这样。"她说。

里面的电话铃声响了。我往后退了一步，这样我可以看到电话，确知英韦是否去接电话了。谈话时间很短。当他放下电话时，祖母从我身边走过去了，海鸥跳到了栏杆上，在那里站了几秒钟后它展开巨大的翅膀，一个扑身向前。扇动了几下翅膀，海鸥高高地飞翔在了草坪上方。我用眼睛追随着它平稳地朝着海那边飘移而去。英韦在我身后停下。我关上门朝他转过身来。

"他绝对是死了，"他说，"他躺在医院的地下室里。星期一上午我们可以看他，要是我们愿意的话。另外我得到了上这里来过的那个医生的电话号码。"

"我要眼见为实。"我说。

"那么，我们就去见。"他说。

十分钟后我把装有热气腾腾的水的一只桶，一瓶克洛林和一瓶日夫洗涤剂放在了浴室外的地板上。我把带去的一个垃圾袋拿在手里抖动了几下，让袋子开口见底，然后开始把浴室里的东西都倒个空。先是在这地板上的，用过了的、干了的肥皂，粘腻的香波瓶子，卫生纸的硬纸卷筒，有着褐色斑痕的浴室板刷，锡箔纸的和塑料的药片包装，一些零散的药片，也有几只袜子、几个卷发器。当把这些杂物弄完之后，我开始把墙上柜子里的一切都倒腾一空，除了那两小瓶看上去很贵重的香水外。剃须刀片，剃须刀，发卡，更多的香皂，陈旧的、里面干了的润肤油和油膏，一个发罩，剃须水，除臭剂，眼线膏，唇膏，几个上面有裂纹的我不知道作何之用的小粉扑，大概应该是和化妆相关的一类东西，头发，有小而卷曲的，有长而直的，一把指甲刀，一卷塑料，牙线，梳子。当我把这一切清空之后，隔板上留下了一层棕黄色的，也是很厚的污垢，我决定最后来清洗这里。在厕所马桶座旁边挂着手纸卷筒的瓷砖上，满是棕色的污渍，下面的地板上是黏糊糊的一片，对我来说这是最当务之急的地方，于是我在瓷砖上喷射了一层日夫洗涤剂，开始冲刷它们，有条不紊地有程序地清洗，从上面的天花板那里开始一直到下面的地板处，先洗右边的墙壁，然后是镜子旁边的墙，再是沿着浴缸的墙，最后是门边的那一面墙。我把每一块瓷砖都擦洗干净，这所有的一切，用去了一个半小时。有时候我在想，祖父是在这里摔倒的，六年以前，一个秋天的夜晚，呼喊着祖母，她给救护车打电话，她坐在这里握着他的手直到救护人员到来。这是我第一次明白这里的一切都跟从前一样直到那一刻的来临。他长时间以来有大量的内出血，当他去医院后知道了这一点。只要几天以后，他就会死亡，因为他身上几乎再也找不到血了。他一定是知道身体里有什么不对劲的地方，但他一定是拒绝去看医生。然后他倒在了浴室的地板上，差一点死去，虽然及时送去医院，在危急时候抢救了过来，但身体的伤害过于严重，他日渐虚弱衰竭下去，直到最后的死亡。

在我小时候，很怕到楼下的这个浴室里来。一个蓄水箱，应该是50年代那时候的产物了，是金属外壳旁边有个小黑球的那种类型，总是竖着放的，有人用水后，在那黑暗深处，它就发出簌簌的声音，一楼没人使用，里面空荡荡的，蓝色的、洁净的墙到墙的地毯，在衣帽间里整齐地挂着女人的外套和男式大衣，放帽子的搁架上是祖母和祖父的帽子，鞋架上是他们的鞋，在我想象的世界里它们全都是代表着芸芸众生，那时候它们对我无所不及，朝二楼大张开嘴的楼梯，总是以它的一种魔力让我惊怕，我必须要蓄积起所有的说服力来抵御战胜这种胆怯，进入浴室的房间。我知道那里面什么也没有，我知道簌簌声只是水声，外套只是外套，鞋只是鞋，楼梯只是楼梯，但大概就是这种明了更加重了胆怯，因为我是不愿意独自一人同这些东西在一起的，这是我害怕的原因，这些死的不具生命的东西让我的心更加恐惧。我会继续以这种态度来体验这个世界。马桶盖看上去是个有生命的东西，还有水槽、浴缸，和这个在地板上杵着的有一个贪婪大肚的黑色垃圾袋。

然而恰恰就在这个晚上这种不快的感觉又接近了，因为祖父是在这里倒下的，因为父亲一天前死在楼上的客厅里，这样死去的这些生灵们就和死去的他们，我的父亲和祖父，捆绑在了一块儿。

怎样才能把这种情绪排解开呢？

哦，那就只有清洗。刷了又刷，擦了又擦。看着这一块又一块的瓷砖怎么样变得洁净而光亮。想想这里的被毁坏掉了一切，将会重新再放光彩，这所有的一切，这每一样东西。无论在任何情况下，我将绝不会在他结束的地方结束。

当我洗刷完墙和地板后,把水倒进马桶里,按开关放水冲走,褪下那黄色的手套,把它们搭在红色空桶的边缘上,同时我想着我得记住尽快买一把洗厕所的刷子。要是那另外一间厕所也没有放着一把的话。我打开门进去。啊哈,那儿真放着一把。现在我就用这个,不管它是什么一种状况,星期一去买把新的。在走向楼梯的地板上我走了一半停下。祖母卧室的门开了个缝儿,不知出于什么原因,我向那儿走过去,推开门,往里面瞅。

啊,我的天。

她睡的床的床垫上没有罩着床单,她就直接睡在那粗糙的、上面到处都是斑斑尿渍的床垫上。床旁边放着一张类似于马桶座那样的椅子,一只桶放在它的下面。衣服扔得遍地都是。窗台上有一排盆栽植物。一股氨水的气味直刺鼻腔。

这儿真他妈臭气熏天。这臭狗屎,我操,我他妈操。

我把门开到跟刚才一样的位置,露个小缝,慢慢地走上二楼的楼梯。楼栏杆上有的地方几乎有了一层乌黑。我把手放在上面,感觉出它的黏腻。当我走上最后一级阶梯听见了电视的声音。我走进客厅,祖母坐在地板中央的椅子上盯着电视。她看的是电视二台的新闻节目。那时间就应该是在六点半到七点之间。

她怎么就能够坐在那个已经死了的人旁边的椅子上?

我的肚腹紧缩在一起,眼泪流出来了,连续不断,我不能够控制脸上肌肉的各部位扭曲,发现自己远不能避开那呕吐的反射症状,那失去了平衡、不对称的感觉,以一种近乎惊惶失措的方式将我击倒压垮了,仿佛我被撕成了碎片。如果可能,我愿意跪下双膝，两手十指交错握在一起，向上帝呼唤，呼唤，但我不能这样，在这点上无怜悯而言，一切最糟糕的事情业已发生，它也结束了。

当我走进厨房时，那里已经清扫一空。所有的柜子都洗过了，虽然那里仍然还有许多东西，墙和地板，抽屉，桌子和椅子，里面看上去清爽多了。案桌上放着的东西里有一瓶半公升的塑料瓶装的啤酒。细密的雾气水珠遮盖了瓶子的标签。它旁边是棕色奶酪，一个奶酪刮片器放在上面，黄色奶酪和一盒奶油，一把抹黄油的刀斜放在下面，刀柄有点朝向桌子的边缘。菜板拉出来了，上面放着一块可奈普面包，半截还装在红白色的纸袋里面。它的前面是切面包的刀，面包皮，奶油。

我从最下面的抽屉里拿出一个塑料袋，把桌上两个烟灰缸里装满了的烟蒂倒进去，系紧袋口，把它扔进了蹲在屋角已经装了一半的黑色垃圾袋里，找来一块抹布，把桌上的烟灰和沾上的黄油弄干净，把她的烟丝盒子和卷烟器放到桌子另一端装有烟纸卷的盒子上面，就在窗框的下方，顺手打开玻璃窗，用窗闩固定。然后去看看英韦在什么地方。他坐在外面的阳台上，正如我的预料。他一手握着一瓶啤酒，另一只手夹着一支烟。

"你要来点吗？"当我出去后他说。"在厨房的案桌上有一瓶。"

"不要，谢谢，"我说，"这里的所有东西以后我不会要的。我绝不会再喝塑料瓶装的啤酒。"

他看着我笑了。

"你太敏感了，"他说，"那瓶酒没开过。是放在冰箱里的。

他没有喝过的,完全不是你想的这样。"

我点燃一支烟,背抵着阳台栏杆站在那儿。

"这花园我们怎么办?"我说。

英韦耸了耸肩头。

"我们也不能把这儿所有的事都干完呀,我们。"

"我愿意。"我说。

"是吗?"

"是。"

现在我想过了要告诉他我的全部计划。但我没让它说出来。我知道从这个双方对立的意见出现那一刻起,英韦就会拿出一个相反的安排,一个我既不愿听到也不想去参与的计划。对,都是些小事,是些微末细节,但在我的一生里曾经有过一次决定吗?当我们是孩子的时候,我敬佩英韦,像弟弟敬佩他们的哥哥那样,再没有任何人比我更了解他,虽然我们在外面因为年龄悬殊的缘故不能相遇一处,但在家里时我们同在一起。不是出于什么平等的这类原因,自然,通常都是依照着他的意愿办事,但也还是差不离很接近的。也是因为我们为了共同的敌人站在一起,那就是爸爸。

发生在童年时代的许多细节我记不太清了,但它们一再重现,那是无数次的。我们怎么能笑,为着一丁点儿小的事笑得那么欢,就像1976年夏天在英国的那一次帐篷露营,那时是难以预料的炎热,有一天晚上走在我们宿营地附近的一个坡路上,一辆车从我们身边开过,英韦说,里面坐着的两个人在亲嘴,我听成了两个人在"撒尿"[1],我们站在那里爆发出大笑,持续了足有好几分钟,声音比平日高出两倍,剩下的整个晚上若有一点点最小的机会,笑声又再度爆发。

对童年时代要是有什么值得我怀念的话,那就应当是这个了,同自己的哥哥一起对不含任何意义的一些小事无节制地开怀大笑。就在同一次的露营旅行中,和两个英国小孩一起,我们在帐篷旁边的草坪上踢了一晚上的足球,英韦戴着他的利兹联俱乐部的帽子,我戴着我的利物浦俱乐部的帽子,太阳从整个大地上沉落下去,环绕着我们的夜色愈加浓重,从附近帐篷里传出低低的话语声,我对他们讲的话一句也听不懂,英韦骄傲地为我翻译。在我们就要继续往前赶路的前一天早上,我们去了游泳池,那时我还不会游泳,我仍然进到了深水区,搂着一个塑料球,冷不丁地,球从手里滑落飘开,于是我沉到水下,游泳池里只有我们两人,英韦呼喊着救命,一个年轻人跑进来,把我从水里拽了上来,当我喝下了几口游泳池里的氯化水后,当时涌出的第一个念头就是,妈妈爸爸不必为发生了的这一切害怕。发生这种事故的日子,是不计其数的,建立在我们之间的纽带,是牢不可破的。他可以对我比对其他人更恶毒一些,但这改变不了我们的关系,这是一种依属,在我们生活的这种环境中,我对他的感觉不会有恨,更是像一道溪流之于大海,黑夜里的一道光明。他很准确清楚地知道说什么话会让我气得

---

[1] 在挪威语里亲嘴(kysse)和撒尿(tisse)两个单词的发音极为接近。

完全失去理智。他非常安静地坐在那里，脸上带着一种调侃戏谑的笑意，让我的脑袋轰地一下发热什么也看不清楚了，毫不夸张地说，我眼前是一片黑，完全不知道该干什么，手脚无措。我可以用尽全力，把手里拿着的杯子向他砸过去，或者是面包片，要是我手里拿着的是它，或者是一个橙子，要是那时我没有冲过去攻击他，朝着他一阵拳头地疯捶狂打，只是气得噙着泪水，浑身发抖，他就会把这一切都收起来，紧紧地握着我的手说，好啦，好啦，小朋友，现在你生气了，可怜的小东西……他也知道所有我害怕的事情，于是在妈妈上夜班，爸爸去市政委会开会时，电视里又在重播《偷渡者》[1]，这个电视剧在夜里很晚的时候播出，目的恰恰是不让我们这种年龄段的人看的，对他来讲这就是世界上最简单不过的事了，关掉整个房子里的灯，锁上大门，向我扭过身来说，我不是英韦，我是一个偷渡者，我立刻惊骇得大声叫喊，央求他要他说他是英韦，说啊，你说啊，你是英韦，我知道的，英韦，英韦，你不是什么偷渡者，你是英韦……他也知道我害怕的另一件事，那就是拧开热水龙头时水管里的声音，先是一个刺耳、尖锐的声音，紧接着便是咚咚的重锤声，对我来讲，除了赶快逃开外几乎不可能有别的处理办法，这样我和他之间就有了一个约定，每天早晨他在盥洗盆里洗完脸后不要放掉水，把它留给我。或许在有半年的时间里，

---

[1] *Blindpassasjer*，1978 年挪威制作的第一部科幻题材的电视系列剧，在一艘宇宙飞船上载有一位不明身份的乘客而生发的一系列怪异事端，其中的音乐与画面含有恐怖和惊悚的元素。

每天早上我就是在英韦的洗脸水里洗我的脸和手。

他在十七岁的时候搬出了家,自然我们之间的关系发生了改变。当日常生活里的他消失了,他和他的生活状态在我心里却增长了许多,特别是当他在卑尔根的那会儿,在那里他慢慢地开始了自己的学业。他就这样走过来了,我也希望自己能这样。

在进入高中一年级的那个秋天我去看他,在阿勒克学生宿舍,他在那里有一个房间。从前往市中心的机场班车下车后我首先做的一件事是找到一家报亭,买了一包王子香烟和一个打火机。我以前从来没有抽过烟,但长久以来计划着有一天要这么做,我想过了,一个人在卑尔根,就可能有这种机会。于是我站在那儿,在圣约翰教堂绿色的尖顶下,我前面是市中心的集市广场,到处都是人和车辆,闪闪发光的玻璃。天空是蔚蓝色的,背包放在人行道上我的身旁,我把香烟叼在了嘴角上,当我现在用手作屏遮挡住风、用这黄色打火机点燃烟的时候,有一种强烈的、几乎是势不可挡的自由的感觉。我独自一人,我可以为所欲为,整个的生活在我眼前敞开。我咳嗽了一下,烟在撕裂我的咽喉,在这资格认证后一切顺利,在这剧烈的过程中自由的感觉一点没减少,当我抽完之后,把这红白两色的香烟盒放进夹克的口袋里,将背包往肩上一甩,去和英韦碰头。在克里斯蒂安桑的高中什么也不是我的,但英韦是我的,他有的,我也就有了,所以不单单是高兴,同时我也感到了自豪,当一个小时后我跪在他房间的地板上,把他搜集在靠近墙壁的三个酒箱里的唱片翻了个遍,那时太阳光从窗户的排气窗里透射进来。当天晚上我们和他认识的三个女孩子一起出去,我借用了他的老香料牌体香剂,他的发胶,我们出门之前站在过道的镜子跟前,他把我身穿的黑白格纹衬衣的衣袖往上挽起来,就像U2乐队的刀刃[1]在许多照片里穿的那样,又把我的西服领子理正。我们在其中一个女孩子的住处和她们碰头,她们真是太好玩了,我只有十六岁,他们认为当我们在门卫面前走过时,我应当挽着其中一个女孩的手,这是我第一次在外面去了年满十八才能入内的地方。第二天我们去了歌剧院咖啡馆和画廊咖啡馆,在那里我们也和妈妈见了面。她和她的姨妈约翰娜住在南斯科格路的一个公寓里,英韦后来接手了那个住处,后来我去卑尔根时就去那里找他。这一年后的一次,我带着录音机去采访美国的伏都之墙乐队(Wall of Voodoo),那个晚上他们在夜总会"洞穴"(Hulen)演出。我没有提前预约,但我凭着记者证在调音时顺利进去了,我们站在进入舞台的过道处等着他们,我穿着白衬衣,黑色的牛仔装,饰带扣环是一只巨大的发亮的鹰,黑裤,皮靴。但当乐队成员来到时,我突然不敢跟他们搭话了,他们看上去令人胆怯,像是一个来自洛杉矶的三十岁圈的吸毒团伙,是英韦挽救了这个场面。嘿,先生!他吆喝了一句,贝斯手转过身走了过来,英韦说:这是我小兄弟,他从南边的克里斯蒂安桑市大老远的专程来这里采访你们伏都之

---

[1] The Edge,U2乐队的吉他手。

墙。你们觉得行吗?

漂亮的饰带!贝斯手说,紧接着我红着脸跟他们进了乐队的房间。他穿一身黑衣,手臂上有一大片文身,长长的黑头发,牛仔靴,极其友好,给了我一瓶啤酒,对所有我写下来的类似学校报刊级别的那些问题都做了详尽的回答。还有一次,是刚刚离开了燕尾服月亮(Tuxedomoon)的布莱恩·赖宁格(Blaine Reininger),我在卑尔根采访了他,在画廊咖啡馆里一张柔软的皮沙发上。就是这里,这个大都市,还有它的那些咖啡馆、音乐厅和唱片店,在高中毕业以后我将迁往此地,对这一点我绝没有片刻的犹豫踌躇。

在伏都之墙音乐会后,我们坐在"洞穴",决定等我来这里后就组建一个乐队;英韦的朋友波尔可以弹贝斯,英韦是吉他,我是鼓手。乐队主唱到时候再找。英韦可以作曲,我写歌词,就在那个晚上我们对彼此说,有一天,我们将在这里,在"洞穴"演出。那时候对我来说,走进卑尔根就是走进我的未来。离开我现时的生活,到未来的生活里去过几天,然后又再返回原地。在克里斯蒂安桑我是独自一人,我得单枪匹马地为一切战斗,在卑尔根我是同英韦在一起,他所拥有的,也提供给我。不仅是外出的地方,咖啡馆,商店和公园,阅览室和礼堂,也包括他所有的朋友们,当我遇见他们的时候,他们不仅知道我是谁,同时也知道我在干些什么,我在地方电台有自己的一套音乐节目,在当地的《家乡友人》报(Fædrelandsvennen)上宣传推介唱片和演唱会,和这些朋友见面之后,英韦总是告诉我他们都对我评论了些什么，经常总是些女孩子们的评价，说我帅或者好时尚，等等。但也有些男孩的议论，特别从阿尔维德那里冒出来的一个评论是，说我跟维斯孔蒂[1]执导的《威尼斯之死》里的那个男孩很像。我在他们眼里是个人物，这是托了英韦的福。他把我带到维尼尔度假屋，他和他的朋友们每一年的新年前夕都在那里聚会，有一年的夏天我在阿伦达尔的街上卖了磁带，手里有了很多钱，我们几乎每天晚上都出去，有一个晚上，我记得，我一下子喝干了五瓶酒，之后举止还未失态，英韦对此大为惊讶，同时也很骄傲。夏天结束后我和英韦女朋友的妹妹在一起了。那段时间他用他的尼康单反相机给我拍了好些照片，全都是黑白照片，全都是糟糕透了的摆拍，一次我们也一起去了照相馆，本意是要在圣诞节送给祖父母和外婆外公的照片，他们都得到了照片，但这照片也挂在了摄影师在克里斯蒂安桑电影院门厅里的橱窗中，在那里所有的人都将有可能看到我们两个那80年代装束和80年代发型的摆拍。英韦穿浅蓝色衬衣，一只手腕上缠着皮革的细绳，头发长及脖子，头顶的头发剪得很短，我是黑白条纹的衬衣，黑西装的袖子卷了起来，我的铆钉皮带和黑色下装，到脖子的头发比英韦更长些，头顶的头发又更短些，除此之外，一只耳朵上还吊着个十字耳环晃来荡去。那段时期我常去电影院，最常常一块儿去的是扬·维达尔，或者其他来自特韦特的朋友，当我看着挂在明晃晃的橱窗里的照

---

[1] Visconti（1906—1976），意大利戏剧、歌剧和电影导演。1971年执导的《威尼斯之死》是他最为知名的电影之一。

片，几乎没法完全把自己与它联系在一起，这就是说我在克里斯蒂安桑的生活，有一些外在的、可显示于人的特性，在这种意识里它与一个固定的空间联系在一块儿，如像学校、体育场、市中心，以及到固定的人群那儿去，我的朋友、同学、球队伙伴，但照片上的那个我完全是以另一种方式，和一些亲密的、被隐藏着的联系在一处，首先也是最重要的就是家庭内部的，我也曾一度身在其中，只是我从这里面脱离了出来。英韦对他的朋友们谈到我，但我从来没有向我的朋友提起过他。

在这外在的空间当中注视到这内部的世界，会令人扑朔迷离与烦乱。但除了几句评论外没人在乎，因为我就是一个没人在乎的人。

1987年，当我高中毕业后，由于某种原因我并没有搬到卑尔根，而是去了挪威北方一个岛上的小镇，我在那里当了一年的老师。我的计划是可以在晚上写我的小说，用教书挣的钱去欧洲待一年；我买了一本书，上面写的是在欧洲国家做小工的所有可行和不可行之处，我早就想好了，从一个城市到另一个城市，从一个国家到另一个国家，干点工作，写点东西，过一种自由和独立的生活，但我这一年里写出来的文字让我进了霍达兰郡新设立的一个创意写作学院，我对被能接纳入学极为满意，因此改变了所有的计划，十九岁的我向卑尔根进发，尽管怀着所有的梦想和到外面的世界去当一个流浪汉的种种想象，我在那里一待差不多就是九年。

开始的时候一切都不错。当我从鱼市场那里的机场班车上跳下来时，阳光普照，英韦周末和假日在欧莱恩旅馆当接待人员，但当我走进旅馆前台时，他兴致很好，他还要工作半小时，之后我们俩买了些虾和啤酒庆贺我开始了新生活。我们坐在他宿舍前的阶梯上喝酒，从客厅里的音响那儿传来低调乐队（Undertones）的音乐，汹涌澎湃地灌进我们的耳朵里。到了晚上，我们已经有点晕了，叫了辆出租车，开到住在下面的英韦的一个朋友乌拉那里去，在他那里又喝了一点，然后我们去歌剧院咖啡馆，我们一直坐到那里打烊，不断地有人米到我们的这张桌旁。这是我的弟弟，卡尔·奥韦，每一次英韦都这么说，他搬到卑尔根来了，刚开始上创意写作学院。他要当作家。英韦给我找到了一个学生宿舍，在桑德维肯外，原本的女住客要去南美一年，到房间腾出来以前，我和英韦住一起睡在他的沙发上。他为着许多小事情斥责我，就跟他从前做过的许多次一样，只要我们住在一起超过了几天他总是那样，自打从他的阿勒克时期就如此了，比如他指责我棕色羊奶酪片刮得太厚或者是没有把唱片放回原处，同样的许多细节的纠正这次也发生了，我淋浴之后没有擦干浴室的地板，我吃饭时把黄油弄到了地板上，我放唱片时放下针头时不够小心，直到有一天我突然受够了，我站在他的车旁边，他告诉我说上次我坐进车里时如何把车门摔得太重。我一下子光火了，冲他生气地大喊别对我发号施令。他照办了，打这次纠正我之后再没有过这样的事。但在关系的平衡上依旧如此，我踏入的是他的世界，在这个世界里我是小弟。学院里的生活很复杂，在那里我没有交到什么朋友，部分原因是因为所有的人都比我年长，部分原因是因为我在他们与我之间完全找不到共同点，于是绝大多数时间我就晃晃悠悠地去找英韦，给他打电话问他这个周末要干点什么，他倒是总有事情可做，问我是否能来参加。我当然可以。独自一人星期天在城里转悠一整天或躺在宿舍床上读书后，晚上太想去他那里串门了。虽然我对自己说不应当这样，我应当自己解决问题不依赖他人，但这个诱惑太强烈，因此我还是经常陷进他电视机前的沙发上。

后来他搬进了集体宿舍，对我来讲这就是件坏事情，因为我对他的依赖就显示出来了；几乎没有哪一天我没进他的那房间门，他不在的时候，我就坐在他们的客厅里，不是他其中的一个室友出于尽责陪我拉话儿，就是一个人在那儿待着，同时翻一本音乐杂志或是一份报纸，活像是他妈的一个不快乐的卡通人物。我需要英韦，但英韦不需要我。就是这样。当他在那里的时候我完全可以和他的朋友们谈上一通，这里存在着一种关系，但我一个人呢？单独一个人到他其中的一个朋友那儿去？那就只会显得很异样，有点过于死乞白赖的意味，这不行的。另外再加上我个人行为举止不是很检点，说得委婉一点，我常常喝得醉醺醺的，而且每次我脑子里冒出一个念头就止不住想跟他们找茬。特别是他们的外貌，或是我在他们身上观察到的那些微小的、愚蠢的特性。

当我在学院写的小说被退稿后，我开始上大学，懒心无肠地主修文学，再没法继续往下写东西，返回到我写作的现实里是我所希望的一切。这回归的意愿是强烈的，但在大学校园的环境中有多少人不怀有如此的愿望？我们的乐队，卡夫卡制造者[1]，在"洞穴"演出，在"车库"演出，我们演奏的一些曲目在电台里播出了，在音乐报刊上我们获得了好评，这不错了，但同时我知道的，我能参与其中的唯一理由是，我是英韦的弟弟，因为我确实是个很糟糕的鼓手。当我二十四岁的时候，突然一下子意识到事实上这就是我的生活，它准确地展现出了这一状况，或许它原本一直就是这样的。学生时代，人的一生当中令人困惑而又被提及最多的这个时期，从那以后人们总是会愉快地回想起它，但对我来说除了一连串惨淡的、孤独和不完美的一些日子外什么都没留下。在上大学的目标实现以前，我心里一直希望满满，所有那些二十岁的年轻人都有的可笑的那些梦想，有关女人和爱情，朋友和欢愉，自身有的秘密天赋突然间得以突破和发挥。但当我二十四岁的时候，我看到了它的真实原貌。那也行吧，就这样了，我自己也有许多的小快乐，但不是这样的，我可以忍受它将有的那些孤独和退化，我这里是无底的，尽管来吧，这些日子，我可以思考，我可以接纳，我是一口井，我是那倒霉的、糟糕的、可怜的、渺小的、尴尬的、不快乐和可鄙的一口井。只管来吧！向我撒下一泡尿！要是你们愿意，也冲我拉屎！我都接着！我受得住！我自己就是个忍者！我想得到的这些女孩子，她们在我眼睛里看到的一定就是这个，雄心壮志，希望甚微，对此我从未怀疑过。但是英韦，

---

[1] 原文 Kafkatrakterne，将卡夫卡（Kafka）和挪威语的咖啡机（kaffetrakter）谐音组合在一起。

在这整个的时期里都有他自己的朋友、他的学业、他的工作和他的乐队，就别提他的那些女朋友了，没一个他得不到的。

他到底有着什么我没有的？为什么他就总是有机会，而在我同那些女孩子谈话的时候，看上去不是惊吓着了她们，就是遭她们白眼？不管怎样，我还是和他靠得很近。那些年里我得到的唯一朋友，是埃斯彭，在文学院里念书时他比我低一年，在上文学基础课的时候我们相识了，他请我帮忙看下他写的诗。对诗我一无所知，但我还是阅读了，说了一下他表达不通畅的某些含混之处，在这之后，我们逐渐地成为朋友。埃斯彭是在高中时期就阅读贝克特作品的那种类型，听爵士音乐，下象棋，留着长头发，有某种紧张、焦灼不安的样子。他很内向，帐篷里有超过三个人的聚会他会闭口不言，但他的聪慧是显而易见的，在我们相识后的第二年他的处女作诗集出版，从我这方面来讲自是艳羡不已。英韦和埃斯彭代表了我生活中的两面，很典型的二者不会交汇一处。

埃斯彭本人自然不知道，是他把我拽升到这个更先进的文学世界里，因为我总是装作对大多数事情都无不知晓，在这里人们可以就但丁的一行文字写一篇文章，没有一件事不足以妙笔生花，以极繁杂为能事，在这里艺术是与一些最高层次——而不是一般意义上的那种高层次——打交道的，因为它是我们以一种不可思议的方式从现代主义文学的规则里搜罗出的，这一切最好用布朗肖[1]对奥菲斯的凝视的描述来诠释,夜之夜,否定之否定,这些对于我们生存的这个琐碎沉闷,在很多方面来可说是极悲惨的生活要高出一大截,但那时候我学会的是,我们荒唐的渺小生命也是这个世界的一部分,我们没法弄到我们想要的东西,什么也没有,所有的一切都在我们的能力与权限以外,因此也就是在这个最高的层面里,有书籍的存在,只需去阅读它们,除了我自己没有任何人能把我封闭在它们之外。此外要说的只是如何抵达顶峰了。

现代文学是个带有全套部件的器械,是一种认知形式,当它一旦开始同化吸收时,其洞察与见解可能会遭到抵制,但其精粹并未流失,其形式依旧存在,然后它也将适用于你个人的生活以及个人魅力,那时候它将会突然展现在一种全新的、充满着无穷意义的光芒之中。埃斯彭走的是这条路,我跟着他,像一条愚蠢的小狗,但确乎如此,我追随着他。我翻看了一点阿多诺,读了几页本雅明,在布朗肖上面伏案几日,瞥了一眼德里达和福柯,研究了一会儿克里斯蒂娃、拉康、德勒兹,同时在诗歌方面有埃凯洛夫[2]、比约林、庞德、马拉美、里尔克、特拉克尔[3]、阿什伯里[4]、曼德尔斯塔姆、伦登[5]、汤姆森、豪

---

[1] Maurice Blanchot(1907—2003),法国作家,哲学家和文艺理论家。
[2] Gunnar Ekelöf(1907—1968),瑞典现代诗歌的领军人物。
[3] Georg Trakl(1887—1914),奥地利著名诗人。
[4] John Lawrence Ashbery(1927—),美国诗人,1976年获得普利策奖。
[5] Eldrid Lunden(1940—),挪威诗人,也是挪威第一位创意写作教授。

格[1]，都做了粗略浏览，每个人我用的时间绝没有超过几分钟，阅读他们像阅读散文，像一本麦克林或是巴格利[2]的书，什么也没学到，什么也不明白，但只是同他们的接触，有他们的书在书架上，导致了下意识里的一种替换，只要知道他们的存在，就感到受了滋养；但若是他们没有用这些见解知识灌满我的脑袋，我的直觉力和情感就更强烈。

在一次考试或是讨论当中宣扬自己的观点很容易，但那不是我——一个善于预估的人——所追求的。我追求的是丰富。比如当我读阿多诺的时候，这种丰富的感觉不存在于我阅读的字里行间，而是当我读他的时候产生出的认知。我是一个读阿多诺书的人！在那些沉重的、复杂费解的、繁琐的、极为准确的语言当中，寻求思绪的不断飞升，那每一个句号处仿佛就是一个登山者的绳扣，其中也存在着别的东西，一种对现实氛围的独特理解，在这些语句的影响下，唤醒了我心中模糊的欲望，想使用这种独特氛围的语言来说出某些真实的、有生命力的东西。不是用来描述一个论点，而是具体的，比如说一只山猫、一只乌鸦，或是水泥搅拌机。语言不是被包裹在现实的氛围里，恰恰相反，现实是从语言当中被体现出来。

我没有把这一点明确表达出来，它不存在于思想，也几乎

---

[1] Olav H. Hauge（1908—1994），战后时期最重要的挪威诗人，用新挪威语写作。他的诗被称为现代主义，就他而言，是指由实验过渡到了自由诗。他一生居住在农场，一直过着园丁般的生活。

[2] 指英国小说家阿利斯泰尔·麦克林（Alistair MacLean）以及德斯蒙德·巴格利（Desmond Bagley），两人均以写作大众喜好阅读的军事、间谍小说著称。

难以预知，更多的是某种模糊的动力。我没有让英韦知道自己的这一面，首先他对这一点不感兴趣，同时他也并不相信。他学的是媒体，在这个学科里全力证明的是不存在客观的特性，一切的评估都是相对的，一切受欢迎的与不受欢迎的是理所当然的一样好，但慢慢地出现了差别，我向后退回，更加充实自己，逐渐地，就我们两个人来说，我和英韦之间的距离实际上相当大，我不愿这样，给我世界上所有的东西我也不愿这样。我有计划地渐渐疏离了关系。假如我遭受到挫折，假如我在某件事上失败，假如我误解了某些重要的事件，我会毫不踌躇地告诉他，因为把我往下拽的一切在他眼里都是好事，而对于那些我理解的含有深意的事情，我却常常并不提及。

从这件事本身来讲或许不要紧，但在意识里开始觉得这是个事儿，就很糟糕了，因为我坐在这里想着，当我们俩在一起的时候，我不再表现得自然和冲动，不再坐下来就说个没完，以前我和他在一起时总是这样的，而是开始盘算、估量、思考。和埃斯彭一起也发生同样的事情，只是反过来，我表现出随和、生活方式偏重娱乐的一面。在这同一时期我还有一个从来没爱上过的女友，不是真爱的那种，她对这些自然都一无所知。我们在一起有四年。于是我坐在那儿，扮演着一个角色，这里那里，始终都在演戏。好像这还不够，我也在一家心理康复机构工作，我不仅跟随那儿的工作人员，他们都是有护士专业背景的人，也跟着去参加他们的聚会，在有钢琴师和各种歌者的大众酒吧里，在这个城区里的学生们是回避这种事的，在那里我逐渐适应了他们的观点、他们的娱乐方式及场景。对自身的那些小想法我并不当回事，或者我只是把看法藏在心里并不言及。这就是为什么我的性格上有点鬼祟和含糊其辞，对在这个时期我所遇到的人当中我所敬重的那些人，谈不上有什么确定的态度和纯净的情感。我与英韦过于接近，若要做估量，在思想上，在眼里看到的只是好的、很优秀的一面，这是一大弱点，也就是说，这取决于要保持某种距离才能有效果。在这个距离之内摒弃情感因素。这就是我对他的感情为什么开始往后退回了一点的缘由。他不被允许失败。我母亲会失败，这对我无碍，我父亲和我的朋友会失败，我也无所谓，尤其我自己，我失败了，我是绝对绝对他妈的不在乎，但英韦不应当失败，他不应当显得很蠢，他不应当暴露弱点。但当他这么做的时候，我怀着羞耻看着他，但这仍然不是为在这件事上他的表现而羞耻，而是他不应当注意到我在为他感到羞耻，他不应当知道到我怀有的这种情感，在这种场合中我用躲闪的目光来掩饰自己的情感，而不是把它们流露出来，否则这一定会引人注意，那就很难解释了。要是他说了些愚蠢或者是油嘴滑舌的话，那不会改变我同他的关系，我仍旧按照心中对他的基本的、固有的看法评判他，只是他可能会认为我为他感到羞愧。

就像那一次，一个深夜，我们坐在"车库"讨论着很久以来我们计划要做的一份期刊，我们周围是一群能写作能拍照的人，所有的人还有一个共同点，那就是像信任法兰克福学派成员一样信任1982年度的利物浦队，像信任挪威作家一样信任英国乐队，像信任美国电视连续剧一样信任德国表现主义电影，创办一份有新闻导向的杂志，对多方面的兴趣都严肃看待，足球、音乐、文学、电影、哲学、摄影、艺术，只要有创意的都要关注。这个晚上同我们坐在一起的有英加·米金，她当时是学生报《斯杜威斯特》(*Studvest*)的编辑，还有汉斯·米耶尔瓦，除了在我们乐队唱歌以外，他还是英加他们那个学生报的前任编辑。当英韦开始说起办杂志时，我突然听到他在对着英加和汉斯两人说话。声音听起来十巴巴的，当然，我垂下眼睛望着桌子。英韦讲话的时候几次朝我使眼色。我要说说我的看法呢，还是去纠正他的观点？或者我他妈的什么都不用管，不讲自己的想法，就支持他所讲的？那英加和汉斯就会认为我坐在这里就只是为了附和他。我不愿意这样做。于是我选择了一种折中的办法，什么也不说，试图用这种沉默的方式来表示既认可英韦又接受他们对他讲话的评价的做法。

我常常就是如此的胆怯，我谁也不想支持，把自己的想法收回来，但这一次的情况危急尖锐，不仅是因为英韦——在家里我俩的位置中，我总是把他看高一头，也是因为这场景引发出的虚荣心，即这种隶属感，这样我就不愿意去附和谁了。

在英韦说了算的前提下，大多数是我和他一起共同完成一件工作，而阅读和写作方面绝大多数是我自己一个人独立而为。有时候这两个世界也会相撞，这无法回避，因为英韦也很热衷于文学，虽然他和我的观念不尽相同。就说那一次我为学生杂志去采访作家谢尔坦·弗勒格斯塔[1],英韦建议我们一起去,我忙不迭地答应了。弗勒格斯塔在大众化的同时也是理智知性的,他的理论有深奥有浅显,他那非教条的、独立的、近乎贵族的、左倾的观点,尤其是他的双关语,使他成为英韦最喜爱的作家。英韦自己也是因这双关语和低级笑话有个坏名声,他大学里所修的专业导致他形成的思想是,看一件作品的价值不在于作品自身,而是取决于社会上产生的认知度,就形式的问题来讲真实表述与非真实表述具有同样的分量。对我来说,弗勒格斯塔首先是一位伟大的挪威作家。对他做采访是新挪威语的一份学生小刊物TAL安排的,以前我曾采访过诗人奥拉夫·H·豪格,散文作家卡琳·穆厄。采访豪格我是同埃斯彭一起去的,还有英韦的朋友阿斯比约恩,他负责拍照,所以英韦这次想要参加,也是极自然的事情。那次采访豪格开头很糟糕,之后一切顺利,因为我没有告诉他我们去的是三个人,于是当我们的车拐进他的院落时,他等待的只是一个人,所以根本不放我们进他家的门。你们的人太多了,他站在他家的门口那儿说,那种坚决的、西部地区人的口吻让我突然感到自己像个快乐的、轻松的、傻乎乎的、过分热切的、冲动的、脸色红润的南方人。豪格是智者星球的永驻者,他坚守自己,不为一切所动,而我是那个世界的一个行者,随身携带着已知的问题将接近我的一切现象收入行囊。是我的情感,我粗暴的、几乎是含有敌意的态度来判

---

[1] Kjartan Fløgstad(1944—),用新挪威语写作的挪威知名作家,诗人和散文家,他的作品不仅数量丰厚且获得多个文学奖项。

断豪格，大概他对我们也是怀着同样的情绪。但最后他说，那，你们进来吧，在我们前面轻手轻脚地走进了客厅，我们在那里放下了背包和照相器材的包。阿斯比约恩把相机拿出来，对着光线举起了相机，埃斯彭和我掏出了各自的笔记本，豪格坐在靠墙的长凳上，眼睛望着地板。或许你可以坐在窗户跟前的那地方，阿斯比约恩说，那里光线很好，所以我们可以拍几张照片。豪格抬起眼睛看着他，一缕灰白的头发遮在额头上。这里没什么他妈该死的照片要拍，他说。好，随你便。阿斯比约恩说。对不住了。他退到了一旁，把安全摄像头放回了照相背包里。埃斯彭坐在我的旁边，开始把他的那本笔记本翻了个遍，另一只手握着一支笔。我了解他，知道就在眼下，他是不可能集中精力去看他本子上写的那些东西的。很长的时间里，没有一个人说话。埃斯彭望着我。望着豪格。我有一个问题，他说。可以问问你吗？豪格点了点头，用手把那缕头发拨了去，让它回到原处，这个手势是如此出乎意料的轻柔，与他那份很有阳刚之气的岿然不动和沉稳的坐姿对照，竟带着点女性化了。埃斯彭开始提问题了，他读出了本子上写下的那些东西，又长又复杂，内容是对一首诗的小小的分析。当他说完之后，豪格说他不会对这些诗说什么的，说话的时候他没有抬起眼睛。

我读过埃斯彭的那些问题，所有的问题都是与豪格的诗歌紧紧相关，要是豪格不愿意谈他的那些诗，那所有的问题都没用，全是白搭。

接下去又是静默，持续的时间更长。现在的埃斯彭像豪格一样黑沉着脸完全封闭了。他们是诗人,我想,他们就是这样的。与他们的沉重与黑暗相比较,我感到自己轻快多了,对什么东西都没有见解的一个外行,对一切只是表皮的浮光掠影,看足球赛,知道几个哲学家的名字,喜欢最简单变化的流行音乐。我替我们乐队写的歌词中的一首,它叫《你摇曳的步态多么优雅》,这是我写的最接近诗一类的东西了。我不得不介入了,因为很清楚在整个的采访过程中埃斯彭不会再说什么了,于是我提出了一个有关约尔斯特的问题,那是我母亲的居住地,因为画家阿斯图普来自那里,豪格对此人很有兴趣,甚至为这个地方他写过一首诗。在两者之间显然这是个选择。但他对这个也不愿谈。他反倒开始说起了很久以前他去那里的一次旅程,他提到的所有那些名字,听上去像是60年代中的,他眼睛盯在地板上,用一种很肯定的方式说起一个个名字,仿佛我们都认识他们一样。我们从来没听说过这些人,所有这一切看上去并不神秘,除了含有个人的因素外至少并未有任何特殊的意义。我提出了一个有关翻译的问题,埃斯彭提了另外一个问题,他都是用同一种方式回答,一种决断的口吻,仿佛他就是坐在那里自己跟自己说话。或者,就是在跟地板对话。作为采访来说,这是一场灾难,但或许就这样持续了一小时后,又一辆车开进了院里。这是挪威国家电视台霍达兰郡台,他们来是想请豪格读一些诗歌,他们刚要开始,就发现连接电线忘带了,得开车回去取,这时候就出现了新情况,豪格变了,他突然对我们非常友善,笑着说些幽默的话,现在是我们在和电视台对着干了,冰河解冻,当他们完成他们的采访任务开车走后，豪格依旧保持着他的友善，是那种平易近人的态度，他完全敞开了心灵。他的夫人端着刚刚烤好的苹果蛋糕走了进来，当我们吃完蛋糕后，他领着我们参观了他的整个房子，把我们带到了二楼的藏书室，平日他也坐在那里写作，我看见写字台上放着一个笔记本，封面上写着"日记"，他拿来了几本书，对我们谈起它们，我记得其中一本是克里斯蒂娃的书，因为我想，至少这本你没读过，豪格可从来没上过大学，即使你上过大学，至少你不会明白这本书，然后，我们就走下楼梯，他讲了一些闻所未闻、饱含着有深刻意义的关于死亡的话语，语调简洁带有一点无奈，但又不乏幽默，我想着这我得记住，这很重要，我将终生铭记，但后来我们坐在车里沿着霍达兰海湾回家的路上，我就已经把它们忘了。他在我身后还有几步时，埃斯彭和阿斯比约恩已经在外头等着了，这是拍照的时间。豪格坐在石凳上翘起了二郎腿，阿斯比约恩在同一瞬间蹲下，接着又站起来，从不同的角度摁下快门，我和埃斯彭站在几米外的地方抽烟。这是个秋季里美丽的一天，寒冷清澈；那天早上我们从卑尔根开车出来的时候，海湾上飘荡着一层寒雾。山腰上的树叶子黄红相间，海湾的水面犹如一幅镜面，一道道宽大的白色瀑布直泻而下。我很快乐，采访结束了，也进行顺利，但也有些许的触动，豪格让我心里充满了骚乱，有某种无法平静的东西，我不知道它来自何方。他是个老人，着装像老人，绒布衬衣和老头裤，拖鞋和帽子，老年人的步态，但他身上仍然看不出那种老人的迹象——比如像外公或是我父亲的叔父阿尔夫，恰恰相反，当他突然向我们敞开他自己，想要给我们看什么东西时,是一种率真的、孩子气的方式,非常友好,同时也非常容易受伤害,就像一个没有朋友的男孩在突然有人对他表示出兴趣时会有的反应,你可以想象,若是外公或是阿尔夫,这完全不可思议,他们这么向人敞开自己恐怕是六十多年前的事了,要是他们曾经这样做过的话。或者不是的,这不是他在向人敞开自己,而更多的像是他的本性,比如当我们刚到时他的表现,这是一种自我保护。我看到了一些我不愿看到的东西,因为这个人并未察觉自己对我们显露出了什么。他已经八十多了,但在他身上没有任何死亡或是僵化的迹象,像这样活着实际上太痛苦了,我现在这么想。这只会让我心里不安宁。

"可以在苹果树那边也拍几张吗?"阿斯比约恩说。

豪格点点头,站起身跟着阿斯比约恩去了苹果树那里。我弯下腰在地上揿灭了烟头,然后直起身子四处张望看有没有扔它的地方,在他家的院里是不能到处随便扔烟头的,没找到一个合适的地方,就把烟头放进了衣服口袋里。

四面都被山峰围住,感觉我们好像站在一个巨大的拱顶上面。空气里仍然含着一丝柔和温暖的气息,我知道的,西部地区的秋天里常常就是这样的。

"你认为,我们可以问问他能否给我们读一点诗吗?"埃斯彭说。

"要是你敢的话,那就问。"我说,看着阿斯比约恩在那边微笑着。若豪格对埃斯彭来说是个诗人,对阿斯比约恩就是个传奇了,现在他站在那里用世界上所有的时间来为他拍照。当他干完之后我们一起回到客厅去拿我们的背包。我拿出在来这里的路上在一家书店里买的一本书,一本豪格的诗集,问他能不能替我在上面写一句给我母亲的问候语。

"她叫什么名字?"他说。

"西塞尔。"我说。

"还有呢?"

"哈特勒于。西塞尔·哈特勒于。"

他写下"致西塞尔·哈特勒于,来自奥拉夫·H·豪格的问候",又把它递还给了我。

"谢谢。"我说。

我们要走的时候他把我们送到门口。埃斯彭把要给他看的书拿在身后先做好了准备,等待着,突然地,他脸上有着羞涩和满怀希望的光辉。

"你可以为我们读一首诗吗?"

"嗯,可以的,"豪格说,"你想听一首什么诗?"

"或许就是那首关于猫的?"埃斯彭说。"在庭院里那首?太适合这里了,嘿嘿。"

"让我看看吧,"豪格说,"在这里。"

他开始读诗。

　　猫坐在
　　庭院里

当你回家来时。

跟猫说点什么吧。

在花园里最警觉的就是他。

大家笑了,豪格也笑了。

"这只是一首短诗,"他说,"你们愿意再听一首吗?"

"非常愿意!"埃斯彭说。

他再往下翻了几页,然后又开始念起来。

收获的季节来临

九月里这些温暖阳光的日子。

收获的季节来临。林中的酸果蔓

簇簇依旧,沿石筑堤坝的玫瑰果

渐渐变红,坚果松散坠落,

还有树篱上闪亮的串串黑莓,

固执的画眉寻觅着最后的醋栗,

蜜蜂吮吸着甜美的李子。

傍晚时分我放好一架梯

把篮子悬挂在棚屋。单薄的冰川

已盖上一层新雪。

睡下后,耳闻布里斯灵渔民驶船嘟嘟的马达声,

渔船出了海。整夜里我知道它在海面飘摇

伴随强烈的探照灯光航行在峡湾的海上。

　　站在院里眼睛望着地面听他读诗，我想这是一个伟大的专属于我们的瞬间，但想法一闪而逝，诗歌占据了整个瞬间，作者在作品的创作地点朗诵自己的原创作品，二者俱全的这一刻，比我们伟大多了，是无穷尽的浩大，我们这么年轻，不比三只麻雀更聪明，我们怎么能接受这一切呢？我们不能，不管怎样，当他读诗的时候我微微侧身。这几乎有点让人承受不起。就像开了个玩笑，但至少给我们日常生活中捕捉到了某种形式。啊，是这么的美好，怎么样对待它呢？又怎么样面对它？

　　我们离开的时候豪格给我们一个举手礼以示告别，在阿斯比约恩把车启动开上马路时，他已经消失在了屋内。我感觉自己就像在夏天的太阳下待了一整天，疲倦而沉重，虽然除了闭上眼睛躺在某个地方的礁石上晒太阳以外什么都没干。阿斯比约恩把车开到一个咖啡馆那儿去接他的女朋友卡丽，在我们采访豪格时她就坐在那里等我们。大家谈论了一会儿今天发生的事，接着车里一片静寂，我们沉默地坐着望着窗外，外面的阴影延展扩张，颜色愈加浓重，风从海湾那里刮过来了，吹乱了户外行走着的人们的头发，报亭外面售报的旗子被风刮得呼啦啦的响，孩子们都坐在自己的自行车上，永远都会有这些小地方上的孩子们坐在自己的自行车上。一回到家我就开始把录音带里的采访内容写出来，因为根据以往经验我知道这问与答的两方的声音及所提的问题和发生的一切经过，时间越长问题就会迅速增加，所以要是我现在就干，当接近有关的问题时，我的疑惑和羞愧是可以设法克制的。我立刻明白了，既然一切都进展顺利，问题就出在录像带以外的范围。解决的办法是，写出发生的事情，一切都渲染一下，我们获得怎样的第一印象，他说话时如何喃喃自语，他是如何的一个内向之人，日记本的封面，苹果蛋糕，藏书室。埃斯彭写对作家的介绍，其中穿插有许多细节分析，这对发生的那些事会是个很好的反差对照。从TAL的编辑、哲学系学生、耶奥耶·约翰内森的弟子、新挪威语使用汉斯·马里乌斯·汉斯廷那里，我们听到了豪格很喜欢这篇报道；他还对约翰内森说，这是对他进行的最好的采访中的一次，这还不够，我们是二十岁的年轻人，当说及豪格评价某人时，礼貌客气话总是多余事实，但他是真喜欢，让他的夫人打来电话索要更多的那期刊物，说可以给他的朋友和认识的人都看看，这就足够了，在读了他的那些日记后我想，给我的印象他不是那种说奉承话的人。带有敌对情绪和老年人的习性他自己对此自然是很清楚的，但在人们对他的敬重里，他的这一面总是消失了，深深地被包裹在文明与正派这层层的外观后面，可他又是那么的真诚，他不总是喜欢这样把它们都掩藏。

半年以后轮到了谢尔坦·弗勒格斯塔。当我给他打电话时，他说他读过了对豪格的那篇采访，愿意接受TAL的采访。要是我一个人单独前往，我会真的非常紧张，会怀着尊敬读完他所有的著作，写下足够多的问题可供几个小时的采访，把他所有话都用录音机录下来，因为我的问题可能会很傻，但他的回答不会这样，要是我把它们弄砸了，他的话语会负责贯穿整个的采访，不管如何欠缺我都要把它完成。但当英韦要加入时，我担心的就不是这些，我会依赖他，没读完所有的书，写下了些必要的问题，同时我也注意到一些我和英韦在工作中的关系问题，不愿意被看作一个挑刺的人，我不愿意他想到我可能比他更强。我们出发去奥斯陆会见弗勒格斯塔时是个初春将至的灰色日子，在三月末或是四月的第一天，在比约尔森那里的一个咖啡店外面，我这极糟糕的准备工作是以前从来没有过的，无论是预先或是事后，我和英韦的计划是，我们采访时将不使用录音笔或是录音机，采访过程中也不做记录，我们想，这样会显得很生硬，过于形式化，我们愿意更多的是在做一种交谈，凭借着当时对发生在这里或那里的印象。我的记忆力没什么可夸口的，但英韦他的记忆力跟大象一样好，我们想好了，当采访完之后我们马上把说的一切话都记下来，我们可以互相做补充填补，这样，在双方共同的协助下，整个工作就算大功告成。弗勒格斯塔很礼貌地领着我们进了咖啡馆，那种昏暗的、典型的喝啤酒的那种地点，我们在一张圆桌前坐下来，把衣服挂在椅背上，找出写上了问题的纸单，然后我们说我们想采访时不做笔记也不用录音机，弗勒格斯塔说他很尊重我们的意见。一次他自己接受在瑞典报纸《每日新闻》采访时，一位记者也是没有做记录，文章刊载出来后完全无可挑剔，由此给他留下了深刻的印象。在采访进行的过程中，我把注意力一分为二放在对英韦说的话和弗勒格斯塔的反应上，不只是弗勒格斯塔的回答，还有他的语调和他的肢体语言，以及访谈的内容。我自己的问题和大部分谈论弗勒格斯塔著作的这些问题占有同样的分量，相比起来，这些问题更多的是在对一些情况的填充或者添加。采访用去了一个小时的时间，我们同他握手告别，谢谢他愿意接受我们的采访，他的回答也切中我们希望的要点，我们是相当的振奋和高兴，因为一切进展顺利，难道不是吗？我们和弗勒格斯塔交谈过了！实在是太兴奋，以至于我们俩当中没有一个人想坐下来就刚才大家讲的那些话写一点摘要，我们可以明天再做，现在是礼拜六，电视上很快就要播挪威足球联赛了，我们可以到一个酒吧去看这场球赛，然后再去到处逛逛，我们又不是经常到奥斯陆……第二天是乘坐火车，那我们也没时间写什么，当我们回家后，又是各奔自己的地方。这已经过去了三天，那我们就不能再等三天？然后又是三天，又再是三天？当我们最后总算坐下来的时候，已没有多少能记得了。提到的问题我们当然还是有的，这帮助很大，然后我们对他可能就这些问题的看法做了些猜测，一部分基于我们事实上还记得的那一些，一部分是我们觉得他会做这样的回答。我的任务是把这些都写下来，是我发现的如何让这一切都运作起来的方法，当我这么拼凑了几页之后，立刻明白这样做是行不通的，意思模糊很不准确，于是我向英韦建议我们给弗勒格斯塔打个电话，问是否可以通过电话里再补充几个问题。在布勒克巴肯英韦寓所的房间里，我们坐在桌前草草写下几个新的问题。我在拨弗勒格斯塔的电话号码时，心脏剧烈地跳动起来，当他的声音在电话线的另一端响起时，心里的狂跳还没有缓下来。为我们又再占用了他半小时的时间，我怀着敬畏之情向他做了一番解释，尽管从他的声音中我猜得出他已开始明白了个中原委。在我提问题他回答的同时，英韦像一个特工人员那样坐在旁边，耳朵紧贴着另一个话筒记录下他所讲的每一句话。所以我们就全有了。在所有的细节材料和选择材料之间，我把它们重新组成新句子，从某种方式来讲是很认真负责的，其他的文句也都带有真实可信的痕迹。在我额外写下了有关弗勒格斯塔的作家生涯，搜集了更多的具体事例或者是一些作品分析的印象之后，看上去觉得很像回事儿。事实上看上去相当不错。弗勒格斯塔提出在我们付印之前他要阅读整个的采访稿件，于是我把文章，同时加上一些友好的话语，寄给了他。要是预先知道他是需要读所有采访的稿子，或者只是针对我们，我想，那么当时不做笔记我就真的是蠢到家了，但因为我最后做了这一个补救，所以也就不再担心。对那些不明确的部分，不舒服的感觉肯定有那么一点，但我不在乎这个，据我所知没有必要对被采访者的每一句话都重复。于是几天后来自弗勒格斯塔的回信躺在了家里的邮箱中，我站在那儿把信拿在手里，估摸着是平安无事万事大吉。但我的手心里还是有点出汗，心跳加速。春天来临了，太阳暖暖地照着，站在那儿的我脚上是跑鞋，身上穿T恤衫、牛仔裤，正要出门去一所音乐院校，我堂兄的一个伙伴约恩·奥拉夫在那里给了我学打击乐的学时。或许最好是放下这封信不拆开它，因为我时间不够了，但我太好奇，在我开始慢慢朝往车站走去的路上，我把信拆了。抽出这次采访的文稿。上面划满了红道道，在纸页边上是用红字写的评语。我看见"我从来没有这么讲过"。我看见"不准确"。我看见"不，不"。我看见"？？？"。我看见"你这些都是从哪儿想出来的？"。几乎每一个句子都以某种方式做上了标记。我站在那里完全呆住了，盯着这张纸。感觉自己完全倒下了。直接坠入了黑暗中。他附上的一封短信，我以飞快的速度将它读完，好像读完最后一个字时羞辱会就此结束。"觉得这封稿件最好什么地方也别刊出"。"友好致意，谢尔坦·弗勒格斯塔"。当我再步履蹒跚地开始往前走时，内心里是一片翻江倒海。羞愧让我身上发热，几乎哭了出来，我把信塞进后裤袋，等在巴士站，汽车在这同一时间内开了过来，上车后在最后一排靠窗的座位上坐下。当汽车慢慢往上朝着霍达兰地区蜗牛般地爬行时，羞耻在我身上燃烧，这同样的念头在我的意识里咬噬揉搓。我太差劲了，我不是什么作家，永远都不会是。这让我们那么兴奋不已的、同弗勒格斯塔交谈过了的自豪，现在只是可笑和痛楚。当我回家以后，给英韦去了电话，我很惊讶相对地他没把这事看得很重。这有点遗憾，他说。你肯定不能再修改一下这稿子，然后再给他寄去改写稿？当这最低落的心情过去之后，我又再次读这些评语和这封信，看见弗勒格斯塔对我的评论也做了评论，比如形容词"科塔萨尔式的"，肯定他就不能这么做吗？我在里面表达了我对他书的看法了吗？我的点评？我把这些写在一封信里寄给了他，采访稿件的有些地方，有些不确切之处，正如他提到的那样，但我知道，有些话他事实上是讲过了的，因为在电话的采访里我做了记录，另外他也有些针对我的反对意见，对记者的，对评论，这些都超过出了他的工作范围。如果他愿意的话，我会以他的修改为基础，或许再做一次电话采访，然后把新写的稿件寄给他？几天以后收到了他的一封客气但态度很明确的信，在信里他表示，我有对他关于我的一些评论的解释权利，但这核心的问题仍然不改变，即采访稿不应当付印。于是我被羞辱和自我贬低所鞭挞，这持续了半年的时间，在这期间我无论是看见弗勒格斯塔的面容、他的书或是他的文章没有不觉得深深羞愧的，这个时期成了我生活中的一段笑料。我们付出了代价，英韦不喜欢这样看，在这贬低的当中他看不到可笑之处，或者更正确地说，他在其中并没有看到什么贬低。我们的问题很有水平，同弗勒格斯塔的交谈很有意义，这是他想从中获得的东西。

在卑尔根生活的四年里几乎完全平淡无奇，什么事也没发生过，我想写作，但写不出来，似是而非的什么都不确定。英韦选了大学里的学科，过着他想过的那种生活，至少在外观上看是这样，但在某个时间点上停滞了，他从没完成他的主要学业，也没怎么在那上面花工夫，或许因为他生活在老一套规避的模式里，或许他的生活里有正在进行的许多其他事情。在有关电影明星汇集的这一题目的论文最后交卷之后，他有段时间失业了，与此同时我作为义工开始在学校电台里工作，慢慢进入了一个与他不相同的另一个环境，尤其是与托妮耶的相遇，我是那么疯狂地爱她,就在那个冬天我们在一起了。我自己都还没有明白过来,我的生活就有了一个新的根本的转折,我在卑尔根最初的这些年的发展中,有很多年我就固定在这样一个形式里,那时英韦突然离开了这座城市,在巴勒斯特兰市找到一份文化顾问的工作,这或许不是他自己期望的那样,但在他的那个部门当中没有多余的人,所以实际上他是文化部门的一个头儿,那里的爵士音乐节就是他自己一手操办,后来他的朋友阿尔维德也搬迁到那里,他把他招进了这个部门。他遇到了卡丽·安妮,他在卑尔根就认识了她,她在那里当教师,他们在一起了,有了个孩子,于尔娃,一年以后又搬到了斯塔万格,英韦也一头扎进了他未来的职业——平面设计中。我很高兴他这么做了,但也有点替他担忧,一张给红沃格音乐节的海报和当地聚会活动的飞机宣传广告,这些就足够了?

我们很久不见面,见面也从来没有握过对方的手,一次也没有过,我们也很少互相对视。

在1998年这个温暖的夏季的夜晚,在祖母家的房子外面的阳台上,这一切都涌上了心间,我的背冲着花园,他坐在靠墙的一张躺椅上。他思考着我刚刚讲过的话,我想把这里的一切事情都接管过来,包括这花园,或许他对这无所谓吧,从他脸上的表情不可能看出他的想法。

我转过身,把烟头摁在着黑色铁艺围栏朝里的一面上。细微的烟火颗粒连同余烬一起飘散在水泥地上。

"这里哪儿有烟灰缸?"我说。

"我知道是没有的,"他说,"用那儿的那个瓶子。"

我照他的话做了,把烟蒂塞进了那个绿色的喜力啤酒瓶的瓶颈里。我建议在这里举行葬礼仪式,他肯定会说这是不可能的事,我们俩将会有分歧,显而易见,这是我不愿看到的。他会是那种现实主义和注重实际的人,而我是那种理想主义和感情用事的人。爸爸对我们两人都是父亲,但不是以同样的方式,我想把这个葬礼当作是一种再现,连同我那些一直不断的眼泪一起,而英韦至今没有掉过一滴眼泪,我猜想,像我的这一层关系被更多地理解成是内里的,英韦对这一点是有掩藏起来的批判方式。我不是这样认为的,我确实害怕会被理解成这样。同时希望我们的意愿互为支持。唉,就这芝麻大的一点事嘛,在这种情况下我不愿意我们之间存在隔阂。

一缕青烟从靠墙的那个瓶子里飘升出来。可能那烟头还没有完全熄灭。我寻找着可以放在瓶口上的东西。或许,用祖母给雀鸟喂食的那个烟灰缸?那里面还有两小块肉饼和一点凝固了的调料酱,我想,上面已经罩着一层露水,我掌握住平衡把它小心地放在了瓶口上。

"你到底在干什么呀,你?"英韦看着我说。

"做一个小小的雕塑作品,"我说,"花园中的肉饼和啤酒,或者叫 carbonade and beer in the garden[1]。"我说。

我直起腰,向后退了一步。

---

[1] 原文为英语,与"花园中的肉饼和啤酒"的意思同。

"精妙处就是这袅袅升起的烟雾,"我说,"从某方面来讲,这是在与世界相互作用。这不仅仅是个普通的雕塑。剩余的食物,是一种腐败衰变。也是一种互动,一种过程,有些东西在运动中。或者是自身运动。与静止逆向。啤酒瓶是空的,它不再有任何作用,为什么一个容器不容纳东西在其内?那它就什么都不是了。但这个什么都不是有它的形状,明白吗?这个形状我已经试着把它在这里展现出来了。"

"是吗。"英韦说。

我从放在围栏上的烟盒里又掏出一支烟,虽然我没有想再抽一支的欲望,还是点燃了它。

"我想说。"我说。

"什么?"他说。

"我在想一件事。事实上,想得很多。我们是否要在这里举行葬礼的事。在这所房子里。一周的时间我们来得及把这一切弄好的,要是我们同心协力的话。这跟他把这儿的一切都毁掉了有关系。在这儿我们找寻不到自己。你明白我说的意思吗?"

"当然明白,"英韦说,"但你认为我们来得及吗?星期一晚上我得赶回斯塔万格。而星期四以前我不可能返回这里。或许是星期三,但很可能是星期四。"

"这行的,"我说,"你加入吧?"

"加入。但,问问居纳尔是不是也愿意参加。"

"这不关他的事。这是我们父亲。"

我们抽完烟没有再说一句话。在我们的下方，夜晚开始把景物变得柔和；它清晰的线条，也包括那些人们的活动，都渐渐地淡化下来。许多小船正驶回海湾，我想到了它们甲板上的那些气味，塑料，盐，汽油，它们都是我童年生活中一个相当重要的组成部分。从西边那里来的一架客机在城市上空掠过，它飞得那么低，以至让我能看见机身上布拉森航空[1]的字样。在一阵轻微的轰鸣声中它在视野里消失了。下面的花园里，躲藏在一棵苹果树的树叶里的几只小鸟叽叽喳喳地叫着。

英韦喝光了瓶里的饮料，站起身来。

"再干一会儿，"他说，"到晚上的时候我们就休息。"

他看着我。

"你在下面干多少了？"

"我把整个地窖的洗衣房，还有浴室的墙都清洗过了。"

"好。"他说。

我跟着他进去了。我听到上面从电视机那儿传出来的很高的但压缩了的声音，于是我想到了坐在里面的祖母。我不可能为她做点什么，没人能够，但我想要是让她看见我们，可以提醒她我们在这里，预感这或许要轻松一些，于是我走了过去，站在她椅子的旁边。

"你需要什么吗？"我说

她迅速地抬头看见我。

---

[1] 由船王 Ludvig G. Braathen 创办的挪威航空公司。公司经营始于 1946 年，直至 2004 年部分与北欧斯堪的纳维亚航空公司（SAS）合并。

"是你?"她说。"英韦在哪里?"

"他在里面的厨房里。"

"哦。"她说,她的目光又转向电视。她具有的灵敏还没有消失,但她消瘦了,这是个变化,或者可以这么来解释,这种灵敏只是与她的动作有关,而不是像从前那样,是她性格上的体现。祖母以前灵活敏捷,快乐,社会交往广泛,语速很快,在她为了把她讲的一个问题与另一个问题区别开来时,常挤一下眼睛。现在她的身上是黑暗。她的心里是黑暗。我看到了这一点,这显而易见。但或许这黑暗一直就在那儿存在着?她一直就在把黑暗填入?

她的两只手臂放在椅子的扶手上,双手握住它的末端,仿佛她正在飞快的旅行途中。

"我下去清洗一下浴室。"我说。

她把头扭向我。

"是你吗?"她说。

"是我,"我说,"我下去清洗一下浴室。有什么你需要的吗?"

"不用,谢谢。"她说。

"好吧。"我转身就要走。

"你们俩,通常在晚上的时候不喝两口吗?"她说。"你和英韦?"

她自己要喝酒也拽着我们俩一起喝?这不仅是毁掉了爸爸的生活,也要他的儿子们跟着一起毁掉?

"不喝，"我说，"绝对不喝。"

祖母看上去还想说更多，我走下楼梯去地窖了，虽然臭气的来源清除掉了，那儿仍然有很熏人的恶臭味，把那只红桶洗了，又换上新的、滚烫的水，继续擦洗浴室。先是擦镜子，那上面有一层棕黄色的印痕，几乎不可能把它去掉，我跑到楼上的厨房取来一把刀，我用刀子刮，用很粗糙的清洁泡沫在上面搓擦，算弄干净了，其次是水槽，然后是澡盆，澡盆上方的窗户窗棂，坑坑洼洼的、又长又窄的玻璃窗，马桶，门，浴室门槛和门框，最后我擦洗地板，把这污黑的脏水倒进马桶里，拎着垃圾袋出浴室走上楼梯，我在那儿站立了几分钟，望着外面夏季朦胧的黑暗，那其实不算什么黑暗，看上去更多的是缺乏光线。

在那边主要街上高声的喧闹忽高忽低，大概是一群进城去的人，让我想到这是一个星期六的晚上。

为什么她要问我们喝酒的事？只是由于爸爸的命运导致这一切发生，还是她联想到了其他？

我想到了十年前，在这城里我曾经是茹斯[1]的那会儿，在游行队伍里我喝得酩酊大醉，祖母祖父站在沿街两旁的人群当中招呼我到他们那儿去，当他们明白我处于什么样的状况时，他们脸上的表情紧张得要命。在那一年复活节我开始猛喝酒，

---

[1] Russ，一年一度的茹斯庆典（russfeiring）是挪威的一种传统的文化现象。自1905年起每年5月就有了这种应届高中毕业生的欢庆活动。他们穿特制的红色（根据不同学科也有蓝色的）茹斯服装、戴茹斯帽，有自己的组织机构，经费，车辆等。在此期间茹斯们可尽情享受自由，饮酒、聚会干些荒唐的事，直至5月17日挪威的国庆那天结束。

当时我正随足球队一起去瑞士训练,那个春天一直这么继续喝下去,总是有一种机会,总是有一种聚会,总是有一些愿意去参加的场合,穿着茹斯的服装,为所欲为,一副天经地义的样子。对我来说,这真是天堂里的日子,但对于与我单独住一起的妈妈来讲,那就大不一样了,最后她把我赶出了家门,在这世上我最不在乎的事,也是最简单不过的事就是找个睡觉的地方,眼下就是或者在一个同伴家地下室的客厅里的沙发上还是在茹斯的公交车里还是在一个地方的公园里的树丛下。祖母和祖父也经历过从茹斯时期过渡到大学校园的日子,祖父是这样走过来的,他的儿子们也是这么走过来的,这是一个很重要的时期,我的毫无意义的酒醉如泥,毁坏了这一切。那时我是《茹斯报》的编辑,为一个主要的报道做插图说明,那是有关从弗勒克岛放逐犹太人的事件,有一张犹太人从贫民区被驱赶出来送进集中营的照片。这也是一种传统;当我父亲在学校最后一年时也是《茹斯报》的编辑。是我把这一切都拽进了大粪里。

但当时的我压根儿也没想过这些,在那个时期我的一些日记里有很清楚的描述,那时我唯一注重的是,情感上的快乐愉悦。

现在我把所有的日记本和那些记录下的文字都烧掉了,到我满二十五岁以前的那些日子几乎没有留下痕迹,这样做一点没错;从那里面全都是些混账事儿。

空气里预示着一点凉意,在干活以后我的皮肤热乎乎的,我注意到了,空气是怎样包裹着我,触及着我的肌肤,当我张开嘴时它如何涌进。包裹着我面前的树木，房屋，车辆，山崖。当一个地方的气温降低时它如何流动着去填补，这些一直在天空中，而我们又看不见的气流，它们怎样像一种巨大的膨胀波动在我们的上方漂流，始终处于运动状态，缓缓下降，疾速飞转，在所有的这些肺叶里进进出出，碰撞着所有的这些墙壁和边缘，始终不为所见，却又始终存在。

但爸爸不再呼吸了。在他身上发生的就是这件事，与空气的联系被中断了，现在它压迫他如同压迫任何一样东西，一根木棍、一个汽油罐、一张沙发。他不再需要进入空气里，因为当人在呼吸时才需要空气，需要接通，人需要一而再再而三地与世界的外界接通。

现在他躺在这里城里的另一个地方。

我转身走进屋去，这时候街道的对面有人打开了窗户，音乐声和高声的说话声喷涌而出。

虽然另一间厕所小一些，也不是那么破旧肮脏，但擦洗它还是用了一样多的时间。做完以后，我拿上洗涤剂、抹布、手套和桶走上二楼。英韦和祖母坐在厨房的桌子旁边。他们身后墙上的钟正指着九点半。

"现在你应该擦洗完了吧！"祖母说。

"是，"我说，"今晚我的事干完了。"

我看着英韦。

"你今天给妈妈打电话了吗？"

他摇摇头。

"昨天就讲过了。"

"我答应她今天给她打电话。但我现在没精力了。或许,也有点晚了。"

"明天打吧。"英韦说。

"但我现在得给托妮耶说会儿话。我现在就要和她说。"

我走进饭厅,把厨房门在我身后关上。在一把椅子上坐了一会儿贮备精力。然后我拨响了家里的电话号码。她立刻就接了,好像她就坐在电话跟前等着一样。我熟悉她声音里所有细微的差别,现在我在意的是这些,而不是她讲的内容。首先是一种温暖,传递,思念,然后好像这一切卷裹在一起变得小了,好像它们想完全地贴近我。我自己的声音里含着一种距离。她想靠近我,我也需要她靠近我,但我没有靠近她,我不能这样。我简短地告诉了她这里发生的事情,没有说到细节,只是说糟透了,我一直在哭着。然后说了一点她在干什么,虽然她先不太想说这个的,然后说了一点她什么时候过来。当我放下电话后,走进厨房,那里没人了,我喝了一杯水。祖母又坐在那里看电视了。我向她走过去。

"英韦在哪儿,你知道吗?"

"不知道,"她说,"他不是在厨房里吗?"

"没有。"我说。

一股骚臭味在鼻孔里撕扯着。

我站在那里不知道我应该干什么了。拉出的屎,这是最简单的解释。他一直醉得那么厉害,失去了对自己身体功能的控制。

但那时候她在哪儿?她又做了些什么?

我这时真想冲到电视那儿去一脚把那荧屏给踹了。

"你和英韦就不喝酒呀?"突然她说,眼睛并不看着我。

我摇摇头。

"不喝。或者说,这种情况很少见。并且只喝一点点。绝不多喝。"

"那么,今天晚上呢?"

"不喝。你真是疯啦!"我说。"不,绝不要把我拉进去。英韦也绝不会被拉进去。"

"什么绝不会把我拉进去?"英韦的声音在背后响起。我转过身。他从上面的那个客厅走下来,向前走上来两步。

"祖母问我们是不是习惯于常喝酒。"

"偶尔有时候也喝一点吧,"英韦说,"但不能经常。现在我有两个小孩,知道吧。"

"有两个?"祖母说。

英韦笑了。我也笑了。

"是呀,"他说,"于尔娃和托耶。你见过于尔娃的哟。托耶你会在在葬礼上见到。"

在祖母脸上显现出了的微小活力和生机消失了。我和英韦的眼神相遇。

"今天这一天够长了,"我说,"或许是上床的时间了?"

"我先到阳台上去一趟,"他说,"你也去吗?"

我点点头。她走进了厨房。

"你通常晚上要在这上面坐这么久吗?"我说。

"什么?"祖母说。

"我想,我们现在很快就要上床睡觉了,"我说,"你坐在这上面吗?"

"不。啊。不。我也要去睡了。"

她向上望着我。

"那,你们在下面睡,在我们的老房间里?那儿没人睡了哟。"

我摇着头,抱歉地扬起眉毛。

"我们想是在上面睡,"我说,"在阁楼。我们已经把行李放在那儿了。"

"好,那也行的。"她说。

"你来吗?"英韦说,他站在下面的客厅手里有一杯啤酒。当我来到阳台上,他坐在户外的跟桌子相连的木椅上。

"你在哪儿找到这个的?"我说。

"它藏在这里下面。我想我记得在这儿曾经看见过的。"

我把自己倚靠在阳台栏杆上。在那边很远处丹麦渡轮的灯光在闪烁着。它正横渡在海面上。我可以看到那些小船,所有的灯都亮了。

"我们得搞到一把那里的电动大镰刀,"我说,"或者现在叫它什么来着。一般的那种割草机在这儿是不行的。"

"星期一我们在黄页上找一家出租农具的公司。"他说。

看着我。

"和托妮耶谈过了?"

我点点头。

"对了,我们人不多,"英韦说,"我们俩、居纳尔、埃尔林、奥尔夫和祖母。十六个人,如果把孩子们也算上。"

"不,那种国葬他是没份儿的。"

英韦放下杯子,身子往后朝椅背上一靠。树木上方高处,朝向罩着一层灰色轻纱的天空,一只蝙蝠扑闪着翅膀。

"我们得做些什么,你有考虑过更多吗?"他说。

"葬礼吗?"

"是呀?"

"没有,眼下没有。但我至少不想有他妈什么的人文主义协会的葬礼。这一点极为肯定。"

"同意。那就是,教堂式的了。"

"对,能有任何其他的选择方式吗?但他不再是挪威国家教会的人了哟。"

"他不是?"英韦说。"我知道他不是基督徒,但他没有退出教会呀?"

"退出了。有一次他这说过的。满十六岁那一天我退出了教会,在他住河街时的一次晚餐桌上我告诉了他。他很为光火。温妮说他自己已经退出了,也就不能对我相同的决定生气了。"

"他不会喜欢这样的,"英韦说,"他不愿意自己跟教会有任何关系。"

"可他死了，"我说，"至少，我是愿意这样。我不想以一种弄虚作假的仪式站在那儿，朗读几首他妈的诗。我要那种正正经经的仪式。很郑重其事的。"

"我完全同意。"英韦说。

我又转过身去，向前方的城市望去，一种均匀的喧嚣声从那儿升起，时而在这背景声里突然冒出一声摩托车加速的声响，通常是在从桥头那里，这会儿年轻人在以超速驾驶取乐，也来自那长长的笔直的女王街那里。

"我去睡了。"英韦说。他走进客厅，没有把身后的门关上。我把烟蒂在地板上揿灭，也跟着进去了。当祖母明白我们要去睡觉了时，她要站起来去给我们找床被单。

"我们会弄的，"英韦说，"没问题。你去睡吧，你！"

"你肯定吗？"她说，站立一会儿，在通向楼梯的门口那儿，身子弯着朝他看。

"肯定，"英韦说，"我们自己能行。"

"好，好，"她说，"那，你们俩晚安。"

然后她慢慢地走下楼梯，没有再转过身。

我不愉快地震颤了一下。

最上一层楼没有水，所以我们上去取来牙刷，站在厨房的水槽前刷牙，在水龙头那儿向前弯下腰用水漱口，就像我们又回到了小孩子的时候。在夏季的度假日里。

我用手抹去嘴唇上的牙膏泡沫，接着是在裤子上擦手。时间是十点四十分。好多年来我从没有这么早睡过。但这一天相当漫长。我疲劳得身体都麻木了，满脑袋里乱糟糟的就仿佛像是一锅粥。然而现在还有很长的路要走。或许我打过预防针。我早就预料到了这一切。

我们上去以后，英韦打开窗户，把窗挂钩搭上，把床头灯打开。我在床的另一边也像他一样打开了床头灯，把天花板上的灯关掉。闻到了一种封存已久的气味，不是来自空气里，而是从放在这里没有动用过的家具，地毯和地板上那些几年或是更长时间的尘埃里渗透出来的。

英韦坐在双人床的那一边脱下了衣服。我在这边也是跟他做的一样，脱下了衣服。睡在同一张床上有点过分亲密，在我们小时候都没有这样做过，我们完全是以另一种方式互相接近。但至少我们各有自己的被套。

"你有没有想过爸爸绝不会读你的小说？"英韦说，把头转向我。

"没有，"我说，"我压根儿就没想过这件事。"

在小说写完后，在六月初的时候，英韦得到了书稿。他读过之后首先对我说的一句话就是，爸爸将会起诉我。他说的就是这句话，一字不差。那会儿我站在机场的电话亭旁，我和托妮耶正要一起去土耳其度假，我不知道他是要发怒还是支持，猜不到我写下的这些东西对我身边的人会是怎样的反应。"我不知道这是好还是不好，"他说了，"但爸爸肯定要起诉你。这个我敢担保。"

"这句子在那书里,讲了一次又一次,"现在我说,"'我父亲死了。'你记得这个吗?"

英韦把被子掀到一边,腿往床上一撩,背朝下躺在了床上。又探起半个身子,顺了一下枕头。

"大概记得。"他说。然后又躺下了。

"那时候正当亨里克逃离乡下。他需要一个托辞,这就是他唯一能想到的。'我父亲死了'。"

"是这样。"英韦说。

我脱下了裤子和袜子,直接就上了床。先是平躺着,双手叠合在肚腹上,直到心里看到的是我像个死人那样躺着,然后又扭动着侧身躺着,于是我就直接看到了我的衣服,在地板上就像一个包袱。我他妈操,心想着,怎么像这样躺在那儿,又翻身起来脚踩地上,把裤子和 T 恤上叠放在一起,放在旁边的椅子上,袜子放在衣物上面。

旁边的英韦把灯打开。

"你要读书什么的?"他说。

"不,至少不会干这个。"我说。用手摸索着灯的拉线开关。没有,我有点明白了。那么,开关在电灯上吧?对,是在那里。

我摁下开关,手很重,因为这老式的机械不灵活要用强力。电灯一定是 50 年代时期的产品了。从他们搬迁到这里的时候。

"那,就晚安了."英韦说。

"晚安。"我说。

啊,我真心高兴他在这里。要是我独自一人,我的脑袋里会全塞满爸爸的形象，所有我想到的有关他的一切，都是具体的死亡的画面，他的身体，手指和腿，瞎了的眼睛，头发和指甲在继续生长。他躺在那里的房间，或许像那种抽屉式的盒子，就跟美国电影里面总是有的那种停尸房一样。但现在英韦呼吸的声音和他身体的那些微小动作给了我安宁。只需要闭上眼睛让睡眠来临。

几小时后英韦起身站在地板上把我惊醒了过来。起初他有点迟疑地张望着四周，然后他抓住被子，把它卷在一起夹在腋下穿过房间走出门，转身又走回来。当他开始要重新再做这么一遍时，我说，

"你梦游了，英韦。躺下来睡觉。"

他看着我。

"我没有梦游，"他说，"被子必须要经过门框三次。"

"OK，"我说，"好，就像你说的这样吧。"

他又这样在地板上一来一回地走了两遍。然后他在床上躺下，展开被子把它盖在身上。脑袋往左右两边甩了几下，嘴里咕哝着什么。

他不是第一次梦游了。在我们俩小的时候，英韦是一个出了名的梦游者。一次妈妈在澡盆里发现了他，他赤身坐在那里脚踩踏着水，另一次他正要走出我家屋外的路上时妈妈及时拦住了他，当时他要到罗尔夫的那栋房子那儿去，为了问问他要不要一起去踢足球。他把被子竟然直接从窗户那儿扔了出去，

不可思议的，剩下的一晚上就冻缩着躺在那儿。爸爸也梦游。发生时他半夜三更来到我房间里，就穿着一条内裤站在那里，或许打开了一个柜子往里面瞅，或许朝着我这边看，眼里一片茫然。有时候我听到他在客厅里面翻箱倒柜的，那是他在挪动家具。一次他睡在客厅的桌子下，当他起身时脑袋狠狠地磕在桌上，撞了个头破血流。在他睡觉没犯梦游的时候，他就在梦里说话或者喊叫，不说梦话不喊叫时，他就磨牙。妈妈常说她是跟一个打仗的士兵结婚。我自己在夜里朝柜子里撒尿，或者只在梦里讲话，说我正在干的事儿，等我到了十来岁时，在有段时间里这闹出的动静就大多了。那年夏天我在阿伦达尔街上卖磁带，住在英韦的学生宿舍里，我拿着他的文具盒，赤身露体地来到了外面的草坪上，站在每一个窗户跟前朝里面张望，直到英韦想办法找到我。我是在梦游，但我拒绝这一事实，证据就是这文具盒，看看这个，我说，这是我的钱包，我正要出去买东西。我有无数次站在窗户跟前，看着地面陷落下消失或是膨胀而起，看着墙壁倒下或是水面的漫升。一次我站在那里，双手撑着屋子的墙壁同时高喊托妮耶，要她在房屋坍塌下之前赶快跑出来。又一次我就认定了她被锁在了柜子里，为救她出来我把所有的衣物都扔了出去。当我不是与托妮耶而是要同另外的人过夜的时候，通常我会提前警告他们，有可能要发生的事，两年以前，同我的伙伴托雷一起，为了写一个电影剧本我们在紧挨着克里斯蒂安桑外的一个大农场里租了一处地方称之为作家寓所，我们俩根据安排同住一间房，午夜时分我从床上起来，向他走过去，掀开他的毯子，抓住他的胳膊肘对他说，你只是个木偶，当时的他惊骇万状地瞪着我。但最经常反复重现的场景是一只水獭或是一只狐狸钻进了我的被窝，于是我把它掼在地板上用脚去踩踏，直到我确信它是死了。可能有这么一年夜里什么事也没发生，但突然地又进入了另一个时期，那就是没一个晚上我不出去上上下下地走动的。醒来的时候在阁楼上，在过道里，在草坪上，总是自然而然地完成某种似乎看上去极有意义的事情，但醒过来之后这一切总是无丝毫的意义。

英韦夜间生活里最奇葩的一件事是，有时候他在梦里会说南方口音。他四岁离开的奥斯陆，将近有三十年他没有说那里的地方话了。但当他入睡后这种口音仍然可以他的唇间冒出。这是有点让人惊骇的地方。

我看着他。他平躺在那里，一只脚伸在被盖外面。大家说我们俩很相像，但这应当是从总的印象上来看，我们都一副容光焕发的样子，但若分别是从一个个的表情来看，我们并非很相像。形成这种错觉的唯一可能性是在眼睛那部分，在这点上我们俩都随妈妈。当我搬到卑尔根以后，遇到英韦的不是很熟悉的那种外围朋友时，比如他们可能会问"你是英韦吗？"我不是英韦，那跟着就有了一个问题,因为要是他们认为我是的话，自然就不会这么问了。他们问是因为他们看到了我们俩明显的相似之处。

他把头扭到了枕头的另一边，好像他预感到有人在注视着他，而他不喜欢这样。我闭上了眼睛。他常说爸爸用某种机会彻底地摧毁了他的自尊，爸爸竭尽所能地让他感到屈辱，在他一生当中的一段时期，他感到自己一无所能，毫无价值。而其他的时期里，一切都那么顺利，轻松容易，没有半点的质疑困惑。现在看到的就只是他最后的这种形象。

我的自信当然也受到爸爸的干扰，但或许是以另一种方式，至少我从来没有过质疑接着之后是信仰的这种时期，对我来说始终是二者相伴着一起来，这怀疑，很大一部分是受到我思想境界的影响，从不朝向那些宏远的目标，总是对着那些微小的，完全与我正在干的事很接近的那些环境，朋友，认识的人，女孩子，我总是确定把自己看得很低，估摸自己就像个傻子，内心里怀有一些东西在燃烧，每一天都在燃烧，但一旦面对了这宏大，我绝不怀疑我可以抵达我所愿意的最远处，我知道我身上是具有这种能量的，因为我的渴求是巨大的，它绝不会有半刻的安宁。它怎么样才能安静下来？我怎么样才能脱颖而出击败所有的人？

第二次我醒来的时候，英韦站在窗前系上他衬衣的扣子。
"几点了？"
他转过身。
"六点半。对你早了点？"
"对，可以这么说。"
他已经穿上了一条轻便的卡其色的五分裤，到膝盖下一点，一件灰色条纹的衬衣，没有系在裤腰里，宽松地晃荡着。

"我下去了,"他说,"你跟着来,是吧?"

"是的。"我说。

"那,你别再睡过去了?"

"不会。"

听到他的脚步在楼梯上消失,我脚一晃站在了地板上,一把抓起椅子上的衣服。不满意地瞅了一眼肚子,肚腹的两边有两道肉褶子就像挂着了两个游泳圈。用手去感觉下背部,还好,没捏住一手的肉。但不管怎样一回到卑尔根我就要开始跑步,至少这一点相当肯定。每天早晨的仰卧起坐。

我把T恤衫朝头上一套,衣服蒙住脸我闻到了气味。

不,这可不行。

我打开行李箱找出一件白色的布拉德利(Boo Radleys)T恤,那是几年前他们在卑尔根演出时我买下的,剪下了裤腿的深蓝色下装。虽然外面没有太阳,空气还是很闷热。

英韦在下面已经开始煮咖啡,从冰箱里找出了面包和要放在面包片上的那些肉和奶酪。祖母坐在桌旁,抽着烟,她还是穿着昨天的那件衣裙。我不饿,犹豫着端了杯咖啡到阳台上去抽一支烟,然后拎起桶,拿着抹布和清洁剂,到下面一楼去开始干活。为了看看昨天的工作成效我先走进了浴室。除了一些斑点和昨天我也不知是怎么的就让它挂在那里没动的粘腻的浴帘外,看上去一切都还不错。当然,陈旧与磨损无法改变,但是洁净了。

我取下了横挂在墙与墙之间浴盆上方的那根棍子,扯下浴帘把它扔到了垃圾袋里，把浴帘杆和那两个固定构件都洗擦干净，再把杆子又安放回原处。现在的问题是我下一步该干什么。洗衣房和两个浴室都洗擦完毕。剩下的就是下面的祖母的房间、外走道、内走道、爸爸的房间和那个大房间了。祖母的房间我不想去碰，感觉会像是对她的一种攻击，这里有两个原因，其一，那她会很清楚我们将知道她到底是怎样生活的，洞悉了她所有的秘密；其二，这种情况有一些超过了应有的权限，孙辈去清洗祖母的卧室。爸爸的房间我也受不了现在就开始清洗，也因为那里还有我们必须要先整理分类的纸张和其他东西。墙到墙的地毯我们得等弄到了地毯清洁机再说。那剩下的就是楼梯了。

我给桶里灌好水，拿上一瓶克洛林、一瓶绿肥皂水和一瓶日夫结合霜，开始工作，首先解决这个阳台栏杆，它至少有五年没擦洗过了。在栏杆的空隙之间堆积着各种各样的污垢垃圾，碎裂的叶子、小石子、干枯了的昆虫、陈旧的蜘蛛网。栏杆是污黑的，有的地方几乎就完全是黑颜色了，到处都是粘腻腻的。我喷上了日夫霜，拧干了抹布，完全彻底地蹭搓着每一寸的面积。当用这种方法弄干净一段后，又部分的接近了它原本有的棕黄颜色，我再把另一块抹布浸入克洛林里继续用它擦洗。克洛林的气味和那蓝色的瓶子将我的思绪带回了70年代，我好像看到了厨房里的水槽下方那个放清洁剂的橱柜。那时还没有日夫这牌子。但有阿雅克斯洗衣粉，纸盒包装，有红、白、蓝三种。绿肥皂放在那里。克洛林放在那里；那蓝色塑料瓶上设计了儿童安全瓶盖，从那时起就没改变过。一种叫做奥妙的洗涤剂牌子。一个装着洗衣粉的纸盒，盒上的图画里有个孩子手里拿着同样的纸盒，这纸盒上自然是这同一个男孩手里拿着同样的纸盒，然后这么继续再继续。可能这是布兰达吧？不管怎样我常常是在这追索上被打断思绪，原则上来讲这是漫无边际的，就仿佛我们到了另一个地方，比如站在浴室的镜子面前，在那里你可以举起一面镜子放在脑袋后，这样镜子里的图像前后变换着，同时画面往里再往里，越来越小，遥远到眼睛能所及之处。但眼睛可以看到的那背后又发生着什么呢？那里在继续微缩？

整个世界处于那时和现在的产品名称之间，当我想到它们的时候，世界带着自身的声音，味道和气味登上了一个新的台阶，是完全的不可抗拒，正如人失去的一切，所消失的一切，实际上始终存在着一样。当夏天的一个下午训练之后，站在足球场上，闻着那刚剪了的草皮又重新浇上水后那草坪上的气味，静止的树木拖曳下的长长的阴影，道路另一边的池塘里游泳戏水的孩子们的尖叫声和欢笑声，品着 XL-I 饮料那尖锐但仍然是甜的味道。或者会尝到难以避免的满嘴的盐味，那就是当人跳水扎进海里时，虽然水面之下是紧闭嘴唇，水下是混乱的激流和泛着泡沫的水，也有发着光亮的海藻和海草和光秃的山崖，一簇簇的贻贝和一方方的藤壶，都微微发光，举止安静，因为这是万里无云的仲夏的一天，太阳在这蓝色的高高的海洋上的天空里燃烧。当攀住了山崖上的一个孔洞跃身而起时，水从身体上流下来，水珠在被热气把它们蒸发之前还会在肩胛骨间停留短短的几秒钟，然而游泳裤上的水还在继续滴滴答答地往下流，直到人在大毛巾上躺了下来。快艇在波涛上滑行掠过，切碎浪花动荡起伏，船首的双弓推进器拍击在水面上，透过马达的轰鸣声发出短促的嘟嘟声响，这小艇显得像是一种虚幻，因为周边的环境是如此浩瀚开阔，只因它的接近在脑子里才能留下印象。

这一切还仍然继续着。裸露着的岩石就跟这一样，海水以同样的方式，往里拍击着它们，水下的景物，那些小的低谷和洞穴，陡峭的石壁悬崖，星星点点散落着的海星和海胆，螃蟹和鱼儿，它们全都一样。人们可能继续买史莱辛格网球拍、特莱顿网球和罗西尼奥尔滑雪板、特雷欧卡固定器和科弗莱雪靴。我们居住的房屋，还继续矗立在那里，全都在那里。这唯一的不同是，孩子们和成人的现实世界的唯一区别是，二者不再充满意义。一双法国公鸡（Le Coq）足球鞋，就只是一双足球鞋。当我现在握着这样一双球鞋在手里，我只会感觉到一种来自童年时代的混响，除此之外再没别的，它自身已不含有任何意义。对海洋来说也一样，这同样的岩石，夏天的半年里天天都能尝到那摆脱不了的钻进嘴里的同样盐味，现在尝到的也就只是盐味，完了，没别的。世界还是同样的世界，但它仍然不是同样的世界，世界里的意义发生了错位，错位继续着，它将越来越接近失去意义。

我拧干抹布，把它搭在桶的边沿上，观察着我劳动的成果。

漆上的光泽显出来了,虽然这里或那里有些黑的污渍,像是蚀刻进了木料里的脏污。我洗擦完了一楼到二楼的楼梯扶手,大概完成了三分之一。然后就再是到三楼的扶手。

外面听到了英韦的脚步声。

他手里拿着一只桶出现了,腋下夹了一卷垃圾袋。

"你下面弄完了,是吧?"当他看见我时说。

"没有,你昏头了。我只清洁完了浴室和洗衣房。还想着等等看去干哪里。"

"我开始收拾爸爸房间了。"他说。看得出来,那儿呀,是最需要花时间干的。

"厨房你打扫完了?"

"是。还差一点点。但橱柜里还得收拾。但看上去不错了。"

"好吧,"我说,"我现在休息一下。我想,吃点东西。祖母在厨房里吗?"

他点点头,从我身边走过去。我在靠着大腿的衬衣襟上擦了擦手,水的湿润在上面留下了皱褶和柔软,朝楼梯的扶手投去了最后的一瞥,然后上楼去厨房。

祖母静默着坐在椅子上。当我进去时也没抬头望我一眼。我走到药那儿去。她自己服药了吗?肯定没有。

我打开柜子,拿出药盒。

"你今天吃了这个吗?"我把盒子举起来问她。

"是什么?"她说。"药吗?"

"对,昨天给你的。"

"没有，我没吃药。"

我从碗柜里拿出一个玻璃杯，倒上水，把它和药片一起递给了她。她把药片放在舌头上用水冲了下去。她看上去不再想多说什么，为了不再陷入不说话的沉默中，我把几个苹果拿出来，而不是最初想的几个面包片，又倒上一杯水和一杯咖啡。灰色的天，温和的，跟昨天一样。从海那边吹来一阵轻风，有几只海鸥在海洋的上空中尖叫着，近处听到金属的锤击声。码头里面街区的屋顶上方矗立着一个高高的建筑起重机。最上面的部分，是黄颜色的、带有操作员坐在里面的白色操作室或者叫做机舱。奇怪的是我刚才怎么没有看见它。我很难找到有比塔式起重机更美丽的东西，它那像骨架般的构建结构，伸出的悬臂上下运动着的钢缆绳，那硕大无比的吊钩，那些重物被提升在空中缓缓地晃荡着的状态，而人们看见临时支架在那儿的这套机械装置永远都是背衬蓝天。

我刚刚吃下了一个苹果，连核带茎一起全解决了，正要准备吃这第二个的时候，英韦穿过花园走了过来。他手里握着一个厚厚的信封。

"看我找到的什么。"他说把信封递给了我。

我开启了封口，往里瞧。信封里装满了一千克朗面值的钞票。

"那儿差不多有二十万。"他说。

"我的天，"我说，"它们放在哪里的？"

"床底下。这一定是他从埃尔韦街的房子那儿得到的钱。"

"妈的，"我说，"这么说剩下的就这些啦？"

"大概是这样。他从不把钱放银行里,就把它们塞在床底下。然后他就把它们都喝了个光,干干脆脆的。一千克朗一千克朗的。"

"我操,这些钱,"我说,"只是他在这里的生活真他妈的太惨了。"

"可以这么说。"英韦说。

他坐下来。我把信封放在桌上。

"我们拿它怎么办?"他说。

"不知道,"我说,"我想,把它们分了?"

"我想得更多的是遗产税和诸如此类的事。"

我耸耸肩头。

"问问别人,"我说,"比如,约恩·奥拉夫。他是个律师。"

在房子下面的小街上响起了发动机的轰鸣声,从它停下、倒车和再往上开的这种方式,我明白它这是要往这里来。

"这可能是谁?"我说。

英韦站起身来,抓住信封。

"谁保管这个?"他说,

"就你吧。"我说。

"现在至少葬礼的费用问题算解决了。"他说,从我身边走过去了。我跟在他的后面进去了。下面的过道里听到了声音。是居纳尔和托薇。他们上楼来时我们站在过道门和厨房门之间,身上感到了有点不自在,仿佛我们仍然是孩子时那样。英韦的一只手攥着信封。

"嗨,你们俩!"她说,笑了。

"嗨,"我说,"我们很久没见面了。"

"是,"她说,"很遗憾我们是在现在这种情况下见面。"

"是。"我说。

他们到底有多大年纪了?快五十了吧?

在厨房里的祖母站起来了。

"是你们来了?"她说。

"坐下,母亲,"居纳尔说,"我们只是想着我们可以帮英韦和卡尔·奥韦收拾一下这里。"

他向我们挤了挤眼。

"那你们可以喝点咖啡吧?"祖母说。

"我们不要咖啡,"居纳尔说,"我们要继续赶路。男孩们还在度假屋里等着哪。"

"好,好。"祖母说。

居纳尔几步走进厨房。

"你们已经干得可真不少了,"他说,"佩服。"

"我们想在葬礼后在这里搞一个聚会。"我说。

他看着我。

"但这恐怕不行哟。"他说。

"行的,"我说,"我们有五天的时间。这行的。"

他把眼睛看到别处。或许是因为我眼里的泪花。

"这个是由你们决定的,"他说,"要是你们认为行,那就只管去干。但眼下至少我们得马上动手干!"

他转身走进了客厅。我跟在他后面。

"我们把毁坏了的一切都扔了。在这里要省下点什么没有任何意义。这些沙发,看看怎么样?"

"一张还行,"我说,"我们可以清洗它。但那另一张,我想……"

"那我们把它解决了。"他说。

他站在那张宽大的、木头座底的皮沙发跟前。我走到沙发的另一端,弯下腰去搂住了底部。

"我们从阳台的那道门把它抬出去。"居纳尔说。

"你可以帮我们把门打开吗,托薇?"

当我们搬着沙发经过客厅时,祖母站在厨房门那里。

"你们要把沙发怎么啦?"她说。

"我们要把它扔了。"居纳尔说。

"你们是完全疯了吧!"她说。"为什么你们要扔它?你们不能把我的沙发就这么扔了!"

"它已经坏了。"居纳尔说。

"这跟你们没关系!"她说。"这是我的沙发!"

我停住了。居纳尔看着我。

"我们必须把它扔了,你明白吗,"他对她说,"动手,卡尔·奥韦,我们把它弄出去。"

祖母朝我们走出几步。

"你们不能这样做!"她说。"这是我的房子!"

"不,我们得这么做。"居纳尔说。

我们来到通往下面客厅的那道小楼梯。我往旁边走了几步，没有看祖母，她正伫立在钢琴旁边。她的心愿灼烧着我的心。居纳尔看来没留意到。或许他也一样的心情？他也在努力克制吗？她是他的母亲。

他倒退着两步走下楼梯，慢慢地在地板上移动。

"不能这样！"祖母说。在最后的几分钟里她完全变了。她的眼睛闪闪发光。刚才她那被动的、把自己封闭在内的身体，现在向外摆出了姿势。站在那里的她手臂夹紧身体手放在臀部，口里发出恨声。

"哦……哼哼！"

然后转过身去。

"不，这个我可不愿意看见。"她说，又走进了厨房。

居纳尔对着我笑了。我走下了这两步楼梯，脚落到地板上，往旁边走了几步这样才可以正对着门。沙发通过了门，我感到风吹在了我裸露着的腿、手臂和脸的肌肤上。窗帘飘拂飞扬。

"怎么样，行吧？"居纳尔说。

"还行。"我说。

我们把沙发放在了阳台上，休息了几秒钟然后我们抬着它走完最后一段，下了阶梯，走过花园，来到了停在车库门外的拖车那里。当我们把沙发放到了拖车上一切就位后，沙发的一端或许有一米左右伸在了车外，居纳尔从车后备箱里拿出一根蓝色的绳子，把它捆绑固定好。我完全不知道我该干些什么，就站在那里看着他，看是否有需要帮助的时候。

"你别再去想她的事了,"他一边捆扎一边说,"她现在不知道什么是对她最好。"

"对,不想。"我说。

"你一定比我有更好的通盘考虑。还有什么东西必须得扔掉?"

"他房间里有一部分。她房间里的。还有客厅里的。但不是大件。不像沙发那样。"

"或许,她的床垫?"他说。

"对,"我说,"还有他的。但要是我们要把她的扔了,我们得弄一个新床垫。"

"从你们那间老卧室里拿一个就行了。"他说。

"这件事我们可以做。"我说。

"你们单独在这里的时候,要是她有什么抗议之类的事,不用管她好了。只管做你们该做的事。这是为她好。"

"好的。"我说。

他把剩余的绳子集中在一处,打了一个结,又把它在拖车上固定好。

"这样行了。"他说,直起身子。看着我。

"对了,你们看过车库里没有?"

"没有啊?"我说。

"他所有的东西都在那儿。满满的一个移动箱。这个你们得解决。但现在先把它查看一遍。这里很多的东西肯定已经扔掉了。"

"我们会干的。"我说。

"拖车上我们不能装更多的东西了。但我们能装多少装多少,把它们都拖到垃圾场去倒掉。拖车开走的时间里你们把东西都搬出来,然后我们可再拉一趟。我想这就可以了。要是东西还多,可能,在下周我会再到这里来一趟。"

"谢谢你。"我说。

"在这里,你们也不容易,"他说,"这我理解。"

当我和他的目光相遇时,他注视着我有几秒钟的时间,然后把目光转到别处。在那太阳晒得黝黑的脸上他的眼睛看上去几乎和爸爸的眼睛一样清澈、碧蓝。

他拒绝接纳的东西实在太多了。比如,从我这里奔涌出的一切情感。

他把手放在我的肩头上。

有什么东西在我心里爆裂开来。我一阵抽泣。

"你们俩都是好孩子。"他说。

我得把身体从他身边扭转过去。往前倾斜,把脸放在了手里。身体颤动着。等这一阵过去后,然后我又直起身体,深深地吸进一口气。

"你知道有什么地方可以租用机器吗?知道吧,就是地板砂光机和更大的锄草机这一类的机器?"

"你们要打磨地板?"

"不,不,只是举个例子。但我想过了,比如要把这里的草剪了。用一般的锄草机可不行哟。"

"雄心不小呀？不觉得最好还是集中精力解决那里面的东西吗？"

"是的，或许。但假如有额外时间的话。"

他的头微微前倾，一根手指头在头发上挠了挠。

"在格里姆有个出租机器的公司。他们应当有类似的东西。但还是看看电话黄页。"

我们旁边房屋的那白色的基墙开始微微发出光亮。我抬起头来。云层里出现了一道裂缝，太阳的光芒从这道缝中倾泻而下。居纳尔走上台阶进到了屋子里。我跟随其后。爸爸房间外走道的地板上有两个垃圾袋，里面装满了衣服和垃圾。它们的旁边还放着那把污秽不堪的椅子。英韦站在房间里，朝外望着我们。他手上戴着黄色的做清洁的橡皮手套。

"我们或许得把床垫扔了，"他说，"有地方吗？"

"现在满了，"居纳尔说，"我们下一趟拉吧。"

"另外我们在床底下发现了这个。"英韦说，他抓起放在贴墙的那个玄关桌托架上的信封，把它递给了居纳尔。

居纳尔启开了封口，往里瞅。

"那，这里是多少？"他说。

"大约二十万。"英韦说。

"好，它们现在就是你们的了，"他说，"但分钱的时候得记住你们的妹妹。"

"当然。"英韦说。

他想过这事了吗？

我没想过。

"要不要通知税收部门是你们自己的选择。"居纳尔说。

一刻钟以后居纳尔把装得满满的拖车开走了，留下托薇做清洁。房子所有的门窗全都打开了，空气在屋内流通，和投射在地板上的阳光以及清洁剂的气味混合，至少在二楼有着极明显的变化，这就使得整栋的房子好像完全把自己敞开，成为了一个像世界那样畅通无阻的地方，这些都深深触及了我的情感世界，我留意到了并且非常地喜欢。我继续清洁楼梯，英韦在爸爸的房间里干，同时托薇做上面二楼的客厅，那间当时发现了他的客厅。窗框、墙壁条、门、搁架。过了一会儿我到楼上的厨房去换水。当我在倒脏水时，祖母抬起了头，但眼神空洞毫无兴趣，很快的眼光又转向了桌上的那盆植物。水在水槽里慢慢地兜着圈儿旋转而下同时越来越少，灰褐色的、浑浊的，到最后，白色的泡沫沉下消失，只留下了一层晦涩的沙粒、头发和各种各样的杂物碎片映衬着水槽底发光的金属板。我打开水龙头，让水流冲射了一会儿桶壁，让所有的脏物洗涤而尽，我可以再用新的、冒着热气的水装满它。当我紧跟着走出客厅时，托薇向我转过身来，笑了。

"是啊，这里样子全变了。"

我停住了。

"至少，开始有改观。"我说。

她把抹布放在搁架上，用手迅速地插进头发里梳理了一把。

"她从来没有擦洗过。"她说。

"这里平时看上去相当干净,不是吗?"我说。

她轻轻一笑,摇了摇头。

"哦,不。或许看上去是这样,但不是……只要我来到这栋房子里,这里总是脏兮兮的。是的,不是到处都这样,是在那些墙的角落。在家具下面。在地毯下面。你知道,那些地方是不被看见的。"

"是吗?"我说。

"就这点来讲她绝不是什么家庭主妇。"

"或许不是。"我说。

"但她应当享受比这更好的生活。我们本想在祖父去世后她应当过上几年的好日子。我们给她找了家庭护理到这里来,你知道,他们替她把屋里所有的事儿全都包下了。"

我点点头。

"我听说过了。"我说。

"我们也做了些事。以前总是我们去照顾他们的。无论是什么事情。他们早就上年纪了。你父亲他是那样的状况,埃尔林又在特隆赫姆,所有的事就落到了我们身上。"

"我知道。"我说,摊开两只手臂同时扬起眉毛做了个对她表示同情,但自己又无能为力的手势。

"但现在她得进老人院,那儿有人照顾她。看到她现在的模样真是太不忍心了。"

"是的。"我说。

她又展开笑容。

"西塞尔怎么样了?"

"很好,"我说,"她住在约尔斯特,我想她很喜欢那儿。在弗勒的护士学校工作。"

"你跟她通电话时一定替我问候一声。"托薇说。

"我一定替你问候。"我说,也对她报之一笑。托薇又拿起抹布,我走下了楼梯,当我走到大约一半时,把桶放下,一把拧干抹布,在楼梯扶手上面喷一些日夫。

"卡尔·奥韦?"英韦说。

"哎?"我说。

"下来一趟。"

他站在过道的镜子面前。一大叠纸片放在他身旁的燃油型壁炉上。他两眼炯炯发光。

"瞧这里。"他说,把一个信封递给我。上面的地址是寄往斯塔万格,给于尔娃·克瑙斯高的信。里面有一张纸上面的抬头写着"亲爱的于尔娃",除此之外是一张白信签。

"他给她写信了?从这里?"我说。

"显然是的,"英韦说,"这一定是给她生日祝福什么的。然后他半道又停下了。你知道吧,他没有我们的地址。"

"我几乎很难相信他知道有她的存在。"我说。

"但他也是一样的难以置信,"英韦说,"他一定甚至还想到过她。"

"她是他的长孙女。"我说。

"是，"英韦说，"但我们这里说的是爸爸不是别人。不必要包含着什么意义。"

"他妈的，"我说，"这真太可悲了。"

"我还找到了另一样东西，"英韦说，"看这个。"

这一次不是机器印刷的字体，他递给我的信外观上看去是一封公函。这是来自国家教育贷款基金的一封信。知会他已还清了他的教育贷款。

"看这日期。"英韦说。

我读着。6月29日。

"他临死前两周。"我说，与英韦的目光相遇。我们开始放声大笑了。

"嘿嘿嘿。"他笑起来。

"嘿嘿嘿，"我笑起来，"无债一身轻，真的是了无牵挂了。嘿嘿嘿！"

"嘿嘿嘿嘿！"

当居纳尔和托薇离开一小时后，房子里的氛围又改变了。只有我们和祖母在一起的那个地方，仿佛将发生过的这一切又关闭上了，仿佛我们太柔弱不能让它们敞开自己。或许也就是这样，我们发现这发生了的一切与我们联系紧密，在很大程度上其中的一部分比居纳尔和托薇要贴近得多。不管是如何，喷涌而来的生命和运动在沉寂消退，那里面的每一样物件，那里的电视、椅子、沙发、客厅间的滑动门、黑色的钢琴、挂在墙上的两张巴洛克油画，都以其自身合理合法的、沉重而坚定不移的，饱含着昔日的风姿而展现了出来。外面的天空又是云层叠起。天穹下那灰白色的云层将大地上所有景物的色彩褪减。英韦在把纸张清理分类，我擦洗着楼梯，祖母坐在厨房里沉陷在她自身的黑暗中。四点钟的时候英韦要开车出去买晚餐的食品，环绕着我的是整个房子，内心里希望祖母不要在这房子里四处走动，走到我这里来，因为我感到我的心是那么的脆弱敏感，现在其他人很容易给我施加影响，我会无法承受她靠近的这种压力，而将随之相伴，那几乎就会像她一样的被忧伤和阴郁撕成碎片。但希望也是徒然，因为只过了一会儿我听见了楼上的桌子腿在地板上的摩擦声，紧接着是她的脚步声，先是走进客厅里，然后出来到了楼梯口那儿。

她牢牢地抓住楼梯的扶手，仿佛是站在悬崖边上。

"你在这里呀。"她说。

"是，"我说，"但我这里很快就完事了。"

"那，英韦在哪里？"

"他去买东西了。"我说。

"是，这是真的，是真的。"她说。久久地站在那里看着我的手，攥着抹布的手指沿着楼梯扶手一上一下地滑动揉搓。然后她又瞅着我的脸。我与她的目光相遇，一阵寒噤沿脊梁而下。看上去她对我很仇恨。

她叹了口气。把始终掉下来盖住了一只眼睛的一缕头发拨到了一边。

"你很勤快，"她说，"你确实很勤快。"

"唔，"我说，"我们已经开始了打扫工作，能干一点是好事，不是吗？"

外面响起了汽车马达的轰鸣声。

"他回来了。"我说。

"谁？"她说。"居纳尔？"

"英韦。"我说。

"他，不是在这里的吗？"

我没有回答。

"啊，对的，"她说，"我已经开始糊涂了。"

我笑了，把抹布扔进了几乎完全变得浑浊不清的水里，抓住桶的提手。

"我们来做点吃的。"我说。

我在厨房里把桶里的水倒掉，拧干抹布把它搭在桶的边沿上，祖母这会儿又坐到了自己的座位上。我拿起放在桌上的烟灰缸时，她撩开窗帘最下面一截儿往外张望。我冲洗烟灰缸，又走回去取杯子，把它们放在水槽里，再把厨房用的抹布浸泡在水里弄湿，在餐桌上喷了一点清洁剂，然后开始擦洗桌面，这时候英韦一手提着一个购物袋走了进来。他放下袋子开始把买的东西一一取出来。首先是我们晚餐的食物，他把它们放到了案桌上，四块真空包装的三文鱼肉、一袋带着泥的土豆、一个花菜和一袋冷冻的豆子，然后就是剩下的其他东西，1.5公升的雪碧、1.5公升的CB啤酒、一袋橙子、一盒牛奶、一盒橙汁、一个面包。他把它们分类，一些放在冰箱里，一些放在旁边的一个橱柜里。我扭开电炉的开关，在案桌下的柜子里找出一只煎锅，在冰箱里拿出一点黄油，切下一小块放在锅里，给一只煮水锅里放满水，把它放在后面那个电热板上，剪掉塑料袋开口，把那些土豆倒进水槽里，扭开水龙头开始搓洗它们，同时黄油块在煎锅黑色的锅底里慢慢地流动。让我又想到了这些包装有多么的洁净，让眼前的这些东西都有理由显得一副欢欢喜喜的样子，如装着豆子的绿白色塑料袋，还有上面的红色字样和红色标志，色彩那么清晰，或是那个包裹着面包的纸袋，开口那端有个圆乎乎的暗色的面包硬壳像是向外探出的脑袋，就跟住在自己房里的一只蜗牛一样，或者在我看来，它倒有点像套着一件斗篷的僧侣。装在袋子里的橙子都往外凸显。怎么能知道它们的数量，又怎么能将每一个单独的橙子与其他那些区别开来，它们看上去就像教科书上的一个分子模型。它们在被削皮或是被切开时立刻在房间里散发出的那种气味，总是让我回想到爸爸。在他居住过的这些房间里，气味是香烟的烟雾和橙子。当我一走进我自己的办公室，嗅到了这气味，心里总是充满了愉悦之情。

但为什么是这样？这种"欢愉"是什么造成的？

英韦把两个空购物袋团在一起，把它们放进最下面的抽屉里。黄油在锅底吱吱作响。从水龙头冲下来的水柱在我手里握着的土豆上飞溅开去，沿着水槽边沿流下的水，没有足够的力量把土豆上所有的泥都冲洗掉，所以在底部绕着那些圆孔的周围留下了一层薄薄的泥沙,直到土豆洗干净我把它从水流下拿开,在极短的一瞬间里,水流带走了一切,于是水槽底部的金属板又变得干净明亮光洁了。

"是啊,是啊。"祖母在那边的桌旁说。

她那深陷下去的眼眶,生辉的眼睛里是一团黑暗,整个身躯到处看到的都只是骨头架子。

英韦站在地板中央喝着一杯可乐。

"有什么要我帮忙的吗?"他说。

他把空杯子放在案桌上,打了几个嗝。

"没有,一切都好。"我说。

"那我出去走一圈。"他说。

"去吧。"我说。

我把土豆放在水里,变热了的水里已经开始有了动静,小水圈直往上冒。我在油烟机上找到了盐,装在一个小小的银质维京船里,船桨就是把小勺子。我撒了一点盐在水里,把花菜切好,又重新拿来一只锅在里面装好水,把花菜倒进去,然后用一把刀子打开三文鱼的包装,取出四块鱼块,撒好盐,把它放进一个盘子里。

"晚餐吃鱼,"我说,"三文鱼。"

"啊,是啊,"祖母说,"那一定很不错。"

她应当冲个澡,洗洗头发。换上新的、干净的衣服。这几乎是我渴望的事。但谁来照料这一切呢?她看上去是不会自己主动去做的。我们又不能请求她这么去做,这不行。要是她不乐意呢？我们也不能强迫她。

得问问托薇。让一个同性别的人来为她做这事至少不会让她感到轻侮与贬低。同时她们之间也只有一代之隔。

我把鱼片放在煎锅里，打开了油烟机。几秒钟的时间内在鱼肉下面，几乎从深粉红的肉色变为了极淡的粉色，我看着这新的颜色是如何在这肉里浸润渗透的。关小了煮着土豆的电炉盘的开关，那锅里的水已经煮沸了。

"哦……唔唔。"在那边的祖母说。

我看着她。她坐在那里跟她以前一样没有一点变动，我没法明白刚刚那个呻吟是从怎么从她嘴唇里挣脱出来的。

他是她的第一个孩子。

不可理解孩子将会死于她的父母之前，这是不可理喻的。不可理喻。

对我来说，爸爸又是谁呢？

一个我巴望他死的人。

那所有的这些眼泪又是为什么？

我剪开了豆子的包装袋。豆粒上罩着一层很薄的毛茸茸的雾状物，看上去几乎是灰色的。现在也要煮一煮花菜。我关了电炉盘上的开关，望了望墙上的挂钟。四点四十二分。花菜再煮四分钟，就一切都完毕。或者是六分钟。土豆或许十五分后就好了。我要给各个餐盘分配好。无论如何我们要的又不是什么盛宴。

祖母望着我。

"你们吃饭的时候喝啤酒吗?"她说。"我看见英韦买了一瓶。"

她看见了吗?

我摇摇头。

"有这种情况,"我说,"但难得一次。事实上很少。"

我把鱼肉翻了个个儿。一些棕黑色的油渗出来在泛白的肉上流得到处都是。但鱼肉没有烤焦。

我把豆子倒在锅里,在水里加了盐,把多余的水倒掉。祖母在朝前躬着腰朝窗户外张望。我把煎锅端到一旁,关掉了电炉开关,走到阳台上英韦那儿去。他坐在椅子上看着前方。

"饭很快就好,"我说,"五分钟。"

"好。"他说。

"你买的啤酒,"我说,"是想吃饭时喝吧?"

他点点头,有一会儿眼睛没看着我。

"那又怎样?"

"是祖母,"我说,"她问我们是不是吃饭的时候经常喝啤酒。我只是想当她在那儿的时候,或许没必要这么做。这里已经有过太多的酒了。她没必要多瞧见酒这类东西。虽然吃饭时就只是一杯酒。你明白我的意思了吗?"

"当然。但你有点多虑了。"

"是,有可能。但恰恰这里说到的,又不是要做出什么大的牺牲。"

"没事的。"英韦说。

"那,我们一致同意?"

"是!"他说。

他声音里的恼怒我不会听不出来。我不愿意让这事这么悬挂在空中就从那里走开。同时我又没有任何可以让这事化解的能力。于是几秒钟的犹豫不定后,我的双手无力地垂下,眼泪哽在喉咙,走回了厨房,开始铺桌子,倒掉煮土豆的水,让湿漉漉的土豆在那儿往上冒着热气,用锅铲把煎好了的三文鱼块铲起放在一个大餐盘里,找出一个装土豆的钵,把这一样样一起摆放到餐桌上。浅红色,浅绿色,白色,深绿色,棕褐色。我把水罐倒满水,把它和三只杯子一起摆上桌时,英韦从阳台上进来了。

"这看上去不错哟,"说着他坐了下来,"但或许刀叉还没就位?"

我从抽屉里找出它们,给了他们一人一副,然后自己坐下来开始削一个土豆的皮。滚热的土豆皮烫痛了我的手指尖。

"你削土豆皮?"英韦说。"这是刚出土的土豆呢。"

"你是对的。"我说。把叉子扎进一个新的土豆,把它放进餐盘里。当我用刀压在土豆上一划,土豆皮就松松地脱离。英韦向嘴边举起一块三文鱼。祖母坐在那里把盘里的食物再切得更小块。我又站起来到冰箱里去拿来黄油,切下一块放到土豆里。当我咀嚼着这第一块三文鱼时,那个嘴里往外哈气的老习惯又回来了。英韦看上去正常多了,他是与鱼类相伴一起长大的。现在他甚至吃起了鲁特鱼,这曾经一度是恶心当中的最恶心的东西了。事实上它和培根以及其他配料一起吃还是很美味哟，我听到他在我心里说，同时他坐在我的旁边在沉默中用餐。和朋友们一起在午饭吃鲁特鱼，这可完全是个在我之外的世界。不是因为我没法做到去吃这种碱渍鱼，是因为我并没有被邀请去参加那样的社交聚会。为什么会这样，我猜不出来。我也不再去在乎这种事了。但曾经有在乎的时期，那段时期我站在外面受着煎熬。现在我就只是站在外面。

"居纳尔说在格里姆有个出租机械的公司，"我说，"明天在殡仪馆之后，我们去那里吧？能在你走之前把这事办了最好。我的意思是说，这会儿我们有车。"

"可以的，就这么办。"英韦说。

祖母现在也在吃东西了。她吃东西的样子有点像啮齿动物，是门牙在使着劲。每一次她挪动，我都闻到一股尿骚味。唉，我们得把她放进澡盆里去。让她穿上干净的衣服。让她有食物可吃。很多的食物，稀粥、牛奶、黄油。

我把杯子举到唇边喝水。嘴里凉丝丝的，水里有一股淡淡的金属味道。英韦的刀叉在餐盘里一阵叮当作响。一只黄蜂还是蜜蜂在饭厅里那半开着的门后的一个地方兜圈子。祖母叹息着。同时她把身子扭到椅子的一边，仿佛她脑子里的念头，不是在她的意识里经过，而是顺着她的身体跑了下去。

在这房子里他们甚至在圣诞夜也吃鱼。在我小的时候，这事看上去显得就太不合常理了。圣诞夜吃鱼！但克里斯蒂安桑是座沿海城市，有着古老的传统，圣诞前几天在鱼馆里供应的鳕鱼都是精心挑选的。一次我和祖母去到那里，我记得我们走进鱼馆里感受到的那种气氛，在外面照射在雪上的强烈阳光后的那种黯淡，那些肥大的鳕鱼在它们的鱼缸里安静地游动，它们那褐色的鱼皮上，有的地方是黄色，有的地方是绿色，鱼嘴缓慢地张开又闭上，白嫩的下颚下方是一片阴影，那金色的、僵死的眼睛。在那里干活的人，套着白色的围裙戴着橡皮手套。其中一个人用一把巨大的几乎是方形的刀砍下了一条鳕鱼的头。紧接着，把这沉重的鱼头扔到了一旁，划开鱼的肚腹。内脏在他的手指间滑出来。一团白花花水汪汪的内脏被扔进了他身旁的一个大垃圾桶里。为什么它们是这样的白呀？另一个人刚刚把一条鱼包在纸里，现在站在那里用一根手指头在收银机上敲着。他敲打收银机键盘的方式与其他商店里的收银员完全不一样，我留意到了这一点，就像是两个不同的世界，一个优雅，一个粗鄙；一个室内，一个室外。这里，卖鱼者迅速和确定的敲击，用的是这种不惯常的手指动作，但这两个世界依旧并存。里面闻到的是盐的气味。在柜台里鱼和虾都放在冰块当中。戴着皮帽、穿着黑色长大衣的祖母排在一个柜台前的队列里，这时候我就走到了一个装满了活螃蟹的木箱那里。蟹上面的部分是深棕色的像是一片腐烂的树叶，下面是黄中带白的蟹脚。黑色的、活像图钉般的眼睛，它的触角，当它们互相爬伏在对方身上时螃蟹爪子发出格格的声音。我觉得，螃蟹就像是某种容器，一个装着肉的容器。它们来自海的深处，也像所有那些活着的鱼类一样，被打捞上来躺到了这里，这是个神奇的历险记。

一个男人在给水泥地喷水，水漫延开来，带着泡沫流向排水孔。祖母向前弯下腰身，指着一条完全扁平的鱼，绿色的鱼皮上带着铁锈红的斑点，售货员把它从包裹着的冰块里举起来再把它放在磅秤上。然后是纸，他把鱼包在了纸里。把这纸包放进一个袋里，把袋子递给了祖母，祖母把钱从她的小钱包里掏出来又递给了他。但所有这一切围绕着鱼的离奇感觉，一旦它们躺在了我的餐盘里时，在这白色的、颤巍巍的、加了盐和满身是刺的鱼肉面前，全都消失殆尽，正像当爸爸和我在图鲁姆岛外的海上捕鱼那会儿，或是我们一起在靠近大陆的海峡，用夹具、曳绳或者是鱼竿钓鱼，然后把捉到的鱼又放掉，感到的同样惊险刺激一样，但当一切就绪最后要吃鱼的时候，看见它们躺在一个1970年代我们在蒂巴肯的房子里吃晚餐用的一个棕色餐盘里时，激情也全然消失。

我是什么时候和祖母一块儿去鱼馆的呢？

在我长大成人的过程里这样的日子是不多的。大概是在我和英韦一起回到这里的那一个寒假。当时我们独自坐长途公共汽车到克里斯蒂安桑来。这就是说，英韦也应当在这一天到达。但在我的记忆里他没有来。螃蟹，它们也没有在那里出现；寒假通常是在二月里，那时是没有活的螃蟹可买。要是仍然有的话，那一定不会是在一个木箱里找到它们的。那这样的画面到底是来自哪里，那么多的细节，如此的清晰逼真？

恐怕它们是无所不在的。要说我的童年里充斥着什么，那就是鱼和螃蟹，虾和龙虾。我多次看见爸爸从冰箱里取出吃剩的鱼,他站在厨房里吃,在夜晚或者在周末的清晨。他最喜爱的仍旧是螃蟹;到盛夏的季节来临,到处都开始看见螃蟹,通常他在放学后的时间到阿伦达尔的渔码头去买几只,他也经常自己去捉螃蟹,在傍晚和夜里,在群岛的一个小岛外,或是沿着岛屿外侧的岩石。也有带着我们一起去的时候,有那么一次让我记忆非常深刻,在深蓝色的八月的天空下托龙根灯塔外的一个夜晚,当我们从船上下来在一个小岛上走过时,海鸥向我们发动攻击,之后我们带着两只装满螃蟹的桶,在一个低洼处点燃了篝火。噗噗上窜的火苗直指天空。环绕我们四周的是凝重的大海。爸爸的脸闪着光辉。

我放下杯子,切下一块鱼肉,把叉子戳了进去。围绕着三个叉齿下的肉松散裂开,这深灰色的、肥滑的肉是那么的柔软,舌头往上颚一顶它就被全部揉碎了。

下午我们继续清洗屋子。楼梯部分完了,我开始接着干托薇剩下的活儿,英韦开始做饭厅的清洁。外面下雨了。玻璃窗上铺上了一层排列整洁的细水珠,阳台上墙的颜色变深了些,外面的峡湾口那里,那儿的雨一定下得更猛,地平线上的云层里倾泻出一注注的雨水。我把所有这些小装饰物都擦拭干净,电灯、照片和在搁架上摆放得满满的纪念品,我把它们一个个放在地板上,再擦干净这些搁架板。一个看上去像是来自《一千零一夜》里的油灯,在同一时期的便宜和昂贵的物品,有着弯弯曲曲的装饰花纹和金色的饰物;一个威尼斯的凤尾船模型亮闪闪的就像一盏灯;祖母和祖父站在埃及金字塔前的一张合影。

正当我站在那里看着照片的时候，听见祖母在厨房里站起身来。我擦去了玻璃片和镜框上的尘土把它放回原处，又拿起了那老式样的单盘唱片的小支架。祖母手背在身后瞅着我。

"不用，你真的没有必要去擦它们，"她说，"完全没有这个必要。"

"没事的，很快就完，"我说，"我已经动手打扫，顺便一起也就干了。"

"是，是，"她说，"弄干净也好。"

当我把这个支架上的灰尘擦去以后，把它放在地板上，唱片放在一旁，打开柜子，拿出放在里面的那个老式的立体音响。

"你们平常不在晚上的时候喝一点儿，是吗？"她说。

"对，"我说，"至少，不是每天都喝。"

"我想也是这样。"她说。

在河对面的城里已是华灯初上，一片灯光闪烁。现在可能是几点了呢？五点半？六点？

我把搁架板都擦洗干净，把立体音响放回原处。祖母明白了她在这里什么也得不到，转过身，小声说着是呀、是呀，到楼下的那间客厅去了。紧接着我听到了她的声音，英韦也在接话。我走进厨房去取玻璃窗喷雾剂和一点报纸，通过那敞开的门我看见她已经在里面的餐桌旁坐下想和正在干活儿的英韦说话。

喝酒这事已经真正地在她脑子里扎了根，我想，从柜子里取出喷雾剂，撕下了几张放在挂钟下那张椅子上的报纸，又回到了客厅。这一点都不奇怪，我现在算明白了。他按部就班地把自己喝到送了命，再没有其他可解释的原因了，她在这里，看着这一切。每天早上，每天上午，每个晚上。有多久？两年？三年？就只有她和他。母亲和儿子。

我在搁架柜的玻璃门上喷了点清洁剂，把报纸搓揉成一团，用它在滴下的泡沫上擦拭了好几遍，直到水干，玻璃变得发亮。一边干一边看看周围还有没有我可以一起擦洗的玻璃，但除了我决定要留到以后再擦的玻璃窗外，没有其他地方了。于是我继续完成搁架的工作，把所有东西都放回原处，然后开始清洁放在柜里的东西。

现在下面港口上方的空中只见雨线密集。紧接着雨滴开始敲打着我面前的玻璃窗。沉重、硕大的水珠顷刻间开始往下流，在整个玻璃窗上形成了歪歪斜斜的水纹图。祖母在我身后经过。我没有转过身去，但她身体的移动仍然充满在我的意识里，她停下来，抓起遥控器，摁下开关，在椅子上坐下。我把抹布放在隔板上，到英韦那里去了。

"这里也到处都是酒瓶，"他说，朝沿着一整堵墙放着的橱柜点点头，"但餐具和其他的东西都一点没问题。"

"她也问了你我们平常是否喝酒？"我说。"从我们到这里以后她这样问我，至少不下十次。"

"对，她也这么问我的，"他说，"问题不在于她是否要喝点酒。她是不需要得到我们的准许的，但这是她的一种请求。所以……你觉得呢？"

"你在说什么？"

"难道你不明白?"他说,又抬起了眼睛。他的唇边有一丝并不快乐的笑意。

"理解什么?"我说。

"她是想喝一点点酒。她在绝望当中。"

"祖母?"

"是啊。给她喝一点,你觉得呢?"

"你很确信这一点吗?我想我倒是持反对意见的。"

"这也是我最初的想法。当开始的时候这么认为是很自然的事。他住在这里这么久。她还能有什么其他方式可以忍受坚持下去?"

"她是酗酒者?"

英韦耸耸肩头。

"现在的问题是她想喝一点。她需要我们的认可。"

"我操,"我说,"这是个他妈该诅咒的地方。"

"对。但她现在喝一点儿没什么关系吧?她是受到了一种刺激。"

"那我们现在该干什么?"我说。

"不做什么,我们只是问问她是不是想喝一点酒?然后我们和她一起喝一点?"

"好。但不是现在马上就喝,是吧?"

"我们把晚上的活儿干完。然后再去问她。一副很自然、没什么特别意思的样子。"

半小时后我把带搁架的柜子的清洁做完了，走到外面的阳台上，雨已经住了，空气里充满了来自花园里的清新。桌上盖着一层水膜，木座椅因为水的湿润加深了颜色。那些躺在水泥地上的塑料瓶，上面水珠点点。它们的瓶颈处让人想到枪口，仿佛是躺在这里设置好了的朝向四面八方的小炮筒。沿着铁艺手工围栏下端垂挂着一串串的水滴。不时地落下一颗水珠，以几乎听不到的空洞声响坠落在下面的水泥地上。爸爸三天以前曾在这里，这让人难以置信。三天前他也看到同样的景物，走动在这同样的屋里，像我们一样地看见祖母，想着仅仅是三天前那会儿他在想的事情，这让人难以理解。这就是说，他不久前就在这里，恰恰是这一点，我可以理解。但无法理解他看不见这些了。阳台，塑料瓶，邻居亮着灯光的窗户。一片已经脱落的黄油漆掉在红色的露台上，就在生锈了的桌腿旁边。雨水继续从屋檐排水沟那里往下流，一直流进草坪里。他再也不能看见这一些了，让我不能理解，不管我是如何努力地去设想。他不想见我和英韦，这我理解，这是与感情生活相关的事，而这交织在内的死亡，与具体的、环绕着我的现实，它完全是另一种形式。

空空如也，只是一片空白。甚至连黑暗也没有。

我点燃一支香烟，用手在湿漉漉的椅子上抹了几把，坐了下来。只有两支烟了。我得在下面的报亭关门之前去一趟。

沿着草坪另一端的院篱一只猫鬼头鬼脑地进来了。它一身灰白花斑毛，看上去是只老猫。它在门口那里停下，举起前爪，朝下注视着草皮一会儿，继续前行。我想到了我们的猫，南森，托妮耶把她的爱都倾注给了它。是个只有几个月大的小猫，跟托妮耶睡在同一个被窝下面，把个小脑袋探了一点儿在外。

在这一整天里我一次也没想过托妮耶。一次也没有过。这意味着什么呢？给她打电话，我又不愿意，因为我没什么可说的，但我必须打，为着她的缘故。要是我没有想着她，我知道，她是想着我的。

大海上高高的天空中一只海鸥平滑着飞了过来。它的目标直指向阳台，我注意到我自己笑了，这是祖母的海鸥到这里来觅食的。但我正在那里坐着，它是不敢往下飞的，于是它落到了房顶上，在那里立刻脖子后仰发出一声海鸥尖锐的鸣叫。

可以给一小块三文鱼么？

我在地上揿灭了烟，把烟蒂塞进了一个塑料瓶的瓶口，站起来走进屋到正在看电视的祖母那儿去。

"你的海鸥到这儿来了，"我说，"要我给它喂点三文鱼吗？"

"啊，"她说，"但我自己可以喂的，你知道的。"

她站起身佝偻着身子进了厨房里。我拿起遥控器关掉了音量开关。然后走进饭厅，那里空无一人，我在电话跟前坐下来。拨动了家里的电话号码。

"嗨，这是托妮耶？"

"嗨，是我，卡尔·奥韦。"

"哦，嗨……"

"嗨。"

"你怎么样呀?"

"不太好,"我说,"这里的一切都很沉重。我几乎一直在哭。但我不太清楚我哭的是什么。爸爸死了,当然。但不只是这个……"

"要是我和你在一起就好了,"她说,"我想你。"

"这是座死亡的房屋,"我说,"我们在屋里走来走去地洗刷他的死亡。他就死在这儿里面的那张椅子上,椅子还在那儿立着。以前这里发生了的一切还留存在这里,我是说,以前发生的事,当我在这里长大的时候,一切也都还在这里,它们都在眼前冒了出来。明白吗?从某种意义上讲,我是那么贴近它们。我就是小时候的我。爸爸就是那时的爸爸。从那时候的所有的情感全都喷涌而出。"

"可怜的卡尔·奥韦。"她说。

祖母从我面前的门外走过,她手里端着一个放着一片三文鱼的盘子。她没有看我。我的目光追随着她直到她在另一间客厅里消失。

"别,你别替我难过,"我说,"要难过的应该是为他。他的生命以这种可诅咒的方式结束,你真的难以相信。"

"那,你祖母的反应如何?"

"我不完全清楚。她受到了巨大的刺激。看起来几乎老年痴呆了。她消瘦得真是可怕。他们就坐在这里灌酒。她和他。"

"她也喝酒?你的祖母?"

"也喝呀。真不敢相信。但我们已经决定要把这里的一切都收拾好，让葬礼在这里举行。"

通过阳台的玻璃门我看见祖母把盘子放在了阳台上。她后退几步，四下张望着。

"这听上去是个好主意。"托妮耶说。

"我不知道，"我说，"但现在我们要这样做。洗刷这该死的整个房子，然后把它装饰起来。买桌布、鲜花还有……"

英韦的脑袋从门那里探进来。当他看见我正在打电话，眉毛扬了扬，脑袋缩了回去，就在同一时刻祖母从阳台外面进来了。她站在下面的窗户跟前从那里望出去。

"我想，我提前一天来，"托妮耶说，"那我就可以帮把手。"

"葬礼在星期五举行，"我说，"那你请一天假，还是？"

"对，请一天假。所以上午我就赶到。我那么的想你。"

"今天你干什么呢，你？"

"不干什么，没什么特别的事情。到妈妈和汉斯那里去吃晚餐。我要替他们问候你，他们想着你的。"

"啊，太好了，"我说，"你们吃什么？"

托妮耶的母亲是个非常出色的厨师，到她那里去吃饭对喜爱食物的人来说是一种体验。我不是这种人，吃东西对来说我是件最无所谓的事，吃普通的炸鱼条和吃烤大比目鱼一个样，吃肉肠和吃惠灵顿牛肉片也没什么不同，但托妮耶是，一说到食物她的眼睛就放光，在这方面她自己就是个天才，极为享受在厨房里做菜的时光；哪怕就是做一份比萨饼，她也总是将自己整个的身心倾注其内。她是我所遇到过的最感性的人。就这样，她和一个把与家人朋友同桌进餐互相接近和欢聚看作是不得已而为之的人在一起。

"比目鱼。所以你不在这里也好。"

我听见她在笑。

"但它是相当的美味。"

"我毫不怀疑，"我说，"谢蒂尔和卡琳他们也都在那儿，是吧？"

"对。还有阿特勒。"

这个家庭里发生了许多的事情，就像所有的家庭一样，但谁都对这些事只字不提，大家都保持着沉默，就像某个地方的宣言，其中的每一个成员，处于大家共同造就的这种气氛中。托妮耶最喜欢我的一点，我想就是我恰恰很注重这点，在不同关系中有相互关联或存在着可能性的这一切，一些她不习惯于参与的事，她绝不涉及其中去推测，当我让她看的时候，她总是满怀兴趣。我这一点是从我母亲那里得来的，打我从上中学的时候起关于我们遇到的或是认识的人我就同她有过长时间的谈话，他们讲了些什么，为什么他们可能讲这些话，他们来自哪里，他们的父母是谁，他们住什么样的房子，所有的问题都和政治、伦理、道德、心理和哲学有关，这种到今天都还继续进行着的对话，给了我关注的方向，我总是注视着人们之间发生的事，试图从中找到答案，很久以来我也认为，在观察其他人的方面我很有远见，但并非如此，我到处看到的只是我自己，或许这首先也不是跟我们所谈到的话题有关，这是另外的问题，这是关于妈妈和我。就是这样，在语言和反应上，我们彼此接近，在这里我们彼此相关，在这里我也寻求着我与托妮耶的连接。这是好事，因为她需要这个，如同我需要她强健旺盛的感官一样。

"我想念你，"我说，"但我高兴你不在这里。"

"你得答应我现在不要把我从你发生的这些事情排除在外。"她说。

"我不会的。"我说。

"我爱你。"她说。

"我也爱你。"我说。

当我说这句话的时候，我总是想知道这实际上是不是真话。最愉悦的情感已经结束。显然地我爱她，我当然爱她。

"你明天打电话吗？"

"那是一定的。现在，再见了。"

"再见。问候英韦。"

我挂了电话，走进厨房，英韦靠着厨房案桌站在那里。

"是托妮耶，"我说，"她要我问候你。"

"谢谢，"他说。"你一定替我回问候一声。"

我在椅子边上坐了下来。

"今天晚上我们就干到这儿了，你说呢？"

"好。至少再干我是干不动了。"

"我要到下面的报亭那儿去一趟。然后我们可以……对，你知道的。你要买点什么吗?"

"可以帮我买包烟吗?要不再来点薯片之类的?"

我点点头站起来,走下楼梯,穿上了我挂在那里衣柜里的夹克,检查了一下在衣服里层口袋里的银行卡,出门之前我在镜子跟前看了看自己。我看上去疲惫不堪。虽然我最后一次掉眼泪是在好几个小时以前,但从眼睛上还是看得出来。它们没有红肿,更多的是眼睛上带着的不清爽和湿漉漉。

在台阶上我突然停住。想到了我们有好些要问祖母的事。到现在为止我们是太过于谨慎小心了。比如说,救护车是什么时候到的?来得是否及时?当他们到达之后要是还有生命的迹象,采取了什么样的紧急措施?

救护车一定伴随着闪烁着的警示灯和警笛的长鸣,直接开到了上面的车道上。司机和大夫走下车,带着仪器匆匆跑上阶梯,到了门前,门是锁着的吗?这儿的门总是上锁的,她有没有足够的精力能摸下楼梯,在他们到来之前把门打开?或者他们站在这里摁响了门铃。他们进门以后她都给他们讲了些什么,他躺在那里面?然后把他们领进客厅?那时他坐在那椅子上吗,他躺在地板上吗?他们做了些什么抢救生命的急救措施,心脏按摩、输氧、人工呼吸?或者当时他们立刻确定他已经死亡,没有了生命的迹象,只是把他抬上担架,把他搬了出去,之后同祖母谈了几句话?她明白了多少,她又说了些什么?这一切发生在清晨、中午,还是晚上?

在我们弄清楚有关他死亡的所有细节之前我们不能离开这

里，不是吗？

我叹了一口气开始往下走。我的头上是一片开阔的天空。在几个小时前还是很单调的、被浓厚的云层所遮盖住的天空，现在那里铺撒开的形式像是一道纵深的风景，那广阔无垠的田野，陡峭的山壁和高耸的尖塔，有的地方洁白丰腴犹如白雪，其他的地方灰色坚实犹如山峰，同时那被落日余晖照射着的大片平坦地方，没有金光闪耀或者光芒万丈或者如一团燃烧般的火红，像平常可能出现的那样，而更多地看上去像是被浸泡在了一种溶液里。悬挂在城市上空的是黯淡无光泽的红，深的玫瑰色，环绕四周的是能想象出的所有不同层次的灰色调。场景是野性和美丽的。我想，实际上应该所有的人都蜂拥着来到街上，车辆应该停下，车门打开，司机和乘客都伸出脑袋，眼睛里充满了好奇和对美好事物的渴求，因为就在我们头顶上方的天空究竟在搞什么把戏呀？

但最多有几次抬起目光望望高空，同时来几句简单的"今晚的天空真美丽"之类的议论，因为人并不会认为这是有多么的无与伦比，相反地，没有哪一天的天空不是充满着奇幻无比的云彩形状，被光照耀下的每一朵云都各具一格，千姿万态，绝没有重复的形式，因为人们始终是看着它们的，而变得了熟视无睹，所以我们过着的生活中已没有这不停变幻着的天空，也便不去想它或是看它了。我们到底为什么会这样呢？假如这不同的形成结构中有着某种意义，比如在这其中隐含着迹象和要给我们传递的信息，要是解读正确的话，就会理解那上面发生着的不可避免的一切并始终给予关注。但现在的情况并非如此，这变幻不定的云彩形式和光线没有任何含义，它们看上去是亘古不变，形态完全取决于唯一的巧合，一些云彩若是呈现出了某种迹象，在其最纯净和最完美的形式里的只是毫无意义。

我来到了那条较宽阔的路上，那里没有行人也没有车辆，再往下朝十字路口走去，也是星期日的那种休闲气氛。一对老年夫妇在另一条人行道上漫步，几辆车缓缓地下行向桥头驶去，紧接着交通灯变换为红色但并无等候过马路的行人。零售店旁边的公交车站那里停有一辆黑色的大众高尔夫，司机是个穿短裤的年轻人，他手里攥着钱包下车，小跑着进了杂货店，同时车停在那里没有熄火。当他出来的时候我在门口那儿碰上了他，他手里拿着冰淇淋。这不有点孩子气么？让车不熄火停在那里就为买一个冰淇淋？

现在替代白天那个穿运动服的售货员的是一位二十出头的姑娘。她身材丰满，一头黑发，面部带有波斯人特征，我猜想她的原籍是来自伊朗或是伊拉克那些国家。虽然脸圆圆的，身材略胖，但不失美丽。她根本懒得瞅我一下眼。她的注意力完全集中在放在她面前柜台上的一本杂志。我拉开冰箱门，取出三瓶半公升的雪碧，眼睛沿着货架搜索着薯片，找到后抓起两包，把它们一起放在了柜台上。

"另外拿一包蒂德曼斯黄烟丝和卷烟纸。"我说。

她转过身在背后的架子上取下一包烟丝。

"瑞兹拉卷烟纸？"她说，仍然不看着我的眼睛。

"很好。"我说。

她把桔黄色的卷烟纸塞进黄色的烟丝包装下面，把它们放在柜台上，同时用另一只手开始在收银机上打出金额。

"一百五十七克朗五十欧尔。"她说，一口纯正的克里斯蒂安桑口音。

我递给她两百克朗。她在收银机上一敲击，下面的现金抽屉滑出来，她从里面找出零钱。虽然我站在那里把手伸出去，她却把找的零钱放在了柜台上。

怎么了？我有哪儿不对了，让她看了不喜欢？或者她就是这么个闷葫芦？商店售货员在售货过程中和顾客间或的目光交流不是很正常的吗。要是顾客把手伸出去，你把钱放在另一个地方这就近乎于一种冒犯了吧？至少摆明了是这样。

我看着她。

"我能要一个包装袋吗？"

"当然。"她说，膝盖稍稍一屈从柜台下面抽出一个白色的塑料袋。

"这里。"

"谢谢。"我说，把买的东西装进袋里，走了出去。有想与她睡觉的欲望，但并非如通常那种欲火上身的情况，那种强硬、急不可待，身体所有的器官紧缩准备全力对付猎物的强势，我的体内感觉更多的是那种情窦初开的温柔与怜爱，这种情怀一直持续存在于朝上走回祖母房子的整个归途中，但这也不是唯一的念想,因为围绕着它的还有始终都在的悲伤,它以那灰色的不明朗的天空,我想任何时候它都可以再度将我完全笼罩。

他们坐在客厅里看电视。英韦坐在爸爸的椅子上。当我走进时他转过头站了起来。

"我们想要喝一点儿酒,"他对祖母说,"现在我们干了整整一天。你也想来一杯吗?"

"这可就太令人高兴了。"祖母说。

"那,我就给你兑一杯,"英韦说,"或许我们可以在厨房里去坐坐?"

"好的。"祖母说。

她走在地板上的脚步或许比平时快一些?或许在她那黑洞洞的眼睛里燃起了一点光芒?

啊,真是这样的。

我把一包薯片放在案桌上,把另一包打开倒进一个碗里,放在桌上,与此同时英韦从柜子里拿出一瓶蓝色的绝对伏特加——它混杂在一大堆食物中间,当我们把能找到的所有酒都翻找出来时发现的——然后从搁架上取下三个玻璃杯,冰箱里拿出一纸盒果汁,开始和伏特加一起兑酒。祖母坐在她的座位上看着他。

"你们也喜欢在晚上喝点酒提神啊。"她说。

"是啊,"英韦说,"我们干了一整天的活儿。应该放松一下哟。"

他笑着递给了她一杯酒。然后我们围着桌子坐下，三个人一起喝酒。快十点了。外面开始暗了下来。祖母很爱喝酒，这毫无疑问了。她的眼睛很快地开始回到了从前那种闪闪发亮的光泽，苍白瘦削的脸上有了红润，她的一举一动变得柔和了些，当她喝完了第一杯后，英韦又重新给她倒上一杯，她的神志也好像清醒多了，因为很快地，她坐在那里跟从前的日子里一样谈话和欢笑。头半个小时我坐在那里就像块石头，不舒服而全身僵硬，因为她像一个吸血鬼一样身上终于又获得了鲜血，我看见了，就是这样：生命回到了她的身上，一步步一寸寸地将她充盈。这太可怕了，实在是太可怕了。但我自己注意到了酒精发挥的效应，思想变得柔软，意识变得清醒开放，她坐在这里饮酒谈笑，在她发现自己的儿子死在客厅里的两天之后，好像不再那么阴郁，这没什么可怕的，她显然需要这个；在厨房的椅子上一动不动地坐了一整天后——其中只有过几次站起身来，不歇气地、困惑迷茫地在房子里来回走动，一直保持着沉默不语，看见她又生命恢复精神再现真是欣慰。我们，我们也绝对需要这个。于是我们坐在那里，祖母给我们讲故事，我们笑了，英韦附和着，我们笑得更欢。他们总是在使用双关语上互相找到对方的感觉，但从来没有像这个晚上的那么心领神会。偶尔祖母她擦拭着眼睛里欢笑的泪水，偶尔我与英韦目光对视，我在他的眼睛里看见的是快乐，首先含着一丝愧疚之意，之后渐渐剩下的便只有愉悦了。我们喝的是一种有魔法的酒。这晶莹的液体味道是那么的尖锐爽口——虽然其中还掺有橙汁，它改变了我们的关系，把在那里发生过的事情从意识里推出去，就像是来自外面的光亮，为身为正常人的我们，为我们正常的思想打开了道路，为我们是谁和我们怎样思想，以一种光芒和温暖倏地照亮一切，在我们前面的路上没有了任何障碍。祖母仍然闻着有尿臊味，她的衣服上仍然满是油污和食物的斑斑污渍，她仍然是可怕的瘦骨嶙峋，她在最后的几个月里仍然在这老鼠窝里与她的儿子、我们的父亲一起生活，他仍然是在那里死于酗酒，那里仍然是有点冷浸浸的。但她的眼睛，它们已在闪烁。她的嘴唇，已荡出笑意。她的手，到那时为止它们静静地放在膝盖上，倘若不是那根抽了一半的香烟占据着它，它们会开始不停比划了。在我们的眼皮底下她变换回以往的她，灵活轻快，始终笑意盈盈笑声不断。她讲的那些故事，我们以前听过，但问题的奥妙恰恰在于此，至少对我来说是这样，因为在讲述的过程中，祖母回到了她的以往，这样从前发生在这里的生活回来了。在这些故事当中没有一个故事本身有什么好笑的地方，一切都在于祖母讲述它们的方式上，添加了故事的感染力，和她自己从中发现的好笑之处。她总是在每一天当中发现滑稽可笑的事，每一次都笑得同样欢。她的儿子们也参与其中，所以他们总是把自己每一天当中发生的许多小故事都告诉她，这些故事触及她的心灵，她为此而发笑，并把它们积累于心，让它们成为她自己剧目当中的一部分。她的儿子们，特别是埃尔林和居纳尔，他们都对双关语俏皮话有癖好。他们不是把居纳尔派到商店去买个"力克巧"回来吗？还要买个"长记性"？

他们不是作弄英韦,让他相信"排气管"和"汽化器"是最严重的脏话,让他发誓绝不从嘴里说出这些话来吗?爸爸也和他们一起参与这种蠢事,把这当脏话来骂他,我可从来没这么干过;另一方面当爸爸用这脏话骂人时我也不表示出惊讶。他掺和在编造的一个故事里面,像祖母那样笑话它们,实在不可思议。

虽然这些故事以前讲过了一百遍了,她还是说得头头是道身历其境一般,就像是第一次在讲它。紧跟着就是打哈哈,总是那么完全彻底地开怀大笑:这是因为其中找不到一丁点儿不自然的东西。我们喝了好些酒,酒精已经把我们身上所有的黑暗都照亮了,另外还摈除了互相审视的目光,我们现在可以毫无困难地与她目光对视。一串串的笑声在桌上滚动着。祖母把她从八十五年的生活里积攒起来的那些由琐碎小故事汇成的洪流成捆打包,但她不就此停止,于是更多地陶醉其中,自我意识下降,她继续讲他们熟悉了的那些故事,对发生的事情讲述更多的添加,这样一来最终那些故事都变得有些面目全非。比如那个1930年代初期她在奥斯陆当私人司机的故事,我们都知道得很清楚,这也是家庭神话中的一部分,因为那时候获得证书的妇女很少,或者对这个问题来说就是当女司机的那时为数不多。她回复了一个报上的广告,她说,在奥斯高斯特兰那里的家中她读《晚邮报》时看见了这条招聘广告,她写了封信去,就得到了这份工作,后来搬迁到了奥斯陆。她替一个性格古怪的有钱老太太工作。那时候的祖母刚二十出头,住在主人极为宽大的宅第中的一个房间里,她开车载着她按她的心愿四处转悠。老太太有条狗,那狗时常站在窗户把脑袋伸出去对着所有的行人狂吠,当讲到这里时祖母乐了,那时她多难为情啊。还有为了要准确描述那个老太太有多么古怪——或许她当时已经是老年痴呆了吧——祖母还有一件总要提到的事。那就是她观察到了这房子里到处都藏着钱。在冰箱下面有一叠叠的钞票,在锅子和茶壶里,在地毯下,在睡房的枕头下。当祖母讲到这里时,通常会笑起来同时摇着脑袋,因为我们得记住她是刚从家里搬出来,是从一个小乡镇来的,她所遭遇到的不仅仅是外面的世界,而是外面的一个美好世界。这一次,当我们一起围坐在她的厨房里灯光明亮的餐桌旁时,我们脸上的阴影对着黑暗的窗户,我们中间放着一瓶绝对伏特加,突然她开口问话了:

"你们说我能做什么?你们知道,她是个大富婆哟。到处都扔着钱。要是其中一些钱不见了她是不会注意到的。要是我拿了那么一点点又有什么关系啊?"

"你拿钱了?"我说。

"是,我当然拿了。但拿得不多,对她来说完全不值一提。她没有注意到这个,那这还有什么关系呀。她给的工钱太少!是的,她给得太少了,我得到的工钱少得可怜。因为我不光给她开车,我也得干所有那些杂七杂八的全部活儿,所以多给我一点工钱完全是公平合理的事!"

她用手在桌面上捶了一下。然后她笑了。

"拿了一百克朗,就一百!当我们在奥斯陆城里开车时我们有点招人注意。那时候的私车不多呀。所以我们很引人注目。

是的，他们都瞧着我们呢。"

她轻轻一笑。然后叹口气。

"啊呀呀，"她说，"生活就是混斗（奋斗），这老太太说，她不会发 F 这个音。嘿嘿嘿。"

她把杯子举到唇边，把酒喝了下去。我也像她那样把酒喝干了。抓起酒瓶把酒倒进了我的空酒杯里，瞟了一眼英韦，他点点头，把他自己杯里的酒一饮而尽。

"还来一点儿吗？"我说，看着祖母。

"好啊，"她说，"再来一点儿。"

我也给她的酒杯斟了酒，英韦开始倒橙汁，但只倒了半杯就没有了，他把纸盒摇了几下。

"空了，"他说，看着我，"你买雪碧了吗？"

"买了，"我说，"我去拿一瓶来。"

我站起来朝冰箱那儿走去。除了我的那三瓶半公升的雪碧外，那儿还有一瓶 1.5 公升的，是英韦那天早些时候买的。

"你把这忘了？"我说，把大瓶子举起给他看。

"真是忘了。"英韦说。

我把大雪碧放在桌上，走出房间下楼去洗手间。这些黑暗铸就的宽大的空荡荡的房间包裹着我。但脑袋里酒精的火苗燃烧着，我没留意到那里的阴郁气氛或许会充盈我的周身，因为虽然我不是直接的高兴，但我欢呼、振奋，被内心的渴望驱使着继续这样，即使想到爸爸的死亡也不能有所动摇，那只是一个黯淡了的阴影，非常靠近，但毫无结果，因为生命已经取代了那个位置,所有的画面和声音,急切追逐着沉醉于其中的这发生着的一切给人以错觉,我发现自己在一个地方和许多人在一块儿,心里充满了无比的欢乐。我知道不是这样的,但感觉却是如此,是感觉主宰着我,当我踩在一楼褪色的墙下的地毯上时,只有通过大门上的玻璃透进来的一点微弱光线发出的光亮,走进洗手间,有嗖嗖地声响,至少三十年来就一直这样没变过。当我从洗手间出来,听到了他们在上面的声音,我赶快走上楼梯。在客厅里我往深处走了几步,以另一种,一种更加漠然的心情去看他死去的那个地方。就在那会儿出事了,蓦地我有了一种感觉他曾经就在那里。我看不见他,不是像这样的,但我感觉到了他,完整的一个他存在着,就像他在最后的时光在这些房间里一样。啊,实在是太奇异了。但我不愿意让此时此景把我留住,或许也是不可能,因为感觉只在瞬间,然后思想伸出爪子将它击倒降伏。我走进厨房,那里的一切都跟我离开的时候一样,除了饮料的颜色变了,现在它们是晶莹的,充满了许多灰白色的气泡。

祖母开始讲起了更多她居住在奥斯陆那时期的事情。这也是属于家庭的一个神话,也是这件事让她始料未及,对我们来说是从未听说过的最后颠倒了的结局。我知道,祖母最初是同祖父的大哥阿尔夫在一起的。祖母和他大哥原先是一对恋人。他们兄弟俩一起在奥斯陆读书,阿尔夫主修自然学科,而祖父学的是经济。在和阿尔夫的关系结束以后,祖母同祖父结婚了,搬到了克里斯蒂安桑,阿尔夫也到了那里,但那时和他结婚的是索尔维。在少年时代她就患了肺病,一个肺叶是气胸,她的一生都是病怏怏的,不能够生孩子,所以在他们年龄相对大一些的时候领养了一个亚洲女孩。在我整个成长的过程中,大多数的聚会和欢宴都是阿尔夫一家和祖父母一家为我操办的,是他们来我们家做客,阿尔夫和祖母之间的事常常被提起,这已不是什么秘密,在祖父和索尔维去世后,祖母和阿尔夫一周见面一次,每个星期六上午祖母到他在格里姆的那栋别墅里去看望他,没有什么值得惊讶的事,但也有人会意地笑着,或许他们俩到底是应该在一块儿的?

现在祖母开始讲到了她和这兄弟俩的第一次见面的情况。阿尔夫性格外向,而祖父更表现内向,但两个人都对这位来自奥斯高斯特兰的女孩同样感兴趣是不言而喻的。因为祖父注视着他大哥是如何在朝这条道上走的,用他自身特有的机智和幽默去赢得她的好感,他低声对她说:他口袋里有戒指!

当讲到这里时祖母笑了。

"你说什么?我说,虽然我非常明白他讲的是什么。他口袋里有戒指!他又重述一遍。什么戒指啊?我说,然后他说,订婚戒指!知道吧,他还以为我不明白这个!"

"后来阿尔夫和索尔维订婚了吗?"英韦说。

"是啊,他跟她订了婚。但她住在阿伦达尔,还生着病。他预先也没有想到会永远持续下去。但最后他们仍然还是在一起了!"

她又喝了一口。然后舔舔嘴唇。接着是静默,她又沉陷下去,就像这最后两天里她多次做的那样。双手交叉坐在那里，凝视着前方。我把杯里的酒喝干，又倒上一杯，掏出卷烟纸来，放一长溜烟丝在里面，把它们理理顺，最大可能让烟丝紧在一处，把烟纸卷几下，向一端压紧后再封口，舔一下胶，揪下露在外面的烟叶，把它们放回烟丝盒里，把这有点弯曲的烟放进嘴里，用英韦那个绿色的、几乎是半透明的打火机把烟点燃。

"祖父去世的那个冬天我们正要去南方度假，"祖母说，"我们买好了机票，一切准备就绪。"

我从嘴里喷一口烟，看着她。

"知道吗，那个晚上他在浴室里倒下了……我只听见那里面轰然一响，我从床上起来，他躺在地板上对我说得叫救护车来了。当我照他的话做了以后，我坐下来，握着他的手，同时等待救护车的来临。那时他说我们要去南方的。我在想你要去的肯定是另一个南方！"

她笑了，但笑的时候她埋下了眼睛。

"你要去的肯定是另一个南方！"她重复了一句。

长时间的沉默。

"呵呵，"她说，"生活是一场混斗，这老太太说，她不会发F音。"

我们都笑了。英韦把他的杯子挪动了一点，向下注视着桌面。我不愿意她去想祖父或是爸爸的死亡，试着把她引到她以前讲过的另一个话题上去。

"当你们到克里斯蒂安桑来时，不是搬到的这里吗？"

"哦,不是,不是这里,"她说,"是比库霍尔姆斯路远得多的地方。这里的房子是我们战后买的。对,其实我们买的只是块地。这片地的位置很好,是隆最好的地方了,因为我们的房子是带风景视野的哟,你们知道的。面对大海和城市。地势这么高没人能看到我们的房子里面。当我们买房时,这里站着的是另一所房子。或者把它称作房子都有点过了。呵呵呵。它就像是窝棚,一个放杂物的房子。住在这里的是两个男人,我记得是这样,对,就是这样……一句话,他们就知道喝酒。第一次我们到这里看房时,我记得很清楚,那儿到处都是酒瓶!当我们一进去,过道里、楼梯上、客厅里,还有厨房也一样。到处都是!有点地方的都让酒瓶子塞得满当当的,连个放脚的地方都没有。所以我们买这房子的价钱相当便宜。我们把房拆了,然后修建起了这栋房子。原先是没有花园的,只是一道山壁,靠山的一个破房子,这就是那时我们买下的。"

"那,你一定在花园上花了不少时间吧?"我说。

"啊,是呀,这你可说对了。啊,是的,是的。外面的那些李子树,知道吗,它们是我从我父母在奥斯高斯特兰的家里那儿弄来的。它们真的够老了。它们看起来跟从前不一样了。"

"我记得我们常常拎着装满李子的口袋回家。"英韦说。

"我也记得。"我说。

"它们还结果实吗?"英韦说。

"还结,我想是吧,"祖母说,"或许不像以前那样多了,可是……"

我拿起酒瓶，现在里面只有半瓶了，给自己的杯子里重新倒满一杯。祖母想到了她的轨迹现在已经结束，包括这里发生了的一切，我想，这一点或许并不奇怪。我用拇指抹去挂在瓶口的一滴酒，把手指头放进嘴里舔干净，这时候在桌子另一端的祖母正把一盒烟丝打开，捏起一些放进了卷烟机里。因为无论这最后的几年里她过的是一种多么可怕而难以忍受的生活，但这一切只是她所经历过的困难中微不足道的一部分。当她看着爸爸的时候，在她的眼里他是婴儿、儿童、少年、成年男人，他所有的性格特点和所有的个人属性都凝聚在这一瞥当中，她看见他醉得不省人事躺在她的沙发上拉屎拉尿，那是短暂的一瞬间，她那么衰老，较之她多年积攒的与他共处的许多时光，这不足以组成一幅画像。我想，这房子也是一个同样的例子。最早的有许多酒瓶的那房子本身就是一个"酒瓶屋"，而这栋房子就是她的家，一个在她这里度过了自己最后四十年的地方，这里到处都是酒瓶，再不可能对她有任何的意义。

　　或许仅仅是她自己醉醺醺的脑子不能再清醒地思考？在这种情况下她把一切掩饰得很好，除了她有很大程度上的青春复萌，有一种她沉溺于自己举止形态中的迹象。另一方面在判断估计任何事情上我都不是把握最正确的人。酒精的刺激不断地显现更多的光明，似乎澄清了头脑里越来越多的问题，我开始把酒吞下肚去，几乎跟喝果汁水一样。然后发现这是一个无底洞。

　　在我喝了一杯雪碧后我拿起绝对伏尔加酒瓶，放在了窗台上，刚好挡住了祖母的视线。

"干什么你!"英韦说。

"你把酒瓶放在窗台上!"祖母说。

我红着脸困惑不解,抓起酒瓶把它又放回桌上。

祖母开始笑了。

"他把烈酒瓶放在窗台上!"

英韦也笑了。

"显而易见,邻居们一定看见我们坐在这里喝酒了!"

"是,是,"我说,"我根本没想这个。"

"不是,应当这么说!"祖母说,把笑出来的泪花从眼睛上擦去。"呵呵呵!"

在这栋房子里,人们总是非常在意防止其他人往屋里看,总是非常在意地让能被看见的一切都变得模糊不清,从衣着到花园,从房屋外墙到汽车,还有孩子的举止行为,要是放一个烈酒瓶在窗台上,将屋内的一切信息暴露无遗,一个靠近房子的人可以毫不困难地知道里面在搞什么名堂了。这就是为什么他们,以及后来也跟上来的我,都这样笑了起来的原因。

天空中的光照在路对面的小山坡上,透过厨房炫目的灯光让道路上有了点黯淡的光亮,那上面横着我们三人像潜艇般的蓝灰色的影子。这是个应该像那样的一个漆黑夜晚。英韦开始有说话含糊不清的苗头了。一个不了解他的人,不可能看出来。但我注意到了,因为他醉酒的时候总是这样,先出现含混吃语,然后就是越来越多的鼻音,直到最后完全大醉,顷刻间便会栽倒在地,这一点几乎不难理解。而我大醉之后的表现不太明显,主要是一种内在的变化，几乎总是口齿清楚表达明确自己，这就是个麻烦事，因为人们看不出我究竟有多醉了，因为我走路和说话几乎跟往常一样，也就找不出在后来因为我可能在言语和行为上宣泄出的一切而原谅我的理由。另外野性暴烈在其中总是占更大比重，因为醉酒没有被昏睡或是与他人的沟通协调问题所止住，而它只是继续深入到达一种晶莹透明、空茫和原始的状态。我爱这一点，我爱这种感觉，这是我再好不过的感觉了，但它并从来没有带给我美好，一天以后，或者几天以后，它就像愚蠢一样跟无节制紧紧连在了一处，这是我内心里深为痛恨的。但当我身在醉酒时，看不见未来，也不思过去，只是在眼下，这就是我为什么愿意待在那里，为了我的世界，在整个难以忍受折磨人的平庸里，闪耀着光辉。

我转身望了一眼墙上的挂钟。十一点三十五分。瞅了一眼英韦。他显得很疲倦。眼睛变小了，眼眶周围有点发红。他的酒杯空了。他只是没想着走去倒在床上！我独自一人是不愿意和祖母坐在一起的。

"你再来一点儿？"我说，朝桌上的酒瓶点了点头。

"唔，那或许来一点吧，"他说，"但这是最后一杯了。我们明天一大早得起床。"

"哦？"我说。"为什么？"

"我们九点钟有个约会，你不记得了？"

我在脑门上拍了一下，这是自从我上高中以来就没有再做过的手势了。

"但这没问题,"我说,"这不就一个约会嘛。"

祖母看着我们。

我想,她千万别问我们要去哪里!殡仪馆职员的这个词汇无疑会打破魔咒惊走眼前的这份和美愉悦。然后坐在这里的又会是一个失去了自己儿子的母亲和失去了自己父亲的两个孩子。

考虑问她要不要再来一点酒,但我还不敢冒昧。这里有一个限度,这跟符合规矩有关,这早已超过了限度。我拿起酒瓶给英韦倒上一杯,然后给我自己的杯子斟满。当我在倒酒的时候,碰到了祖母的眼光。

"你想再来一杯?"我听到了自己的声音。

"或许,一小杯吧,"她说,"时间有点晚了哟。"

"是呀,是晚在地球上。"我说。

"你说什么?"

"他说晚在地球上,"英韦说,"这是瑞典著名诗人的一句名言。"

为什么他这样讲?他想抬高我吗?唉,该死,说这句话真是他妈的一件蠢事。"晚在地球上"……

"卡尔·奥韦很快要出一本书了。"英韦说。

"是吗?"祖母说。

我点点头。

"是啊,你也这么说了,我是听到有人说过的。我想,这是居纳尔说的?是你,出了一本书。"

她把酒杯举到嘴边喝酒。我也做着和她一样的动作。这仅仅是出于想象，还是她的眼睛里已又是一片黑暗？

"这么说，在战争期间你们没有住在这里啊？"我说，重新喝下一口酒。

"没有，不是战争一结束就住这里，几年以后，我们才搬到这里。战争期间我们住在那外面。"她说，用手指了指背后。

"那到底是怎么回事啊？"我说，"我意思是说，在战争期间？"

"哦，那几乎跟平常一样，你们知道吗。在弄到食物方面有点困难，但没有太大的区别。德国人是普通人，跟我们一样。我们还认识了他们中的一些人，知道吧。在战争结束以后我们还到下面去看他们。"

"在德国？"

"对,对。在他们必须离开这里的时候,那是1945年的5月，他们打电话到这里说，要是我们愿意的话，我们可以到他们那里去取他们留下的那些各种各样的东西。他们把最好的酒给了我们。还有收音机。和许多其他别的东西。"

我以前倒是没听说过在德国投降以前他们接受过德国人的礼物。但是德国人竟然去过他们家。

"他们都把东西留下了，"我说，"放在哪里呢？"

"在一个地方的碎石堆里，"祖母说，"他们打电话来准确地说出我们可以在哪里找到它们。然后当天晚上我们就去了那里，东西在那里，完全跟他们描述的一样。他们很友好，是的，确实是这样。"

祖母和祖父曾经在1945年5月的一个夜晚爬上山麓碎石堆,去那里四处搜寻德国人的饮料?

一束汽车的灯光穿过花园照射进来,投射在了窗户下的墙上几秒钟,直到车身一个完整的转弯然后慢慢地在下方的小巷里驶过。祖母弯着身子朝窗外看。

"这个时间会是谁呀?"她说。

她叹了口气坐回椅子里,把手放在膝盖上。看着我们。

"你们在这里真好,孩子们。"她说。

一个长时间的静默。祖母又再喝了一口酒。

"记得你们住在这里的那会儿吗?"突然她说,看着英韦的眼睛里含着温暖。"你们父亲来看你的时候,他留着胡子,你飞奔上楼梯高喊着'那个人不是我爸爸!'呵呵呵!'那不是爸爸!'……那时候你你可真逗啊,知道吗?"

"我记得很清楚的。"英韦说。

"然后就是我们在这里听'九小时'节目时,他们在同挪威最老的一匹马的主人对话。你记得吗?那时你就说'爸爸,你跟挪威最老的马一样老!'"

她把脑袋朝前弯下去同时笑了,用食指擦拭着眼角。

"还有你,"她说看着我,"记得那会儿你一个人和我们一起去度假屋的事吗?"

我点点头。

"一天早上我们在楼梯上发现了你,你坐在那里抹眼泪,当我们问你为什么哭啊,你说'我好孤单'。你才八岁啊,知道不!"

那个夏季里妈妈和爸爸去德国度假。英韦在南伯沃格的外公外婆家里,我在这里,在克里斯蒂安桑。我记得的是什么呢?和祖父祖母的距离很大,关系相当生疏。突然间我就成了他们的日常生活的一部分。他们比以往显得更加陌生,因为我们之间找不到任何人或事可以传达沟通。一天早上我在牛奶里发现了一只小昆虫,我不愿意喝,祖母说我不应该这么挑剔,只要把虫子拨出去就行了,在外面的大自然里就是这样的。她说话的声音有点尖锐。我把牛奶喝下去了,一直犯着恶心。为什么恰恰就回想到了这段记忆?没别的啦?一定还有其他的吧?对了,妈妈爸爸给我寄来了一张拜仁慕尼黑的明信片。我是多么的渴望拥有这么一张明信片,又是多么高兴终于到手!当他们终于回家来以后带回的礼物是:给英韦的一个金红两色足球,给我的是一个绿红两色的足球。这些个颜色真是……啊,心情有如刚出生那般快乐……

"还有一次你站在这里的楼梯上喊着叫我,"祖母说,她望着英韦,"'你在上面还是下面?'我回答'在下面',你喊着'为什么不在上面?'"

她笑了。

"是啊,有好多好玩的事……在你们搬到蒂巴肯后,你就直端端地跑去敲邻居的门问那里有没有住着孩子。你说:'你们这里住着小朋友吗?'呵呵呵!"

当笑声完全停住后,她坐在那里又独自轻声笑了一会儿,同时开始在卷烟机里重新裹一支烟。卷好的烟外面一段是空的,当她用打火机点燃烟时,火苗往上猛地一窜。有一点烟灰片飘散到了地板上。当烟叶点燃后,一片暗红火星点点,每当她吸滤嘴一次火光就变得愈加强烈。

"但现在你们都长大成人了,"她说,"这太奇怪了。一切就像在昨天,你们都是这里的小孩子……"

半小时后我们上床睡觉。英韦和我把桌子收拾干净,酒瓶放回了水槽下面的柜子里,烟灰缸倒干净,把酒杯放进洗碗机里,我们干活的时候祖母坐在那里看着我们。当我们把所有事做完后,她也站起身来。一小股尿从她的座椅上流下来,她全然没有注意到。在她出门的时候撞到了门框上,先是厨房的门,然后是过道的门。

"晚安!"我说。

"你们俩也晚安。"她笑着说。我的眼睛一直追随着她,当她的脸转开的那一瞬间笑容倏地消失,然后开始走下楼梯。

"唉,是啊,"当我们几分钟以后站在我们房间里时,我说,"就是这样。"

"是啊。"英韦说。他几把抓扯下了身上的毛衣,把它搭在椅背上,又脱下裤子。酒精让我周身上下充满了热度,让我真想给他说些中听的话。所有坑坑洼洼的东西都变得平顺了,不存在任何的麻烦,一切都是那么简单。

"好忙碌的一天啊。"他说。

"是啊,这话不假。"我说。

他又躺回床上,把被子拉来盖在了自己身上。

"那,晚安。"他说然后闭上眼睛。

"晚安,"我说,"睡个好觉。"

我走到门旁边的电灯开关那里,摁灭了天花板上的灯。在床上坐下。我现在很不想睡觉。在疯狂的一秒钟里我想到了走出门外。现在户外那些地方离关门时间还有好几个小时。这是夏天,城市里充满了人,或许其中还有几个我认识的。

但困倦向我袭来。突然我唯一想的事就是睡觉。突然地,我几乎无法举起手臂。想到要把衣服褪下来这事都觉得极为困难,于是我走回床边和衣躺下,闭上双眼,坠落进了那柔软的、最深层里的光明。肢体上有一点微小动弹,我的小拇指头动了动,在肚腹上挠了几下,即将入睡时,嘴角挂着笑容。

在深沉的睡眠中我已经知道外面有什么可怕的事情在等待着我。在我进入了快要返回到意识的状态时,我试着让自己掉头再回转到熟睡中,我也肯定做到了,要不是英韦声音里的那份固执,清楚地知道我们这天早上有一个重要事情。

我睁开眼睛。

"几点了?"我说。

英韦已经穿戴完毕站在门口那里。黑裤子,白衬衣,黑色西服。他的脸看上去有点肿胀,眼睛小了些,头发有点凌乱不干净。

"八点四十,"他说,"起了床就走。"

"啊，真该死。"我说。

我坐起来，感到酒劲还没有完全从身上消失。

"我先下去了，"他说，"你要赶快。"

当我把昨天的衣服穿在身上以后，有一种很强烈的不舒适感，好像那些关于我们干完了的那些事情的不愉快的想法加倍地放大，席卷而来。我把这些缠绕我的念头从身上撕扯下来。我做的所有动作都是沉重迟缓的，即使我站起身把脚随意放立在地板上也要花费力气，就别提如何举起胳膊把衬衣从挂在衣柜里的衣架上取下来拿在手里这事，该有多难了。但我必须这样，那就这么只管这么做好了。右边的木头手臂伸进去，左边的木头手臂伸进去，先扣好袖口纽扣，然后再系上衣襟前的纽扣。我们为什么他妈的喝这酒啊？我们怎么会这么愚蠢？我也不愿意的，但事实上最后那会儿我是愿意的，坐在这里，全世界的这个地方，和她一起喝酒。我就还是这么做了。这怎么可能？这他妈的就怎么可能？

我心怀愧疚。

我蹲在箱子前，在衣服堆里翻找一遍，找出了那条黑下装，坐在床沿把裤子穿上。再没有比坐着更舒服的事了！但我又得站起来，好把裤子完全拉上去，好找出西装外套穿上，好下楼到厨房里去。

当我倒满一杯水喝下去时，额头上已都是汗。我朝前低下头把脑袋伸在流着水的水龙头下。一方面是为了让自己凉快凉快，一方面是为了头发——我头发虽短，但还是睡得像个鸡窝，这样会让它变得像样些。我的下巴滴答着水,身体重得像个口袋,我走下楼到了过道里,再走到外面的阶梯上,英韦和祖母一起站在那里等候着。握在他手里的车钥匙发出叽嘎的声音。

"你有口香糖吗?"我说。"我没来得及刷牙。"

"今天的这种情况你不能不刷牙,"英韦说,"来得及,要是你赶紧的。"

他是对的。大概我身上能闻到酒味,在殡仪馆里是不应当闻到什么酒味的。但要加快速度我没法办到。在二楼的过道里我得停下歇歇,拽住那里的楼梯栏杆,似乎我的心也累了。在床边的桌上去拿了牙刷牙膏后,我以最快的速度在厨房的水槽前刷完了牙。现在我只要把牙膏牙刷放在那里,然后尽快下楼即可,但我心里有一个声音在说这样不行,牙膏牙刷不能放在厨房,它们应当放在上面的卧室里,于是这又花去了两分钟。当我再跑到外面的阶梯上时,时间是差四分九点。

"我们出发了,"英韦说,向祖母转过身,"这花不了多长时间。我们很快就回来。"

"好的。"她说。

我坐进车里,系上安全带。英韦一屁股在我旁边的座位坐下,把车钥匙插进点火装置,一拧转,侧过头去往那道小坡上倒车。祖母站在屋前的阶梯上。我向她挥手,她也向我挥挥手。当我们倒车进入了那条小巷子,不可能再看见她了,我想知道她是否还站在那里,像她一贯那样,因为当我们继续再往前开时,就是我们双方最后一次进入对方的视野,在她转过身走进屋里以前,这可能是最后一瞬的告别,我们把车开上了公路。

她站在那里。我挥手,她也挥手,然后她走进屋里。

"她今天也想跟着一起去吗?"我说。

英韦点点头。

"我们就照我们对她说的那样做。别用更长的时间。虽然我想过了在一个地方的咖啡馆里坐坐。或者去几家音响商店。"

他用左手食指打方向灯,同时换挡往上方看着右面。一切顺利。

"你身体如何?"我说。

"完全正常,"英韦说,"你呢?"

"能感觉出来,"我说,"事实上还有点晕乎。"

他望了我一眼同时把车一下开到了路外面。

"哦,天哪。"他说。

"对,是有点糟糕,这个。"我说。

他笑了笑,又换成低挡,紧挨着白线后停下。一个白头发的老年人从我们前面的人行横道上走过,他有个大鼻子,身子几乎瘦得像根钉子。他的嘴角往下耷拉着。暗红色的嘴唇。他抬起眼睛先朝我右边的斜坡望望,在他埋下眼睛盯着脚下的路面之前向着道路另一面的一排商店也溜过了一眼,大概是在确定那人行道的边沿在哪里出现。他的这一行动好像他是完全孤独一人。好像他从来没有考虑过接受他人的目光。就像乔托画笔下的那些人物。他们看上去也都是全然的旁若无人。让画笔下的人物处于毫无庇护的光环里,乔托是唯一这么画的人。这或许也是由这个时代所造就，因为后来几代的意大利画家，那些伟大的几代巨匠，总是有与他们画中的目光交织在一处的意识。这样使得他们的画中人物少了一份天真，同时也多了一份隐晦。

从路的另一侧过来了一位红头发的女人，她推着一辆童车匆匆走过。与此同时交通灯为过街的行人换成红灯，但她朝上瞅了一下交通灯，那儿仍然显示着红灯，她选择要过马路，在下一秒钟小跑着从我们面前过去了。她的孩子，可能一岁左右吧，胖嘟嘟的脸，小小的嘴，坐在童车里，在他们从跟前过去的当儿看上去有点晕头转向的样子。

英韦的脚松开离合器踏板，小心地踩下油门进入十字路口。

"已经过了两分钟了。"我说。

"我知道，"他说，"但我们马上就会找到一个停车位，不要紧的。"

当我们驶过桥后，我抬头看那大海上的天空。轻薄的流云，有的地方云彩单薄得以至让白云间已透出了蓝，仿佛上面罩着一层半透明的膜，有的地方云彩厚重浓黑，那灰乌的云层边沿，犹如在白云上飘荡的烟雾。被云层遮蔽住的太阳，一片橙黄色。没有天空下被蒸腾起的光线那么强烈，但同时看上去又是那么的无处不在。这是一个任何东西都不会投下阴影的日子，但所有的一切却又依旧存在自立。

"今晚你就动身，是吧？"我说。

英韦点点头。

"嘿，那有个位置！"他说。

接下去的一瞬间他把车拐进人行道旁,灭了火,拉起手刹。殡仪馆就在街道的对面。我倒情愿有一个较长的过渡时间,这样我才可能对下面接着要发生的一切有所准备,但现在没有任何余地了,这里要做的就是投身其中接招。

我走下车,把车门关上,跟着英韦过了马路。在里面的接待室里柜台后面的女人笑着对我们说只管进去就是。

门是敞开的。那个壮硕的殡仪馆职员当他看见我们时,从写字台后面的椅子上站起身,走上前来,同我们握了握手——由于所在的特定环境关系,客气地但并非发自内心,唇边挂着笑容。

"我们又碰见面了,"他说,手伸向那两把椅子,"请坐。"

"谢谢。"我说。

"在这个周末你们一定想了一些跟葬礼有关的事情。"他说,自己也坐下来,拿起放在书桌上他面前的一叠薄薄的纸页,开始翻阅。

"我们现在来了,"英韦说,"我们需要一个教堂仪式的葬礼。"

"是吗,"殡仪馆职员说,"那你们可以从我这里得到牧师办公室的电话号码。我们接手所有具体的事务,但你们仍然可以同他本人交换一下意见。有关你们的父亲他会说上几句话,要是你们能告诉他一点你们父亲的事,这样会很好的。"

他抬起眼睛看着我们。脖颈下挂在衬衣领子外的那道肉褶子,仿佛像蜥蜴一般。我们点着头。

"举办这种葬礼会有很多形式,"他接着往下说,"我这里有一个单子,里面有不同的选项。其中包括了,比如,有关你们希望放的音乐,在这种情况下,得采用怎样的形式。有人愿意选择现场音乐,其他的人则情愿播放录制的。但我们有我们用得很多的一个教堂歌手,他也会弹奏多种乐器……用现场音乐,会制造出一种独特的气氛,一种价值,一种人性的尊严……我不知道,你们是怎样想的,有什么愿望?"

我和英韦的目光相遇。

"这个现场音乐或许不错?"我说。

"肯定的了。"英韦说。

"那我们就这么说了?"

"行,就这么做。"

"那这件事就定下来了?"殡仪馆职员说。

我们点了点头。

他的手从写字台上方伸过来,递给英韦一张纸。

"关于音乐的问题这里有几项选择。但除此之外你们要是自己喜欢的音乐,也完全没问题,只要提前几天通知我们就行。"

我朝一旁弯下身子,英韦把纸挪动了一点,这样我也能读到纸上的东西了。

"巴赫或许不错?"英韦说。

"对,他喜欢巴赫的音乐。"我说。

近一昼夜以来这是第一次,我又开始抽泣了。

我他妈的千万别使用他的一张舒洁纸巾,我这么想着,用手肘弯在眼睛处擦抹了几次,深呼吸几次,让情绪慢慢恢复了平定。我注意到英韦向我投来了短暂的一瞥。

他在为我的哭泣担心?

不,他不会的。

不会的。

"没事的,"我说,"我们到哪儿啦?"

"巴赫可能是不错的,"英韦说,他看着殡仪馆职员,"比如,那段大提琴奏鸣曲……"

他望着我。

"你在听吗?"

我点点头。

"那我们就这么定了,"殡仪馆职员说,"通常我们有三段音乐。另外再有一首或是两首大家一起唱的歌。"

"Deilig er jorden(美哉主耶稣),"我说,"我们可以用这首歌吗?"

"当然。"他说。

哦呜呜呜。哦呜呜呜。哦呜呜呜。

"卡尔·奥韦,你怎么样了?"英韦说。

我点了点头。

我们同意让教堂歌手唱两首歌,集体再唱一首,另外额外添加大提琴曲子和"美哉主耶稣"。我们也同意没有人会在灵柩旁讲话,因此这样葬礼将按计划完成全部过程,因为其他的环节是属于礼仪部分，有自己固定的程序。

"你们希望有鲜花吗？摆放在灵柩上的花环，诸如此类的？许多人认为这会增添气氛。我这里有些可供选择的样式，要是你们愿意看看的话……"

他递给英韦新的一张纸。英韦指着众多类型中的其中一项，看着我，我点点头。

"这件事也算妥了，"殡仪馆职员说，"那下面就是棺材了……我们这里有不同的照片……"

又是一张新的纸从写字台上递过来。

"白颜色的，"我说，"你同意吗？就这个。"

"好，就这个。"英韦说。

殡仪馆职员又再接过那张纸单，做了一些记录。然后抬起头望着我们。

"你们要求今天实地参观一下，是这样吧？"

"对，"英韦说，"最好是在下午，如果可能的话。"

"当然可以的。但……是的，你们知道他是死于什么样的状况吗？是那种……与酒精相关的情况？"

我们点着头。

"好，"他说，"面临这种不知将有什么等待着你们的情况，有时候事先有点思想准备比较好。"

他把这些纸页收在一起，在桌面上齐整了一下。

"很抱歉，今天下午我没办法亲自接待你们。但我的同事会在那里。在奥德内斯教堂旁的小教堂里，你们知道在哪里吗？"

"我想我们知道的。"我说。

"四点钟,合适吗?"

"合适。"

"那我们就这么定下。四点在奥德内斯教堂旁的小教堂。要是你们还想到了什么,或者你们有一些修改意见,只管打电话来。你们有我的电话号码吗?"

"有。"英韦说。

"好。但是,还有一件事。你们希望在报纸上登讣告吗?"

"我们愿意的?"我说,看了看英韦。

"愿意,"他说,"这个我们得要。"

"但或许在这上面得多花点儿时间,"我说,"决定要写些什么和哪些人的名字要附上,考虑下这一类的事……"

"没问题,"殡仪馆职员说,"在你们想好这事后只管在这里来一趟,或是打个电话。但最好不要太晚了,报纸登载需要几天时间。"

"我明天就可以给你打电话,"我说,"可以吗?"

"好极了,"他说站起身来,手里又是新的一张纸,"这上面是牧师办公室的电话号码和地址。我不知道你们谁愿意要这个?"

"我拿着吧。"我说。

当我们走出来停在人行道旁的车前停下时,英韦掏出一包香烟递向我。我点点头,抽出一支。实际上我心里想着现在抽烟会令人恶心呕吐——就像我醉酒之后的第二天总会有的那种感觉，因为这烟，它尝不出什么味道也没有它本身具有的那种气味，它只是造成了今天和昨天之间的一个联系，像是一种知觉的桥梁，那时候这所有的画面开始漫涌，铺天盖地的，于是环绕着我的一切，黑灰色的柏油马路，顺着人行道边沿的这些浅灰色的水泥石，这灰色的天空，天空下飘飞着的鸟儿，一排建筑物上的那些黑洞洞的窗户，停在我们身旁的红色汽车，英韦稍偏在一边的身影，都被渗透进了内里极强烈的画面中，但与此同时会有一种破坏性的感觉和烟雾在肺叶里游走产生的缓解作用，这是我需要的，或者说是我想要的。

"这一切还是很顺利的。"我说。

"还有一些事情我们必须要落实，"他说，"或者说，是你必须要得搞定的。比如这个登讣告的事情。但办这事时你只管给我打电话。"

"嗯。"我说。

"另外你注意到了他用的那个词汇吗？"英韦说。"'参观？'"

我笑了。

"是。看来这个行当里也有些像房地产经纪人的行事风格。他们的工作是要让一些东西尽可能地看起来更精美华贵，再以最昂贵的价格把它推销出去。你看见那些棺材的价格了吗？"

英韦点点头。

"不过，当人处于这种情况的时候不应当把钱攥得紧紧的。"

"这有点像在饭店里买酒一样,"我说,"我的意思是说,如果这人没经验的话。要是很有钱,他会买第二贵的酒。钱不多的人,就会买倒数第二便宜的酒。绝对不会去点最贵的和最便宜的两种。所以他的棺材肯定也属于这样的情况。"

"对了,你在那里是很有决断力的,"英韦说,"我是说,就应当是那副白棺材。"

我耸耸肩,把还闪着点点火光的烟扔到了路外面。

"纯净,"我说,"这是我所想到的。"

英韦松开手里的烟,烟头掉落地上,他在上面踩了一下,打开车门坐了进去,我也坐进车里。

"我真害怕见到他。"英韦说。他用一只手系好安全带,同时用另一只手把车钥匙插进锁孔一拧。"你害怕吗?"

"害怕。但我必须去看。要是我没看见他我绝不会明白他真的是死了。"

"我也一样。"英韦说,瞅了一眼镜子。然后车灯闪烁着,车启动了。

"那,我们现在回家吗?"

"还有那些机器的事,"我说,"地毯清洁机和锄草机。要是在你走之前能把这事办理了就太好了。"

"那,你知道在哪里去办吗?"

"不,我不知道,"我说,"居纳尔说在格里姆有个出租机器的公司,但我不知道具体的地址。"

"OK,我们去找一个电话簿,查看那黄页。附近有公用电话吗?"

我摇了摇头。

"但在埃尔韦街的最后一段路上有个加油站,我们可以去那里试试。"

"很好,"英韦说,"反正在今晚走之前我得加油的。"

几分钟以后我们开到了加油站。英韦把车停在油泵前,在他给车加油时,我走进了加油站的小卖部。那儿的墙上有一个公用电话,电话下面挂着装有电话簿的三个盒子。我找到了那个机械租赁公司的地址,记住了它,然后走到收款台想买包烟丝。当我走到那里排队时,站在我前面的那个人转过身来。

"卡尔·奥韦?"他说。"你在这儿?"

我也认出了他。我们在一起上的高中。但名字我记不起来了。

"嗨,好久不见了,"我说,"你怎么样?"

"很好!"他说。"你呢?"

他语气里那么兴奋的语调让我很吃惊。在茹斯时期里我在家里搞过一个聚会,他也在那里,当时脾气上来了把我家浴室的门踢了一个窟窿。事后他拒绝赔偿,我也不能把他怎么样。还有一次他是茹斯汽车的司机,我和比约恩一起坐在车顶上,我记得应该是,当我们要开去那个娱乐中心时,突然地,在蒂梅内斯十字路口后的坡路上,他踩油门车猛地加速,我们得俯卧在车顶上,紧紧抓住铁杠子,他至少是以每小时七十或许是八十公里的速度在开,当我们到那里之后他只是哈哈大笑,我们那时给他好一顿骂。

现在为什么这么友好了?

我和他的目光相撞。脸上或许多了些肉,要不他看上去完全跟从前一个样。但他的神情里有些僵硬,是那种纹丝不动的死水一潭,仿佛那笑容非但没有让脸面柔和反倒更加重了它的这种凝固。

"那,你现在在干什么呢?"我说。

"在北海工作。"

"啊哈,"我说,"这么说你挣钱不少啊!"

"那是。还有很多空余时间。所以相当不错。你呢?"

和我说话的同时,他看着售货员指着烤肠,向空中伸出一根指头。

"还在学习。"我说。

"学什么?"

"文学。"

"对,你一直是对文学有兴趣的。"他说。

"是,"我说,"你跟埃斯彭见过面没有?还有特隆?吉斯勒?"

"特隆就住在这个城市哟,有时候我能和他碰面。埃斯彭圣诞节时要回来。你呢?你和那些老同学有联系吗?"

"只有巴森。"

售货员把烤肠塞进面包里,再把它放进了一张餐巾纸里。

"番茄酱和芥末酱?"他问。

"哦,谢谢,两样都要。还有洋葱。"

"生的还是煎的？"

"煎洋葱。不，还是来生的吧。"

"生的？"

"对。"

买完吃的后，他手里拿着夹着烤肠的面包站在那里，头又向我转过来。

"看见你真高兴，卡尔·奥韦，"他说，"你一点没变！"

"你也是。"我说。

他张开嘴在烤肠上咬了一口，递给售货员一张五十克朗纸钞。当他站在那里等找回零钱时出现了一点小小的窘迫，因为我们已经结束了谈话，该说的都说完了。他淡淡一笑。

"好，好，"当他把得到的那些硬币握在手里时他说，"或许我们会再见！"

"我们会的。"我说。买了一包烟丝，在摆放杂志的架子跟前站了几秒钟装着我对它们很有兴趣，其实为的是不想在外面与他再打照面，英韦这时进来付账了。他付款用的是一张一千克朗的纸钞。当他把它从钱包里抽出时我把眼睛调到一边，我不想表现出我知道这是爸爸死后的那些钱，同时口里咕哝着要出去一趟，我朝门口走去。

汽油和水泥的气味，在半昏暗的加油站的屋顶下面，还能联想到其他什么东西么？发动机，速度，未来。

同时也有热狗，还有席琳·迪翁和埃里克·克莱普顿的光盘。

我打开了车门坐进去。接着英韦也坐进了车里，发动引擎，我们从那里开车上路没有再说一句话。

我在花园里走来走去地锄草。我们租来的割草机,是由一个要固定在人背上的设备和下端带有一个转动着的刀片装置的杆子组成。当我戴着一个硕大的黄色护耳罩在那里走动着的时候,觉得自己就像个机器人,好像被这轰鸣的、震动着的机器牢牢地绑定在了一起,在我走过的地方,所有的那些小树,所有的花和草都纷纷有序倒下。我一直都在哭泣。当我在那儿走着,在那里锄草的时候,一股股的浪潮穿透过我的全身,我已无能为力加以抵挡,泪水什么时候想来就来。在十二点钟的时候英韦在阳台上叫我,我走进屋去和他们一起吃东西,他已经把茶和圆面包放到了桌上,祖母总是招待我们吃圆面包,在电炉盘上的铁丝板上把它烤烤热,这样原本是松软的面包皮就变得硬脆了,当牙齿一咬在上面,大块的面包皮散落下来,但我不饿。所以很快地出去了想继续干活。独自一人走到外面的花园里是一种自由和释放,也有成就感,因为工作的成效立时可见。天幕已经关闭,挂在那里的灰白色的云层就像是罩住下面的一个盖子,显现出暗黑的海面与这清澈透明的反差,这城市,在这敞开的天穹之下,只不过像是一小群微不足道的房子,一泡吐在地上的、变得了更加厚实和坚固的唾沫。我就站在这里,我看到的就是这些。因为我的目光大多数是投向那转动着的刀片上的,草叶就如士兵般纷纷倒下,绿草不多,更多的是灰色和黄色的草,间或也夹杂一些浅红色的毛地黄花和金黄的太阳帽花，我有时候也抬起头来，望着天空那一望无际的浅灰色的被盖和海洋辽阔无边的深灰色地板，望着码头上的一片忙碌和混乱，船檐和船体，桅杆和舰首，集装箱和褐色的锈迹斑斑的铁件废物，望着那座具有自身的色彩和韵律的城市，犹如机器一样地在颤抖着，望着所有这一切，此时的我泪涌如泉，泪水沿着脸颊流下来，为了爸爸，他是在这里长大的，他死了。或许我也不是因为这个而掉眼泪，或许有着完全不同的原因，或许我把这过去十五年里的悲伤和痛苦都聚集在了自己身上，现在把它们宣泄出来。这没有什么要紧的，没什么事情是要紧的，我就在那花园里来回地走着锄草，这些草长得实在太高了。

三点一刻我关掉了这该死的锄草机的开关，把它放在阳台下的杂物棚里，在我们出发前进到屋里去吃中饭。在阁楼房间里取出换洗衣服、毛巾和洗发水，把它们放在浴室里，关上门，脱下衣服，迈腿站到浴缸里去，把淋浴喷头扭到一旁，拧开了水龙头开关。当水热以后，再把喷头转过来，热乎乎的水流冲在我的身上。平日里跟着来的会是舒服愉悦的感觉，但不是现在，不是这里，接下来我是以最快的速度洗我的头发再把它们冲洗干净，关掉水从浴缸里出来，擦干自己穿好衣服。到外面的阶梯上时掏出了一支烟同时等着英韦从楼上下来。我满心的恐惧，当他打开车门时我看到了他露在车顶上方的那张脸，也是同样的恐惧。

小教堂位于在那个大的室内运动场的背面斜插过去的地方，

我曾经在那体育馆里上过课,我们开车行驶的这道路,是我在祖母祖父在埃尔韦街上的公寓里住的半年里走过的同样的路,但眼里这些熟识的地方在我心里却什么也不能唤起,意义空洞,毫无气氛。这里的一道栅栏,那里的一栋白油漆的十九世纪的房屋,一些树木,一些灌木丛,小片的草地,一道交通栏杆,一个路标。天空中循规蹈矩地飘移着的云彩,大地上循规蹈矩运动着的人们。把树上的树枝高高掀起的风,让数以千计的树叶在以千篇一律的同一模式中变幻不定地颤抖着。

"你可以从这里进去。"我说,那时候我们刚驶过那个室内运动场,看见了在石头围墙后出现在我们眼前的教堂。"小教堂就在那里面。"

"我以前来过这里。"英韦说。

"哦?"我说。

"成人坚信典礼那次。你也在那里的,不是吗?"

"我记不得了。"我说。

"但我记得。"英韦说,向前微微低下头,为的是可以看前方看得更远些。

"停车场在那后面吗?"

"应该是。"我说。

"我们出来早了,"英韦说,"现在还有一刻钟的时间。"

我下了车关上车门。在石头围墙的另一边一架锄草机向我们开了过来。一个赤裸着上身的男人在操纵它。当锄草机轰隆隆地从我们身边经过,不到五米远的距离,所以我看见他的脖子上挂着一根银质项链，上面套着一个近似于刮胡须刀片样的饰件。在东边，在教堂的上空，天空是黑沉沉的。英韦点燃了一支烟，朝教堂的方向走了几步。

"是，是啊，"他说，"我们在这里了。"

我朝小教堂那里望去。在入口的上方有一盏电灯，在白日的光线里几乎看不见它。一辆红色的汽车停在门旁边。

我的心跳动得更剧烈了。

"是啊。"我说。

在我们头上高高的天空，仍然还是一片浅蓝色，几只鸟儿在空中盘旋着。荷兰画家雷斯达尔总是在高高的天空中画着飞翔的鸟儿，为了体现画面的纵深感，这几乎成了他画的一种特征，至少我在我的一部有关他的书里见过一张又一张这样的画。

在离我们不远地方的树下几乎完全是一片黑色。

"现在几点了？"我说。

英韦把胳膊往前一伸，这样西服袖子向上露出了一截，他可以看到手表上的指针。

"差五分。我们进去吗？"

我点点头。

在我们离小教堂十米远的地方，那儿的门开了。一个穿深色西服的年轻人看着我们。他的脸被太阳晒黑了，金黄色的头发。

"克瑙斯高？"他说。

我们点了点头。

他跟我们一一握手。他鼻翼上的皮肤红红的,显得让人觉得有些恼怒。心神不定的一双蓝眼睛。

"我们进里头去吗?"

我们又点点头。他先进去,到了过道那里他站住了。

"就在那里面,"他说,"但在我们进去之前,我必须得让你们有点思想准备。这不是那么令人愉快的画面,有许多的血迹,你们知道的,所以呢……是的,我们是尽可能努力地把一切都弄干净,但仍然能看得出来。"

血?

他看着我们。

我周身一阵发冷。

"你们准备好了?"

"是。"英韦说。

他打开了门,我们跟在他身后进入了一个很宽大的房间。爸爸躺在屋中央的一个担架上。他的眼睛是合上的,脸上的表情柔和。

啊,上帝。

我站在英韦的身旁,就在父亲的跟前。他的脸颊是红色的,就像被血浸泡过的那般充盈。这一定是当他们试图擦去血迹时血得以留存在了皮肤的毛孔里。还有他的鼻子,鼻梁断裂。但虽然我目睹了这一切,却仍然是视而不见,因为有关他的所有细节都消失在了其他的更广泛的层面当中,他那些优秀的一面,如同他的死亡一样,我以前从未靠近过,对我来说,他是一个父亲，这一切存在于生命当中永不会改变。

在我目送英韦开车向斯塔万格的方向驶去后，在我走回祖母的房子时，首先我想到的就是那些血。那里怎么可能弄上血的呢？祖母说过了，她发现他是死在椅子上的，除了这个信息之外最能让人相信的就是当他坐在那儿的时候心脏病发作了，或许正发生在他睡觉的时候。然而殡仪馆不只是说有血，而是说有很多的血。还有鼻子，鼻梁断裂了。所以在他被发现的那里应该是另一种形式的死亡？他是否是站起身来，在剧痛里，撞在了壁炉的砖石上？跌倒在了地板上？但如果是这种情况，为什么在墙上或是地板上都没有任何血迹？怎么可能会祖母没说到有血的事？因为一定发生了什么事情，不仅仅是血这类东西，让他不可能静静地入睡。她把那些血迹擦洗掉，然后全忘记了？她为什么要这么做？她没擦洗什么东西也没把什么东西藏起来，在她身上看不到有要这么做的必要。同样奇怪的是我把这事也很快地忘掉了。啊，或许这也并不奇怪，现在要涉及的有许多其他的事情。但不管怎样一回到祖母家我就得马上和英韦通话。我们必须要和负责将他的身体转到医院的大夫联系上。他可能会告诉我们当时到底发生了怎样的事情。

我尽可能快地走在那通向上方的缓坡上，好像时间仓促不能按时到达一样，沿着一道翠绿的在院篱内长得紧密繁茂的树栅栏，与此同时我的脑子里仿佛酝酿着另一种念头，那就是希望尽可能地延长我一人独处的时间，甚至想到了或许去找一个咖啡馆在那里读一张报纸或是什么其他的东西。和英韦在一起与祖母待在一块儿是一件事,而让我单独面对祖母那又是另一回事。英韦知道怎么样去应对她。他们之间的那种轻松的、充满诙谐幽默的语调,和埃尔林和居纳尔经常使用的手段一样,说得婉转一点的话,这方法我就压根儿没用过,在参加体操课训练的那一年里因为我住得很近,和他们在一起度过了许多时光,好像我的态度与举止跟他们发生了一些不愉快,我带去了一些他们不希望的行为方式,这种猜想在几个月后以某种方式得到了验证,一个晚上妈妈告诉我祖母给她打电话说我不应当这么经常去他们那里。大多数的指责我可以对付,但恰恰这一条我不能接受,虽然他们不欢迎我,但他们是我的祖父母,对此我很震惊,以至于没法再能控制住自己,就在妈妈的面前,我开始抽泣起来。她,站在她的角度上,也十分生气,但她又能做什么呢?同时当时的我对这些事不能理解,认为没什么可说的,就一句话他们不喜欢我,从那时起我就开始猜想这不招人喜欢的地方可能会有哪些方面组成。我不能想象这个画面,不能进入这个角色,我把自己身上的那些高中生的习性带进了这所房子里,还始终固守着它,迟早他们也都得慢慢适应,于是就产生了这种不平衡,因为他们的习惯是绝不强迫我去做任何一件事情,于是要做的便是最后他们给我母亲打了电话。我到那里去总是有求于他们,或是具体的,那就是去吃饭,因为我是在放学以后去那里,在训练之前,那我就会一直到晚上的八九点前都没吃东西,再不就是这钱的事,只有下午的公交车学生才可以免费乘坐，我又不能总是有钱自己买车票。吃饭和钱，这两方面，他们倒并不是反对提供给我，激怒他们的，大概是我的这种非要不可，于是他们就没有选择的余地：吃饭和车票钱不再是免费的礼物，但也还有其他因素，第二个原因就是我和他们之间的关系问题，在我和他们之间的联系上，他们不愿意再做什么。那时候我不理解这点，现在我懂了。在那里我的所作所为，是用我整个的生活和我的思想完全地去接近他们，这是同一模式中的其中一部分。他们不可能，或许大概不会给予我的这种贴近，我也接受其中的一些。具有讽刺意义的是，在所有这些拜访他们的时候我总是想着他们，总是说一些我认为他们愿意听的话；即使是那些我极个人极私密的事情，我说这些是因为我认为他们听听这个会有好处，而不是因为我本人需要说出来。

这是最不愉快的事了，我这么想着，那时候我走在了朝向隆的那条林荫路上，午后排成了一长串的汽车队列在身旁经过，路过了被尘埃和排气变得污黑的一段段的树干，与上方树冠里那一大簇繁茂的葱翠和轻俏的树叶儿相比较，它们沉重如石柱一般，不过我还是觉得，事实上那时候我还可以算是个识人者。我能做到的就是设身处地，这是我的长处。理解他人。但我自己仍然更多的是个谜。

啊，真太蠢了！

我笑了。立刻抬头去察看旁边路上的那些坐在车里的人是否能看见了我。但没有人看见。所有的人都沉溺在自我当中。

在过去的十二年里我可以变得聪明一点、会来事儿一点，但我仍然不能继续佯作不知。不说谎，不演戏。这就是为什么我很高兴让英韦去应对祖母。但现在我必须个人去面对。

我停下点燃了一支烟。当我继续往前走时，不知是什么原因我变得了振奋起来。是因为我左边这些原本是白色的，但被排出的废气弄黑了的砖石外墙吗？或者是在林荫路上的那些树木？这些静止不动，被绿叶覆盖着的，带着自身代代衍生永不衰竭的树叶，这沐浴在空气当中的生灵？因为当我的眼睛刚刚触及它们，心中便总会充满喜悦。

我格外使劲地深吸了一口，再弹掉香烟上银灰色的烟灰，同时向前走去。当英韦和我一起开车去小礼堂的那会儿这周边的环境对我没有唤起任何回忆，但现在它以一种强大的力量向我袭来。我想到了以往的两段时期；首先是在我小时候来这里的事，和祖母祖父一起在克里斯蒂安桑，这个城市图画每一个微小的细节都犹如童话般的景象一样呈现出来，然后就是当我在十来岁时住在这里的情形。几年前我来过这里，从那时起我就注意到这些印象中的地方是如何地蜂拥而来，部分原因是它与我记忆世界里的一部分联系在一处，部分是与其他的相关，同时存在于三个独立分离的时间段。我看见了药店，记得有一次我、英韦和祖母一起去过那里；店外面路边高高的雪堤，天下着雪，她穿着长大衣戴着毛皮帽子，站在窗台前的队列里，穿着白大褂的药剂师在屋里面走过来走过去的。不时地她扭转头来看我们在干什么。那目光不是冰冷的，但至少是不带任何感情色彩的，在第一次的目光搜寻后，她露出了笑容，眼睛里充满温暖，变换就在那一瞬间。我看着通向隆桥的坡路，记得祖父通常在下午从那儿往上骑着自行车回家来。在外面他看上去是多么的不同啊！好像骑在上坡路上这轻微的摇摆动作是个原因，不单是他骑着的这辆车，也是他这个人：在一瞬间里他是个穿着外套戴鸭舌帽的任何一个上了年纪的克里斯蒂安桑老头，在接下去的一瞬间他又是祖父。我看着下面路上延伸开去的住宅区里那一片房子的屋顶，想到了十六岁时的我在夜里是怎样在它们中间穿过，心里充满的那些情感的起伏剧变。于是我看到了的那一切，甚至是花园后面一个生了锈的、歪歪斜斜的晾衣架，甚至是一棵树下的地上那些腐烂的苹果，甚至那条被篷布包裹起遮挡好了的船，和那伸在外面的湿漉漉的支架，船底下那些发黄的，扁平的草，都是辉煌般的美丽。我看见马路的另一面那些建筑物背后的草坡，想到了一个蓝色的、凛冽的冬日我们曾和祖母在那里乘雪橇滑下坡。在阳光照射下的雪是湿润的然而又是那么刺眼，像是在高山上的那种强烈光线，位于我们下面的城市所以看起来好像是很奇怪的，把在那里发生着的事情完全敞开来，在我们下面的街道上走过的人们、驶过的车辆，路的另一边在一家当地公司外那个在车道上扫除积雪的男人，其他的小孩子都在坐雪橇玩，仿佛没有其他任何的地方聚会，就单单在天空下的这里兜着圈子玩。当我在往下走去的时候所有这一切在我的心中活了起来，所有这一切包裹着我的环境都进入了视野同时让我思索，但这只是流于表象的，只是在意识里最外的一层，因为爸爸死了，这让我在心中感到悲痛，这种情绪辐射到我所有的思考和情感里。在这些个回忆里也能找到他，但他在那里面无足轻重，这一点着实令人奇怪，在那里有关他的什么念想都没有。在70年代初期的一次，爸爸沿着人行道走在我前面几米远的地方，我们去小卖店买烟斗清洁器，然后要去祖母祖父家，他扬起下颚仿佛同时他对自己发笑，我知道他的这种快乐，还有就是爸爸在银行里，他一手拿着钱包，用另一只手的手指把头发往后拨，在柜台跟前的玻璃上看着自己发光的身影，要不就是爸爸坐进汽车把车开进城：在这些回忆中我没有感受到他是一个举足轻重的人。这就是说，我回忆的当时，我有感受，而不是现在，在我想着它们的时候。带着他已经死了的这个念头，与他之间的关系就发生了改变。在这个念想里，他就是一切，这很自然，念想也是一切，因此当我去到那里时，在一个飘着轻轻的、蒙蒙细雨的日子里，好像发现自己进入另一个天地。居于这个天地之外的没有任何意义。我在看，我在想，然后我所看和我所想的又已然退去：这跟它们没干系。跟什么都没干系。只有爸爸，他死了，仅仅和这有关联。

在我这么走着的时候，那个信封，那里面装有他死亡时带在身边的物件的棕色信封，一直在我的意识里。在药店那条街的对面的综合商务公司外我停下来，身子稍稍偏向墙那边，把信拿了出来。我看到了上面父亲的名字。一种陌生的感觉。我指望的是克瑙斯高这个姓。但只要没有拼写错误，当他死时用的就是更换后的这个可笑和华而不实的名字。

一个老太太一手拖着一个带轱辘的购物袋,另一只手牵着一只小白狗,当她从门里出来时瞅了我一眼。我朝墙那里迈出了几步,摇晃着手里拿着的东西。他的戒指、首饰、几枚硬币、一根针。就这些。这些东西本身看起来只可能是些平常的日用品。但是他把它们带在了身上,那戒指一定是戴在手指上的,首饰是戴在脖子上的项链,当他死了之后,就给它们罩上了一种特殊的光环。死亡和黄金。我把它们在手掌里一个一个地摆弄着转圈,它们让我心里充满不吉祥的感觉。我站在那里对于死亡的恐惧就跟我在小时候那会儿对死的恐惧一个样。不是因为我自己会死,而是对那些死者。

我把这些东西放回了信封里,再把它放进我的衣袋里,在两辆汽车的空隙间跑过马路,进到小卖店里买了一份报纸和一块狮子巧克力,我吃着巧克力走完了通往那栋房子的最后的几百米。

即使在那里发生了这一切之后,那里依旧悬浮着令人缅怀往事,从我童年时代就记得的那种气味。那时候我就揣摩出了这种现象,我进入的每一所房子它有着怎样的气味,所有的邻居和所有的家庭,它们都有着完全属于自身的东西,特别是那气味,那是绝不会改变的。所有其他的人家,除了我们的房子。它没有这种自己的、特殊的气味。在那里什么气味也没有。在祖母和祖父来看望我们的时候,他们把他们房子的气味带到了这里；我特别记得这么一次，祖母出人意料的来我家，我一点也不知道这件事，当我从学校回到家在过道里闻出了气味，我还以为是屋里进来了贼，因为没有任何的迹象表明家里来了客人。在车道上没有停着车，过道里也没有衣服和鞋。只有气味。但这不是家里进了贼：当我走上楼，看见祖母全身披挂着站在厨房里，她是乘坐公共汽车来的，是想给我们一个惊喜；这可完全颠覆了她往日的风格。二十年过去了，这里面发生了多少的变故，现在房子里的气味还是跟以前一样，真是太奇怪了。你可以想象这与习惯有关，使用一样的香皂，一样的洗涤剂，一样的香水和剃须水，用一样的方法做的一样的饭菜，每天干着一样的工作，在下午和晚上的时候干着同样的事情：那就是鼓捣下汽车，修理一下这里那里的，对，有了汽油和矿物酒精的痕迹，金属和空气中排出的废气这些东西，搜集旧书，对，那书里就有了泛黄的纸页和陈旧的皮质封面的气味。但在一栋房子里所有以前的习性已经终了，这里的人已经不在人世，而剩下的那些已经年迈的人干着他们一贯干着的事情，但这些房子里的气味又是如何，它们就怎么能没有改变？四十年的生命都渗进嵌印在了这一面面的墙壁里，这就是我每一次步入这里嗅出的气味么？

我没有立刻上楼到她那里去，而是打开了通向地窖的门，在那个狭窄的楼梯上往下面走了几步。向我扑面而来的这阴冷、晦暗的空气，仿佛是浓缩了的空气，抑或是这房子的一个浓缩，这恰恰就是我记忆里的感觉。就在那下面在秋季里他们储藏着一箱箱的苹果、梨和李子，连同那些老墙和泥土的气味一起，这些综合气味成为了这房子地下的一道气味，另外所有其他的气味夹杂在一起作为反衬一块儿散发了出来。我到地窖下面去没有超过三四次；阁楼上的那些房间也一样，那是我们的禁区。但我是多么经常地站在过道那儿，看着祖母从那下面上来，手里拎着给我们的装满一口袋的黄澄澄的、多汁的李子或是红红的、虽有点皱了皮但味道却格外美妙的苹果？

唯一的光线是来自下面墙上的那个小小的类似船舱里天窗的窥视孔。因为花园的地势比房子的进口处要低些，所以人从这里可以一直望出去。透视的效果似乎扑朔迷离，对空间的感觉如同溶解了一般，在短暂的一瞬间它彻底在我面前消失了。然后，在我的手抓住楼梯栏杆的同时，一切又如此清晰地展现在我跟前：我在这里，窗户在那里，花园在那里，房子的入口在那里。

我在那里站了一会儿从窗户那里望出去，目光没有固定在一点，脑子里没有想着特别的事情。然后我转身走上了上面的过道，把夹克挂在衣帽间的一个衣架上，在楼梯旁墙上挂着的镜子里望了一眼自己。眼睛周围仍然挂着一圈疲倦。当我走上楼梯的时候，刻意重重踏着步子，这样祖母将听到我的到来。

她坐在餐桌旁边，就像我们几小时前离开她时的那个姿态。她跟前放着一杯咖啡、一个烟缸和一个她吃下了的圆面包后满是碎末的餐盘。

当我走进门,她用一个迅速的、像鸟一般的方式抬起头。

"啊哈,是你呀,"她说,"一切顺利吗?"

她大概已经忘了我去哪里了,但我还不能完全确定,所以用一种适合这种情势的严肃语调回答了她。

"是的,"我说点了点头,"一切都好。"

"那就好。"她说,把头掉了过去。我朝屋里面走了几步,把我买的报纸放在桌上。

"你不想喝点咖啡吗?"她说。

"想的,我想喝一点。"我说。

"壶在电炉上。"

她语气里含着的某种意味让我看了她一眼。她以前从来没有用这种口气同我讲话。奇怪的是她就没怎么改变,不像我的变化那么大。在最后的那段时间她就是用这种口吻同爸爸讲话的。她现在的讲话,是在对着他讲,而不是对我。假如祖父还在的话她是不会用这种方式对爸爸讲话。这是母子之间在没有外人在场的情况下讲话用的那种口吻。

我不认为她把我当作了我父亲,只是她讲话的习惯使然,就像一艘船在关掉发动机后它自身还持续向前滑行。尽管如此这还是让我心里还是打了个寒噤。但我不能让自己为此而受干扰,于是从橱柜里取出一只杯子,走到电炉旁边,用手指感觉了一下烧水壶。它早已经没有了热度。

祖母吹了一下口哨,用手指头在桌面上敲着鼓点。在我的记忆里她很久没这样做过了。看见眼前的她令人感到些许的快慰，因为要不这样，她就真的是变化太大了。

我见过她在30年代初期的照片，她那时很漂亮，不是夺人眼球的那种，但足以让人注意到她，以一种别出心裁的那个时代典型的方式：深色的、很戏剧化的眼影，樱桃小嘴，短发。当她在50年代末已是一个有三个孩子的中年女人时，在一张他们在旅行途中景点前拍下的照片里，尽管是以一种较柔和的、不太明显但又并非模糊的方式，那种能让人留意到的容颜依旧存在，人们依旧可以使用美丽这个词汇来形容她。当我长大成人时，她已经是六十岁末尾七十出头的年龄，自然我所看见的已经不是当年的她，她只是"祖母"，她曾有过属于自己的有着她个人特征的风采，我对此并不知晓。一个来自中产阶级家庭的老年女人把自己保养得极好，衣着穿戴优雅得体，这一定会让人对在70年代末期时的她有着印象，还有对她那乘坐公交车来看望我们的意外之举，就这么突然一下子坐在了我们在蒂巴肯家的厨房里的这个记忆。充满活力，亲和近人，身体健康。直到几年以前她都始终是这样的一个人。后来她身上有了些改变，这不是因为年龄的缘故，也不是由于生病，而是其他的原因。她失去了自我，不是属于一般老年人通常有的那种程度不深的专注于精神世界或者有满足感的那种情况，盘踞在她躯体内里的是强硬尖锐，就像她瘦削干枯的身体。

我看见了，但我对它无能为力，也不能在上面架起一座桥来，不能帮助或是安慰她，我只能看着，这就让我同她待在一起的每一分钟紧张万分。唯一的办法是保持一种运动状态，不要同那儿存在的一切,在这房子里或是她身上的东西,绑定在一处。

她用一只手从嘴唇上拿下粘着的烟丝。然后朝我望过来。

"要我也给你煮点咖啡吗?"我说。

"那咖啡有什么不对劲的地方吗?"她说。

"它不太热了。"我说,手里拿着水壶朝水槽那里走过去。"我重新煮一点。"

"你是说,它不太热了。"

她对我恼怒了吗?

没有。因为她笑起来了,拂去了膝盖上的一点碎末。

"我一定又开始有点犯糊涂了,"她说,"我肯定刚才我的脑子里就在拌浆糊。"

"那咖啡不是很凉,"我说着打开了水龙头,"只是我喜欢滚烫的咖啡。"

我把咖啡渣倒了出去,让水流射向水槽底部直到所有的渣子都消失在排水孔里。然后把水壶重新灌满水,水壶的内壁几乎完全变黑,在水壶外壳上布满了手指上的油腻留下的纹印。

"犯糊涂",这是家庭里对老年痴呆症的一个委婉说法。当祖父的兄弟莱夫"犯糊涂"时他一次又一次地从老人院跑出来到他小时候住的房子去,站在那里高声呼喊,傍晚和夜里时去捶打人家的门。他的另一个兄弟阿尔夫,在他最后的那些年里也开始犯糊涂;因为他表现出的多数情况是把过去的事和现在的事搅在一起分不清。祖父他自己在生命最后的阶段也有点犯糊涂，半夜三更爬起来擦拭他搜集的那些数量极可观的钥匙，既没人知道他有这些东西，也没人知道这是为什么。这是家里的遗传问题；他们的母亲最后的时间里也没少犯糊涂，要是我父亲说的那些话都可信的话。在最后的时间里她不消说是犯糊涂的，当听到警报拉响时，她不是下到房子的地窖去而是往阁楼上跑；据我父亲讲她从阁楼那很陡的楼梯上跌下来送了命。这是否真的如此，我不知道，我父亲可以对任何事情都撒谎。我的直觉告诉我这不是真的，但没有找到任何方式来验证。

我拿着水壶到了电炉那里，把它放在电炉盘上。摁下了厨房里到处都有的安全开关。紧接着沾了水的水壶底开始哔哔啵啵一阵爆裂声。我双臂抱在一起站在那里，望着窗户外那陡峭山坡的顶峰，那栋白房子就像矗立在那里的宝座王基。我想到了在我过去的这一生中都这么往上看去的这栋白屋子，就没有一次看见过有一个人在里面或是在它的周围。

"那，英韦在哪里呀？"祖母说。

"他呀，今天去斯塔万格了，"我说，朝她转过身来，"回他家去了。然后他会回来，到……星期五。"

"是这样啊，哦，"她说。自个儿点了点头，"他去斯塔万格了。"

当她抓住烟草盒子和那小小的红黑的色的卷烟器时，她说话了，没有抬起头：

"但你在这里吧？"

"对，"我说，"我一直都待在这里。"

很明显地看得出她愿意我留在这里,这使我很高兴,尽管我明白她特别需要的并不是我,而是只要有人在那里。

她用出乎意料的一股猛劲把卷烟器的手把拉开,抽出填充了烟丝的纸卷,点燃了它,再拂去膝盖上的烟灰,坐在那里凝视着自己跟前的空中。

"我想我还要继续去打扫清洁擦洗,"我说,"今天晚上我得干得晚一点,再打几个电话。"

"好的。"她抬起头来看着我。

"但你就这么忙,不能在这里坐一小会儿?"

"那,那倒不是。"我说。

水壶里的水发出了嘘嘘声。我把壶使劲往炉盘上摁了摁,水开的声音更响了,然后我把它移在一旁,倒了些咖啡进去,用叉子在里面搅动几下,重重地把它放回炉盘上,再把壶放到桌上的铁丝垫上。

"咖啡好了,"我说,"现在让它再闷出点味儿。"

咖啡壶上我们没擦洗掉的指纹,一定也包括有爸爸的。我眼前看见的是他那被尼古丁熏黄了的手指头。这里有些不相称的有损尊严的东西。这熏黄的手指头显示出的平凡琐碎的生活,与庄严的死亡不能相提并论。

或许我愿意这二者同步。

祖母叹了口气。

"啊,是啊,"她说,"生活就是混斗,这老太太说,她不会发F这个音。"

我笑了。祖母也笑了。然后目光里又是那恍惚不定的神情。说了些话以后我的脑子里轻松些了,变得空空如也,给杯子里倒上了咖啡,虽然它的黄色多于黑色,还有小的咖啡渣粒漂浮在水面上。

"你要咖啡吗?"我说。"有点淡,但……"

"好的,想来一点。"她说,把她的杯子在桌面上推出了几厘米。

"谢谢。"当杯里的咖啡到了一半时她说。拿起装有奶油的黄色纸盒,给咖啡里倒进一点。

"英韦到哪里去了?"她说。

"他去斯塔万格了,"我说,"回他家里一趟。"

"对的。他是要去那里的,是啊。他什么时候回来?"

"我想,是星期五。"我说。

我在水槽里把桶涮了一下,重新放好水,倒进了绿肥皂水,戴上橡皮手套,一手抓起放在案桌上的抹布,一手拎起水桶,走进了客厅最里面的那一块。外面的天色开始有点暗了下来。在最接近地面的光线里,在环绕着树木的树冠周围,在它们的树干上,在朝向邻居地盘篱墙的树丛中看得见一抹微弱的淡蓝色。虽是那样的淡薄但颜色依旧可见,就这样以一种反向力,渐渐超越了夜色,因为这光线里的任何东西都不再闪光眩目,这淡化给予它们的丰富和充盈交代出了一种背景。但在外面的西南方向,人们仍旧可以看见峡口处的灯塔,那里白日的光线并未受到挑战它依旧存在。那里的几朵燃烧着的红云彩，像是来自自身的威力，因为那时的太阳已经掩面不见。

过了一会儿祖母进来了。她打开电视在一把椅子上坐下来。广告的声音总是比节目的声音要高出许多，它不仅充满了整个客厅，也在墙壁上激起了轻微的回响。

"现在是新闻了吗？"我说。

"那是肯定的，"她说，"你不想来看看？"

"想的，"我说，"只是我得先把这里的活儿干完。"

当我沿着一整堵墙把这护墙板擦洗干净后，拧干了抹布，走进厨房里，玻璃窗上看得见一点反射出的我的影子，形状模糊不清，较亮的和较暗的两个区域则很明显，把水倒进水槽，抹布搭在桶上面，一动不动地站在那里了一刻，然后打开橱柜，把放在里面的纸巾推在一边，拿出了一瓶伏特加。我从水槽上方的柜里找出两个玻璃杯来，打开冰箱取出一瓶雪碧，给一个玻璃杯倒满，另一个杯里的雪碧掺上了伏特加，端着两个杯子进了客厅。

"我想我们可以享受一点点酒。"我笑着说。

"真是太令人愉快了，"祖母说，她也回报我一个微笑，"我们可以这样做的。"

我把兑有伏特加的那杯递给了她，自己拿着那杯雪碧，在她旁边的椅子上坐下。可怕，真是太可怕了。我的心被撕裂成碎片。但对这事要做点什么，我也办不到。她需要这杯酒。就是这样。

至少应该是威士忌或是波特酒就好了!

那我就可以用托盘再加上一杯咖啡一起端上桌,这才有模有样,虽还不是完全合乎章法,但起码不会像把掺有雪碧的伏特加就干脆倒在杯里那样直截了当的饮酒。

我看见她怎样张开那年老的嘴,把酒一口吞下。我已决定不应当再度发生这样的事。现在她就坐在那里双手捧着一杯酒。心里像被扎了一刀。万幸的是她没有开口再要。

我站起来。

"我去打几个电话。"我说。

她向我转过头。

"在这时候了你给谁打电话?"她说。

再一次她又好像是在对另一个人讲话。

"现在才八点钟。"我说。

"不是更晚些的时候?"

"不是。我想,我要给英韦打个电话。还给托妮耶打一个。"

"给英韦电话?"

"是。"

"他不是在这里吗,他?哦,不,他不在这里。"她说。然后她的注意力转移到了电视上,好像我已经离开了房间。

我把一把餐桌的椅子拉出来,坐下来拨了英韦的电话号码。他刚刚走进门,一切进展顺利。在背景里我听到了托耶的尖叫声,卡丽·安妮在呵斥他。

"我在想那血的事。"我说。

"是呀，那是什么呢？"他说。"这一定发生了比祖母告诉我们的那些更多的事情。"

"他一定是跌倒了还是怎么的，"我说，"撞击到了硬物。因为他的鼻梁断裂了，你看见了吗？"

"当然。"

"我们应当和那些当时在这里的人谈谈。说白了，就是同医生谈。"

"殡仪馆那里会有他的名字，"英韦说，"你要我给那里打电话吗？"

"对，你可以吗？"

"我明天就打。现在有点晚了。那我们明天再谈吧。"

我想过了要说说这里发生的事情，但从他的声音里感觉到了一点不耐烦，这也不奇怪，两岁的女儿于尔娃在楼上等着他。自从我们俩分手后虽然不过几小时。但他仍然没有任何迹象要结束我们俩的谈话，所以这得我来这么做。当我放下话筒后，拨响了给托妮耶的电话。从她的声音里我听出来，她一直在等候我的电话。我说我相当累了，我们可以明天再多聊聊，她其实几天后就会到我们这里来。谈话只持续了几分钟，但在这之后我仍然感到自己好多了。我从厨房的桌子上找到香烟和打火机拿在手里，来到了外面的阳台上。这个晚上海湾里拥挤着返航的船只。温暖的空气里充满了这个城市特有的木材的气味——当风从北方刮来时总是这样，在我脚下的花园中有树木的气味，和一种淡淡的、几乎难以觉察出的海洋的气味。屋内从电视屏幕上发出闪动的光。我站在阳台的另一端在黑色的铁艺围栏跟前抽着烟。当烟抽完后，我把烟蒂在墙的外侧上揿灭，发着红光的烟灰像小星星般往下面的花园里飘散而去。又走进屋里我首先看了看坐在客厅里的祖母，然后走上通向阁楼卧室的楼梯。放在床边的行李箱敞开着。我取出装着书稿的纸板盒，在床沿上坐下来，打开纸盒盖撕开上面的胶布。想到事实上一本书就即将要问世了，当第一页上的书名进入眼帘时心上涌起了一种强烈的冲动，校对稿和我自己写的且习惯了的那个手稿不知道有什么区别。我马上把这念头压了下去，我不能坐在这里想这个，从箱子里的一个内袋里找出了一支铅笔，拿起校对符号概述的那张纸页，移到床上坐下，背倚靠着床的档头，把一摞书稿放在膝盖上。时间催得急，所以我计划在这里的几个晚上从头至尾尽可能多看些。到现在为止我还没有时间读它。乘着英韦在斯塔万格，现在又还不到八点钟，我眼下至少有四个小时的工作时间，要是不能再多的话。

我开始阅读。

分别挂在床对面靠墙的半开着的衣柜门上的那两件黑色西服，很干扰对文稿的校对，因为当我在阅读时，一直都想着它们，尽管我知道这不过就是两件衣服，但它们的阴影进入了我的意识里，想象着这就是两个活生生的躯体。为了要让它们在眼前消失，几分钟后我从床上爬下来。一手托着一件西服站在那里，四下寻找着一个可以挂它们的地方。挂在窗帘的横杆上？

那地方会让它们比在什么地方都更引人注意。在门框上？不行，我得在下面走呀。最后我走出了房间，进入了旁边晾衣服的阁楼间，我把它们挂在了那里的晾衣绳上。在那里，自由地挂着，它们看上去再没有比任何时候更像两道阴影了，我能嗅出死亡的气味，但不管怎样这让它们在我的视野之外了。

于是我再走进屋里，在床上坐下来继续工作。在下面很远地方的街道上一辆汽车加速飞驰。下面一楼传出的电视里的声音。在这空荡沉寂的房子里听上去是一种完全彻底的疯狂，流动着充斥在这一间间屋子里的疯狂。

我往上抬起眼睛。

我写出了一本给我父亲的书。我没有意识到这一点，但事实如此。这本书就是为他写的。

我放下手里的书稿，站起来，走到了窗边。

他对于我真有着这么重大的意义？

啊，是的，他就是这样。

我希望他将会看见我。

我第一次明白了我写作，确实是为着什么的，不仅仅是为了我将会成为一个什么样的人，或者是装着要成为什么样的人，当我写到有关我爸爸的一个章节时开始哭泣了。我一写到爸爸泪水就沿着脸颊往下流，让我几乎看不清键盘或是屏幕，只是敲打着字符。当这些伤痛已经在我身上消失后，我感觉不到它曾经的存在，我不知道在哪里能找寻到它。我的父亲是个蠢货，一个我不想与他有什么干系的人，和他保持远距离对我来讲是件轻而易举的事了。这里说的不是保持距离,而是根本就没有他,他的什么事也触及不到我。一直就是这样的情况了,然而现在我坐在这里写着,眼泪哗哗地直流。

我又坐在床上,把书稿放在膝盖上。

但这里面还有更多。

我也想显示出我比他出色。我比他强大得多。或者就只是这样的情况,我希望他将会为我而感到骄傲自豪?真正地认识我?

他从来不知道我将会出版一本书。在他死之前,我们最后一次的单独见面是一年半以前的事了,他自然是又问起我那段时间在干什么,我回答他我刚好开始在写一本小说。我们走上了女王街,出去吃晚餐,虽然天很冷,汗水却从他的脸上流下来,他问话的时候,并不看着我,他问这书将会怎么样,一次非常明白清楚的谈话。我点着头回答说有一个出版社对此很有兴趣。当我们走在路上时他向我投来的那一瞥的样子,好像他还继续待在某一个他曾经待着的地方,或许他可能还会在那里。

"你干得不错,很好,卡尔·奥韦。"他是这么说的。

为什么我对这个记得很清楚?通常我把人们对我说的一切几乎都忘得一干二净,不管是多么亲近的人,在那种情势下没有任何的征兆显示这是我同他在一起那些日子里的最后一次。我记得或许是因为他使用了我的名字,我听到他最后一次这么叫我应当是四年前的事了,出于这个原因,让我感到和他有意想不到的亲近。我记得或许是因为就在当时的几天前我写到了他，直率地写出了与他现在向我示好的态度完全大相径庭的感情。或许我记得是因为我痛恨他把我攥得紧紧的，显而易见，我很高兴我还是小孩。在这个世界上我绝不会为他的缘故去做什么，为他的缘故去受人指派干什么，不管是正面还是负面的因素。

现在这种意愿已全无意义。

我把这摞书稿放到床上，笔放回了箱子的插袋里，弯下腰从旁边的地板上拿起那个纸盒，试着想把书稿再放回去，但放不进去了，于是我就把书稿放回箱子里的老地方，在箱的最下层，仔细地用衣物把它盖上。那个放在床上的纸盒，我站在那里长久地盯着它，每一次看着它的时候，对小说的诸多的想法便有了头绪。拿着它下楼把它扔到厨房的垃圾袋里去，这是我最初的冲动，进一步想想这不行，不应当用这种方式把它搅和在这栋房子里。于是我又把箱子里的衣服拿到一边，把纸盒放在箱底书稿的旁边，上面盖上衣物，放下箱盖，在走出房间以前，把箱子拉链拉上。

祖母坐在客厅里看电视。当时在播一个电视辩论节目。我想，这对她来说根本无所谓。下午电视二台的青少年节目和挪威电台晚间的纪录片她也一样看。我从来不明白这种疯狂的、充斥着无休止情欲的年轻人的真人秀节目，和那些没完没了的新闻节目以及电视辩论节目，能够给她带来些什么。她出生在第一次世界大战之前，来自一个真正的昨日的欧洲，固然是处于最边缘的地带，但还是欧洲的地域不是？1910年时代是她的儿童时期，20年代是她的青年时期，30年代时她长大成人，1940年到1950年她做了母亲，在1968年就业已成为了一个老妇人？这其中一定会有些什么吧，因为每一个晚上她都坐在这里看电视。

就在她身下的地板上有一小滩褐黄色的水。沿着椅子旁边一片较深颜色的水痕显示出了它的源头从哪里流来。

"英韦给你问个好，"我说，"他回家一路顺利。"

她抬头向我投来短暂的一瞥。

"那就好。"她说。

"你需要什么吗？"我说。

"需要？"她说。

"是啊，一些吃的还是别的什么。要是你愿意，我可以给你做一点。"

"不用，谢谢，"她说，"你可以给你自己弄点。"

爸爸尸体的画面让我对食物感到恶心。但一杯茶很难会让人联想到死亡吧？我在电炉上用一只平底锅烧水，把茶袋放进冒着热腾腾水气的杯子里，站在那里看着那颜色怎样在茶袋里释放出来，慢慢地旋转着地流失在了水里，直到水完全变成了透明的黄颜色，我端起杯子拿着它走到了外面的阳台上。在远远的海峡口处丹麦的海洋游轮发出停泊信号驶进了港口。在黑暗的天空中，仍旧能看到一抹蓝色，给人一种材质的感觉，仿佛它实际上就是一方巨大的桌布,我也看见了星星,就像是穿透千万个小洞里发出的光芒,它们是从背后的光线里派生而出。

我喝了一口茶,把杯子放在窗台上。我又想起来那个晚上我父亲更多的事情。人行道的地面上有了较厚的冰层,东面吹来的风穿过街道一扫而过,街上几乎空无一人。我们走进了一家饭店的餐馆里,把外套脱下挂上,在一张餐桌旁坐下。爸爸呼吸沉重,用手在额头上一抹,拿起菜单来看,他的目光在菜单上从上到下扫视一遍。又开始从上方起再看。

"看上去这儿好像不卖酒。"他说,站起身来,走到餐厅主管那里。他对他说了些什么。当那人摇头时,爸爸转身走了回来,几乎是一把抓起了挂在椅背上的外套,穿上它同时朝门道走去。我急忙跟在了他身后。

"怎么啦?"我说,那时我们已站在了外面的人行道上。

"那里不卖酒,"他说,"我的天,这是家禁酒的饭店。"

然后他望着我笑了。

"我们吃饭得要喝酒,你不明白呀。但不要紧。这里直走下去有另外一家饭店。"

我们在苏格兰人饭店前停下,在窗边的桌前坐下后,各自吃自己的牛排。应该是说,是我在吃牛排;当我吃完以后,在爸爸餐盘里的牛排几乎没动。他点燃一支烟,把最后的一点红酒喝下,身子往后靠在椅背上,说他计划着要开始当一名长途货车司机。我不知道对此该如何应对才好,只是点点头什么话也没说。当个长途货车司机是很不错的,他说。他一直喜欢开车,喜欢旅游,现在有机会做这件事还有人给你报酬,还有什么可犹豫的呢?德国,意大利,法国,比利时,荷兰,西班牙,葡萄牙,他说。是呀,这是个好工作,我说。但现在我们就到这里吧,他说。我结账。你只管走。你肯定还有好多事要干。看见了你我很高兴。我按照他说的做了,起身拿起夹克,对他说再见,然后走进饭店的大堂,走到外面的街道上,有一瞬间的踌躇,是不是要打车回家,最后决定不坐出租,朝公交车站走去。通过窗户我又望见了他,他正穿过那一带的酒店街区,走向街另一端的一道门,那里直通酒吧,我又看见了他走动着的身影,那庞大沉重的躯体,是那样的匆忙和急不可待。

这是他生前我最后一次看见的他。

他给我留下的印象始终是他在端正形象尽量律己。在这两个小时里他用尽所有的力量在克服自己,努力塑造一个正面的形象,不心神恍惚,将身心都集中一处,做一个他曾经就是如此的那样一个人。

这个想法让我的内心疼痛,我在阳台上来回走着徘徊不已,很快地一会儿盯着城里的方向,一会儿又朝向大海。我思忖着是否要出去一趟,到下面的城里,或是到体育场外面去,但我又不能让祖母独自一个人待着,于是强迫自己哪儿也别去了。再说明天一切都将会是另一番光景。第二天的到来总是会有更多的光亮。不管在自己的心里有多么的沮丧低落,不可能不受到这新开端带来的影响。于是我拿上杯子进到了屋里,把它放在洗碗机里,把放在那里的那些杯子和玻璃杯,大大小小的餐盘也都一起放了进去，倒进洗涤粉，开动了洗碗机，用抹布擦干净桌子，再拧干抹布把它搭在水龙头上，虽然这湿漉漉的、粗糙的布料和这锃亮的镀铬水龙头有些不般配，我走进客厅，在祖母坐着的椅子跟前站住。

"我想我要去睡觉了，"我说，"这一天够漫长的了。"

"时间有这么晚了吗？"她说。"是的，我也很快要上床了。"

"那，晚安。"我说。

"晚安。"

我转身就要走开。

"呃？"她说。

我又向她转过身来。

"你没想过今晚就在那上面睡觉吗？你睡在下面也行的。在那间老房间里，你知道的。你就在那旁边的浴室冲澡。"

"是这样，"我说，"但我想我还是在上面睡。我们已经在那里把东西都安置好了。"

"好，好，"她说，"随你的便。晚安。"

"晚安。"

当我来到上面的房间里，平静地脱下了衣服，这时候首先明白了她建议我在下面房间睡不是为着我的缘故，是为她自己。我立刻把T恤衫再穿上，把床单从床上拉起来，把被子卷起夹在一只手臂下，另一只手提起箱子，又下楼去了。在楼梯的平台那里我碰见了她。

"我改变主意了，"我说，"像你说的一样，最好睡在下面。"

"是的，不是这样吗？"她说。

我跟在她后面走下楼梯。在过道里她对我转过身来。

"那么，你需要的东西都齐全了吗？"

"什么都不缺。"我说。

然后她打开自己那间小房间的门，不见了。

我要住的这间房，是他们俩没有碰过的，但里面都是些她的东西，像发梳、卷发器、首饰和首饰箱、衣架、睡衣、衬衫、内裤、毛巾、洗浴用品、化妆包，到处分散地放着，在床头柜上，在床垫上，在打开的衣柜里的搁架上，在地板上，在窗台上，我不能顾及这乱七八糟的一切，眨眼工夫三两下把摊在床上的东西弄干净，然后铺上床单放好被子，脱下衣服，关掉电灯上了床。

我一定是立刻就入睡了，因为这之后我记得的就是，我醒过来打开了床头上的灯看表，时针正指两点。门外的楼梯上有了响动。我首先想到的就是，爸爸已经回来了，那时的我还处在睡后醒来的朦胧里，大概这与我所梦到的东西联想在一起了。不是鬼魂，而是活生生的人。我的心里完全不排斥抵触这种想法，于是我害怕了。但它不是猛然而生，而是画面场景的那种延续着的缓慢，我明白这很荒唐可笑，我走出去来到了过道里。祖母的房间的门留着一道缝隙。我望进去。她的床上没有人。我走上了楼梯。或许她只是想去倒一杯水喝，也或许她没有睡意，上楼去看看电视，但为保险起见，我还是想去确定一下看看是否是这样。先看看厨房。她不在那里。然后是日常起居的大客厅。

她也不在那里。那么她一定是去那间小客厅了。

对，她就站在那里的窗户跟前。

出于某种理由我不想让她发现我。在那昏暗的拉门的阴影里我停了下来，站在那里看着她。

好像她又陷入了那种神志恍惚的状态中。她静静地站在那里凝视着外面的花园。她的嘴唇不时地蠕动着，好像她在对自己喃喃低语。但嘴里并没有发出任何声音。

没有一点预兆，她突然转过身，直端端地向我走来。我完全被弄了个措手不及，只有站在原地看着她过来。在离我有半米远的地方她走了过去，虽然她的目光在我脸上掠过，但她并没有注意到我。她经过我的身旁，仿佛我就是其他那些家具之中的一件。

我一直等到听见下面的那道门关上以后我才开始挪步下楼。

当我再走进卧室时，我真害怕了。死亡无处不在。死亡在外面过道里的外衣上，死亡在装着我父亲东西的信封里，死亡在她在上面客厅发现了他的椅子上，死亡在他们把他抬下去的楼梯上，死亡在浴室里，祖父曾在那里跌倒，腹腔里满是血。我闭上眼睛，满脑子里都是那些死而复归的人，没法逃逸无处藏身，就像我在孩童时一样。但我得闭上双眼。若是我这些荒谬的孩子气的幻想灵验的话，想象中爸爸的尸体就会突然停止从这里经过。那双手交叉在一起的手指上毫无血色的苍白指甲，蜡黄色的皮肤，深陷下去的脸颊。在浅睡里随着这些画面深深地浸入，从某种方式来讲意识在其中开启唤醒时，很难说清这是属于一个现实的或是一个梦幻的世界。意识像这样开启时的一次，我非常确定他的尸体在衣柜里，我打开柜子，把那里面所有的衣服都翻了个底，接着把其他柜子都敞开，一个接一个地，当我这么做完之后，我又回到床上去继续睡觉。在梦里他一半是死人，一半是活人；一半在现在，一半在过去。好像他完全控制着我，掌控我的一切，当我最后终于醒过来，是早上八点钟，我首先想到的是这个夜里他来家看过我了，第二个想到的是我得再去见他一面。

两小时后我关上了通向厨房的门，祖母坐在那里，我走到电话那里，拨响了殡仪馆的电话号码。

"安德奈斯殡仪馆。"

"是，你好，这里是卡尔·奥韦·克瑙斯高。前天我和我哥哥一起去过你们那里。这是关于我父亲的事。他是四天前去世的……"

"明白了，你好。"

"我们昨天见过他了……但现在我想知道我是否有可能再见他一面？最后一次，要是你理解……"

"好的，那是当然的，你可以再见他一面。你什么时候合适？"

"好，嗯，"我说，"下午的一个时间？三点？四点？"

"那么，我们就定在三点？"

"好。"

"小教堂外面。"

"好。"

"好的,那我们就这么说定了。很好。"

"谢谢。"

"不客气。"

这个谈话让问题解决了,我心里感到松快,走到花园里继续锄草。天空中高挂着白云,日光柔和,空气温暖。我在两点钟结束工作。于是进屋对祖母说我要去会一个朋友,换好衣服后我奔那个小教堂去了。小教堂进口处的外面停放着同样的一辆车,当我敲门后给我开门的是同样的一个人。他向我点点头,打开了前一天我们进去过的那间屋子,他自己没有进去,我又站在了爸爸跟前。这一次我有思想准备,知道是怎么样的一个场面等待着我,他的身体,皮肤在过去了的这一昼夜里一定是变得更加暗黑了,再没有唤起我前日里的那种撕裂心肺的情感。现在我看到的是没有生命的躯体。这曾经是我父亲的那个人和他躺着的这张桌子之间已经不再有任何区别,或者和这张桌子所在的地板不再有任何区别,或者和窗户下面墙上的插座不再有任何区别,或者和旁边的台灯一段垂落下的电线不再有任何区别。因为人只是在所有其他形态当中的一种形态——如造物世界一再显示出的那样,不只是当其有生命的时候,也包含那些生命不再的物质,以沙土、石头和水的形态而存在。死亡,像我始终感觉的那样,在生命里它是极为重要的一个环节,幽暗而令人销魂。它如爆裂开的一根水管,风中折断的一个树枝,从衣架上滑落坠地的一件衣衫。仅此而已。

MIN KAMP. FØRSTE BOK by Karl Ove Knausgård

Copyright © 2009, Forlaget Oktober as, Oslo

Simplified Chinese character translation copyright © 2016 by Beijing Imaginist Time Culture Co., Ltd.

throughThe Wylie Agency (UK) LTD

Author Photograph © Beowulf Sheehan/PEN American Center

All rights reserved

This translation has been published with the financial support of NORLA

图书在版编目(CIP)数据

我的奋斗.1,父亲的葬礼/(挪)克瑙斯高著；林后译.
——桂林：广西师范大学出版社,2016.1（2023.4重印）
ISBN 978-7-5495-7630-2

Ⅰ.①我…Ⅱ.①克…②林…Ⅲ.①自传体小说–挪威–现代
Ⅳ.①I533.45

中国版本图书馆CIP数据核字(2015)第294130号

广西师范大学出版社出版发行

广西桂林市五里店路9号 邮政编码：541004
网址：www.bbtpress.com

出 版 人：黄轩庄
全国新华书店经销
发行热线：010-64284815
山东韵杰文化科技有限公司 印刷

开本：850mm×1168mm 1/32
印张：18.125 字数：358千字
2016年1月第1版 2023年4月第5次印刷
定价：68.00元（精装）

如发现印装质量问题，影响阅读，请与出版社发行部门联系调换。